Mondschein

Im Auge des Adlers

Bellisae

Bellisae

Mondschein
Im Auge des Adlers

Bibliografische Information der Deutschen Nationalbibliothek: Die Deutsche Nationalbibliothek verzeichnet diese Publikation in der Deutschen Nationalbibliografie; detaillierte bibliografische Daten sind im Internet über http://dnb.dnb.de abrufbar.

©2024 Bellisae

Verlag: BoD · Books on Demand GmbH, In de Tarpen 42, 22848 Norderstedt
Druck: Libri Plureos GmbH, Friedensallee 273, 22763 Hamburg

ISBN: 978-3-7693-0960-7

Danke an Pascal für das digitale Gewand dieses Buches. Danke an Anke für ihre Lektorats- und Korrekturarbeit. Und danke an Daniel für die inhaltliche und emotionale Unterstützung.

♡

Wer bisher eine Rolle gespielt hat

Silver (Silberfüchsin)

Silver lebt in einer Traumwelt, die zerbricht, als ihr kleiner Bruder Munter stirbt. Die Reise, die sie daraufhin antritt, ist eine Reise des Erwachsenwerdens. Da die Stützen ihres bisherigen Lebens zusammengefallen sind, ist sie auf der anderen Seite auch wieder (unbewusst) sehr zugänglich für Neues – zum Beispiel für die Freundschaft zu einer Pflanzenfresserin, die emotional gesehen ihren Verlust mit am besten verstehen kann. Außerdem hat die Füchsin eine besondere Beziehung zum Mond, die ihre noch bestehende Bindung zum Traumhaften kennzeichnet.

Silver entwickelt Freundschaften zu anderen Tieren, muss weiterhin konstant um ihr Leben kämpfen, wobei sie jedoch dank dieser Freundschaften stärker wird. Sie gerät in Fehden, verliebt sich und verarbeitet während all dieser Zeit den ursprünglichen Grund für den Einschnitt in ihrem Leben – den Verlust ihres Bruders, zu dem sie noch mehr Kontakt hat, als man annehmen könnte.

Marder

Der Marder ist in eine Abhängigkeit von einer Gruppe von Wildkatzen geraten, nachdem ihn zuvor Artgenossen wegen Unstimmigkeiten verletzt und geschwächt zurückgelassen hatten. Zunächst denkt er darüber nach – mit den Wildkatzen im Nacken – auch

Silver zu hintergehen, sie tun sich aber schließlich zusammen, um sich beide aus einer gefährlichen Situation zu retten. Daraufhin entwickelt sich eine tiefe Freundschaft.

Own (Häsin)

Own wirkt zunächst wie eine emotionslose Person, die höchstens Misstrauen gegenüber anderen empfindet. Silver begegnet ihr, als sie sie zu ihrem Mittagessen machen möchte, sie geraten jedoch in eine Situation, aus der Own sie beide (nicht absichtlich) retten kann. Own schließt sich Silver und dem Marder aus Gründen an, die für beide nicht ersichtlich sind. Mit der Zeit stellt sich heraus, dass Own zutiefst traumatisiert ist, da sie ihre ganze Familie in einem Feuer verloren hat, als sie noch ein Kind war. Auch für sie ist die entstehende ungewöhnliche Gruppe eine Möglichkeit, über sich hinauszuwachsen und sich zu öffnen.

Bluefire (Blaufuchs)

Bluefire (ein Fuchs mit ungewöhnlich blau schimmerndem Fell) begegnet Silver als Leidensgenosse, als diese entführt wird. Der Grund für die Entführung hat mit den sogenannten ›Schatten‹ zu tun, eine Gruppe von Tieren, die sich laut Gerüchten ebenfalls über die Gesetzlichkeiten von Fleisch- und Pflanzenfressern hinwegsetzen. Bluefires Familie hat wahrscheinlich mit diesen Schatten zu tun, wobei dieser beteuert, er wisse nichts Genaueres darüber.

Das Verhältnis zu seinen Eltern ist allerdings sehr schlecht, was ihn emotional sehr verschlossen macht. Als sich Gefühle zwischen ihm und Silver entwickeln, macht sich das deutlich bemerkbar. Dennoch werden sie am Ende ein Paar.

Crass (Fuchswolf)

Als die Gruppe gezwungen ist, sich wegen Jagden in einen bestimmten Wald zu flüchten, begegnen sie Crass, dem Revierinhaber des Waldes. Der sarkastische und unergründliche Fuchswolf lässt sie für eine Gegenleistung bei ihm wohnen, doch scheint er zusätzlich auch noch viel Gefallen daran zu finden, ihre Abhängigkeit zu ihm auszunutzen und mit ihnen zu spielen. So macht er sich auf der einen Seite lustig über ihre seltsame Zusammenstellung von Fleisch- und Pflanzenfressern, testet deren Beziehung zueinander jedoch auf der anderen Seite mit einer gewissen Faszination. Immerhin ist der Hybrid ja auch selbst kein gewöhnliches Tier.

Whitestar (Schneefüchsin) & Sage (Silberfuchs)

Sage und Whitestar sind die Eltern von Silver, Stürmisch und Munter. Während er den besonnenen Part übernimmt, ist sie die Emotionalere, Energischere und zuweilen auch Hysterische. Nachdem ihr jüngster Sohn Munter gestorben ist und sich dann auch noch Silver von ihnen getrennt hat, kommen obendrein noch Jäger in ihren Wald und sie sind gezwungen, ebenfalls fortzuziehen. Die Wilderer sind aber nicht zufällig in jenem Wäldchen, da silbernes Fell sehr wertvoll ist. Whitestars und Sages Vorfahren sind durch eine Pelzfarm in dieses Land gekommen, was sie ihren Kindern zuvor verschwiegen hatten.

Stürmisch (Silberfuchs)

Stürmisch ist Silvers älterer Bruder. Als er mit seinen Eltern flieht, kommen sie in einen anderen Wald mit einer Rotfuchsfamilie, bei denen sie Zuflucht suchen. Er verliebt sich in die junge Rotfüchsin

Zart, die seine Gefühle auch erwidert. Allerdings wird die Beziehung von ihrem Bruder Wind manipuliert, sodass sie erst am Ende wirklich zueinander finden.

Munter (Silberfuchs)

Munter ist der Bruder von Silver und Stürmisch. Ihn und Silver verbindet eine träumerische Ader, die sie in ihrer kindlichen Art mit niemandem so gut teilen können wie mit dem jeweils anderen. Genau diese Traumwelt abseits von der realen wird Munter jedoch zum Verhängnis, indem er beim Spielen die Straße nicht beachtet und von einem Auto erfasst wird. Daraufhin beginnt er, in Silvers Träumen zu erscheinen.

Kühl (Rotfuchs)

Kühl ist der Anführer der Familie und hat ein starkes und selbstsicheres Auftreten, worunter eine immer präsente Unsicherheit liegt, die er hauptsächlich mithilfe seiner Gefährtin Heart unter Kontrolle hat.

Sein Verhältnis zu seiner Mutter Wintry ist von Misstrauen und Machtspielchen geprägt. Sein Wandeln zwischen Gerechtigkeit und Eigennutz findet manchmal auf schmalem Grat statt und der Konflikt, der sich zwischen Wintry und der Silberfuchsfamilie zuspitzt, stellt seine Integrität auf eine Probe.

Heart (Rotfüchsin)

Heart ist die Gefährtin Kühls. Sie ist neben Silver ein weiterer Charakter, der womöglich eine besondere Gabe besitzt, die sie oft bei verworrenen Situationen den Überblick bewahren lässt. Sie agiert als oftmals einzig verbliebener Ruhepol.

Wintry (Rotfüchsin)

Sie ist die Mutter Kühls und Antagonistin der Silberfüchse. Als frühere Entscheidungsträgerin der Familie fällt es ihr schwer, die Macht an ihren Sohn abzugeben. Während sich ihr Hass aufbaut, verliert sie jedoch mehr und mehr den Bezug zur Realität und greift zu immer extremeren Maßnahmen. Am Ende stirbt sie, als sie bei einem Kampf mit Kühl eine Klippe herunterfällt.

Wind (Rotfuchs)

Wind ist der Sohn von Kühl und Heart. Er ist durchtrieben und nutzt seine Schläue gerne dazu, um das zu bekommen, was er möchte. So ist er sich bewusst, dass es sich bei dem Aufnehmen der Silberfüchse um einen Machtkampf zwischen seinem Vater und seiner Großmutter handelt, mag jedoch Stürmischs Art nicht und wie dieser sich seiner Schwester Zart annähert, die ihm viel bedeutet.

Er tut sich mit seiner Großmutter Wintry zusammen, um gegen die Silberfüchse vorzugehen, allerdings wird schon bald klar, dass sich ihre Methoden sehr unterscheiden. Als ihm außerdem bewusst wird, wie sehr Zart unter seinen Manipulationen leidet, kommen in ihm tatsächlich Schuldgefühle auf, die ihn seine Position in der immer verzwickter werdenden Situation überdenken lassen. Am Ende fliegt seine Beteiligung auf und er entscheidet sich, den Wald zu verlassen.

Zart (Rotfüchsin)

Zart findet Gefallen an Stürmischs Annäherungsversuchen und entwickelt kurz darauf auch Gefühle für ihn. Sie wurde emotional jedoch bereits schon einmal von jemandem verletzt, was Wind dazu nutzt, um Zweifel zu sähen. Ihre Beziehung zu Stürmisch zerbröckelt daher schon, bevor sie richtig aufgebaut ist.

Cunning (Rotfuchs)

Cunning ist das dritte Kind von Kühl und Heart. Er bemerkt als erster, dass etwas zwischen Zart und Stürmisch vorgefallen ist, mit dem sich eine Freundschaft bildet. Er ist derjenige, der beide Parteien dazu bringt, sich wieder anzunähern, ohne jedoch Winds Beteiligung daran zu erkennen.

Dry (Hase)

Dry ist ein Draufgänger, der sich eigentlich nicht wirklich für die Gruppe interessiert, Own jedoch erhascht mit ihrer verschlossenen und doch sehr direkten Art seine Aufmerksamkeit. Von der Herausforderung ihre Schale zu knacken getrieben, entschließt er sich am Ende mit ihnen den Wald von Crass zu verlassen.

Vinous (Eichhörnchen)

Vinous wird durch Owns Initiative vor dem Verdursten gerettet. Er ist ein analytischer Denker, hält sich jedoch mit Informationen über sich zurück. Auch er hat eine gewisse Faszination für die Gruppe, weswegen er ihnen in manchen Situationen sogar hilft.

Neue Charaktere

Bonario
[boˈnarjo]
Adler

Bernstein
[ˈbɛʁnʃtaɪn]
Rotfuchs

Rank
[ɹæŋk]
Rotfuchs

Scarlet
[ˈskɐːlət]
Adler (Weibchen)

Bronze
[bɹɑnz]
Marder (Weibchen)

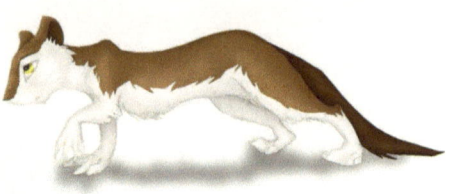

Marron
[ma.ʁɔ]
Adler

Docile
[ˈdɑː.səl]
Feldhase

Vive
[viv]
Rotfüchsin

Murk
[mɝk]
Adler

Brisk
[bɹɪsk]
Silberfüchsin

Pale
[peɪl]
Silberfuchs

Slide
[slaɪd]
Kreuzotter

Alle Zeichnungen (und noch mehr) sind auch auf der Mondschein-Homepage zu finden:

https://mondschein-saga.de/

Folge mir auf Instagram, um weitere Zeichnungen zu sehen:

https://mondschein-saga.de/instagram/

Abonniere mich auf YouTube für Trailer und Videos:

https://mondschein-saga.de/youtube/

Inhaltsverzeichnis

Prolog

Eiseskälte beherrschte die Luft. Die schwarzen Bäume waren kahl und der Wind schmeckte nach Schnee, obwohl noch keiner gefallen war. Der Himmel hatte ein kräftiges Blau angenommen, das einen frühen Abend ankündigte. Eine innehaltende Stille füllte den Wald bis auf die frierenden Knochen seiner Bewohner.

Gewaltige Schwingen fuhren durch die Luft, der Atem kräuselte sich sichtbar zu Wolken, kurz darauf umschlossen mächtige Krallen den Ast eines Ahornbaumes. Seine Flügel legte das Tier an den aufgeplusterten Körper, die gelben Augen funkelten seinen Artgenossen an, der ihm gegenüber saß. Der Jüngere starrte zurück, Trotz leuchtete auf, ebenso wie Missbilligung.

Der gerade angekommene Adler schnaufte, sein dunkles Federkleid stellte sich noch mehr auf. »Du hast tatsächlich vor, zu gehen?«, rasselte seine Stimme, er zog abwertend die Schultern hoch.

Entschlossen hielt der andere seinem Blick stand. »Was soll mich hier bitte noch halten?« In seinen Tonfall floss Hohn. »Die sogenannte Familie? Der Druck, der Gruppenzwang? Oder doch der Spaß an ach so liebevollen Methoden zum Durchsetzen seiner Ziele?«

Der dunkle Greifvogel hatte sein Gegenüber im felsenfesten Blick, die Warnung loderte in seinen Augen. »Du machst einen Fehler.«

»Wieso?«, stieß er sogleich aus. »Ich habe gesehen, wie du Leute behandelst, das reicht mir für mein ganzes Leben. Es ist Zeit, dass ich mir mein eigenes aufbaue.«

Die Aura des Älteren wurde noch kälter. »Du wirst untergehen.«

»Ich werde untergehen, wenn ich hierbleibe, genauso wie du bereits untergegangen bist.«

»Man kann alleine nicht überleben.« Er sprach mit vorwurfsvoller Gewissheit weiter, was den Jungen zu einem bitteren Lachen anstachelte.

»Du bist derjenige, der nicht überleben wird, so wie du lebst«, konterte er selbstsicher. »Du bist in einer Abhängigkeit, die du nicht kontrollieren kannst. Im Gegenteil, sie kontrolliert dich.«

Verärgert schlug der Dunkle mit den Flügeln aus, seine Krallen bohrten sich durch die feuchte Rinde in das innere Holz. »Wir sind auf dem Weg, mächtiger zu werden als alles, was du kennst!«, kreischte es aus seinem Schnabel. »Und jeder, der sich uns widersetzt, bleibt auf der Strecke.«

»Genau davon rede ich die ganze Zeit.« Der junge Adler unterstrich seine Aussage mit einem Kopfschütteln, aber er wirkte deutlich ruhiger als zuvor und mit einer Beständigkeit, die seinen Artgenossen zum Schweigen brachte. Aufbruchbereit wendete er sich auf seinem Ast um und hob seine Schwingen, als der andere nochmals mit schneidender Stimme das Wort ergriff. »Du kannst dich nicht verstecken.«

Mit zu Schlitzen verzogenen Augen schielte der Jüngere zurück und antwortete mit speiendem Sarkasmus, ehe er loszog, um niemals wieder zurückzukehren: »Ein Hoch auf die Schatten.«

Verdacht

Dunkelgraue Pfoten versanken in der weißen Schneedecke. Trotzdem hüpften sie vergnügt weiter, so als würde ihnen die Kälte nichts ausmachen. Die Bäume trugen die schwere Last auf jedem ihrer Äste und die Luft zog bei jeden Atemzug kalt den Hals hinunter. Silvers Pelz war aufgeplustert, doch sie hatte nicht vor, so bald in die Höhle zurückzukehren.

Es waren nun schon mehrere Monate vergangen, seit ihre Gruppe einen Ort gefunden hatte, den sie Zuhause nennen konnten. Zur Sommerzeit war es ein üppiger Wald, der selbst in den ersten Winterwochen noch ungewöhnlich viele Ressourcen bereitgestellt hatte. Doch unfassbarer war für die Füchsin die Tatsache gewesen, dass sich ihre kleine Gruppe nicht aufgelöst hat, nachdem sie ihr Ziel erreicht hatten. Keiner von ihnen hatte sich weit entfernt oder wäre gar weitergezogen. Vielleicht lag es wirklich daran, dass dieser Wald genügend Platz und Nahrung bot, jedoch glaubte Silver auch gerne daran, dass sie sich auf eine unkonventionelle Art und Weise aneinander gewöhnt hatten – zumindest die meisten. Dass der Marder und Own fortgehen würden, hätte die Fähe eigentlich auch nicht erwartet, Dry blieb wahrscheinlich neben dem komfortablen Lebensraum vornehmlich wegen Own und was Vinous anging, nun ja, der blieb wohl aus studierendem Interesse, um zu sehen, wie lange sich die Gruppe noch halten würde.

Silver wanderte die Grenzen ihres Gebietes ab. Normalerweise tat sie das mit Bluefire zusammen, wobei die beiden dann eher auf den jeweils anderen achteten, als auf mögliche Verletzungen ihres Reviers (was sie allerdings nicht davon abhielt, es immer wieder so zu machen). Doch die letzten Male hatten sie sich bewusst aufgeteilt, um bei der Jagd größere Chancen zu haben, da die Nahrung deutlich knapper wurde.

Während die Fähe durch die Schneelandschaft streunte, hörte sie schon von weitem kräftige Flügel durch den Wind schlagen. Ein Blick über die Schulter zeigte ihr einen älteren Adler, dessen Federn teilweise bereits gräuliche Nuancen aufwiesen. Seine knorrigen, aber noch immer mit spitzen Krallen versehenen Fänge erfassten einen Ast und als er die Flügel anlegte, bog sich dieser unter seinem ankommenden Gewicht und eine kleine Lawine stürzte Richtung Boden.

Silvers Rute begann erfreut, um ihre Läufe zu schlagen. »Morgen, Bonario.«

Gutmütige Augen erwiderten ihren freundlichen Blick. »Guten Morgen, junge Dame.« Seine Stimme strahlte eine inzwischen vertraute Ruhe aus. »Die Sonne ist noch nicht einmal untergegangen und du bist schon so motiviert im Schnee unterwegs?«

Die Füchsin lachte. »Ja, ich weiß, er ist kalt, nass und ungemütlich, aber«, ihr Grinsen wuchs, »ich kann nicht aufhören, darin zu laufen.«

Nun war es der Greifvogel, der amüsiert auflachte. »Genieße es ruhig, nach einigen Jahren findest du es einfach nur noch lästig.«

Silver blinzelte zurück. »Vielleicht.« Ihre Ohren flatterten kurz auf. »Aber unter meinen Vorfahren sind Polarfüchse, also liegt die Liebe zum Schnee womöglich einfach in der Familie.«

Er lächelte sie an. »Na, wenn das so ist.«

Vor Bonario hatte die Füchsin noch nie einen Adler gesehen. Bei ihrer ersten Begegnung hatte sie mehr als nur Respekt vor ihm gehabt, mit seinem Schnabel und den scharfen Klauen. Allerdings war er ganz anders, als es sein Erscheinungsbild vermuten ließ. Ihr Gebiet grenzte an seines, daher die schnelle Bekanntschaft. Er lebte dort mit seiner Familie, von denen sie auch schon den einen oder anderen kennengelernt hatten, jedoch waren diese weniger kontaktfreudig. Auch wenn sie nicht gerade die Nachbarschaft waren, die sie erwartet hatten, so hätte es sie um einiges schlimmer treffen können. Zu Beginn des Winters hatte Bonario ihnen gute Stellen zum Jagen gezeigt und überhaupt hatte er sie freundschaftlich willkommen geheißen. Dass Bluefire besonders zu Beginn sehr misstrauisch gewesen war, verwunderte die Fähe ja nicht, aber auch sie selbst hatte sich über seine Motive gewundert. Im Laufe der Zeit jedoch kam sie zu der Überzeugung, dass es ganz simpel in Bonarios väterlicher Art lag und (nach einigen Gesprächen mit ihm) auch in seinem Glauben an eine friedliche Koexistenz. Das war vermutlich ein weiterer Grund, warum er der Füchsin so sympathisch war, hatte sie doch aufgrund ihrer Erfahrungen dieselbe Einstellung. Und müsste sie zusätzlich raten, würde sie behaupten, dass sie ihm inzwischen mehr als Schützlinge vorkamen als die Mitglieder seiner eigenen Familie. Wenn sie *müsste*.

»Wie läuft es mit dem Jagen?«, hörte sie ihn reden. »Du siehst etwas dünn aus.«

Silvers Mundwinkel zogen sich verbittert nach oben. »Nun, das ist allerdings etwas, was ich an dem Schnee ganz und gar nicht liebe.«

Bonario schaute sie aufmunternd an, seine orangefarbenen Augen strahlten Ermutigung aus. »Das hat der Winter nun mal so an sich. Umso mehr Grund, sich auf den Frühling zu freuen.«

Die Füchsin versuchte zu lächeln, doch es kam nicht als solches an. »Ja, schon«, meinte sie bedächtig, »aber nach so einem Sommer, hätte der Winter ruhig milder sein dürfen.«

»Ihr schafft das.« Seine vor Zuversicht strotzende Art beruhigte die Fähe ein wenig, wahrscheinlich vor allem deshalb, weil sie sich nicht schon wieder um Nahrung sorgen wollte. »Außerdem«, fuhr der Greif fort, »mit dem Frühling verbindet man nicht nur Nahrung ... sondern auch das Getrippel junger Füßchen.«

Silver musste unwillkürlich grinsen, doch das Prickeln unter ihrem Fell war ihr unangenehm. »Ich bitte dich«, wehrte sie ab, »das steht jetzt erst mal gar nicht zur Debatte. Und ganz abgesehen davon ist Bluefire nicht gerade der Familientyp.«

»Ich wollte dich nicht in Verlegenheit bringen.«

»Hast du nicht«, versicherte sie schnell.

»Gut.« Er lächelte. »Ich muss jetzt weiter. Aber wir sehen uns bestimmt bald wieder.«

»Immer gerne, Bonario«, meinte sie aufrichtig. Der Adler nickte ihr zu, spannte seine Schwingen auf und beugte sich nach vorne, um sich von dem Ast abzustoßen. Er flog gen Himmel in Richtung seines Wohngebietes. Silver bewunderte noch einige Sekunden seinen majestätischen Flug, ehe sie ihren Weg fortsetzte.

Schnell huschten die Pfoten des Marders durch die weiße Decke. Seine Bewegungen waren dabei so zielgerichtet, dass kaum Schnee zu den Seiten wegspritzte. Er kam bei einem quer liegenden, hohlen Baumstamm an, bei dem er bereits gestern gewesen war. Mit einigem Abstand begutachtete er den Ort forschend. Es sah nicht danach aus, als ob jemand dort gewesen war.

Er flitzte an das Holz heran, blieb vor ihm stehen und schaute durch das runde Loch, als ihm ein Stein neben der Rinde ins Blickfeld fiel. Verärgert hob er ihn auf. Das war das Exemplar, das auf den Kopf desjenigen hätte fallen sollen, der sich an seinen Vorräten zu schaffen machte.

Gedemütigt betrachtete er seine Konstruktion, bestehend aus einem Schilfstängel, der an dem Stein befestigt war und der beim Betreten des Baumes gezogen werden sollte, sodass der Stein seinen Zweck erfüllte. Allerdings war dieser nicht mehr auf seinem ursprünglichen Platz, was entweder bedeutete, dass ihn der Wind hinuntergeschmissen hatte oder dass jemand in sein Versteck eingedrungen war.

Genervt schlüpfte er in den Baum und krabbelte den Tunnel entlang. Es war so dunkel, dass er nichts erkennen konnte und der Geruch der Kadaver, die er hier verstaut hatte, konnte genauso gut von deren Überresten stammen. So tastete er sich den Stamm entlang, bis er an eine Art Wand stieß. Verdutzt fasste er an die glatte Kälte eines Steines. Er war jedoch noch nicht am Ende des Tunnels angekommen, so drückte er den Klotz weiter. Im nächsten Moment krachte etwas Hartes auf seinen Kopf. »Autsch, verdammter …!«, schrie er aus. War das ein weiterer Stein gewesen? Das reichte. Er hatte genug. Ungeduldig schob er sich rückwärts aus dem Baum, sein Fell gesträubt.

»Alles in Ordnung mit dir?«, erklang es auf einmal direkt über ihm. Vor Schreck zuckte der Marder hoch und knallte an die Decke des hohlen Stamms, noch kurz bevor er draußen gewesen wäre. »Auu-tsch!«, wiederholte er entrüstet und sprang nach draußen. »Vinous!«, keifte er das Eichhörnchen an, das auf dem Stamm saß und ihn verwundert musterte. »Steckst du dahinter?«

Der Nager runzelte die Stirn »Drücke dich bitte etwas präziser aus.«

»Na das!«, rief der Jäger aus, beide Arme auf den Stamm gerichtet. »Hast du meine Vorräte geklaut?«

»Deine …?!« Der Beschuldigte blinzelte belustigt. »Ich dachte, nur so etwas wie ich hat Vorräte.«

»Ich –«, wollte der Marder loslegen, doch er stoppte sich selbst. »Na ja, du …« Er wurde ruhiger, vermutlich vor Verlegenheit und versuchte das mit einer übertrieben selbstsicheren Pose zu überspielen. »Du …«, fuhr er fort und versuchte, nicht allzu lächerlich zu klingen, »hast mich inspiriert.«

Vinous starrte einen Augenblick wortlos zurück. »Oh.«

»Was denn?«, entgegnete er wieder lebhafter. »Ist doch 'ne clevere Strategie, die du da hast. Warum sollte die nur für dich gut sein?«

Das rote Tier atmete einmal durch. »Weil …«, er suchte nach Worten, »du kein Eichhörnchen bist?«

Die Lider des Marders klappten auf halbmast, während er sich seinen schmerzenden Kopf rieb. »Hast du nichts gelernt, seit du dich uns angeschlossen hast?«

»Vielleicht ist es Mardern ja einfach nicht gegeben, Vorräte anzulegen.« Vinous klang reflektiert, doch sein Gegenüber bemerkte das Amüsement in seinem Wortlaut.

Trotz überflutete das Gesicht des Marders. »Mach dich ruhig lustig, aber es würde wunderbar funktionieren, wenn nicht jemand meine Mäuse stehlen würde.«

»Mäuse?«, hakte Vinous ungläubig nach. »Und du hattest allen Ernstes *mich* in Verdacht?«

»Es macht keinen Spaß, mit dir zu diskutieren.« Immer noch die Hand am Kopf musterte er das Eichhörnchen bewusst vorwurfsvoll. »Du solltest mal etwas respektvoller sein, immerhin wärst du ohne mich in der Sonne verbrutzelt.«

Vinous lächelte ansatzweise. »Du hast recht.« Er drehte sich um und hüpfte auf dem Baum entlang, gewillt, sich den Tatbestand näher zu Gemüte zu führen. »Na, dann wollen wir mal sehen, was deinen ersten Schrei ausgelöst hat.« Skeptisch kam der Marder langsam neben dem Stamm hergelaufen, während der Nager sowohl das Eingreifen des Marders als auch die potenziellen Eingriffe eines Fremden analysierte. »Sehr interessant«, kommentierte er schließlich, nachdem er angehalten hatte. »Da hat wohl jemand ein Loch in die Rinde genagt, einen passenden Stein in den Stamm gelegt und dann noch einen weiteren darauf, damit, wenn du den unteren wegschiebst, der obere auf dich fällt.«

Wortlos war der Blick des Marders auf die Falle gebannt, die Hand noch immer am Kopf. Vinous erfasste den sprachlosen Jäger, ehe er noch hinzufüge: »Keine Sorge, dein Bauwerk war auch nett.«

Der Marder schielte ihn mahnend aus den Augenwinkeln an. »Wie war das mit dem respektvoll?«

»Hey, ich habe dir doch geholfen, oder nicht?«

»Ich werde diesen Dieb finden!«, fluchte der Marder energisch, nicht mehr auf Vinous' Antwort eingehend. »So eine faule Socke. Soll der sich doch selbst Vorräte anlegen!«

»Nein, der macht es wie ein richtiger Fleischfresser.« Das rote Tier zuckte die Schultern. »Er frisst, was er findet – und zwar sofort.«

»Entschuldige bitte, seit wann bist du ein Fleischfresser?«

»Tut es weh?«, fragte Vinous und deutete auf den Kopf seines Gegenübers, an dem immer noch seine Hand hing, als wäre sie dort angeklebt.

»Mit eloquenten Themenwechseln haben wir's nicht so, oder?«

»Sagt der Richtige.« Er griff nach der vermeintlichen Verletzung und schob dabei die Hand des Marders zur Seite. »Lass mal sehen.«

»Es hat mein Ohr erwischt«, jammerte er und ließ sich begutachten.

»Sieht nicht sonderlich schlimm aus.«

Das braune Tier verdrehte die Augen. »Danke für deine Anteilnahme. Würdest du das Urteil bitte mir überlassen?«

Vinous ließ den Kopf wieder los. »Etwas Arnika müsste helfen.«

»Arni- was?«, fragte der Marder verdutzt, doch der Nager war schon losgesprungen, nur um kurze Zeit später wieder mit einem Strauß gelber Blumen anzukommen.

»Für mich?«, fragte der Marder mit theatralischer Ergriffenheit und legte die Hand aufs Herz. »Wenn ich mir den in die Höhle lege, denke ich bestimmt nur noch an den Strauß und vergesse meine Schmerzen.«

»Würdest du bitte einmal den Mund halten und zuhören?«, wurde er von Vinous zurechtgewiesen. »Wenn du die Blüten auf deiner Verletzung zerreibst, sollte es schon bald nicht mehr wehtun.«

Der Blick des Marders schweifte vom Eichhörnchen zu den Blumen. »Na schön, Kräuterjunge. Ich probier's mal aus.« Er schnappte sich die Pflanzen und begutachtete sie in seinen Händen. Nach einigen Atemzügen schielte er wieder nach oben. »Woher hast du die?«

»Ein Mensch hat einen Kräutergarten in der Nähe. Mehr oder weniger in der Nähe.«

Auch wenn der Marder das nicht gewusst hatte, überraschte ihn diese Info nicht gerade. »Das ist nicht das erste Mal, dass du mit sowas ankommst. Woher weißt du das alles?«

Vinous zuckte abtuend die Schultern. »Keine Ahnung.« Ein kaum erkennbares selbstironisches Grinsen folgte. »Ich bin gerne vorbereitet, schätze ich. Ich wollte immer in der Lage sein, allein zurechtzukommen. So habe ich meine Augen und Ohren offengehalten, wenn es etwas zu lernen gab. Über die Zeit hat sich wohl einiges an Wissen angesammelt.«

Der Marder grübelte. »Hast du nicht mit einem unserer Adler-Freunde über das ganze Zeug gesprochen?«

»Ja«, lachte das Eichhörnchen kopfschüttelnd. »Das ist übrigens ein weiterer Punkt für eure Interspezies-Freundschafts-Theorie. Zum Glück hatte der eine ähnliche Einstellung wie Bonario.«

Der Marder lächelte sein Gegenüber aufrichtig an. »Danke«, meinte er anerkennend. Dann begann er deutlicher zu grinsen und stieß Vinous mit der Faust freundschaftlich an die Schulter.

Der erwiderte den Blick mit funkelnden Augen. »Sieh es als nachträgliches Dankeschön an.«

Der Marder nickte zustimmend, als er bereits anfing, die Blüten an seinem Ohr zu reiben.

Witternd schob Own ihre Nase durch den Schnee, doch die Suche nach etwas Fressbaren an dieser Stelle erwies sich als sinnlos. Seufzend schaute sie auf die dunkle, gefrorene Erde, die sich unter der weißen Masse befand. Es fiel ihr schwer, eine Fährte aufzunehmen, doch die Suche nach Nahrung hatte sich nun schon seit Wochen auf diese Art gestaltet, so war es keine Überraschung.

Als sie ihren Weg fortsetzen wollte, ertönte eine wohlbekannte, schnippische Stimme hinter ihr. »Kein Glück gehabt?«

Ihre Ohren waren nach hinten gedreht, ein kurzes Zucken durchfuhr sie. »Nein«, bestätigte sie knapp, doch mit einem seichten Funkeln in den hellblauen Augen. »Du etwa?«

Ihr Kopf wendete sich nun dem braunen Hasen zu, der auf sie zu gehoppelt kam, aber erst wieder sprach, als er direkt vor ihr stand. »Leider nicht.«

Own blinzelte. »Wir kennen die Gegend inzwischen ziemlich gut. Wir werden schon genügend Wurzeln und Gräser finden, um durchzukommen.«

Dry legte herausfordernd sein Haupt schief, wobei das dezente Grinsen seine Lippen nicht verließ. »Nachdem wir uns ganz gut eingelebt haben, sollte man denken, dass wir mehr finden als derzeit.«

In ihrem Ausdruck leuchtete plötzlich etwas ungewohnt Provozierendes auf, das ihr Gegenüber interessiert aufhorchen ließ. »Ja, seltsam. Gerade *du* hast dich schon gut eingelebt und neue Bekanntschaften gemacht, die dir weiterhelfen könnten.«

Mit einem Mal hatte sich Drys ganze Haltung verändert. Schlagartig schien er sich überrumpelt zu fühlen. Wenn sie es nicht besser wüsste, würde sie sagen, dass seine nach hinten geklappten Ohren von Verlegenheit rührten. Er wirkte, als würde er ihre Absichten überprüfen und gleichzeitig nach Worten suchen. Schließlich war er versucht, sein lässiges Grinsen wieder aufzusetzen. »So spitzzüngig mal wieder. Steht dir gut, wie immer.«

»*Ihr* hat das glänzende Fell gut gestanden«, entgegnete sie scharf, doch unerwarteterweise auch mit einem nicht zu verleugnendem Amüsement in der Stimme, während sie sich fortwandte und loslief. »Sie hat nicht gerade unterernährt ausgesehen.«

Augenblicklich sprang Dry ihr hinterher, sodass er an ihrer Seite laufen konnte. »Eifersüchtig?«, fragte er verwegen, doch Own starrte weiterhin geradeaus.

»Nenne mir nur einen Grund, warum ich das sein sollte.«

»Ganz einfach«, zuckte der Hase die Schultern. »Du stehst auf mich.«

Own hielt an, Dry stoppte ebenfalls, doch ihr gleichgültiger Blick, mit dem sie ihn überflog, bereitete ihm mehr Unbehagen als ihre Sticheleien. Mehr noch, er kam ihm auf einmal schlimmer vor als alles andere, was sie ihm zuvor entgegengebracht hatte. »Nicht in diesem Leben«, meinte sie nüchtern und setzte ihren Weg ohne Zögern fort.

Dry beobachtete, wie sie sich entfernte, ohne sich selbst zu bewegen. Hätte er eben noch Vergnügen hinter ihren Absichten vermutet, war sie nun wieder in ihren Standardzustand verfallen. In seinen Gedanken ging er ihre Reaktionen nochmals durch.

Nein, das stimmte auch nicht. Es deutete nahezu darauf hin, dass sie ihn mit ihrer Aussage verletzen wollte. Oder kam ihm das nur so vor, weil es ihn tatsächlich irgendwo verletzt hatte? Dry konnte es nicht mit Sicherheit sagen. Fakt war, dass ihn das Gespräch auf bisher unbekannte Weise aus dem Konzept gebracht hatte. Etwas, das er von sich nicht kannte, das ihn aber gleichzeitig dazu anstachelte, sich weiter in dieses Terrain zu begeben.

Die glitzernde Winterlandschaft war von einer schlummernden Stille beherrscht. Cunning schlich unter ein paar Sträuchern entlang in der Hoffnung, einen Mäusebau zu finden. Nichts rührte sich, kein noch so kleines Geräusch erklang in der Umgebung, es herrschte Windstille. Nur das seichte Knarren des Schnees, wenn der Rüde auf ihn trat, war zu vernehmen.

Doch plötzlich drehten sich Cunnings Ohren instinktiv zur Seite. Er verharrte bewegungslos, denn vielleicht bedeutete dieses Geräusch etwas zu fressen. Und tatsächlich – eine Maus suchte auf einer schneefreien Stelle nach der mühsam zu ergatternden Nahrung. Cunnings Pupillen erweiterten sich jagdbereit. Er stieß sich vom Boden ab, doch zur gewünschten Landung kam es nicht. Jemand sprang ihm in die Flanke und schleuderte ihn zur Seite, sodass er über das kalte Nass schlitterte. Erschrocken hüpfte er wieder auf seine Läufe, die weiß gesprenkelten Haare standen aufrecht. Seine aufgerissenen Augen erfassten einen gelblichen Fuchs, der entspannt im Schnee saß und ihn dreist angrinste.

Cunning benötigte einen Moment, um seine Verwunderung in Worte zu fassen. Dieser Besuch war unerwartet. »Bernstein?«

»Du erkennst mich. Ich bin gerührt.«

Der Rüde musterte den Eindringling einige Augenblicke skeptisch, bevor er antwortete. »Tja, du hast dich nicht sehr verändert. Dürr, zotteliges Fell und schlechtes Benehmen.«

Das Grinsen seines Gegenübers wurde breiter. »Oooh, zu viel der Ehre.«

Cunning konnte nicht fassen, dass er hier vor ihm stand. »Was willst du hier? Du hast hier nichts verloren.«

Bernstein erhob den Kopf. »Im Ernst? Also ehrlich, ich wurde schon mal freundlicher empfangen.«

»Ja«, stimmte Cunning mit künstlichem Lächeln zu. »Das war bevor du Zart so mies behandelt und unser Vertrauen ausgenutzt hast.«

»Wie geht es Zart?«, fragte der Neuankömmling unvermittelt, doch Cunning verabscheute die Scheinheiligkeit der Frage.

»Ihr geht es sehr gut ohne dich. Hervorragend, um genau zu sein.«

»Das freut mich für sie«, entgegnete er selbstsicher. »Ehrlich. Das heißt, dass sie endlich über mich hinweg ist.«

Cunning schnaufte. »Eingebildet bist du gar nicht, oder?«

»Es hält sich in Grenzen.« Er zwinkerte und begab sich auf die Pfoten, während er sich umschaute, als würde er die Umgebung inspizieren.

»Geh jetzt, Bernstein«, mahnte der Rotfuchs. »Nochmal bitte ich dich nicht.«

»Was ist eigentlich mit Wind passiert?«, redete der Eindringling weiter, als hätte er die Aufforderung gar nicht gehört. »Er ist nicht mehr im Wald, oder?«

Misstrauen breitete sich daraufhin in Cunning aus. Er fragte sich, woher er das wissen konnte. Noch ehe er darüber rätseln konnte, ergriff Bernstein wiederum das Wort. »Zumindest hat er ihn die ganzen letzten Wochen nicht betreten. Oder waren es Monate?« Das wissende Blinzeln des hellen Rüden fuhr Cunning unangenehm ins Fell.

»Was willst du?«, zischte der Rotfuchs. Warum kreuzte er plötzlich wieder auf? Nach so langer Zeit? Was hatte er vor? Plötzlich zweifelte Cunning ernsthaft daran, ihn so schnell loswerden zu können.

Seine Befürchtungen schienen sich zu bestätigen, als der unerwünschte Gast weiterhin seelenruhig im Schnee saß. »Das hast du mich schon mal gefragt.«

Dieser dreiste Mistkerl. »Du hast mir keine Antwort gegeben.«

Bernstein legte den Kopf in den Nacken, als wisse er, er sei ohnehin überlegen. »Dann frage ich mich, wieso du jetzt eine Antwort erwartest.«

Inzwischen war Cunning klar, dass er nicht zufällig oder um der alten Zeiten Willen in das Gebiet seiner Familie eingedrungen war, sondern dass er ein Ziel verfolgte. Eines, welches sein Geheimnis bleiben sollte. Während all dessen, fiel Cunning ein Geruch auf, der dem Fuchs anhaftete und den er wohl schon die ganze Zeit über als merkwürdig abgestempelt hatte, ohne ihn wirklich bewusst wahrzunehmen. Er kannte ihn, konnte ihn zuordnen, doch wusste er nicht, ob er seiner Nase trauen sollte. Die Puzzlestücke, die sich so unvermittelt auftaten, ergaben keinen Sinn und ließen Cunning nur noch mehr über Bernsteins Präsenz grübeln.

»Raus hier«, fauchte er ihn nun an, seine Krallen bohrten sich bedrohlich in den Boden. Anscheinend kam es bei seinem Artgenossen auch als Drohung an, denn nach einer regungslosen Pause, setzte er sich in Bewegung.

»Als Zeichen meines guten Willens komme ich deiner Bitte vorerst nach«, redete er noch, während er sich bereits entfernte. Cunning hatte befürchtet, dass er so etwas sagen würde. Das nächste Mal würde er ihn allerdings nicht mehr so nachsichtig empfangen.

Die Lichtung vor der Höhle der Rotfuchsfamilie war weiß bis auf die Fußabdrücke, die den Boden aus allen Richtungen übersäten. Von außen wirkte alles ruhig, doch im Inneren von Kühl und Hearts Bau tummelten sich die Füchse des Waldes. Der obligatorische Futterberg häufte sich in der Mitte des Kessels, die Füchse verteilten sich im Raum.

Zart lag auf der Erde, den Kopf zwischen den Pfoten platziert. Ihre grünen Augen musterten den sich vor ihr stapelnden Nahrungshaufen, der bei weitem nicht so üppig war wie zur Sommerzeit. Doch ihr nachdenklicher Blick galt nicht dem Gebilde vor ihrer Nase.

Cunning sowie Stürmisch waren noch unterwegs, im Hintergrund hörte sie die Stimmen der Älteren. Die Gespräche stoppten auch nicht, als der noch fehlende Silberfuchs schließlich den Bau betrat. Wie aus einer Starre befreit hob die Füchsin den Kopf und lächelte ihren Gefährten an. Der lud seine Beute auf dem Berg ab und erwiderte das Lächeln. Seine Füße trugen ihn zu ihr hinüber und er drückte seine Stirn an die ihre. »Alles in Ordnung?«, flüsterte er und überflog mit den Augen ihren Körper, während er sich auf die Hinterläufe setzte.

Zart lachte und schüttelte den Kopf. »Du musst mich das nicht bei jeder Gelegenheit fragen. Ich bin schwanger, nicht krank.«

Stürmisch begann zu grinsen, trotzdem leuchtete Widerspruch in seinem Gesicht auf. »Aber-«, begann er, doch die Füchsin schnitt ihm sogleich das Wort ab. »Lass es«, ermahnte sie ihn.

Stürmisch blinzelte ihr zu, dann seufzte er und ließ sein Haupt sinken. »Na schön«, lenkte er ein. Verlegen legten sich seine Ohren an. »Entschuldige«, fügte er kleinlaut hinzu.

Die dunklen Lider der Fähe senkten sich. Ihr warmherziges Lächeln kam wieder verstärkt heraus. Sie stand auf und rückte näher an den Rüden heran. »Entschuldigung akzeptiert«, raunte sie neckisch und schleckte ihm über die Nase.

»Hör auf, die zwei zu beobachten«, hörte Whitestar ihren Gefährten sagen, denn sie starrte schon einen guten Moment auf das junge Pärchen. Die Füchsin drehte ihre Ohren zum Silberfuchs, ihr Blick benötigte eine Sekunde, bis er sich abwendete.

»Genau«, klinkte sich Kühl ein, sein Ausdruck bekam etwas Schelmisches. »So etwas macht man unauffällig.« Eine augenrollende Heart schlug den Rüden leicht mit ihrer Rute.

Die Schneefüchsin grinste sanft. »Das nächste Mal denke ich dran. Aber ...« Mit Skepsis erfasste sie ein weiteres Mal die zwei jungen Füchse. Ihre Stirn zog sich kraus. »Ach, nichts.«

Sage trat an ihre Seite. »White?«

Sie seufzte kaum hörbar. »Zart wirkt etwas gedankenversunken in letzter Zeit. Ob sie etwas beschäftigt?«

Hearts Blick landete bei der Aussage automatisch bei ihrer Tochter, als wolle sie sich persönlich davon überzeugen. »Sind wohl Stimmungsschwankungen«, klang sie völlig abwesend, als würde ihr plötzlich bewusst, dass ihr etwas entgangen war.

»Ja, wahrscheinlich.« Die weiße Fähe nickte. »Ist denke ich normal, dass man sich den ein oder anderen Gedanken macht, wenn man Nachwuchs erwartet.« Schließlich lächelte sie zufrieden und schenkte ihre Aufmerksamkeit wieder den anderen. »Entschuldigt bitte. Meine Hysterie geht gerne mal mit mir durch.«

Kühl lächelte und Sage drückte seinen Kopf an Whitestars. Nur Heart blieb mit ihren Gedanken noch eine Weile bei der beigefarbenen Füchsin hängen. Erst durch Cunnings Eintreten in die Höhle änderte sich das. Er war offensichtlich besorgt. »Ich hatte eine interessante Begegnung«, fing er sofort an.

Kühl musterte seinen aufgeregten Sohn. »Hier im Wald?«

Cunning nickte ernst. »Bernstein.«

Während Zart ein unangenehmes Zucken durch den Rücken presch-te, flatterten die Ohren ihres Vaters verärgert auf. »Was zum Teufel hat Bernstein in unserem Wald verloren?«

Stürmisch war die Reaktion der Füchsin nicht entgangen und sein Blick wechselte zwischen den Rotfüchsen umher. »Wer ist das?«, wagte er zu fragen.

Die Augen der anderen fielen auf ihn, doch niemand erwiderte et-was. Ein Seufzer kam schließlich von der Seite und er musterte seine Gefährtin. »Der Kerl, mit dem ich mal sozusagen ›zusammen‹ war.«

Stürmisch nickte wie in Zeitlupe. »Oh.«

»Auf jeden Fall war das kein Freundschaftsbesuch«, fuhr Cunning fort.

»Wie auch?«, erwiderte Kühl spitz. »Wir sind ja auch nicht befreun-det.«

Stürmisch beobachtete unterdessen Zart, doch sie schaute ihn nicht an.

»Ja, aber er ...« Cunning begann nachdenklich auf und ab zu laufen. »Da steckt mehr dahinter.«

»Bernstein ist ein Großmaul«, widersprach Kühl. »Da hat noch nie mehr dahintergesteckt.«

»Normalerweise würde ich dir zustimmen.« Der junge Fuchs schüt-telte grübelnd den Kopf. »Aber wie er geredet hat, was er gesagt hat, dass er praktisch versprochen hat, wiederzukommen ... er würde das nicht ohne Rückhalt machen.«

Stürmisch runzelte die Stirn. »Gerade habt ihr noch gesagt, er wäre ein Großmaul.«

»Ja, aber er ist 'ne Pfeife«, entgegnete Cunning sofort. »Und ich habe auch gedacht, er redet blödes Zeug daher bis er ...« Er hielt kurz inne, indem er die Mundwinkel verzog. »Bis er Wind erwähnt hat.«

Eine kurze Stille trat ein, ehe Heart wieder das Wort ergriff. »Was hat er gesagt?«

Ihr Sohn atmete einmal durch. »Er wusste, dass er schon eine ganze Weile nicht mehr im Wald ist. Sprich, er muss den Wald beobachtet haben. Er muss *uns* beobachtet haben.«

Unbehagen machte sich breit bei dem Gedanken, möglicherweise unbemerkt bespitzelt worden zu sein. Zumal sie wirklich nicht wenige Füchse im Wald waren, die es hätten bemerken können.

Durch Stürmisch kletterte ein Verdacht. Noch überlegte er, wie er seine aufkommende Frage formulieren sollte. »Könnte er mit Wind ...?«

»Nein, das glaube ich nicht«, meinte Kühl direkt, was jedoch die Vermutung nahelegte, dass er selbst schon darüber nachgedacht hatte. »Wind hasst Bernstein genauso wie wir, wenn nicht noch mehr. Es würde absolut nicht zu ihm passen, mit ihm – in welcher Hinsicht auch immer – zusammenzuarbeiten.«

»Ich bin mir auch ziemlich sicher, dass wir diese Möglichkeit ausschließen können«, fügte Heart mit Gewissheit hinzu.

Stürmisch konnte nicht behaupten, das Thema innerlich damit abgehakt zu haben, doch er wusste zu wenig über die Umstände damals, als dass er etwas hätte entgegenbringen können. So beließ er es vorerst dabei.

Sage richtete sich unterdessen wieder an Cunning. »Er hat gesagt, dass er wiederkommen würde?«

Dieser nickte. »Vielleicht nicht wortwörtlich, aber ja.«

»Wenn ihr davon ausgeht, dass er nicht alleine arbeitet, ist sein Besuch eventuell als eine Art Nachricht einzustufen. Für etwas Größeres, das nachkommt.«

Kühl war nicht komplett überzeugt. »Möglich. Aber ich möchte der Sache noch keine allzu große Bedenklichkeit zuschreiben. Bis jetzt haben wir nur Bernstein, der ein wenig kryptisch Überlegenheit demonstrieren wollte.«

Cunning atmete angespannt durch, seine Beklommenheit wurde noch schwerwiegender als zuvor. »So, da ihr das verdaut habt, sage ich euch jetzt noch, warum ich auch noch vermute, dass er nicht völlig allein gehandelt hat, auch wenn es sich verrückt anhört. Ich habe Ranks typischen Familiengeruch an ihm entdeckt.«

Während die Rotfüchse ungläubige Visagen zogen, blickten ihre silbernen Artgenossen ziemlich verwirrt drein.

»Okay, jetzt habe ich endgültig den Faden verloren«, seufzte Stürmisch, während er sein Haupt sinken ließ.

»Kann ich verstehen.« Kühl grinste kaum merklich, holte dann aber tief Luft. »Rank ist ein Rotfuchs. Ihr habt doch mitbekommen, dass unsere Familie früher mal Streit mit einer anderen um dieses Land hier hatte.« Die Silberfüchse nickten. »Na schön, also, das war die Familie von Rank«, schloss der Narbige.

Stürmisch versuchte Ordnung in das Durcheinander seiner Gedanken zu bringen. »Und ... Bernstein gehört zu dieser Familie?«

»Nein«, antwortete ihm Cunning. »Ich bin mir nicht sicher, ob sie sich überhaupt jemals getroffen haben. Bernstein kam eigentlich erst etwas später.«

Sages Ohr klappte zur Seite. »Die Frage lautet also, was hat Bernstein plötzlich mit dieser anderen Rotfuchsfamilie zu tun?«

»Exakt«, bestätigte Kühl.

Whitestar plusterte die Wangen auf und ließ die Luft kopfschüttelnd nach draußen strömen. »Also schön. Wisst ihr, was mit der anderen Familie passiert ist?«

»Nun ja, sie waren uns unterlegen und sind fortgezogen«, erläuterte Kühl. »Wohin wissen wir nicht.«

»Ist es möglich, dass sie ein weiteres Mal Anspruch auf dieses Land erheben wollen?«, warf Sage ein.

»Das ergibt wenig Sinn, oder?«, entgegnete der Rotfuchs. »Inzwischen sollten sie wohl einen anderen Wohnort gefunden haben. Warum sollten sie nach so langer Zeit wieder zurückkommen?«

»Weil ihr Zuhause nicht mehr existiert?«, schlug Heart vor.

Kühl zog unzufrieden die Stirn kraus. »Das sind alles Spekulationen und die bringen uns nicht weiter. Bis jetzt ist noch nicht sonderlich viel passiert, mit dem wir etwas anfangen können, also ist unsere beste Option, einfach abzuwarten. Wenn jemandem etwas Merkwürdiges passiert, muss er sofort Bescheid sagen. Ansonsten machen wir einfach so weiter wie zuvor.«

Ein Nicken ging durch die Runde, doch niemand antwortete, als seien sie noch in Gedankengänge verstrickt. Kühl seufzte und suchte seine Gefährtin. Sie hatte ihn bereits anvisiert und es bildete sich ein dezentes Lächeln in ihrem Gesicht, welches dafür sorgte, dass ihm warm ums Herz wurde. Er begab sich auf seine Pfoten und verließ die Höhle, vermutlich um jagen zu gehen.

Stürmisch wandte sich unterdessen an Zart. »So«, machte er, was sie dazu brachte, ihn endlich wieder anzusehen. »Hast anscheinend ein gutes Pfötchen für Männer.«

Zunächst wirkte sie zurückhaltend, doch sie begann zu grinsen, während ihr Blick kurzzeitig auf den Boden fiel. »Bernstein kann mir gestohlen bleiben«, sagte sie selbstbewusst und schenkte ihm dann ein ehrliches Lächeln. »*Du* bist die wichtigste Person in meinem Leben. Na ja.« Sie zuckte die Schultern. »Das heißt, bis unser Nachwuchs auf der Welt ist.« Dieser Gedanke zauberte ihnen ein Lächeln ins Gesicht, auch wenn sie es noch gar nicht richtig fassen konnten. In der Tat war es eine neue Entwicklung und beide mussten sich zunächst noch an den Gedanken gewöhnen. Wenn Stürmisch jetzt in die Augen seiner Gefährtin schaute, erkannte er ihre Liebe, doch erkannte er auch Zweifel? Gewiss war sie unsicher, ob sie die Elternrolle meistern würde, das war er ja auch. Allerdings fragte er sich, ob es wirklich *daran* lag, dass sie in letzter Zeit so wirkte, als würde etwas an ihr nagen.

»Ich will nicht stören«, holte ihn Cunning aus den Gedanken, indem er seine Schwester anschaute, »aber könntest du mir deinen Gefährten eine Zeit lang ausleihen?«

Sie lächelte. »Natürlich. Er verbringt seine Zeit sowieso viel lieber mit dir.« Sie zwinkerte ihm zu und er schmunzelte. »Es geht um deinen neuen Bau, nicht wahr?«

Der Rotfuchs nickte. »Mit Stürmischs Hilfe sollte es nicht mehr allzu lange dauern.«

»Das finde ich toll!«, meinte sie lebhaft.

»Und ich erst ...« Cunning rollte die Augen, wirkte aber dennoch zufrieden. Stürmisch hingegen musterte die helle Fähe mit zusammengezogenen Lidern. Er kannte sie viel zu gut, um nicht zu merken, dass ihre Reaktion leicht übertrieben gewesen war. Aber was hatte das für einen Hintergrund? War sie froh, dass sie ihre Ruhe haben konnte? Stürmisch beschloss, das nicht persönlich zu nehmen, falls dem so war.

Er kam einen Schritt auf sie zu, sodass er seine Schnauze an ihre Wange stupsen konnte. »Und du überanstrengst dich nicht, hörst du?«

»Stürmisch!«, zischte sie genervt.

»Ich weiß schon, ich weiß«, blockte er sogleich grinsend ab und musterte sie mit verschmitztem Trotz. »Erschieß mich doch.«

Zart konnte nicht anders als ebenfalls zu grinsen, als er sich abwendete und mit Cunning die Höhle verließ. Ihr war klar, dass er es gut meinte und es war zugegebenermaßen sehr charmant, dass er wusste, wie überzogen es war, sein fürsorgliches Verhalten aber trotzdem beharrlich beibehielt.

Stürmisch stand vor einem bröckelnden Hang mit einem Tunnel darin, bei dem er nicht wusste, ob dieser die nächsten Sekunden überstehen würde.

»War ja klar, dass du dir den ungünstigsten Ort im ganzen Wald für deinen Bau ausgesucht hast«, kommentierte er kopfschüttelnd.

»Stürmisch, diese Diskussion hatten wir schon«, grinste Cunning mahnend. »Und ich hab gewonnen, der Tunnel hält noch, siehst du?«

»Oh ja«, war der Silberfuchs immer noch das Loch fixiert. »Ich seh's ganz genau.«

»Nur weil du es dir leicht gemacht hast und eine Höhle genommen hast, die praktisch schon fertig war«, stichelte der bräunliche Jäger, »machst du mir jetzt nicht den Spaß am Bauen zunichte. Ich hab sogar drinnen schon fleißig weitergegraben.«

Stürmisch musste nun doch schmunzeln. »Okay. Ich muss ja nicht drin leben.«

»Jup. Außerdem ist die Lage perfekt. Der See gleich in der Nähe, eine Mäusekolonie um die Ecke.«

»Du solltest Höhlenmakler werden«, kommentierte der Silberfuchs amüsiert.

»Gleich nachdem du Höhlenbegutachter geworden bist«, entgegnete Cunning sogleich und begab sich in den Bau, sein Artgenosse kam hinterher.

»Sooo«, machte dieser wie nebenbei. »Also dieser Bernstein ...«

»Ehrlich, Stürmisch?«, fiel ihm der Rotfuchs sogleich ins Wort und dreht sich wissend zu ihm um.

»Was denn?«, wehrte sich der silberne Rüde sofort. »Ich hab doch gar nichts ...«

»Bernstein ist Geschichte, okay?«, ließ er ihn ein weiteres Mal nicht ausreden.

»Aber ...«

»Nein«, beharrte Cunning. »Nichts aber.«

»Lass mich doch mal ausreden, für jemanden, der mir immer das Wort abschneidet, hab ich eine Gefährtin!«

Der Rotfuchs schmunzelte. »Oh, armer Stürmisch. Ich wusste ja gar nicht, dass meine Schwester eine solche Tyrannin ist.«

»Ist sie auch nicht, das war nur ein Klischee«, lenkte der Jäger kleinlaut ein.

Cunning grinste wiederum, beobachtete sein zerknirschtes Gegenüber aber eingehender. »Also schön, Stürmisch. Was möchtest du wissen?«

Dieser schaute grübelnd ins Leere. »Keine Ahnung«, murmelte er.
»Wie ernst war das denn?«

Der Rotfuchs begutachtete den silbernen eine Weile. Trotz seinem oft
taffen Auftreten, wusste Cunning genau, dass sich darunter des Öfteren
sehr viele Überlegungen und Zweifel verstecken konnten. Manchmal
mehr als nötig. Stürmisch schaute ihm in die Augen, als keine Antwort
gekommen war. »So ernst, wie die erste Schwärmerei nun mal ist«, erwiderte Cunning schließlich. »Du schwebst schnell und fällst tief. Aber
im Endeffekt ohne Konsequenzen. Und mit dem richtigen Abstand
sogar mit Erleichterung, dass es vorbei ist.«

Stürmisch nickte zur Kenntnis nehmend und schaute wieder ins
Leere.

»Glaub mir«, beteuerte Cunning. »Zart hat keinerlei Gefühle für
ihn. Sollte sie dich jemals daran zweifeln lassen, werde ich ihr persönlich
in den Hintern treten.«

Der Silberfuchs schmunzelte, war seinem Gegenüber aber dankbar.
Dann atmete er handlungsbereit durch. »Okay, also dann«, stieß er hervor und drehte sich einmal rundum. »Dann werden wir mal sehen, wie
wir diese Bruchbude zu einem kuscheligen Plätzchen machen können.«

Die Nacht war bereits hereingebrochen. Weiße Sterne glitzerten zurückhaltend am schwarzen Himmel, dunkle Silhouetten der Bäume
zeichneten sich vor einem blassen Mondlicht ab. Bluefire war gerade auf
dem Heimweg. Er hatte seinen Rundgang entlang der Grenzen beendet
und war froh, endlich wieder in die warme Höhle zurückkehren zu
können. Trotzdem blieben seine skeptischen Augen wachsam auf die
Umgebung gerichtet.

Der Wind pfiff durch das Geäst und brachte noch vorhandene Blätter
zum Rascheln. Eulenrufe paarten sich mit Lauten von umherhuschen-
den Nagetieren. Ein regelmäßiges Knarren begleitete die gedämpfte
Geräuschkulisse.

Der Fuchs drehte sich misstrauisch um und behielt die hinter ihm liegende Szene einen Moment im Auge. Es regte sich nichts Unübliches im Wald und er konnte keine außergewöhnlichen Geräusche ausmachen, doch in ihm verfestigte sich mehr und mehr das Gefühl, dass er nicht allein war.

Angefangen hatte es zu Beginn der Nacht, als er das eine Ende ihres Reviers erreicht hatte und praktisch den Rücktritt anging, aber als er weder etwas gesehen noch etwas gerochen hatte, hatte er es ignoriert. Auch jetzt gab es wieder keinerlei Anzeichen für einen Verfolger und doch ließ ihn dieses ungute Gefühl nicht los. Schließlich wandte er seinen Blick wieder ab, schaute jedoch nochmals rundum, ehe er weiterlief. Seine Ohren drehten sich weiterhin zu allen Seiten, während er voranschritt.

Die Nacht lebte vor sich hin und Bluefire erreichte den Eingang seines Baus. Er schlüpfte hinein, blieb jedoch mit seinen Gedanken teilweise noch draußen, selbst nachdem er Silver entdeckt hatte. Sie kam erwartungsvoll und zielstrebig auf ihn zugelaufen. Ihr Lächeln war gleichermaßen entschlossen wie auch verführerisch. »Ich hab dich vermisst«, raunte sie ihm zu, als sie vor ihm stand.

Sein Ohr zuckte sachte, während sich seine Mundwinkel zu einem wissenden Lächeln formten, auch wenn ihn augenscheinlich etwas zurückhielt. »Wir müssen reden«, erwiderte er möglichst ernst, obgleich ihm ihre Anziehungskraft auf ihn wieder einmal deutlich bewusst wurde. Langsam neigte sie ihr Haupt zur Seite, musterte ihr Gegenüber jedoch ununterbrochen aus auffordernden Augen. Sie schien seine Bitte überhört zu haben, denn sie fuhr ihre Schnauze an sein Ohr und schleckte den Ansatz zu seinem Halsfell.

Das Grinsen des Rüden wuchs, doch rollte er auch seine Augen aufgrund der Unachtsamkeit der Füchsin. »Silver«, mahnte er schließlich ansatzweise, auch wenn es ihm leidtut, sie zu unterbrechen.

»Bluefire«, äffte sie ihn verspielt nach, nachdem er seinen Kopf zurückgezogen hatte, und setzte einen nicht ganz ernst zu nehmenden Schmollmund auf, der bei ihm zu seiner Ernüchterung auch noch wunderbar funktionierte. Der Blaufuchs konnte nicht anders, als dass sein Grinsen wieder aufblitzte, auch wenn es wie immer dezent gehalten war. Doch Silver wusste, dass es unter seiner sorgsam lebenslang aufgebauten Fassade nicht so zurückhaltend aussah. Und dieser Gegensatz an ihm faszinierte sie schon seit Beginn ihrer Beziehung.

Als er etwas resigniert, aber gleichzeitig offener zurückschaute, schob die Füchsin ihren Kopf unter seinen, an sein Brustfell gelehnt. Er atmete tief durch und legte sein Kinn sachte zwischen ihren Ohren ab. »Ich muss dir noch was sagen«, startete er einen letzten Versuch, der jedoch nur noch als halbherziges Flüstern herauskam.

»Ach wirklich?«, entgegnete sie leise. »*Musst* du?«

Wieder wuchs das diesmal vollends zufriedene Lächeln auf seinem Gesicht. Noch einmal schüttelte er leicht seinen Kopf über die hartnäckige Fähe, die sich inzwischen ganz und gar an seinen Körper geschmiegt hatte.

»Nein«, hauchte er, schloss die Augen und sog ihren süßen Duft tief in sich ein. »Nachher.«

Es war inzwischen tiefste Nacht, als Silver am Eingang der Höhle lag. Ihre Pfoten waren hinausgestreckt und nur wenige Millimeter von der Schneedecke entfernt. Auf ihren Lippen ruhte ein glückliches Lächeln, während sie hinaus in die Umgebung schaute. Alles schien ruhig und friedlich. Bluefire hatte ihr inzwischen von seinem unguten Gefühl erzählt und so kam auch die Silberfüchsin nicht umhin, den Wald forschend zu begutachten. Allerdings war alles unauffällig und Silver schwebte momentan ohnehin höher als sie vielleicht sollte, so war auch ihre Achtsamkeit eingeschränkt.

Plötzlich segelte eine weiße Flocke vor ihren Augen hinab, was der Füchsin trotz aller Nachteile des Winters ein freudiges Leuchten ins Gesicht zauberte. Der Anblick von rieselndem Schnee, der sich mehr und mehr verdichtete, war schlicht und ergreifend wunderschön. Die Luft floss wie ein funkelnder Vorhang.

Unterbrochen wurde ihr Wohlbefinden durch einen Umstand, den sie bisher ignoriert hatte. Am Himmel stauten sich dunkelste Wolken und verhinderten das Durchdringen von Mondstrahlen. Auch wenn es keine rationale Begründung dafür gab, löste diese Witterung bei ihr einen bitteren Beigeschmack aus. Als wäre dies eine Nachricht.

Sie blinzelte zweimal nachdenklich, ehe sie entschloss, sich die restliche Nacht lieber noch am Neuschnee zu erfreuen. Richtig gelang es ihr jedoch nicht mehr.

Gewohnheiten

Kühl war auf der Jagd, doch entschied er sich nach Cunnings Ausführungen dazu, dabei seine Gebietsgrenzen abzulaufen. In dem normalerweise dicht bewachsenen Unterholz häufte sich die weiße Masse zu Tiefschnee, den der Rüde zu umgehen versuchte. Allerdings war der Schnee in vielen Bereichen des Waldes so hoch, dass seine Läufe beinahe vollständig darin versanken. Kühl war erleichtert, in eine kleine Lichtung ganz am Rande seines Reviers zu gelangen, da er dort relativ unbehindert laufen konnte. Zunächst schüttelte er das Nass von seinem aufgeplusterten Pelz und wollte danach locker weiter traben, als ihn ein knarrendes Geräusch alarmiert die Ohren spitzen ließ. Augenblicklich hatte er sich umgedreht.

»Glückwunsch«, ertönte es hinter dem Gestrüpp, kurz bevor sich ein muskulöser Rotfuchs offenbarte. »Freut mich zu sehen, dass du nichts von deiner Aufmerksamkeit eingebüßt hat.«

Kühl krauste verächtlich die Nase und beobachtete, wie sein dunklerer Artgenosse mit bedächtigen Schritten näherkam. Die Aufmerksamkeit des orangefarbenen Rüden wanderte langsam zu den Pfoten des Eindringlings, die bewusst kurz vor der Überschreitung der Grenze zum Stillstand kamen. Anscheinend war er nicht auf eine körperliche Auseinandersetzung aus. Nicht heute.

»Rank«, stieß Kühl missbilligend aus. »Mich freut es, dass du dich immer noch genauso mies anschleichen kannst wie damals.«

Der dunkelrote Fuchs neigte belustigt den Kopf zur Seite. »Na ja, das ist ja etwas, an dem ich arbeiten kann. Ich hatte schon befürchtet, dass deine Behinderung dir das Leben erschweren würde.« Ihn ergriff ein dunkles Amüsement. »Kurz bevor ich dich das letzte Mal gesehen habe, hast du mit blutverschmiertem Gesicht im Gras gelegen und geschrien.«

Kühls Körper füllte sich unmittelbar mit tiefer Abscheu. »Tja, ich hätte ja mal *meine* Eltern fragen können, ob sie *dir* nicht die Augen hätten auskratzen können.« Ein kaltes Lächeln folgte.

Rank blinzelte. »Mal ganz ehrlich, Kühl. Unsere Familien hatten eine Fehde und du warst bestimmt kein kleines Kind mehr. Also erzähl mir nichts von ungleichem Kampf.«

»Was willst du eigentlich hier?«, fuhr der Einheimische ihn gereizt an, denn er hatte absolut keine Lust darauf, in vergangenen Ereignissen zu wühlen, die auch noch so schlechte Erinnerungen bargen, während Rank so völlig ohne ersichtlichen Grund wieder vor ihm stand.

Der dunkelrote Rüde seufzte tief. »Da du nicht sonderlich überrascht warst, mich hier so plötzlich zu sehen, nehme ich an, ihr seid Bernstein begegnet.«

»Natürlich sind wir das und das weißt du, denn er hat es dir schon längst erzählt«, entgegnete Kühl ungestüm. Zwar war das nur eine Vermutung gewesen, doch er fühlte sich in dem Moment bestätigt, als sein Artgenosse wieder in sein Sichtfeld gelaufen war. Warum sonst hätten sowohl Bernstein als auch Rank zur selben Zeit auftauchen sollen? Solche Zufälle gab es nicht. »Was willst du eigentlich mit dem Jungen?«, fuhr er verständnislos fort. »Hast du noch nicht bemerkt, wie nutzlos er ist? Aber wahrscheinlich fällt dir sowas gar nicht auf, du warst ja schon immer schwer von Begriff.«

»Und du warst schon immer schnell im Urteilen«, konterte Rank. »Das hast du von deiner Mutter.«

»Ach ja?«, schauspielerte Kühl Interesse. »Ich würde sagen, deine Begriffsstutzigkeit hast du von beiden Seiten.«

»Und siehst du, genau wegen solcher Provokationen hast du dein Augenlicht verloren.«

»Mach dir keine Sorgen um mein Augenlicht«, erwiderte Kühl scharf, Selbstvertrauen beherrschte seine Stimme. »Ich sehe *alles*.«

Rank hielt einen Moment inne. Die Botschaft war unmissverständlich gewesen, das war wohl nicht einmal ihm entgangen. Er begann langsam zu nicken als Zeichen der Akzeptanz, doch eher auf die Weise, als müsse er akzeptieren, dass damit ein weiteres Zusammentreffen der beiden Familien unausweichlich war. Das bestätigte sich nicht nur durch die Tatsache, dass sich Rank anscheinend nicht verpflichtet fühlte, auf irgendeine von Kühls Fragen zu antworten. »Wie geht es eigentlich Heart?«, fügte er stattdessen hinzu und das war der Moment, in dem ihn Kühl auch ohne Revierverletzung beinahe angefallen hätte. Bei Rank verdeutlichte sich ein perverses Vergnügen. »Und deinen Kindern? Es waren drei, richtig?«

»Das geht dich einen feuchten Dreck an«, fauchte er ihm feindselig entgegen. Rank blieb ihm eine Antwort schuldig, doch wirkte er zufrieden mit sich, so als hätte er seine tägliche Dosis an Drohungen erfolgreich verteilt. Trotz der gewohnt angriffslustigen Atmosphäre, die schon wie damals herrschte, kam Kühl etwas seltsam vor. Die ganze Situation war ohnehin von Grund auf merkwürdig. Was wollte er so plötzlich wieder hier und wie kam er an Bernstein? War seine Familie auch in der Nähe oder war er allein? Aber was ihm an diesem Gespräch am meisten auffiel, war die unheimliche Gewissheit und das Selbstvertrauen hinter seinen Worten. Er konnte sich nicht sicher sein, woher das rührte, aber hatte Cunning nicht denselben Eindruck bei Bernstein gehabt?

»Willst du diesen Wald haben, bist du deswegen zurück?«, keifte Kühl abwertend.

»Das ist nicht *der* Grund.« Seine ganze Art strahlte eine unheilvolle Ruhe aus. »Aber im Prinzip liegst du nicht ganz daneben.«

Der narbige Fuchs zog den Nasenrücken kraus und schüttelte langsam den Kopf. »Warum jetzt? Nach all der Zeit?« Die Antwort bestand wieder einmal nur aus einem überlegenen Grinsen. Kühl seufzte genervt. »Na schön, wie du willst.« Er erhob seinen Kopf siegessicher. »Aber wenn ich mich recht entsinne, wart ihr uns zahlenmäßig unterlegen. Und wir haben seitdem noch Zuwachs bekommen.«

Auch das schien ihn nicht zu beeindrucken. Nach wenigen Sekunden zuckte er lediglich die Schultern. »Na dann hast du ja nichts zu befürchten, nicht wahr?«

Wieder blitzte Genugtuung bei Rank auf, woraufhin Kühls Anspannung ihn durchdrang. Doch er konnte nur zusehen, wie sich sein Rivale in Bewegung setzte, um sich wortlos zu entfernen. Und da er nicht in ihr Gebiet eingedrungen war, musste er ihn voerst damit gehen lassen.

Der Marder hatte sich zwischen dichten Sträuchern in den Schnee gekauert, so unauffällig wie möglich. Trotzdem behielt er eine klare Sicht auf einen Baum, neben dem er vor kurzem ein paar Mäuse vergraben hatte. Sie waren nicht vergraben und auch der Schnee, den er wieder darüber gescharrt hatte, war nicht darauf ausgelegt, das Entdecken der Nahrung unmöglich zu machen. Das Ziel der heutigen Aktion war auch nicht das Verstecken, sondern das Finden – des Diebes.

Der Jäger wurde ungeduldig, als er endlich einen dunklen Schatten hinter ein paar Gewächsen erhaschte. Dieser näherte sich dem Baum. Der Marder spannte augenblicklich seine Muskeln an und richtete sich leicht auf, die Gestalt fixiert. Doch plötzlich hielt sie unvermittelt an, kurz bevor der Marder sie wahrhaftig zu Gesicht bekommen hätte. Verdutzt zog er die Stirn kraus, als der Fremde schlagartig fortrannte.

Der Marder dachte nicht lange nach und sprang tatkräftig aus seinem Versteck, um die Verfolgung aufzunehmen. Er musste einfach wissen, wer das war. Verärgert stellte er fest, dass der andere bereits außer Sichtweite war, doch das erste Mal in diesem Winters dankte er dem Schnee, der ihm die Spur des Übeltäters offen darbot.

Das braune Tier flitzte durch den Wald und glitt geschmeidig zwischen den Ästen des Unterholzes hindurch. Er war so schnell, dass er beinahe gegen einen Stamm gekracht wäre, wäre ihm der abrupte Halt nicht gelungen. Er schlitterte über den Schnee und häufte ihn dabei vor sich auf, als er schließlich direkt vor dem Baum zum Stillstand kam.

Verwirrt blickte er sich zu allen Seiten um und schaute dann verärgert in die kahle Krone. Die Spuren stoppten vor dem Stamm, also musste der Fremde hinaufgeklettert sein, doch er war nicht mehr zu sehen. Wütend schnellte er hoch, schüttelte das Nass ab und wollte sich schon damit abfinden, dass sein Versuch missglückt war, als ihm blitzartig ein übler Gedanke in den Kopf schoss. Verzweifelt wirbelte er herum und preschte zu seinem Futterversteck zurück.

Überhastet stolperte er zu seinem Baum, doch seine Befürchtung war eingetreten. Fassungslos sanken seine Hände auf die aufgewühlte Stelle im Schnee, wo bis vor wenigen Minuten noch seine Nager gelegen hatten. »Verdammter Mist!«, stieß er zornig aus, während sich seine Krallen in die Erde bohrten. Konnte tatsächlich etwas dermaßen schief gehen?

»Suchst du die hier?«, meldete sich eine amüsierte Stimme zu Wort. Erschrocken war der Marder mit einem Schrei in die Luft gesprungen und hatte sich umgedreht. Direkt vor seinen aufgerissenen Augen baumelte eine Maus mit dem Kopf nach unten. Gehalten wurde sie am Schwanz von weißen Fingern. Der Blick des Marders folgte dem Arm bis zu dem dazugehörigen, braun-weißen Körper bis zum hellen Gesicht. Er schluckte, als er sah, dass er es mit einer Artgenossin zu tun hatte. Doch seine Überraschung wandelte sich umgehend in tiefen Groll, als er das breite Grinsen auf ihrem Gesicht realisierte. Er schnappte sich die Maus wie ein beleidigter Junge.

»Ja, allerdings«, antwortete er aufsässig. »Und das ist nicht der erste Vorrat von mir, den du geplündert hast!«

»Vorräte?« Sie kreuzte die Arme und unterdrückte ein belustigtes Kichern. »Für was brauchst du denn Vorräte?«

Trotzig schielte er sie an. Langsam war er es leid, deswegen belächelt zu werden. »Schon mal gemerkt, dass es während der Wintermonate weniger zu fressen gibt? Oder ist das neu für dich?«

Sein eingeschnappter Tonfall brachte das Marderweibchen nun doch zum Schmunzeln. »Ich habe trotzdem noch nie einen Vorrat gebraucht.«

»Toll für dich«, war das Einzige, was ihm darauf einfiel, auch wenn es zugegebenermaßen nicht die niveauvollste Antwort war. »Es gibt Tiere, die das erfolgreich machen«, rechtfertigte er sich daher noch. »Und warum nicht erfolgreiche Überlebensstrategien übernehmen?«

Sie lächelte ihn an und zuckte die Schultern. »Japp, warum nicht. Und wenn das so ist …« Sie beugte sich und zog die zweite Maus, ursprünglich aus seinem Versteck, hinter ihrem Rücken hervor, ehe sich ihre Lider provokativ senkten. »Damit du uns nicht verhungerst.«

Die Augen des Marders zogen sich eng zusammen, doch ihr freundliches Lächeln verhinderte, dass ihr Kommentar tatsächlich spöttisch oder gar verächtlich rüberkam.

»Ich habe nicht gewusst, dass die jemandem gehören«, sagte sie dann und setzte sich in Bewegung, hielt aber, als sie direkt neben ihrem Artgenossen war, nochmal an. »Aber das nächste Mal, wenn irgendwo was rumliegt und keiner Anspruch erhebt«, ihre Lippen bildeten ein Grinsen, »dann fresse ich sie.« Sie zwinkerte ihm mit ihren beinahe golden funkelnden Augen zu, dann hüpfte sie davon. Der Marder blickte ihr forschend hinterher.

Der Nager bahnte sich einen Weg durch den Schnee, doch er kam aufgrund der Massen eher langsam voran. Silver fixierte ihn. Das Hindernis machte es wahrscheinlich, dass sie keine Probleme haben würde, ihn zu erwischen. Aber sie hatte Hunger und das machte sie schnell unkonzentriert. Gute Jäger, *normale* Jäger hatten sich nicht damit herumzuschlagen. Aber sie hatte schon vor langer Zeit aufgegeben, ihre Jagdtechnik perfektionieren zu wollen. Ihr war es inzwischen nur noch wichtig, dass sie das Futter bekam, das sie wollte. Irgendwie arm für einen geborenen Jäger, doch auch darüber hatte sie aufgehört, sich Gedanken zu machen.

Im richtigen Moment stieß sie sich vom Boden ab und schlug die

Zähne in ihre Beute. Wie erwartet kein Problem. *Gott sei Dank* kein Problem. Umso giftiger sah sie Bluefire an, als er trotzdem schmunzelte. »Was?«, stieß sie genervt aus.

»Gar nichts«, meinte er nur und ließ sein Lächeln auf ihr ruhen.

Die Füchsin neigte mahnend den Kopf zur Seite. »Mach dich nicht lustig über mich.«

Er blinzelte. »Würde ich nie wagen.«

Silver schnaufte. »Und warum machst du es dann trotzdem?«

Zunächst regte sich nichts an ihm, dann wurde sein Grinsen deutlicher. »Du magst das Jagen wirklich nicht besonders, oder?«

Ihre trotzigen Augen wurden zu Schlitzen, ohne dass sie ihm wirklich böse wäre. »Und woran machst du das fest?«

Sein Grinsen flachte ab, doch seine Augen funkelten. »Du hast ... eine interessante Jagdtechnik. Ehrlich. Wie bei einem Welpen.«

Unmittelbar hatte Silver ihn angesprungen, bevor er reagieren konnte. Sie landeten im Schnee, er auf dem Rücken und sie auf ihm. Mit ihren Pfoten auf seinem Brustfell ließ sie sich tiefer sinken, sodass ihre Nase beinahe die seine berührte. Ein provokatives Lächeln hatte sich gebildet, ihre Lider waren gesenkt. »Sag das noch *einmal*«, flüsterte sie ihm die verspielte Drohung zu.

Bluefire benötigte einen Moment, bevor ihre dunkelblauen Augen ihn nicht mehr hypnotisierten. »Wieso?«, raunte er dann und seine Mundwinkel hoben sich sanft. »Bestrafst du mich dann, so wie du es jetzt tust? Das ist eine sehr schwache Drohung, Silver. Damit erreichst du eher das Gegenteil.«

Ihr Grinsen zog sich breit übers Gesicht, sie konnte nicht anders. Ihre Schnauze versank sie in seinem Wangenfell, nahe des Ohres. »Wir hätten stark bleiben und weiterhin allein jagen sollen. Wir verschwenden wertvolle Zeit.«

Bluefire atmete tief durch, nicht ohne Genuss. »Definitionssache.«

Vergnügt zog die Füchsin ihren Kopf zurück. »Du willst also nur von Luft und Liebe leben?«

Er schaute zu ihr hoch, seine Vorderläufe waren angezogen und lagen locker an ihren Flanken an. Wie so oft schickte er ihr einen Blick, der von zurückhaltender Begierde beherrscht war. Oder nicht zurückhaltend, sondern *kontrolliert*. Der immerwährende Versuch, seine Gefühle zu kontrollieren. Doch die Leidenschaft schien diesmal zu überwiegen. »Hört sich gut genug für mich an«, meinte er verschmitzt.

Silver legte ihre Ohren an, ihre Pfoten pressten sich fester in seinen Pelz. Das war alles andere als reserviert gewesen. Sie fragte sich, ob er wusste, was er durch solch einen offensichtlichen Kommentar bei ihr auslöste. Normalerweise war er der Pragmatische von ihnen und tief in ihrem Inneren wusste sie, dass er es natürlich nicht wörtlich meinte und dennoch. So sehr seine gegensätzlichen Seiten sie in seinen Bann zogen, genauso sehr genoss sie es, wenn er ab und zu über seinen Schatten sprang. Vielleicht deshalb, weil es kleine Bestätigungen waren, dass er das zwischen ihnen wirklich ernst nahm, dass es ihm wichtig war. Denn ein Mann der großen Worte war er nicht.

Sie legte ihren Kopf auf seinem Hals ab, sodass sie ihn noch anschauen konnte. »Hmmm«, säuselte sie glücklich. »Das wäre schön. Leider nicht umsetzbar.«

Bluefire blinzelte ihr zu, auch er wirkte zufrieden. Er nickte, ehe er die Initiative ergriff und begann, sich aufzurichten. Die Füchsin glitt herunter und beobachtete, wie er den Schnee abschüttelte. Schließlich kam er nochmals auf sie zu und begutachtete sie behutsam. »Du jagst gar nicht *so* schlecht.«

Silver stöhnte abwehrend, während sie grinste. »Halt den Mund und verschwinde. Eine weitere Anmerkung von dir bezüglich dieses Themas ist nicht erwünscht.«

Der Rüde zwinkerte ihr zu. »Okay.« Doch scheinbar war er noch nicht fertig. »Darf ich dir nur noch eine Frage stellen?«

»Solange du nicht zwingend eine Antwort erwartest«, scherzte sie. Nach und nach wurde er ernster. »Kann es sein, dass dein Interesse an der Jagdtechnik aufgrund gewisser Weggefährten nicht so groß ist?«

Silver stockte augenblicklich. In der Tat, das war etwas, worüber sie ebenfalls schon gegrübelt hatte. Konnte es sein, dass sie in gewisser Hinsicht verdrängen wollte, dass sie eine Jägerin war? Sicher, wirklich blockieren konnte sie es natürlich nicht und auch sie konnte der Jagd einen gewissen Reiz nicht absprechen. Aber sie lebte nun mal in einer ungewöhnlichen Gemeinschaft und das schon seit ihrer frühesten Jugend. War es also nicht folgerichtig, dass sie das unbewusst beeinflusste?

Sie machte eine Kopfbewegung, die einem Nicken gleichkam, doch sie wirkte abwesend. »Ich schätze, ich kann das nicht ausschließen.«

Bluefire merkte, dass sie nicht wusste, ob sie das gut finden sollte. Ihm war klar, dass sie ihre Freundschaften gegen nichts in der Welt eintauschen wollte, aber es war selbstverständlich beängstigend, wenn man so aus der Norm fiel. Auch er konnte ihren Zwiespalt nachvollziehen, auch wenn er spürte, dass es für Silver tiefgehender war.

Er verdeutlichte sein Lächeln und rückte ein Stückchen näher an sie heran. Sie schüttelte den Kopf, als wolle sie diesen von unnötigen Gedankengängen befreien und erwiderte dann das Lächeln. Der Fuchs versuchte, ihr Zuversicht zu schicken, wissend, dass Worte nicht weiterhelfen würden. »Pass auf dich auf«, bat er lediglich zum Abschied.

»Und du auf dich.« Sie beobachtete schließlich, wie der Fuchs im Wald verschwand. Sie schaute ihm noch eine gute Weile hinterher, lächelnd, wenn auch nachdenklich.

Bluefire durchquerte den verschneiten Wald nun vornehmlich für die Jagd, die momentan einiges an Zeit in Anspruch nahm. Doch er wanderte auch wieder nahe an der Grenze mit der Absicht im Hinterkopf, möglicherweise doch noch einen Hinweis zu finden, der seine Theorie jener Nacht bestätigte. Auch wenn es ihm lieber wäre, dass sich seine Sorge als unbegründet herausstellte, vertraute er doch auf seine Instinkte. Selbst wenn ihn Silver korrekterweise darauf hingewiesen hatte, dass er dazu neigte, ein zu starkes Misstrauen zu entwickeln, war er nicht dazu bereit, diesen Wesenszug komplett abzulegen.

Bei dem Gedanken an die Füchsin durchfuhr ihn unwillkürlich ein angenehmes Prickeln, welches höchst willkommen war. Manchmal wachte er neben ihr auf, roch ihren süßlichen Duft und fragte sich, ob er noch immer träumte. Er genoss zwar durchgehend ihre Nähe und die Zeit, die er mit ihr verbrachte, doch es gab Momente wie diesen, in denen es ihm in ganzer Fülle bewusst wurde, was er eigentlich an ihr hatte. Es stimmte, dass er durch die Erfahrungen in seiner Kindheit und Jugend eine emotionale Mauer errichtet hatte, die er auch in ihrer Gegenwart nie vollständig abbaute. Doch in eben jenen Momenten fragte er sich, warum eigentlich. Sie war geradezu perfekt. Sie brachte Gefühle in ihm hervor, die er tief vergraben hatte. Sie hatte Geduld. Sie unterstützte ihn in jeglicher Hinsicht. Sie machte ihn – wirklich glücklich. In diesen Momenten verfluchte er seine inneren Fesseln, aufgebaut aus Hass und Angst. Allerdings war er mindestens genauso froh darüber, Silver zu haben, die ihn lebendiger fühlen ließ als je jemand zuvor. Die Mauer wurde bei ihr tatsächlich sehr dünn.

Er seufzte, als es sich wieder einmal als schwierig erwies, eine Fährte aufzunehmen. Womöglich hatte er sich auch von seinen Gedanken ablenken lassen.

»Es ist nicht gerade einfach, Nahrung zu finden, nicht wahr?«, hörte er eine Stimme rufen und kurz darauf sah er, wie Bonario auf einem nahe gelegenen Baum landete. Bluefire war an die Grenze seines Gebietes gelangt.

Der Rüde lächelte wehmütig. »Leider. Aber bis jetzt kommen wir einigermaßen über die Runden.«

Mit einem sanften Grinsen legte der Greif sein Haupt schief. »Das heißt dann also, ihr braucht keine zusätzliche Nahrung?«

Das stimmte Bluefire neugierig und er spiegelte Bonarios wissendes Grinsen. »Da du weißt, dass wir jede Kleinigkeit gebrauchen können, bin ich gespannt, was du mir jetzt zu sagen hast.«

Der Adler lachte gutmütig. Schließlich hob er seine Flügel. »Folge mir.« Damit stieß sich von seinem Ast ab. Es dauerte nicht lange, da ließ sich der alte Vogel bereits wieder nieder. Der Blaufuchs kletterte gespannt über einen kleinen Hügel, doch mit dem, was er sah, hatte er aus irgendeinem Grund nicht gerechnet. Sein Unterkiefer war aufgeklappt und ihm fehlten die Worte, als er auf einen Berg an Nahrung starrte. Nachdem er sich gesammelt hatte, wandte er sich fragend zu dem Adler um. »Wie – hast du ...?«

»In der Luft kommst du ein bisschen schneller voran als an Land. Und die kalte Witterung sollte die Beute lange genug frisch halten können.« Er grinste ihm sanft zu. »Und ja, ich weiß, dass ihr jede Hilfe gebrauchen könnt. Ich hoffe, das trägt seinen Teil dazu bei.«

»Du hoffst – du ... ich meine ...« Bluefire konnte nicht fassen, was er gerade für sie getan hatte. Nicht nur, dass Berg an Futter eine große, ganz konkrete Hilfe darstellte, die Geste an sich war so vielsagend. »Ich weiß nicht, was ich sagen soll.«

Für den Greif schien dieses Geschenk selbstverständlich zu sein. »Vergiss nicht, es den anderen zu zeigen.«

Bluefire war immer noch unsagbar überrascht. Er schluckte und nickte eifrig, obgleich nur noch ein Flüstern über seine Lippen kam. »Bestimmt nicht.«

»Also ist es wahr«, schlussfolgerte Cunning, nachdem Kühl von seiner Begegnung mit Rank erzählt hatte.

»Sieht so aus.« Eine wütende Unruhe wirbelte in Kühl, doch er zwinkerte seinem Sohn zu. »Hast eine gute Nase.«

Cunnings Ohren zuckten und er lächelte leicht, als sich Whitestar zu Wort meldete. »Und hat er irgendwas gesagt über Bernstein oder was sie wollen?«

Kühl schnaufte. »Gar nichts hat er gesagt. Genauso wenig wie Bernstein. Große Töne gespuckt, die einem Angst machen sollen.«

»Aber die haben wir nicht«, schwang Stürmisch bei Kühls missbilligenden Tonfall mit, beinahe amüsiert darüber, mit welcher Selbstverständlichkeit Kühl über die Bedrohung hinwegging. Er konnte diese Selbstsicherheit tatsächlich gut ausstrahlen.

Der Narbige schielte daraufhin den jungen Silberfuchs grinsend an. »Nein«, bestätigte er. »Haben wir nicht. Müssen wir auch nicht, dafür werden wir schon sorgen.« Er atmete einmal durch, sich dessen bewusst, dass sie sich aber auch wirklich darum kümmern mussten. »Trotzdem bin ich dafür, dass wir Wachen aufstellen.«

»Finde ich auch«, stimmte Sage sogleich zu. »Die Grenzen sollten nicht unbeobachtet bleiben.«

Die Polarfüchsin seufzte unzufrieden. »Was ... wie ...« Kopfschüttelnd suchte sie nach Worten. »Können wir ... in *irgendeiner* Form sagen, ob sie uns gefährlich werden *könnten*?« Whitestar teilte Kühls Zuversicht nicht wirklich. Sie kannte diese anderen Personen nicht so wie die Rotfüchse und vielleicht lag der Rüde mit seiner momentanen Einschätzung auch richtig, doch für die weiße Füchsin war die Situation undurchsichtig und darum unbehaglich.

Kühl seufzte nachdenklich. »Ich weiß nicht viel mehr als du, Whitestar«, antwortete er dann, als hätte er ihre Gedanken gelesen. »Alles, was ich sagen kann, ist, dass Ranks Familie kleiner war als unsere. Und mit euch noch zusätzlich ...«

»Aber Bernstein gehört schließlich auch nicht zu seiner Familie«, konterte die Füchsin.

Kühl schüttelte lediglich den Kopf. »Wir stellen Wachen auf. Mehr können wir nicht tun.«

Für Whitestar war das zu kurz gegriffen. »Wie wäre es mit einer Suchaktion?«

Sages Schweif zuckte skeptisch. »Wo willst du denn anfangen zu suchen? Sie könnten praktisch überall sein.«

»Na, dann müssen wir wohl besonders effektiv suchen«, erwiderte sie mit ihrer eigensinnigen Bestimmtheit.

»Nein, Vater hat recht«, widersprach Stürmisch. »Es ist sinnlos, ohne Ziel umherzuirren.«

Whitestars Ohren flatterten verärgert auf. »Hast du nicht eine Gefährtin, um die du dich kümmern musst?«

Der Silberfuchs schmunzelte. »Zart ist sehr wohl in der Lage, eine Weile auf sich selbst aufzupassen.«

»Wir werden Augen und Ohren offenhalten, White«, versicherte ihr Sage und seine Ruhe holte sie etwas runter.

»Schon gut, schon gut.« Sie verzog den Mund. »Das Rumsitzen macht mich nur immer so nervös.«

Sage blinzelte ihr zu. »Merkt man dir gar nicht an.« Whitestar schickte ihm ein giftiges Grinsen.

»Ich kann als erster patrouillieren«, bot sich Cunning daraufhin an. »Ich wollte sowieso noch jagen.«

»Und ich kann dann die nächste Schicht übernehmen«, fügte Stürmisch hinzu.

»Perfekt«, meinte Kühl, durchaus erleichtert. »Wenn die Freiwilligenrate so bleibt, werden wir keine Probleme bekommen.«

Die Füchse nickten reihum, bevor der junge Rotfuchs aufstand und loszog. Auch Stürmisch verabschiedete sich, damit er noch einen Besuch zu Hause abstatten konnte. Schließlich entschlossen sich auch die restlichen Silberfüchse, vorerst ihren eigenen Geschäften nachzugehen.

»Und versuch dir keine Sorgen zu machen, Whitestar«, hielt Kühl sie noch einen Moment zurück, wohl wissend, dass es der Fähe schwer fiel, die Pfoten ruhig zu halten. »Wir kriegen das irgendwie hin.«

Die weiße Füchsin schluckte, doch sie nickte. Dann verließen sie und Sage die Höhle.

Kühl hingegen schaute sich nach seiner Gefährtin um. Sie saß in der Nähe der Wand, ihre Aufmerksamkeit war irgendwo anders.

»Ich fühle mich immer etwas unwohl, wenn du nichts zu sagen hast«, gestand er, als sie keinerlei Reaktion zeigte. Sie befreite sich aus ihrer Starre, doch wirkte nicht weniger bedächtig. Der Rüde seufzte auf. »Es gibt bis jetzt wirklich keinen Grund, sich verrückt zu machen«, setzte er an, doch die Sicherheit in seiner Stimme schwand, als sich bei Heart nichts rührte. »Jetzt ... bitte. Sag irgendwas. Die Wahrscheinlichkeit ist groß, dass wir tatsächlich in der Überzahl sind.« Er bettelte schon fast, wusste er doch, dass Heart oft eine andere, tiefere Einsicht als andere hatte.

Sie atmete tief, aber leise ein. Ihre Lippen pressten aufeinander, sie

sah den Rotfuchs weiterhin fest an. »Da wäre ich mir nicht so sicher.«
Kühl hielt im nächsten Moment die Luft an. Dann schnaufte er
und versuchte, seine Gedanken in Worte zu fassen. »Woher weißt du
das denn? Du hast doch nicht mit einem von ihnen persönlich gesprochen.«

»*Wissen* tue ich überhaupt nichts, Kühl«, beharrte sie sofort. »Ich
kann dir nur sagen, was ich intuitiv im Gefühl habe.«

»Ja, ja, das weiß ich. So viel habe ich während unserer gemeinsamen
Zeit schon mitbekommen. Aber ich dachte immer, du musst mit der
entsprechenden Person reden oder sie muss eben in der Nähe sein, damit
du etwas spüren kannst.«

Sie blinzelte zurück. »War Rank doch.«

»Na ja, also so nah war er auch nicht«, runzelt er die Stirn. »Er war
in unserem Wald, aber nicht wirklich in *deiner* Nähe. Gott behüte.«
Das letzte hatte er leise hinterher geschoben, woraufhin Heart sanft
lächelte.

»Ich kann dir nicht erklären, wie es funktioniert«, erläuterte sie
dann. »Es ist auch von Mal zu Mal anders, fühlt sich unterschiedlich an.
Deswegen kann ich dir auch nicht garantieren, dass meine Vermutungen
immer stimmen.«

Der Rüde sah sie bittend an, er grinste dezent. »Dafür haben sie aber
eine hohe Trefferquote.« Die Füchsin stöhnte, woraufhin Kühl sofort
aufsprang und auf sie zulief. »Ich weiß doch«, begann er schnell, doch
sie unterbrach ihn.

»Genau deswegen erzähle ich den Leuten nicht gerne davon. Entweder bin ich eine Verrückte oder das allwissende Orakel. Beides ist
Quatsch!«

»Aber Heart«, setzte er nochmals an, platzierte sich vor ihr und
streifte seine Nase an ihrer vorbei, »du hast diese Einsichten nun mal.«
Er wurde leiser, doch sein Blick war voller Bewunderung. »Und das ist
großartig. Auch wenn die Verantwortung natürlich ebenso groß ist.«

Verantwortung, die unangenehm werden konnte. Heart wollte ihre
Fähigkeiten nutzen, um zu helfen. Aber sie war sehr zufrieden damit,
aus dem Hintergrund zu agieren. Einzugreifen, wenn sie es für nötig
hielt. Und sich zurückzuhalten, wenn sie sich nicht sicher war oder es
sie nichts anging. Nachdenklich fiel ihr Blick zu Boden. »Ich ignoriere
die Verantwortung ja nicht«, flüsterte sie nur noch. Sie schluckte stark.
»Ich glaube, dass da mehr ist. Ich weiß nicht, warum, aber wir müssen

vorsichtig sein.«

Kühl wartete noch, als seine Augen sachte zu leuchten begannen. Ein Lächeln tiefer Zuneigung folgte. »Ich glaube dir Heart, das weißt du. Und wir zwei werden *gemeinsam* die wichtigen Entscheidungen treffen, wie immer. Ich brauche dich und deine Meinung und das bei weitem nicht nur wegen deiner Fähigkeiten.«

Sie wusste das. Natürlich hatte sie keine Angst, dass er nur ihre Gabe und nicht sie sah. Das hatte er ihr schon zu Genüge bewiesen. »Ich brauche dich auch, Kühl«, versuchte sie ihm zu vermitteln, dass das Gefühl beiderseitig war. »Mindestens genauso sehr.«

Sie schmiegte sich an seinen Hals, sein Kopf lehnte sich umarmend auf ihre Schulter und streichelte durch ihr Fell. Tief sog der Rüde die Luft durch seine Nase, als könne er die Fähe einatmen. Wenn sie nur wüsste, wie viel sie ihm tatsächlich bedeutete. Wenn sie nur wüsste, dass er ohne sie niemals seinen inneren Kampf, den er schon seit seiner Kindheit ausfocht, so gemeistert hätte. Wenn ihr klar wäre, dass er zusammenbrechen würde, wenn ihr etwas geschähe, dass sie seine Stütze fürs Leben war. Doch als sie sich so aneinanderdrückten, kam es ihm ebenso unvermittelt wie auch natürlich in den Sinn – sie wusste es.

»Das heißt also, sie futtert meine mühsam gefangene Beute, wenn ich nicht *ständig* auf der Hut bin«, lud der Marder seinen Frust bei Silver ab, die ihren Kopf gerade unter ein Gebüsch geschoben hatte, während er ihr hinterherlief.

»Hmm-hmm«, machte sie und zog naserümpfend ihr Haupt wieder heraus, als sie dort nicht wie erhofft einen Kadaver fand.

Kopfschüttelnd sprach er weiter. »Wahrscheinlich spioniert sie mir hinterher, nur damit sie an die Mäuse kommt.«

»Hmm«, war ihre Erwiderung, als sie weiter durch den Schnee tapste.

»Du hörst mir gar nicht zu, kann das sein?«, fragte der Marder genervt und hörte trotzdem nicht auf, ihr zu folgen.

»Doch, doch«, versicherte sie ihm und hob die Nase witternd in die Luft.

»Dann sag doch mal was dazu«, forderte er sie ungeduldig auf.

»War sie denn hübsch?«

»*War sie*-«, der Marder blinzelte sie ungläubig an. »Das ist doch überhaupt nicht wichtig! Ich glaube, du hast mir wirklich nicht zugehört.«

Nun brach ihre Aufspürversuche ab und setzte sich hin, um dem Jäger ins Gesicht schauen zu können. »Ich habe jedes einzelne Wort gehört. Von Anfang bis Ende.«

»Dann hast du anscheinend was falsch verarbeitet.« Das braune Tier kreuzte die Arme und schaute verärgert in die Ferne.

Silver schmunzelte. Sie beobachtete ihren alten Weggefährten zunächst amüsiert, dann aber immer neugieriger. »Mal ehrlich«, begann sie forschend, »warum hast du Vorräte?«

»Du nicht auch noch«, stöhnte er, ließ sich auf den Boden sinken und schnappte sich einen Stock, um damit im Schnee herumzustochern.

»Ich meine es ganz ernst«, fuhr sie ohne belustigten Unterton fort. Im Gegenteil, sie wollte auf etwas hinaus. »Ich meine, hast du das schon jemals wirklich gebraucht?«

Der Jäger zeichnete Kreise in die weiße Masse. »Ich wollte es einfach mal ausprobieren, ohne tieferen Sinn«, antwortete er ruhiger, doch die Lebhaftigkeit kam sofort wieder in seine Stimme zurück. »Aber seitdem jeder darauf rumhackt, wollte ich erst recht weitermachen.«

Silvers Ohren drehte sich zur Seite. »Aber anscheinend bringt es dir mehr Nach- als Vorteile.«

Der Marder schwang den Stock in die Luft, als würde er jemandem drohen wollen. »Ein guter weiterer Grund!«, stieß er aus. »Ich werde ihr zeigen, dass sie sich nicht so einfach an anderer Leute Sachen vergreifen kann.«

Nun grinste die Füchsin wieder, diesmal provokativer. »Bist du sicher, dass du das nicht machst, um sie wieder anzulocken?«

Er schaute sie entgeistert an. »Silver, Darling«, seufzte er theatralisch, »du machst mich fertig. Ich wollte deinen Rat, nicht deine Stichelei.«

Nun lachte die Fähe vergnügt auf, was in einem Kopfschütteln endete. »Also weißt du, ich liebe dich wirklich, das muss ich dir einfach mal sagen.«

»Solange es nur platonischer Natur bleibt«, kommentierte eine dritte Person.

Füchsin und Marder schauten sich um und sahen einen bläulichen Vierbeiner auf sie zulaufen. Silvers Rute schlug fröhlich aus. »Ich glaube, da musst du dir keine Sorgen machen.«

»Nee«, stimmte der Marder noch immer resigniert zu, seinen Kopf auf die Hand gestützt, »soweit reicht die Liebe dann doch nicht.«

»Alles in Ordnung mit dir?«, erkundigte sich Bluefire, nachdem er näher herangetreten war.

»Na klar«, seufzte das braune Tier weiterhin. »Mir könnte es gar nicht besser gehen.«

Der Rüde warf einen kurzen Blick auf die Füchsin, doch sie schüttelte nur den Kopf. Bluefire holte tief Luft. »Vielleicht kann ich euch ja aufmuntern«, verkündete er verheißungsvoll und wartete einen Moment, als könne er selbst noch nicht glauben, was er zu sagen hatte. »Bonario. Er hat uns einen ganzen Haufen an Kleintieren besorgt.«

Silver starrte ihn fassungslos an. »Wie bitte?«, fragte sie gedehnt nach, als wolle sie sichergehen, dass sie sich nicht verhört hatte.

Der Blaufuchs nickte lediglich. »In der Nähe der Grenze, bei den Tannen.«

Die Füchsin klappte den Mund auf und wieder zu. »Ich ...«, wollte sie anfangen, doch dabei blieb es dann.

»Das in etwa war auch meine Reaktion.« Dezent grinste er sie an, Verwunderung noch immer bei ihm herauszulesen.

»War ja klar, bei Bonario bist du sprachlos«, meldete sich der Marder wieder zu Wort, »aber sich über *meine* Vorräte lustig machen.«

Silver verengte mahnend die Lider. »Sei nicht so ein Miesepeter.«

»Na schön«, er zuckte die Schultern, als hätte sie dadurch seine Probleme gelöst. »Schon cool, dass Bonario das gemacht hat. Warum steckt er so viel Arbeit in uns?«

Auch Bluefire hatte sich das gefragt. »Das ist allerdings etwas, was ich trotz allem auch nicht verstehe. Er muss das nicht tun, er könnte die Vorräte auch für sich nutzen.«

Silvers Blick fiel nachdenklich nach unten, doch sie begann zu lächeln. Sie rückte näher an den Fuchs heran. »Hab ein bisschen mehr Vertrauen in dein Umfeld. Bonario hat uns gern. So etwas nennt man Freundschaft.«

Die Augen des Rüden beinhalteten zunächst noch Skepsis, doch sie begannen sanft zu leuchten. »Schon möglich, dass du recht hast und es so einfach ist.« Er strahlte plötzlich Innigkeit aus. »Du hast mir auch mal deine Freundschaft angeboten.«

»Hmmm«, machte sie genießerisch und hatte die Lider kurzzeitig zugeklappt. »Das habe ich allerdings.«

Sie war noch einige Sekunden in seinem Blick gefangen, als sie die Stimme des Marders wieder herausholte. »Bevor das Süßholzraspeln weitergeht, würde ich mir diesen Berg gerne einmal ansehen.« Er war aufgestanden und klopfte den Schnee von seinem Körper ab.

»Gute Idee«, stimmte Silver zu. »Ich glaube, das muss ich auch mit eigenen Augen sehen.«

Sie schaute sich fragend nach dem Rüden um, doch er schüttelte den Kopf. »Geht ihr nur, ich gehe jagen. Wir sollten deswegen ja nicht faul werden.« Er neigte sein Haupt schräg. »Außerdem finde ich, wir sollten diese Nahrung so langsam wie möglich aufbrauchen, damit der Vorrat länger hält. Da es Winter ist, wird sie langsamer verderben.«

Die Fähe nickte. »Ja, stimmt. Ist besser so.« Ihr nüchterner Ausdruck wandelte sich in ein warmes Lächeln. »Viel Glück.«

Er zwinkerte ihr zu und brach wieder auf. Gemeinsam mit dem Marder lief auch Silver los.

Während sie sich dorthin begaben, unterhielten sie sich zunächst nicht viel, beide waren in ihren eigenen Gedanken versunken – bis der Blick der Füchsin zufällig auf den Marder schweifte und ihr etwas in den Sinn kam. Sie zögerte noch, denn eigentlich wollte sie dieses Thema eher ungern wieder anschneiden, aber wenn sie mit jemandem darüber reden konnte, dann war es der Marder.

Also öffnete sie zögerlich ihren Mund. »Marder?«, hörte sie sich sagen. »Darf ich dich mal was fragen?«

»Nein, dann beiße ich dir den Kopf ab«, lautete seine ironische Antwort.

Silver grinste. »Ja, ja, ich weiß. Rhetorische Fragen haben ihre Tücken.« Sie erhielt ein Grinsen als Erwiderung, doch sie wurde ernster. Ein Kopfschütteln folgte. »Nein, ich will ...« Sie überlegte, wie sie anfangen sollte. »Glaubst du ... es ist möglich ... dass unser Lebensstil unsere Gewohnheiten beeinflusst?«

»Hä?«, kam es spontan. »Ist das nicht dasselbe? Ich meine, der Lebensstil besteht doch aus Gewohnheiten.«

»Okay«, überdachte sie ernüchtert ihre Worte. »Ich probiere es mal anders. Glaubst du, ein Lebensstil, der nicht naturgegeben ist, kann ungewöhnliches Verhalten hervorrufen?«

»Oh, Silver!«, stöhnte er laut. »Wenn es wieder um die Vorräte geht ...«

»Nein, nein«, unterbrach sie ihn sofort. »Das heißt ... doch, das auch. Aber es geht auch um mich, ich ...« Unvermittelt hielt sie inne.

Der Marder beobachtete sie daraufhin wissbegierig. »Ja?«, hakte er nach.

Die Füchsin schluckte. »Ich glaube«, begann sie langsam, als würde diese Sorge, die immer so weit weg schien, real werden, wenn sie sie aussprach, »unser Leben beeinflusst meine Lust am Jagen. Oder eben das Fehlen daran.«

Der Marder blinzelte zweimal. Es dauerte einen Atemzug, ehe er antwortete. »Das wusste ich nicht«, grübelte er für einen Moment. »Also, ich meine, mir war schon klar, dass du niemals eine überaus begeisterte Jägerin warst, aber dass du das damit in Verbindung bringst ...«

»Es muss nicht zwangsläufig daran liegen«, erwiderte sie sogleich. »Ich halte es nur für möglich. Und ... da du diese Sache mit den Vorräten angefangen hast ...«

Das braune Tier wollte schon energisch widersprechen, hielt sich aber zurück und überdachte das Gesprochene. Nach einigen Sekunden zogen sich die Mundwinkel hoch und er lachte kurz auf, als wäre er soeben zu einer Erkenntnis gekommen. »Ja, Silver«, sagte er zufrieden und schaute sie mit einer inneren Klarheit an. »Ich glaube, dass der Lebensstil – offensichtlich – selbst die alteingesessensten Gewohnheiten beeinflussen kann.« Sie wusste nicht recht, wie sie auf diese plötzliche Bestimmtheit reagieren sollte, doch der Marder fuhr bereits fort, indem er ihr aufmunternd zulächelte. »Das ist auf seine verdrehte Art auch wieder sehr natürlich, findest du nicht? Es ist doch ganz klar, dass wir uns nicht ganz normal verhalten. Das war uns aber von Anfang an bewusst.«

Die Füchsin schnaufte sanft. »Ja, schon«, murmelte sie und hatte ein verlorenes Halbgrinsen auf den Lippen, »aber ich weiß nicht ...«

»Wovor hast du denn Angst? Dass du eines Tages nicht mehr jagen kannst?«

Sie blinzelte nachdenklich ins Leere und schluckte. »Nein, eigentlich nicht«, antwortete sie ihm und meinte es auch so.

»Na also«, lächelte er. »Vielleicht wärst du auch so nicht wirklich begeistert von der Jagd gewesen, beziehungsweise einfach nicht sonderlich gut.« Er zwinkerte ihr stichelnd zu.

Silver grinste aus den Augenwinkeln zurück. »Danke für die Aufmunterung.«

»Ich helfe immer gerne«, grinste er breit, ehe ein Knacks von oben beide aufschauen ließ. Es dauerte nicht lange, bis sie durch die kahlen Kronen der Bäume einen roten Pelz erblickten.

»Vinous?«, fragte die Füchsin verwundert.

»Bitte?«, erwiderte er so, als ob nichts wäre.

Silver legte argwöhnisch den Kopf schief. »Seit wann leistest du uns denn schon Gesellschaft?«

Das Eichhörnchen zuckte die Schultern abtuend. »Nicht sonderlich lange.«

Verdutzt und sogar verärgert sanken die Brauen der Fähe. »Und du hast es nicht für nötig gehalten, uns deine Anwesenheit irgendwie mitzuteilen?«

Vinous blinzelte sie von oben an und schien einen Moment über seine Wortwahl nachzudenken, bis Silver plötzlich ein seichtes Funkeln in seinen Augen zu erkennen vermochte. »Ihr habt euch doch gerade unterhalten«, antwortete er, als wäre das eine berechtigte Erklärung. Doch sein Blick verriet der Füchsin, dass dieser Grund zweitrangig war.

»Ach, du läufst *zufällig* neben uns her?«, fragte sie dann spitz.

Nun grinste er leicht. »Nein. Ich möchte ebenfalls zu dem Nahrungsberg von Bonario. Und ihr begebt euch da nun einmal gerade hin.«

Verblüfft blinzelte der Marder ihn an. »Wie hast du denn das schon wieder so schnell rausgekriegt?«

»Und was interessiert dich das überhaupt?«, fügte Silver hinzu. »Ich glaube kaum, dass bei dem Haufen etwas für dich dabei ist, soweit ich weiß, hast du dich entschieden, dich auf pflanzliche Nahrung zu beschränken.«

Vinous begutachtete die anderen für einen Moment, bemerkte durchaus ihre Verärgerung. Er hingegen wusste nicht recht, warum er sich überhaupt vor ihnen zu rechtfertigen hatte. Doch im Sinne einer einwandfreien Kommunikation entschied er sich, ihnen einfach zu antworten. »Darum geht es nicht. Es ist etwas Ungewöhnliches. Und das verlangt danach, dass ich es mit eigenen Augen sehe. Ich möchte wissen, wer hier was aus welchem Grund macht.«

Eine irritierte Pause entstand, da keiner wirklich damit gerechnet hatte, eine solch aufrichtige Antwort zu bekommen.

»Hast du«, begann der Marder anschließend langsam, »schon mal darüber nachgedacht, dass du Spion-artige Züge hast?«

Vinous schmunzelte lediglich zurückhaltend, offensichtlich amüsiert. »Also«, forderte er sie auf. »Es ist nicht mehr weit, oder?« Anscheinend war es keine Frage, denn er sprang bereits weiter. Und nachdem Silver und der Marder nochmals Blicke gewechselt hatten, folgten sie ihm. Die Füchsin ließ nicht von dem dunkelroten Tier ab, während sie lief. Sie musterte es, als würde ihr dadurch irgendetwas klar werden (was jedoch nicht der Fall war).

»Auf der einen Seite neigt man beinahe dazu, ihn nicht allzu sehr zu beachten, weil er häufig auf Abstand geht«, bemerkte sie leise zum Marder, ohne den Nager aus den Augen zu lassen, »und dann macht er sowas.«

Sachte grinste der Jäger. »Er hat einiges auf dem Kasten, so viel steht fest. Und eine gesunde Portion an Misstrauen, was wohl in allen Pflanzenfressern drinsteckt, betrachten wir mal unsere beiden Feldhasen.« Er hielt kurz inne, auch er hatte seinen Blick auf Vinous gerichtet. »Aber ich denke, er ist in Ordnung.«

Silver atmete tief durch. »Wer bin ich, ihn wegen einiger seltsamer Angewohnheiten schief anzusehen?« Der Marder wendete sich nun nach der Füchsin um, lächelnd.

Nicht mehr lange, da hielt Vinous an und die anderen beiden hatten ihn bald erreicht. Die Silberfüchsin dachte sich, dass die Nahrung hinter dem Hügel liegen musste, wohin das Eichhörnchen von seiner hohen Position aus hervorragend sehen konnte, doch seine Reaktion stimmte sie stutzig. Er blieb bewegungslos und starrte geradeaus, seinen Gesichtsausdruck konnte sie nicht deuten.

Füchsin und Marder kletterten über die Anhöhe, doch was sich ihnen darbot, war etwas anderes, als sie erwartet hatten. Beide zeigten eine ähnliche Reaktion wie Vinous, ihre Blicke starr nach vorne gerichtet auf eine aufgewühlte Schneemasse, in der lediglich noch Überreste von einstigen Beutetieren lagen.

Der Marder zog die Stirn kraus. »Bluefire hat einen schrägen Sinn für Humor.«

»Das würde er niemals tun«, erwiderte sie sofort.

»Und für mich war es wohl doch ein törichte Idee, hierherzukommen«, stellte Vinous fest. Für einen Moment dachte die Füchsin, dass er fand, der Aufwand hätte sich für ihn nicht gelohnt, doch dann sah sie, wie er sich beugte, als wäre ihm übel. Es dauerte nicht lange, bis sie verstand, was mit ihm los war.

Mitgefühl erfasste sie. »Du musst dir das nicht ansehen.«

Der Nager nickte schnell. »Ja, schon klar«, meinte er nur, als mit einem lauten Knall urplötzlich eine gewaltige Kreatur von hinten durch die Baumkrone krachte. Vinous stieß sich von seinem Ast, ohne sich umzublicken, scharfe Krallen bohrten sich um Haaresbreite nicht in seinen Körper, sondern in den Ast, auf dem er gesessen hatte. Er landete mit einem unkoordinierten Fall zwischen Silver und dem Marder, die sich erschrocken zu Boden geduckt hatten. Vinous rutschte im Liegen noch weiter hinter die beiden, weiterhin im Unklaren darüber, was ihn gerade attackiert hatte und nur froh darüber, dass er die Windveränderung und das Sausen der Luft rechtzeitig und korrekt interpretiert hatte.

Die Füchsin starrte ungläubig auf einen Adler, der jedoch keine weiteren Anstalten machte, anzugreifen, während ihr Herz immer noch einen Marathon rannte. Erst auf den zweiten Blick erkannte sie, welcher von der Familie es war.

»Scarlet!«, schrie sie empört aus. »Was zum Teufel sollte das?«

Ein belustigtes Lächeln tanzte um ihren Schnabel. Im Prinzip kannte die Füchsin die anderen Adler nicht gerade gut und hatte eher selten ein Wort mit ihnen gewechselt. Eigentlich, so wurde ihr gerade bewusst, konnte sie nicht sagen, wie sie zu ihrer ungewöhnlichen Gruppe standen, auch wenn sie sie niemals angegriffen hatten. Scarlet war die Gefährtin von Bonarios Sohn Murk, und ließ sich wohl noch am häufigsten blicken.

»Woran soll ich denn jedes eurer Mitglieder erkennen?«, rechtfertigte sie sich dann und schüttelte ihr rötliches Federkleid. »Ich hatte Hunger. Da war ein Eichhörnchen. So einfach ist das.«

Der Marder legte die Ohren argwöhnisch an. »Hast du nicht gerade erst was gegessen?«

Sie schaute mit einem dunklen Vergnügen zurück. »Wie kommst du denn darauf?«

Das braune Tier fügte ein künstliches Lächeln hinzu. »Nur so eine Vermutung.«

Scarlet atmete einmal durch, ein abtuender Seufzer. »Glaubt ihr im Ernst, ein so auffälliger Futterhaufen bleibt unangetastet?«

»Heißt das, du wusstest nicht, dass er für uns ist?«, hakte Silver nach.

»Das heißt es wohl.«

»Na sicher«, schnaufte der Marder leise.

»Schonmal was von Revierverletzung gehört?«, fuhr die Fähe fort. »Das ist *unser* Gebiet.«

»Das ist aber hart an der Grenze«, lautete die Erwiderung.

Silver schnaufte. »Vielleicht. Aber dennoch eindeutig auf unserer Seite«, versuchte sie sachlich zu bleiben, während der Marder plötzlich eine kleine Wunde an Scarlets Bein entdeckte.

»Wach auf, kleines Füchschen«, zischte sie mit vorgebeugtem Haupt. »Es geht hier ums Überleben. Niemand von euch kann erwarten, dieselbe Toleranz überall so vorzufinden, wie ihr sie darbietet.«

»Und wie dein Schwiegervater«, fügte Silver forsch hinzu, woraufhin sich der Vogel wieder in seine Ursprungsposition begab und anscheinend nicht auf Anhieb antworten wollte.

Der Marder stemmte die Hände in die Hüften. »Du bist wohl nicht sehr begeistert von uns. Dabei hat Bonario verstanden, dass wir uns gegenseitig sehr nützlich sein können.«

»Ach ja, und wie?«, konterte der Adler. »Indem er euch euer ganzes Futter jagt? Ist wirklich ein toller Deal für ihn.«

»Mir ist aufgefallen, dass du blutest«, informierte er sie und tatsächlich schien dieser Kommentar für sie unvorhergesehen gekommen zu sein.

»Nur ein Kratzer«, schnappte sie verständnislos.

»Vinous hier – das Eichhörnchen, dass du beinahe gefressen hättest – ist zufällig ein wahrer Meister der Kräuterkunst.« Der Marder bemerkte nicht, wie er von dem Nager augenblicklich beinahe tödlich angestarrt wurde. »Er könnte dir damit helfen. Nicht wahr?« Er schaute Vinous auffordernd an, dieser wirkte noch immer nicht begeistert, verstand aber die Motive des Marders. So betrachtete er Scarlet, welcher er jedoch einfach nicht denselben Enthusiasmus entgegenbringen konnte wie der braune Jäger. »Ich *könnte*.«

Etwas Hämisches kam wieder in ihren Zügen hervor. »Nein, danke.«

Nun zogen sich Vinous' Augen zu Schlitzen. Er war bestimmt nicht wütend darüber, dass er ihr nicht helfen durfte, aber sofort hatte er das Verlangen, ihr ihre engstirnige Ansicht vorzuhalten und bemerkte dabei nicht, dass er ja selbst gar kein unumstößlicher Vertreter dieser Lebenseinstellung war. »Wo ist eigentlich dein Sohn verblieben?«, fragte er bissig. »Der hat meine Hilfe begrüßt und sich wertvolle Tipps bezüglich der Kräuter geholt.«

Bitterkeit überkam sie sichtlich. Vermutlich auch Trauer. Doch sie schien diese Gefühle verdrängen zu wollen. »Ihr werdet Marron nicht so schnell wiedersehen.«

»Hat er eure Gesellschaft nicht genossen?«, fragte das dunkelrote Tier durchaus süffisant.

Scarlets Augen loderten auf, doch sie blieb äußerlich ruhig. »Ich würde weiterhin aufpassen«, mahnte sie bedrohlich. »Ihr Eichhörnchen seht euch alle sehr ähnlich.«

Vinous verstand, dass er nun besser ruhig war, doch seinen Blick würde er von ihr nicht abwenden. Silver hingegen wurde bewusst, dass es tatsächlich größeren Ärger gegeben haben musste. Etwas, das Bonario nicht erwähnt und womöglich mit Absicht verschwiegen hatte. Denn Marron war wirklich noch derjenige gewesen, der sich am ehesten mit ihnen angefreundet hätte, auch wenn er schon bald verschwunden war. Und die Füchsin wurde das Gefühl nicht los, dass es sich bei diesem Streit zumindest teilweise um ihre Gruppe gedreht hatte.

»Wenn du im Gegensatz zu Bonario offensichtlich an keiner Zusammenarbeit interessiert bist und wir trotzdem keinen Stress kriegen wollen, sollten wir uns in Zukunft an die Grenzen unserer Gebiete halten«, empfahl Silver dann, doch es war kein Vorschlag. Es war eine Bedingung. Und Scarlet wusste das.

Ihre Federn plusterten sich auf. »Oh, ich bin gespannt darauf, wie sich unsere Beziehungen entwickeln.« Zur Überraschung der Füchsin lag in ihrem Ton tatsächlich Neugierde. »Ich schließe zurzeit noch nichts aus.« Ihr darauffolgendes Lächeln war nicht wirklich bösartig. Scarlet strahlte zwar wie immer eine distanzierte Kälte aus, doch wenn sie drohte, klang das anders. So wusste Silver nicht recht, was sie von dieser Antwort halten sollte und erwiderte auch nichts, als sich der Adler wieder in die Lüfte erhob.

Anschließend sah sie Vinous streng an. »Wie kommst du dazu, sie so zu provozieren? Wenn sie dich hätte haben wollen, wäre ich wohl kaum in der Lage gewesen, dir zu helfen.«

»Ich kann auf mich selbst aufpassen, besten Dank«, hielt er selbstbewusst dagegen.

»Sie ist uns offensichtlich nicht so zugetan wie Bonario, also kannst du dich doch nicht so gegen sie auflehnen.« Ihre Stimme war weniger vorwurfsvoll als besorgt.

Vinous hingegen verlor seine Selbstsicherheit nicht. Dass er häufig zu hören bekommen hat, dass er etwas aus bestimmten Gründen nicht tun konnte, hatte ihm schon immer sauer aufgestoßen. »Alle sagen immer, es geht nicht, bis einer kommt, der das nicht weiß und es einfach tut.«

Die Fähe schnaufte verblüfft, aber grinste herausfordernd. »Du hast gerne Sprüche, nicht wahr? Wie wär's mit diesem? Oft erkennt man wie dumm man war, aber nie, wie dumm man ist.«

Nun konnte auch das Eichhörnchens ein Grinsen nicht zurückhalten. »Mir ist klar, dass ich es körperlich nicht mit ihr aufnehmen kann«, erläuterte er nun offener, »aber verbal und intellektuell sehr wohl.«

»Ja, das mag sein.« Ebenfalls ruhiger ließ sich Silver auf die Hinterläufe sinken, offenkundig auf das Wohl des Nagers besonnen. »Aber das wird dir im Zweifelsfall nicht viel nützen. Zumal ich wirklich keine Ahnung habe, wie ich ihre Abschiedsworte deuten soll.«

»Ja, seltsam, nicht?«, stimmte der Marder zu. »Hab mich auch gefragt, was das soll.«

»Vielleicht wäre es das Beste, wenn ich Bonario mal vorsichtig darauf anspreche«, schlug sie nachdenklich vor. »Ich hätte zumindest am Anfang darauf schwören können, dass sie die Sache mit dem Futter mit Absicht gemacht hat.«

»Ja, ich ja auch, aber …«, der Marder runzelte die Stirn, »es stimmt ja auch wieder, dass der Haufen geradezu ›Iss mich‹ geschrien hat.«

Silver stöhnte leise. »Na gut. Wie auch immer. Dann heißt es wohl wieder Jagen. Und ich rede mit Bonario, sobald ich ihn sehe.« Der Marder nickte und die Füchsin wandte sich nochmals nach Vinous um. »Geht es bei dir?«, erkundigte sie sich.

»Alles bestens, Silver«, versicherte er ihr und war sich gar nicht bewusst, dass er nicht, wie üblich, auf den nächsten Baum gesprungen war. Ganz im Gegensatz zur Silberfüchsin, die angenehm überrascht darüber war, dass er seinen sonst so peniblen Sicherheitsabstand wohl komplett vergessen hatte.

Whitestar saß allein im Wald. Der Schnee war noch immer aufgewühlt, da es nicht erneut geschneit hatte seit dem Vorfall. Hier war Cunning Bernstein begegnet.

Eigentlich war sie zufällig hier vorbeigekommen, doch etwas hatte sie dazu veranlasst anzuhalten, auch wenn sie zunächst nicht richtig gewusst hat, wieso. Irgendetwas kam ihr bekannt und auf verschleierte Weise vertraut vor und sie konnte nicht sagen, was es war.

»Probierst du es neuerdings mit Zen?«

Die Stimme hatte sie tatsächlich aus einer Art Trance herausgerissen, doch sie wusste sofort, wer es war, so war sie nicht erschrocken. »Sowas Ähnliches«, antwortete sie ihrem Gefährten und ihr rechtes Ohr zuckte kurz. »Kannst du mir was verraten?«

Er saß im Schnee und stand nun auf, um zu ihr hinüberzulaufen. »Ich werd's versuchen.«

»Kommt dir hier irgendwas bekannt vor, vielleicht vom Geruch her? Und ich meine nicht unseren.«

Sage starrte sie forschend an, konzentrierte sich jedoch dann auf die hier hängenden Düfte. Er blinzelte die Polarfüchsin nach einigen Sekunden an. »Sollte es?«

»Du darfst dich nicht auf die offensichtlichen Gerüche fixieren«, versuchte sie zu erklären. »Ich kann auch nicht wirklich einen besonderen Geruch heraussondieren, aber irgendwas hat in mir das Gefühl ausgelöst, als ... kenne ich es. Schon sehr lange.«

Der Silberfuchs drehte den Kopf. »*Was* kennst du schon sehr lange?«

»Ich weiß nicht«, stöhnte sie und bemerkte, dass es wirklich sehr vage klang, was sie erzählte. »Der Geruch muss von Bernstein kommen, weil mir sowas bisher in diesem Wald noch nicht passiert ist.«

»Moment, Moment, Moment«, unterbrach er sie kopfschüttelnd. »Was willst du damit sagen? Dass du Bernstein *kennst*?«

»Nein, ich kenne ihn nicht«, war ihre Antwort. »Er ist ungefähr in Stürmischs Alter, falls du dich erinnerst. Das heißt, ich kann ihn wohl kaum *sehr lange* kennen.«

»Was willst du dann sagen?«, forderte er sie auf, doch er wirkte ruhig, wie immer.

Sie atmete tief durch. Eine gute Frage, auf die sie selbst keine Antwort hatte. War es Einbildung oder eine wichtige Information, die ihnen weiterhelfen könnte? Beides war möglich und sie konnte sich einfach nicht erinnern, woher sie diesen vermeintlichen Duft kennen sollte, so sehr sie sich auch bemühte. Doch Sage und sie waren beinahe ihr gesamtes Leben zusammen gewesen, sollte es in ihm nicht ein ähnliches Gefühl hervorrufen?

»Ich weiß es nicht«, gab sie nach einiger Zeit zu, »aber vielleicht wäre es interessant, wenn ich Bernstein oder Rank mal persönlich begegnen würde.«

Entgeistert schaute er zurück. »Also ich weiß nicht, ob das so erstrebenswert ist.«

Whitestar konnte nicht anders, als sanft zu grinsen. Sie erhob sich und lief auf ihn zu, bis sie ihren Kopf zu seiner Nase vorstreckte. »Angsthase«, raunte sie ihm zu.

Seine Ohren zuckten vergnügt. »Draufgängerin«, neckte er mit selbigem Tonfall zurück. Whitestar grinste. In solchen Momenten wollte sie ihm einfach nur um den Hals fallen.

Stürmisch wandte sich im Schlaf und wollte eine Pfote auf Zarts Schulterblätter legen, um sich besser an sie kuscheln zu können. Doch irgendetwas fühlte sich da nicht richtig an. Was er spürte, war nicht so kuschelig, wie er es in Erinnerung gehabt hatte.

Blinzelnd öffnete er seine Augen und sah, dass sein Lauf auf der Erde gelandet war. Augenblicklich war er aus dem Halbschlaf erwacht und blickte sich zu allen Seiten in der Höhle um. Zart war nicht da. Als nächstes richtete er seine Augen zum Ausgang. Die Morgendämmerung hatte bereits eingesetzt, also sollte sie eigentlich bereits im Bau sein. Andererseits jagte Zart gerne in der Dämmerung, also wäre es so gesehen nichts Ungewöhnliches, wenn sie nochmal auf die Jagd gegangen wäre. Und vielleicht hatte sie ihn nicht wecken wollen und hatte deshalb nichts gesagt.

Obwohl das absolut plausibel klang, wollte seine innere Unruhe nicht recht verschwinden. In seinem Hinterkopf stiegen auf einmal die Erinnerungen an Zarts Verhalten der ganzen letzten Tage auf. Sie war ihm immer leicht abwesend erschienen, sogar nervös und fast immer ungewöhnlich zurückhaltend. Stürmisch hatte das auf die Schwangerschaft geschoben, doch eigentlich, so merkte er jetzt, hatte er immer einen Verdacht gehabt, dass auch noch etwas anderes daran Schuld haben könnte. Er konnte sich nur beim besten Willen nicht vorstellen, was es war.

Er legte seinen Kopf wieder auf die Pfoten. Er konnte momentan nicht viel tun. Wenn er jetzt losließ, um sie zu suchen, sähe es wohl so aus, als spioniere er ihr nach. Und wenn er ehrlich war, hatte er keinen soliden Grund, das zu tun. Also würde er einfach warten müssen, bis sie von selbst wieder auftauchte. Bis dahin fiel er wieder in einen diesmal unruhigen und besorgten Schlaf.

Geheimnisse

Zart lief durch den Tiefschnee. Ihr Pelz war aufgeplustert und ihre Augen wachsam. Obwohl sie zügig und zielstrebig voranschritt, fragte sie sich permanent warum. Warum wollte sie dorthin und warum erzählte sie niemandem davon?

Ach ja, richtig. Sie würden versuchen, es ihr auszureden. Das hatte sie selbst auch schon versucht. Erfolglos. Dabei war es reiner Zufall gewesen, dass sie seinen Bau entdeckt hatte und sie jagte wirklich nicht oft außerhalb des Waldes.

Es war nun schon eine gute Weile her, dass sie die Grenze übertreten hatte. Sie näherte sich besagter Höhle. Ein Teil von ihr wünschte sich, er wäre nicht da, so wie das letzte Mal. Sie würde einfach hinlaufen, sich kurz umsehen und sofort wieder verschwinden, sollte sie niemanden auf Anhieb sehen.

Sie kam vor einem Loch in einem Erdhügel an, doch kein Anzeichen von jemandem, so drehte sie sich gleich wieder um, als könne sie dadurch nichtig machen, dass sie überhaupt gekommen war. Anstatt weiterzulaufen, hielt sie abrupt an, denn ungefähr einen Meter vor ihr stand er.

»Wind«, stieß sie leise und trotz allem überrumpelt aus.

Ihr Bruder musterte sie mit einer merkwürdigen Mischung aus Ungläubigkeit, Unsicherheit und Interesse. Die Ohren zuckten und langsam klappte sein Kiefer runter. »Ich«, begann er vorsichtig, »habe mich schon gefragt, ob ich mir deine Fährte hier an meinem Bau nur eingebildet habe.«

»Ich ...«, auch sie stockte unsicher, »habe deine Fährte letztens zufällig aufgenommen und habe sie bis hierher verfolgt. Daher ...« Sie ließ den Satz ausklingen, ohne ihn zu beenden. Niemals war sie so angespannt gewesen, wenn sie mit ihm geredet hatte und sie hatte sich auch nie ausmalen können, wie dieses Treffen wohl aussehen möge. Immer ungewiss darüber, ob es überhaupt jemals stattfinden würde.

Sie verlagerte ihr Gewicht nervös von einem Bein auf das andere, der Rüde hingegen verblieb regungslos. Unverständnis mischte sich in seinen Ausdruck. »Warum?«, kam es knapp.

Zart stutzte. »Was?«

»Warum bist du meiner Fährte gefolgt?«

Die Füchsin stockte erneut. *Warum*, in der Tat. Sie erkannte, dass es wirklich an ihr lag, etwas zu sagen. Immerhin war sie diejenige gewesen, die ihn aufgesucht hatte, nicht andersherum. Sie schluckte zögerlich. »Wie geht es dir?«

Er antwortete nicht sofort. Zart wusste nicht, wie sie seinen Gesichtsausdruck zu deuten hatte, womöglich, weil er selbst nicht wusste, wie er sich verhalten sollte. »Bestens«, kam es schließlich. Eine Antwort, die keinerlei Auskunft gab. Aber er atmete durch, so als würde er überlegen, ob er nicht doch offener sein sollte. »Und dir?«, fragte er daraufhin leise und seine Ohren legten sich kaum merklich an. »Und den anderen?«

Sie lächelte sanft, erleichtert über diese Frage. »Auch gut.«

»Alles wie gehabt?« Seine Stimme war plötzlich wieder fester und sie meinte, ein Funkeln in seinen Augen zu erkennen, welches sie aber nicht unbedingt positiv interpretierte. Sie mutmaßte, dass er auf die Silberfüchse anspielte.

Sie wurde daraufhin ebenfalls wieder distanzierter. »So, wie du es verlassen hast«, sagte sie kühl und versuchte gleichzeitig, zufrieden zu klingen.

»Sehr schön«, schnappte er und wurde immer lockerer, jedoch auf eine verständnislose Weise. »Und was hast du dann hier zu suchen?«

Er wirkte beinahe verärgert und das sorgte dafür, dass sie innehielt. Eigentlich hatte sie gehofft, dass seine Reaktion sie womöglich noch in ihrem Beschluss, ihn aufzusuchen bestärken würde, aber so kam es ihr auf einmal mehr als zuvor wie eine dumme Aktion vor. »Anscheinend wollte ich dich sehen«, sagte sie ernüchtert.

»Und warum?«, hakte der Rüde nach. »Ich meine, wissen die anderen davon?«

Zart wollte etwas sagen, doch der Ton kam nicht heraus. Was sollte sie auch antworten? Einerseits hatte sie selbst ein schlechtes Gewissen deswegen, andererseits war es auch für Wind verletzend, wenn die anderen weiterhin Abstand halten wollten.

Wind hatte damit seine Antwort, aber verletzt sah er nicht aus. Im Gegenteil beherrschte etwas Berechnendes sein Gesicht. »Weiß nicht einmal Stürmisch davon?«

Die Füchsin fühlte sich, als hätte er sie geschlagen. Aber es war nur teilweise seine Schuld. Die Verantwortung dafür, dass sie sich so fühlte, lag bei ihr. »Er würde es wohl am wenigsten verstehen, oder?«, flüsterte sie aufrichtig, womöglich auch als Rechtfertigung für sich selbst.

Er schnaubte. »Das ist ja …«, er schüttelte den Kopf und suchte nach Worten, wobei die Füchsin meinte, nun doch Schmerz hinter seiner Abweisung zu erkennen, »sehr vertrauensvoll alles.«

»Lass das«, bat sie eindringlich, doch immer noch unheimlich ruhig, weil sich eine schwere Traurigkeit in ihr ausbreitete.

»Was denn?«, fragte er scheinheilig, doch sein zurückhaltendes Grinsen verriet, dass er es sehr wohl wusste. Zart behielt jedoch mit ihrem vorherigen Eindruck recht, denn er wirkte auf einmal noch angreifbarer als zuvor. Anscheinend machte ihm die Sache doch mehr zu schaffen, als er gerne zeigen wollte. Sie vermutete, dieser verbale Angriff war eigentlich eine Art Schutzschild.

»Ich bin nicht hergekommen, um über die anderen zu reden«, sagte sie daher nach einer Pause.

»Warum dann?«, entgegnete er sogleich. »Um zu prahlen, wie toll alles bei dir läuft und dann wieder zu verschwinden?«

»Ich bin überhaupt nicht gekommen, um in irgendeiner Form anzugeben oder dir unter die Nase zu reiben, wie glücklich ich bin«, erwiderte sie nun energisch, doch bemerkte, dass es ihm wohl eher darum ging, dass sie ihn wieder allein lassen würde, als wäre sie nie gekommen. Aber bevor sie etwas hinzufügen konnte, kam er ihr zuvor.

»Bist du denn glücklich?«

Diese Frage kam einfühlsamer, als sie erwartet hatte. Und nahm ihr wiederum die Luft aus der Stimme. Wie konnte er nur zwischen den verschiedenen Gefühlslagen hin- und herspringen, sodass es sie auch noch immer an den richtigen Stellen dermaßen berührte? Sie fragte sich, ob er sich dessen bewusst war. »Eh … ja«, antwortete sie noch leicht verwundert.

Wind runzelte ungläubig die Stirn. »Zart«, mahnte er. »Ernsthaft?«

Ihr war schon klar, dass ihrer Antwort die Überzeugungskraft gefehlt hatte, doch plötzlich dämmerte ihr, weswegen er die Frage stellte. Zuerst hatte er ihre Gewissensbisse verstärkt und dann ihre Motive hinterfragt. Sie wunderte sich, ob er den Verlauf des Gespräches mit Absicht so aufgebaut hatte. Damit sie sich fragte, *warum* sie hier war. *Warum* sie den anderen nichts erzählte. Und vermutlich vor allem, warum sie

Stürmisch nichts davon erzählte.

Und mit seinen vergangenen Taten im Hinterkopf, hatte sie ganz plötzlich das tiefe Verlangen, ihm zu zeigen, dass jegliche Zweifel, die er damals säen wollte, null und nichtig geworden waren. »Ich liebe ihn, Wind, ob es dir passt oder nicht«, hörte sie sich auf einmal überaus sicher und mit wachsendem Groll sagen. »Ich weiß nicht, was für ein Spiel das wieder sein soll, aber du bist im Intrigieren und Manipulieren ja besser, als ich auch nur immer geahnt habe.« Sie hielt für einen Moment inne und ihre Zielsicherheit wurde durch tiefe Traurigkeit unterbrochen, die sie sogleich in die Situation von damals versetzte. »Und ich verstehe einfach nicht, warum du dich nicht für mich freuen kannst.« Mit zitternder Stimme sah sie ihn durch plötzlich feuchte Augen an. Er sah nicht mehr böswillig oder verärgert aus. Er wirkte genauso sensibel wie zu dem Zeitpunkt, als er die Frage gestellt hatte.

»Du hast recht«, gab er zu und klang ehrlich, woraufhin die helle Füchsin verwirrt schluckte. »Es tut mir leid.« Zart konnte nicht antworten. Meinte er das ernst? Wie sehr sie sich das doch wünschte. »Ich wollte wirklich nur wissen, ob du glücklich bist«, fuhr er feinfühlig fort. »Ich wollte auf nichts Bestimmtes hinaus.«

Sein Blick war von jener Fürsorge gezeichnet, die sie von früher von ihm kannte. Und womöglich hatte sie das alles wirklich falsch interpretiert. Sie hoffte sehnlichst, dass er es ernst meinte, doch hatte immer im Hinterkopf, dass sie sich dessen nicht sicher sein konnte. Ihr Blick wanderte zu Boden. »Und ich wollte wirklich nur wissen, wie es dir geht«, sagte sie leise.

Sie sah nicht, wie er sanft zu lächeln begann. »Mir geht es gut«, versicherte er ihr. »Mach dir bitte keine Sorgen um mich.«

Ganz langsam formten sich auch ihre Lippen zu einem behutsamen Lächeln. Dann nickte sie langsam. »Gut«, raunte sie und trat noch zögerlich einen Schritt zur Seite, um zu signalisieren, dass sie nun gehen würde. Als sie an ihm vorbeilief, grübelte sie plötzlich, ob sie die Begegnung mit Rank und Bernstein in irgendeiner Form erwähnen sollte. Sie war trotz allem überzeugt, dass Wind nichts damit zu tun hatte, doch seine Reaktion darauf offenbarte ihr womöglich mehr darüber. So sah sie sich nochmal nach ihm um und erfasste, wie er mit dem Rücken zu ihr stand. »Und wundere dich nicht, wenn du ein paar Gerüche alter ... sehr alter Bekannter aufschnappst.«

Verwirrt und überrascht drehte Wind seinen Kopf, doch sie hatte sich kurz darauf wieder abgewendet, bevor er hätte nachfragen können. Zart hingegen lächelte befriedigt, als den Heimweg antrat. Für sie war das die Bestätigung gewesen, dass er nichts von Rank oder Bernstein wusste.

Vorsichtig versenkte Own eine Pfote nach der anderen im Schnee. Durch die Sorgfalt versuchte sie, unnötige Berührungen mit der Masse zu vermeiden. Sie konnte dieses weiße Nass nicht leiden, es erinnerte sie beinahe ans Schwimmen und das konnte sie noch weniger leiden. Nichtsdestotrotz konnte sie nicht ununterbrochen in der Höhle bleiben, denn abgesehen von der Nahrungssuche brauchte sie ab und zu das Sonnenlicht. Sie wunderte sich, ob es nicht einmal eine Zeit gegeben hatte, in der es ihr nichts ausgemacht hätte, nur noch im Dunklen zu sitzen (und musste das bejahen), doch tief in ihrem Inneren wusste sie, dass komplette Teilnahmslosigkeit kein Leben war.

»Hallo Own!«, begrüßte sie eine enthusiastische Stimme und die Häsin wusste nicht, ob sie lieber die Augen rollen oder sogar erfreut sein wollte.

»Hallo Marder.«

»Ich hab dich die letzten Tage nicht gesehen und muss zugeben, dass ich mir ein klitzekleines bisschen Sorgen gemacht habe.« Sein Zeigefinger und Daumen waren auf einen Zentimeter Abstand zueinander geneigt und vor ihrem Gesicht erhoben.

»Alles in Ordnung«, beteuerte sie.

Er kreuzte die Arme. »Beschäftigt?«, fragte er ebenso knapp, jedoch mit dezentem Grinsen.

»Nahrungssuche«, war ihre Ein-Wort-Antwort, wobei er sich schmunzelnd wunderte, ob sie das mit Absicht gemacht hatte.

»Ansonsten?«, hakte er erheitert nach.

»Nichts.«

»Sicher?«

Sie zuckte die Schultern. »Ja.«

»Höhle?«

»Bestens.«

»Wetter?«

»Handhabbar.«

»Dry?«

Gerade als er meinte, auch bei ihr Amüsement wachsen zu sehen, huschte eine Unzufriedenheit durch sie und unterbrach den Wortwechsel. »Was meinst du damit?«

Der Marder wollte sich schon beschweren, dass sie ihr kleines Duell beendet hatte, doch ihre Reaktion interessierte ihn mindestens genauso sehr. »Na, wie's ihm geht«, entschied er sich dafür, ihr die Frage einfach zu beantworten.

»Ach so«, machte sie betonungslos. »Keine Ahnung.«

»Gibt's da Ärger im Paradies?«

»Welches Paradies?«, antwortete sie trocken.

»Nein, ich meine –«, seine Arme entknoteten sich wieder, »hattet ihr Streit?«

Sie drehte ihre Ohren nach vorne. »Wieso sollten wir?«

»Hat sich so angehört.«

»Nein«, schüttelte sie den Kopf. »Er treibt mich zur Weißglut, aber das ist alles.«

Der Marder musste zweimal blinzeln, bevor er sicher gehen konnte, dass er sich nicht verhört hatte. Ihre Worte klangen aufgrund ihrer Offenheit sehr ungewohnt.

»Wie ... schafft er das denn?«, fragte er schließlich perplex. Er konnte sich nicht vorstellen, dass Own wirklich die Fassung verlor, aber er hatte schon öfter gespürt, dass es in ihr brodeln konnte.

Sie überlegte, was und vor allem ob sie antworten sollte, denn der Ärger, der soeben aufgeblitzt war, war zum großen Teil schon wieder verschwunden. »Er ...«, begann sie dann aber doch vorsichtig, »ist direkt.«

Der Marder zwinkerte sie an. »Bist du doch auch – manchmal.«

»Nicht *so*.«

Dieser Widerspruch kam sofort und machte das braune Tier noch neugieriger. »Was hat er denn gesagt?«

Own starrte ihn an und dachte dabei an Drys provokative Unterstellung, sie wäre eifersüchtig. Sie hatte zwar im Nachhinein in der Tat feststellen müssen, dass ihr das Wissen über ihn und die Art und Weise, wie sie es ihm gezeigt hatte, irgendwo gefallen hat und das war für sie sehr ungewöhnlich – aber gleichzeitig kitzelte er in ihr immer wieder eine gewisse Wut hoch. Diese Art von Gefühlsschwankungen waren ihr für sehr lange Zeit fremd gewesen und sie wusste nicht, wie sie das einschätzen und besonders, ob sie das gutheißen sollte. Noch ehe sie sich entschließen konnte, wie viel sie dem Jäger offenbaren wollte, ertönte eine dritte Stimme.

»Entschuldige, wenn ich etwas unterbreche«, stand da plötzlich das dem Marder wohlbekannte Marderweibchen. Seine Augen wuchsen um das Doppelte. »Aber ... kennt ihr euch? Ich meine, seid ihr befreundet?«

Während Own verständlicherweise irritiert war, brauchte auch der Marder einen Moment, um zu reagieren. »Was dagegen?«, fauchte er schließlich.

»Im Ernst?«, entgegnete sie entgeistert. »Du bist noch immer sauer wegen der Mäuse?«

Einen Augenblick fragte er sich tatsächlich, ob er damit lächerlich rüberkam. »Du hast gedroht, dass du mich weiterhin bestiehlst!«, rechtfertigte er sich, ohne groß darüber nachgedacht zu haben.

Seine Artgenossin grinste daraufhin wieder belustigt auf und hob zurückhaltend eine Hand vor den Mund. »Eine Sekunde bitte, ja?«, sagte sie mit einer Stimme, die ein Lachen unterdrückte und sprang daraufhin wieder fort.

»Wer ist das?«, wollte Own anschließend wissen.

»Sie ...«, stockte der Marder und wusste nicht recht, was er antworten sollte. »Am besten erzählt dir Silver die ganze Geschichte, dann könnt ihr mich gemeinsam auslachen.«

Die Häsin hob die Brauen, da kam die Jägerin schon wieder zurück. Sie transportierte etwas in ihrem Maul, lief auf den Marder zu und legte den gefangenen Nager auf einen Holzstumpf direkt bei ihm. Sie setzte sich hinter den gestutzten Stamm und legte die gekreuzten Arme darauf ab, ihren Kopf wiederum auf den Armen platziert, direkt vor ihr lag die Beute.

»Was ist das?«, fragte der Marder verwundert.

»Zwei Mäuse«, lächelte sie. »Ich dachte, gerade du würdest sie erkennen, so wichtig sie dir sind.«

»Sie sind mir nicht –!«, begann er entrüstet, »ich meine, natürlich sind sie wichtig, Nahrung ist immer wichtig. Aber doch nicht so!«

»Ach. Wie dann?«, fragte sie bewusst unschuldig, immer noch in der Position, in der sie zu ihm aufschauen konnte.

Er lehnte sich vor. »Es geht hier ums Prinzip, meine Liebe.«

»Ums Prinzip, aha«, entgegnete sie und fand, dass das ein Standardspruch ohne Erklärung war. »Um welches Prinzip genau?«

Die Häsin neigte sich kurz zum Marder hinüber. »Sie gehört ganz dir.«

»Own!«, widersprach er energisch, als er beobachtete, wie sie sich abwendete und darauf hätte schwören können, dass sie sich über seine Situation amüsierte. »Own!«, zischte er nur noch hinterher, doch sie hörte nicht auf ihn. Gereizt schielte er wieder zu seiner Artgenossin zurück.

Sie zwinkerte ihm zu. »Du hast deine Freundin verjagt.«

»Du meinst wohl, *du* hast meine Freundin verjagt.«

Wissbegierig richtete sie sich wieder auf. »Dann seid ihr befreundet, ja?«

»Warum ist das so wichtig für dich?«, schüttelte er den Kopf.

»Ich habe schon von solchen Freundschaften gehört, wusste aber nie, ob so etwas funktionieren könnte«, erklärte sie und klang aufrichtig interessiert. »Und jetzt finde ich dich und du hast einen Hasen als Freund, das ist unglaublich!«

»Oh, ich habe noch ganz andere Freunde«, kommentierte er mit einem unheilvollen Grinsen.

Die vermeintliche Drohung ließ sie wirklich einen Moment innehalten, doch die Neugierde schien zu überwiegen. »Heißt das, du hast Freunde noch anderer Tierarten?«

Der Jäger seufzte tief. »Du ... äh ... Marder ... -mädchen ...«

»Bronze«, teilte sie ihm erwartungsvoll mit.

»Meinetwegen«, entgegnete er trocken. »Hast du keine eigenen Geschäfte, denen du nachgehen kannst?«

»Warte, ich weiß es!«, rief sie aus und ignorierte seine Versuche, sie loszuwerden. »Die Adler sind deine ›anderen Freunde‹, oder? Obwohl ...« Sie grübelte über ihre soeben gemachte Aussage. »Das wäre natürlich eine *sehr* ausgefallene Beziehung«, redete sie mehr zu sich selbst.

Der Marder hingegen beobachtete sie forschend. »Was weißt du über die Adler?«

Sie befreite sich von ihren Gedanken, sank auf ihre ursprüngliche Position zurück und zwinkerte dem Jäger mit verführerisch schief gelegtem Kopf an. »Information gegen Information?«

Der Marder hatte das dringende Bedürfnis, sich die Haare zu raufen und seine Artgenossin danach anständig durchzuschütteln. Doch stattdessen musterte er sie prüfend. Eigentlich hatte er ja nichts zu verlieren, es war ja nicht so, als wollten sie ihre Gruppe geheim halten. »Na schön«, willigte er daher ein.

Begeisterung blitzte bei ihr auf, als sie tatkräftig wieder aufsprang. »Wunderbar! Du fängst an.«

Wieder lehnte er sich zu ihr vor, die Hände auf dem Holz abgestützt, das sie trennte, und ein wissendes Grinsen auf den Lippen. »Das hättest du wohl gerne. Nein, nein, nein, *du* fängst an.«

Auch Bronze neigte sich wieder auf ihn zu und rollte die Augen, wobei ihr Lächeln jedoch nicht abflachte. »Nur nicht so vertrauensvoll. Jemand könnte dich noch reinlegen«, entgegnete sie sarkastisch, woraufhin der Marder am liebsten noch breiter gegrinst hätte, ihr aber die Genugtuung nicht geben wollte. »Weißt du, wo die Adler ihr Lager haben?«, fing sie nichtsdestotrotz an, beide noch immer gegenüber auf den Stumpf gestützt, Kopf beinahe an Kopf.

»Na, südlich von hier.«

»Direkt am Waldende, meinst du?«

»Wo denn sonst?«

Ihr Lächeln wurde deutlicher. »Gerüchten zufolge haben sie ihr Hauptlager noch eine ganze Ecke weiter. Sprich, ihr Gebiet muss unheimlich groß sein.«

»Bei großen Flugtieren nicht sehr verwunderlich, oder?«, entgegnete er abtuend. »Die kommen schneller voran als wir Landtiere.«

»Oder sie wollen etwas verstecken«, mutmaßte sie.

Der Marder verzog den Mund zweifelnd. »Wie du schon gesagt hast – *Gerüchte*«, zischte er und grinste daraufhin wieder.

Sie drehte ihren Kopf schief. »Hast du dich jemals gefragt, warum es so viele sind? Adler sind Einzelgänger.«

Er zuckte die Schultern. »So 'n Familiending, nehm ich an. Außerdem können ungewöhnliche Beziehungskonstellationen schon mal auftreten«, grinste er und merkte, dass auch Bronze verstand. »Zudem liegt bestimmt viel an Bonario, dem Ober-Adler, der ist sehr offen, was sowas angeht.«

Sie atmete tief durch, augenscheinlich genervt von seinem permanenten Abblocken. »Es werden ihnen auch zwielichtige Beziehungen nachgesagt. Das heißt, Beziehungen, die nicht ganz normal sein sollen, wie bei dir, was ich ja aber nicht unbedingt als zwielichtig beschreiben würde.«

Die Mundwinkel des Marders hatten sich immer weiter nach oben gezogen. »Uhh-uh«, machte er verspielt. »Zwiiee-lichtig.«

Bronze lehnte sich wieder zurück und kreuzte die Arme. »So, jetzt bist du dran«, sagte sie resigniert. »Ich habe keine Lust mehr.«

»Du hast mir nicht gerade weitergeholfen.«

»Das ist unerheblich für unsere Abmachung«, bestand sie hartnäckig auf ihrem Recht.

Süffisant grinste der Marder sie weiterhin an. Es tat gut, ihr ein bisschen von ihrem belächelnden Verhalten zurückzuzahlen. »Der letzte Teil lässt sich übrigens durch uns erklären«, entschloss er sich dann aber doch dazu, ihr ihren Wunsch zu erfüllen.

Sie schaute ihn daraufhin auch wieder sofort hoffnungsvoll an. »Das heißt, du bist tatsächlich mit ihnen befreundet?«

Verwirrt musste sie feststellen, wie er den Kopf schüttelte. »Nein, aber ich kenne sie. Befreundet bin ich mit anderen Leuten. Hasen. Füchsen. Eichhörnchen.«

Große, goldfarbene Augen starrten ihn an. Ihre Augen hatten trotz aufgeweckter Ehrlichkeit eine beinahe hypnotische Wirkung, das musste er zugeben. »Kannst du ... ich meine, besteht die Möglichkeit, mich denen mal vorzustellen?«

»Naah, mal sehen«, wehrte er ihre Bitte ab und empfand ein abnormes Vergnügen daran, sie auf die Folter zu spannen. »Vielleicht zu einem späteren Zeitpunkt.«

»Wieso, was stimmt nicht mit diesem?«

Seine neckische Gehässigkeit ließ augenblicklich nach, als er in ihr enttäuschtes Gesicht sah – und das radikal mehr, als ihm lieb war. Verdammt, wie schaffte sie das?

»Ich habe ja nicht gesagt, dass du sie niemals treffen wirst«, lenkte er halb ein und zwinkerte ihr dann immer noch überlegen zu. »Wenn sich die Gelegenheit ergibt.«

»Und wahrscheinlich nicht ohne Gegenleistung«, maulte sie unzufrieden.

Der Marder lachte. »Na, ich will mal nicht so sein. Aber wenn du Neuigkeiten bezüglich der Adler hast, habe ich immer ein offenes Ohr.«

Nun verformte sich ihr Mund wieder zu einem stichelnden Grinsen. »Ich dachte, meine Aussagen hätten dir nicht weitergeholfen.«

»Haben sie auch nicht«, bestätigte er ihr, was jedoch, wenn er ehrlich war, nicht ganz der Wahrheit entsprach. »Aber man kann nie wissen.«

Bronze nickte. »Na, sicher«, fügte sie ironisch hinzu. »Dann genieße mal deine Mäuse. Der Ausgleich dafür, dass ich dir deine gestohlen habe.

Also sind wir fast quitt – du schuldest mir nur noch einen Besuch bei deinen Freunden.«

Damit drehte sie sich um und ließ ihn wieder allein. Schmunzelnd dachte er nochmal über das Gespräch und ihr Verhalten nach. Irgendwie hatte er das Gefühl, dass sie für gewöhnlich das bekam, was sie wollte.

Silver und Bluefire näherten sich der Grenze des Adlergebietes. Der Rüde wollte ebenso mit Bonario über den Vorfall mit Scarlet reden. Immerhin war er neben dem alten Greif der einzige gewesen, der den Nahrungshaufen tatsächlich gesehen hatte. So begleitete er seine Gefährtin, welche jedoch seit heute auffällig ruhig geworden war. Für ihn kam dieses Verhalten sehr plötzlich, sie wirkte als würde sie etwas beschäftigen und irgendwie bezweifelte er, dass es nur an diesem Ereignis lag. Er beobachtete sie, doch sie schien das gar nicht zu bemerken, als wäre sie ganz in ihrer Welt. Er wunderte sich, wie sie nicht jeden zweiten Baum rammte.

»Wie sicher bist du, dass Bonario da sein wird?«, fragte er schließlich und ließ sie nicht aus den Augen.

Sie wirkte tatsächlich so, als hätte er sie aus den tiefsten Gedankengängen geholt. »Es geht so«, antwortete sie, nachdem sie die Frage realisiert hatte. »Aber ich weiß, dass er sich dorthin gerne zurückzieht, wenn er alleine sein möchte – und ich glaube, dass das in letzter Zeit zugenommen hat.«

Der Blaufuchs klappte ein Ohr zur Seite. »Und wie kommst du darauf?«

Sie atmete tief durch und richtete ihren Kopf wieder nach vorne. »Ich hatte schon länger das Gefühl, dass er sich lieber bei uns aufhält, als bei seiner Familie, aber das war nur eine Vermutung. Ich ... könnte mir vorstellen, dass es unter anderem wegen uns Unstimmigkeiten gegeben hat.«

Bluefire hielt das durchaus für möglich. Es handelte sich bei ihrer Freundschaft um kein übliches Verhältnis und wenn das den anderen gegen den Strich ging, konnte das auf jeden Fall zu Konflikten führen. »Nach dem, was du mir über Scarlets Verhalten erzählt hast, kann ich mir das auch gut vorstellen.«

Keine Antwort. Wieder wirkte sie abwesend. Bluefire suchte die Umgebung ab und sah, dass sie ihr Ziel fast erreicht hatten. Verblüfft stellte er fest, wie Silver plötzlich gegen ihn driftete, ohne dass sie es bemerkte. Anscheinend ohne dass sie *irgendetwas* bemerkte. Sanft drückte er sich gegen ihren Körper, der sich ihm näherte, woraufhin sie ihn verwundert anblickte. Er schmunzelte ihr zu und nickte mit dem Kopf in die entgegengesetzte Richtung. »*Da* wollen wir hin, wenn ich mich nicht irre.«

Die Füchsin schaute sich irritiert um, dann überkam sie ein verlegenes Lächeln. »Ja, natürlich«, murmelte sie mit angelegten Ohren und wendete sich ab.

»Silver«, hielt er sie behutsam zurück und wartete, bis er ihre Aufmerksamkeit hatte. »Was ist los?«

Es überraschte ihn aus irgendeinem Grund gar nicht, dass sie zögerte. Als ob sie sich ertappt fühle. Ihre blauen Augen schienen auf einmal größer als sonst und war es Furcht, was immer mehr an die Oberfläche trat? Sie wirkte auf einmal wie ein verängstigtes kleines Kind. Ohne unmittelbare Ursache, aber da war etwas, das sie unbeschreiblich beschäftigte. Und er wollte dringend wissen, was das war.

Gerade, als er das Gefühl hatte, sie wolle etwas antworten, wurden sie von Bonario unterbrochen. »Na sowas, seid ihr mit Absicht hier oder ist das nur ein glücklicher Zufall?«

Beide hatten sich zu dem Vogel umgedreht und Silver atmete hörbar durch, als wolle sie ihre Anspannung abschütteln. »Nein, kein Zufall«, hörte er sie schließlich sagen. »Aber leider kommen wir auch nicht gerade aus einem ... erfreulichen Grund.«

Dunkler Missmut fuhr in sein Gesicht und er benötigte einen Augenblick, ehe er etwas erwiderte. »Ja, ich habe mit den anderen schon geredet.«

Verdutzt wurde er von den Vierbeinern angestarrt. Immerhin schienen sie ihm nicht mehr erklären zu müssen, was passiert war. »Du hast?«, hakte Silver nochmal nach.

»Ja«, war seine Antwort, doch augenscheinlich wollte er nicht fortfahren und ihnen offenbaren, wie das Gespräch abgelaufen war.

»Weißt du, ob sie es mit Absicht gemacht haben?«, fragte Bluefire ebenso nüchtern wie direkt.

»Ja«, wiederholte er schlicht.

Silver neigte ihren Kopf schief. »Ja, du weißt es oder ja, sie haben es mit Absicht gemacht?«

»Ja, ich weiß es.« Er pausierte, woraufhin sich die Füchsin schon verärgert fragte, ob das nun seine einzige Aussage bleiben würde. Doch er redete zögerlich weiter. »Es ... ist kompliziert.«

Das war nicht gerade die Erklärung, die sie sich erhofft hatten. Was sollte daran so kompliziert sein? Entweder sie hatten es mit Absicht getan oder nicht.

»So kompliziert, dass es sich auf uns negativ auswirken könnte?«, wollte Bluefire wissen, dem bewusst wurde, dass Bonario keine Einzelheiten erzählen wollte.

Daraufhin seufzte der Adler. »Ich möchte nicht, dass ihr euch Sorgen machen müsst.« Er wirkte plötzlich deutlich sanfter. »Ihr habt nichts von ihnen zu befürchten, das verspreche ich euch. Ich werde euch weiterhin helfen – wenn ihr das wollt.«

Nun seufzte auch Silver. »Natürlich wollen wir das, das weißt du«, erklärte sie aufrichtig. »Du bist uns ein guter Freund geworden. Aber seien wir ehrlich, wir ziehen materiell gesehen einen viel größeren Nutzen aus dieser Beziehung als du und wenn du dich unseretwegen mit deiner Familie entzweist ...«

»Nein, nein, nein, so fangen wir gar nicht erst an«, unterbrach er sie, bevor sie ihre Bedenken ganz ausgesprochen hatte. »Es ist richtig, euch zu helfen, ich glaube daran. Und ich kläre das mit den anderen.« Er lächelte die beiden warmherzig an und schaffte es wie immer Zuversicht in ihnen auszulösen. Er war sich seiner Sache sicher, das sah Bluefire ihm an, doch er konnte auch Bedauern in seinen orangefarbenen Augen ablesen. Zu gerne würde er hinter die Kulisse dieser Familie blicken können und verstehen, was dort passierte. Eigentlich hatte Bonario auch gar nicht wirklich bestätigt, dass das Kernproblem bei ihnen lag. So aufgeschlossen er auch ihnen gegenüber war, genauso unkommunikativ gab er sich in dieser Angelegenheit.

Noch einmal atmete Silver schwer aus und ließ den Kopf kurz sinken. »Na schön, wie du möchtest.« Sie war trotz allem unzufrieden damit. »Ich danke dir. Aber wenn du Schwierigkeiten bekommst, kannst du uns das sagen.«

Freundlich und vertraut wurde sie von Bonario angelächelt. Er nickte langsam. »Versucht euch keine Sorgen zu machen. Wir hören voneinander.«

Die beiden Füchse nickten ihm zu, ehe er sich in die Lüfte erhob und in die Richtung seines Gebietes flog.

Kauernd lag er im Gebüsch zwischen hohen Gräsern. Halb in Trance beobachtete Wind die Verursacher ohrenbetäubenden Kraches. Nicht weit von hier konnte er riesige Maschinen ausfindig machen, Menschen tummelten sich um sie herum oder waren in ihnen drin. Aufgehäufte Erde stapelte sich zu großen Haufen, während neben dran Löcher in den Boden ragten. Er nahm an, dass sie etwas bauten, ansonsten konnte er sich das Spektakel nicht erklären. Andererseits konnte er nicht behaupten, die Menschen immer vollständig zu verstehen. Zum Glück war, wie er schätzte, der Abstand zu seinem Zuhause groß genug, denn er war relativ weit gelaufen.

Zarts Besuch hatte ihn nachdenklich und unruhig zurückgelassen, er hatte Bewegung gebraucht. Noch immer wusste er nicht recht, warum sie gekommen war. Auf der einen Seite war es sehr schön gewesen sie zu sehen, auf der anderen war es umso schmerzlicher, sie wieder gehen zu lassen. Er konnte sich nicht vorstellen, dass sie ihm verziehen hatte, aber anscheinend hasste sie ihn auch nicht.

Seufzend legte er den Kopf auf seine Pfoten. Er fragte sich, ob das eine einmalige Sache gewesen war. In gewisser Hinsicht hatte sie die Trennung durch ihr Auftauchen nur noch einmal verschlimmert. Er wollte wissen, was sie sich dabei gedacht hatte, ihn zu besuchen und das auch noch ohne das Wissen der anderen. Wahrscheinlich hatte sie nicht viel gedacht. Denn auch wenn sie sich zurückhielt, ihre Gefühle immer offen darzulegen, war sie doch eine sehr emotionale Person, die oft einfach intuitiv handelte.

Wind drehte seine Ohren nach hinten, als er kräftige Flügelschläge vernahm. Er war nicht überrascht.

Dann knarrte hinter ihm der Ast eines Baumes. »Interessant, wie schnell die Menschen bauen«, sagte der jemand hinter seinem Rücken. »Wusstest du, dass die Fläche hier auch einmal bewaldet war?«

Der Rüde hob nun seinen Kopf und ließ die Augen nochmal über die Baustelle schweifen. »Das Überleben des Stärkeren, heißt es wohl«, kommentierte er trocken.

Er wurde von gelben Augen gemustert. »Schön, dass dir alles immer so nahegeht, Wind«, bemerkte er spitz.

Der Rotfuchs grinste daraufhin auf und sah sich nach dem Adler um. »Ich muss mir ja nicht um alles Gedanken machen, oder?«

Er lächelte zurück, herausfordernd und freundschaftlich zugleich. »Da du dir hauptsächlich um dich selbst Gedanken machst, könntest du dich ja trotzdem davon bedroht fühlen.«

Nun lachte Wind. »Ach, Marron«, seufzte er vergnügt, »was würde ich nur ohne dein ständiges Piksen tun?«

»Deine Schlagfertigkeit würde verschrumpeln«, war die Antwort. »Aber ich meine es ganz ernst. Menschen können wirklich verdammt schnell sein und so weit bist du nun auch wieder nicht weg.«

»Vorsicht«, mahnte der Fuchs scherzhaft. »Man könnte noch denken, du machst dir Sorgen um einen wie mich.«

»Nicht doch«, ging der junge Adler sogleich neckisch darauf ein. »Mir würde vermutlich nur schlecht werden bei dem Anblick eines Fuchses mit blutigen Beinen, weil er in eine ihrer Maschinen gekommen ist.«

»Ach, halb so wild«, erwiderte Wind. »Ich nehme einfach die Wurzel von diesem ... wie heißt das noch? Großer Wiesenknopf. Das hemmt dann die Blutung.«

»Na, wenigstens hast du einmal zugehört, wenn ich dir was erzählt habe.«

»Ja, gewöhne dich nur nicht dran«, feuerte er zurück.

Nun war es an Marron, dezent zu grinsen. »In der Tat glaube ich, dass du immer mehr als genau aufpasst, wenn jemand etwas erzählt, nicht wahr?« Er hatte seinen ironischen Tonfall wieder abgelegt. »Es ist immer nützlich, einen Rundumblick zu haben.«

Mit hochgezogenen Mundwinkeln schaute Wind dem Greifen herausfordernd ins Gesicht. »Ist daran etwas falsch?«

Marron wirkte so allwissend. »Nein«, meinte er dann. »Aber du gibst dem Wort ›ausgefuchst‹ alle Ehre.«

Wind musste wiederum lachen, ging jedoch nicht weiter darauf ein. »Du hast mir zwar beiläufig einiges erklärt, aber mir noch nicht erzählt, woher du diesen ganzen Gesundheits-Kräuter-Kram eigentlich weißt.«

Der Vogel seufzte kaum hörbar. »Noch von zu Hause.«

Der Rüde wusste zwar, dass Marron vom Süden kam, doch er verriet nicht viel über seinen Herkunftsort und warum er ihn verlassen hatte. Oder warum er Wind gegenüber gleich von Anfang an so offen schien. »Warum bist du dann weggegangen, wenn es dort so lehrreich war?«, fragte er daher nach. »Und seien wir ehrlich, das *ist* nützliches Wissen, das du nicht überall kriegst.«

»Dieses Wissen habe ich nicht von meinen Leuten und mit denen will ich absolut nichts mehr zu tun haben.« Er wirkte bestimmt, als wäre das keine Frage mehr.

»Ach ja?«, fragte Wind neugierig. »Warum nicht?«

Der Adler stöhnte leise und schüttelte den Kopf. »Sagt dir der Begriff ›Schatten‹ etwas?«

Verwirrt zog er die Stirn kraus. »Soweit ich weiß, ist er mittags am kleinsten.«

Marron lachte herzlich auf. »Entschuldige bitte«, meinte er dann. »Für mich hat der Begriff eine vollkommen andere Bedeutung als für dich. Ich meine natürlich nicht den Schlagschatten oder so, sondern eine Gruppierung von mehreren Tieren.«

»Ach so«, machte Wind nachdenklich, bevor er die Frage beantwortete. »Nein. Sagt mir nichts.«

»Sei froh«, wurde er wieder ernst. »Wenn du ihnen einmal begegnet bist, verspürst du den Wunsch, niemals von ihnen gehört zu haben. Nein, die haben nichts Gutes an sich. Mein Wissen über die Kräuter habe ich mir teilweise selbst erarbeitet und teilweise von einem äußerst pfiffigen Eichhörnchen.«

»Eichhörnchen?«, fragte Wind ungläubig, »Bevor oder nachdem du es verschlungen hast?«

Wieder musste der Greif amüsiert auflachen. »Es gibt Individuen, mein lieber Wind, bei denen lohnt es sich mehr, sie am Leben zu lassen, anstatt sie zu fressen.« Sein Blick wanderte grüblerisch ins Leere. »Wobei ich gar nicht weiß, ob der kleine Nager nicht auch zu den Schatten gehört hat. Wäre möglich.«

»Oh«, machte der Fuchs aufgesetzt. »Oh, das *Eichhörnchen* gehört zu den Schatten. Oh ja, jetzt wünschte ich mir ... ich hätte niemals von ihnen gehört.«

Mit einer Mischung aus Mahnung und Belustigung schaute das Federtier den Vierbeiner an. »Dass die Schatten so funktionieren, wie sie funktionieren, setzt Köpfchen voraus und das ist unabhängig von physischer Stärke.«

Wind blieb skeptisch. Natürlich hatte der Greif damit recht, aber machte er das mit Absicht, immer nur kleine Hinweise zu streuen? »Vielleicht solltest du mal damit rausrücken, was die Schatten überhaupt sind, sonst muss ich davon ausgehen, dass alles nur in deiner Fantasie existiert.«

Ein zurückhaltendes Lächeln traf auf den Rotfuchs. »Wenn ich es dir erzähle, glaubst du das immer noch.« Wind war jedoch unbeeindruckt und absolut bestrebt, eine Antwort zu bekommen. Marron atmete einmal durch. »Die Schatten sind eine Organisation, die auf, wenn du mich fragst, tyrannische Weise ihre Ideale durchsetzen will – welche das auch immer sein sollen. Sie zögern nicht, Gewalt und Angst einzusetzen, um ihre Ziele zu erreichen. In meinen Augen sind diese Ziele nichts weiter, als ihr Einflussgebiet zu erweitern und andere zu unterdrücken. Und wer aus der Reihe tanzt, lebt in der Regel nicht lange genug, um den nächsten Sonnenaufgang zu erleben. Kennzeichnend für sie ist neben der Tatsache, dass man nur schwer mit ihnen in Kontakt treten kann, der Fakt, dass sie aus den unterschiedlichsten Tierarten bestehen.« Er stoppte an dieser Stelle, um Winds Reaktion abzuwarten, doch der grübelte nur und schien nichts erwidern zu wollen. »Ich hatte nie wirklich den Durchblick bei denen, aber das Eichhörnchen hat auch mit anderen zusammengelebt – Marder, Silberfüchsen.« Er bemerkte nicht, wie Wind nicht umhinkam, bei dem letzten aufzuhorchen, auch wenn das natürlich vollkommen andere Silberfüchse sein mussten. »Das deutet also theoretisch auf eine Schattenmitgliedschaft hin. Aber erfahren habe ich das nie.«

Durch den Rotfuchs ratternden die Gedanken. Er versuchte so nüchtern wie möglich über den Wahrheitsgehalt dieser Geschichte zu reflektieren. Sie klang eigentlich viel zu abenteuerlich, um real zu sein, andererseits war Marron nicht der Typ für Ausschmückungen oder Übertreibungen. Im Gegenteil, Wind hatte seine rationale Weltgewandtheit immer sehr begrüßt. »Nehmen wir mal an, ich glaube dir«, begann er beinahe misstrauisch, »woher weißt du das alles dann?«

Marron lächelte matt. »Du brauchst keine Angst zu haben, ich bin kein Schatten. Aber meine Familie hat da irgendwie mit dringehangen. Ich wollte einfach nur weg von diesem ganzen Mist.«

Noch einige Sekunden studierte Wind den Vogel und begann dann bedächtig zu nicken. »Na schön«, sagte er zurückhaltend. »Danke. Für deine Offenheit.«

Der Greif zuckte die Schultern, doch er wusste, dass sein orangefarbenes Gegenüber noch immer unsicher darüber war, wie viel er davon glauben sollte.

Bluefire hörte ein Rascheln aus dem Unterholz und freute sich schon über die Jagdchance, stoppte sich jedoch abrupt, als kurz drauf Dry herausspaziert kam. »Schon wieder ich?«, kommentierte der Feldhase unbeeindruckt. »Such dir doch zur Abwechslung mal jemand anderes.«

Bluefire atmete die erschrockene Anspannung aus. »Entschuldige bitte«, meinte er aufrichtig. »Anscheinend ziehst du die Gefahr an.«

»Anscheinend zieh ich *dich* an«, erwiderte er gelassen.

Der Rüde schmunzelte. »Na ja, inzwischen ergreifst du ja nicht mehr die Flucht, wir machen also Fortschritte in unsrer Beziehung.«

Dry lachte vergnügt auf, bevor er den Fuchs anzwinkerte. »Und wie läuft's mit den Adlern so?«

Bluefires Ohr zuckte, als er das zurückhaltende Funkeln in den Augen des Nagers begutachtete. »Weißt du etwas, das ich nicht weiß?«

»Keine Ahnung«, zuckte er unschuldig die Schultern. »Was weißt du denn?«

Der Rüde musste grinsen, doch ein Zucken durchfuhr seine Rute. »Du bist anstrengend«, teilte er dem Hasen unvermittelt mit.

»Ach, und du bist die Sozialität in Person oder was!«

Bluefire stockte daraufhin. »Na, ich versuch das wenigstens nicht so offen zu zeigen«, war die resigniert anklingende Antwort.

»Es zu verstecken, macht es nicht besser.«

»Also trägst du deine schlechten Angewohnheiten und Defizite einfach nach außen hin«, stellte der Blaufuchs fest, ohne dass er es guthieß.

»Klar, wieso nicht«, meinte das Langohr einfach. »Ich verstecke gar nichts.«

»Doch, und zwar was du über die Adler weißt.«

Dry grinste amüsiert. »Okay, die sinnierende Debatte ist wohl beendet. Das mit den Adlern war wahrscheinlich gar nichts Wichtiges. Ich hab nur den Marder getroffen und der meinte, Gerüchten zufolge haben sie ein viel größeres Gebiet, als wir dachten. Es erstreckt sich wohl ganz schön weit in den Süden.«

Bluefire überlegte einige Augenblicke. »Vielleicht sieht man die anderen Adler deswegen nicht so häufig. Seltsam ist dann nur, warum sie lediglich auftauchen, um uns das Leben schwer zu machen.«

Ein seichtes Grinsen umspielte Drys Lippen. »Vielleicht gibt es ihnen einen Kick.«

Der Fuchs hob die Brauen. »Spricht da jemand aus Erfahrung?«

Dry grinste, mehr über sich selbst als über alles andere. »Vielleicht«, gab er zu.

Bluefire hingegen grübelte bereits wieder über ihre gefiederten Nachbarn. »Glaubst du, die Adler planen die Übergriffe auf uns? Dass sie das mit Absicht machen?«

Dry blinzelte. »Muss mich das interessieren?«

Der Blaufuchs schnaufte mit einem fassungslosen Grinsen. »Du bist so dermaßen asozial, ist dir das klar?«

Sein Gegenüber zuckte lediglich die Schultern. »Ich bin gerne unabhängig. Wenn das asozial ist, dann meinetwegen.«

Der Jäger lächelte wissend zurück. »Warum hast du mir das dann überhaupt erzählt?«

Dry erwiderte den Blick gleichermaßen. »Einfach so.«

»Hm-hm«, schmunzelte der Rüde und richtete sich dann auf. »Also ich muss jetzt weiter. Freu mich aber schon auf unser nächstes sinnierendes Gespräch.«

»Das nächste Mal jage ich *dich*«, kam es lässig.

Bluefire grinste zurück, bevor er zu einer richtigen Jagd aufbrechen würde. »Das ist nur fair.«

Der Rüde hatte eine erfolgreiche Jagd gehabt und war gerade zur Höhle zurückgekehrt. Er hoffte, dass Silver auch bald kommen würde, unter anderem damit sie nochmal über Silvers offensichtliche Sorgen sprechen konnten. Nach dem Treffen mit Bonario waren die Adler einzige Thema gewesen, über das sie geredet hatten, bevor sie sich getrennt hatten.

Natürlich beunruhigte ihn das Auftreten der Adler oder gerade das Fehlen desselben. Auch die Gerüchte, die er von Dry mitgeteilt bekommen hatte, trugen nicht gerade zu seiner Entspannung bei.

Seine Ohren richteten sich auf, als er dumpfe Schritte wahrnahm. Die Füchsin trat in diesem Moment in den Bau. »Silver«, stieß er aus. »Gut, dass du da bist. Ich habe vorhin Dry getroffen und der ...«

»Bluefire, wir müssen reden.« Sie war bestimmt, trotz der Nervosität, die darunter lag.

»Oh-okay ...«, stammelte er und ihm wurde auf einmal sehr komisch zumute, »... mu... muss ich mich irgendwo festhalten, oder ...?«

»Ich bin schwanger.«

Stille füllte den Raum. Sein schockierter Gesichtsausdruck war das einzige, was in den nächsten Augenblicken herausstach.

Das nahm sie ihm nicht wirklich übel, sie selbst hatte ähnlich reagiert, als sie den Verdacht geschöpft hatte. Nachwuchs hatte nicht gerade oben auf ihrer Liste gestanden, sie hatten auch niemals darüber geredet. Insgeheim wusste Silver, dass sie an diesem Punkt ihrer Beziehung noch gar nicht angelangt waren. Sie hatte ihm noch nicht einmal gesagt, dass sie ihn liebte.

Dieser Gedanke durchstieß plötzlich ihre Standhaftigkeit, die sie so mühevoll aufrecht erhalten wollte. Ihr Körper zitterte. *Liebte* sie ihn denn? Es gab Momente, da war sie sich ganz sicher.

Und liebte er *sie*? Sie wusste es einfach nicht, auch wenn sie sich offensichtlich viel bedeuteten. Vielleicht war es auch einfach das Gefühl hilfloser Überforderung, das mit der Verantwortung einer Schwangerschaft einher kam. Sie hatte das Gefühl, ihr eigenes Leben noch nicht sehr lange wieder im Griff zu haben und nun kam etwas derart Einschneidendes und Fundamentales.

»Bist du sicher?«, brach der Rüde schließlich das Schweigen.

»Natürlich«, raunte sie emotional.

Der Blaufuchs schluckte. Sie war wie erwartet nicht die einzige, die mit der Situation überfordert war. Schon seltsam, wie etwas eigentlich gar nicht so Abwegiges solch einen Effekt haben konnte – aber sie beide hätten schlicht und ergreifend noch mehr Zeit gebraucht.

»Du wirkst nicht sehr glücklich«, teilte sie ihm mit, als ihm noch immer die Worte fehlten und sie endlich *irgendeine* Reaktion haben wollte.

»Nein!«, widersprach er sofort lebhaft, als hätte sie ihn aus einer Trance geweckt. »Es ist nur ... das kommt extrem unerwartet ... wir haben ... nie ... *ich* ... habe nie ... also ... also, weißt du, du wirkst auch nicht gerade überglücklich.«

Die Füchsin lächelte wehmütig. »Weil ich nicht weiß, was ich darüber denken oder fühlen soll.«

Auf einmal wirkte der Rüde gelöster, womöglich als sie keine direkten Erwartungen an ihn hatte und zudem noch gleichermaßen empfand. »Das ...« Er atmete tief durch, dachte darüber nach, *was* er eigentlich fühlte und wie er sein Durcheinander in Worte fassen sollte. »Das war nicht gerade geplant, was?« Ein nervöses Lächeln blitzte auf, trotzdem wirkte er um Längen ruhiger als noch wenige Sekunden zuvor.

Silver spürte, wie sie dadurch auch etwas entspannte. »Nein«, stimmte sie noch immer mit fragiler Stimme zu. »Nicht ganz.«

Auch wenn sie seine Reaktion komplett nachvollziehen konnte, merkte sie erst, dass sie sich mehr Halt gewünscht hätte, als eine feinfühlige Wärme in seine Augen zurückkam. Sie überdeckte nicht seine Unsicherheit, doch Silver spürte, wie er sich emotional nach ihr ausstreckte. *Das* war es, was sie tief in ihrem Herzen spürte.

Langsam setzte er sich in Bewegung, um die Lücke zwischen ihnen zu schließen. Silver atmete tief ein, nervlich angeschlagen und bange. *So nah und doch so fern,* wisperte eine Stimme, die sie für gewöhnlich wegstieß. Sie wollte wissen, was er dachte, was er wollte. Niemals zuvor war es ihr so wichtig gewesen, zu wissen, wie sein Gefühlsleben aussah. Oft hatte sie sich gewünscht, leichter durch ihn hindurchschauen zu können, doch diesmal *musste* er einfach offen mit ihr sein.

Seine Lefzen waren zu einem dezenten Lächeln geformt, graue Augen musterten sie eingehend und ihr wurde nochmal wärmer ums Herz, als sie sich mit Zuneigung füllten. »Nachwuchs«, flüsterte er ihr verheißungsvoll und noch immer fassungslos zu, als müsse er es aussprechen, um es zu realisieren. Kurz war sein Blick über ihren Körper gewandert, ehe er wieder ihre Augen fand, innig und warmherzig. »Unser ... Nachwuchs.«

Sein Verhalten schleuderte sie plötzlich in den Himmel, als wäre die Last, mit der sie die letzten Tage gerungen hatte, mit einem Mal leichter. Er streckte sich auf eine Weise nach ihr aus, die ihr die Ängste nahm, von denen sie nicht wusste, dass sie sie überhaupt gehabt hatte – damit alleine dazustehen. Ihr Herz klopfte auf einmal gegen ihren Brustkorb, mitgerissen von der Bedeutung, die plötzlich nicht mehr so angsteinflößend schien und doch so tiefgreifend war. »Ja«, hauchte sie zittrig. Sie wollte seine Nähe, sie brauchte seinen Rückhalt. Nie hatte sie sich dringender nach seiner Berührung, seiner Unterstützung gesehnt. Flehen loderte in ihr, doch auch noch Zurückhaltung. Sie schluckte. »Und was machen wir jetzt?«

Bluefire seufzte lächelnd, dann drückte er behutsam seine Stirn an ihre, beide schlossen die Augen. »Oh, Silver«, raunte er zärtlich und sie spürte, wie sein Kopf an ihrem vorbei streifte und er ihn umarmend auf ihre Schulter legte. Sie drückte sich augenblicklich an ihn und wollte ihn in dem Moment, egal wie irrational es war, nie wieder gehen lassen. »Wir schaffen das«, versprach er ihr mit aller Zuversicht, die er aufbringen konnte. Seine Augen öffneten sich und starrten unsicher und mit Spuren von Hilflosigkeit ins Leere. »Wir schaffen das.«

Als Stürmisch wieder aufwachte, war er noch immer alleine. Zugegeben, falls Zart wirklich jagen war, könnte das seine Zeit dauern, aber er konnte einfach nicht ruhig bleiben.

Er war aus der Höhle gesprungen und lief mit zügigem Tempo durch den Wald, ohne wirklich ein Ziel zu haben. Ohne wirklich klare Gedanken zu haben.

»Nervös?«, fragte ihn jemand, doch es war nicht Zart. Hearts Auftauchen brachte ihn zum Stillstand.

»Nervös, wer? Ich?«, redete er schnell, ohne sich darum zu sorgen, wie es wirken könnte. »Nicht doch. Warum auch?«

»Du scheinst es eilig zu haben«, bemerkte die Füchsin.

»Ein flotter Spaziergang am Morgen bringt den Kreislauf in Schwung«, war seine rege Erwiderung.

Heart schmunzelte. »Du hast das Mundwerk deiner Mutter.«

Nun blinzelte er einen Augenblick und schien das erste Mal darüber nachzudenken, was er sagte. »Ja, ich weiß«, seufzte er dann und seine Stimme klang unmittelbar ruhiger. »Vielleicht sollte ich es ihr bei Gelegenheit mal zurückgeben.«

Die Rotfüchsin lächelte ihn an und war froh, seinen überschwänglichen Redefluss gestoppt zu haben, damit sie auch tatsächlich mit ihm sprechen konnte. »Ich wollte sowieso zufällig zu euch«, teilte sie ihm mit, woraufhin er aufmerksam aufhorchte. »Ist ... Zart in eurer Höhle?«

Er zögerte zugegebenermaßen mit der Antwort. »Nein, momentan nicht. Ist etwas?«

Hearts Ohr zuckte. »Nicht wirklich«, sagte sie vorsichtig. »Ich wollte mit ihr über etwas reden, aber das ... ist nicht so dringend.« Sie hielt inne und Stürmisch wurde bei ihren Worten immer achtsamer. Mit jeder Sekunde, die sie schwieg, wuchs sein Wunsch, nachzuhaken, doch nachdenklich öffnete sie von allein wieder ihren Mund. »Sag, ist dir ... irgendetwas an ihr aufgefallen? Kommt sie mit allem klar?«

Augenblicklich wünschte er sich nun, er wäre bei der ersten Gelegenheit verschwunden. Er hatte keine Ahnung, ob sie etwas beschäftigte. Neuerdings war sein Verdacht *Ja*, aber er wusste es nicht. Und sollte er das nicht wissen? Sollte er nicht wissen, wo sich seine schwangere Gefährtin gerade aufhielt? Sollte er Heart sagen, er hatte ihre Tochter verloren?

Er zwang sich, seine Gedanken und Ängste zu sammeln, denn er geriet gerade in Panik. Eine irrationale Panik, so sagte er sich. Und Heart hatte offensichtlich auch ein seltsames Verhalten an Zart bemerkt, also konnte sie möglicherweise sogar helfen.

»Ich ... äh ... bin mir nicht sicher«, gestand er kleinlaut. »Sie ... kam mir oft gedankenversunken vor. Kein Verbrechen, aber ich müsste lügen, wenn ich sagen würde, ich machte mir keine Sorgen.«

Die Füchsin ließ seine Aussagen auf sich wirken. Sie wusste sofort, dass seine Sorgen tiefer saßen, als er gerne zugeben mochte. »Gibt es denn etwas, was sie beschäftigen könnte?«, fragte sie schließlich.

Stürmisch hob hilflos die Brauen. »Abgesehen von der Schwangerschaft?«

Sein Gegenüber lächelte aufmunternd. »Ich bin mir sicher, dass das nicht der Grund ist.« Der Fuchs nickte abwesend und hoffte, dass das auch wirklich nicht die Ursache war. Dass nicht plötzlich grundlegende Zweifel aufkamen. »Ansonsten nichts?«, erkundigte sie sich weiter.

Der Silberfuchs schüttelte verzagt den Kopf. »Mir fällt nichts ein.«

Heart überlegte, ob sie die Sache beobachten oder mit ihr reden sollte. Eigentlich würde sie am liebsten selbst mit ihr sprechen, aber in Anbetracht der Situation sollte sie das vielleicht doch lieber Stürmisch überlassen. »Na ja«, seufzte sie schließlich. »Vielleicht sollten wir sie einfach mal offen darauf ansprechen. Du siehst sie ja auf jeden Fall heute noch, nehme ich an.«

Stürmisch nickte. Er hatte keine Ahnung, ob er damit recht hatte, doch er nickte.

»Gut«, fuhr sie fort, »dann mache ich mich mal wieder auf den Weg. Und Stürmisch ...« Sie wollte den grübelnden Rüden aufbauen. »Versuche, dir keine Sorgen zu machen.«

Er lächelte mitgenommen. »Ich tue mein Bestes.«

Nach dem Gespräch ging der Fuchs wieder zu seiner Höhle zurück. Er sah plötzlich keinen Sinn mehr darin, aufgeregt durch den Wald zu laufen. Heart hatte auch ihren Teil dazu beigetragen, ihm zu zeigen, dass seine Befürchtungen vielleicht nicht völlig überzogen waren. Wenn er so darüber nachdachte, hatte er mit seinen Schwiegereltern wirklich Glück gehabt. (Ganz im Gegensatz zu Heart, kam es ihm mit gerümpfter Nase in den Sinn.)

Als er Cunnings Geruch wahrnahm, erlaubte er sich einen kleinen Abstecher. Es dauerte nicht lange, bis her ihn gefunden hatte. »Hey«, machte der Rotfuchs und schlug einmal mit seiner Rute aus, doch bemerkte schon kurz darauf Stürmischs Anspannung. »Ist alles okay?«

Stürmisch atmete tief durch. »Ja. Nein.« Er schluckte und flüsterte nur noch. »Keine Ahnung.« Nachdenklich zeigte sein Blick auf den Grasboden. Cunning ließ ihm Zeit, nachsichtig aber besorgt. »Was machst du grade?«, kam es schließlich halblaut.

Der bräunliche Fuchs fragte sich, ob er nachbohren sollte. Doch er entschied sich, vorerst einfach zu antworten. »Nichts Besonderes. Du?«

Stürmisch atmete nochmals zögerlich durch und Zweifel beherrschten sichtbar sein ganzes Wesen. Er überlegte, wie er seinen nächsten Satz formulieren sollte. »Woher weiß man«, kam es schließlich langsam, »was jemand anderes denkt?«

Die Ohren des Rotfuchses zuckten amüsiert auf. »Stürmisch, also wirklich, du kannst mich doch einfach fragen.«

Der silberne Jäger grinste unwillkürlich. »Sehr witzig«, kommentierte er kopfschüttelnd.

Cunnings Witz trat zurück. »Ich schätze, das kannst du nie sicher wissen. Selbst bei Personen, die wir gut zu kennen glauben.«

Stürmisch senkte ernüchtert den Kopf. »Sehr aufmunternd.«

Der Rotfuchs grinste kurz, redete jedoch genauso ernsthaft weiter. »Auch hier gilt wieder – einfach fragen.« Er wartete, bis ihn der Silberfuchs wieder fokussierte. »Denk nicht immer so viel über die möglichen Konsequenzen nach, Stürmisch. Sonst platzt dir irgendwann noch der Schädel.«

Der Rüde schmunzelte, wurde jedoch wehmütig. »Irgendwie war das Leben früher leichter. Ich hab weniger nachgedacht.«

Cunning schnaufte. »Also ich seh dich wirklich nicht das erste Mal den Kopf zerbrechen.«

»Ja, aber das war ...«

»Ich weiß«, unterbrach er das silberne Tier. »Immer wenn es um die emotionale Kiste geht.«

Stürmisch schluckte benommen. Er wusste, dass Cunning recht hatte. Er wusste, dass Direktheit wohl das Beste war, was er in der Angelegenheit machen konnte. Und das würde er auch tun, so viel hatte er sich seit seiner Jugend versprochen. Wenn er nur nicht immer eine solche Angst davor hätte, Dinge, die ihm wichtig waren, dadurch zu zerstören.

Stürmisch nahm den Eingang seines Baus nur nebenher wahr, während er sich ihm näherte. Als eine beigefarbene Füchsin plötzlich daraus sprang, hielt er jedoch abrupt an, nun wieder komplett anwesend. »Zart!«, stieß er hervor.

Sie lief zielstrebig auf ihn zu und lächelte. »Ich habe dich gesucht«, teilte sie ihm mit, ihre Augen leuchteten.

»Du hast *mich* gesucht? Ich habe *dich* gesucht«, erwiderte er ungläubig. »Wo warst du?«

Ihr Lächeln flachte minimal ab. »Jagen. Eigentlich hatte ich keinen Hunger, aber ich konnte nicht schlafen.«

»Ist irgendetwas?«, fragte er besorgt. »Ging es dir nicht gut?«

Sie schüttelte den Kopf und schien plötzlich amüsiert. »Du bist richtig süß, wenn du so fürsorglich bist.«

»Ach Zart«, seufzte er und versuchte, sich zu lockern. »Du bist auf einmal nicht mehr da, wenn ich aufwache und ich habe keine Ahnung, was los ist. Was erwartest du? Außerdem dachte ich, du fändest das nervig.«

»Ist es ja auch manchmal«, kicherte sie belustigt, schaute dann aber hingebungsvoll in sein skeptisches Gesicht, bevor sie leiser und langsamer weiterredete. »Stürmisch?«

»Hmm?«, brummte er genervt.

»Ich liebe dich.«

Der Rüde blieb im ersten Moment still. Die Art und Weise, wie sie es gesagt hatte, machte ihm klar, dass sie ihm etwas sehr Wichtiges vermitteln wollte. Die Gewissheit und Sicherheit in ihrer Stimme berührten ihn tief in seinem Herzen. Hatte sie jemals mit einer solchen Intensität vorher gesprochen?

»Für immer«, fügte sie bestimmt hinzu.

Ihre Art ließ Stürmisch plötzlich mehr und mehr lächeln. Innig fesselte er sich an ihre Augen, als er näher rückte. »Ich dich auch. Euch alle«, raunte er mit einem stolzen Blick auf ihre Bauchgegend und hatte mit einem Schlag alle seine Sorgen vergessen. »Für immer.«

Nebel

Own hatte soeben ihren Bau betreten, die Nacht war bereits angebrochen. Einmal atmete sie durch, als sei sie froh, heil angekommen zu sein. Das, was sie über die Adler hörte, hatte sie immer im Hinterkopf und jede noch so kleine Regung bekam von ihr dadurch noch mehr Aufmerksamkeit wie ohnehin schon.

»Suchst du jemanden?«, ertönte eine Stimme, die sie in letzter Zeit viel so oft hörte.

Genervt drehte sich langsam zu ihm um. »Bestimmt nicht dich.«

Dry stand am Höhleneingang. Sie konnte nur seine Silhouette erkennen, bis er sich vorwärts in den Bau bewegte. »Das glaube ich dir sogar«, war seine Antwort. »Ich könnte dir ja auch nicht viel weiterhelfen, wenn es ein Adler auf dich abgesehen hätte.«

Argwöhnisch musterte sie ihn. Es war, als hätte er ihre Gedanken gelesen. »Woher ...?«

»Ach Own«, unterbrach er sie, seine Augen funkelnden im Dunkel der Nacht wie immer provokativ. »Ich kenne dich besser, als du ahnst. Vielleicht besser als du dich selbst kennst.«

Die Häsin verspürte den Drang, ihm seine überhebliche Selbstsicherheit vorzuhalten, doch tief in ihr wusste sie, dass sie diese Seite an ihm beinahe bewunderte und sich wünschte, ihm in der Hinsicht ähnlicher zu sein. Ihre Augen ruhten auf seinen. Sie waren abwartend und neugierig. Own war zu müde, um zu diskutieren, also suchte sie nach Möglichkeiten, ihn fortzuschicken. »Angenommen, es wäre so, dass ich zurzeit in Angst vor etwas lebe, vor dem du mich nicht schützen kannst«, sagte sie dann langsam, »warum sollte ich dich dann hier haben wollen?«

Seine Lippen formten sich zu einem zielstrebigen Grinsen. »Das werde ich noch herausfinden.«

Own stöhnte lauter, als man es von ihr gewohnt war, offensichtlich bestrebt, ihre Frustration über seine Unterstellungen zu demonstrieren. »Ich habe nicht gesagt, dass das so ist. Ich wollte vielmehr das Gegenteil ausdrücken.«

»Dann sag das doch deutlicher.«

Sie wurde mit einem Schlag resolut. »Geh«, befahl sie. »Jetzt gleich.«

»So deutlich nun auch wieder nicht«, murmelte er schmunzelnd.

»Dry«, schnappte sie gereizt, »hast du nicht noch was zu erledigen?«

»Ernsthaft?«, hakte er nach. »Du willst mich loswerden? Dann würdest du ja gar nicht mehr aus dir herauskommen.«

Er wirkte so allwissend und dermaßen selbstgefällig, aber sie konnte nicht leugnen, dass sie mit ihm anders umging als mit den anderen. Das wollte sie ihm allerdings nicht bestätigen. »Lass dieses alberne Spiel«, mahnte sie ihn daher, »denn mehr ist das nicht. Ein Spiel. Du meinst kein Wort davon ernst. Das mit dem *Beschützen* oder alles andere.« Plötzlich wirkte sie viel sensibler als sonst, viel angreifbarer. Und das mehr, als er sie je gesehen hatte. Eigentlich wollte er genau das erreichen, doch es berührte ihn mehr, als er erwartet hätte. Aber bevor er ihre Reaktion genauer deuten konnte, verschwand der Funke an Emotionalität schon wieder. »Also lass es«, fuhr sie wieder nüchtern fort. »Du findest ja offensichtlich noch andere zum Spielen, also …«

»Och Own«, redete er sogleich los, Amüsement trat wieder hervor. »Wenn du schon eifersüchtig bist, bin ich ab jetzt eben nur noch für dich da.«

»Bin ich denn eine besonders interessante Herausforderung, ja?«, schoss sie zurück, woraufhin er verblüfft innehielt. Ihre Augen begannen zielstrebig zu blitzen. »Vielleicht kennst du mich wirklich ganz gut. Aber du solltest nicht in der Annahme leben, dass du ein Mysterium für mich bist. Ich bin eine Herausforderung für dich, mehr nicht.« Anscheinend wollte er etwas erwidern, doch Own schnitt ihm das Wort ab. »Abgesehen davon ist es schon eine Weile her, dass ich dir gesagt habe, dass ich dich mit … wem auch immer gesehen habe. Und das ist jetzt die Reaktion darauf, nachdem du dich davon erholt hast?«

Dry blieb still. Warum wusste sie nicht. Er wirkte mitgenommen, als wäre er nicht sicher, was er entgegnen sollte, obwohl ihre Stichelei augenscheinlich dringend nach einer Antwort verlangte. Die Häsin sah das für sich als Bestätigung ihrer Aussagen. »Interessant«, fasste sie mit ihrer trockenen Art zusammen. Damit wandte sie sich ab, um es sich ein paar Schritte weiter gemütlich zu machen. Sie zog ihre Beine zum Körper und sah ihren Artgenossen ausdruckslos an. »Trotzdem würde ich jetzt gerne schlafen«, teilte sie ihm mit und er meinte, plötzlich ein genießerisches Funkeln in ihren Augen zu erkennen. »Alleine.«

Dry musste sich beherrschen, nicht wieder breit zu grinsen und das, obwohl er soeben rausgeschmissen wurde. Vielleicht gefiel es Own auf der einen Seite nicht, wie er mit ihr umging, doch andererseits provozierte sie ihn ebenso wie er sie. Er konnte nicht mit Sicherheit sagen, was sie wirklich wollte. Auch wenn er ihrer Bitte nachkam, war es genau das, was er in Erfahrung bringen wollte. Und irgendetwas sagte ihm, dass sie ihren Schlagabtauschen gar nicht so abgeneigt war.

Silver lief durch den Wald. Warum, wusste sie nicht. Ursprünglich wohl, um etwas zu jagen, wie üblich. Oder war das nur ein Vorwand gewesen? Sie war im Geiste ganz woanders, für sie war es nicht wichtig, was ihr Körper gerade machte. Allerdings war ironischerweise der Grund für ihre geistige Abwesenheit gerade ihr körperlicher Zustand.

Die Füchsin seufzte tief. Das war der Auslöser dafür, dass sie sich ihrer Umwelt wieder bewusster wurde und dadurch bemerkte, dass jemand direkt neben ihr herlief. Verblüffte erkannte sie den Marder. Er blickte wortlos geradeaus und wanderte schlicht und ergreifend neben ihr her.

Mit einem seichten Grinsen richtete auch sie ihren Kopf wieder nach vorne. »Und, alles klar bei dir?«, meinte sie ruhig.

»Das wollte ich dich eigentlich auch fragen«, hörte sie ihn sagen.

Sie überlegte, was sie antworten sollte. Schließlich seufzte sie hörbar. »Ich weiß es nicht, wenn ich ehrlich bin. Ich denke schon.«

Sie spürte geradezu, dass eine Reihe von Fragen am liebsten seinen Mund verlassen würden. »Ich weiß ja, dass du außergewöhnlich verträumt sein kannst, aber irgendwie hatte ich schon geahnt, dass da diesmal mehr dahinter ist. Willst du mir sagen, was passiert ist?«

Wieder grinste sie, auch wenn es von einer gewissen Hilflosigkeit geprägt war. »Was passiert ist?« Sie hielt an, was ihn dazu brachte, es ihr gleich zu tun. »Ich erwarte Nachwuchs.«

Die auf einmal großen Augen des Marders starrten sie erstaunt an, bis sie endlich wieder blinzelten. »Ich ... äh, habe gar nicht gewusst, dass ihr je darüber nachgedacht ...«

»Haben wir nicht.«

»Oh«, machte das braune Tier verlegen und tippte mit den Füßen im Schnee herum. »Weiß es ... Bluefire schon?«

Silver nickte mit einem unbeholfenen Lächeln.

»Aha«, raunte der Marder und schielte mit Biss auf die Unterlippe nach unten. »Na, der hat sicher Luftsprünge gemacht.«

»Könntest du bitte ein bisschen sensibler vorgehen?«, erwiderte sie mit überspitzter Empörung. »Mein hormonelles Gleichgewicht ist aus dem Lot.«

»Entschuldige bitte«, ging der Marder mit einem Grinsen darauf ein. »Nein, im Ernst. Wie hat er reagiert?«

Gute Frage. Wie sollte sie seine Reaktion in Worte fassen? »Er ...«, sie atmete tief durch, bevor ein resignierter Seufzer folgte »hat Wahnsinnsluftsprünge gemacht.«

»Ha-ha«, grinste der Marder.

»Er war überrascht«, versuchte sie, ernster zu werden. »So wie ich auch. Wie gesagt, wir haben nie darüber geredet, ich habe nicht erwartet, dass er vor Freude platzt.«

»Aber erhofft«, hakte der Marder erwartend nach.

Die Füchsin stockte. Wenn sie auf etwas zählen konnte, dann darauf, dass der Marder die unangenehmen Fragen stellte. »Nicht ... wirklich, nein«, antwortete sie schließlich, auch sich selbst. »Dafür kenne ich ihn wohl zu gut. Dieses ganze Familienthema ... ich wusste nie richtig, wie er dazu stehen würde. Ich bin einfach nur froh, dass er zu mir hält und ... ich mich auf ihn verlassen kann.«

Sanft begann der Marder sie anzulächeln. »Du wirst schon sehen, Silver. Bluefire hat genauso wie du einfach nur Angst. Aber ich bin mir sicher, dass ihr das zusammen gut hinkriegen werdet.«

Sie hob ratlos die Brauen. »Haben wir denn eine Wahl?«

Ein mahnender Blick erfasste sie. »Freust du dich denn kein bisschen?«

Die Worte verfehlten ihre Wirkung nicht. Silver wurde bedächtig und auch Schuldbewusstsein kroch in ihr hoch. Doch diese Gefühle wandelten sich, als sie an die ungeborenen Wesen in ihrem Bauch dachte. Noch unsicher, zu was. Die Schwere der Bedeutung war immer noch spürbar, aber – *anders.* Zugänglicher und nicht mehr wie eine Wand, durch die sie hindurch musste. Und plötzlich war ihre ganze Stimmung umgeschlagen und ohne dass sie es bemerkte, hatten sich ihre Lippen zu einem zarten Lächeln geformt. Soeben wurde ihr klar, dass sie wirklich nur an ihre Ängste gedacht hatte, dass es ja aber noch eine komplett andere Seite gab, die sich ihr gerade unvermittelt in ganzer Fülle offenbarte. Sie würde eine *Familie* gründen. Die Babys würden ihre *und* Bluefires sein. Und sie war in letzter Zeit so glücklich mit ihm gewesen, sodass sie sich sicher war, dass dieser Wunsch früher oder später aufgekommen wäre. Er bedeutete ihr so viel und ihr Nachwuchs würde wunderbar werden. Auf einmal strahlte sie innerlich und äußerlich, in dem Moment schlicht frei von Zweifeln. Als ihr bewusst wurde, was emotional gerade mit ihr geschehen war, schaute sie den Marder an, bestimmt und wissentlich und trotzdem immer noch – glücklich. Überwältigt, jedoch auf eine positive Weise.

Der Marder grinste warm zurück. »Dacht ich's mir doch«, meinte er, woraufhin eine noch offensichtlichere Freude in ihr Gesicht fuhr.

»Was dachtest du dir?«, ertönte es plötzlich neben dem Marder und sprang auf wie vom Blitz getroffen.

»Bronze!«, zischte er verärgert, als er die Gestalt neben sich erkannte. »Ich hätte beinahe einen Herzinfarkt gekriegt!«

Sie rollte die Augen. »Übertreiber.«

»Gar nicht«, wehrte er sich. »Außerdem geht dich das nicht das Geringste an, du kleine Spionin.«

»Hi«, richtete sie sich nun freundlich an Silver und ignorierte den Jäger. »Ich bin Bronze.«

»Freut mich sehr«, schmunzelte diese.

Sofort sprang der Marder zwischen die beiden und schaute seine Artgenossin bissig an. »Wir haben persönliche Sachen zu besprechen und du solltest ihr«, sein Finger war auf die Füchsin gerichtet, »lieber nicht zu nahe gekommen, sie ist zurzeit ein wenig gereizt. Ein wenig sehr gereizt.«

Bronzes unbeeindruckter Blick strich von dem brauen Tier wieder zur Fähe, wobei er wieder herzlicher wurde. »Ich weiß nicht, ob er überhaupt schon von mir erzählt hat.«

Die Jägerin grinste amüsiert. »Ich habe da was mitbekommen«, erwiderte sie und lächelte daraufhin interessiert. »Ich bin übrigens Silver.«

»Silver!«, mahnte der Marder sie empört.

»Sie kommt mir gar nicht so gereizt vor«, teilte Bronze ihm mit einem provokativen Vergnügen mit. »Vielleicht ist sie ja nur in *deiner* Gegenwart gereizt.«

»Ja, Marder«, schauspielerte die Füchsin mit. »Mir geht es plötzlich viel besser. Ich denke, deine Freundin kann noch eine Weile bleiben.«

Mit zusammengezogen Augen funkelte er die Fähe giftig an. »Ich freue mich schon darauf, dir den Gefallen zu erwidern«, fauchte er genervt. Silver hingegen hatte viel zu viel Spaß an der Sache.

Der Marder richtete sich wieder an Bronze. »Was willst du hier?«

Sie zuckte die Schultern. »Du hast mir versprochen, mich den anderen vorzustellen. Ich sorge nur dafür, dass du dein Versprechen hältst.«

Ihr Gegenüber stöhnte laut auf. »Reg dich ab und sei nicht so gemein«, befahl sie schließlich und legte sowohl ihr Grinsen als auch ihr provokantes Verhalten ab, offensichtlich tatsächlich enttäuscht von seiner Reaktion. »Ich habe nämlich ein neues Gerücht aufgeschnappt.«

»Über die Adler?«, fragte Silver sogleich mit voller Aufmerksamkeit.

»Ah, wie ich sehe, hast du ihr wirklich ein bisschen von mir erzählt«, stemmte sie erwartungsvoll die Hände in die Hüften. Der Marder starrte jedoch ausdruckslos zurück, was sie zu einem Seufzer brachte. »Na schön«, meinte sie dann. »Mir ist zu Ohren gekommen, dass es radikale Zwischenfälle gegeben haben soll. Betroffen waren wohl welche, die in ihr Gebiet eingedrungen sind. Oder es zumindest versucht haben. Oder dummerweise nur in der Nähe gewesen sind.«

»Selbst Schuld?«, warf der Marder verständnislos ein.

»Nicht, wenn sie wirklich gar nicht die Absicht gehabt haben, in ihr Revier einzudringen«, hielt Silver dagegen. »Denk doch nur mal an unsere nette Begegnung mit Scarlet. Weder wir noch Vinous sind in ihrem Gebiet gewesen.«

»Ja, aber ...« Der Marder löste seine gekreuzten Arme. »Wir müssen im Hinterkopf behalten, dass das alles nur Gerüchte sind. Nichts davon wissen wir mit Sicherheit. Woher weißt du das eigentlich?«, forderte er Bronze argwöhnisch heraus.

Sie zuckte die Schultern. »Ich habe keine bestimmte Quelle oder so«, überlegte sie. »Ich bekomme mal was hier mit, mal was da.«

»Siehst du, davon rede ich«, ließ er besserwisserisch verlauten, was Bronze offensichtlich verärgerte.

»Mir gefällt das trotzdem nicht«, beharrte die Silberfüchsin nachdenklich. »Wenn es stimmt, war Bonario mit gewaltsamen Übergriffen bestimmt nicht einverstanden und das würde bedeuten, dass er zwischen die Fronten gerät. Und das ist genau das, was ich nie wollte.«

»Bonario ist ein großer Junge, Silver«, entgegnete der Marder. »Er ist alt und mächtig genug, um seine Meinung zu vertreten.«

»Vielleicht hat er ja Gründe, um nachzugeben«, reflektierte sie, »oder es gibt Umstände, die ihn dazu zwingen. Wenn ich sicher sein möchte, was da vorgeht, muss ich diese Umstände kennen. Ich muss also herausfinden, wie viel an diesen Gerüchten dran ist.«

»Okay, du kleine Weltverbesserin und wie willst du das anstellen?«, lautete seine Frage.

»Ich rede mit Bonario.«

»Tss«, stieß er aus. »Das hat das letzte Mal ja auch so gut funktioniert. Er wird dir sagen, dass er das regelt und dich dann stehen lassen.«

»Ich kann das aber nicht einfach dabei belassen. Dazu bedeutet er mir zu viel.« Sie atmete einmal durch und biss sich auf die Unterlippe. »Außerdem«, fuhr sie leiser fort, »muss ich wissen, ob *wir* größere Schwierigkeiten bekommen könnten.«

Der Marder neigte den Kopf schief. »Vielleicht wollen die anderen Adler ja einfach nur ihre Ruhe haben.«

Silver nickte abwesend. »Vielleicht. Genau das würde ich gerne wissen. Das Problem ist nur, dass sich Bonario, was das angeht, immer so verdammt bedeckt hält.«

»Möchtest du, dass ich dich begleite?«

»Nein, passt schon«, antwortete sie. »Vielleicht ist es sogar besser, wenn ich mal allein mit ihm rede.«

Der Marder zuckte die Schultern. »Wie du meinst.«

Silver begab sich auf ihre Pfoten und warf nochmal einen Blick auf das Marderweibchen. »War schön, dich kennengelernt zu haben, Bronze.«

»Gleichfalls«, lächelte sie zurück, ehe sich die Füchsin auf den Weg machte. Ihre Aufmerksamkeit fiel kurz darauf auf ihren Artgenossen, der schaute allerdings noch der Fähe nach und Bronze fragte sich, ob er sie mit Absicht nicht ansah.

»Sei nicht böse auf sie, okay?«, bat sie den Marder, woraufhin er zu ihr schielte. »*Ich* bin diejenige, die hier einfach aufgekreuzt ist.«

»Böse auf *sie*?«, winkte er ab. »Keine Angst, ich könnte niemals ernsthaft böse auf sie sein und das weiß sie auch. Sie ist das, was ich als meine beste Freundin bezeichnen würde.«

»Ehrlich?« Sofort war sie wieder von deutlicher Neugierde bestimmt.

»Ja«, entgegnete er einfach und kreuzte daraufhin grinsend die Arme. »Aber eigentlich hast du es gar nicht verdient, dass ich dir das erzähle, so wie du hier reingeplatzt bist.«

Ebenso schnell verschwand ihr Enthusiasmus wieder. »Ich wusste ja nicht, dass dich das so verärgern würde«, antwortete sie leise.

»Schon mal was von Privatsphäre gehört?«

Entgeistert blickte sie ihn an. »Es ist ja nicht so, als wäre ich in deine Höhle gekrochen.«

»Ugh, zum Glück«, stieß er provokativ aus.

Bronzes wieder aufgeblitztes Grinsen wurde zu einem Lachen. »Du bist ja so fies«, kommentierte sie mit einer fassungslosen Belustigung. Schließlich schüttelte sie den Kopf und hob die Hände an. »Na schön, na schön«, sah sie ein, »entschuldige, dass ich einfach so eingedrungen bin.« Sie verzog die Lefzen nachdenklich, aber wirkte ehrlich. »Ich bin neugierig. Ist einfach so. Tut mir leid.«

Der Marder konnte seine sich nach oben bewegenden Mundwinkel nicht stoppen. »Das hätte genau so auch von mir kommen können«, gestand er und lächelte sie dann aufrichtig an. »Musst übrigens auch keine Angst davor haben, dass ich *dir* wirklich böse bin. Das bin ich nicht. Ein bisschen genervt, sicher. Aber nicht böse.«

Bronzes Lächeln wurde augenblicklich intensiver. Sie schien sogar sehr erleichtert zu sein.

Stürmisch schmiegte sich an Zarts Körper. Sie lagen gemeinsam in ihrer Höhle. Sie schlief, während er ihre Wärme genoss und sich in ihr weiches Fell kuschelte. Er fühlte sich wohlig warm. Behütet. Und er wollte nicht, dass sich potentielle Probleme in diesen Moment drängten.

Leider musste er dennoch aufstehen. Sein Magen knurrte bereits und bei der Gelegenheit könnte er auch Zart etwas mitbringen. So erhob er sich vorsichtig, ließ sein Lächeln nochmal auf seiner Gefährtin ruhen und verließ dann leise den Bau.

Zufrieden trabte er durch den Wald und konzentrierte sich erst mehr, als er in die Nähe seines Lieblingsjagdgebietes kam. Er richtete seine Ohren auf und verarbeitete die hier liegenden Gerüche bewusst. Er konnte trotz des Schnees schon bald ein Beutetier riechen, doch unvermittelt kam ein weiterer Duft in seine Nase. Ein fremder.

Aufgrund der letzten Erlebnisse spannte er sich augenblicklich an und sein Nackenfell stellte sich auf. Seine blauen Augen suchten die Umgebung ab, doch alles schien regungslos.

»Hast du vor, jemanden anzufallen?«

Stürmisch zuckte, bevor er stöhnend feststellte, wer ihn gerade angesprochen hatte. »Boah, kannst du dich das nächste Mal bitte noch leiser anschleichen? Ich hab mich noch nicht so *richtig* erschrocken.«

Eine grinsende Whitestar beobachtete ihn. »Du hast es offensichtlich nicht auf *mich* abgesehen und jemand Fremdes hätte sich genauso anschleichen können.«

Forschend spitzten sich seine Ohren. »Heißt das, du hast das auch gerochen?«

Die Füchsin blinzelte. »Erst nachdem ich dich so angriffsbereit gesehen habe. Aber ja, der Geruch gehört nicht zu uns.«

»Glaubst du, der Jemand ist noch in der Nähe?«

Whitestar zuckte die Schultern. »Bin mir nicht sicher, aber ich vermute eher nein. Nicht wenn er uns gehört hat.«

Stürmisch seufzte verzagt. »Ich kenne weder Bernsteins noch Ranks Geruch, ich kann also nicht mal sagen, ob es einer von denen war.«

Die Polarfüchsin fragte sich einen Moment, ob sie ihren Sohn überhaupt darauf ansprechen sollte. Darauf, was mit den genannten Namen zusammenhing. »Ist es ... okay für dich?«, begann sie zögerlich, woraufhin er verständlicherweise irritiert wirkte. »Das mit Bernstein, meine ich.«

Er merkte gar nicht, wie seine Aufmerksamkeit nach innen wanderte, doch als ihm das bewusst wurde, richtete er sie unverzüglich wieder auf Whitestar. Er wollte diese Diskussion gerade nicht mit ihr führen. »Wieso sollte es nicht?«, lautete seine Erwiderung.

Seine Mutter sah ihn ungläubig an. »Na, er ist Zarts Ex, wenn du es so bezeichnen möchtest. Und er hat ihr wohl viel bedeutet.«

»Die Vergangenheitsform ist hier das Schlüsselwort«, tat er die Sorgen der Füchsin ab, doch sie erkannte durchaus, dass er dem Gespräch lediglich ausweichen wollte.

»Also wenn Sages Verflossenen hier aufkreuzen würden, hätte ich etwas dagegen.«

Er seufzte. »Zart hatte wohl kaum Einfluss darauf, ob er hier aufkreuzt.«

»Du weißt doch, was ich meine«, entgegnete sie entgeistert.

Stürmisch atmete genervt durch. »So sehr ich ... deine Fürsorge schätze«, meinte er ohne seinen Sarkasmus zu verstecken, »zwischen mir und Zart ist alles bestens. Mehr als das, du brauchst dir also keine Sorgen zu machen. Sicher, wenn ich Bernstein begegnen sollte, werde ich wahrscheinlich den Drang verspüren, ihm eine zu verpassen, aber das ist nicht der Punkt. Also können wir das Thema bitte lassen?«

Whitestar hob auffordernd die Brauen. »Hast du mit ihr darüber geredet?«

»Ich tue so, als würde ich dich gar nicht hören«, drehte er sich fort.

»Schon gut, ich höre damit auf«, lenkte sie ein und sprang ihm wieder zur Seite. »Wie geht es Zart denn so?«

»Du gehst mir auf die Nerven, Mutter«, keifte er, was sie jedoch nur zum Grinsen brachte.

»Ich meine das ganz unabhängig von Bernstein. Oder sonst wem.« Sie zeigte ihm nun ehrliches Interesse. »Ihr sieht man die Schwangerschaft langsam an.«

Stürmisch konnte nicht anders, als mit einer dezenten Verträumtheit zu lächeln, was auch der Fähe nicht entging. »Ihr geht es gut«, antwortete er nun ebenfalls aufrichtig. »Aber wie man sich fühlt, wenn man Nachwuchs erwartet, weißt du ja besser als ich.«

»Man hat eine scheiß Angst.«

Sprachlos hatte sich sein Blick an ihr festgesetzt. »Du machst Scherze, richtig?«, schaffte er es schließlich zu fragen.

Ihre Mundwinkel zogen sich weit nach oben. »Japp«, sagte sie ungeniert. »Du bist mir bei weitem zu gelassen.«

Sie konnte förmlich sehen, wie die Anspannung zusammen mit seinem Kopf sank. »Hast du eine Ahnung«, schüttelte er den Kopf, doch er brachte dann ein zaghaftes Grinsen zustande. »Erinnere mich daran, Zart zu warnen, wenn du mit *ihr* so ein Gespräch führen möchtest.«

Die Füchsin lachte kurz auf, bevor sie ihn fürsorglich anlächelte. »Ich werde Kühl und Heart das mit dem Geruch sagen«, meinte sie schließlich und schlug einmal mit ihrer Rute aus. »Und du richtest deiner Gefährtin liebe Grüße aus.«

Er nickte zustimmend, ehe sich ihre Wege wieder trennten.

Dichter Nebel zog auf. Er füllte den Wald und färbte die Luft in einen milchigen Schimmer. Dichter, als Silver es seit langem gesehen hatte. Ihre Haare plusterten sich auf. Sie konnte weder gut sehen, noch fiel es ihr leicht, in der nassen Luft eine Fährte aufzunehmen. Sie hatte nicht erwartet, letztlich Bonarios Geruch aufzuschnappen. Überrascht hielt sie an. Eine glückliche Fügung, da sie dringend mit ihm reden wollte. Ohne zu zögern brach sie die Jagd ab und folgte dem Geruch des Greifs.

Die Nacht fröstelte es äußerst stark. Der Schnee kam ihr besonders nass und kalt vor. Für gewöhnlich war sie da nicht so empfindlich, aber heute preschte ihr dabei ein Zucken über den Rücken. Sie wusste nicht, lag es an den Hormonen oder war es einfach eine ungemütliche Nacht.

Plötzlich wandten sich ihre Ohren nach hinten und sie hielt stirnrunzelnd an. Aufmerksam beobachtete sie die windstille Umgebung, während sich ihr Atem in weiße Wolken kräuselte. Auf einmal hatte sie das starke Gefühl gehabt, nicht mehr allein gewesen zu sein. Allerdings rührte sich nichts, keine noch so kleine Bewegung der verschwommenen Umrisse hinter den Nebelschwaden und verdächtige Geräusche waren auch nicht vorhanden. Angespannt und mit aufgestelltem Pelz schaute sie einmal rund um, bevor sie weiterlief. Das Gefühl verschwand nicht.

Augenblicklich musste sie an Bluefire denken, der eine ganz ähnliche Situation erlebt hatte. Ihre Glieder waren plötzlich unter Strom. Ohne zu wissen, auf was sie sich überhaupt einstellen sollte.

Sie folgte weiterhin Bonarios Fährte und hoffte, dass sie ihn bald finden würde. Bis auf das Knarzen ihrer Schritte im Schnee war es ruhig. Als weiterhin nichts geschah, versuchte sie ihre Anspannung zu lockern.

Plötzlich knackte aus der unheimlichen Stille heraus ein gewaltiger Ast direkt hinter ihr. Silver – immer noch spannungsgeladen – sprang vor Schreck nach vorne, ohne nachzusehen, wer dort sein könnte und hörte nur noch, wie der Ast splitternd brach und auf den Boden krachte. Die Füchsin wiederum kam auf keinem griffigen Grund auf und schlitterte im weißen Nass einen Hang hinunter, überschlug sich ungeschickt und landete auf etwas Warmen. Es war klebrig-feucht.

Ein Schock traf unvermittelt ihr Herz und sie schnellte empor, ihre Augen waren vor Entsetzen aufgerissen. Sie spürte den Schrei aus ihrer Kehle mehr, als dass sie ihn hörte.

Blut klebte kalt an ihrem Körper und drang in ihre Nase, setzte sich dort fest und überdeckte alle Gerüche, rann ihr in die Augen, bis sie nichts anderes sehen konnte. Vor ihr breitete sich eine Lache aus, grauenvoller Horror erfasste ihren Körper, als sie ein großes Tier darin liegen sah. Bonario.

Jeder Für Sich

Scarlet fuhr mit dem Schnabel durch ihr Federkleid und richtete es putzend wieder her. Schließlich näherten sich Flügelschläge und sie unterbrach sich, um sich ihrem Schwiegervater zu widmen.

»Da bist du ja endlich«, stieß sie genervt aus.

Bonario landete auf dem Ast neben ihr. »Entschuldige bitte.«

»Wo warst du denn so lange? Ich warte seit Ewigkeiten und Murk weiß nichts davon, also …«

»Entschuldige«, betonte er erneut, »aber es ist wirklich dringend.«

»Ja, schön«, schnaufte sie ungeduldig. »Ich kann mir schon denken, was du sagen willst. Aber deine Freundschaft mit denen ist eine gefährliche Sache. Murk ist dagegen und ich werde nicht riskieren, gegen seinen Willen zu handeln.«

»Aber Scarlet«, bat er eindringlich, »sie sind keine Gefahr.«

Sie schüttelte langsam den Kopf. »Du verstehst das nicht.«

»Denkst du im Ernst, ich weiß nicht, was ihr seid?«, hielt er ungläubig dagegen.

Sie reagierte zuerst kaum. Ihre Gefühlskälte war nicht gespielt, das wusste Bonario. Jedoch wollte er sich einbilden, dass sie in ihren Gesprächen eine ehrliche Basis hatten. Sie begutachtete ihn schließlich behutsam, als sie antwortete. »Du verstehst es trotzdem nicht … oder?«

Bonario hielt inne, doch seufzte dann. »Nein«, gab er zu. »Aber du tust es. Und ich möchte dich darum bitten, nicht alles bedingungslos hinzunehmen, was Murk befiehlt.« Er neigte sich zielstrebig und gleichzeitig flehend zu ihr hin. »Ich kenne dich, Scarlet«, sagte er eindringlich, weswegen sie angespannt ihr Gewicht verlagerte. »Du hast Einfluss auf ihn. Nutze das. Du kannst einen kühlen Kopf und den Überblick bewahren. Das unterscheidet dich in einem wichtigen Punkt von ihm.«

»Er ist mein Gefährte«, erwiderte sie, doch sie flüsterte, um ihrer Antwort die Härte zu nehmen.

»Und er ist mein Sohn«, entgegnete der alte Vogel. »Aber du weißt, dass er nicht immer die besten Entscheidungen trifft.«

Scarlet verzog die Mundwinkel. »Warum sagst du ihm nicht selbst, was dir nicht passt?«

Sie kannten beide die Antwort. Sie mussten hier niemandem etwas vormachen. »Aus demselben Grund, warum du ihm nichts von diesem Gespräch erzählen wirst.«

Sie atmete einmal tief durch, ohne den Alten aus den Augen zu lassen. Ihre sonst so unantastbare Unnahbarkeit war zusammengebrochen und sie zeigte Gefühle unter ihrem sonst abgeklärten Gesicht. Sorge. Beinahe Angst. Bonario wusste, dass sie ihm in allem zustimmte. Doch würde sie auch danach handeln?

Genervt scharrte Dry den überflüssigen Schnee zur Seite, doch Futter offenbarte sich darunter nicht. Seufzend pausierte er für einen Moment und richtete seine Gedanken nach innen. Er dachte nicht ans Futter. Er dachte nicht an den Winter. Er dachte an Own.

Er musste zugeben, dass sich das zu einer kleinen Obsession entwickelt hatte. Nichtsdestotrotz fühlte er sich momentan noch in der Lage, sie jederzeit verlassen zu können, wenn er wollte. Er wollte nur nicht. Er wollte ihre hartnäckige Schale knacken, denn er war sich sicher, dass Own noch eine ganz andere und viel emotionalere Seite hatte. Und es war ja nicht so, als ob sie vollkommen abblocken würde. Sie spielte sehr häufig willentlich mit. Er vermutete sogar, dass sie es wollte. Es ihr Spaß machte.

Leider änderte das nichts an der Tatsache, dass sie trotz allem verzweifelt versuchte, distanziert zu bleiben. Allerdings war das wahrscheinlich nur ein weiterer Beweis dafür, dass er ihr sehr nahetreten konnte, wenn er wollte.

Vielleicht hatte sie ja recht und er sah sie hauptsächlich als Herausforderung an. Er war auch weiß Gott nicht verliebt in sie. Aber sie interessierte ihn. Sogar sehr.

Plötzlich vernahm er dumpfe Schritte durch den Schnee, die seine Gedankengänge unterbrachen. Sie stolperten und waren unregelmäßig. Forschend sah der Feldhase auf und erkannte kurz darauf Silver durch den Wald näher kommen, doch ihr Anblick ließ ihn schockiert den Atem anhalten.

Ihr Blick war völlig verstört, was damit zu tun haben musste, dass sie blutverklebt auf ihn zu humpelte. Doch das Blut war schon getrocknet und sie sah nicht so aus, als ob sie Schmerzen hätte. War sie also gar nicht selbst verletzt? Sie schien nur nervlich am Ende. Und obwohl Dry keine Ahnung hatte, was geschehen war, ging es ihm augenblicklich ganz ähnlich. Er rührte sich nicht, während sie weiter in seine Richtung steuerte. Er starrte sie an, als sie schließlich bei ihm ankam, schnaufend und mit leeren Augen. Vorsichtig und planlos hob er die Brauen an. Er schluckte. »Alles in Ordnung?«, fragte er gleichermaßen perplex wie auch trocken. Er verlangte nicht wirklich nach einer Antwort.

»Wer hat das getan?«, fragte die ausdruckslose Stimme des Marders und brach damit die fassungslose Stille, die sich seit der Nachricht in Silver und Bluefires Bau ausgebreitet hatte. Anwesend waren neben der Silberfüchsin und Dry noch Bronze, die den Marder begleitet hatte und Vinous, der von dieser kleinen Versammlung wie gewöhnlich auf seine eigenen Wege Wind bekommen hatte.

»Keine Ahnung«, antwortete Silver zittrig, während sie ihre Pfoten verzweifelt vom Blut befreite.

Benommen hatte der Marder seine Arme um sich geschlungen. »Ein riesengroßer Vogel wird ermordet ... und was? Niemand kriegt was mit?«

»Wo wir dabei sind«, begann Bronze leise, »welches Tier schafft es, einen *Adler* umzubringen?«

»Ein Adler?«, schlug Vinous vor und sah mit Gewissheit in die Runde.

»Aber warum?«, raunte die Fähe aufgelöst, und immer noch unfähig, ihren Körper zu beruhigen.

In dem Moment betrat Bluefire die Höhle, hielt jedoch abrupt an, als er so viele Leute in seinem Bau vorfand, die auch noch alle schockiert dreinschauten. »Was ist passiert?«, fragte er umgehend.

»Bonario ist tot«, klärte ihn der Marder auf.

Entsetzt riss er die Augen auf. »Was?«

»Er wurde ermordet«, ergänzte der braune Jäger noch.

»*Was?!*« Sein Blick fiel auf seine Gefährtin, was ihm einen Pfeil durch Herz jagte. »Silver!«, rief er aus und rannte schnurstracks zu ihr hin.

»Nein, nein, mir geht es gut«, versicherte sie ihm sofort, als er sich zur ihr beugte.

»Aber du ...«

»Bonario«, sagte sie knapp und ihre Stimme war hauchdünn. »Es ist Bonarios Blut.«

Bluefire starrte sie die nächsten Sekunden erschüttert an, dann ließ er sich betroffen neben sie auf die Erde sinken. »Wie?«, fragte er schließlich hohl und ließ seine Augen wieder über Silver wandern, als würde er sich vergewissern wollen, ob es ihr auch wirklich gut ginge. Sie lächelte ihn kaum merklich an.

»Wir wissen es nicht«, antwortete ihm der Marder. »Vinous denkt, es waren die anderen Adler.«

Der Blaufuchs wandte sich an das Eichhörnchen. »Nur eine Vermutung, oder?«

Der Nager schaute wortlos zurück, dann zuckte er die Schultern. »Bei der aktuellen Datenlage die wahrscheinlichste.«

»*Wissen* tun wir aber gar nichts«, seufzte der Rüde.

»Was es umso notwendiger macht, dass wir es herausfinden«, ergänzte Vinous bestimmt, offensichtlich herausgefordert, und wandte sich an den Marder. »Du hattest doch etwas von einem Hauptlager fern von hier erzählt. Weißt du, wo es sich genau befindet?«

»Äh«, machte das braune Tier verlegen, »nein, das war Bronze. Ich hab keinen Schimmer, wo das Lager sein soll.«

Der rote Nager fixierte das Marderweibchen. »Ich höre«, befahl er trocken.

Nervös knetete Bronze ihre Hände. »Ich ... weiß es auch nicht sicher«, gab sie zu. »Ich kann mich aber mal umhören.«

»Dann tu das«, forderte das Eichhörnchen. »Sofort, am besten. Und dann sagst du mir Bescheid.«

»Dann sagst du *uns* Bescheid«, berichtigte ihn der Marder betont. »Das ist es doch sicher, was du sagen wolltest, oder etwa nicht?«

Vinous blinzelte zu ihm hinüber. »Sicher«, meinte er nur, doch der Marder zog daraufhin die Lider zusammen.

»Na dann«, setzte Bronze an, perplex über ihren soeben erteilten Auftrag. »Dann ... gehe ich mal.« Mit starren Bewegungen lief sie Richtung Ausgang.

»Dasselbe gilt für mich«, meldete sich Dry zu Wort, was wohl das einzige sein sollte, was er in dieser Höhle zu sagen hatte.

Der Marder beobachtete die zwei skeptisch und folgte ihnen kurzerhand. »Ich komme später nochmal«, warf er Silver noch kurz zu, ehe auch er aus dem Bau verschwand.

Draußen angekommen, erhaschte er den braunen Feldhasen aus den Augenwinkeln. »Hey, warte mal«, rief er ihm hinterher, woraufhin der sich genervt umdrehte. »Was sollte das eben? Gar kein Interesse an der Sache?«

»Du hast es erfasst«, gab er ungeniert zurück.

Entgeistert betrachtete er das Langohr. »Was ist nur los mit euch allen?«, fauchte er ungläubig. »Du zeigst bei weitem zu wenig Anteilnahme und Vinous, die Ratte, bei weitem zu viel. Ich hab das Gefühl, er will alles selbst in die Hand nehmen.«

»Tja, dann hast du ja einiges zu tun«, erwiderte der Hase nüchtern. »Viel Glück.«

Er wandte sich fort, ein verärgerter Blick vom Marder folgte ihm. »Na schön, hau doch ab.« Er sprang davon und bemerkte nicht, wie Dry stoppte und tief durchatmete. Er hatte immer noch das Gefühl, den Geruch von Blut in der Nase zu haben. Und wollte einfach nur fort davon.

Als Vinous ebenfalls den Bau verlassen hatte, sah sich Bluefire wieder nach Silver um. Sie wirkte völlig erschöpft. Noch immer lagen sie voreinander. Weiterhin versuchte sich die Füchsin von dem Blut zu befreien. Der Rüde betrachtete sie behutsam, dann senkte er den Kopf und ließ seine Zunge helfend über ihre Pfoten gleiten. Das Blut hinterließ einen metallischen Geschmack in seinem Mund, aber anders als bei der Jagd löste er keinen Hunger aus. Nach einer Weile suchte er ihren Blickkontakt. »Geht es wieder?«, raunte er ihr zu.

Silver seufzte und war immer noch nicht richtig da. »Es war furchtbar«, flüsterte sie benommen. »Ich bin direkt auf ihm gelandet.« Sie schloss die Augen. Bluefire schluckte und suchte nach Worten, doch die Füchsin redete bereits weiter, diesmal hatte sie ihn allerdings fest im Blick. »Ich hatte kurz davor das Gefühl, als würde mich jemand verfolgen.« Sofort war er alarmiert. »Ich weiß nicht, wer es war«, schüttelte sie den Kopf und beantwortete seine Frage, bevor er sie ausgesprochen hatte. »Oder was es war, wenn wir schon dabei sind.«

Bluefire ließ ernüchtert seine Anspannung sinken. Als er wiederum erkannte, wie aufgewühlt sie innerlich noch war, schob er sich näher an sie heran. »Kann ich ... irgendetwas tun?«

Silver brauchte einen Moment, um zu antworten, hilflos und mitgenommen fiel ihr nur eine Sache ein, die sie gerade brauchte. »Bleib einfach heute Nacht bei mir«, wisperte sie. »Geh nicht fort, ja?«

Augenblicklich schmiegte sich der Fuchs an sie. »Ganz bestimmt nicht«, versicherte er ihr und merkte, wie sie sich hilfesuchend an ihn lehnte.

Der Marder bemühte sich unterdessen, Bronze einzuholen. Als sie ihn hörte, sah sie sich verwundert um, aber auf ihren Lippen bildete sich ein Lächeln.

»Entschuldige das eben«, meinte er aufrichtig.

»Da gibt's nichts zu entschuldigen«, erwiderte sie sogleich. »Das ist wichtig. Ich versteh das schon. Ich war nur ...« Ihr Blick fiel schmunzelnd zu Boden und sie schien immer noch leicht verwirrt. »Schon seltsam«, überlegte sie. »Vor kurzem noch musste ich dich anflehen, mich denen allen vorzustellen und plötzlich bin ich irgendwie mittendrin gelandet.«

Der Marder grinste. »Und? Möchtest du doch lieber wieder raus?«

Ihre Ohren legten sich an. »Ich denke nicht.« Ihre Stimme wurde unsicherer. »Mal sehen. Das ist Neuland für mich.«

Der Marder versuchte sie zu lesen, sein Grinsen flachte ab. »Woher hast du deine Informationen, Bronze?«

Daraufhin wirkte sie belustigt. »Ganz ehrlich, es ist nicht besonders schwer, da dranzukommen. Du musst einfach mal die Ohren offenhalten.«

Er kreuzte die Arme. »Ich habe noch niemanden kennengelernt, der mir immer brühwarm die neusten Gerüchte über die Adler erzählt.«

Verwundert zog sie die Stirn kraus. »An Gerüchte heranzukommen – insbesondere über die Adler – ist aber wirklich nicht sehr kompliziert.« Sie hob ihre Mundwinkel an. »Schon mal daran gedacht, dass die anderen Tiere euch vielleicht wegen eurer Lebensweise meiden?«

Der Marder hielt augenblicklich inne. Er wusste nicht, ob sie es spaßeshalber gesagt hatte, doch ihm wurde soeben bewusst, dass sie damit recht haben könnte.

»Außerdem bin ich schon ein bisschen länger in der Gegend als ihr«, zwinkerte sie ihm zu, »und kenne ein paar Leute, die wiederum länger hier sind. Also.« Sie lächelte und beobachtete ihren nachdenklichen Artgenossen. »Sollte nicht allzu lange dauern.«

Der Marder ließ von seinen Gedanken ab und nickte ihr zu. »Gut. Aber erzähl mir dann bitte persönlich, was du herausgefunden hast. Nicht nur Vinous.«

Sie konnte sich ein Grinsen nicht verkneifen. »Vertraust du deinen eigenen Leuten nicht?«

»Vinous ist nicht –«, entgegnete er sogleich, doch stoppte sich selbst. »Ich meine, er ist ... eben Vinous. Tust du mir den Gefallen, bitte?«

Sie lachte kurz. »Ja, sicher«, versprach sie ihm und begab sich dann auf alle Viere, um endlich aufzubrechen. »Also bis dann«, fügte sie noch hinzu und funkelte ihn neckisch an. »Außenseiter.«

Der Marder verengte die Lider. »Besserwisserin.«

Sie lächelte, dann sprintete sie los.

Aus Winds Mund baumelte eine Maus. Ein wenig lustlos trabte er zu seinem Bau. Er müsste lügen, wenn er nicht immer noch die leise Hoffnung hegte, dort vielleicht doch wieder Zart vorzufinden, aber es sah nicht danach aus, als ob sie ihn ein weiteres Mal besuchen wollte.

Nichtsdestotrotz brachte ihn ein unerwarteter Geruch dazu, direkt vor seiner Höhle abrupt anzuhalten. Jemand *war* hier gewesen. Jedoch nicht Zart.

Er ließ den Nager herunterfallen und konzentrierte sich auf den Duft. Er kannte ihn und es dauerte nicht lange, bis er ihn zugeordnet hatte. *Bernstein.*

Wind konnte es nicht fassen, als er diesen Geruch erkannte, auch wenn ihm plötzlich bewusst wurde, was seine Schwester mit ihrer Bemerkung über alte Bekannte gemeint hatte. Aber was sollte das bedeuten? In dem Augenblick ärgerte er sich über Zart und darüber, dass sie nicht mehr erzählt hatte. Wollte sie damit vielleicht irgendwie mysteriös wirken? Also bitte.

Wind sog den Geruch tiefer ein und versuchte eine Fährte ausfindig zu machen – mit Erfolg. Er wanderte um seinen Bau herum und konnte einen Hauch aufspüren, der genügte, um die Verfolgung aufzunehmen. Zielstrebig folgte er dem Pfad. So oder so würde er herausfinden, was vor sich ging.

Weit entfernt von dem Rotfuchs befand sich ein nicht minder entschlossenes Eichhörnchen, das ebenfalls einen Abstecher in ein fremdes Gebiet plante – ebenso solo. Vinous sprintete auf den kahlen Bäumen voran, bis er schließlich an dem Übergang zum Adlergebiet ankam. Dort stoppte er für einen Moment.

Seine Augen überflogen die vor ihm liegende Fläche. Wald erstreckte sich über die Weite, die Sicht auf einen Großteil davon war von hohen Felsen begrenzt. Doch in eine Richtung hatte er kurze Zeit später in der Ferne eine Lichtung entdeckt, in der ein See lag. Dort befand sich eines ihrer Lager. Zumindest wenn man Bronze Glauben schenken wollte. Er vermochte keine größeren Hindernisse auszumachen, er konnte ziemlich geradlinig auf sein Ziel zugehen. Wenn er Glück hatte, konnte er diesen Ort in relativ kurzer Zeit erreichen und nebenbei noch herausfinden, was sich sonst noch in ihrem Gebiet verbarg. Er musste nur darauf achten, nicht gesehen zu werden. Seine Körpergröße war in dieser Hinsicht wirklich ein Vorteil.

Einen Augenblick hielt Vinous inne und schaute in seinen Wald zurück. Er hatte Bronze bewusst aufgesucht, um rechtzeitig die Informationen zu bekommen und nicht vergessen zu werden. Allerdings war Bronze anscheinend sowieso erst dabei gewesen, die anderen ausfindig zu machen, so war er sogar der erste gewesen, der davon erfahren hatte.

Bei der Sache ging es nicht darum, dass er die anderen ausspielen wollte. Wobei auch? Er war es nur gewohnt, den Überblick über die Gesamtsituation zu behalten und er fühlte sich angreifbar, wenn er nicht die Fäden in der Hand hielt oder zumindest die Fäden sehen konnte. Oder wenigstens einen großen Teil der Fäden. Jedes einzelne Individuum befand sich selbstverständlich nicht im luftleeren Raum. Sie alle waren Teil eines Gefüges, in dem die Taten des einen Auswirkungen auf den anderen hatten. Vinous war sich dieser Abhängigkeit bewusst. Und trotzdem hatte er sich niemals als Teil einer Gruppe gesehen. Zumindest seit sehr langer Zeit nicht mehr. Ihm ging es lediglich darum, solche Auswirkungen im Voraus zu erkennen, um darauf reagieren zu können. Tief in seinem Inneren wusste er natürlich, dass das ein Schutzmechanismus war. Aber einer, der ihm in Fleisch und Blut übergegangen war.

Nachdenklich reflektierte er jedoch nochmals, ob er durch die Gruppe eine neue Rolle einnahm. Er hatte es in Erwägung gezogen, abzuwarten, was die anderen dazu zu sagen hatten, doch er konnte nicht warten, bis das ausdiskutiert wurde. Das würde Zeit kosten. Und Zeit verminderte die Informationsrate. Er war, was das anbelangte, viel zu ungeduldig. Für einen kurzen Moment fragte er sich, ob das die richtige Vorgehensweise war, aber auf der anderen Seite hatte er ihnen gegenüber keinerlei Verpflichtungen. So sprang er los, landete auf dem nächsten

Baum und rannte weiter.

So wie sich Vinous durch die Baumkronen in unbekanntes Terrain bewegte, schritt auch Wind entschlossen durch das verschneite Unterholz ins Unbekannte. Er müsste lügen, wenn er behaupten würde, keine Zweifel zu bekommen. Ob er dem wirklich nachgehen sollte? Das hier hatte vornehmlich mit seiner Familie zu tun, nicht mit ihm. Und sie wollten offenkundig nichts mehr mit ihm zu tun haben. Er war es ihnen nicht schuldig, nachzuforschen, er hatte keinerlei Verpflichtungen.

Doch diese Momente waren eher kurzer Natur, als ihm bewusst wurde, dass es ihn gleichermaßen betraf. Bernstein war vor *seine* Höhle getreten. Und was immer dort passierte, es könnte sie *alle* beeinflussen.

Plötzlich wurde er vorsichtiger, als ihm tatsächlich weitere Gerüche anderer Tiere entgegenflogen. Skeptisch ließ er sich weiterhin von dem ihm bekannten führen, den er noch immer herauszulesen vermochte, doch das Auftauchen der anderen bereitete ihm Unbehagen.

Auf dem Weg fiel Vinous zunächst nichts Ungewöhnliches auf. Die gewohnten Waldbewohner waren auch hier vorzufinden. Einzeln strichen mal ein Dachs, mal eine Wildkatze durch die Gegend. Das einzige, was ihm auffiel, war, dass es mehr Individuen zu werden schienen, je näher er dem mutmaßlichen Lager kam. Das konnte ebenso Zufall sein, doch Vinous behielt es im Auge.

Bald jedoch nahm das Eichhörnchen Flügelschläge wahr. Damit hatte er rechnen müssen. Er erspähte einen hohlen Baum, in den er unverzüglich hineinhüpfte. Dann schaute er durch die rissige Rinde hindurch und erkannte, wie Scarlet an ihm vorbeiflog. Ein abenteuerliches Grinsen war flüchtig in seinem Gesicht entstanden. Wenn sie nur wüsste.

Der Nager überlegte, ob er noch ein paar Atemzüge warten sollte, doch er entschied sich dagegen. Er entschloss sich im Gegenteil sogar dazu, ihr zu folgen. Immerhin basierte die Information über den Standort des Lagers nur auf Gerüchten. Und Scarlet würde ihn sicher dorthin führen.

So kletterte er aus seinem Versteck und huschte mit einer zielstrebigen Schnelligkeit durch das Geäst der Bäume. Noch konnte er Scarlet sehen und war gleichzeitig in sicherer Entfernung. Keine weiteren Adler schienen in der Nähe zu fliegen. Vinous erkannte, wie sie absank und in den Bäumen verschwand, vermutlich um dort anzuhalten.

Er rannte hinterher und setzte gerade zum Sprung von einem Ast auf den nächsten an, als unvermittelt direkt vor ihm ein weiterer Greif durch die Luft preschte. Das Eichhörnchen hatte zu viel Schwung, um rechtzeitig zu bremsen, konnte sich aber im Flug reflexhaft an ein paar Blättern festhalten, worauf sein Körper ruckartig wieder zurückschwang. Das dunkle Grün in seinen Händen riss, unfähig seine wuchtige Bewegung zu halten, und er fiel in die Tiefe – wo ihn zu seinem unglaublichen Glück ein größerer Ast auffing. Kleine Äste und Blätter trafen auf ihn und verschwanden daraufhin im Unterholz, doch im nächsten Moment war der Nager entgegengesetzt des Adlers gehüpft zum Stamm des Baumes. Als er sich dahinter versteckte, dämmerte es ihm, dass der Raubvogel ihn anscheinend gar nicht bemerkt hatte. Sonst wäre er bereits hier. Nein, er war weitergeflogen.

Vinous atmete tief durch, sodass sein Zittern aufhörte. Er war schon froh, dem entkommen zu sein, als plötzlich ein weiterer Adler über seinen Kopf hinweg sauste. Der Nager sprang instinktiv auf noch niedrigere Äste, doch stieß sich sofort wieder nach oben, als ein Wolf auf dem Boden ebenfalls in die Richtung lief. Flüchtend presste er sich gegen einen Stamm in mittlerer Höhe eines Baumes, mucksmäuschenstill, um ja nicht aufzufallen.

Er spürte sein Herz gegen seine Brust trommeln, doch seine Entschlossenheit flachte nicht ab. Er musste dieses Lager finden. Irgendetwas sagte ihm, dass er tatsächlich sehr nahe war.

Auch bei Wind – obwohl weit entfernt von dem Eichhörnchen – verdichteten sich die Hinweise auf eine größere Zusammenkunft. Achtsam wurde er langsamer, als sich die Gerüche bündelten. Bedacht schob er sich zwischen den Gewächsen hindurch, als er zusätzlich noch Stimmen wahrnahm. Er drang so weit durch die Sträucher, bis er durch sie hindurch spähen konnte, beständig und geräuschlos. Ihm offenbarte sich ein Gelände, das sich am Fuß eines davor liegenden Hanges befand, doch als er die Tiere sah, die sich dort aufhielten, traute er seinen Augen nicht. Mit einem Mal hatte er das Gefühl, als würden ihm alle Informationen der letzten Tage um die Ohren geschlagen und er fragte sich einen Moment lang wirklich, ob er nur träumte und das verarbeitete, was er die letzte Zeit zu hören bekommen hatte. Er biss sich sanft auf die Zunge. Kein Traum, eindeutig.

Wind studierte genau, was ihm ins Sichtfeld trat, unabhängig davon, wie unmöglich es schien. Bernstein konnte er unter den Anwesenden nicht erhaschen, dafür konnte er andere Füchse erkennen. Und zusätzlich Wölfe. Und Dachse. Und Hasen. Und eine Eule.

Sie waren zusammen da. Und der Hase da redete mit dem Wolf. Er schien nicht besonders ängstlich zu sein. Wind blinzelte zweimal. Er sah es ganz eindeutig und zweifelte trotzdem daran, obgleich er sogar eine Erklärung dafür hatte. Seine einzige Erklärung. Die ominösen Schatten, über die er noch nicht einmal entschieden hatte, ob er sie für real halten sollte. Und hatte Marron nicht erzählt, er wäre vor ihnen geflohen? Warum waren sie dann auf einmal hier und nicht im Süden, wo Marron herkam? Und was hatte bitteschön Bernstein mit ihnen zu tun?

Auch Vinous kam dem Versammlungsort näher, aller Gefahren zum Trotz. Er war sich bewusst, dass die Kosten den Nutzen hier überragen konnten. Aber er war bereits so weit gekommen und wenn er sich nun zurückzog, müsste er diese Aktion als Fehlschlag abstempeln. Dazu war er nun wirklich zu nahe dran.

Zu sagen, der restliche Weg war ein Spaziergang, wäre gelogen. Ständig waren große Raubtiere in der Nähe und gerade musste er ein weiteres Mal abrupt abbremsen, als er seinen Bestimmungsort endlich erreichte. Er kauerte sich so nah es ging an den Stamm eines Baumes und hoffte, mit diesem äußerlich zu verschmelzen. Der Winter machte die Bäume unausstehlich kahl und verweigerten ihm Sichtschutz. Kurz darauf vergaß der Nager jedoch für einen Moment diese Sorgen.

Adler flogen über den See hinweg, Pflanzenfresser stillten ihren Durst und andere Raubtiere, wie der zuvor gesichtete Wolf, waren ebenso anwesend. Niemand davon schien den anderen angreifen zu wollen.

Sein Staunen wurde unterbrochen von Geräuschen und Gesprächen. Diese lagen nicht nur vor ihm. Sie waren um ihn herum, unter ihm, manchmal sogar über ihm.

Was das auch immer war, Vinous war zu weit drin. Er fühlte sich, als wäre er für jeden sichtbar, obwohl er sich bedeckt hielt. *Kosten-Nutzen*, erinnerte er sich. Er durfte hier nicht zu lange bleiben. Vielleicht war er das schon.

Wind wäre gerne weiter zu ihnen vorgedrungen und hätte mehr in Erfahrung gebracht, auch damit er sich endlich davon überzeugen konnte, dass er sich das nicht einbildete. Doch irgendetwas sagte ihm, dass er ihnen besser nicht zu nahe kommen sollte. Dass er möglicherweise schon zu nahe war. Dass er wahrscheinlich in seinem Leichtsinn unglaubliches Glück gehabt hatte, bisher nicht entdeckt worden zu sein.

Augenblicklich zog er sich zurück, bevor ihn jemand entdecken würde. So leise und unauffällig wie möglich. Er hatte keine Ahnung, was diese Veranstaltung für eine Bedeutung hatte, noch was für Folgen das alles haben könnte. Immerhin war Marron nicht gerade ins Detail gegangen. Doch ihm war auch klar, dass er es nicht ignorieren konnte, so wie der Adler über sie geredet hatte. Wie auch? So etwas sah man nicht alle Tage. Zart hatte zumindest über Bernstein Bescheid gewusst. Es war also offensichtlich, was sein nächster Anhaltspunkt sein würde.

Zart vertrat sich die Pfoten. Müdigkeit bestimmte in den letzten Tagen ihren Körper und sie war froh, sich dazu durchgerungen zu haben, endlich wieder einmal hinauszugehen. Sie trabte über den lockeren Schnee und genoss einfach nur ihren kleinen Spaziergang, als plötzlich jemand aus den seitlichen Büschen hervorkam. Die Füchsin zuckte zusammen beim Anblick Winds, ihre Augen waren aufgerissen. »Was machst *du* denn hier?«, entwich es ihr überrumpelt und sie schaute sich nervös nach allen Seiten um, um sich zu vergewissern, dass niemand von ihrer Familie in der Nähe war.

»Es ist wichtig, also höre mir bitte einfach zu, ja?«, erklärte er nachdrücklich, ohne eine Antwort abzuwarten. »Bernstein war bei mir an der Höhle.«

»Bitte?«, zischte sie fassungslos.

»Ich habe ihn nicht gesehen, aber er war da«, redete der Rotfuchs schnell weiter. »Als ich seiner Fährte gefolgt bin, habe ich ein großes Lager entdeckt. Du weißt nicht zufällig etwas darüber?«

Wind schien so entschlossen und bestimmt, doch sie war sichtlich irritiert. »Was für ein Lager war das? Wie viele waren dort? *Wer* war dort?«

»Es waren viele. Und wer?« Wind grinste mit offenkundigem Selbstzweifel, als würde das, was er gleich zu sagen hatte, lächerlich klingen. »Hat einer von unseren ... ›alten Bekannten‹ jemals das Wort ›Schatten‹ erwähnt?«

Die Fähe runzelte die Stirn, dann schüttelte sie den Kopf.

»Da waren viele unterschiedliche Tierarten, Zart«, versuchte er zu erklären. »Sie haben miteinander geredet, sowohl Fleisch- als auch Pflanzenfresser ... du bist schwanger.« Er hatte abrupt aufgehört zu reden, die Augen mit Verwunderung gefüllt, als er ihren Körper begutachtete.

Verdattert blieb auch Zart die nächsten Atemzüge still. Zunächst noch verwirrt über seine Geschichte, legte sie nun verlegen die Ohren an, als sie seinen Themensprung realisiert hatte. »Ich ...«, stammelte sie blinzelnd, »... ja. Bin ich.«

Er reagierte im ersten Moment kaum, seine Verwunderung offensichtlich, doch es mischte sich etwas weiteres hinzu. Zart erkannte bloß nicht was. »Dann ...«, begann er langsam, doch klang monoton, »... herzlichen Glückwunsch.«

Zart schluckte. Sie verzog sachte ihre Mundwinkel. »Deine Erzählung klingt nicht gerade sehr glaubhaft«, fuhr sie zurückhaltend fort. Sie wusste zugegebenermaßen nicht, wie sie mit ihm über die Schwangerschaft reden sollte. Seine Reaktion konnte sie nicht lesen, aber sie veranlasste sie dazu, dass sie mit ihm nicht darüber reden wollte. Vornehmlich, weil sie das Gefühl hatte, dass *er* es nicht wollte. Außerdem war das andere, wenn sie ehrlich war, wichtiger.

Wind atmete einmal durch. »Nichtsdestotrotz ist es wahr«, antwortete er bestimmt, doch schien auf einmal distanzierter als zuvor. »War noch jemand hier im Wald?«

»Rank«, erwiderte sie knapp und erwartete seine Reaktion.

»Rank?«, wiederholte er ungläubig. »Was hat denn ...?« Er hielt inne und überlegte, was das zu bedeuten hatte. Die beiden hatten ja so gar nichts miteinander zu tun. »Das ist ja alles mehr als seltsam«, meinte er mehr zu sich selbst.

Auch Zart erkannte keinen Sinn in all dem. »Was hast du vorher gesagt?«, hakte sie daher nach. »Irgendwas mit einem Schatten?«

Immer noch halb in Gedanken schüttelte er einmal den Kopf. »Ach nichts«, meinte er und schielte lediglich zu ihr hinüber. »Ich würde einfach vorschlagen, dass ihr die Augen offen haltet.«

Die Füchsin bemerkte durchaus, dass ihr Bruder etwas zurückhielt. Sie war sich nur nicht sicher, ob es etwas Wichtiges war. Sie wusste ehrlich gesagt überhaupt nicht, was sie vom dem halten sollte, was er ihr erzählt hatte. Andererseits hatte es dafür gesorgt, dass er in ihren Wald zurückgekommen war – kein leichtfertiger Schritt. Womöglich weil er sich Sorgen machte?

Egal, aus welchem Grund er sie aufgesucht hatte, nun wirkte er wieder unterschwellig reserviert. »Ich denke, ich sollte jetzt wieder verschwinden«, meinte er mit bitterem Beigeschmack, obgleich er vermeiden wollte, das offen darzulegen.

Zart nickte. »Danke«, sagte sie aufrichtig, »dass du mir das erzählt hast.«

Beinahe gleichgültig sah er sie nun an. »Nicht der Rede wert«, lautete seine Antwort, ehe er sich umdrehte, um seine alte Heimat wieder zu verlassen. Er wollte im Moment keinem der anderen begegnen, auch wenn er nicht wirklich wusste, wieso. Aber er spürte die Kluft zwischen ihnen plötzlich viel deutlicher und schmerzlicher als die Monate zuvor. Im nächsten Augenblick fragte er sich auch, warum er nicht mehr über die Schatten erzählt hatte. Vielleicht weil er plötzlich keinen Grund mehr dazu sah, es ihnen zu sagen – ihnen irgendetwas zu sagen.

Own hüpfte gerade zur Höhle ihrer füchsischen Freunde, als ihr auf dem Weg auf einmal Dry entgegenkam. »Du hast es auch schon mitbekommen, oder?«, fragte sie ihn, nachdem sie gestoppt hatte.

»Guten Morgen, Own. Schön, dich zu sehen. Ein wundervoller Tag«, gab er trocken zurück.

Die Häsin starrte ihn an, gewillt entweder eine Antwort zu bekommen oder einfach weiterzulaufen.

Dry stöhnte daraufhin. »Ja, hab ich«, entgegnete er schließlich und Own meinte plötzlich, dass er mitgenommen reagierte. »Ich bin Silver kurz danach zufällig begegnet. Woher weißt *du* es?«

»Der Marder.« Sie beobachtete sein zur Kenntnis nehmendes Nicken und blinzelte ihn dann an. »Er hat außerdem gesagt, du wärst wortlos verschwunden.«

»So, ihr redet also über mich«, schlussfolgerte er mit zuckenden Ohren, woraufhin sie jedoch nichts erwiderte. »Der soll mal nicht so übertreiben«, tat er das ab. »Ich habe mich sogar noch verabschiedet.«

Die Häsin legte den Kopf schief und sah ihn bittend an, was ihn daran erinnern sollte, dass das nicht der Punkt war.

Dry seufzte abermals. »Ich weiß nicht«, meinte er halblaut und schien in diesem Gespräch bereit, etwas offener und ehrlicher zu sein. »Deine Freunde geraten immer in so seltsame ... und gefährliche Geschichten. Nichts gegen ein bisschen Abenteuer, aber ... Mord?«

»Ich habe auch Angst«, gestand Own aufrichtig.

»Moment mal«, hielt er schnell dagegen. »Ich habe nie gesagt, dass ich Angst habe.«

»Doch«, widersprach sie.

»Nie!«, bestand Dry entschieden. »Nicht mit einem *einzigen* Wort. Du ...« Zögernd stockte er und musterte ihr wieder einmal beinahe amüsiertes Funkeln. Hatte sie ihn soeben mit Absicht geneckt?

Er begann sie anzugrinsen, doch konnte nicht antworten, da Sträucher neben ihnen raschelten. Zur Überraschung schlüpfte ein weiterer Feldhase zwischen ihnen hervor. Seine Fellfarbe bestand aus einem hellen Braun, doch weitaus stärker sprangen seine zahlreichen Narben ins Auge. »Bist du es, Own?«, redete er direkt los, Fassungslosigkeit groß und breit in seinem Gesicht.

Zunächst überrascht bemerkte Dry nun die absolut fixierten Augen seiner Artgenossin auf den Fremden. Sie war starr, ihr schockierter Blick unentwegt an ihn gefesselt, als könne sie ihn nicht mehr von ihm abbringen. Sie antwortete nicht.

Gereizt schaute Dry den anderen nun an und hatte das unterschwellige Verlangen, sich zwischen die beiden zu stellen. »Wer bist du?«, fragte er mit genervter Ungeduld. »Und was willst du?«

»Ich«, erklang Owns abgehackte Stimme, als geschähe gerade etwas Unmögliches. Sie stockte, alles an diesem Treffen war surreal und überforderte sie. »... dachte ... du ...«, sie wurde immer leiser, bis sie schließlich nur noch flüsterte, »bist tot.«

Er strahlte voller Sehnsucht zurück, die Fassungslosigkeit wandelte sich in Freude. »Fast«, lautete seine Antwort, während Drys Pelz vor Unwissenheit zu prickeln begann. Er wollte nun endlich erfahren, mit wem er es hier zu tun hatte. Was für eine offensichtliche Rolle spielte der Fremde in Owns Vergangenheit?

»Woher kennt ihr euch?«, wagte er es, sie zu unterbrechen. Die Häsin konnte sich kein Stück von dem anderen Hasen abwenden. Weit geöffnete, hellblaue Augen versanken beinahe in denen des anderen, bevor sie es schließlich fertigbrachte, Dry eine Antwort zu geben.

»Er ist mein Bruder.«

Die Nacht hatte den Wald ergriffen. Kalte Luft presste sich um die Pflanzen und Tiere und dunkle Wolken verdeckten den Himmel. Heart war auf Grenzpatrouille und ließ ihre wachsamen Augen aufmerksam über die weiße Umgebung wandern. So wie es aussah, gingen Fremde in ihrem Wald ein und aus. Whitestar hatte es vermutet und Kühl bestätigt, dass es noch mehr Gerüche gab, die nicht einmal *er* kannte. Das gefiel Heart nicht. Es schlich sich ein Gefühl ein, das Unheil versprach. Feindselige Intention. Etwas, das ihr unterm Fell brannte. Bisher war alles ruhig verlaufen und bis auf das Knarren der Bäume unter den Schneemassen, war nichts zu vernehmen.

Trotzdem fühlte die Füchsin plötzlich, wie sie eine Welle traf, die, wie sie wusste, nicht physischer Natur war. Die nächsten Augenblicke blieb sie ganz still stehen. Kurz darauf folgte ein Knacksen direkt von der neben ihr liegenden Grenze. Heart überlegte, ob sie dem Geräusch schnell oder vorsichtig folgen sollte. Sie entschloss sich für letzteres. Bestimmt setzte sie eine Pfote vor die andere und wusste, dass dort jemand sein würde, noch bevor sie die Fährte aufgenommen hatte. Die Präsenz war mehr als deutlich.

Einen Atemzug später konnte sie eine vierbeinige, zögerliche Silhouette am Rand des Waldes erkennen, ihre Nase prüfend in die Luft gestreckt.

»Kann ich irgendwie weiterhelfen?«, machte Heart den Fremden darauf aufmerksam, dass er nicht mehr allein war.

Die Gestalt zuckte zusammen und benötigte einen Moment, bis sie den Ursprung der Stimme ausfindig gemacht hatte. Dann trat sie erleichtert voran, sodass sie ihr gegenüberstand, was Heart nun doch erstaunte.

»Vive?«, stieß sie überrascht aus. Sie hatte die Fähe nicht mehr gesehen, seit diese ein Welpe war.

»Ja«, erwiderte die Füchsin angespannt und kam vor der Älteren zum Stillstand.

Heart legte die Stirn argwöhnisch in Falten. »Ist … dein Vater auch in der Nähe?«

Vive schaute fest zurück, ihre Nervosität war trotzdem deutlich zu erkennen. »Rank ist nicht in der Nähe und auch kein anderer. Zumindest nicht nach meinem Wissensstand.«

Die Einheimische legte den Kopf in den Nacken und ließ die junge Füchsin auf sich wirken. Sie war sehr unsicher, obgleich sie mit entschlossener Stimme sprach. Heart versuchte etwas über ihre Motive herauszufinden, bevor Vive den Grund ihrer Anwesenheit aussprach. Doch es fiel ihr tatsächlich schwer, diesen Besuch einzuordnen. Vive schien hin- und hergerissen und irgendetwas machte ihr Angst. Doch das konnte man beinahe auch ohne ihre Fähigkeiten herauslesen.

»Was willst du hier?«, fragte sie daher diplomatisch und war gespannt auf die Antwort.

Vive atmete tief durch und schluckte, wirkte jedoch absolut unbeirrt. »Ich«, begann sie beständig, »möchte um Asyl bitten.«

Halbwahrheiten

Zwei junge Feldhasen sprinteten über das Gras hinweg. Die Sonne schien auf sie herab und Vogelgezwitscher erfüllte die Luft. Plötzlich bremste das beigefarbene Tier ab, kurz darauf tat es ihm das hellbraune mit den schwarzen Ohren gleich. Ersteres begann zu lachen.

Der Hase begutachtete seine Schwester genau, wie sie ihren Sieg in vollen Zügen genoss. »Ja, schon gut, du kannst jetzt aufhören!«, maulte er beleidigt, als das Gelächter immer noch andauerte. »Ich weiß, dass du schneller bist.«

Sie hielt sich zurück, doch ein breites Grinsen zierte weiterhin ihr Gesicht.

»Ich weiß sowieso nicht, wie du mich dazu überreden konntest«, fügte er hinzu.

»Ach Docile.« Die Häsin sprang auf. »Dich zu irgendwas zu überreden, ist nicht gerade schwer.«

»Musst du das denn auch noch ausnutzen?«

»Wir haben doch nur gespielt.« Ihr Lächeln wurde wieder breiter. »Lust auf eine zweite Runde?«

Docile schielte grinsend zu ihr hinüber und seufzte dann. »Na schön, wenn du willst.«

In dem Moment fielen größere Schatten auf die zwei und sie drehten sich verwundert um. Drei ausgewachsene Feldhasen standen vor ihnen und strahlten Gehässigkeit aus. »So, genug gespielt, ihr Babys«, schnappte der eine belustigt. »Zeit, von hier zu verschwinden.«

Während Docile ängstlich einen Schritt zurück trat, schaute seine Schwester die anderen geradezu trotzig an. »Und wieso sollten wir das tun?«, fragte sie aufsässig.

Das ältere Langohr senkte seinen Kopf. »Weil ich es gesagt habe«, erwiderte er. »Und weil ich dich irgendwie anders verjagen muss, wenn du nicht von alleine gehst.«

»Komm schon«, knirschte der junge Feldhase nervös.

»Ich denke gar nicht daran«, beharrte seine Schwester. »Das Gebiet gehört weder uns noch euch. Also teilt ihr es mit uns oder verzieht euch in eures zurück.«

Ihr Gegenüber schien amüsiert, das seichte Grinsen verließ seine Lippen nicht. »Woher kommt nur dieser Mut?«, entgegnete er schließlich. »Wir sind zu dritt und du bist allein. Dein Bruder ist dir keine große Hilfe.«

»Lass meinen Bruder in Ruhe!«, fauchte sie zurück. »Und weswegen soll ich außerdem jetzt weggehen? Damit ihr hier den Dicken markieren könnt, obwohl ihr absolut kein Recht dazu habt?«

Nach einer Pause beugte sich der große Pflanzenfresser wieder vor. »Manchmal ist das ein Grund, ja«, drohte er, doch er richtete sich wieder auf. »Also gut, Leute«, fuhr er dann fort, »wir verschwinden wieder.«

Obwohl seine Mitstreiter unschlüssig schienen, entschieden sie sich letztlich dazu, ihm zu folgen. Die Häsin beobachtete sie wütend. Dann wandte sie sich zu ihrem Bruder, der zusammengekauert im Gras lag. »Was sollte das denn?«, fragte er aufgeregt. »Die hätten sonst was mit dir tun können!«

»Und was sollte deine Reaktion?«, redete sie dagegen. »Das nächste Mal wären sie wiedergekommen und irgendwann hätten wir gar nicht mehr hier spielen können!«

Dociles Rücken zuckte, seine Augen huschten ungewiss zu allen Seiten, Furcht mischte sich dazu. Seine Schwester seufzte und setzte sich neben ihn. »Du kannst nicht immer nur nachgeben«, bat sie eindringlich. »Du musst dich auch ab und zu durchsetzen. Sonst kommst du nicht weit, da draußen.« Sie suchte sein unsicheres Gesicht und erkannte große Selbstzweifel, ob er eine solche Stärke besaß.

»Docile«, kam es leise aus Owns Mund heraus.

Er nickte mit einem glücklichen Lächeln, das jedoch immer noch von Fassungslosigkeit überlagert wurde. »Ich bin es«, flüsterte er.

»Wie ... kann das ...?«, stockte sie, doch er redete dazwischen.

»Ich weiß es nicht sicher. Ich habe dich auf einmal nicht mehr gesehen, als wir durch das Feuer gerannt sind. Ich bin in Panik geraten. Das nächste, an das ich mich erinnere, ist, dass ich irgendwo aufgewacht bin. In irgendeinem Wald. Allein.«

Dry schaute noch immer von einem seiner Artgenossen zum anderen und bemerkte, wie in Owns Augen Trauer hervortrat. »Ich ... wollte nicht ...«, stammelte sie schuldbewusst, »ich meine, ich wusste nicht ...

ich dachte, du wärst hinter mir.«

»Ich gebe dir doch keine Schuld«, versicherte er ihr schnell. »Im Gegenteil, ich ... bin so froh. Ich hätte niemals gedacht, dich wiederzusehen. Ich war mir sicher, als einziger überlebt zu haben.«

Own schluckte. Sie wusste nicht, was sie sagen sollte. Ihr Augen waren so gebannt auf ihn gerichtet. Bewegungslos, beinahe atemlos hatte sie seinen Worten gelauscht. All die Zeit war sie davon überzeugt gewesen, dass er im Feuer umgekommen sei. Sein Auftauchen war so surreal und unwirklich. Trotzdem war er hier und redete mit ihr.

Sie erfasste seinen Körper und realisierte erst jetzt seine alten Verwundungen. »Das sind Brandnarben, oder?«, fragte sie nach einer Weile. Er nickte.

Auch Dry ließ seinen Blick nochmals auf dem Feldhasen ruhen. »Aber nicht ausschließlich«, wagte er hinzuzufügen.

Ein wehmütiges Lächeln traf ihn. Dann schüttelte Docile den Kopf. »Nein, leider nicht.«

Own traf daraufhin eine Erkenntnis, die auf ihr Herz drückte. Er war gezeichnet von einem Leben, das viel Schmerz mit sich gebracht haben musste. »Du hast eine Menge durchgemacht.«

Ihr Bruder neigte den Kopf schief. »Du bestimmt auch«, stellte er fest. »Nicht so sehr körperlich, aber du wirkst auf mich irgendwie ... anders.« Er bemerkte, wie ihre Ohren kaum merklich flatterten und ihre Nase unsicher zuckte. Die ganze Zeit über war sie sehr starr gewesen, was in Anbetracht der Umstände nicht verwunderlich war und Docile trotzdem befremdlich erschien. Auch nachdem sie sich von dem ersten Schock erholt hatte, musterte sie ihn mit einer gewissen Monotonie, die er so an ihr nicht kannte.

Dry dagegen hatte nach Dociles Bemerkung die Häsin forschend ins Visier genommen. Das hellbraune Tier kannte sie logischerweise schon ihr ganzes Leben und wusste mehr über sie als sonst jemand ihrer jetzigen Bekanntschaften. Er kannte sie vor der Katastrophe mit dem Feuer. Er kannte den vergrabenen Charakterzug, den Dry zu finden versuchte.

Nach Owns Anflug von Unbehaglichkeit gewann sie ihre Sicherheit wieder zurück, indem ihre Mimik etwas aufbrach und sie ihn anschaute – nahezu mitfühlend. »Es ist viel passiert«, sagte sie langsam und bestätigte ihm damit, dass sich einiges geändert hatte.

Wieder nickte Docile, ebenfalls langsam. »Ja.« Sie hatten offensichtlich viel nachzuholen.

Noch einige Atemzüge verharrten sie so und ließen das Gespräch, die Stimmung und einfach den Augenblick auf sich wirken. Vermutlich hatten beide noch nicht realisiert, dass das wirklich geschah.

Own war diejenige, die zuerst wieder das Wort ergriff. »Hast du einen Schlafplatz? Ich habe nämlich eine Höhle, in der du gerne bleiben kannst.«

Ein dankbares Lächeln entglitt ihm. »Das wäre großartig.«

Dry blinzelte seine Artgenossin skeptisch an. »Vielleicht solltest du zuallererst einmal erzählen, mit wem du so deine Zeit verbringst, bevor du ihn den anderen vorstellst – nur so ein Gedanke.«

Nun sah sie ihn das erste Mal wieder an, nochmals zuckte eines ihrer Ohren. Dry legte die seinen daraufhin ein wenig zurück. Irgendetwas hatte ihr Ausdruck an sich, das ihn berührte. Mag sein, dass sie für Docile im Vergleich zu ihrem früheren Ich emotionslos rüberkam, doch Dry bemerkte eher das Gegenteil. Sie strahlte eine freudige Wärme aus, die er an ihr noch nicht erlebt hatte.

Own wandte sich unterdessen wieder ihrem Bruder zu. »Er hat recht. Ich glaube, ich muss dir zuerst etwas erklären.«

Vinous raste zurück, sein Ziel war die Höhle der Füchse. Zielstrebig kam er vor dem Bau zum Stillstand und der Ast, auf dem er gestoppt hatte, schwankte vom Schwung des Nagers noch rauf und runter. »Silver? Bluefire?«, rief er. »Jemand zu Hause?«

Wer aus dem Loch herausschlüpfte, war der Marder. »Auch mit mir zufrieden?«

»Ja«, antwortete er schnell, nur um zu sehen, dass die Füchse sowieso gleich hinterherkamen. »Ich habe was entdeckt. Etwas von großer Bedeutung. Etwas ... *Wahnsinniges.*«

»Bist du sicher, dass es dir gut geht?«, hakte der Marder nach, der das Eichhörnchen noch nie so aufgewühlt gesehen hatte.

»Nein, ich bin mir nicht sicher«, erwiderte er ehrlich. »Habt ihr schon einmal davon gehört, dass noch andere wie ihr existieren? Mit eurer Lebensweise?«

Ihre Reaktionen raubte Vinous augenblicklich die Sprache. Alle drei waren plötzlich angespannt und wechselten Blicke. Höchste Aufmerksamkeit zeichnete sie, als wären sie zwar überrascht, aber nicht über die Aussage an sich.

»Ihr ... habt davon gehört«, schlussfolgerte der Nager und seufzte.

»*Was* habt ihr gehört? Klärt mich bitte auf.«

»Schatten«, seufzte auch Bluefire. »Das sind Schatten.«

»Und damit endet unser Wissensstand auch schon«, kommentierte der Marder.

»Bitte was?«, entwich es Vinous sichtlich verwirrt. »Wer sind die denn nun?«

Silver blinzelte zu ihrem Gefährten hinüber, der betroffen schien. Sie wusste, dass es für ihn eine noch größere Bedeutung hatte als für sie und fragte sich, ob er trotz der Tatsache, dass er nicht mehr Fakten kannte als sie, doch ein besseres Bild von dieser Gruppe hatte. »Eigentlich wissen wir es auch nicht«, antwortete sie dem Eichhörnchen, schaute dann aber Bluefire an, musternd und erwartend.

Als er das bemerkte, runzelte er mit zurückgezogenem Kopf die Stirn. »Was?«

Sie zuckte die Schultern. »Was denkst du?«

Ratlos hob er die Brauen. »Seltsam?«, bot er als Antwort.

»Ach komm schon, du hast einen anderen Draht zu der Sache als wir.«

Verständnislos schüttelte er den Kopf. »Nein?«, erwiderte er, als wäre ihre Aussage völlig aus der Luft gegriffen.

»Ach ja?«, meinte sie argwöhnisch. »Und was ist mit deinen Schatten-Eltern?«

»Moment mal«, versuchte Vinous, die Situation zu verstehen. »Deine Eltern befinden sich ... nun ja ... bei diesen ... ›Schatten‹ oder wie die sich auch immer nennen?«

»Ja«, antwortete Silver.

»Wahrscheinlich«, korrigierte Bluefire.

Sie sah ihn skeptisch an. »*Höchst*wahrscheinlich.«

»Das heißt, du weißt etwas über sie?«, wollte der rote Nager wissen.

»Nein«, sagte er energisch und schüttelte nochmals den Kopf. »Nein, nein. Ich weiß überhaupt nichts über sie.« Er sah die Silberfüchsin bestimmt und auch verärgert an. »Und das habe ich schon von Anfang an klargestellt.«

»Okay«, machte Vinous und kratzte sich nachdenklich an der Schläfe, »fassen wir noch einmal zusammen. Sie sind eine Gruppe aus unterschiedlichen Tierarten und ... sie nennen sich ›Schatten‹ – sehr poetisch, übrigens.« Das letzte kam nicht ohne einen gewissen Hohn, ehe er wieder fragend in die Runde schaute. »Und das war's?« Es kam nur betretenes Schweigen zurück.

»Sie sind nicht sehr freundlich, so wie ich das verstanden habe«, ergänzte der Marder nach einer Weile.

Wieder fiel Silvers Blick auf den Rüden, der sofort fassungslos zurückschaute. »Was denn jetzt?«, stieß er aus.

»Nichts, du ...«, sie suchte nach Worten. »Es ist nur so, dass wir diese Information von dir haben. Wir selbst haben noch keine Berührungen mit ihnen gehabt.«

Bluefires Ohr flatterte kurz. »Und?«

Die Fähe schien auf etwas hinauszuwollen. »Woher hast du das?«

Der Jäger schluckte benommen und zielstrebig zugleich. »Na schön, hört gut zu, denn das werde ich nur einmal sagen.« Seine Stimme war ruhiger, seine Aufmerksamkeit wechselte zwischen allen umher. »Meine Familie hat wahrscheinlich mit ihnen zu tun gehabt, vielleicht sind sie auch selbst Schatten. Sie waren anderen gegenüber nie offen, sogar feindselig und hatten kein Problem damit, auch gewalttätig zu werden. Was sagt uns das über die Schatten?«

Seine Gefährtin ließ ihre forschenden und irgendwie misstrauischen Augen weiterhin auf ihm ruhen. »Ach, und ... wie genau hat sich das denn geäußert?«

Der Blaufuchs sprang ruckartig auf. »Silver, wir sollten uns mal unterhalten«, forderte er sie auf. »Sofort.«

Zunächst überrascht seufzte sie skeptisch – auch gegenüber sich selbst. Nichtsdestotrotz tat sie, worum sie gebeten wurde und folgte ihrem Gefährten, der scheinbar ein paar Schritte in den Wald laufen wollte.

Vinous schielte zum Marder, nachdem die anderen beiden gegangen waren. »Habe *ich* den Ärger jetzt irgendwie verursacht?«

Das braune Tier zwinkerte ihm zu. »Nicht wissentlich.«

Das Eichhörnchen seufzte unzufrieden. »Ist das wirklich alles, was wir über sie haben?« Sein Finger zeigte in die Richtung des Adlergebietes. »Die befinden sich gleich nebenan und wir wissen nicht, mit wem wir es zu tun haben?«

Der Marder verharrte in einer ratlosen Stille. Vinous ließ den Arm wieder sinken, ebenso wie seine ganze Körperhaltung als Geste der Ernüchterung. Der Jäger ließ seine Augen grübelnd über den Nager wandern. »Ich«, fing er vorsichtig an, »hätte nicht unbedingt gedacht, dass du uns sagst, was du entdeckst.«

Vinous horchte irritiert auf. »Warum nicht?«, fragte er, wobei seine Stimme trotzdem nicht sehr überrascht klang.

»Du hast den Eindruck gemacht, als wolltest du unsere Hilfe nicht und würdest lieber unabhängig von uns nachforschen«, erklärte er frei heraus und begann zu grinsen. »Was du ja offensichtlich auch gemacht hast.«

Das Eichhörnchen schaute einige Augenblicke mit einem seichten Funkeln zurück, bevor er die Schultern zuckte. »Ich habe nur etwas vorgearbeitet.«

Der Marder grinste noch immer, auch wenn sich wieder Zweifel hinzumischten. Es stimmte, dass er positiv überrascht über Vinous' Offenheit in der Angelegenheit gewesen war, dennoch fragte er sich, ob sie sich immer so auf ihn verlassen konnten. Er war über weite Strecken sehr verschlossen und schien auch nicht immer bereit, sich wirklich auf sie einzulassen.

Mit knirschenden Zähnen lief Silver ihrem Gefährten nach, der zügig vorausging. Plötzlich hielt er abrupt an und drehte sie zu ihr um. »Kannst du mir mal verraten, was das eben sollte?«, fuhr er sie an.

Sie runzelte die Stirn. »Was denn?«

Aufgebracht schnaufte er kurz auf. »Na, dein Verhör. Hab ich dir brav genug geantwortet oder hättest du noch entsprechendes Werkzeug gebraucht?« Sein Sarkasmus tropfte vor Wut.

»Ich habe dich doch nicht verhört«, widersprach sie daher empört. »Ich wollte nur wissen ...«

»Ja, das hab ich schon mitgekriegt«, fiel er ihr ins Wort. »Du willst wissen, ob ich mehr weiß, als ich euch gesagt habe.«

Silver fixierte ihn augenblicklich bestimmt und distanziert. »Und?«, fragte sie knapp. »Ist das so?«

Fassungslosigkeit explodierte in seinem Gesicht. Zunächst noch erstarrt wurde er nun deutlich emotionaler, vor allem enttäuschter. Er schob den Kopf nach vorne und presste die Lippen angespannt zusammen. »*Nein*«, raunte er entschieden. Während er ihre Skepsis beobachtete, übermannte ihn eine Ohnmacht, ausgelöst durch seine Enttäuschung. Er musterte sie unsicher. »Sag, glaubst du mir das?«

Augenblicklich kroch ein Schuldbewusstsein in ihr hoch und veranlasste sie dazu, zur Seite wegzuschauen. »Ja schon«, antwortete sie ihm unsicher und schluckte. Bluefire zog ernüchtert den Kopf zurück. »Es ist nur«, setzte sie nochmals an, bevor er etwas dazu sagen konnte und wurde dabei offener und einfühlsamer, »ich könnte mir vorstellen, dass du einen besseren Zugang zu ihnen hast, indem du eben manche Sachen doch mitgekriegt hast. Sachen, die dir vielleicht unwichtig erscheinen. Womöglich sogar eher unterbewusst.«

Nachdem der Rüde einige Sekunden den Atem angehalten hatte, schnaufte er langsam wieder aus. Er ließ den Kopf sinken und schaute ins Leere. »Vielleicht«, gab er schließlich zu.

Silver fühlte sich schuldig. »Tut mir leid«, sagte sie leise, da Bluefire sie noch immer nicht anschaute. »Ich wollte nicht ... es tut mir leid.« Sie zog die Lippen zu einem Strich, schuldbewusst und unangenehm berührt.

Er hob seinen Kopf, ließ seinen Blick jedoch nur kurz über sie schweifen. »Schon okay«, meinte er abtuend, doch sie merkte, dass er verletzt war. »Ich hätte mir wahrscheinlich auch nicht geglaubt.«

Mit diesen Worten lief er langsam wieder in Richtung Höhle und ließ eine nachdenkliche Silver zurück. Ihr immer stärker werdendes schlechtes Gewissen spiegelte sich in ihrem Gesicht und sie fragte sich, warum sie ihm misstraut hatte. Sie ärgerte sich darüber, wie unbegründet ihre Reaktion gewesen war. Aber als sie ihn nochmals musterte, wurde ihr klar, dass sie sich wirklich nicht ganz sicher gewesen war.

Bluefire hüllte seine ganze Vergangenheit in einen Deckmantel des Schweigens. Ihr wurde nur selten bewusst, dass sie sehr vieles von ihm schlichtweg nicht wusste, aber diese Situation war ein Beispiel dafür. Sie wollte ihm vertrauen und gefühlsmäßig tat sie das auch. Aber einen Teil von ihr erschreckte es, dass es aufgrund seiner Schweigsamkeit offenbar gar nicht viel brauchte, damit dieses Vertrauen angeknackst wurde.

Als Heart die Lichtung zu ihrem Bau betrat, waren dort Kühl, Sage und Whitestar. Sie unterhielten sich. Ihr Gefährte schaute fragend auf, als sie näher kam und nachdem er ihren skeptischen Gesichtsausdruck bemerkt hatte. Auch den Silberfüchsen war das nicht entgangen.

»Du glaubst nicht, wer südlich an unserer Grenze wartet«, fing sie an.

Kühl blinzelte. »Dann klär mich auf.«

»Vive«, antwortete sie direkt.

Der Rüde runzelte ungläubig die Stirn, doch bevor er antworten konnte, grätschte Whitestar in den Wortwechsel rein. »Bevor ihr jetzt weiterredet und wir wieder nicht hinterherkommen – wer ist Vive?«

»Ranks Tochter«, sagte der Rotfuchs noch halb in Gedanken versunken.

Sage schüttelte verwirrt den Kopf. »Und was sollte wohl Ranks Tochter von uns wollen?«

»Asyl«, offenbarte Heart.

»Das ist nicht ihr Ernst«, stieß ihr Gefährte aus.

»Doch«, entgegnete die Fähe. »Sie möchte in unserem Wald unterkommen, weil sie angeblich vor ihrer Familie flieht.«

Kühl schnaufte mit einem fassungslosen Grinsen. »Und sie meint, ich würde ihr auch nur ein Wort davon glauben?«

Verblüfft musterte Sage den Rotfuchs. »Warum schließt du schon gleich von vornherein die Möglichkeit aus?«

Die Ohren des narbigen Rüden flatterten kurz auf. Zunächst wirkte er, als würde er die Sorgen der anderen abschmettern wollen, doch er schielte dann trotzdem zu Heart. »Was meinst du?«, fragte er zurückhaltend. »Sagt sie die Wahrheit?«

Die Füchsin atmete tief durch. »Ich«, ihre Stimme war vorsichtig, »kann es schlecht einschätzen. Ich bin mir so gut wie sicher, dass sie etwas verbirgt. Auf der anderen Seite hat sie auch große Angst. Das ist auf keinen Fall nur Fassade.« Heart wusste nur eines mit Sicherheit, was sie Kühl wissen lassen wollte. »Wenn ich vermuten müsste, würde ich sagen, ihre Angst hat tatsächlich etwas mit ihrem Zuhause zu tun.«

Der Fuchs verzog die Mundwinkel, doch er wurde von Zart abgelenkt, die hinter ihrer Mutter ebenfalls in die Lichtung trat. »Ich hatte eine interessante Begegnung«, verkündete die junge Füchsin rätselhaft.

»Wenn es mit Vive war, wissen wir es schon«, meinte Whitestar spontan.

Zart blinzelte erstaunt. »Vive war hier?«

»Ist sie noch«, teilte Heart ihr mit. »Am Waldrand. Sie sagt, sie möchte vor ihrer Familie fliehen. Zu uns.«

»Du hast sie am Waldrand gelassen?«, erwiderte sie besorgt. »Alleine?«

»Ich glaube nicht, dass sie eindringt«, erklärte ihre Mutter. »Außerdem ist das doch ein guter Test. Sollte sie wirklich unerlaubt hineinkommen, wissen wir, dass sie es nicht ernst meint.«

Zart atmete einmal durch, immer noch mit dieser neuen Information beschäftigt. Whitestar war diejenige, die sie wieder ansprach. »Und wem bist *du* begegnet?«

Die Rotfüchsin schluckte, als müsse sie sich zunächst wieder sammeln. »Ich bin etwas außerhalb des Waldes einem Iltis begegnet, der mir etwas Merkwürdiges gesagt hat.« Hearts Haut prickelte kurz auf bei der Schilderung ihrer Tochter. Verdutzt verblieb ihr Blick bei ihr hängen. »Er hat mich gewarnt, weiter zu gehen, da dort ein Lager wäre«, fuhr sie fort, wobei sie kurz stockte. Doch nur Heart schien zu bemerken, dass das von Nervosität herrührte. »Ein Lager ... mit vielen unterschiedlichen Tierarten.«

Rundum wurde sie angeblinzelt. »Und du hältst diese Quelle für vertrauenswürdig?«, hakte Kühl argwöhnisch nach.

»Ich weiß es nicht«, meinte Zart aufrichtig. »Ich dachte nur, ich sollte es euch sagen. Was immer da ist, es könnte mit Rank ... und Bernstein ... und Vive zusammenhängen.« Die beigefarbene Fähe hoffte, die anderen würden nicht weiter nachbohren. Es war ihr schwer genug gefallen, dieses Konstrukt einer Geschichte zu erfinden, aber sie konnte ihnen nicht einfach sagen, dass sie die Information von Wind hatte, weil das einen Rattenschwanz von Fragen nach sich gezogen hätte, auf die sie nicht antworten wollte. Außerdem hatte sie damit auch beibehalten, dass sie das Lager nicht persönlich gesehen hatte.

Ihr Blick streifte über die nachdenklichen Gesichter und traf auf den ihrer Mutter. Heart schaute sie anderes an als die anderen, auch wenn sie nicht wirklich wusste, was der Unterschied war. Zart wollte sich jedoch nicht in die Karten schauen lassen, so richtete sie sich wieder ebenso ratlos in die Runde.

»Na schön«, sagte Kühl, jedoch nicht überzeugt, »wir behalten das im Hinterkopf, auch wenn es ... ziemlich abenteuerlich klingt.« Umgehend schüttelte er nochmals den Kopf. »Ich meine, was soll das eigentlich heißen? Unterschiedliche Tierarten.«

Zart neigte den Kopf schief. »Das heißt wohl, dass mehrere Tierarten zusammenarbeiten.«

Ihr Vater schaute sie entgeistert an. »Danke für diese umfassende Erklärung, Schatz.«

Zuerst schmunzelte sie, dann zuckte sie die Schultern.

Heart hätte darauf schwören können, dass etwas nicht stimmte. In mehrerlei Hinsicht. Als sie ihre Tochter betrachtete, wusste sie, dass irgendetwas an ihrer Geschichte seltsam war und damit meinte sie nicht die Geschichte an sich. Doch unvermittelt durchzog irgendetwas Hearts Bauch, was in einem kurzen, stechenden Schmerz endete. Die Füchsin zuckte erschrocken auf. »Geht es dir gut, Zart?«, platzte es aus ihr heraus.

Verdutzt wurde sie nicht nur von ihrer Tochter angeschaut. »Ähm«, antwortete diese überrumpelt, »ja. Klar. Wieso auch nicht?«

Heart wurde augenblicklich verlegen. Sie hatte das nicht so freiheraus fragen wollen, aber es war wie ein dringender Impuls gewesen. »N-nur so«, fing sie sich stockend wieder. »Es müsste bald soweit sein, oder?« Sie lächelte, obgleich sie sich darüber ärgerte, wie ihr das herausgerutscht war. Sie war bei weitem erfahren genug, um zu wissen, wie sie mit solchen Impulsen umging.

Zart lächelte sanft, obgleich sie immer noch irritiert schien. »Ja«, antwortete sie ihr trotzdem. »Nicht mehr allzu lange.«

Zart bemerkte, dass Hearts Versuche zu lächeln halbherzig waren. Irgendetwas war komisch, oder war es nur ihre eigene Angst, aufzufliegen? Sie wurde plötzlich noch nervöser als zuvor und hatte schließlich nur noch das Verlangen, zu verschwinden. »Na gut, ich werde dann mal zu meiner Höhle zurückgehen«, bemühte sie sich, ganz normal zu klingen. »Ich weiß nicht, ob das wirklich eine brauchbare Information ist, aber ich wollte es auch nicht ignorieren.«

»Es war auf jeden Fall gut, dass du es uns gesagt hast«, grübelte Kühl noch immer.

Die junge Fähe nickte, ehe sie die Lichtung wieder verließ. Sie *floh* geradezu, auch wenn sie es schaffte, *nicht* zu rennen. Einmal atmete sie tief durch, um sich zu beruhigen und versicherte sich gleichzeitig, dass sie alles richtig gemacht hatte, dass die Notlüge nötig gewesen war. Es fühlte sich falsch an, aber sie wusste beim besten Willen nicht, wie sie es besser hätte ...

Urplötzlich zuckte sie zusammen, ihr Körper krümmte sich vor Schmerzen, die ihre Bauchgegend durchzogen. Tränen waren in ihre Augen geschossen, doch ebenso schnell wie der Krampf gekommen war, verschwand er auch wieder. Mit einem scharfen Schnaufen ließ sie sich in den Schnee sinken.

Was zur Hölle war das gewesen? Immer noch spürte sie einen dumpfen Schmerz, der jedoch nachließ und bald ganz verschwunden war. Zart ließ die Luft durch ihre Nase einströmen und durch den Mund wieder aus, ihre Lider klappten kurz zu.

Stress? Vermutlich beschwerte sich ihr Körper gerade. *Alles ist gut,* versuchte sie sich zu sagen. Und glaubte es fast.

Own hätte nicht unbedingt erwartet, dass ihr Bruder schon von solchen ungewöhnlichen Gruppierungen gehört hatte. Ihre Vermutung war zwar gleich gewesen, dass er nicht von ihnen persönlich gehört hatte, sondern vielmehr von den sogenannten Schatten, von denen Bluefire ganz am Anfang ihrer Begegnung erzählt hatte und die die Häsin nie vergessen hatte, aber trotzdem kam Dociles Wissen unvorhergesehen.

Noch unerwarteter war jedoch das Ereignis, von dem ihr Silver und der Marder soeben erzählt hatten. Dies handelte kurioserweise ebenfalls von den Schatten. Während die Fleischfresser ihr noch von Vinous Abenteuer berichteten, dachte sie für sich schon darüber nach, wie interessant es doch war, dass sich manche Dinge zeitlich so zusammenfügten. Als sie merkte, dass die anderen beiden zum Ende ihrer Erzählung kamen, war sich die Häsin nicht ganz sicher, ob sie alles mitbekommen hatte.

»Die Adler sind also Schatten?«, wollte sie nach einer Pause wissen.

»Sieht zumindest danach aus«, zuckte der Marder die Schultern. »Aber gefragt haben wir sie noch nicht.«

Sie nickte einmal, wirkte jedoch abwesend. »Könnte Bluefire mehr darüber wissen?«

Silver legte die Ohren unweigerlich an, was auch dem Marder nicht entgangen war. »Ich …«, zögerte sie, bevor sie kaum hörbar seufzte, »nein. Eher nicht.«

Während Own das mehr oder weniger nur zur Kenntnis nahm und ansonsten in Gedanken versank, beobachtete der Marder die Füchsin von der Seite. Er ahnte schon, dass ihre Reaktion aus dem Gespräch mit Bluefire unter vier Augen resultierte.

»Wolltest du uns nicht auch etwas sagen?«, fuhr Silver fort. »Ich meine, du bist zuerst zu uns gekommen.«

Die Häsin nickte bedächtig, den Blick ins Leere. »In meinem Bau ist mein Bruder.«

Verdutzt wurde sie von ihren Weggefährten angeschaut, die im ersten Moment sprachlos waren.

»Dein«, begann der Marder schließlich vorsichtig, »Bruder? Woher ... kommt denn jetzt plötzlich dein Bruder?«

Ihre Ohren zuckten. »Ich weiß es nicht. Er war plötzlich da.«

»Hast du nicht gesagt, dein Bruder wäre im Feuer ...?«, ergriff auch die Füchsin wieder das Wort, doch Own unterbrach sie. »Ich hatte gesagt, dass er hinter mir gewesen wäre und ich ihn irgendwann verloren habe. Ich habe nur angenommen, dass er tot sei, ich habe seine Leiche nie gesehen.« Sie blinzelte. »Jetzt weiß ich, wieso.«

»Wow«, entwich es Silver, der durchaus bewusst war, dass das eine große Sache für Own sein musste – unabhängig davon wie nüchtern sie davon erzählte. Aber das musste so viele Dinge herauskitzeln. Dinge aus ihrer Vergangenheit. Und das würde Own definitiv nicht kalt lassen. »Und wie geht es dir damit?«, wollte sie daher wissen.

Owns Lider senkten sich und sie schaute durch alles einfach hindurch. Sie war das gesamte Gespräch lang wieder äußerst gedankenversunken gewesen, worüber sich die Füchsin zunächst gewundert hatte. Allerdings war der Grund dafür nun klar. Dennoch konnte sie nicht vorhersehen, inwiefern sich das überraschende Auftauchen ihres verschollenen Bruders tatsächlich auf sie auswirken würde.

»Ich weiß nicht.« Owns Stimme war ohne Betonung.

Im ersten Moment hatte Silver Angst, dass die Auswirkungen eher negativ sein könnten, doch auf der anderen Seite war ihre Reaktion auch wieder verständlich. Schließlich war es wie ein Wunder. Ein atemberaubendes noch dazu. Also wenn die Häsin nicht wusste, wie sie sich fühlen sollte – Silver hatte da eine genauere Vorstellung. So fing die Fähe an zu lächeln. »Hey«, machte sie sanft und tatsächlich zog sie die Häsin damit aus ihrer Starre. »Das ist großartig, hörst du? Dein Bruder ist *am Leben*.« Silver verdeutlichte ihre Zuversicht und auch an Own schienen die Worte nicht spurlos vorbeizugehen. Kaum merklich begannen die Augen des Pflanzenfressers zu leuchten. »Ich hoffe«, fuhr die Füchsin fort, »ich lerne ihn mal kennen. Das heißt ...« Sie unterbrach sich und runzelte die Stirn. »Wenn er von uns ...«

»Er weiß es«, sagte Own sogleich. »Es ...«, sie pausierte und überlegte noch kurz, »wäre schön, wenn ihr ihn irgendwann kennenlernt.«

Silver wurde bei der Aussage warm ums Herz. Sie blinzelte behutsam. »Das wäre es.«

»Und ob!«, stimmte der Marder deutlich lebhafter zu. »Bin gespannt, was er so zu erzählen hat.«

Leicht legte die Häsin ihre Ohren an. Noch immer schien sie gedanklich zerstreut, doch sie strahlte Zufriedenheit aus. So auffällig, dass es auch die anderen deutlich bemerkten.

Die Dämmerung setzte bereits ein, als der Marder grübelnd im Schnee lag, die rechte Hand auf einer toten Maus abgelegt, auf die andere – mit dem Ellbogen im Schnee – den Kopf gestützt. Own hatte noch erzählt, dass ihr Bruder nicht sonderlich überrascht gewesen war, als sie ihm von ihnen erzählt hatte. Das deutete darauf hin, dass die Schatten klammheimlich einen gewissen Bekanntheitsgrad errungen haben. Denn irgendwie wusste jeder von ihnen, auch wenn die Geschichten über sie mehr einem Mythos glichen. Vermutlich würde der Marder sie nicht einmal glauben, wenn er sich nicht selbst in einer ungewöhnlichen Gesellschaft befände. Und war das, was Vinous gesehen hatte, wirklich ein Beweis dafür, dass sie es mit Schatten zu tun hatten?

»Hey, was machst du denn da?«, holte ihn eine schimpfende Stimme aus den Gedanken.

Zweimal blinzelte er, ehe er sich nach ihr umdrehte und Bronze erkannte. »Oh!« Sofort sprang er auf und klopfte sich verlegen das weiße Nass ab, bevor er seine Beute ein wenig hilflos hochhob und ihr zeigte. »Ich hab die hier gefangen.«

Sie sah ihn mahnend an, doch grinste dabei. »Ja, sehr schön«, kommentierte sie. »Wenn du so weiter machst, gewinne ich doch locker und das macht keinen Spaß.«

Bronze und er hatten einen kleinen Wettstreit veranstalten wollen, wobei der Marder wohl hoffnungslos versagt hätte. Trotzdem lichtete sich langsam wieder das Gefühl, ertappt worden zu sein, und er zuckte lediglich die Schultern. »Ich dachte, das kriegst du gar nicht mit«, entgegnete er spitz.

»Ah ja«, machte Bronze mit geschauspielerter Erkenntnis und kreuzte die Arme, »und du hättest zusätzlich natürlich sowieso noch gewonnen, was?«

»Natürlich«, gab der Marder zurück. »Mit links.«

»Ja, sicher.« Seine Artgenossin lehnte sie sich vor. »Du hättest die restlichen Mäuse, die du gebraucht hättest, um mich zu schlagen, einfach aus deinen Vorräten geholt, richtig?«

Die Augen des Marders zogen sich zusammen. »Ich hab keine Vorräte mehr. Die hat immer jemand geplündert.«

Nun lachte sie. »Hättest sie eben besser verstecken sollen.«

»Weil du ja auch so viel Erfahrung mit Vorräten hast«, wehrte er sich.

Bronzes Grinsen blieb noch einen Moment bestehen, doch sie schien ernster zu werden. »Worüber hast du nachgedacht?«, fragte sie schließlich. »Muss dich ja ganz schön beschäftigt haben.«

Der Marder atmete durch und richtete seinen Fokus wieder nach innen. »Es ist nur ... dass alles so undurchsichtig ist.« Er hielt einen Moment inne, suchte dann aber wieder gezielt Bronze. »Hier, du bist doch die Gerüchte-Sammlerin. Hast du nicht noch irgendwas über die Schatten gehört?«

Sie seufzte, schüttelte jedoch den Kopf. »Nein. Ehrlich nicht«, beteuerte sie. »Ich habe nicht einmal gehört, dass sie sich ›Schatten‹ nennen, bevor ihr mir das gesagt habt. Ich wusste nur, dass es solche Gruppierungen geben sollte.« Sie zuckte die Schultern. »Auf der anderen Seite – *ihr* seid ja auch keine Schatten. Also was genau ist es eigentlich, was ihr über sie wisst?«

Der Marder stöhnte frustriert. »Wir wissen gar nichts, Bronze«, gab er ernüchtert zurück. »Wir wissen absolut gar nichts. Das ist es ja, was mich so nervt. Ich verspüre allerdings auch keine große Lust, zu den Adlern zu gehen und sie danach zu fragen.«

Bronze schmunzelte sanft. »Verständlich.«

»Vielleicht kannst du deine hübschen Ohren ja weiterhin offen halten, jetzt, wo du weißt, auf was du achten musst«, schlug der Marder auffordernd vor.

»Ich halte meine ›hübschen Ohren‹ grundsätzlich offen«, erwiderte sie spitz, »allerdings ... ich denke, so viel mehr werde ich durch einfaches Zuhören nicht erfahren. Nicht, nachdem ich jetzt schon Monate lang auf alles achte und in der Hinsicht immer noch nichts zu mir durchgedrungen ist.«

Der Marder biss sich auf die Unterlippe. »Hör trotzdem nicht damit auf, ja?«

Sie atmete einmal durch, wandte sich langsam um und streifte mit ihren Fingern nachdenklich die Rinde eines Baumes entlang. »Natürlich nicht«, versicherte sie ihm, wobei er gar nicht bemerkte, wie seichte Enttäuschung mitklang. »Helfe doch immer gerne.«

Bluefire lief durch den Wald, ohne Ziel und mit den Gedanken ganz woanders. In seiner Brust zog das unangenehme Gefühl von ... irgendetwas. Er war aufgebracht. Er wusste nicht wirklich wieso. Er nahm nichts wirklich wahr, bis eine Stimme zu ihm durch quoll, die viel näher bei ihm war, als sie für ihn klang.

»Hey, bist du taub?«

Er seufzte. »Dry, ich habe jetzt keine Zeit zum Plaudern.«

»Ooh, wie schön«, machte der Feldhase trocken, »ich wusste gar nicht, dass ich für meine Smalltalk-Qualitäten bekannt bin, vielen Dank auch, lauf doch geradewegs in das Adlergebiet.«

Er wandte sich um und hüpfte in die andere Richtung weiter. Bluefire benötigte einen Moment, um zu realisieren, dass er tatsächlich einfach so in das Adlergebiet hinein marschiert wäre. Er dreht sich augenblicklich um und rief dem Nager hinterher. »Hey warte!« Dry stoppte und sah ihn mit seinem besten ›Hab's-dir-ja-gesagt‹-Blick an. Bluefire kam verlegen zum Stillstand. »Tut mir leid. Danke, dass du mich gewarnt hast.«

Der Hase kippte den Kopf zur Seite. »Du scheinst ja ganz schön in Gedanken versunken zu sein.« Sein bewusst unschuldiger Blick drang wieder hervor. »Möchtest du vielleicht darüber reden?« Er machte wirklich keinen Hehl daraus, dass seine Anteilnahme eine reine Farce war.

Bluefire musste dennoch selbstironisch den Kopf schütteln. »Du hättest mich ja auch einfach laufen lassen können.«

»Ich hab dich halt zufällig gesehen. Dich zu warnen hat mich jetzt nicht so *wahnsinnig* viel Aufwand gekostet«, beantwortete Dry die unausgesprochene Frage.

»Ein Glück für mich.« Er grinste leicht, doch schien wieder in Gedanken. Er saß vor dem Pflanzenfresser und machte nicht den Eindruck, als würde er sich so bald von der Stelle bewegen.

Dry musterte ihn die nächsten Atemzüge beinahe genervt. »Okay, na schön, du hast mich. Was ist los?«

Der Blaufuchs schien tatsächlich überrascht. »Was? Nein, ich wollte nicht ...«

»Jetzt spuck's aus«, befahl das braune Tier. »Ich hab das mit den verschiedenen Tierarten mitgekriegt und dass du was darüber weißt oder auch nicht weißt oder wie auch ...«

»Dass ich was *weiß*? Na super, hast du etwa mit Silver gesprochen?« Dry blinzelte verwirrt. »Äh ... nein. Bist du sauer auf sie?«

Bluefire rollte die Augen, wollte das Thema jedoch umgehen. »Die Vermutung liegt nahe, dass es Schatten sind.«

»Schatten! Genau«, erinnerte sich Dry. »Ich wusste nicht mehr ...

Schatten, Laub, Sonne, Mond ...«

»Das ist nur ein Name, keine Ahnung, wie der entstanden ist. Meine Eltern waren vermutlich welche, das ist alles, was ich weiß.«

Dry runzelte die Stirn. »Aber müsstest du dann nicht mehr ...?«

»Ich kann mich kaum an was erinnern, ich bin schon sehr früh abgehauen.« Mit einem Mal war der Fuchs wieder in einer Gedankenwelt, den Blick ins Leere. Ein wissendes Grinsen wuchs daraufhin auf dem Gesicht des Nagers. »Du möchtest mehr über sie erfahren.«

Bluefire blinzelte, antwortete aber nicht sofort. Alles in ihm lief auf einmal auf Hochtouren, es zerrte in seiner Magengegend und füllte seine Lungen. Dry sprach aus, was so simpel auf der Pfote lag – es eröffnete sich gerade eine Gelegenheit *mehr* in Erfahrung zu bringen. Über das, was er bereits wusste, was er ahnte, was er *wollte*. Über das, was seit jeher sein ganzes Leben bestimmt hatte. Es war eine Weile her, seitdem er die Chance dazu gehabt hatte.

Als er den Feldhasen erfasste, war er sich seiner absolut sicher. Dieser wusste schon, wie die Antwort lauten würde. »Ja«, gestand der Rüde mit einem Funkeln, das einen Hauch Besessenheit beherbergte. »Allerdings.«

Kühl lief durch den Wald, gemächlich und mit kalten Augen. Abgesehen von einem ominösen Lager, blieb natürlich auch noch offen, wie sie mit Vive umgehen sollten. Während Heart relativ aufgeschlossen schien, war Kühl nicht bereit, ihr einfach so Einlass zu gewähren. Erstens traute er ihr nicht und zweitens wusste er nicht, was das für einen Rattenschwanz nach sich ziehen würde, besonders wie Rank reagieren würde.

So führte ihn sein Weg dorthin, wo seine Gefährtin Vive verlassen hatte. Er war gespannt, ob sie überhaupt noch dort war und er war etwas überrascht, als sie tatsächlich noch am Waldrand kauerte. Als sie ihn bemerke, richtete sie sofort ihren Kopf auf, schien jedoch verunsichert, als sie Kühl und nicht Heart zu sehen bekam. Bange begab sie sich auf ihre vier Pfoten.

Selbstgefällig legte Kühl sein Haupt schief. »Du bist also immer noch hier.«

»Natürlich«, erwiderte sie sogleich. »Wohin sollte ich sonst gehen?«

»Spar dir die Mitleidsschiene«, feuerte er zurück. »Du wirst den Wald nicht betreten und wenn doch, werte ich das als feindlichen Akt.« Sichtlich entmutigt biss sie sich auf die Zähne und doch wurden ihre Züge bestimmter. »Warum?«, fragte sie dann entschlossen. »Was habe ich getan, dass ihr mir nicht glaubt?«

Langsam schüttelte Kühl seinen Kopf. »Ich habe deinem Vater nie getraut. Ich könnte mir bei ihm alles vorstellen. Sogar, dass er seine Tochter vorschickt, um die Drecksarbeit zu erledigen. Deswegen traue ich dir nun auch nicht.«

»Ich habe aber nie etwas mit eurer dämlichen Fehde zu tun gehabt«, widersprach sie energisch, wenn auch verzweifelt, doch sie beherrschte sich. In ihrer Stimme hallte Wut. »Es ist unfair, diesen Hass über die Generationen zu tragen.«

Kühl blinzelte. »Mag sein«, gab er zu, ohne dass er wirklich einlenkte, »aber du musst schon mehr tun, um unser Vertrauen zu gewinnen, als zu beteuern, wie schlimm es bei dir zu Hause ist und wie gerne du doch zu uns möchtest.« Er hob herausfordernd den Kopf. »Zum Beispiel könntest du mir sagen, was in Ranks Lager so vor sich geht. Oder was seine Pläne sind.«

Vive hielt inne und beobachtete den Älteren mit zurückhaltender Skepsis. Bedauern kam hinzu. »Woher weiß ich, dass ihr mich nicht trotzdem fortschickt, nachdem ich euch erzählt habe, was ich weiß?«

Kühl grinste süffisant. »Tja, das nennt man dann wohl eine Pattsituation, nicht wahr?« Unzufriedenheit zeichnete Vives Gesicht. Doch sie blieb still. Der Fuchs zuckte daraufhin abtuend die Schultern. »Wie schade auch«, meinte er trocken und wandte sich unbekümmert sowie selbstsicher wieder ab, um Vive einfach stehen zu lassen.

Blut

Ein orangefarbener Welpe stürzte sich verspielt auf eine ebenso junge Füchsin mit dunkelrotem Fell. Sie lachte und versuchte sich aus seinem Griff zu winden, doch er begann an ihrem Ohr zu knabbern. »Lass das«, kicherte sie und stemmte ihre Pfoten in seine Flanken. »Hör auf, Wind. Das kitzelt!«

»Das ist ja auch der Sinn der Sache«, lautete die Antwort, während er sie angrinste, ohne loszulassen. »Strafe muss sein. Du bist eine Lügnerin, Vive.«

»Was?« Verdutzt wurde er von der Füchsin angestarrt, doch das Vergnügen in ihren Augen konnte sie nicht verstecken.

»Ich erkenne deine Lügen aus hundert Metern Entfernung«, erklärte er selbstsicher. »Du hast gelogen, als du gesagt hast, von der Maus ist nichts mehr übrig.«

Vive konnte nicht anders, als immer deutlicher zu grinsen, auch wenn er sie immer noch nicht losließ. »Das war die Rache dafür, dass du mich bei meinen Jagdversuchen immer genervt und gestört hast.«

Er zuckte die Schultern. »War eben lustig.«

»Ja, ja, sehr lustig«, bellte sie. »Dass mit der Maus war für mich auch sehr lustig.«

Wind grinste noch breiter, dann hob er die Brauen. »Quitt?«

»Von mir aus.«

»Da hat er ja schnell aufgegeben«, ertönte plötzlich eine dritte Person.

»Zart«, stieß Vive erfreut aus. »Komm mal bitte her und halte deinen Bruder zurück.«

Die beigefarbene Füchsin lachte. »Ach was«, tat sie das ab. »So unbeherrscht ist er nur bei dir.«

»Na gut, dann lass uns spielen«, forderte die dunkelrote Füchsin die Geschwister auf und hatte sich endlich aus Winds Griff befreit. Sie kauerte sich abenteuerlustig ins Gras und ließ ihr Hinterteil erhoben. »Zart, bist auf meiner Seite?«

»Nein, ist sie nicht«, kam es streng von der Seite. Die jungen Füchse waren aufgeschreckt und wirbelten zu der Stimme herum. Kühl kam auf die drei zu, Bitterkeit hinter seinen strengen Augen. Er wurde wortlos und angespannt beobachtet. Als er ankam, ließ er die Szene auf sich wirken und atmete einmal grimmig durch. »Du gehst jetzt besser, Vive«, befahl er schließlich. Die kleine Fähe schluckte und hatte den Rüden nie aus den Augen gelassen. Sie trat langsam zwei Schritte zurück und löste sich dann von ihm, indem sie sich umdrehte und hastig davonrannte. Kühl schaute ihr noch hinterher, bis sie nicht mehr zu sehen war.

»Warum dürfen wir nicht mit ihr spielen?«, schimpfte Zart.

Ihr Vater seufzte und ließ sich zu seinen Jungen ins Gras sinken. »Kommt mal her, ihr zwei.« Sie gehorchten und setzten sich wissbegierig vor ihn. »Vive und ihre Familie werden nicht mehr sehr lange hierbleiben. In der Tat könnten sie jetzt jeden Tag aufbrechen.«

»Weil du mit ihren Eltern und Großeltern Streit hattest, richtig?«, wollte die Füchsin wissen.

»So kann man es auch nennen«, kommentierte Kühl nicht ohne Ironie.

»Sie haben sich bekriegt, Zart«, klärte der Jungfuchs seine Schwester nüchtern auf.

»Ja, ist gut, Wind«, stoppte er seinen Sohn, ehe er nochmals durchatmete. »Alles, was ich sagen möchte, ist, dass Vive mit ihrer Familie wegziehen wird. Es ist also das Beste, wenn ihr es einfach dabei belasst. Für jeden von euch.«

Seine Kinder wirkten alles andere als überzeugt. Während Zart noch die Hintergründe zu analysieren versuchte, bemerkte der Ältere nicht, wie er von Wind geradezu durchbohrt wurde. Der verstand zwar, dass ein Abschied unausweichlich war nach den blutigen Auseinandersetzungen mit der anderen Familie, aber er verspürte trotzdem Zorn.

»Versprecht mir, mir das nicht übel zu nehmen, ja?«, hörte er seinen Vater sagen und begann zu nicken. »Gut«, seufzte Kühl lächelnd. »Dann spielt jetzt noch ein bisschen miteinander. Und schaut kurz bei eurer Großmutter vorbei, um sie zu nerven, tut ihr mir den Gefallen?«

Beide grinsten ihn an und waren kurz darauf schon zielstrebig *losgesprungen.*

Wind saß im Wald, seine Gedanken waren irgendwo anders. Er war wie so oft umhergestreunt, doch als er wiederum die Maschinen der Menschen wahrnehmen konnte, hatte er angehalten. Er wusste nicht wirklich wieso, doch er hatte sich dort auf den Boden gesetzt. Im Schatten der Bäume konnte er das Schauspiel der Zweibeiner beobachten. *Schatten.* Die ganze Aktion hatte etwas in ihm ausgelöst. Ganz abgesehen davon, dass das fremde Lager bei ihm einen unheilvollen Eindruck hinterlassen hatte, fragte er sich ernsthaft, wie sein weiteres Leben aussehen sollte.

Noch bevor er ihn gehört hatte, konnte er seine dunkle Gestalt am Himmel erkennen. Wind befreite sich aus seiner Starre und zwinkerte dem braunen Greif zu.

Ehe sich Marron auf dem Ast eines Baumes niedergelassen hatte, ergriff er bereits das Wort. »Menschen sind verrückt«, begann er und legte seine Flügel an. »Als hätten sie sich nicht schon genug Land gekrallt.«

Wind wandte seinen Blick von dem Vogel ab und schaute zur Baustelle. »Du solltest aufhören, dir um Sachen Gedanken zu machen, die dich nicht betreffen.«

Marron blinzelte den Vierbeiner an. »Wir haben heute mal wieder unseren sozialen Tag, was?«, kommentierte er spitz.

Wind grinste abwesend und war immer noch nach vorne gebannt. »Ich habe gerade eine kleine Existenzkrise. Verzeih mir also, wenn ich nicht ganz so auf Zack bin.«

Das erhaschte seine Aufmerksamkeit. »Oh«, machte er erstaunt. »Kann ich ... dir irgendwie helfen?«

Der Fuchs blieb zunächst still und regungslos, weshalb sich Marron schon fragte, ob er eine Antwort bekommen würde, doch dann wandte sich der orangefarbene Jäger forschend und zielstrebig um. »Hast du eigentlich gewusst, dass deine Schatten hier sind?«

»Bitte *was*?«, hakte er entgeistert nach.

»Ja«, bestätigte Wind einfach. »Und wenn nicht, sind es sehr überzeugende Nachahmer.«

Marrons Gesicht verdunkelte sich. »Adler?«

Der Rüde schüttelte den Kopf. »Hab keinen gesehen. Kann es aber auch nicht verneinen.«

Der Greif schien sich wieder zu lockern. »Sofern es keiner aus meiner Familie ist, fällt es mir leichter, sie zu ignorieren. Auch wenn ich zugeben muss, dass ich gehofft habe, nie wieder auch nur in die Nähe von *irgendwelchen* Schatten zu kommen.« Skeptisch runzelte er die Stirn. »Woher weißt du, dass es Schatten sind?«

»Unterschiedliche Tiere«, lautete die Erklärung. »Aber wie gesagt, kann auch eine andere Gruppe sein.«

Marron schüttelte energisch den Kopf. »Glaube ich nicht.«

»Auf jeden Fall denke ich, dass sie meiner Familie nicht sonderlich freundlich gesonnen sind«, fuhr Wind fort, indem er wieder geradeaus schaute. Er pausierte kurz, bevor sich etwas in seiner Stimme verschob. Härter. Vielleicht auch hohler. »Mir fällt ein, wie du mir helfen könntest. Würdest du mir einen Gefallen tun?« Nun suchte er wieder bewusst seinen Blick.

Der Vogel sah beinahe argwöhnisch zurück. »Was?«

Winds Ohr zuckte kurz. »Könntest du ein Auge auf meinen früheren Wald werfen? Damit ich weiß, dass es ihnen dort gut geht.«

Ein wissendes Grinsen bildete sich auf seinem Schnabel. »Du meinst wohl, damit du Bescheid weißt. Damit du den Überblick hast.«

Er wartete einen Moment, bevor er etwas sagte, jedoch nicht weil ihm die Worte fehlten. »Macht das einen Unterschied?«, erwiderte er ungeniert. »Außerdem kennst du die Schatten doch. Du weißt um ihre Gefährlichkeit.«

Marron schnaufte kurz auf. »Wie praktisch für dich. Dass die Schatten hier aufgetaucht sind und ich mich – als Schatten-Hasser – auch zufällig hier aufhalte. Und dass ich Flügel habe.«

Das angedeutete Grinsen auf dem Gesicht des Rotfuchses schwand. Er erwartete schlicht eine Antwort. »Tust du es?«, bat er um eine Entscheidung. »Oder nicht?«

Unzufrieden trat er von einem Fuß auf den anderen. Er rollte die Augen und schüttelte dann einmal sein Federkleid. »Na schön«, stimmte er schließlich widerwillig zu. »Kannst froh über meinen Gerechtigkeitssinn sein. Aber das«, durchschaute er den Rüden, »hattest du ja wahrscheinlich schon mit eingeplant.«

Wind klappte ein Ohr zur Seite, wandte sich jedoch nicht ab. Langsam schlang sich seine Rute um den Körper. »Danke«, meinte er dennoch, wenn auch zurückhaltend, und beobachtete, wie sich Marron kopfschüttelnd von seinem Ast abstieß und in die Luft schwang.

Der Marder lief wachsam an einem Fels entlang und ließ seine Finger über die raue, kalte Oberfläche streifen. Er stoppte, als er einen Riss entdeckte. Seine bernsteinfarbenen Augen verfolgten den Spalt bis zu einem Loch im Boden. Der Jäger kniete sich hin und griff mit seiner Hand hinein, spürte jedoch nur eine kalte Masse und den Stich der Enttäuschung in seiner Brust

»Wieder falsch«, kommentierte ihm die Stimme ins Ohr, von der er langsam das Gefühl hatte, sie viel zu oft zu hören.

Der Marder sprang verärgert auf. »Da *waren* aber Mäuse!«, beharrte er genervt. »Da *war* dein Versteck – vor nicht allzu langer Zeit.«

»Na und?«, gab Bronze selbstbewusst zurück. »Das ist doch ... Schnee von gestern.« Sie zwinkerte.

»Was sagt man dazu? Sind wir etwa lustig?«, erwiderte er trocken. »Schnee von gestern«, wiederholte er mit versuchtem Spott, während er die weiße Masse in die Hand genommen hatte und wieder fallen ließ. »Selten so gelacht.«

»Guck mal hier«, ignorierte sie sein Gerede und hob mit breitem Lächeln eine Maus hoch. »Die ist aus deinem Versteck, nicht wahr?«

Große, perplexe und entgeisterte Augen musterten den Kadaver. Dann schüttelte er den Kopf und lockerte seine Haltung. »Reiner Glückstreffer.«

Sie schüttelte den Kopf. »Du bist ein schlechter Verlierer.« Dann schaute sie nachdenklich, jedoch mit einem Grinsen auf den Lippen in die Ferne. »Vielleicht sollte *ich* mich mal ernsthaft an Vorräten probieren. Bin anscheinend ein Naturtalent.«

»Ja, ja, ja ...«, brabbelte der Marder vor sich hin, woraufhin sie sich nur noch mehr amüsierte. Doch aus den Augenwinkeln sahen sie plötzlich, wie ein rotes Tier auf den Bäumen entlang zu ihnen raste. Abrupt kam Vinous zum Stillstand. »Ihr wisst nicht zufällig, wo sich unsere Füchse aufhalten?«, fragte er unvermittelt. Ratlos wurde er von den anderen angestarrt. Sie schüttelten die Köpfe. »Wo sind die denn nur?«, schimpfte das rote Tier genervt. »Also schön. *Ihr* solltet euch das sowieso auch ansehen.« Damit war er losgehüpft. Die beiden Marder schauten sich nochmals irritiert an, dann folgten sie dem Eichhörnchen mit Mühe, überhaupt hinterherzukommen.

Sie rannten durch das weiße Wäldchen bis zu Silver und Bluefires Bau. Der Nager blieb auf einem Baum hocken, die beiden Jäger liefen wissbegierig näher hin, stoppten jedoch jäh davor. Schockiert hob

Bronze ihre rechte Hand vor den Mund, während sie mit der linken gedankenverloren nach dem Arm des Marders griff.

Der konnte sich nicht von dem rot gefärbten Schnee direkt vor dem Eingang lösen. »Wa – was soll das sein?«, stammelte er. »Wo ist Bluefire?«

Vinous schüttelte den Kopf. »Keinen Schimmer.«

»Silver ist bei Own, da bin ich mir sicher«, versuchte der Marder seinen Geist zu ordnen. »Also müssen wir nach Bluefire Ausschau halten, um zu sehen, ob es ihm gut geht.« Sein leerer Blick fixierte nach einem Moment den Nager. »Na los! Was machst du denn noch hier?« Obgleich dieser Befehl nicht gerade vor Freundlichkeit strotzte, machte er sich trotzdem auf den Weg. »Und ich«, fuhr der Marder langsam fort, zuerst wandte sich sein Körper Bronze zu und der Kopf kam auch bald nach, »werde mich auch auf die Suche machen.«

Bronze biss sich auf die Lippe. »Was glaubst du, hat das zu bedeuten?«, flüsterte sie kaum hörbar.

Immer noch wie gelähmt schüttelte er ratlos den Kopf. »Blut vor der Wohnung? Ich schätze, nichts Gutes.«

»Wie hast du Own eigentlich gefunden?«, fragte Silver Docile, der sich mit ihnen gemeinsam in der Höhle der Häsin befand. Sie hatten sich hingelegt, auch weil das zur Entspannung beitrug, selbst wenn die Füchsin gar nicht unbedingt das Gefühl hatte, der Hase hätte Angst in ihrer Gegenwart. Silver war die erste, neben Own und Dry, die ihn kennengelernt hatte, doch sie kam allmählich zu der Überzeugung, dass sie auch alle gleichzeitig hätten aufkreuzen können.

»Zufall«, beantwortete das Langohr ihre Frage. »Reiner Zufall.«

»Ein ziemlich großer Zufall, was?«, grinste die Fähe. »Ich bin aber froh, dass er eingetreten ist.«

»Der Letzte, der damit gerechnet hatte, bin ich.«

»Und was hat dich in diese Gegend verschlagen?«

Docile blinzelte einmal zurückhaltend. »Ich werde doch hier nicht verhört, oder?«

Verdutzt zuckten Silvers Ohren. »Nein!«, erwiderte sie energisch, fragte sich im nächsten Moment jedoch schon, ob sie einen argwöhnischen Unterton angeschlagen hatte. Verdrossen überlegte sie, ob sie aus irgendeinem Grund nun jedem so gegenüberstand, da sie ja vor kurzem mit Bluefire ein ganz ähnliches Problem gehabt hatte. »Wirklich nicht«, versicherte sie ihm nochmal, doch schon gleich danach fragte sie sich plötzlich, warum er so etwas vermutete. »Warum so misstrauisch?«

Der Feldhase zuckte lässig die Schultern. »Wahrscheinlich, weil du ein Fleischfresser bist – nichts für Ungut.«

Okay. Nun *war* Silver argwöhnisch. »Ehrlich gesagt machst du nicht gerade den Eindruck, als würde dir das etwas ausmachen.« Sie hatten für einen Moment den Eindruck, als würden seine Aussagen nicht zu seinem Auftreten passen.

Wieder blinzelte ihr das Langohr zu. »Glaubst du im Ernst, die Tatsache, dass wir hier zusammensitzen, macht mir nicht das Geringste aus?«

Verlegen zog die Füchsin die Pfoten an. Nein, natürlich glaubte sie das nicht. Sie würde wirklich gerne wissen, woher ihr plötzlicher Vertrauensverlust kam. »Wie gesagt, ich wollte dich wirklich nicht verhören«, ging sie gar nicht mehr direkt auf seine Aussagen ein. »Ich bin ehrlich froh, besonders für Own, dass du da bist.«

Ein warmherziges Lächeln blitzte ihr entgegen, in dem jedoch auch eine Menge Sehnsucht und Wehmut steckte. »Und ich erst«, ergänzte er mit Gewissheit.

Noch bevor sich Silver über das Leuchten in Owns Augen freuen konnte, was der Füchsin immer guttat, weil das so selten auftrat, schlüpfte Bluefire in den Bau. Silver bemerkte noch irritiert, dass Docile bei Bluefires Auftritt kein bisschen aufschreckte, machte sich aber keine weiteren Gedanken darum, als der Rüde das Wort ergriff. »Silver, du musst dringend mit zu unserer Höhle kommen.«

Zart klappte langsam ihre Augen auf. Sie war eben noch auf der Jagd gewesen, war durch sonnendurchflutete Wiesen gerannt und hatte die Hitze auf dem Fell gespürt. Jetzt sah sie die Höhlenwand. Sie wusste gar nicht mehr, wie sie hergekommen war.

»Guten Morgen.« Ihr Gefährte grinste sie breit an.

»Bin ich schon wieder eingenickt?«, fragte sie, nachdem sie realisierte, dass es sich nur um einen Traum gehandelt hatte.

»Allerdings«, lautete die Antwort.

Zart stöhnte leise. »Nervig. Ich könnte dauernd schlafen.«

Stürmisch trabte auf sie zu und legte sich vor ihr hin, die Nase zu ihrer gestreckt. »Ist ja nicht mehr so lange.«

»Hmm«, brummte die Fähe trotzdem nicht begeistert.

Der Silberfuchs neigte den Kopf zur Seite. »Zart?«, begann er sanft. »Kann ich dich mal was fragen?«

Sie wurde wachsam bei seinem zaghaften Tonfall. »Klar doch.«

Ihr Gefährte schluckte und verlagerte unruhig sei Gewicht. »Gibt es etwas in letzter Zeit ... das dich beschäftigt?«

Augenblicklich fühlte sich die Füchsin sehr unwohl. Verunsichert versuchte sie, ihre oberflächliche Gelassenheit nicht zu verlieren. »Wieso sollte es?«, fragte sie nervöser als beabsichtigt und das Lächeln kam vermutlich auch nicht gerade sehr überzeugend rüber.

Er stockte bei dieser Darbietung. »Ehrlich?

Zart atmete einmal durch. »Möchtest du auf was Bestimmtes hinaus?«

Ungläubig zog der Fuchs die Stirn kraus. »Weichst du mir etwa aus?«, fragte er durchaus überrascht.

»Was?«, stieß sie aus und zwar aus Panik. Warum musste er denn jetzt nachbohren? Warum musste er überhaupt Verdacht schöpfen?

»Du bist mir gerade ausgewichen.«

»Nein!«, bemühte sie sich, seinen Eindruck zu ändern. Ihre Stimme hörte sich jedoch in ihren Ohren so zittrig an, dass sie stark bezweifelte, authentisch zu wirken.

»Doch«, widersprach er auch sogleich. »Zart, sag mir doch einfach, was los ist. Bitte.«

Sein Flehen sorgte dafür, dass sie innehielt. »Es ist gar nichts«, startete sie nach mehreren Atemzügen einen weiteren Versuch. Sie hatte für einen kurzen Moment wirklich in Betracht gezogen, ihm die Wahrheit zu sagen. Aber sie brachte es nicht fertig. Sie wusste nicht, ob das feige war, aber wie sollte sie es ihm sagen? Wie sollte sie ihm sagen, dass sie Wind aufgesucht hatte? Welche Rechtfertigung gab es dafür, nachdem ihr Bruder damals ihre Beziehung dermaßen manipuliert hatte? Sie wusste nicht einmal selbst, wieso Wind ihr augenscheinlich noch etwas bedeutete.

»Es ist doch offensichtlich, dass das nicht stimmt«, beharrte der Rüde hartnäckig und sein Gesicht bekam härtere Züge. »Geht es vielleicht um Bernstein?«

Verblüffte Stille. »*Bernstein*?«, hakte sie fassungslos nach. »Glaubst du das im Ernst?«

Stürmisch stockte. Diesmal vermochte er keinerlei Unsicherheit zu vernehmen. »Ich ...« Er räusperte sich. »Wenn du es mir einfach sagen würdest, müsste ich nicht raten!«, wehrte er sich eingeschnappt.

Wäre ihr die Situation nicht so unangenehm, hätte sie sich darüber amüsiert. »Ich habe dir schon mal gesagt, dass mir Bernstein egal ist«, sagte sie stattdessen bestimmt.

»Ja, okay, aber es ist doch noch was anders, oder?«

»Was heißt hier *noch* was anderes? Ich habe doch gerade gesagt, dass Bernstein nicht ...«

»Jaha«, unterbrach er sie gedehnt und genervt, »aber darum geht es jetzt nicht, Schätzchen.«

Das kam bissiger, als sie es von ihm gewohnt war. Sie hatte überrumpelt die Luft angehalten. Groll braute sich in ihr zusammen. »Ich will nicht mit dir streiten, Stürmisch«, sagte sie ruhig, doch auch irgendwie kalt.

Er legte umgehend die Ohren an. Er hatte nicht nachgedacht und hatte wirklich nicht so patzig klingen wollen. »Ich auch nicht«, murmelte er halblaut.

Zart schloss kurzzeitig die Augen. Das hatte sie wirklich verärgert, aber sie musste daran denken, dass er im Grunde absolut recht mit seinem Misstrauen hatte. Und sie hasste sich gerade dafür. Nur nicht genug, um die Sache aufzulösen, aus Angst, was passieren würde. Sie hatte auch nie vorgehabt, daraus regelmäßige Treffen zu machen. Sie hatte sich nur vergewissern wollen, dass es ihm gut ging. Und deswegen wollte sie kein Fass aufmachen. »Es ist nichts, Stürmisch«, versicherte sie ihm nach einem Augenblick, doch flüsterte nur noch. »Glaub mir bitte.«

Sie war sich nicht sicher, ob sie ihn nochmals anlügen könnte, wenn er nochmal direkt gefragt hätte. Doch er schaute nur schweigsam zurück, mit Schuldbewusstsein in seinem Gesicht. Dann begann er zu nicken und versuchte zu lächeln. »Ich mache mir nur Sorgen um dich«, sagte er leise.

Zart schluckte benommen. Sie wollte lächeln, auch wenn sie es gleichzeitig nicht wollte. »Ich weiß«, antwortete sie und hoffte, dass ihre Stimme nicht so zitterte, wie es sich gerade anfühlte. »Und dafür bin ich dir dankbar.«

Bluefire war damit beschäftigt den blutgetränkten Schnee vor ihrer Höhle fort zu scharren. Silver, der Marder, Bronze sowie Own und Docile saßen immer noch verstört nebendran. Vinous hockte auf einem Baum.

»Da es uns anscheinend allen gut geht«, ertönte die Stimme des Marders, »... wessen Blut ist das dann?«

»Und warum ist es vor unserem Bau?«, fragte Silver alarmiert. Bluefire schnaufte, konzentrierte sich jedoch weiterhin auf seine Säuberungsaktion. Sie musterte ihn forschend. »Ist irgendetwas?«

Er hielt inne und grinste bitter, wandte sich aber erst kurze Zeit später zu ihr. »Das ist eine Warnung. Eine Drohung. Es soll uns Angst machen.«

»Also bei mir funktioniert es schon mal«, hob der Marder seine Hand.

Die Füchsin runzelte die Stirn. »Aber warum? Ich meine, was haben wir denn gemacht?«

»Wir haben gar nichts gemacht, Silver«, antwortete der Blaufuchs sogleich. »Wir sind einfach nur da.«

»Aber ...«, der Widerspruch versiegte in ihrer Kehle. Hatte Bluefire damit recht? Konnte das wirklich eine Warnung sein, aus dem einfachen Grund, dass sie hier waren? Wer immer auch Bonario getötet hat – derjenige spielte nicht nur. Eine Warnung von so jemandem mussten sie ernst nehmen. Aber da sie nicht wussten, wovor sie gewarnt wurden oder von wem, war es schwierig, darauf zu reagieren.

Der Marder blinzelte in die Runde. »Dann gehen wir jetzt wirklich davon aus, dass die Adler Schatten sind und auch für ... das hier verantwortlich sind?«

»Das hier«, wiederholte der Blaufuchs abwertend, »stinkt zumindest überdeutlich nach den Schatten.«

»Und was ich beim Adler-Lager gesehen habe auch«, ergänzte Vinous.

»Aber Bonarios Tod nicht zwangsläufig«, warf Bronze ein. »Abgesehen davon wissen wir gar nichts mit Sicherheit.«

»Nichts für Ungut«, wehrte Bluefire den Einwand ab, »aber viel deutlichere Hinweise kriegst du in Bezug auf die Schatten nicht.«

»Aber Bronze hat recht«, wandte Silver ein, gewollt bei den Fakten zu bleiben. »Wir haben keine Sicherheit.«

Der Rüde funkelte sie ungläubig an. »Blut ist vor unserem Bau vergossen worden. Was brauchst du denn noch?«

»Es könnte genauso gut sein, dass das irgendein Irrer gemacht hat«, widersprach sie ihm. »Und den Mord an Bonario ebenso. Vielleicht dreht einer von den Adlern durch, aber wieso gehen wir davon aus, dass das Schatten sein *müssen*, wenn wir der lebende Beweis sind, dass es eben *nicht* so sein muss?«

Kopfschüttelnd rollte Bluefire die Augen. »Glaub, was du willst. Aber du warst diejenige, die gemeint hat, ich könnte einen besseren Zugang zu ihnen haben.« Damit wandte er sich wieder ab, um mit seiner Arbeit fortzufahren.

»So oder so«, meldete sich Bronze nach einer Pause wieder zu Wort, »sollte man nicht in Betracht ziehen ... von hier zu verschwinden?«

»Nein«, widersprach Bluefire sogleich, als wäre der Vorschlag absurd gewesen und als hätte er auch nicht mit so etwas gerechnet. Damit stieß er jedoch auf Verwunderung. Der Rüde schüttelte den Kopf. »Wollt ihr euch das wirklich gefallen lassen?«

Silver war sich selbst nicht schlüssig über die beste Vorgehensweise. Doch das schien niemand von ihnen zu sein. Na ja, niemand bis auf Bluefire. »Was schlägst du vor?«, fragte sie ruhig.

Der Fuchs schüttelte sich kurz und sammelte sich. »Wir dürfen nicht nachgeben«, antwortete er nun beinahe abwesend. »Auf keinen Fall.«

Seine Gefährtin schluckte. »Aber was heißt das?«, hakte sie ängstlich nach. »Was könnten sie uns antun?«

Bluefire atmete mit zusammengebissenen Zähnen durch. »Ich weiß es nicht«, gestand er und suchte ihren Blick dann offener, »aber willst du das wirklich einfach so akzeptieren? Willst du nicht wissen warum? Willst du es ihnen – wer immer das jetzt auch war – einfach durchgehen lassen?«

Silver hielt inne. Nein, wenn er so fragte, natürlich nicht. Aber wie stellte er sich das vor? Sie hatte nicht das Gefühl, dass er einen handfesten Plan hatte. Wenn sie ehrlich war, hatte sie das Gefühl, dass er sehr impulsiv handelte – einen Eindruck, den sie in welcher Situation auch immer noch nie von ihm gehabt hatte. Irgendwie stach sie der Gedanke, dass die Schatten die einzigen zu sein schienen, die das mit ihm zu tun vermochten. Auch wenn sie nicht wusste wieso.

Schließlich schüttelte Silver als Antwort einfach nur den Kopf.

Docile regte sich daraufhin. »Es wäre aber vielleicht klüger, zu fliehen.«

Der Rüde sah ihn an. »Und wohin?«, wollte er wissen. »Du kannst dir nicht sicher sein, dass es irgendwo anders besser ist.«

Der Feldhase erwiderte nichts. Own hatte das erste Mal während des Gespräches wirklich aufgeschaut. Doch niemand schien zu merken, dass sie teilweise ganz anderen Gedankengängen folgte. Sicher lösten die neusten Vorfälle auch bei ihr eine innere Unruhe aus, doch irgendetwas verhinderte momentan die Entfaltung ihrer Ängste. So war sie weiterhin in ihren Geist vertieft und bekam nur am Rand mit, wie Bluefire wieder etwas sagte.

»Keiner von uns ist bisher zu Schaden gekommen«, war er versucht, einen rationalen Ton anzuschlagen. »Ich finde, wir können es riskieren.«

Niemand widersprach. Lediglich ein stumpfes Nicken ging durch die Reihe. Ratlosigkeit hing in der Runde, so konnten sie ihm auch nichts entgegenbringen. Und es stimmte, dass sie in Erfahrung bringen wollten, wer dahintersteckte und mit welchem Ziel.

So löste sich die Gruppe nach und nach wieder auf. Die zwei Hasen verschwanden in die eine Richtung, die Marder in eine andere, Vinous hüpfte davon und die beiden Füchse beendeten die Säuberung vor ihrem Bau. Innerlich aufgewühlt trennten sich auch die Wege der beiden Hasen und Own wanderte den restlichen Tag gedankenversunken und ziellos umher. Es wurde bald dunkel, doch das hatte sie gar nicht so richtig mitbekommen. Sie wusste nicht einmal so genau, wo sie gerade war, bis sie Drys Geruch aufnahm. Sie kam in die Nähe seiner Höhle. Vielleicht hätte sie vor kurzem noch einen Bogen darum gemacht, doch aus irgendeinem Grund hatte sie nichts dagegen, ihm heute zu begegnen.

Er war außerhalb und knabberte an einer Wurzel, die er ausgegraben hatte, brach jedoch verwundert ab, als er Own bemerkte. Sie lief auf ihn zu, machte aber keine Anstalten, etwas zu sagen.

»Auch was?«, fragte stattdessen Dry, den Blick kurz auf die Nahrung geworfen. Sie schüttelte den Kopf. Eines seiner Ohren klappte daraufhin zur Seite. »Vinous hat es mir erzählt«, teilte er ihr schließlich mit und bezog sich damit auf den blutigen Eingang der Füchse. Own nickte nur, schaute jedoch zur Seite weg. Warum reagierte sie so schweigsam? »Schlimm, nicht?«, fuhr er forschend fort.

»Ja«, lautete die Antwort, doch sie wirkte heute mehr als sonst, als wäre sie nicht da. Mehr noch, Dry vermochte eine gewisse Gleichgültigkeit wahrzunehmen. Von Neugierde getrieben ließ er von seinem Futter gänzlich ab. Er ging einen Schritt auf sie zu und erhaschte damit ihre Aufmerksamkeit. »Wie ist Dociles Eingliederung gelungen?«

Hellblaue Augen sahen selbstsicher in seine. Sie neigte den Kopf ein wenig und wenn er sich nicht geirrt hatte, war sie soeben sogar noch ein Stück näher gerückt. »Gut«, sagte sie einfach, doch in ihrem Auftreten lag etwas nahezu Spielerisches.

»Ja?« Er hatte den Kopf in den Nacken gelegt und die Lider halb gesenkt.

In ihren Augen blitzte etwas auf. Dry konnte nicht recht sagen, was es war, doch ihr Verhalten war anders als gewöhnlich. Auffällig. Noch bevor das Langohr das interpretiert hatte, lehnte sie sich plötzlich noch weiter vor. Dry zog den Kopf instinktiv zurück aufgrund der unerwarteten Geste, doch im nächsten Moment ärgerte er sich schon über seine Reaktion. Besonders als ihm Own nonverbal mitteilte, dass sie das bemerkt hatte – und sich darüber amüsierte. Grinste sie gerade? Nein, aber es wirkte fast so. »Was?«, stieß er aus, als wolle er sich verteidigen und konnte dabei ein eigenes Grinsen nicht verbergen, welches allerdings aus Unsicherheit entstanden war. Etwas, das Own augenscheinlich genoss, da das für ihren Geschmack viel zu selten vorkam.

Sie legte den Kopf auf die andere Seite, immer noch funkelte sie ihren Artgenossen vielsagend an. »Gar nichts«, sagte sie und zuckte die Schultern.

Dry war wie erstarrt. Mit gerunzelter Stirn hing sein Blick an ihr und versuchte, ihr seltsames Verhalten irgendwie zu erklären. Schließlich schob er den Kopf nach vorne. »Sag, geht es dir gut?«

Wäre es nicht Own, hätte sie nun geschmunzelt. »Mir geht es sehr gut, ja.« Ihr Tonfall war beinahe freudig.

Sein Mund stand offen, er war durch und durch verwirrt und regungslos auf sie gebannt. »Äh«, kam es perplex, ohne dass sich in seiner Mimik etwas rührte. »Gut. Sehr schön.«

Blaue Augen lachten ihn an. Nochmals bewegte sich ihr Kopf leicht auf ihn zu, diesmal wich er nicht zurück. »Du weißt auch nicht, was du willst, oder?«, flüsterte sie ihm zu.

Was *er* wollte? Was zum Teufel wollte *sie* denn gerade? Doch Own hatte sich bereits wieder zurückgelehnt und sich auch schon in Bewegung gesetzt. Ein Sprung und sie war an ihm vorbei und bald darauf im Wald verschwunden. Dry starrte hinterher, bewegungslos.

So sehr er sich bemühte, einen richtigen Reim konnte er sich auf das beinahe *kokette* Verhalten der Häsin nicht machen. Es fiel ihm ja schon schwer, zu glauben, dass das gerade wirklich geschehen war. Ihr ginge es gut, hatte sie gesagt.

Ja, so viel stand fest. Ihr ging es außergewöhnlich gut.

Stürmisch und Sage betraten gemeinsam die Lichtung der Rotfüchse. Es hatte schon länger nicht mehr geschneit, so war der Boden durch das ständige Überqueren schon wieder annähernd braun. Die Silberfüchse schlüpften mit aufgeplustertem Pelz in die Höhle. Kühl und Heart hatten gedöst, schauten sich jedoch nun nach ihren Artgenossen um.

»Ratet mal«, begann Stürmisch und schüttelte den Schnee von sich.

»Neuigkeiten von der Grenze?«, wollte der Narbige wissen.

»Eigentlich nicht«, antwortete Sage, »bis auf die Tatsache, dass Vive immer noch am Waldrand wartet.«

»Ehrlich?«, entgegnete Kühl, da er damit gerechnet hatte, dass sie entweder verschwand oder unerlaubt eindrang. »Was treibt sie denn immer noch da?«

»Sie hat doch gesagt, was sie will«, warf Heart ein.

»Ich nehme ihr das aber nicht ab«, schnappte er, legte dann aber nachdenklich den Kopf schief. »Deswegen frage ich mich langsam doch, was sie eigentlich will.«

Auf einmal rannte noch jemanden auf die Höhle zu, sie konnten Schritte von außen vernehmen. Hastig schlüpfte Cunning in den Bau. Sein Gesicht war voller Angst, sein Brustkorb bebte. »Zart geht es gar nicht gut«, stieß er zittrig aus.

»Was?«, zischte Stürmisch und war aufgesprungen.

Heart feuerte es augenblicklich einen gewaltigen Stich ins Herz. *Ich wusste es!*, war das einzige, das ihr durch den Kopf schoss. Und obwohl sie eigentlich noch keine Ahnung hatte, was mit Zart passierte und was genau es war, dass sie wusste, waren das die einzige Worte, die durch ihren Kopf jagten. *Ich habe es gewusst!*

Cunning hatte sich wieder umgedreht, um nach draußen zu rennen. »Kommt mit«, befahl er.

»Was ist mit ihr?«, rief Stürmisch panisch und huschte ihm hinterher. »Cunning! Antworte gefälligst!« Doch er rannte nur. Der Rest folgte aufgebracht, doch sie waren zu geschockt, um etwas zu sagen.

Sie folgten dem jungen Rotfuchs, als er sich durch das Dickicht wand. Währenddessen trommelte Stürmischs Herz bis zum Hals und seine Läufe fühlten sich an wie Brei.

Es zeichnete sich schließlich ab, dass sie sich Stürmisch und Zarts Höhle näherten. Der Silberfuchs legte einen Zahn zu und preschte an dem roten Rüden vorbei und direkt in den Bau.

Die Fähe kauerte auf dem Boden, den Körper gekrümmt. Er rannte auf sie zu, bekam aber einen weiteren Schlag, als er sah, wie sich Blut unter ihr sammelte. »Oh Gott, *nein*!«, winselte er und beugte sich zu ihr. »Zart ... oh, bitte ...«

Sie hatte die Augen geöffnet, Tränen überschwemmten diese. Ihre Lippen zitterten, doch sie sagte nichts.

Stürmisch fühlte sich taub und bemerkte nur halb, wie sich Kühl an seine Seite legte. »Zart, hör mir zu«, bat dieser eindringlich. »Du schaffst das. Hörst du?« Ihre Lider pressten aufeinander und drückten weitere Tränen hinaus.

»Wir müssen doch was *tun* können!«, befreite sich Stürmisch aus seiner Starre und war aufgesprungen. »Was können wir tun? Wir müssen ihr helfen!« Im nächsten Moment war er wieder auf dem Boden und drückte sich an Zart. »Bitte ...«, wimmerte er, auch seine Augen wurden feucht und Kühls flüsternde Worte an Zart waren wie ein hohles Hintergrundgeräusch.

Heart stand wie angewurzelt vor dem Geschehen. Schmerz. Sie fühlte Schmerz. Eine Träne rollte an ihrem versteinerten Gesicht hinunter, als wäre es nicht ihre. Bald kamen mehrere nach und nässten ihre Wangen. Sie fühlte alles. Als wäre sie an Zarts Stelle. Und sie wusste, dass sie nichts tun konnte.

Plötzlich kam eine Gestalt in die Höhle gehuscht, was alle zunächst gar nicht richtig wahrnahmen. Erst eine Sekunde drauf erkannten sie ihn.

»Wind!« Mit weit aufgerissenen Augen wurde er von seinem Vater und bald auch von den anderen angestarrt.

Der junge Rüde ließ ein paar Wurzeln aus seinem Mund fallen, ignorierte die Blicke aller Anwesenden und betrachtete Zart mit aufgeregter, doch koordinierter Schnelligkeit. Hinter Zarts Schmerz deutete sich ebenfalls Fassungslosigkeit an, doch kurz darauf durchfuhr ihren Körper ein Schütteln und sie schrie. Wind fuhr seine Schnauze in ihr Wangenfell. »Es wird wieder«, flüsterte er beruhigend. Er schnappte sich eine der Wurzeln und legte sie seiner Schwester hin. »Du musst das essen.«

»Was ist das?«, hörte er Stürmisch fragen.

»Etwas, das hoffentlich die Blutung stillt«, antwortete er, ohne sich nach ihm umzusehen und der graue Rüde registrierte, dass er den Rotfuchs noch nie mit einer solchen Angst hatte reden hören.

Doch seine eigenen Ängste schoben alles andere zur Seite. »Kannst du ihr helfen? Was ist mit den Babys?« Er rückte wieder näher heran. »Was ist das eigentlich? Und woher hast ...«

»Stürmisch, bitte!«, unterbrach er ihn und hatte die Augen zugeklappt. »Am besten du gehst jetzt mal einen Schritt zurück.« Ein kurzer Blick über die Schulter verriet ihm, dass die anderen ebenfalls näher gerückt waren. »Und jeder andere, der nichts Produktives beizutragen hat, auch«, fügte er bestimmt hinzu.

Sie gehorchten ihm widerstandslos – ob aus Rücksichtnahme oder noch immer anhaltender Verwunderung wusste er nicht – und bis auf Stürmisch hatten sie sofort reagiert. Der beobachtete, dass Zart bereits von der Wurzel aß. Ihr Gesicht war von Qualen verzerrt, doch es war gleichzeitig müde, als wäre sie am Ende ihrer Kräfte. Er wollte für sie da sein, doch er fühlte sich so ohnmächtig. Das war das schlimmste Gefühl, das er sich vorstellen konnte und es zerriss ihn. Sein Kopf drehte sich, und als könne er seiner Hilflosigkeit entfliehen, stand er auf und lief nach draußen. Er holte tief Luft und versuchte irgendetwas gegen seinen rasenden Puls zu tun. Er fühlte sich grausam. Er wollte schreien.

Wind zermalmte derzeit eine weitere Wurzel mit seinem Mund und spuckte sie wieder aus. »Okay Marron«, flüsterte er zu sich selbst, »bitte verlass mich jetzt nicht.«

»Weißt du, was du tust?«, fragte seine Mutter, die sich neben ihn gesetzt hatte, mit zum Glück relativ ruhiger Stimme.

Der Rotfuchs schluckte. Nein, er war sich nicht sicher, was er tun musste. Er hatte ja niemals ernsthaft mit Kräutern hantiert. »Ich hoffe es«, sagte er daher und schob die zerkaute Wurzel auf die Blutung.

»Stürmisch?«, hörte der Silberfuchs seinen Vater, doch er antwortete nicht. Sage trat näher heran, bis er an seiner Seite stand. »Stürmisch ...«, flüsterte er nun nur noch voller Trauer.

»Ich kann nicht ...«, begann dieser, doch er kam nicht weiter. Er presste die Lippen aufeinander und schloss die Augen. Eine Träne rann herunter. »Was ist ... wenn ...«

»Stürmisch, nein«, verbot er ihm, den Satz auszusprechen.

»Oh *Gott*«, wimmerte er und senkte den Kopf. »Ich kann *wirklich* nicht ...« Er spürte, wie Sage seinen Kopf an seinen drückte. Stürmisch konnte keinen klaren Gedanken fassen. Er hatte solche Angst, dass er sie nicht in Worte packen konnte. Er wusste überhaupt nicht, was er tun sollte.

»Was ist passiert?«, wollte eine angespannte Stimme wissen. Whitestar war zu ihnen gestoßen.

»Zart«, antwortete Sage langsam. »Da stimmt was nicht mit den Jungen.«

Ihr Mund stand offen, schockiert schaute sie von einem Fuchs zum anderen. »Ist sie da drin?«, fragte sie mit Blick auf den Bau und war schon losgelaufen.

»Nein, warte«, hielt sie ihr Gefährte zurück. »Wind ist da drin. Er sagt, er kann ihre Blutung stillen.«

Whitestars Augen wurden noch größer. »Was macht denn bitte Wind da drin? Und wie will er ...«

»Er hat irgendeine Pflanze. Bitte White, wir verstehen das auch nicht, aber das ist jetzt auch nicht wichtig.«

Die Polarfüchsin hielt inne, bange und fassungslos. »Wie sieht es aus?« Sie wagte kaum mehr als ein Flüstern. Niemand konnte ihr antworten und Stürmisch schaute angsterfüllt wieder in die Ferne.

Eine gefühlte Ewigkeit verstrich, in der nichts geschah. Der junge Silberfuchs hielt diese Zeit kaum aus. Er wäre ein paar Mal wieder schnurstracks hineingerannt, doch er wusste, dass das keinen Sinn hatte. Er zitterte am ganzen Leib und wollte am liebsten losbrüllen, doch auch das war sinnlos. Dann wollte er sich einfach nur ins Gras kauern, doch dafür war er zu aufgebracht. Aber bald darauf war er auch zu erschöpft, um herumzulaufen. Irgendwann fühlte sich alles, was er machte, einfach nur noch falsch an. Währenddessen wuchs seine Unruhe ins Unermessliche.

In dem Moment kam Heart aus der Höhle. Blitzschnell war Stürmisch zu ihr gesprungen, doch unmittelbar trat eine schmerzende Lähmung ein, als er sah, dass wieder Tränen in ihren Augen standen.

Er wollte nicht fragen, was los war. Er war kaum fähig, die Möglichkeiten auch nur in Betracht zu ziehen. »Sag schon.« Seine Stimme war nur noch ein einziges Zittern. Er war sich nicht einmal sicher, ob die Worte klar herausgekommen waren.

»Zart wird wieder gesund«, sagte sie, doch ihre Stimme war dünn und der Fuchs wusste, was als nächstes kommen würde. »Aber euer Nachwuchs ...«, stockte sie und schüttelte den Kopf.

Stürmisch wusste die nächsten Sekunden nicht, was mit ihm geschah. Er glaubte, dass noch jemand den Bau verlassen hatte, doch die Tränen in seinen Augen verwischten ihm die Sicht. Er setzte sich in Bewegung, aber er vermutete, dass er schwankend an dem Höhleneingang vorbei geschrappt war, was er jedoch gar nicht richtig mitbekam. Er hatte nur noch einen Gedanken. Zart.

Er entdeckte sie auf dem Boden, wo er sie verlassen hatte. Kühl war noch bei ihr. Als Stürmisch zu ihr auf die Erde kam, zog sich der Ältere zurück. Stürmisch schaute sie an, sie sah wortlos zurück, doch ihr Gesicht wirkte zerstört von Trauer und Schuldgefühlen. Der körperliche Schmerz war überwunden, doch sie sah viel schlimmer aus als vorhin. Stürmisch konnte kaum noch seinen Kopf aufrecht halten. Er hatte das Gefühl, er müsse etwas sagen, ihr helfen, aber ihr Anblick zerschmetterte ihm in kurzer Zeit ein weiteres Mal das Herz.

»Es tut mir so leid«, presste sie schließlich hervor und das Wasser floss aus ihren Augen.

»Nein, bitte nicht«, widersprach er sofort und drückte sich augenblicklich so fest an sie, wie es ihm möglich war. »Ich bin so froh, dass es dir gut geht.«

Die nächste Zeit sagten beide nichts. Sie klammerten sich nur hilfesuchend aneinander und ab und zu hörte man ein unterdrücktes Schluchzen.

Konsequenzen

Silver rannte durch einen Wald. Doch war es ihr Wald? Es war dunkel und Schnee konnte die Fähe auch nicht wahrnehmen. Sie versuchte, sich irgendwie zurechtzufinden. Irgendetwas musste sie doch wiedererkennen, damit sie wieder zurück in ihre Höhle fand.

Verzweifelt warf sie einen Blick gen Himmel, doch der Mond war nicht zu sehen. Allerdings auch keine Wolken, die ihn verdeckten. Und keine Sterne. Nur eine schwarze Decke streckte sich über ihren Kopf. Aber woher kam dann das schwache Licht, das verhinderte, dass sie über etwas stolperte?

Auf einmal entdeckte sie eine weiße Gestalt aus den Augenwinkeln, doch sie verschwand sofort wieder hinter einem der pechschwarzen Bäume. *Munter?*, fragte sich Silver automatisch, doch in ihren Träumen hörte sie sich nur selten reden und Munter eigentlich nie. Sie folgte der Gestalt und blickte hinter besagten Baum. Wieder bog das weiße Tier hinter einem Stamm ab und entzog sich ihren Augen. Die Füchsin rannte hinterher, noch ein paar Mal verschwand Munter gerade so hinter Gewächsen, doch dann hielt sie abrupt an, als er plötzlich direkt vor ihr saß. Er sah sie an, doch er lächelte nicht wie üblich.

Silver wollte wissen, was vor sich ging. Dieser ganze Traum unterschied sich von allen, die sie bisher gehabt hatte. Als wüsste er, was sie gerade gedacht hatte, drehte er sich um und stellte diesmal sicher, dass sie ihm folgte.

Mit dem nächsten Schritt war sie nicht mehr im Wald, sondern in einem Bau. Sie roch einen ihr bekannten Geruch. Er erinnerte sie aus irgendeinem Grund an ihre früheste Kindheit. Als ihr Blick wieder auf Munter fiel, wirkte er mitgenommen. Traurig. Sie erkannte erst beim zweiten Hinsehen, dass noch unheimlich junge Welpen vor seinen Pfoten lagen – als wären sie gerade erst geboren worden.

Erschrocken wich sie zurück, Munters Gemüt gab ihr einen Stich ins Herz. Wessen Junge waren das? Was wollte Munter ihr sagen? Stimmte etwas nicht mit *ihren* Jungen? Sie wollte instinktiv fortrennen, sie wollte, dass dieser Traum endete. Sie wollte hier weg, alles hier erdrückte und erschütterte sie. Doch sie wusste immer noch nicht, was er ihr eigentlich sagen wollte. So stoppte sie ihre Kehrtwende. Doch da war es schon zu spät. Sie hatte sich selbst geweckt. Das Bild verschwamm und sie spürte einen warmen Körper neben ihrem. Ihr Herz klopfte, ihr Kopf schnellte hoch.

Schon kurz darauf erkannte sie ihre eigene Höhle und Bluefire, der neben ihr schlief. Hilflos schaute sie sich um, ihre hastige Atmung wurde nur langsam ruhiger. Sie schloss die Augen. Nie hatte sie einen derartigen Traum gehabt. Sie spürte in ihren Bauch hinein, doch es fühlte sich alles ganz normal an. Trotzdem steckte ihr die Angst noch in den Knochen.

Was wollte Munter ihr nur sagen? Warum schickte er ihr so etwas? Doch urplötzlich bekam sie einen Geistesblitz. Der Geruch, den sie gekannt hatte, war der von Stürmisch gewesen.

Wind saß in der dünnen Schneedecke, sein erschöpfter Blick schaute ins Nichts. Er hörte, dass die anderen irgendetwas redeten und Stürmisch war zu Zart in die Höhle gerannt. Er wusste nicht, ob er ihnen vielleicht eine Erklärung für seinen Auftritt geben sollte, doch er verspürte keinerlei Verlangen, auch nur irgendeinen seiner Muskeln zu bewegen. Außerdem würden sie schon noch früh genug danach fragen.

Kühl schaute sich nach seiner Gefährtin um. Sie hatte sich hingelegt, doch ihr leerer Blick hatte Spuren von tiefer Trauer. Und von noch etwas anderem. »Heart?«, erkundigte er sich, doch sie regte sich nicht. Seine Füße trugen ihn zu ihr und er legte sich dort hin. Immer noch keine Reaktion. »Heart«, wiederholte er leise.

Nun begannen ihre Lippen zu zittern und wieder füllten Tränen ihre grünen Augen. »Es ist meine Schuld«, wisperte sie abwesend.

»Deine Schuld?«, fragte Kühl verwirrt. »Wieso um alles in der Welt soll das deine Schuld sein? Was hättest du bitte tun können?«

»Ich hätte es wissen müssen«, stieß sie verzweifelt aus. »Ich *habe* es sogar gewusst! Und habe nichts gemacht.«

»*Was* hast du gewusst?«

»Ich wusste, dass mit ihr etwas nicht stimmt. Der Schmerz in meinem Bauch. Der stechende Schmerz. Warum habe ich das nicht erkannt?«

»Der …« Kühl runzelte die Stirn. »Du meinst, als sie uns von diesem Lager erzählt hat? Aber da hast du sie doch gefragt, wie es ihr geht.«

»Das meine ich ja!« Bestimmt schnappte ihr Kopf hoch, obgleich sie noch immer darauf achtete, dass sie nicht zu laut wurde. »Ich habe es gewusst und nichts getan!«

»Aber was hättest du denn machen können?« Er rückte näher zu ihr hin. »Du hast nichts falsch gemacht, Heart. Du hättest die Jungen nicht retten können.«

Die Füchsin schluchzte auf. »Ich … habe es aber nicht kommen sehen, dass es so schlimm ist! Vielleicht hätte ich irgendwie …«

»Heart, du bist keine Wahrsagerin«, entgegnete er ernst. »Du kannst nicht in die Zukunft sehen. Und soweit ich weiß, hast du auch keine Heilkräfte. Was also bitte ist es, das du versäumt haben sollst?«

Nasse, aufgelöste Augen blickten ihn an. Schließlich schüttelte sie den Kopf und ließ ihn hängen. »Ich weiß es nicht«, wimmerte sie. Kühl hörte sie schlucken und bemerkte, wie sie versuchte, sich zu beruhigen. Er atmete leise durch. Er selbst war noch viel zu mitgenommen, als dass er sicher sein konnte, ihr erfolgreich beistehen zu können. Doch schon hob sie wieder ihren Kopf, schaute jedoch nachdenklich an ihm vorbei, als hätte sie eine leise Erkenntnis. »Ich muss es ihr sagen«, flüsterte sie entschlossen.

Kühl blinzelte sie verdutzt an. »*Was* willst du ihr sagen?«

»Ich muss es ihr erzählen. Von meinen Fähigkeiten.«

Ungläubig runzelte er die Stirn. »Warum? Um dein schlechtes Gewissen zu beruhigen, welches nebenbei auch noch völlig unbegründet ist?«

Sie schielte ihn an. »Es ist an der Zeit«, gab sie zurück, ihre Stimme war plötzlich wieder fest, die Tränen auf ihrem Pelz trockneten. »Ich spüre es.«

Kühl seufzte skeptisch. »Überleg dir das, Heart. Ich werde dir nicht im Weg stehen, wenn du das möchtest, aber werde dir darüber klar, ob du das nur wegen der Schuldgefühle machen willst.«

Er wusste nicht, ob seine Worte sie erreichten. Sie grübelte, versuchte ihre eigenen Gedanken zu ordnen. Aber sie strahlte auch eine innere Entschlossenheit aus. Kühl hatte dem nichts hinzuzufügen. Es war ihre Entscheidung.

Whitestars glasklare Augen starrten auf den Eingang seit Stürmisch hineingegangen war. Sage hatte zunächst durch alles hindurchgeschaut, unfähig sich auf irgendetwas zu konzentrieren. Er fühlte sich, als hätte er einen nicht zu gewinnenden Kampf hinter sich. Als er schließlich dennoch seine Gefährtin erfasste, schluckte er angespannt. »Es tut weh, oder?«, flüsterte er, da er keinen lauteren Ton zustande brachte. »Genauso wie wir es kennen.«

»Hör auf, Sage!«, zischte sie streng und gleichzeitig verletzlich. »Wir haben Munter und Silver schon vor langer Zeit verloren. Das hier passiert *jetzt*. Und es ist Stürmisch, der das durchstehen muss.«

Damit hatte sie natürlich recht. Und es half ihm, etwas Abstand zu gewinnen. »Wir müssen ihnen helfen«, sagte er leise.

Whitestar schloss kurz die Lider, ein Versuch, ihre eigene Trauer irgendwie einzufangen. »Wir können es versuchen. Aber letztendlich müssen sie das ganz alleine schaffen.« Sie konnten ihnen die Trauer nicht abnehmen, auch wenn sie sie unterstützen konnten. Seufzend ließ sie ihre Augen wandern und entdeckte dabei Wind. Kurz darauf wurde er von zusammengezogenen weißen Lidern fixiert. »Auf was *er* hier zu suchen hat, bin ich auch schon gespannt. Wie hat er das mit Zart wissen können? Du hast gesagt, er hat diese Wurzel gleich dabeigehabt?«

»Ja«, stöhnte der Rüde. »Keine Ahnung, warum. Aber er hat Zart damit wahrscheinlich das Leben gerettet.«

»Ja, er ist ein Heiliger«, kam es sarkastisch. »Und *zufälligerweise* wusste er genau, was hier gerade passiert.« Die Fähe war plötzlich aufgesprungen und losgelaufen. Sage zuckte erschrocken auf. »White, warte!«, rief er ihr noch nach, doch sie hörte nicht auf ihn.

Mit aufgestauter Wut stoppte sie bei dem jungen Rotfuchs, welcher sie ablehnend anschielte. »Was treibst du hier, Wind?«, giftete sie ihn an und ihre Stimme schlug in geschauspielertes Interesse um. »Wie kommt es nur, dass du zur richtigen Zeit am richtigen Ort mit der richtigen Pflanze warst?«

Wind schien unberührt. »Hätte ich fernbleiben sollen?«, lautete die sichere Gegenfrage. »Ist es das, was du gewollt hättest? Dass ich Zart hätte wissentlich nicht helfen sollen?«

Die Füchsin knirschte kurz auf den Zähnen. »Das war nicht die Frage, Wind.« Sie trat drohend einen Schritt auf ihn zu. »Du sagst mir jetzt, wie du das gewusst hast und dann kannst du gerne wieder verschwinden.«

»Ich muss dir gar nichts sagen, Whitestar. Schon gar nicht, wenn du so aufgebracht bist.«

»Du hast mich noch nie aufgebracht erlebt«, fauchte sie bissig. »Also, sag's schon. Kürzlich mal mit Bernstein oder Rank geplaudert?«

Sie beobachtete, wie er mit einem missbilligenden Grinsen fort schaute und den Kopf schüttelte, bevor sie merkte, dass Kühl neben sie getreten war. »Ist schon okay, Whitestar«, vermittelte er, was wohl auch seinen Sohn dazu brachte, wieder herzusehen. Immer noch geschafft nahm er Wind wohl das erste Mal wirklich in den Blick. »Wir sollten uns mal unterhalten.«

Bluefire lief zielstrebig, aber äußerlich ruhig durch den Schnee, winzige Schneeflocken rieselten auf ihn hinab. Sein kalter Blick war geradeaus gerichtet. Auch wenn er ihn nicht hörte, wusste er, dass Vinous ihn begleitete. Er hätte es ihm auch schlecht verbieten können und Vinous hatte zudem die Eigenschaft, auf irgendeine Weise alle Vorhaben in diesem Wald mitzubekommen – und das Ziel des Blaufuchses wollte der Nager bestimmt nicht verpassen. Sie gingen auf das Adlergebiet zu.

Bluefire war sich bewusst, dass es ein waghalsiges Unterfangen war, doch er rechnete ohnehin nicht damit, dass ihn die Adler weit vordringen ließen. Aber abgesehen davon, dass sowieso alles in ihm darauf prickelte, diesen Schritt zu wagen, hatte auch Silvers Traum dazu beigetragen. Denn selbst wenn er der Skeptiker schlechthin war, war Silvers Draht zum Übernatürlichen etwas, dem er Bedeutung schenkte. Er hatte schon oft miterlebt, wie sie über diese Sachen sprach und es fiel ihm bei ihr aus irgendeinem Grund leicht, es zu akzeptieren. So konnte er erst recht nicht stillhalten, wenn auch nur die geringste Gefahr bestand, dass die Welpen aus ihrem Traum etwas mit ihrem Nachwuchs zu tun hatten.

Er hörte plötzlich, wie etwas über ihn hinwegrauschte und kam langsam zum Stillstand.

»Anscheinend sind wir nicht mehr allein«, meldete sich Vinous zu Wort.

Keineswegs überrascht atmete der Rüde einmal durch. »Sieht ganz so aus.«

Eine große Gestalt ließ sich zu ihrer Seite auf einem Baum nieder. »Gut beobachtet, ihr zwei«, kommentierte Scarlet. Kurz darauf landeten zwei weitere Adler um sie herum, alle beobachteten sie von oben herab.

»Hallo Scarlet«, antwortete der Rüde. »Hast du dich verflogen? Euer Gebiet endet da vorne.«

Sie lockerte ihre Schwingen und neigte den Kopf schief. »Ich wollte dir eine ganz ähnliche Frage stellen. Du läufst nämlich schnurstracks darauf zu.«

Vinous war inzwischen dichter am Boden, um den Abstand zu den Greifen so groß wie möglich zu halten. Nicht angriffslustig, Flügel locker angelegt, Augenregion entspannt, eher sogar dezent interessiert, registrierte das Gehirn des Nagers. Plötzlicher Übergriff schien unwahrscheinlich. Er vernahm wie Bluefire gerade wieder etwas entgegnete. »Das hat dich trotzdem nicht zu interessieren, solange ich in meinem Revier bleibe. Aber es überrascht mich ja nicht. Was ist euer nächster Plan? Blut vor einer anderen Höhle?«

»Keine Ahnung, wovon du da sprichst.«

»Natürlich nicht«, presste der Fuchs mit überdeutlicher Ironie hervor. »Wie Bonario ums Leben gekommen ist, wisst ihr bestimmt auch nicht.«

Scarlet hob den Kopf und senkte bedrohlich die Stimme. »Sei lieber vorsichtig mit deinen Andeutungen.«

»Wieso?«, stieß er mit ungläubigem Grinsen aus. »Ende ich dann so wie dein Schwiegervater?« Sie schaute wortlos zurück, doch ihr Blick durchbohrte ihn bösartig. Leicht hatte sie ihre Flügel hochgezogen, zu ihrem gewohnt kühlen Ausdruck mischte sich Missmut. Bluefire fühlte daraufhin, wie ihn eine Kälte umhüllte, die jedoch tief darunter lodernde Wut beherbergte. »Ich weiß, wie ihr operiert«, sagte er weniger aufmüpfig, was dadurch jedoch umso gefährlicher wirkte.

Scarlet schwieg weiterhin, doch ihre Lider zogen sich zusammen – wenn der Fuchs raten müsste, vor Verwunderung. Tatsächlich meinte er zu erkennen, wie sie etwas in seiner Mimik und Gestik zu finden versuchte. Schließlich lehnte sie sich jedoch zurück und rollte die Augen, als wären ihre Versuche vergeblich gewesen. »Ihr solltet euch lieber von uns fernhalten. Das hat doch noch nie funktioniert.«

»*Wie* war das? Fernhalten?«, zischte Bluefire. »Wer ist hier in welches Gebiet eingedrungen? Wer hat hier blutige Drohungen verteilt? Und Scarlet«, er sprang ein paar Schritte weiter, wieder in ihr Sichtfeld, als sie sich umgedreht hatte, um fortzufliegen, »*wer* hat hier Bonario ermordet?«

Er blitzte sie wissend an und sie hatte wirklich angehalten. Er fühlte sich bei ihrer Reaktion in all seinen Vermutungen bestätigt. Sie hatte nicht einmal im Geringsten versucht, die Vorfälle abzustreiten. Wobei sich der Versuch, durch Scarlet durchzuschauen häufig genauso erfolgreich anfühlte, wie durch eine Metallwand durchzuschauen. Sie schaute ihn lediglich mit dunklen Augen an, die zu seiner Irritation auf einmal nahezu behutsam funkelten. »Ich würde rennen, Bluefire«, sagte sie auf einmal zurückhaltend. »*Du* solltest rennen.« Als wäre sie verärgert über ihre eigenen Worte, schüttelte sie sich danach einmal komplett durch und schaute verdrossen zur Seite weg. Ohne noch etwas hinzuzufügen, stieß sie sich vom Ast ab, ihre Artgenossen folgten ihr kurz darauf und ließen einen verwirrten Bluefire zurück.

»Sehr interessant«, holte ihn Vinous' Stimme aus den Gedanken. Er blinzelte zu ihm hinüber und ihm behagte sein berechnender Blick ganz und gar nicht. Er wusste, dass in dessen Kopf die Analysen ratterten. »Irgendeine Idee, warum Scarlet möchte, dass *du* zur Sicherheit verschwindest?«

Der Blaufuchs trat unbehaglich auf der Stelle und senkte dann grübelnd seinen Blick. »Nein«, sagte er leise. »Keine Ahnung.«

Stürmisch presste sich an Zart. Er wusste nicht wie lange bereits. Sie waren inzwischen ruhig geworden. Als er wieder zu sich kam, realisierte er, dass seine Wangen wieder trocken waren, aber seine Augen noch immer schmerzten. Nicht so sehr wie sein Herz jedoch.

Er lauschte, ob Zart irgendein Geräusch von sich gab, doch sie war vollkommen still. Vorsichtig zog er seinen Kopf zurück. Sie hatte den ihren ebenfalls auf seine Schulter gelegt. Als der Fuchs ein wenig rückte, ließ sie ihr Haupt einfach hinunterfallen und er fing sich in hängender Pose. Ihre Augen waren geöffnet, starrten allerdings nur auf die Erde. Er beobachtete sie eine Weile. Es tat so unbeschreiblich weh. Der Verlust an sich und sie so zu sehen gleichermaßen. Es tat weh.

»Sag mir, was ich tun kann«, flüsterte er.

Sie begann langsam den Kopf zu schütteln. »Gar nichts.«

Das stach wiederum. Ihre vorherigen Worte, dass es ihr leidtäte, hallten in seinem Kopf und schrien Warnungen aus. »Mach das nicht«, flehte er sie an. »Gib dir nicht die Schuld.«

»Stress *kann* ein Faktor sein«, widersprach sie sofort.

»Aber Zart …«, fing er an, doch sie redete dazwischen. »Ich habe mir selbst welchen gemacht.« Sie wirkte bestimmt und doch so schuldbewusst. Stürmisch hielt kurz inne. Er wusste nicht recht, was sie damit meinte, wusste nicht, wie er fragen sollte, aber sie kam ihm zuvor. »Ich habe mich heimlich mit Wind getroffen«, gestand sie ohne Zögern und tatsächlich gab das dem Rüden einen ordentlichen Dämpfer. Er konnte sich im nächsten Moment nicht regen. Noch bevor er das verdaut hatte, fuhr sie bereits fort. »Ich habe Geschichten erfunden, damit mir keiner auf die Schliche kommt«, redete sie monoton weiter. »Ich habe dir ins Gesicht gelogen. Und allen anderen, die gefragt haben.«

Er hätte nie gedacht, dass jetzt noch etwas kommen könnte, dass ihn zu schocken vermochte. Doch ihre Worte schafften das definitiv. Konnte man einen solchen Zorn verspüren, dass alles Schreien und Wüten absolut sinnlos erschien? Doch bevor er seine Fassungslosigkeit zum Ausdruck bringen konnte, wurde ihm auf einmal Zarts Unterton bewusst. Ihm wurde ganz unvermittelt klar, dass sie sich selbst verletzten wollte. Als Strafe.

Stürmisch atmete tief ein und durch den Mund wieder aus, seine Lider waren geschlossen. Er versuchte, sich zu beruhigen. Er wollte nicht wütend auf sie sein, obgleich er einen Grund dazu hätte. Aber er wollte nicht. So unterdrückte er seinen Groll und suchte sie wieder, ein wenig verständnislos, jedoch nicht wirklich verärgert, sondern im Gegenteil unterstützend. »Das ist nicht der Grund für die Fehlgeburt«, sagte er gefasst. »Sehr oft gibt es gar keinen Grund. Und selbst wenn – du wirst ihn nie mit Sicherheit wissen. Also bringt es dich nicht weiter, Vermutungen anzustellen.«

Ihre Augen begannen während seiner Worte wieder zu glitzern, doch sie weinte nicht. Als ihre monotone Fassade zerbrach, blieb dahinter nichts außer ihrer Trauer übrig. Ihre Lippen zitterten, als sie sie öffnete. »Ich habe unsere Babys verloren«, wisperte sie voller Kummer und augenblicklich war in dem Silberfuchs jegliche negative Emotion gegenüber Zart wieder erloschen. Tröstend drückte er sich ein weiteres Mal an sie. Er wusste jetzt, was er tun konnte. Er musste einfach bei ihr bleiben.

»Wir stehen das durch. Das verspreche ich dir.« Er schob sich vor sie, damit er ihren Blickkontakt hatte. Er schaute sie voller Gewissheit an, die Trauer schwand hinter seinen Worten. »Und ich liebe dich, Zart. Hörst du?«

Sie schluckte. Im nächsten Moment hatte sie sich wieder an sein Brustfell geschmiegt.

»Adler?«, fragte Kühl ungläubig.

»Ja«, bestätigte sein Sohn. »Marron kommt vom Süden. Sprich, seine Familie kommt von da.« Wind hatte weit ausgeholt. Er hatte sich entschlossen, alles zu erzählen, einschließlich der Schatten. Allerdings erst nachdem er sicher gegangen war, dass sie ihm wiederum alles von Rank und seiner Gefolgschaft erzählt hatten. Der junge Fuchs hatte damit begonnen zu erklären, woher er das Wissen über die blutstillende Pflanze hatte und damit auch, wie er von der Fehlgeburt mitbekommen konnte. Marron. Auch wenn er es vermieden hatte, zu erklären, dass er den Greif gezielt geschickt hatte, um regelmäßig nach ihnen zu sehen. Damit kam es zur Erklärung dessen Herkunft. Der Schatten. Ein etwas undurchsichtigeres Thema.

»Bist du dir sicher, dass er dir in allem die Wahrheit gesagt hat?«, hakte sein Vater nach, obgleich die Beschreibung jener Gruppe zu dem passte, was Zart ihnen erzählt hatte.

»Wann kann man sich da schon jemals sicher sein?«, seufzte Wind.

Das stimmte wohl. Kühl versuchte noch, die neuen Informationen zu ordnen, als Hearts Stimme ertönte. Sie hatte sich inzwischen zusammen mit Cunning und Sage zu ihnen gesellt. »Zart hat etwas von einem Lager erzählt«, stellte sie in den Raum. Wind legte zögerlich die Ohren an. Er hatte bisher nichts davon erzählt, genauso wenig wie von seinen Treffen mit Zart, da er nicht wusste, was seine Schwester ihnen bereits gesagt hatte oder sagen wollte. Noch bevor er sich eine Antwort überlegt hatte, traf ihn bereits wieder ihr durchschauender Blick, der ihm mit der Zeit so unangenehm geworden war. »*Du* warst derjenige, der das Lager entdeckt hat, oder?«

Wind war sprachlos, auch wenn ihn seine Reaktion kurz danach schon ärgerte. »Ähm ...«, war sein Rettungsversuch, doch als er sich fragte, was danach kommen sollte, wusste er, dass das alles war, was seine Mutter gebraucht hatte.

»Wieso sollte dann Zart ...?«, begann Whitestar unwirsch, doch sie stoppte sich selbst. Seufzend schüttelte sie den Kopf. »Ich nehme nicht an, dass sie zufällig *auch* auf das Lager gestoßen ist.«

»Nehme ich auch nicht an«, stimmte Heart leise zu, ihr Blick war zu Boden gewandert.

Wind atmete angespannt durch, schaute dann jedoch seinen Vater gereizt an, der ihn im Gegensatz zu den anderen nicht aus den Augen gelassen hatte. »Ja, ich habe Zart getroffen. Und das war allein ihre Entscheidung, nicht eure. Unterlasst es also bitte, ihr irgendwelche Vorwürfe zu machen. Außerdem hat sie jetzt wirklich andere Probleme.«

Kühl blinzelte zweimal. »Kommen wir nochmal auf die Schatten zurück«, umging er das Thema wie gewünscht, doch sein Tonfall erschien reservierter. »Kannst du noch irgendetwas über sie sagen, abgesehen von der Sache mit den verschiedenen Tierarten? Motive, Struktur? *Irgendetwas?*«

Wind schaute missfällig zurück. Diese Fragen kamen eher wie die Überprüfung, ob er ihnen wirklich alles gesagt hatte oder doch mit Absicht etwas zurückhielt. Damit wurde ihm auf einmal bewusst, wie sehr das Vertrauen wirklich gelitten hatte. Seine Rute zuckte kurz, während er sich bemühte, seinen Ärger herunterzuschlucken. »Marron hatte noch erwähnt, dass es in seinem Herkunftsort Silberfüchse gab«, murmelte er und schielte zur Seite weg.

Sage und Whitestar dagegen hatten die Ohren aufmerksam gespitzt. »Hat er irgendwas Genaueres gesagt?«, wollte die Polarfüchsin wissen, doch Wind schüttelte nur den Kopf.

»Könntet ihr sie kennen?« fragte Kühl.

Der graue Rüde krauste die Stirn. »Es gibt immerhin nicht viele Silberfüchse in den hiesigen Wäldern«, antwortete er zurückhaltend. »Könnte gut sein, dass unsere Vorfahren dieselbe Vergangenheit teilen.«

»Die Pelzfarm, nehme ich an«, schlussfolgerte der narbige Rüde. Sage nickte. Whitestar hingegen verlagerte ihr Gewicht nervös von einer Pfote auf die andere. Sie hatte Schwierigkeiten zu verstehen, warum plötzlich eine solche Aufregung in sie gefahren war, aber sie bemerkte, dass sie sich beherrschen musste, sich Wind nicht vorzuknöpfen, um an mehr Informationen zu kommen.

Heart beobachtete die beiden Silberfüchse wissend. »Eine gemeinsame Vergangenheit ist bei eurer Geschichte nicht sehr unwahrscheinlich.«

Sage lächelte matt. »Wird sich zeigen, ob wir einen der anderen jemals zu sehen bekommen.«

Kühls Lippen bildeten einen Strich, seine Aufmerksamkeit war wieder zu Wind gewandert. »Es gibt noch eine Sache, die du wissen solltest«, meinte er vorsichtig. Der junge Fuchs musterte seinen Vater beinahe argwöhnisch. »Vive wartet am Rand unseres Reviers«, enthüllte er knapp.

Nun wurde er mit großen Augen angestarrt. Zunächst noch verwundert, dauerte es nicht lange, bis Wind ein bitteres Grinsen unterdrücken musste. Ihm wurde in dem Moment klar, dass sein Vater diese Information mit Absicht zurückgehalten hatte. Sicher, im Prinzip war es auch von Wind nicht sehr fair gewesen, darauf zu bestehen, dass sie ihnen die Lage hier im Wald zuerst darlegten, bevor *er* etwas sagte. Aber diese letzte Mitteilung sagte ihm, dass Kühl ihr kleines Duell gewonnen hatte. So atmete der junge Rotfuchs genervt durch. »Und was macht sie da?«, fragte er nonchalant. »Anklopfen?«

»Gewissermaßen.« Kühl grinste zurückhaltend. »Sie sagt, sie ist vor den anderen geflohen und möchte jetzt zu uns kommen, blabla. Das Wichtigste ist, dass sie uns nichts Wissenswertes von ihnen erzählt, solange wir sie nicht aufnehmen. Wo sie wiederum zum Beispiel herausfinden könnte, wie viele wir wirklich sind.«

»Tja«, machte Wind noch immer gleichgültig. »Dumm, was?«

»Ja, allerdings. Wir könnten hingegen ihre Informationen gut gebrauchen. Zum Beispiel ob sie wirklich zu dem Lager gehören, das du entdeckt hast.«

Die Tatsache, dass er das Lager mit dem Hintergrundwissen über seine und Zarts Treffen nochmal mit diesem vielsagenden Blick ansprach, bereitete Wind ungewollt Unbehagen. »Und?«, fragte er daher gereizt.

»Du hattest doch mal einen ganz guten Draht zu ihr«, fuhr der Narbige fort.

Wind blinzelte zurück, diesmal zögerlicher. »*Und?*«, wiederholte er verständnislos.

Kühl wirkte bestimmt und wissend. »Kein Interesse daran, herauszufinden, was hinter all dem steckt?« Nun war Wind still.

Nicht schlecht. Das kam wirklich unerwartet. Und dennoch so treffsicher. Selbstverständlich wollte er wissen, was es mit den möglichen Schatten auf sich hatte. Und auch wenn es schon eine gute Weile her war, reizte es ihn tatsächlich, Vive wiederzutreffen. Er *wollte* sie sogar wiedersehen. Und darauf hatte sein Vater gesetzt.

Wind ließ ihn nicht aus den Augen, gebannt von der Schlussfolgerung, die Kühls Frage implizierte. »Du willst ... dass ich Vive ausspioniere?«, formulierte er nochmal in aller Deutlichkeit.

Sein Gegenüber seufzte kaum hörbar. Er ignorierte alle anderen und ganz besonders seine Gefährtin, deren kritischen Blick er bereits wieder spürte. »Ja«, lautete die entschlossene Antwort.

Wind merkte, wie er erst einmal verdauen musste, was für eine Bedeutung, was für eine Auswirkung Kühls Bitte hatte. Eine Chance, die er ergreifen konnte. Seine Augen begannen zu funkeln, wenn auch noch zurückhaltend. »Dann«, begann er vorsichtig, »müsste ich wieder hier wohnen.«

Sein Vater unterbrach den intensiven Blickkontakt nicht. »Ja.«

Eben noch mitgerissen von der Möglichkeit, sackte Winds Anspannung im nächsten Moment zusammen und er fühlte sich ernüchtert und benommen. Er war lediglich Mittel zum Zweck. Kühl brauchte ihn, deswegen durfte er bleiben. Keinen anderen Grund gab es, darüber sollte er sich im Klaren sein. Trotz dieser Tatsache erwischte er sich dabei, wie er zu nicken begann. Als er das realisierte, richtete er seinen Kopf bewusst wieder auf. »Einverstanden.«

»Warum ...«, fing Whitestar fassungslos an, doch sie wusste nicht, wie sie ihre Frage formulieren sollte.

Kühl schien schon etwas erwidern zu wollen, doch Wind kam ihm mit einem genervten Seufzer zuvor. »Ich drehe mal eine kleine Runde«, rollte er die Augen und stand bereits auf. »Dann könnt ihr über die Vor- und Nachteile in Ruhe diskutieren.«

Sie sagten nichts, als er sich von ihnen entfernte.

Schwere Lider schoben sich mühselig auf. Schwammige, dunkle Konturen offenbarten sich ihm und ein bedrohlicher Geruch drang in seine Nase. Ein kraftloses Stöhnen entwich seinem Mund. Erschöpft versuchte er, seine Glieder zu bewegen und sah, wie seine blauen Vorderbeine zueinander rückten. Ihre ungewöhnlich schimmernde Farbe war zum großen Teil von einer anderen überdeckt. Rot.

Mit einem Schlag konnte er sich den Geruch erklären und er schnaufte verzweifelt, japste nach Luft, die plötzlich dünner wurde. Nun fühlte der Welpe, dass sein gesamtes Fell verklebt war. Angst füllte seine grauen Augen, das Hämmern seines Herzens erschwerte ihm das Atmen, ein verstörtes Wimmern entfuhr ihm. Er wollte aufstehen, doch an vielen Stellen seines noch sehr jungen Körpers stach ein Schmerz auf und er fiel zittrig wieder auf die feuchte Erde – und auf etwas Pelziges. Erst jetzt konnte er wieder klar sehen. Grau-schwarz-weiße

Tiere, Dachse, lagen um ihn herum, offensichtlich in einer Schlucht, allesamt von einer blutigen Decke überzogen. Ein Schrei erstickte in seiner Kehle, eine Träne nach der anderen rann an seinem Gesicht herunter.

Er erinnerte sich an nichts. Er wusste nicht, was geschehen war. Er war verwundet, alle anderen waren tot und er konnte nicht sagen, wie das passiert war! Er wollte fort. Panik erfasste seinen Leib, lähmte ihn, er wusste nicht, was er machen sollte. Er versuchte sich dumpfe Erinnerungsfetzen zu erklären, da erkannte er eine Gestalt unter einem Vorsprung sitzen. Der Schatten der Wand verdeckte sie größtenteils, doch es war definitiv ein ausgewachsener Fuchs. Kurz darauf erkannte der Welpe ihm sehr vertraute, ebenfalls graue Augen, die ihm einen Pfeil durchs Herz jagten.

»So«, sagte die Fähe kalt. »Siehst du jetzt, wie wichtig Gehorsam ist?«

Bluefire wanderte gedankenverloren durch den Wald. Er fühlte sich zermartert und wusste nicht, was er dagegen machen sollte. Bilder aus seiner Kindheit versuchten sich in seinen Geist zu drängen, doch nur so weit, das sie ihn quälten, nicht so, dass es ihn weiterbrachte. Musste Scarlet denn diesen dämlichen Satz sagen? *Er* musste rennen? Na super, das war genau das, was er gebraucht hatte. Es zerriss ihn geradezu, zu wissen, dass es da etwas gab, er sich aber beim besten Willen nicht erklären konnte was. Er wusste, dass er über seine Eltern eine Verbindung zu den Schatten hatte. Zumindest hatte er das immer vermutet. Doch die Wahrheit war, dass er sich an viele Details seiner Kindheit nicht mehr erinnern konnte. Nur die intensiven Gefühle waren geblieben. Und einige Bruchstücke seiner Vergangenheit, die er lieber vergessen wollte.

Auf der einen Seite ärgerte er sich über die unvollständigen Erinnerungen, da er auf diese Weise seine Eltern, eventuell die Schatten und damit seine gesamte Herkunft niemals begreifen würde – und er wusste, dass das sein Leben auf unerfreuliche Weise geprägt hatte und er nach einer Erklärung für die Taten seiner Familie ein Leben lang gesucht hatte. Auf der anderen Seite glaubte er, dass er jene Erinnerungen aus gutem Grund verdrängt hatte.

Aus dem Nichts kam plötzlich der Marder vor ihn geprescht, bernsteinfarbene Augen funkelten ihn an. »Hast du den Verstand verloren?«

Bluefire hob die Brauen. »Äh ... nein?«, antwortete er perplex.

»Ich glaub schon«, widersprach das braune Tier und schien tatsächlich aufgebracht. »Wie kommst du bitteschön auf die hirnrissige Idee, einfach so auf das Adler-, Schatten-, was-auch-immer-Gebiet zuzusteuern? Weißt du eigentlich, wie *unglaublich* dumm und unüberlegt das von dir war?«

Der Fuchs stöhnte. Er war seit dem Treffen ohnehin so verwirrt, dass er sich gar nicht erst bemühte, sich zu rechtfertigen. »Ich war noch nicht mal auf ihrem Gebiet.«

»Haarspalterei«, gab der Marder sogleich zurück. »Du hast einen Alleingang gemacht. Und dabei riskiert, etwas zu provozieren, das wir eigentlich gar nicht kennen und auch nicht einschätzen können.«

»Ist ja nichts passiert«, kam die lahme Ausrede und Bluefire wusste das. Er hatte durchaus aus persönlichem Interesse heraus gehandelt. Der Wissensdurst bezüglich seiner Vergangenheit leitete wie so oft viele seiner Taten.

»Und beim nächsten Mal?«, hielt der schlanke Jäger entgeistert dagegen. Der Rüde zuckte nur die Schultern. Er konnte weder versprechen, dass es kein nächstes Mal geben würde, noch konnte er vorhersehen, wie sie reagieren würden. Der Marder hingegen begutachtete ihn diesmal eingehender. Ihm wurde bewusst, dass er auch äußerlich unheimlich gedankenverloren wirken musste. »Ist was passiert?«, fragte das braune Tier schließlich weniger streng.

Bluefires Ohr zuckte auf. »Nein«, meinte er nach einer kurzen Pause. »Ich weiß nur nicht ... wie ich Scarlet einschätzen soll.«

Der Marder war skeptisch. Es war wirklich manchmal schwer zu erkennen, was in dem Blaufuchs vorging. Aber normalerweise war das auch nicht sein Problem. »Vielleicht sollten wir eine Versammlung einberufen«, schlug er dann vor.

Der Rüde wirkte dagegen unschlüssig und kritisch. »Das haben wir noch nie gemacht.«

»Nicht offiziell«, räumte der Marder ein, »aber ich finde es in diesem Fall wichtig. Wir sollten besprechen, wie wir uns am besten verhalten. Oder was wir in Bezug auf die Adler überhaupt machen sollten. Ein Meinungsaustausch.«

»Unsere Meinungen können wir doch auch so austauschen.«

Der Marder streckte verständnislos die Hände zur Seite. »Was hast du denn dagegen?«

»Gar nichts, nichts«, ruderte Bluefire zurück. »Du hast schon recht.

Das ist etwas Neues. Es ist wirklich besser, wenn wir etwas Struktur in unsere Handlungen bringen.« Er schickte dem Marder ein schwaches Grinsen, welcher dieses mit einem Nicken erwiderte.

»Na dann, los«, forderte er das blaue Tier auf und sprintete davon.

Whitestar lag an ihrem Höhleneingang und schaute in die Ferne. Über die beschneiten Bäume hinweg bis zum weißen Horizont, der nur durch die Nacht ein wenig dunkler erschien. Doch der Mond schien hell und verhinderte, dass die Dunkelheit völlig über sie hereinbrach. Sie konnte ihre Augen aus irgendeinem Grund nicht von dem Anblick abbringen und bemerkte erst nachdem sie von einer sanften Stimme herausgerissen wurde, wie sehr sie in Gedanken gesteckt hatte.

»Regst du dich immer noch über Kühls Vorgehensweise auf?«, fragte ihr Gefährte hinter ihr.

Die Füchsin schnaufte. »Ich halte es für falsch, Wind eine solch delikate Aufgabe zu geben und ihm damit uneingeschränktes Vertrauen entgegenzubringen.« Sie seufzte und musterte nachdenklich ihre Pfoten. »Andererseits ... «, fuhr sie leiser fort, »ich wüsste nicht, ob ich mich Stürmisch gegenüber nicht genauso verhalten würde. Wind ist Kühls Sohn. Egal, was er gemacht hat.«

Sage setzte sich neben sie. »Immerhin wissen wir, dass Wind in seinem neuen Aufgabenbereich nicht ganz unerfahren ist«, kommentierte er spitz.

Die Fähe schielte ihn daraufhin grinsend an. »Bitte keinen schwarzen Humor jetzt. Dafür bin ich gerade eigentlich gar nicht in der Stimmung.«

»Oh, interessant«, kam es verblüfft, doch ein warmes Lächeln bildete sich auf seinem Gesicht und er legte sich behutsam zu ihr auf die Erde. »In welcher Stimmung bist du denn gerade?«

Nervös atmete sie einmal durch und biss sich auf die Unterlippe. Sie wusste nicht, wie sie anfangen sollte. »Hast du ... nochmal an die anderen Silberfüchse gedacht?«

Er antwortete nicht auf Anhieb und Whitestar spürte, dass er sie musterte. »Wenn ich ehrlich bin, schon.« Wieder eine Pause, bevor er schnaufte. »Schon interessant. Ist ja eigentlich nur die Fellfarbe.«

»Du weißt, dass es vielleicht mehr als das ist«, widersprach die Füchsin und kaute auf ihren Zähnen herum, als sie die Umgebung noch immer nicht aus den Augen ließ.

Sage neigte ein Ohr zur Seite. »An was denkst du?«

Ihre Mundwinkel zuckten. »An nochmal etwas ganz anderes.«

Der Rüde sah sie matt bittend an, auch wenn sie nicht hersah. »Willst du mich vielleicht einweihen?«

»Es ist verrückt, aber bitte nimm es ernst, ja?«

»So wie eigentlich alles von dir.« Er zuckte die Schultern.

Er erkannte, wie ihre Mundwinkel zu einem leichten Lächeln zuckten. Kurz darauf wandte sie sich ihm zu, sie war so bestimmt und doch so unsicher. »Als Wind die Silberfüchse erwähnt hat, konnte ich nur an eines denken. Silver.«

Als Sage zunächst nicht erwiderte, krochen sofort wieder sichtbar Zweifel in ihr hoch. Sie suchte nach seiner Zustimmung, seiner Bestätigung – doch er wusste nicht einmal, wofür genau. Er blinzelte ihr zu. »Klartext?«

Sie verlagerte ihr Gewicht mit hilfloser Ungeduld. »Keine Ahnung.«

Er stöhnte skeptisch. »White, bitte. Das ist jetzt schon das zweite Mal, dass du mit einer Vermutung ankommst, obwohl du diesen Verdacht gar nicht ausformulieren kannst. Zuerst war etwas mit Bernsteins Geruch, das dir bekannt vorgekommen ist. Und jetzt? Was ist deine Vermutung? Dass *Silver* unter diesen Silberfüchsen sein könnte?« Ihre Zweifel wurden tiefer, doch ihr Kopf begann zu nicken. Sage hatte das schon geahnt, doch er merkte, dass er die Möglichkeit von vornherein weggeschoben hatte. Weil er nicht recht wusste, wie er darauf reagieren sollte. »Du weißt schon, dass du nichts hast, was das untermauert«, erwiderte er irgendwie kraftlos.

Die Polarfüchsin nickte wiederum. »Ich weiß, dass es irrational ist.« Unsicherheit beherrschte noch immer ihre Stimme. »Aber ich weiß auch, dass das Gefühl so stark ist, dass es mich so schnell nicht mehr loslassen wird.«

Sage hatte innegehalten, einen Moment wie versteinert. Ein Teil von ihm rebellierte noch immer dagegen. Selbst wenn Silver unter diesen Silberfüchsen war – hätten sie kaum eine realistische Möglichkeit, mehr darüber zu erfahren. »Ach White«, stieß er aus. »Könnte es nicht einfach nur Wunschdenken sein? Ich meine, wir haben seitdem sie verschwunden ist, nichts mehr von ihr gehört. Wir wissen *gar* nichts. Und das ist die erste Gelegenheit, bei der es überhaupt auch nur möglich wäre, wieder etwas von ihr ...«

»Ich brauche deine rationalen Einwände nicht, die kenne ich selbst«, durchschnitt sie ihm das Wort.

»Ja toll, was brauchst du dann? Einen Hellseher? Anders wirst du es nämlich nie herausfinden.«

Ihr verbissener Ausdruck hielt an ihm fest. Sie wollte widersprechen, doch sie wusste, dass er recht hatte. Sie konnte auch nicht sagen, warum sie dieses Gefühl hatte oder was sie damit anfangen wollte. So riss sie sich ruckartig von ihm fort und heftete sich wieder auf die vom Mondschein beschienene Landschaft. »Keine Ahnung«, raunte sie scharf und es klang Verzweiflung mit, ehe sie noch leiser wurde. »Keine Ahnung ...«

Dry hüpfte durch den Schnee. Alleine, so wie er es bevorzugte. Denn auch wenn er in demselben Wald wie die Gruppe lebte, fühlte er sich nicht wirklich als Teil davon – und er wollte, dass das so blieb. Egal wie nahe er ihnen auch kam, wollte er seine Unabhängigkeit bewahren. Bis jetzt hatte diese Balance auch ziemlich gut funktioniert und er wäre wohl unbeschwert weitergelaufen, wäre ihm nicht der einzige Zweifel, der vielleicht auftreten könnte, soeben vor die Pfoten gesprungen.

»Own!«, stieß er erschrocken aus.

Diese wirkte auffällig verlegen, als wäre sie nicht darauf vorbereitet gewesen, ihm zu begegnen. Dry ließ daraufhin ein dezentes Grinsen auf seinen Lippen ruhen, als er an ihr letztes Gespräch dachte. Er war zugegebenermaßen gespannt auf ihre nächsten Schritte, da sie offensichtlich ganz ähnliche Gedanken hatte.

Sie räusperte sich und gewann ihre alltägliche Haltung zurück, bis auf die Tatsache, dass sie seinem Blick hin und wieder auswich. »Wir wollen ein Treffen arrangieren. Eine Versammlung«, begann sie neutral. »Um unsere Vorgehensweise in Bezug auf die Adler zu besprechen.«

Allem Anschein nach hatte sie kein Verlangen danach, ihr Gespräch auf die Weise fortzuführen, wie das letzte geendet hatte. Schade eigentlich. Er hätte gerne gewusst, was der Grund für ihr Verhalten gewesen war und ärgerte sich, dass es ihn so unvorbereitet getroffen hatte.

»Ah ja«, machte der Feldhase schließlich desinteressiert, »und warum erzählst du das *mir*?«

Verdutzt schaute sie ihn an und zuckte dann die Schultern. »Weil ich dich hier zufällig getroffen habe und du kommen kannst, wenn du willst.«

»Nein, nein-nein«, erwiderte er sofort. »Ich will mit all dem nichts zu tun haben.«

Forschend neigte sie den Kopf zur Seite und zu ihrer Ausdruckslosigkeit mischte sich wieder ein provokatives Funkeln. »Was ist aus dem draufgängerischen Dry geworden, der vor nichts Angst hatte?«

»Dem geht's gut, danke der Nachfrage«, gab er lässig zurück.

»Habe ihn länger nicht gesehen.«

»Wieso?«, lachte er ungläubig. »Weil ich nicht freudig in den Tod renne?«

»Warum bist du dann überhaupt noch hier?«, fragte sie ernst, woraufhin der Hase innehielt. Own blinzelte ihn an. »Du willst offenbar nichts mit unserer Gruppe zu tun haben und hältst es auch für besser, dich von den Adlern fernzuhalten. Also. Warum bist du noch hier?«

Dry trat zögerlich von einer Pfote auf die andere. Er schluckte, bevor er langsam weiterredete. »Tja, ich schätze, ich bin eben doch ein Draufgänger. Kann mich wohl nicht richtig von der Gefahr loseisen.«

»Ja, nur dass du Angst vor allem Möglichen hast«, entgegnete sie unverfroren. »Du hast Angst, dich an unsere Gruppe zu binden und gleichzeitig hast du Angst davor, fortzugehen.«

»Jetzt mal halblang, Own«, bat er genervt. »Wie kommst du dazu, hier mit Unterstellungen um dich zu werfen?«

»Es ist mir egal, was du machst«, meinte sie nur nüchtern und wandte sich schon ab, doch das Langohr sprang ihr hinterher, sodass er vor ihr landete und den Kopf herausfordernd zu ihr hinschob. »Wenn wir schon dabei sind – was ist aus der Own aus unserem letzten Gespräch geworden? Keine Lust auf kesse Anspielungen heute?«

Sie presste verbissen die Lippen aufeinander. »Nein«, sagte sie ohne Betonung. »Heute nicht.«

Dry konnte wirklich nicht behaupten, dass er sie verstand. »Warum nicht?«, zischte er mit verzweifeltem Wissensdurst. »Warum letztens? Was war los mit dir? *Ich* war derjenige, der sich zurückgehalten hat. Wie weit wärst du gegangen, hätte ich es zugelassen?«

»Ohne deinem Ego allzu sehr schaden zu wollen«, antwortete sie mit einer ruhigen Gleichgültigkeit. »Es ging nicht um dich.«

Ihr Artgenosse stockte unsicher. »Worum dann?«

»Docile«, entgegnete sie einfach. »Es ging nur um Docile.«

Zuerst noch erstarrt, schüttelte er schließlich den Kopf. »Das verstehe ich nicht«, seufzte er und lehnte sich zurück, um normal vor ihr zu sitzen.

Own nahm wahr, wie sein Blick enttäuscht zu Boden fiel. Es hatte nicht in ihrer Absicht gelegen, ihn zu verletzen. Also überlegte sie, wie sie ihre Gefühle am besten in Worte packen konnte. »Ich ... war so froh, ihn wieder zu haben. Ich hatte in diesem Moment das Gefühl, alles erreichen zu können.«

»Das hat man gemerkt«, kommentierte er mit einem hilflosen Grinsen. Own beobachtete lediglich, wie der Blick ihres Artgenossen in alle möglichen Richtungen huschte, bis er endlich wieder bei ihr hängen blieb. In seinem Gesicht zuckte ein Lächeln auf. »Das freut mich für dich«, meinte er leise und Own bemerkte seine Versuche, aufrichtig zu klingen. Das war nicht das, was er hatte hören wollen, aber sie war dankbar, dass er diese Erklärung schlicht akzeptierte. So intensivierte sie den Blickkontakt, sodass ihm das auffiel und strahlte ihn einfach nur mit einer offenen Ehrlichkeit an – und vielleicht sogar Vertrautheit. Er erwiderte das mit einem immer deutlicher werdenden Lächeln und zwinkerte ihr dann sanft zu. Zufrieden wandte sie sich schließlich ab, um sich zu der Versammlung zu begeben.

Silver sah Bluefire näher kommen. Sie saß im Eingang des Baus, der Marder und Vinous waren etwas abseits. Die Nacht begann den Wald mit Dunkelheit zu verschlingen, das Licht des Mondes erreichte kaum die Erde.

»Ich dachte, es wäre besser für dich, wenn wir uns hier treffen«, fing der Blaufuchs an, sobald er sich zu ihr gestellt hatte. »Ist das okay?«

»Natürlich«, antwortete sie rasch, da sie selbst erst vor kurzem davon erfahren hatte. Danach grinste sie ihn jedoch keck an. »Oder willst du etwa andeuten, dass ich mich nicht mehr von der Stelle bewegen kann, nur weil ich ein bisschen zugenommen habe?«

Er erwiderte das Grinsen und rückte näher an sie heran. »Würde ich nie wagen«, säuselte er ihr die Worte zu. »Du bist verführerischer denn je.«

Sein Lächeln glitt ihr warm ins Fell. Das war der Bluefire, den sie zugegebenermaßen die letzte Zeit vermisst hatte. Sie schickte ihm ein dankbares Lächeln, bis sie aus den Augenwinkeln bemerkte, dass Own und Docile zu ihnen stießen. Der Marder war derjenige, der das Wort ergriff. »Sind wir dann alle hier?«

»Ja«, bestätigte die Häsin einfach.

Silver hatte schon vermutet, dass sich Dry nicht anschließen würde, doch sie wandte sich an den Marder. »Was ist mit Bronze?«

»Hab sie auf die Schnelle nicht gefunden.«

»Du hast sie nicht gefunden?«, wiederholte die Fähe überrascht.

Der Marder hob abwehrend die Schultern. »Ja, bin ich ihr Babysitter, oder was? Ich hänge nicht vierundzwanzig Stunden am Tag mit ihr rum.«

»'Tschuldige«, grinste sie sachte, was den Marder dazu brachte, sie unheilvoll anzuschielen.

»Silver«, mahnte er gedehnt, »ich werfe dich gleich mit irgendwas ab.«

Die Füchsin funkelte lediglich zurück als Vinous' Stimme dazwischenredete. »Wäre es möglich, dass sich die Herrschaften nun auf das aktuelle Thema konzentrieren?«

»Zuallererst – hatte jemand noch irgendeine Begegnung mit den Adlern oder sonst ein seltsames Erlebnis?«, ging Bluefire darauf ein, während Silver ihren Blick unbewusst über die Umgebung schweifen ließ. Unvermittelt zog sich ihre Stirn kraus. Die Pflanzen hatten sich inzwischen beinahe schwarz gefärbt, Finsternis hatte sich unbemerkt breit gemacht. Intuitiv sah sie zum Himmel empor. Den Mond konnte sie immer noch nicht sehen, obwohl er bereits da sein müsste.

»Das ist schon mal gut«, seufzte der Rüde erleichtert, als niemand etwas zu berichten hatte.

»Na ja, *wir* hatten eine interessante Begegnung«, entgegnete das Eichhörnchen, den Blaufuchs dabei fixierend. »Noch nichts über deine Unterhaltung mit Scarlet berichtet?«

Silver war wieder aufmerksamer, ohne ihre Unruhe von eben zu vergessen. »Was war das für eine Unterhaltung?«

»Ja, Bluefire«, stimmte Vinous berechnend mit ein. »Was war das eigentlich für eine Unterhaltung?«

Der bläuliche Jäger fixierte den Nager giftig.

»Bluefire?«, hörte er seine Gefährtin nachfragen.

Gereizt durchfuhr ein Zucken seinen Rücken. Er rollte die Augen, unsicher, wie er antworten sollte. »Da war gar nichts«, erwiderte er schließlich und schaute in Silvers irritiertes Gesicht. »Scarlet hat seltsames Zeug geredet.«

»Allerdings«, warf Vinous ein. »Die Adler finden, dass *Bluefire* lieber verschwinden sollte.«

Verwirrt wechselte Silvers Blick von dem Eichhörnchen zum Blaufuchs. Der schielte das dunkelrote Tier verärgert an. »Du solltest lieber nicht so viel in ihre Worte reininterpretieren«, sagte er langsam und hielt seinen Unmut unterdrückt.

»Vinous neigt dazu, allem gegenüber misstrauisch zu sein«, mischte sich nun auch der Marder ein, »aber wenn es da etwas gibt, Bluefire, dann solltest du uns das sagen.«

Plötzlich raste ein Schatten hinter den kaum noch erkennbaren Bäumen vorbei und augenblicklich nahm Silver die entfachte Diskussion nur noch als Hintergrundgeräusch wahr. Hinter sich hörte sie ein Rauschen, blitzartig hatte sie sich umgedreht.

»Das war keine Einbildung oder dergleichen«, hörte sie Vinous protestieren. »Wenn ich euch daran erinnern dürfte – *ihr* habt *mir* von Bluefires Schatten-Eltern erzählt.«

»Das heißt noch lange nicht, dass *ich* einer bin«, zischte der Fuchs entschlossen.

»Wir sind nicht mehr allein«, durchbrach Silver das Gespräch, ihre Augen wanderten die Baumkronen entlang.

Verdutzt wurde sie von den anderen angestarrt. »Wieso? Wer ist da?«, fragte der Marder perplex.

»Ich«, donnerte eine dunkle Stimme, deren Echo von allen Seiten zu kommen schien und die Gruppe zusammenzucken ließ. Um sie herum begannen Äste zu knarren, Schneemassen fielen von ihnen ins Unterholz, große Gestalten reihten sich um sie herum, gelbliche Augen blitzten auf sie herab. Silver hatte keinen Überblick über die Anzahl der Adler, da sie nahtlos in die Schatten der Bäume übergingen, aber es waren mehr, als sie je zu Gesicht bekommen hatte. Sie wusste auch nicht, wer von ihnen gesprochen hatte, hatte sie doch das Gefühl, dass seine Stimme noch immer durch die Baumkronen hallte. Sie kannte diese Stimme nicht.

Die Gruppe rückte automatisch näher zueinander. Langsam flachte die raschelnde und knarrende Geräuschkulisse ab, die die Greifen verursacht hatten. Im Gegenzug machte sich eine bedrohliche Stille breit.

»Ich bin Murk«, fuhr die tiefe Stimme fort und nun konnte die Silberfüchsin den dazugehörigen Körper erahnen, auch wenn dieser von ihrer Position nur eine Silhouette war. Er bewegte sich nicht, während er sprach. »Ab sofort wohnt ihr nur noch hier, weil *ich* es euch erlaube. Sollte sich das ändern, könnt ihr nichts dagegen tun. Ich übernehme dieses Gebiet und wenn ihr tut, was euch gesagt wird, habt ihr vorerst nichts zu befürchten. Wenn ihr euch widersetzt, sehr wohl. Momentan lautet euer Befehl ... mir nicht auf die Nerven zu fallen, indem ihr zum Beispiel euer Eichhörnchen schickt, um unser Terrain auszuspionieren.« Vinous war bei der Bemerkung unauffällig noch näher zu den anderen gerückt. »Bis dahin könnt ihr davon ausgehen, dass wir alles erfahren, was bei euch vorgeht«, rasselte es drohend herab. Mit diesen Worten hatte er seine Flügel aufgeschlagen, woraufhin er ungefähr dreimal so groß wirkte wie zuvor. Die anderen taten es ihm gleich, ihre schwarzen Körper verdunkelten den Wald. Dann stieß sich einer nach dem anderen von seinem Sitzplatz ab, Schnee wirbelte auf und fiel auf sie herab. Der Vogelschwarm verschmolz mit dem Himmel und verschwand darin, bis sich schließlich auch das Schlagen ihrer Schwingen im Wind verlor.

Wollen und Müssen

»Was. War. Denn. *Das?*«, stockte der Marder, starr wie eine Salzsäule stand er da.

»Was daran war bitte unverständlich?«, keifte ihm Vinous aufgebracht entgegen, ganz offensichtlich noch zutiefst aufgekratzt von dem Erlebnis, seine Hand auf seinem Brustfell. »Murk hat uns die Konditionen deutlich mitgeteilt.«

Das hatte er. Die bernsteinfarbenen Augen des Marders wuchsen. »Das ist übel. Das ist *sehr* übel.«

»Wieso?«, entgegnete dagegen Docile. »Es könnte schlimmer sein. Er hat gesagt, dass uns nichts geschieht, wenn wir nach seinen Regeln spielen.«

Silver war noch komplett angespannt, doch bei der Bemerkung zogen sich ihre Augen zusammen. Diese Aussage, verbunden mit der Ruhe in seiner Stimme, stachelte etwas in ihr an. Es wirkte so, als könne Docile Murks Bedingungen akzeptieren – *sie* war dazu nicht einfach so bereit. »Ich halte nichts davon, Gefangene in meinem eigenen Land zu sein.«

»Ganz abgesehen davon, dass er diese ›Regeln‹ nach Belieben ändern kann und wird«, ergänzte Vinous, während er wieder auf den nächstgelegenen Baum sprang, als hätte er sich plötzlich daran erinnert, dass er ja Abstand halten wollte.

Der Marder klatschte die Hände zusammen, sein Lächeln schwarzhumorig. »Wie passend, dass wir gerade eine Versammlung haben, um unsere nächsten Schritte zu überlegen.«

Silver schnaufte. Aber er hatte recht. Sie mussten entscheiden, wie sie damit umgehen würden. »Irgendwelche ersten Vorschläge?«

»Verschwinden«, sagte Own entschieden. Die klare Aussage überraschte Silver zugegebenermaßen. Nicht weil Own sonst um den heißen Brei herumreden würde, aber dass es ihr so leichtfertig über Lippen kam, ihr neues Leben hier aufzugeben. Im nächsten Moment wurde Silver jedoch klar, dass sie ihre eigenen Gedanken auf die Häsin projizierte. Es war absolut sinnvoll für Own, diesen Vorschlag zu machen. Was sollte eine Häsin gegen einen Adler ausrichten können?

Der Füchsin kamen plötzlich Zweifel. Eben noch war sie sich sicher gewesen, dass sie Murks Bedingungen nicht akzeptieren wollte. Aber wenn Own es schon so offen ansprach – war das doch eine Möglichkeit, die sie in Betracht ziehen sollten? Zumal die Füchsin an mehr als an sich selbst denken musste. Nicht nur Hasen waren Adlern gegenüber schutzlos – sondern auch Welpen.

»Ich bin dafür, dass wir uns erst mal beruhigen«, hielt Bluefire jedoch dagegen. »Ohne sich ihnen auf lange Sicht unterzuordnen, selbstverständlich.«

»Und was soll das konkret heißen?«, war Silver nachdenklich versucht, das Problem von verschiedenen Seiten zu betrachten. »Glaubst du, wir können im Stillen etwas planen? Du hast ihn gehört. Vinous' Aktion ist nicht gerade geheim geblieben.«

»Auf die Gefahr hin, mich zu wiederholen«, entgegnete er genervt, »es ist nicht gut, einfach wegzulaufen. Es ist so ziemlich das Schlechteste, was man machen kann.«

»Aber ...« Nun trat die Füchsin auf ihn zu, ihre Ängste traten an die Oberfläche. Sie selbst hatte ihre Verantwortung im ersten Moment vergessen – tat er das etwa auch? »Was ist mit unserer Sicherheit? Der von Own, Dry oder Vinous?« Ihre Stimme verfiel zu einem Flüstern. »Mit der unserer Kinder?«

Sein Widerspruch flachte ab. Er ließ sie nicht aus den Augen, während sie erkannte, wie er mit sich rang. Tatendrang und Zurückhaltung, impulsives Handeln und bedachtes Handeln, das, was er wollte und das, was er musste. Er schluckte, als er immer noch regungslos verharrte. »Docile hat recht«, sagte er leise, als müsse er sich selbst überzeugen. »Vorerst. Wir können hierbleiben. Wir müssen das sogar, wenn wir herausfinden wollen, ob wir woanders überhaupt sicher sind.«

Es war nicht so, als könne sie seinen Zwiespalt nicht nachvollziehen. Im Gegenteil, auch sie fühlte sich zerrissen. Nach sehr langer Zeit, bereits seit ihrer Kindheit, war das der erste Ort gewesen, den sie ihr Zuhause nennen konnte. Der erste Ort, an dem sie freiwillig längere Zeit verbracht hatte und wirklich sesshaft geworden war. Wenn sie an die Bedeutung dachte, die dieser Wald für sie hatte, wollte ein Teil von ihr ihn auf keinen Fall aufgeben.

Aber andererseits verspürte sie auch Angst. Angst vor den Adlern, die soeben eine wirklich überzeugende Vorstellung abgeliefert hatten und Angst vor den Folgen, die ihre Handlungen für ihre ungeborenen Kinder haben mochten.

Und obwohl sie merkte, dass sie sich bereits dazu entschloss, Bluefires Rat zu folgen, hatte sie doch den Eindruck, dass er noch ganz andere Gedanken und Motive hatte. Wenn sie in seine Augen sah, spürte sie, dass sie nur ein Teil in seinen Überlegungen darstellte. Seit Beginn der ganzen Vermutungen über die Schatten konnte sie schon seine Zerrissenheit erkennen, die ihr das Gefühl gab, dass er sich von ihr distanzierte. Die Auswirkungen der Schwangerschaft auf ihre Beziehung wäre ohnehin schon schwierig gewesen, aber so wusste sie überhaupt nicht mehr, wie er zu allem stand.

Sie hoffte, dass all ihre Sorgen übertrieben waren und stellte alles zurück. Sie wollte an das Hier und Jetzt denken und was das anging, hatte sie sich bereits entschieden. »Also schön«, antwortete sie ihm, jedoch nicht halb so überzeugt wie sie das beabsichtigt hatte. »Wir bleiben. Vorerst. Schauen, wie es sich entwickelt.« Bluefire lächelte sie erleichtert an. Sie vergewisserte sich daraufhin bei der Häsin. »Ist das in Ordnung für dich?«

Own wirkte unzufrieden. Die Zweifel standen ihr deutlich ins Gesicht geschrieben. »Das könnte nach hinten losgehen.«

»Erst einmal abwarten und mehr Informationen sammeln«, entschloss sich auch Vinous. »Die Folgen überstürzter Handlungen können wir anders nicht vorhersehen. Und momentan wirkt es ja so, als können wir uns vorerst ruhig verhalten, ohne Konsequenzen tragen zu müssen.«

»Aber wenn wir uns längerfristig nicht unterordnen wollen, was dann?«, wandte Own ein.

»Es ist unsere Pflicht, mehr über sie herauszufinden«, entgegnete Bluefire scharf und war plötzlich einen Schritt vorgetreten. »Bonario gegenüber. Jedem gegenüber, den sie auf dem Gewissen haben.«

Einem kleinen, bläulichen Welpen gegenüber, erkannte Silver, als sie die Worte ihres Gefährten auf sich wirken ließ.

Own verließ besorgt den Versammlungsort. Sie hüpfte voran, ohne ein Ziel zu haben und realisierte, dass Docile nur wenige Meter vor ihr lief. Das Ende der Diskussion hatte sie nur noch halb mitbekommen, nachdem die Mehrheit dafür gewesen war, nicht Hals über Kopf zu fliehen. Daher hatte sie auch nur eine dumpfe Erinnerung daran, wie ihr Bruder ihr mitgeteilt hatte, dass er sich auf Nahrungssuche begeben würde.

Jetzt, da sie ihn nochmal sah, war sie wieder gegenwärtig und sprang ihm gezielt hinterher. »Docile, warte.« Er stoppte und wandte sich fragend nach ihr um. Sie konnte es nicht richtig in Worte fassen, aber er wirkte nicht so, wie sie erwarten würde. »Wie ... kannst du bei all dem so ruhig bleiben?«

Sein Blick fiel kurzzeitig zu Boden, während er sanft grinste. »Ruhig?«, wiederholte er belustigt, wobei Own nicht verstand, wieso.

»Ja. Die Adler stellen eine große Bedrohung für uns dar und du wirkst so, als wäre das eben gar nicht geschehen.«

Nun erkannte sie etwas anderes. Vielleicht Traurigkeit. »Das ist die Natur, Own«, begann er sachte. »Man wird ständig bedroht. *Ich* ... wurde zumindest schon des Öfteren bedroht. Manchmal muss man das ernst nehmen. Manchmal nicht.«

Ihre Stirn runzelte sich. »Und das hier«, fragte sie zögerlich, »nimmst du nicht ernst?«

Er zuckte die Schultern und schaute benommen in die Ferne. »Ich mache das, wie ich es gerade für richtig halte.« Sein Kopf schnappte auffordernd zurück zu Own. »Wenn du das Gefühl hast, es wäre besser zu verschwinden ... warum machst du es dann nicht?«

Die Häsin stockte und war im ersten Moment sogar verblüfft. In der Tat, *warum* nicht? »Ich ... weiß nicht. Weil ... die anderen nicht gehen, schätze ich«, überkam sie die plötzliche Erkenntnis, die sie jedoch skeptisch beurteilte. Sie wusste nicht, ob es richtig war, sich in diesem Fall nach ihnen zu richten.

Auch Docile strahlte Skepsis aus. »Kannst du ...«, tastete er sich heran, »ich meine ... vertraust du diesen Fleischfressern wirklich?«

Sie schluckte, als sie die Frage auf sich wirken ließ. »Offensichtlich«, antwortete sie ratlos.

Der Hase seufzte. »Vielleicht solltest du dir trotzdem überlegen, zu gehen.«

»Wieso?«, versuchte sie ihn zu verstehen. »*Du* gehst doch auch nicht.«

Er verzog kritisch den Mund. »Ja«, raunte er und atmete dann durch. »Aber du solltest deine eigenen Entscheidungen treffen.« Er zwinkerte ihr mit einem behutsamen Lächeln zu. »Das hast *du* mir doch immer versucht, beizubringen.«

Sie legte die Ohren an, durchaus berührt von dieser Erinnerung. »Du hast dich wirklich verändert«, stellte sie fest. »Du bist ... gestandener. Gefestigter. Selbstsicherer.«

Wieder blitzte ein amüsiertes Grinsen auf, das jedoch seltsamerweise bitter wirkte. »Nicht halb so sehr, wie du vielleicht denkst.«

Es tat ihr leid, dass er seine eigene Stärke nicht sehen wollte. Aber etwas *war* anders, eine gewisse Gelassenheit ruhte in ihm, auch wenn er augenscheinlich noch an Dingen zu knabbern hatte. Aber wer hatte das nicht? Own trat einen Schritt vor. »Doch«, widersprach sie überzeugt. »Du hast das nur noch nicht realisiert.« Ihre Augen leuchteten, sie freute sich für seine Fortschritte, obwohl er das nicht richtig annehmen konnte. Sie atmete still durch, eine leise Melancholie durchrann sie plötzlich. Sie freute sich wirklich für ihn, aber hatte plötzlich das Gefühl, dass sie selbst noch einen langen Weg vor sich hatte. »Ich beneide dich«, fuhr sie fort, woraufhin er sie entsetzt anstarrte.

»Oh Gott, bitte nicht.« Er schüttelte energisch den Kopf. »Ich bin alles andere als im Reinen mit mir.«

»Du wirkst aber so.« Sie schielte ihn aus den Augenwinkeln an. »Im Vergleich zu früher machst du den Eindruck, als könne dir nichts wirklich einen Schrecken einjagen.« Sie hatte den Eindruck, als wolle er widersprechen, doch er blieb ruhig. »Ich bin das komplette Gegenteil«, schloss sie daher und blickte in die Ferne.

»Nein, Own«, sagte er langsam, aber sicher. »Du bist meine große Schwester. Ich werde immer zu dir aufblicken. *Du* bist die Starke von uns beiden. Du warst immer stärker als ich.«

Sie seufzte gedehnt und ließ ihren Blick dann auf ihm ruhen. Zweifel und Unsicherheit fand er in ihrer Miene, wie immer seit er sie wiedergefunden hatte jedoch unter einer Schicht Ausdruckslosigkeit, die im Laufe der Zeit Teil ihres Wesens geworden war. Schließlich blinzelte sie ihn aber an, bevor sie wieder das Wort ergriff. »Etwas dagegen, wenn ich dich bei der Nahrungssuche begleite?«

Er schien gerührt, viel mehr als er eigentlich wollte. »Natürlich nicht«, wisperte er, er schaffte es in dem Moment nicht, einen anderen Ton anzuschlagen. »Niemals.«

Die Schneemassen mussten hier einige Äste zum Absturz gebracht haben, denn es erforderte akrobatische Fähigkeiten, um an dieser Stelle

durch das Unterholz zu gelangen. Wind hätte vielleicht doch lieber von der anderen Seite kommen sollen, aber jetzt steckte er schon mittendrin.

Genervt näherte er sich dem Rand ihres Reviers, sprang gezielt durch eine Lücke von Ästen hindurch, blieb im letzten Moment hängen und vollführte eine wenig anmutige Landung, bei der er nur noch froh sein konnte, wenigstens auf seinen vier Pfoten gelandet zu sein.

»Wind«, hörte er jemanden überrascht rufen und kurz darauf folgte ein unterdrücktes Lachen.

Einmal die Verärgerung abgeschüttelt, wandte er sich Vive zu. »Wusst' ich's doch, dass dir das gefällt«, entgegnete er lässig. »Hab noch überlegt, ob ich einen Purzelbaum hinzufügen soll.«

Nun lachte sie laut auf, unfähig es noch länger zurückzuhalten. »Das hätte definitiv noch eins draufgesetzt«, brachte sie unter Gelächter hervor.

»Na, vielleicht beim nächsten Mal.«

Sie grinste ihn nun breit an, doch dann wurde sie ernster, plötzlich unheimlich mitgenommen, da sie diesen unbeschwerten Moment wirklich genossen hatte. »Haben sie dich geschickt, um mir zu sagen, dass ich verschwinden soll?«

Er grinste dezent. »Nicht ganz.« Er schritt näher an sie heran, abwartend und ruhig. »Was willst du hier, Vive?«

Entgeistert blickte sie zurück. »Das habe ich deinen Eltern schon mehrfach erklärt. Ich will fliehen. Ich weiß nicht, wo ich sonst hin soll, um mir Hilfe zu holen.«

Sie erwartete schon halb mit noch mehr Fragen gelöchert oder wieder einmal einfach stehen gelassen zu werden, doch Wind begann sachte zu nicken. »Okay«, sagte er nur und entfernte sich genauso bedacht, wie er sich genähert hatte. Verwirrt beobachtete sie, wie er wieder in seinen Wald ging und Enttäuschung kroch stärker als die Male zuvor in ihr hoch. Doch dann drehte er sich nach ihr um. »Was ist?«, forderte er sie auf. »Kommst du?«

Vive stockte und klappte den Mund auf, nur um ihn wieder zu schließen. »W- wie war das?«, stammelte sie. »Ich soll mit reinkommen?«

»Kannst auch gerne noch eine Weile draußen bleiben«, zuckte er die Schultern, doch Vive war schon an seine Seite gesprungen. »Nein, kein Bedarf«, sagte sie schnell und lächelte ihn freudig an. Er grinste sanft und gemeinsam liefen sie hinein.

Wind ging voran und warf flüchtige Blicke auf seine Artgenossin, die sich aufmerksam umsah. Argwöhnisch versuchte er ihre Körpersprache zu lesen, doch sie schien in erster Linie einfach nur aufgeregt. »Dieser Ort bringt vielleicht Erinnerungen wieder«, murmelte sie in Gedanken, wandte sich dem Fuchs danach aber fragend zu. »Wo bringst du mich hin?«

»Zu deinem vorerst neuen Zuhause. Ich hoffe, es gefällt dir, du wirst so schnell nicht viel Anderes sehen.«

Sie nickte, als hätte sie das erwarten sollen. »Schon klar«, sagte sie leise. »Ich habe nicht damit gerechnet, einfach so überall herumlaufen zu dürfen.« Nach einer nachdenklichen Pause betrachtete sie ihn interessierter. »Warum bist du nicht schon früher vorbeigekommen? Ich weiß, es ist lange her, aber«, sie hielt inne woraufhin er eine Braue hob. Ein verlegenes Lächeln bildete sich auf ihren Lefzen. »Es ist schön, dich wiederzusehen.«

Er kam langsam zum Stillstand, während er sie nicht aus den Augen ließ. Auch er lächelte. »Es ist auch schön, dich wiederzusehen«, stimmte er zu, was sie dazu brachte, ihn offener anzustrahlen. Nach einer kurzen Stille klappte ihr Ohr zur Seite. »Warum haben wir angehalten?«

Er grinste leicht. »Weil wir da sind.«

»Ach so«, machte sie betreten und erhaschte tatsächlich den Eingang zu einer Höhle.

Wind ließ sie sich kurz umsehen, bis sie ihn schließlich wieder ansah. Er zögerte einen Moment, bevor er etwas sagte. »Du weißt mit Sicherheit, dass wir dich nicht ohne Gegenleistung hier wohnen lassen können.«

Sie nickte. »Ja«, sagte sie schnell. »Ich weiß nur nicht, ob ich deinen Vater zufriedenstellen kann mit dem, was ich weiß.« Ihre Stimme wurde leiser. »Es hat so viele Geheimnisse gegeben. Ich habe selbst nicht mehr durchgeblickt.«

»Ich«, begann Wind langsam und bemühte sich, überzeugend zu klingen, »werde dafür sorgen, dass mein Vater dich nicht zu streng behandelt.«

Sie schnaufte. »Dein Vater hasst mich«, meinte sie bitter.

»Na und?«, gab er trocken zurück. »Er kann mich zurzeit auch nicht sonderlich gut leiden.«

Verwundert horchte sie auf. »Warum das?«

Wind rollte die Augen. »Lange Geschichte. Aber das Verhältnis zu meiner Familie hat schon mal besser ausgesehen.«

Er sah ihr an, dass sie nachfragen wollte, doch sie entschied sich wohl dagegen. »Das tut mir leid«, meinte sie nur aufrichtig.

»Schon okay«, tat er es ab, auch wenn es augenscheinlich nicht spurlos an ihm vorbeigegangen war. »War meine Schuld.«

Sie ließ das für einen Moment wirken, nicht sicher, was sie damit anfangen sollte. »Wie geht es Cunning? Und Zart?«, fragte sie schließlich zurückhaltend. »Würde mich auch freuen, sie mal wieder zu sehen.«

Wind blieb still und seine plötzliche Betroffenheit war nicht zu übersehen. »Zart ...- ihr ... sie macht eine schwierige Phase durch«, erklärte er schwammig. »Das erzähle ich dir beim nächsten Mal.«

Zunächst besorgt begann sie nun zu lächeln. »Danke für diesen Satz«, meinte sie zufrieden. »Schön zu wissen, dass du wiederkommst. Wenigstens ein freundliches Gesicht, auf das ich mich freuen kann.«

Er lächelte amüsiert. »Muss ich ja wohl, wenn du hier festsitzt.«

Wieder verblasste ihr Lächeln und sie wirkte ernüchtert. »Ich werde hier auf Schritt und Tritt beobachtet, oder?«

Sie brauchte nicht wirklich eine Antwort. »Momentan noch«, bestätigte er ihr dennoch, doch er wirkte entgegen ihrer Erwartungen nicht hoffnungslos.

Nochmal lächelte sie ihn matt an. »Na dann.« Sie zuckte die Schultern. »Bis zum nächsten Mal.« Er nickte ihr zu, bevor er wieder hinter dem beschneiten Grünzeug verschwand. Erschöpft atmete sie einmal tief durch und warf nochmal einen Blick auf die Umgebung, die sie in nächster Zeit wohl nicht verlassen würde.

Eine Maus baumelte lose aus Stürmischs Mund. Er war noch sehr, sehr lange bei Zart geblieben, er wusste selbst nicht genau, wie viel Zeit vergangen war. Weder er noch sie hatten Appetit gehabt, doch als sich ihre Mägen immer lauter beschwerten, war der Rüde auf die Jagd gegangen. Er hatte sich kaum dazu aufrappeln können, alles in ihm lechzte danach, einfach weiterhin neben Zart liegen zu können, auch wenn er wusste, dass das nicht gut war.

Das Jagen wiederum bot ihm jedes Mal zwar Abwechslung, aber auch Zeit alleine, um in Ruhe nachzudenken. Wenn auch eher ungewollt. Er konnte nicht daran denken, was er verloren hatte, er wollte sich vielmehr bewusst werden, was er behalten durfte. Und er wusste, dass er Zart ebenso leicht hätte verlieren können. Womit seine Gedanken zu Wind führten. Er behielt seine Einstellung bei, dass er nicht wütend auf seine Gefährtin sein wollte und Wind *hatte* ihr wahrscheinlich das Leben gerettet, das musste er einräumen. Nichtsdestotrotz wusste er, dass er unter anderen Umständen auf die Situation ganz anders reagiert hätte.

Er trat nun vor die Höhle, von der sich ihre Familien inzwischen entfernt hatten. Regelmäßig sahen sie jedoch nach ihr, einer nach dem anderen. Sie waren nie wirklich allein und hatten gleichzeitig die Möglichkeit, unter sich zu sein. Für diesen Rückhalt war der Silberfuchs unbeschreiblich dankbar.

Er schlüpfte durch den Eingang. Zart hatte sich zusammengerollt, hob jedoch ihren Kopf, als sie ihn hörte und zusah, wie er die Maus vor ihre Pfoten legte. »Hast du ein bisschen geschlafen?«, wollte er wissen.

Sie nickte halbherzig. »Ein bisschen«, meinte sie leise. »Hab manchmal Alpträume.«

Stürmisch seufzte mitfühlend und legte sich dann hin, um mit ihr auf Augenhöhe zu sein. »Du musst versuchen, Ruhe zu finden. Körperlich musst du noch völlig erschöpft sein.«

»Das krieg ich gar nicht mit«, flüsterte sie abwesend und schaute an allem vorbei.

Er musterte sie benommen. »Zart ...«

Sie schüttelte umgehend den Kopf. »Ist schon okay, Stürmisch.« Ein Lächeln folgte, auch wenn es noch immer von Kummer überlagert war. »Ich will nicht so tun, als wäre ich die einzige, die leidet. Dir geht es doch genauso. Wir müssen uns einfach ... Zeit lassen.« Sie nickte, als würde sie ihre soeben gemachte Aussage nochmals unterstreichen und blickte ihn bittend an. Er wusste nicht genau, was sie damit sagen wollte, aber irgendwie gefiel es ihm nicht. »Ja, aber ...«, stockte er verwirrt, »wir können uns diese Zeit doch *gemeinsam* lassen ... oder?«

Er wünschte sich inständig, Zarts Aussagen komplett falsch verstanden zu haben, doch sie kam nicht dazu, etwas zu antworten. Heart hatte den Bau betreten und zog somit die Aufmerksam auf sich. Unvermittelt hielt sie an. »Ich wollte nicht stören«, versicherte sie bei der anhaltenden Stille schnell.

Stürmisch warf einen Blick auf seine Gefährtin, doch sie schien nichts erwidern zu wollen. Angespannt wandte er sich wieder Heart zu. »Nein, ich lasse euch kurz allein«, murmelte er und bewegte sich Richtung Ausgang. »Ich muss mir sowieso noch was zu essen besorgen.«

Heart beobachtete, wie der junge Silberfuchs an ihr vorbeilief und wendete sich dann an ihre Tochter. Mit trübem Blick begutachtete diese den vor ihr liegenden Nager. Die Schuld und Trauer in ihr waren kaum zu ignorieren, sie breitete sich in der gesamten Höhle aus und jeder Wille, dagegen anzukämpfen wurde sehr klein. Zweifel, Ungewissheit und Trauer beherrschten ihr Gemüt und sie wusste offenbar nicht, wie sie das alles handhaben und aushalten sollte.

Heart begab sich langsamen Schrittes zu ihr hin, was sie dazu brachte mit einem bemühten Lächeln aufzuschauen. »Wie geht es dir?«, fragte ihre Mutter behutsam.

Sie seufzte. »Es geht schon«, versicherte sie ihr.

Heart verzog keine Miene. »Und wie geht es dir wirklich?«

Die Zuversicht in Zarts Gesicht schwand und ihre Mimik wurde brüchig, als ihr Hearts durchdringende Gegenwart offenbar zu viel wurde. Plötzlich wusste sie nicht, was sie erwidern sollte. Sie wollte nicht so tun, als ob sie den Eindruck hätte, dass dieses Gefühl irgendwann besser werden würde, aber sie wollte sich dem auch nicht hingeben. Sie blieb einfach still.

Auch Heart spürte wieder, wie ihr mulmig zumute wurde. Sie musste aufpassen, dass ihr schlechtes Gewissen nicht ihre Entscheidungsfähigkeit beeinflusste. Daher waren Kühls Worte noch in ihrem Hinterkopf, auch wenn sie mit dem Anblick ihrer Tochter auf einmal sehr leise wurden. »Du kannst es überwinden«, flüsterte sie ihr zu. »Du musst es nur weiterhin versuchen.«

Wieder seufzte die beigefarbene Fähe verbittert. »Das *weiß* ich. Die Zeit läuft weiter, sie heilt alle Wunden und so weiter, blablabla.« Sie hielt bestürzt inne, ehe sie ruhiger fortfuhr. »Ich möchte, dass diese Zeit bereits vorbei ist. Oder es sich so anfühlt.« Sie wurde noch leiser. »Ich möchte, dass es mir egal ist.«

Heart bemerkte erst jetzt, dass sie den Atem angehalten hatte. Sie spürte, wie sich Abgründe bei ihrer Tochter auftaten. »Das wird es aber nicht, auch wenn du so tust«, versuchte Heart einzugreifen. »Du musst darüber reden, auch wenn es dich belastet. *Besonders* wenn es dich belastet.« Sie schluckte kurz und überlegte, ob sie den Rat auch an sich gerichtet hatte. »Und glaube nicht, dass es für Stürmisch einfacherer ist, damit umzugehen«, redete sie dann weiter. »Er hat schon einmal so etwas durchgemacht. Mit beiden Geschwistern.«

»Das habe ich nie behauptet«, wehrte sie sich empört. »Ich mache ihm auch keinerlei Vorwürfe oder dergleichen. Ich … mache sie mir selbst. Ich versuche die ganze Zeit herauszufinden, was ich versäumt habe. Ob es etwas gegeben hat, das ich hätte ändern können.« Plötzlich schlug die Schuld in Zart so stark aus, dass Heart kaum noch den Funken an Willenskraft wahrnehmen konnte. Zusätzlich hatte sie das Gefühl, die Art von Gewissensbissen in ihrer Tochter zu spüren, wie sie sie vor allem in Zusammenhang mit einer bestimmten Sache schon einmal von Zart vernommen hatte – als sie ihnen von dem Lager erzählt und Winds Beteiligung daran absichtlich verschwiegen hatte.

»Du machst dir Vorwürfe«, schlussfolgerte Heart, »weil du uns angelogen hast. Oder?« Zart schwieg beschämt und wich ihrer Mutter aus. »Du glaubst doch nicht etwa«, fuhr sie fort, »dass das in irgendeiner Verbindung zu der Fehlgeburt steht?«

»Was für eine Erklärung gibt es denn sonst?«, entgegnete sie verzweifelt. »Es *muss* doch an mir gelegen haben. Ich habe mich verrückt gemacht und das hat sich auf meine Schwangerschaft ausgewirkt.«

»Nein, Zart. Nein«, widersprach Heart energisch und begab sich zu ihr auf die Erde. »Ich *weiß*, dass es so nicht war, verstehst du?«

»Wie willst du das wissen?«, tat sie den Einwand ihrer Mutter ab.

»Weil... ich es weiß«, versuchte sie vergebens eine plausible Erklärung zu bieten. »Weil ich es schon vorher wusste und ... ich es jetzt auch noch mit Sicherheit weiß.«

Zart schien völlig verwirrt. »Was soll das heißen, dass du es schon vorher wusstest?«

»Weil...« Heart stockte. Na, da hatte sie sich ja in etwas reingeritten. Aber sie musste ihrer Tochter klar machen, wie unbegründet ihre Schuldgefühle waren. Ihre Reue durfte auf keinen Fall verhindern, dass sie das Geschehene verarbeitete. Nicht, wenn sie so falsch war. »Weil«, setzte sie nochmals an und redete zögernd weiter, »ich es vorher gespürt habe. Beides.«

Zarts verharrte regungslos, ohne zu verstehen, was ihre Mutter ihr sagen wollte. »Was ... wie ...« Sie schnaufte und schüttelte einmal mit gerunzelter Stirn den Kopf. »Was soll das bitte heißen? Die Vermutung, dass ich euch angelogen habe, na schön, aber ... die Fehlgeburt.« Verständnislos schaute sie sie an. »Das hast du unmöglich auch nur ahnen können«, flüsterte sie benommen.

Heart atmete kaum hörbar aus, sie fühlte sich plötzlich sehr klein. »Doch, Zart«, raunte sie skeptisch gegenüber sich selbst. »Das habe ich.«

Immer noch wehrhaft wurde sie von der hellen Füchsin angestarrt. »Wie ...?« Sie wusste wohl nicht, was sie eigentlich fragen wollte. »Erkläre es mir bitte«, befahl sie schließlich. »Ich verstehe es nicht.«

Wie sollte sie auch? Und wie sollte Heart es ihr erklären? Sie hatte nun keine andere Wahl mehr, als es zu erklären, oder? Sie seufzte, als sie kurzzeitig zur Decke schaute. »Ich ... habe gewisse Fähigkeiten. Von denen ... ich euch nichts erzählt haben. Vordergründig, weil ich gedacht habe, es wäre niemals erforderlich.«

Unsicher öffnete sich Zarts Mund. »Was ... für Fähigkeiten?«

Hearts grüne Augen strahlten ihre bekannte Ruhe aus und sie verloren Zweifel. Die Entscheidung war gefallen. »Empathische«, lautete die Antwort. »Sehr ausgeprägt, ich ... kann die Gefühle anderer spüren.«

Zarts war wie erstarrt und versuchte, diese Offenbarung irgendwie zu verarbeiten. Ihre Mutter wartete geduldig, bis sie wieder imstande war, etwas zu sagen oder auch nur irgendwie zu reagieren. Eigentlich seltsam. Heart hatte ohnehin mit dem Gedanken gespielt, es ihr zu verraten, hatte sich dann vorerst dagegen entschieden, nur um es jetzt doch zu tun. Sie war gespannt, wie sie es aufnehmen würde. »Wer weiß es sonst noch?«, hörte sie Zart fragen.

»Dein Vater«, antwortete sie einfach.

Die junge Füchsin schien nach Worten zu suchen. »Warum erzählst du mir es jetzt?«

»Weil du wissen musst, dass du nicht Schuld an der Fehlgeburt hattest, nur weil du dir vielleicht Stress gemacht hast. Ja, ich habe die Lügen erahnt und ... den Schmerz sogar richtig gespürt. Aber es hatte nichts miteinander zu tun. Es war unabhängig voneinander.«

Zart stöhnte erkennend. »Du hast mich gefragt, ob es mir gut geht«, erinnerte sie sich.

Heart nickte zurückhaltend. »Glaub mir, wenn ich erkannt hätte, dass es um deine Jungen geht ...«, sie stockte schmerzerfüllt. »Ich weiß auch nicht. Ich hätte vielleicht irgendwie ...«

»Jetzt fängst du ja so an wie ich«, kommentierte Zart, woraufhin Heart still blieb. Ihre Tochter wandte den Kopf und blickte nachdenklich ins Leere. »Du solltest dir auch keine Schuld geben. Wahrscheinlich hat niemand etwas machen können.«

»Du glaubst mir also?«, wollte sich Heart vergewissern.

Zart atmete durch und lächelte verhalten. »Es erklärt, dass du den Nagel so oft auf den Kopf triffst.«

»Ich möchte, dass du mir glaubst, dass das zwei völlig unterschiedliche Dinge waren«, wiederholte Heart eindringlich.

Ein verhaltenes Nicken ging von den jungen Füchsin aus, doch ihr Blick war weiterhin leer. Stille füllte die nächsten Minuten den Raum, bis sie von Zarts gedankenversunkener Stimme durchbrochen wurde. »Ich würde gerne ein bisschen alleine sein.«

Heart bewegte sich nicht, viel zu sehr damit beschäftigt, Zarts Gefühlsleben zu erkunden – und dass dieses gerade alles andere als einfach zu lesen war. Ihre Gefühle waren querbeet, nicht zu ergründen. Nach einem Augenblick begab sich Heart dann aber auf ihre Pfoten. »Natürlich«, ging sie ihrer Bitte nach und lief dann ein wenig schwerfällig nach draußen. Sie hatte keine Ahnung, was das für Auswirkungen haben würde. Sie konnte nicht sicher sagen, wie Zart das alles tatsächlich aufgenommen hatte.

»*Du hast es wieder mal gewusst.*«

Hearts Lider senkten sich, als sie Kühls Stimme hinter sich hörte. Ja, sie hatte es gewusst. Die Rotfuchsfamilie, die hier vor kurzem aufgetaucht war, hatte keine guten Absichten. Es war wichtig, dass Kühl und seine Eltern das wussten. Ungeachtet der Konsequenzen für *sie*.

Der junge Rotfuchs wanderte vor sie. Er hatte ein schiefes Grinsen, doch seine Augen waren warm. Das hatte sie nicht erwartet. »Meine Mutter ist skeptisch.«

Heart musste kurz grinsen, doch sie versuchte ihn zu lesen. Er wirkte aufrichtig. »Und du?«

Er atmete still durch. »Ich würde *dir* gerne den Erklärungsversuch lassen.«

Oh-oh, hier war es. Ihre Befürchtungen tummelten sich in ihrer Brust, riefen ihr zu, es sein zu lassen, nichts zu sagen und ihm den Rücken zu kehren. Sie würde es sicher schaffen, über ihn hinwegzukommen.

Vielleicht.

Irgendwann.

Vielleicht aber auch nicht. Sie konnte es genauso gut auch riskieren. Was hatte sie denn schon zu verlieren? Ihn? Das würde sie sowieso, wenn sie sich nun nicht öffnete. Hätte sie nur nicht so verdammt schlechte Erfahrungen damit gemacht.

Ihr Mund öffnete sich zögerlich. »Ich ... weiß nicht genau, wie ich anfangen soll.«

Sein Kopf neigte sich zur Seite. »Ich habe etwas nachgeforscht, weißt du. Es gibt Geschichten. Gerüchte. Immer wieder. Von Hellsehern.«

Hearts Augen klappten zu. Sie fühlte eine Mischung aus Erleichterung und Verletzlichkeit, während er fortfuhr. »Visionen, Offenbarungen. Übersinnlichen Fähigkeiten. Und so weiter und so fort. So viele Geschichten. Die meisten davon wahrscheinlich nicht wahr. Aber jetzt kommst du daher. Und meine Zweifel über diese Geschichten kommen ins Wanken.«

Sie spürte, wie er näher rückte. Das brachte sie dazu, die Augen wieder zu öffnen und sich ihren Ängsten zu stellen. Weil er sie immer noch anlächelte und zwar mit seinem ganzen Wesen. »Hier gibt es nur zwei Möglichkeiten«, sagte er klar. »Ich glaube nicht, dass du uns verraten hast. Die einzige Frage, die jetzt noch wichtig ist – kannst du es spüren, dass ich es auch so meine?«

Er wusste es. Und das zauberte überraschenderweise ein Lächeln auf ihr Gesicht. Denn er hatte es jetzt schon akzeptiert, bevor sie es ihm überhaupt gesagt hatte.

Stürmisch trabte zügiger durch den Wald, als es für die Jagd förderlich war. Er hatte noch weniger Hunger als zuvor. Aufgebracht und angeschlagen zugleich bekam er nicht wirklich mit, wohin er lief. Er wollte nicht, dass es so war. Er wollte mit Zart reden können, ohne Angst davor haben zu müssen, was er sagte. Und nebenbei konnte er seine eigenen Gefühle nicht beiseite schieben, auch wenn er es gerne täte, um ihr beistehen zu können.

»Ich habe nach dir gesucht«, hörte er plötzlich Whitestars Stimme.

Zu ihr umgedreht gab er sich keine Mühe, seinen Kummer zu verbergen. »Was gibt's?«, fragte er, ohne allerdings den Eindruck zu erwecken, als wollte er es wirklich wissen.

Die Füchsin trat bedächtig näher, in ihrem Gesicht spiegelten sich ähnliche Gefühle, wie sie der Silberfuchs gerade empfand. »Ich wollte nur wissen, wie es dir geht«, begann sie behutsam. »Wir haben ... noch nicht wirklich geredet.«

Nach einem leisen Schnaufen zuckte er kaum merklich die Schultern, ohne seine Mutter aus den Augen zu lassen. »Du weißt doch, wie ich mich fühle.«

Sie verharrte zunächst wortlos. Er hatte recht. Das half jedoch weder ihm noch ihr. »Es wird leichter«, wollte sie ihm versichern, doch flüsterte nur noch. »Der Schmerz ... lässt irgendwann nach.«

Stürmisch brachte kaum den Mund auf. Er hatte Angst vor seiner Frage, bevor er sie überhaupt gestellt hatte. »Hört er jemals auf?«

Whitestar presste die Lippen aufeinander, Wasser stand in ihren hellblauen Augen. Stürmischs Kopf sank. Und obwohl er keine andere Antwort erwartet hatte, tat es trotzdem weh.

Wind konnte sich nicht dagegen wehren, sich überall, wo er langlief, genau umzuschauen. Es fühlte sich ohne Zweifel seltsam an, wieder hier zu sein, aber auf der anderen Seite war ihm alles so vertraut wie eh und je. Nach dem Treffen mit Vive fand er es an der Zeit, sich auf einen längeren Aufenthalt im Wald einzustellen. Er hatte bereits ein Auge auf einen alten Bau geworfen, den er ohne weiteres ausbauen konnte.

Mit den Gedanken an seine zukünftigen Arbeiten, sah er auf einmal Cunning, der ihm entgegenlief. Er zögerte noch anzuhalten, da er nicht wusste, ob die Begegnung nur zufällig war oder ob sein Bruder mit ihm reden wollte. Ein verhaltenes Lächeln bildete sich auf Cunnings Gesicht, kurz bevor er stoppte. »Hat alles geklappt?«, wollte er wissen.

Winds Ohren zuckten. »Du musst mich nicht kontrollieren«, gab er bissig zurück.

»Wollte ich gar nicht«, versicherte er schnell und wirkte tatsächlich überrascht.

Wind blinzelte. »Dann«, er zuckte gleichgültig die Schultern, »tut's mir leid.«

Cunning ließ den Blick ein paar Atemzüge auf seinem Bruder ruhen und schien nach Worten zu suchen. »Das ... ist nur die erste Gelegenheit, in der ich dich alleine erwische«, erklärte er weiter, hielt danach aber kurz inne. »Ich ... wusste ja nicht, ob ich dich wiedersehe.«

Ein Prickeln fuhr unter Winds Fell. »Du hast aber auch nicht viel dafür gemacht«, warf er ihm entgegen.

Entgeistert wurde er von seinem Bruder angestarrt. »Was hätte ich denn machen sollen?«, fragte er verständnislos. »Ich war ... schockiert. Von dir. Von dem, zu was du fähig warst.«

»Ich *weiß*, ich weiß es doch«, erwiderte er scharf und rollte genervt die Augen, er konnte nicht anders. »Ich weiß, was für ein schlimmer Kerl ich bin, das habe ich jetzt zur *Genüge* mitgekriegt.« Er schnaufte, erkannte aber, dass Cunning ihn lediglich ruhig musterte.

»Ich will dir keine Vorhaltungen machen«, sagte dieser schließlich. »Was passiert ist, ist passiert und nichts kann das ändern. Ich will nur ...«, er stockte und sah ihn flehend an, »dass du aufpasst, dass du so etwas nicht wieder machst.« Er atmete einmal durch und wirkte aufrichtig. »Du bist mein Bruder. Und du wirst mir immer wichtig sein.«

Wind brauchte einen Moment, bevor er reagieren konnte. Es geschah einfach so unvermittelt, dass ihn die Worte seines Gegenübers berührten und er konnte nicht leugnen, dass ihm seine Meinung wichtig war. Allerdings war er über den Punkt hinausgekommen, dass ihre Kommentare sein Handeln bestimmten, sonst wäre er vermutlich gar nicht erst zurückgekehrt.

»Seid vorsichtig mit eurer Doppelmoral«, mahnte er stattdessen langsam. »Ich nutze *wieder* Vertrauen aus, um zu manipulieren – nur diesmal *mit* eurem Segen.« Er drehte sich um und wollte ihn damit stehen lassen und einen Moment lang dachte er auch, Cunning würde nichts mehr hinzufügen.

»Warum machst du es dann?«, ertönte dann aber seine Stimme und er hielt daraufhin an. »Um wieder ein Teil dieser Familie zu sein?«

Wind stand noch einige Augenblicke mit dem Rücken zu ihm. Wenn er so direkt gefragte wurde, musste er zugeben, dass er selbst nicht genau wusste, wieso, auch wenn er nach und nach zu der Annahme kam, dass es mehrere Gründe gab. Dass leise in ihm noch die Hoffnung bestand, es könne irgendwann einmal wieder so wie früher werden, spielte unterbewusst bestimmt auch eine Rolle, auch wenn sie irrational war. Schließlich wandte er den Kopf nach seinem Bruder um, Bedauern und Gewissheit floss in seine Mimik. »Das lasst ihr mich doch sowieso nie wieder sein«, antwortete er bitter und nicht ohne Vorwurf. »Der Grund, warum ich das mache, ist zunächst einmal ganz einfach.« Er funkelte Cunning an und dieser fragte sich daraufhin, wie er das zu interpretieren hatte. »Weil ich derjenige bin, der es kann«, schloss Wind wie selbstverständlich ab und machte dabei den Eindruck, als würde es ihn nicht wirklich interessieren, was bei all dem herauskommen würde.

Whitestar musste damit aufhören, sich Stürmischs Schmerz vorzustellen. Und doch passierte es immer und immer wieder, als wäre sie an seiner Stelle. Sie fragte sich, ob sie wegen der Fehlgeburt und der Tatsache, dass sie deshalb vor allem an Munter erinnert wurde, sich an die Hoffnung klammerte, dass sich Silver im Süden vielleicht ein neues Leben aufgebaut hatte.

Die Polarfüchsin hatte gar nicht gemerkt, dass sie auf ihrem Weg bei der Lichtung der Rotfüchse vorbei lief. Ihr wurde dabei bewusst, dass dieses Fleckchen des Waldes ebenso zu ihrem Zuhause gehörte, wie das Land um ihren und Sages Bau. Sie waren im gesamten Wald so heimisch geworden, wie es auch die Rotfüchse waren. Viel hatte sich getan, seit sie das erste Mal einen Fuß hierhin gesetzt hatten und seitdem war es Whitestar eigentlich nie mehr in den Sinn gekommen, wieder fortzugehen.

Bis heute.

Heart befand sich im Eingang und begrüßte sie mit einem Lächeln, was die weiße Füchsin dazu brachte, zu ihr zu laufen. Behutsam blinzelte die rote Fähe ihr zu. »Wie geht es Stürmisch?«

Whitestar zuckte die Schultern. »Den Umständen entsprechend«, antwortete sie. »Und wie geht es Zart?«

Ihr Gegenüber atmete durch. »Den Umständen entsprechend«, gab sie einfach zurück, doch konzentrierte sich sofort wieder auf Whitestar. »Und wie geht es dir?«

Verwundert klappte ein Ohr zur Seite. »Wie sollte es mir schon gehen?«

»Na ja, das Ganze geht an dir und Sage bestimmt auch nicht spurlos vorbei. Mir und Kühl geht es ja genauso.«

Die weiße Füchsin schien nachdenklich. »Es ist aber nicht nur das«, sagte sie leise. »Sicher ist es schrecklich und da wir das mit unserem jüngsten Sohn schon durchgemacht haben, ist es nochmal schwieriger.«

Heart war sich nicht sicher, ob ihre Artgenossin weiterreden wollte. »Aber?«, hakte sie daher nach.

Whitestar seufzte. »Seit ... wir von den anderen Silberfüchsin gehört haben ... kriege ich sie nicht mehr aus dem Kopf«, gestand sie schließlich.

Die Rotfüchsin nickte verständnisvoll. »Könnten sie mit euch verwandt sein?« Die weiße Füchsin grinste aufgrund der scheinbar irrsinnigen Vermutung, die ihr Gegenüber hatte, die aber auf eine Weise genau Whitestars Gedanken widerspiegelten. »Aber wenn es Vorfahren sind, wären es doch nur Sages, oder? Ich meine, es sind ja Silberfüchse.«

Nun lächelte Whitestar deutlicher und zwinkerte ihr zu. »Ich bin keine reine Polarfüchsin.«

Heart zog daraufhin verblüfft den Kopf zurück. »Nicht?«

»Nein«, erwiderte sie wie selbstverständlich. »Ich habe genauso Silberfüchse als Vorfahren. Deswegen auch mein Körperbau. Polarfüchse sind gedrungener. Etwas, dem ich nicht unbedingt hinterhertrauere.«

Nun lächelte auch die Rotfüchsin. »Ihr wisst nicht genau, was mit euren Vorfahren geschehen ist, oder? Ihr wisst nur, dass sie durch Menschen auf eine Pelzfarm gekommen und irgendwie entkommen sind – wie auch immer.«

»Ja, wir wissen nicht viel, aber das ist es eigentlich auch nicht«, schüttelte sie den Kopf und zögerte fortzufahren. »Es … ist … dass ich …«, sie seufzte augenrollend, »die fixe Idee habe, dass Silver unter diesen Silberfüchsin sein könnte.«

Heart blinzelte. »Deine Tochter?« Ihre Artgenossin nickte. Die Rotfüchsin wusste, dass sich Whitestar lächerlich fühlte, doch Heart kam dieser Gedanke alles andere als abwegig vor. Die Polarfüchsin hatte in diesem Moment etwas, das Heart nur allzu gut kannte – Intuition. Und abgesehen davon, dass die rote Fähe das sehr ausgeprägt besaß, hatte das im Grunde jeder. Die meistens wissen nur nicht, wie sie damit umgehen müssen. So fühlte sich auch Whitestar hin- und hergerissen zwischen dem Verlangen, einer gegenstandslosen Vermutung nachzugehen und ihr zurzeit geregeltes Leben unangetastet zu lassen. Heart für ihren Teil zweifelte nicht daran, dass die Verbindung von Mutter und Kind eine der stärksten war, die es gab.

So rückte sie noch ein Stück näher an die weiße Füchsin heran, warm und unterstützend. »So wie ich das sehe, ist es durchaus möglich«, lautete ihre Antwort, woraufhin sich in Whitestar Hoffnung ausbreitete. »Es gibt keinen Grund zu der Annahme, dass es deiner Tochter nicht gut gehen sollte. Und Silberfüchse sind nicht sehr verbreitet, also ist die Chance nochmal größer, dass sie wirklich dabei sein könnte.« Hearts Lächeln wurde intensiver und verlieh der Polarfüchsin eine unerklärbare Sicherheit. »Manchmal muss man sich auf sein Gefühl verlassen, Whitestar. Es zeigt uns Dinge, bei denen unser Verstand an seine Grenzen stößt.«

Die helle Fähe war der roten in diesem Moment so dankbar, war sie dadurch doch tatsächlich ein wenig beruhigt, auch wenn sie immer noch nicht wusste, was das für ihre zukünftigen Pläne bedeutete. Sollte sie dem Wunsch herauszufinden, ob Silver wirklich noch lebte, einfach so nachgehen, koste es was es wolle?

»Du hast sie gerettet.«

Die Stimme riss Wind aus den Gedanken, aber er freute sich, sie zu hören. Marron saß in einem der Bäume am Rande des Wäldchens. Ein Lächeln umspielte Winds Lippen, doch es beherbergte etwas Trauriges. »Ja, hab ich«, meinte er dann. »Aber ihre Jungen konnte ich nicht retten.«

Marron schaute ein paar Augenblicke stillschweigend zurück, ehe er antwortete. »Wahrscheinlich konnten sie nicht gerettet werden.«

Wind wusste, dass er es tatsächlich so meinte und das nicht nur sagte, um ihn zu trösten. Es war einer der Gründe, warum er den Greif so gut leiden konnte. »Wie auch immer, ohne dich ...«, begann er aufrichtig. »wäre sie auch gestorben.«

»Hm«, machte Marron, nachdenklich und wissend. »Da war es anscheinend doch gut, dass du einen Späher hattest.«

Wind musste ein Schnaufen unterdrücken und deutete ein Kopf-schütteln an. Da war sie wieder, die Stichelei. Das hatte er ja schon fast vermisst. »Als ob ich das hätte planen können«, wusste er selbst nicht, ob er empört oder geschmeichelt klingen wollte.

»Na ja, ich weiß nicht, was du geplant hast.« Marron zuckte die Schultern. »Ich weiß nur, dass du wissen wolltest, was bei deiner Familie los ist und siehe da ... jetzt bist du wieder hautnah am Geschehen.«

Wind starrte zurück, seine Gesichtszüge plötzlich härter, doch seine Augen verletzt. »Ich hätte sie verlieren können. In erster Linie bin ich *deswegen* zurück. Ganz so herzlos bin ich vielleicht doch nicht.« Bitterkeit floss in den letzten herausfordernden Satz.

»Ich weiß«, meinte der Adler ruhig. »Das ist ja auch der Grund, warum ich dich immer wieder daran erinnere.«

Wieder eine Pause. Wind wusste nicht, was er fühlen, geschweige denn sagen sollte. Er merkte nur, dass er seinen Kiefer zusammenge-presst hatte. Er schüttelte daraufhin seinen Kopf und versuchte, sich zu lockern. »Wie läuft es sonst so, draußen?«, entschied er sich dazu, das Thema in eine andere Richtung zu lenken. »Irgendwas Neues? Außergewöhnliches?«

Der Greif legte den Kopf schief. »Die Menschen kommen näher.«

Winds Mundwinkel zogen sich dezent nach oben. »Das ist weder neu noch außergewöhnlich.«

»Sie kommen nicht einfach nur *näher*, sie kommen *nahe*.«

»Wie ungewohnt kryptisch von dir«, schoss der Rotfuchs neckisch zurück.

»Oh, war das zu ›kryptisch‹ für dich?«, sprang sein Gegenüber darauf an. »Ich dachte, du würdest das verstehen, mein Fehler.«

»Einfache Worte, bitte«, zischte er selbstironisch.

Der Vogel lachte kurz aufgrund des Schlagabtausches, wurde aber wieder ernsthaft. »Sie messen das Land aus. Ziemlich große Flächen. Die momentanen Baustellen werden nicht die letzten sein.«

Winds Ohr zuckte nachdenklich. »Das sind sie doch nie«, meinte er schließlich. »Menschen werden immer eine potenzielle Gefahr darstellen.«

»Hm«, machte der Greif. »Mag sein. *Ich* denke dabei aber an die ganzen Bewohner, die ihr Zuhause schon verloren haben.«

»Ich weiß«, bestätigte Wind sanft, ein behutsames Zwinkern folgte. »Du bist bei weitem zu gut für diese Welt.«

Marron schnaufte, Widerspruch und Zustimmung waren gleichermaßen in seinem Gesicht zu sehen. »Ich kann eben nicht aus meiner Haut«.«

Winds Augen funkelten. »Wem sagst du das.«

Marron seufzte. »Alles, was ich sagen wollte, war – passt auf, seid wachsam und haltet eure Augen und Ohren offen.«

»Immer«, versicherte ihm Wind.

Der Vogel lächelte. »Gut.« Er breitete die Flügel aus und verabschiedete sich mit einem Nicken. Wind beobachtete, wie er in der Ferne immer kleiner wurde.

Cunning brauchte einen Moment, um zu realisieren, wo er war und dass das Scharren, das er hörte nicht Teil seines Traums war. Erschrocken zuckte er hoch und war vollends angespannt, als sich ein vom Mond beschienener Vierbeiner offensichtlich an einer Wand seines Baus zu schaffen machte. Es dauerte zum Glück nicht lange, bis er einen gewissen Silberfuchs erkannte.

»Stürmisch?«, fragte er verwirrt, verschlafen und immer noch mit einer Anspannung, die gerade erst abflachte.

»Ich arbeite nur etwas an deinem Bau«, erwiderte er, als wäre es das normalste der Welt, doch in seiner Stimme lag etwas Seltsames.

Cunning stockte mit offen stehendem Mund. »Aha«, hauchte er schließlich perplex und fragte sich, ob er auch tatsächlich wach war. »Das ist ... aber nett von dir.«

Stürmisch nickte schnell und ließ nicht von der Wand ab. »Ja weißt du, du hast gemeint, du hättest Probleme mit diesem Gang und ich hab da eine Idee gehabt, die ich gerne ausprobieren wollte.« Er hüpfte einen Schritt zurück und begutachtete seine geplante Baustelle.

Der Rotfuchs wusste wirklich nicht, ob er lachen oder mit anpacken sollte. Er schüttelte einmal den Kopf, die Stirn in Falten gelegt, als er den so tatkräftigen Silberfuchs beobachtete. »Ähm ... Stürmisch ...?«

»Hm?«, machte er sofort hibbelig, tat aber so, als wäre nichts und schaute ihn dann das erste Mal an. Der Nervosität, die er bislang zu verschleiern versucht hatte, lag nun in seinen Augen, offen und verletzlich.

Cunnings Ohren zuckten, als er seinen Freund so auf sich wirken ließ. Dann begab er sich auf die Füße und lief langsam zu ihm hinüber. Die pure Verzweiflung in den plötzlich feuchten Augen des Silberfuchses trat mit jedem Schritt, den Cunning tat, noch weiter hervor. Die Lippen des silbernen Rüden waren nur noch ein Strich, ein Flehen stand in seinem Gesicht, das hilfloser nicht sein könnte. »*Bitte*«, wisperte Stürmisch. »Ich will einfach nur etwas tun. Ich muss an andere Dinge denken.«

Cunning stockte, doch begriff. Er begann langsam zu nicken, Verständnis in seinen Augen. »Okay«, flüsterte auch er. »Lass uns den Gang einmal ansehen.«

Dankbarkeit schwemmte in sein silbernes Gesicht und er wandte sich der Wand mit einem tiefen Durchatmen zu, das seine Gefühle wieder zu ordnen schien.

Bronze rannte durchs Unterholz, bis sie endlich vertraute Gerüche aufnahm und ihnen zielstrebig folgte. Es dauerte nicht lange, bis sie Own, Docile und den Marder sehen konnte, die ihre Unterhaltung bei ihrer Ankunft unterbrachen.

»Da bist du ja endlich«, meinte ihr Artgenosse unbeeindruckt. »Du hast ganz schön was verpasst.«

»Ja, ich weiß«, antwortete sie. »Hab's gerade mitbekommen. Wie sieht der Plan aus?«

»Welcher Plan?«, zuckte der Marder die Schultern.

»Es gibt keinen Plan?«, stieß sie entsetzt aus.

»Was erwartest du denn, was wir tun?«

Entgeistert starrte sie ihren Artgenossen an. »Wie wär's mit verschwinden?«

»Was soll das bringen?«

»Keine Ahnung«, gluckste Bronze mit überspitzter Verständnislosigkeit. »Vielleicht überleben?«

Der braune Jäger schüttelte den Kopf. »Auch wenn mir eine Flucht als durchaus verlockend erscheint, halte ich es doch zu diesem Zeitpunkt für falsch.«

»Ach«, machte Bronze und kreuzte die Arme. »Und wie kommt der Meister darauf?«

Der Marder grinste kurz, redete aber ernst weiter. »Auch wenn es klischeehaft klingt – vor einer Bedrohung einfach wegzulaufen, ist keine Lösung. Willst du wirklich abhauen, solange du noch gar nicht weißt, vor *wem* eigentlich und wohin du laufen musst?«

»Kann mich dem anschließen«, ertönte es plötzlich direkt hinter Bronze, woraufhin sie erschrocken zusammenfuhr.

»Wah, lass das!«, keifte sie Vinous an, nachdem sie ihn entdeckt hatte und beruhigte ihren Herzschlag, bevor sie in die Runde blinzelte. »Schleicht er sich immer so an?«

Der Marder grinste ihr zu. »Du gewöhnst dich dran.«

Seine Artgenossin schüttelte den Kopf. »Mag sein, dass ihr recht habt. Aber ihr habt euch auch nur um euch selbst zu kümmern. Silver und Bluefire haben bald eine Familie und *ich* hätte keine Lust, dass meine Kinder auch nur in der Nähe von den Adlern aufwachsen.«

»Dass ich es für besser halte, fortzugehen, wisst ihr ja«, meldete sich Own zu Wort.

»Danke«, erwiderte Bronze erleichtert. »Wenigstens eine mit gesundem Überlebensinstinkt.«

»Weiß du«, begann der Marder schließlich ungeniert, »niemand zwingt dich, hierzubleiben.«

Bronzes Stimme blieb ihr im Hals stecken, als sie fassungslos an seinem süffisant anklingenden Gesichtsausdruck hängen blieb.

»Natürlich ist niemand verpflichtet, hierzubleiben«, redete Vinous weiter, während Bronze ihren Artgenossen noch immer nicht aus den Augen ließ und sie mehr und mehr eine enttäuschte Ernüchterung verspürte, während er auch sie weiterhin ansah. »Letztendlich muss sowieso jeder für sich entscheiden, was das Beste ist.«

»Und für dich ist das hierzubleiben?«, klinkte sich Docile in das Gespräch ein. »Auch wenn alle anderen gehen würden?«

Vinous bildete ein zurückhaltendes Grinsen. »Ich bin nicht abhängig von den anderen«, antwortete er überzeugt. Als sei das wichtig für ihn. »Also ja, ich würde erst einmal hierbleiben.«

»Die Adler könnten dich in der Luft zerreißen«, hielt der Feldhase dagegen.

»Dazu müssten sie mich erst einmal kriegen«, ließ der Nager selbstbewusst verlauten.

»Ganz schön eingebildet für so einen kleinen Kerl«, kommentierte Docile. »Es wäre weitaus klüger, zu verschwinden. Als was würdest du *deine* Vorgehensweise bezeichnen?«

Nun lehnte sich Vinous forschend von seinem Ast aus nach vorne. »Was ist passiert, hm? Soweit ich mich erinnere warst du so ziemlich der einzige, der gesagt hat ›Hey, alles halb so wild, lasst uns hierbleiben‹.«

»Vielleicht hab ich ja meine Meinung geändert«, zuckte er mit die Schultern, doch Vinous war nicht überzeugt.

»Diskutieren hin oder her«, meinte der Marder, nachdem es ihm gelungen war, sich von Bronzes Blick zu lösen, der ihm aus irgendeinem Grund immer unangenehmer geworden war, »die meisten haben sich dazu entschlossen, noch zu bleiben, einschließlich Silver und Bluefire. Und sogar Own hat sich bereit erklärt abzuwarten.«

Bronzes Ausdruck wurde von Wut überlagert. »Ja, das heißt wohl, die anderen Meinungen sind dann egal und die betreffenden Leute können verschwinden«, keifte sie bissig. »Alles klar, vielen Dank.«

Bevor jemand reagieren konnte, war sie davongesprungen und ließ einen perplexen Marder zurück. Er bemerkte erst einige Sekunden später, dass die Blicke der anderen auf ihn gerichtet waren. »Ähm, tja …«, stammelte er steif und formte dann ein hilfloses Lächeln auf seinen Lippen. »Sonst noch Fragen?«

Es war mitten in der Nacht und Own hörte den gleichmäßigen Atem ihres Bruders in der Höhle. Sie konnte nicht schlafen, dafür sammelten sich in ihrem Kopf zu viele Gedanken. Ihre Ängste bezüglich der Adler waren nicht gesunken, nur weil die anderen bereit waren, zu bleiben. Andererseits wusste sie, dass es vernünftig war, die Motive der Adler herauzufinden, aber der eigentliche Grund, dass sie blieb, war ein anderer. Sie wollte einzig und allein wegen ihrer alten Weggefährten nicht fort. Das war etwas, worüber sie sich schon seit langem im Klaren war, nämlich dass sie ihre engsten Bekannte geworden waren, ihre Freunde. Womöglich sogar ihre Familie.

Nun war da Docile, der wohl keine richtige Meinung dazu zu haben schien, war er doch zuerst überzeugt davon gewesen zu bleiben, wollte dann, dass Own fortging und fand auch jetzt die Idee ganz gut. Sie fragte sich, was *ihn* dazu bewegte, doch zu bleiben. Sein ganzes Auftreten und der Eindruck, den er hinterließ, war um einiges sicherer als zu ihrer Kinderzeit, aber hatte er auch tatsächlich eine Überzeugung, die er vertrat? Er hatte immer dazu geneigt, sich anderen zu beugen und den leichten Weg zu wählen. Sie fragte sich, wie viel von dem alten in dem neuen Docile steckte.

Plötzlich wurden ihre Gedanken von Geräuschen außerhalb des Baus unterbrochen. Ihre Ohren wandten sich zu ihnen, ihr Blick folgte. Die Geräusche waren schleppend, stolpernd. Jemand schnaufte. Mit gerunzelter Stirn richtete sie ihr Haupt auf und schaute auf den Ausgang in das Dunkel der Nacht. Die Geräusche wurden lauter und kamen auf sie zu. Auch Docile schien davon geweckt worden zu sein, so öffnete er verschlafen die Augen. »Was ist das?«, murmelte er zunächst dösig, wurde jedoch kurz darauf aufmerksamer.

Own antwortete nicht und fixierte das Loch nach draußen. Ein dunkler Schatten schob sich auf einmal davor und kroch ungehindert weiter in die Höhle. Own war erleichtert, als es Dry war, den sie erkannte, sah sie doch erst hinterher sein zerzaustes Fell und seinen verschrammten Körper. Ihr Puls stieg, als sie seine brennende Wut erkannte. Keuchend kam er vor ihr zum Stillstand, feurige Entschlossenheit blitzte in seinem Gesicht, als er mit ebensolcher Stimme das Wort ergriff. »So. Jetzt will ich den Adlern auch in den Arsch treten.«

Leben

»Was bitte hast du an unauffälliger Beobachtung nicht verstanden?«, kritisierte Vinous Dry verärgert. Die Gruppe sammelte sich in Owns Bau, nachdem sich die Häsin vergewissert hatte, dass ihr Artgenosse keine ernsthaften Verletzungen hatte. Das erste Licht der Dämmerung drang bereits in den Kessel, als alle eingetroffen waren. »Warum bist du überhaupt in die Nähe der Schatten gegangen?«, fuhr das Eichhörnchen verständnislos fort. »Kurz nachdem sie eine derartige Warnung ausgesprochen hatten.«

»Ich *weiß* wo unser Gebiet endet«, schimpfte Dry genervt. »Ich war weit genug weg von ihrem Revier.«

»Tja, offenkundig nicht für die Adler«, erwiderte Vinous.

»Jetzt hör mir mal zu, du Möchtegern-Knallhart«, keifte der Feldhase, indem er sich bedrohlich vorlehnte. »Ich habe ihr Lager und ihre Grenze extra umgangen. Ich wollte mich nämlich – klug, wie ich nun mal bin – aus der ganzen Sache raushalten.«

»Bist du dir da sicher?«, hinterfragte der Nager. »Die Schatten haben das offensichtlich anders gesehen, was bedeutet, dass du auffällig warst.«

»Moment mal«, wandte Silver ein. »Warum gehen wir jetzt eigentlich so sicher davon aus, dass das Schatten sind?«

Vinous blinzelte. »Sollten wir nicht? Die Hinweise deuten auf diese These.«

Die Füchsin seufzte. »Na gut, da waren unterschiedliche Tierarten, aber wie gesagt, wäre das das einzige Kriterium, wären wir genauso Schatten.«

Das Eichhörnchen hielt kurz inne. Sie hatte natürlich recht, für eine abschließende Schlussfolgerung war es zu früh. Allerdings brauchte es auch zunächst gar keine, so zuckte er die Schultern. »Im Prinzip ist das ja auch zunächst zweitrangig, oder? Ihre feindselige Einstellung ist auf jeden Fall kaum zu übersehen und unsere Reaktion darauf ist unabhängig von dem, wie sie sich nennen.«

»Es ist aber nicht zweitrangig«, erwiderte Silver bestimmt. »Ich wollte euch damit klar machen, dass wir eigentlich nichts über sie wissen. Auch nicht, was ihre ›feindselige Einstellung‹ ausgelöst haben könnte, was ja *vielleicht* ganz interessant wäre. Auch in Bezug darauf, wie wir damit umgehen.«

»Klare Zustimmung meinerseits, deswegen ja auch«, Vinous' Blick fiel wiederum auf Dry, »*unauffällige* Beobachtung.«

Der Hase zog die Augen zu Schlitzen. »Ich zieh dir deine Ohren gleich so lang wie meine!« Vinous funkelte lediglich amüsiert zurück. »Was war denn eigentlich mit deiner ach so unauffälligen Beobachtung?«, stichelte der Feldhase. »Die war ja auch völlig unentdeckt geblieben.«

»Um euch nochmal ins Gedächtnis zu rufen, warum wir eigentlich hier sind«, unterbrach Own das Streitgespräch unterschwellig gereizt. »Dry wurde gejagt und angefallen, soweit wir wissen ohne Provokation. Darf ich euch wiederholt auf die Möglichkeit einer Flucht aufmerksam machen?«

Bluefire zog überrascht den Kopf zurück. »*Nein.*«

»Warum so abgeneigt?«, versuchte Bronze zu verstehen. »Was hält dich denn bitte noch hier?«

Die Ohren des Rüden flatterten kurz auf und er schien zu überlegen, wie er antworten sollte. »Ich höre immer nur abhauen«, sagte er schließlich mit niederschmetternder Ruhe, während er den Kopf langsam schüttelte. »Nicht wohin, nicht für welchen Zweck. Wie kommt ihr darauf zu wissen, wohin ihr müsst, ohne dass sie gleich wieder in der Nähe sind?« Noch bevor er ausgeredet hatte, spürte Silver, dass er damit nicht seine ganzen Beweggründe offenbarte.

»Lass mich das mal klarstellen, Bluefire«, meinte Bronze nun bestimmt, eine Hand in die Hüfte gestemmt. »Wenn wir fortziehen, sind die Chancen, na ja, sagen wir mal *sehr* groß, dass die Adler nicht da sind – im Gegensatz zu hier. Und du willst ernsthaft behaupten, der Ort macht keinen Unterschied?«

Der Fuchs schnaufte mit bitterem Grinsen. »Nicht ganz. Aber fast.«

»Ihr könnt ja abhauen, wenn ihr wollt«, stieß Dry gleichgültig aus. »Ich gehe sicher nirgendwo hin.«

»Fabelhaft«, kommentierte Vinous trocken. »Hat jetzt jeder seinen Standpunkt?«

Owns Ohren hatten sich unzufrieden nach hinten gelegt. Nun war mit Dry ein weiterer Verfechter des Hierbleibens gekommen und Docile hielt sich diesmal zurück mit seinen Aussagen, worüber sie sich ärgerte. Schließlich landete ihr Blick bei der Silberfüchsin. »Silver?«, fragte sie hilfesuchend.

Diese atmete durch, nachdenklich und nebenbei immer noch versucht, die Hauptmotivation ihres Gefährten herauszufinden. »Ich«, stockte sie, »weiß nicht recht.«

»Geht mir ähnlich«, fügte der Marder hinzu, ein Finger nachdenklich über dem Mund.

»Ich denke«, fuhr die Fähe langsam fort, »ich möchte mehr wissen. Ich möchte wissen, wer das ist.«

»Herausfinden, ob es Schatten sind?«, hakte der Marder augenzwinkernd nach.

»Interessiert dich das nicht?«

Der braune Jäger hielt inne. »Doch, schon«, lautete seine Antwort, denn er wusste sehr wohl, wie sie sich fühlte. Wenn er sagen müsste, wie sie alle zusammengefunden hatten, wäre es im Rückblick wohl eine kuriose Geschichte. Die Schatten mussten eine ganz ähnliche Vergangenheit haben. Oder doch nicht? Er war viel zu neugierig über diese Gruppierung. Und er war sich sicher, dass es Silver genauso erging.

Diese vergewisserte sich inzwischen, ob Own noch etwas hinzuzufügen hatte, doch die Häsin schien nicht zu wissen, was sie antworten sollte. So blieb ihr Ausdruck lediglich von einer ängstlichen Unentschlossenheit geprägt.

»Vielleicht sollten wir unsere Aktionen mal koordinieren«, schlug Bluefire nach einer Pause vor. »Wir sollten regelmäßig so etwas wie Wachen aufstellen. Jemand, der die Grenzen des Gebiets abläuft und kontrolliert.«

Vinous nickte. »Dem würde ich zustimmen.«

In Dry brodelte nun ein unzufriedener Druck. Eigentlich lief es genau in die Richtung, die er vermeiden wollte, nämlich dass er mit ihnen zusammenarbeiten musste und eine gewisse Abhängigkeit entstand. Aber aufgrund der Umstände musste er das wohl vorerst in Kauf nehmen. Er konnte ja schlecht alleine gegen die Adler vorgehen. So nickte auch er zustimmend.

»Gut«, seufzte Bluefire, offensichtlich erleichtert darüber, dass sie eine vorläufige Einigung erreicht hatten. »Ich übernehme den ersten Patrouillengang.« Damit begab er sich auf die Pfoten und sah sich nach Silver um. Sie lächelte matt, tat es ihrem Gefährten dann gleich und verließ mit ihm gemeinsam Owns Bau, womit sich die Gruppe langsam wieder auflöste.

Der Marder war noch halb in Gedanken versunken, was sich jedoch änderte, als seine Artgenossin an ihm vorbeilief, ohne ihn eines Blickes zu würdigen. Er verzog den Mund und sprang ihr kurze Zeit später durch den Schnee hinterher. »Bronze, warte doch mal«, rief er und sie kam langsam zum Stillstand, indem sie augenrollend die Arme kreuzte und sich wortlos zu ihm hindrehte. Er neigte den Kopf zur Seite. »Ich«, begann er mit Unverständnis, »hab nicht ganz mitgekriegt, warum du genau sauer auf mich bist. Eine Erklärung wäre also sehr hilfreich.«

»Ts«, stieß sie bitter grinsend aus und schaute nach einem Kopfschütteln in den Himmel. Ein tiefes Seufzen folgte, bevor sie sich wieder an ihn richtete. »Wieso tust du immer so, als würdest du mich loshaben wollen?«, fragte sie ruhig und doch bemerkte er, wie aufgebracht sie eigentlich war. »Oder bin ich wirklich nur zur Spionage gut?«

»Ich«, stammelte der Marder verwirrt und trotzdem kroch Schuldbewusstsein in ihm hoch, »tue doch gar nicht so, als würde ich dich loshaben wollen.«

»Doch, denn mal ganz ehrlich«, widersprach sie sofort, »du hast mich von Anfang an eher weggestoßen und nur nach und nach akzeptiert, weil ich ganz nützliche Informationen hatte.« Sie hielt inne, doch der Marder schien nichts erwidern zu wollen, denn sein Blick wanderte geknickt zu Boden, als wisse er nicht, wie er zu reagieren hatte. Bronze musterte ihn betroffen. »Macht es dir wirklich nichts aus, wenn ich gehe?«, fragte sie leise. »Denn wenn ja, weiß ich nicht, ob ich nicht wirklich verschwinden würde.«

»Das machst du von *mir* abhängig?«, wunderte er sich.

Sie schluckte kurz. »Nicht nur«, meinte sie dann. »Aber es ist nicht gerade einladend, irgendwo zu bleiben, wo man nicht willkommen ist.« Nun war sie diejenige, die den Kopf senkte. »Von daher ...«

»Bronze«, sagte der Marder nun bestimmt und rückte einen Schritt näher. »Ich möchte nicht, dass du gehst. Und auch sonst keiner möchte das. Ich meine ...«, er suchte nach Worten, »dir steht es frei zu gehen, natürlich. Aber es tut mir leid, wenn ... ich dir das Gefühl gegeben habe, ich wollte dich nicht hier haben. War nicht so gemeint.«

Bronze konnte nicht anders, als bei seinen Worten zu grinsen, auch wenn sie sich aufgrund seiner Reaktion auf ihre Unterstellung sicher war, dass seine Aussagen nicht ganz der Wahrheit entsprachen. Aber genauso wenig log er sie gerade an, also musste das wohl reichen. »Okay«, meinte sie nach einer Weile und rollte nochmal die Augen, wobei sie das zurückhaltende Grinsen nicht ablegte. »Es ... war nämlich ganz schön zu sehen«, gestand sie zögerlich und war etwas verlegen, »was für ein Zusammengehörigkeitsgefühl ihr entwickelt habt.«

»Zusammengehörigkeitsgefühl?«, zitierte er blinzelnd. »Vinous? Dry?«

»Doch«, beharrte sie mit Gewissheit. »Ihr vertraut einander.«

Seine Brauen schossen nach oben. »*Vinous? Dry?*«

Bronze lachte vergnügt. »Na, manche vielleicht mehr als andere«, räumte sie ein, woraufhin auch ihr Gegenüber wieder grinste. »Vielleicht kriegst du das ja gar nicht mehr mit, dadurch dass du ja wirklich schon von Anfang an dabei warst und das für dich normal geworden ist, aber ... keiner von euch möchte den anderen wirklich verlassen. Warum glaubst du wohl, dass Own bleibt.«

»Na ja, Own gehört ja auch zur Familie«, zuckte der Marder wie selbstverständlich die Schultern.

»Genau davon rede ich ja«, entgegnete sie mit leuchtender Faszination. »Das habe ich noch nie vorher erlebt.«

Der Marder lächelte nachdenklich zurück. In der Tat war es möglich, dass er so in die Gruppe hineingewachsen war, dass er gar nicht mehr mitbekam, wie vertraut und selbstverständlich sie miteinander umgingen. Für Außenstehende bestimmt unfassbar. Bestimmt wirkten sie auf viele unnahbar. Vielleicht für manche sogar – im Gegensatz zu Bronzes Empfinden – auf irgendeine Weise bedrohlich. Ähnlich den Schatten.

Bluefire und Silver liefen nebeneinander her, redeten jedoch nicht. War er soeben selbst noch in Gedanken, merkte er bei einem Blick zur Seite, dass auch die Füchsin etwas beschäftigte. Sie schaute vertieft ins Nichts. Er musste zugeben, dass er zögerte nachzufragen, weil sie so oft in Bezug auf die Adler oder Schatten wieder und wieder unterschiedlicher Meinung gewesen waren.

Er seufzte leise und beobachtete währenddessen seine Pfoten. »Geht es dir gut, Silver?«

Nachdem sie sich von ihren Gedanken gelöst hatte, schaute sie unentschlossen zurück. Sie sah ihn an, als würde sie danach lechzen, ihm etwas mitzuteilen, müsste sich jedoch aus irgendeinem Grund zurückhalten.

Der Fuchs hielt an und setzte sich auf die Erde. Es war an der Zeit, dem nicht mehr auszuweichen. Und er hoffte, dass sie seine Bitte verstand. »Sag es«, meinte er sanft und unterstützend. »Das, was dich schon längere Zeit bedrückt.«

Seine Gefährtin schluckte, voller Zurückhaltung und Skepsis. »Ich dachte, das wäre dir gar nicht aufgefallen«, wisperte sie bitterer, als sie es beabsichtigt hatte, doch ihr Tonfall war nicht vorwurfsvoll, vielmehr traurig.

»Silver«, stieß er mit langsamem Kopfschütteln aus. »Wenn du denkst, ich würde es nicht mitbekommen oder es würde mir nichts ausmachen, dann ...« Er hielt die Luft an und malmte angespannt seine Zähne. »Sag es mir einfach, okay?«

Die Füchsin blieb an seinem bittenden Blick hängen und wusste nicht, was sie erwidern sollte. Sagen sollte sie es ihm? Wo sollte sie denn anfangen? »Nun ja«, seufzte sie schließlich. »Natürlich wären da die Schatten.« Ihre Lefzen zuckten, kurz darauf war sie in Gedanken. »Ich kann mich nicht wirklich entscheiden, was ich möchte«, flüsterte sie nur noch. »Ich *will* wissen, wer das ist. Aber ... ich habe auch Angst.« Nun erfasste sie ihn wieder, bestimmter und furchtsamer zugleich. »Nicht um mich. Womit wir zur zweiten Sache kommen würden, die mich beschäftigt. Ich habe Angst um unsere Jungen.« Unsicherheit unterwanderte ihre Gewissheit. »Und ich frage mich manchmal, ob du sie bei deinen Überlegungen über die Adler miteinbeziehst.«

Er schien überrascht und doch gleichzeitig schuldbewusst. Nach einer regungslosen Pause rückte er schließlich näher an sie heran. »Ist es das?«, hakte er behutsam nach. »Dass du denkst, ich interessiere mich nicht für unseren Nachwuchs?«

Verlegen wich sie seinem Blick aus, in dem Moment war seine Nähe zu intensiv. »Na ja«, versuchte sie sich zu rechtfertigen, »du hast zumindest nicht unbedingt versucht, diesen Eindruck zu machen. Und wenn ich ehrlich bin ...« Ihr Kopf schnappte zu ihm. »Du hast mir nie wirklich gesagt, was du darüber denkst.«

Seine Ohren drehten sich nach hinten. »Natürlich habe ich das«, widersprach er nicht ohne eine gewisse Verzweiflung. »Wir haben doch darüber gesprochen.«

»Njaa, ganz am Anfang«, hielt sie dagegen.

»Wir *haben* darüber gesprochen«, wiederholte er mit Nachdruck. »Mehrfach.«

»Wie kommt es dann, dass ich nicht weiß, was du denkst? Ich ...« Sie unterbrach sich selbst mit einem Seufzer und überdachte ihre Worte. Sie hatte Angst. Befürchtungen und Zweifel mischten sich in ihrer Brust. »Ich möchte nur nicht alleine sein«, flüsterte sie ernst.

Die Aussage stach ihn ins Herz, wonach er noch näher an sie herankam. Er wollte ihr jegliche Zweifel auf der Stelle nehmen, erschrocken darüber, dass er sie scheinbar überhaupt gesät hatte. »Du bist nicht allein«, versicherte er ihr aufrichtig. »Ich bin für dich da und nicht nur, weil es nicht anders geht, da wir Nachwuchs erwarten, sondern weil ich es will. Weil ich *dich* will. Verstehst du?«

Silvers Verwunderung verhinderte eine direkte Reaktion. Erst nach und nach streckte die Wirkung seiner Worte ein Lächeln über ihre Lippen. Etwas löste sich in ihr. Sie hatte keine Ahnung gehabt, wie sehr sie das gerade gebraucht hatte. Dankbar zwinkerte sie ihm zu und musste aufpassen, dass ihr nicht die Tränen kamen. Dämlicher Nebeneffekt der Schwangerschaft, dachte sie sich. Aber vielleicht war es auch nur die Tatsache, dass sie seine Offenheit dermaßen genoss, wenn er sich einmal überwand und über seine Gefühle sprach, damit Silver auch hin und wieder sichergehen konnte, dass sie wirklich existierten.

Die Füchsin schmiegte sich an seinen Körper, ohne ihn aus den Augen zu lassen. »Ich weiß, dass das ein Schock für dich gewesen sein muss.«

Er grinste hilflos. »Für dich nicht?«

Auch sie schnaufte kurz ein Lächeln. »Du hast ja keine Ahnung.« Das musste keiner dem anderen vormachen. »Ich habe bestimmt bestimmt nicht die Erwartung, dass dir das alles total leicht fällt, hörst du? Aber du hast gesagt, dass wir das gemeinsam schaffen und ich ...«

»Silver«, unterbrach er sie mit einem vielsagenden Lächeln, das in ihr ein willkommenes Kribbeln auslöste. »Ich *bin* für dich da. Immer. Bitte zweifle nicht daran.«

Wie brachte er es fertig, ihr dermaßen unter die Haut zu gehen, ohne dass er tatsächlich deutlich über seine Gefühle sprach? Und auch wenn sie sich wünschen würde, endlich die drei kleinen Worte aus seinem Mund zu hören, war sie in diesem Moment dennoch glücklich. Und wenn sie etwas zurückhielt, ihm ihre Gefühle zu offenbaren, so war es die Tatsache, dass er damit mehr Probleme hatte und sie ihn damit nicht unter Druck setzen wollte. Schließlich lehnte sie sich vollends an ihn und genoss einfach nur, dass er es ihr gleichtat.

Zart hatte den Kopf auf die Pfoten gelegt, ihre grünen Augen waren geöffnet, schauten jedoch ins Leere. Körperlich ging es ihr von Tag zu Tag besser, innerlich sah es anders aus. Sollte sie ihrer Mutter in Bezug auf ihre Fähigkeiten glauben – traf sie wirklich keine Schuld. Warum fühlte sie sich dann aber trotzdem nicht besser?

Schritte näherten sich langsam dem Höhleneingang. Verwundert hob sie die Brauen, zeigte sich ansonsten jedoch unberührt. »Du bist so lange nicht gekommen, ich habe mich schon gefragt, ob du nach deiner Rettungsaktion einfach wieder verschwunden bist.«

Wind blinzelte vorsichtig. »Nein, ich ... habe anderweitige Aufgaben bekommen.«

»Hm«, machte Zart und hatte kurz die Lider zugeklappt. »Ich weiß. Trotzdem.«

Der Rüde schluckte und schien seine Worte zu überdenken. »Es tut mir leid«, sagte er leise. »Ich wusste nicht, ob du mich überhaupt sehen wolltest.«

Ungläubig legte sie ihren Kopf schief. »Nicht sehen? Du hast mir das Leben gerettet, Wind.«

Ihr Bruder hielt inne. Er betrachtete sie, als wäre er berührt, wisse aber gleichzeitig nicht, ob das gut war. Schließlich atmete er tief ein. »Wie geht es dir inzwischen?«, fragte er stattdessen sachlicher. »Warst du mal wieder draußen?«

Zögerlich begann sie zu nicken. »Ja, gestern Abend.«

Er lächelte sanft. »Das ist gut.« Sein Blick wanderte zu Boden, als überlege er, ob er etwas aussprechen wolle. Nochmals hörte sie ihn durchatmen, ehe er fortfuhr. »Es tut mir leid, Zart«, flüsterte er aufrichtig und meinte damit nicht seine Abwesenheit. Das erste Mal seit sehr langer Zeit, hatte sie das Gefühl, dass er etwas sagte, was er auch tatsächlich so meinte. »Ich wollte *nie*, dass ...« Er unterbrach sich, als noch jemand die Höhle betrat. Beide erkannten Stürmisch, der abrupt stoppte, da er augenscheinlich überrascht war.

Auch wenn Zart froh war, ihren Gefährten zu sehen, fragte sie sich doch, was Wind noch hatte sagen wollen. Hatte er sich entschuldigen wollen? Sich öffnen? Der Moment war vorbei, durch Stürmischs Auftauchen würde sie das wohl so schnell nicht erfahren.

»Ich«, ertönte Winds Stimme als erste, »werde ... mal wieder gehen.«

Mit einem letzten Blick auf seine Schwester formte sie ein dezentes Lächeln auf ihren Lippen. »Danke«, meinte sie kaum hörbar.

Wind begab sich auf den Weg, schaute seinen silbernen Artgenossen aber nur flüchtig an. Der Rotfuchs merkte jedoch dessen strafenden Blick bis er draußen war. Dort angekommen, hielt er an und atmete einmal durch. Er rollte die Augen aufgrund der Situation. Die nächsten Sekunden fühlte er sich wie in der Schwebe. Als könne er nicht beurteilen, was richtig und was falsch war und als könne er sich darüber vermutlich nie ganz sicher sein. Doch auf einmal überkam ihn ein Entschluss. Er bemerkte nicht, wie sich seine Mundwinkel selbstsicher nach oben zogen. Dann lief er los.

Vive lag am Höhleneingang ihres neuen Baus. Den Kopf hatte sie lethargisch auf die Pfoten gelegt, lediglich ihr Ohr zuckte, als sich eine Fliege darauf setzte. Erst als sie Fußschritte vernahm, öffnete sie die Augen. Und auch wenn sie froh war, dass sich Wind näherte und niemand anderes, fiel es ihr aufgrund der Gesamtsituation schwer, Enthusiasmus zu zeigen.

Stöhnend richtete sie ihr Haupt auf. »Ich habe mich um keinen Millimeter gerührt«, begann sie genervt, »bin nicht nach draußen gegangen, habe mit niemandem gesprochen und nur das gejagt, was es in unmittelbarer Umgebung gab. Was übrigens auch der Grund dafür ist, dass ich *Hunger* habe!«

Wind grinste lediglich zurück.

»Was?!«, stieß sie noch gereizter aus.

Er kam noch näher auf sie zu und beugte sich zu ihr runter. »Vive?«

»Was?«, wiederholte sie leiser.

»Lass uns jagen gehen.«

Zunächst verwundert leuchtete nun ihr Gesicht auf und sie sprang auf die Pfoten, als wolle sie die Gelegenheit auf keinen Fall verpassen. Wind beobachtete sie amüsiert, dann lief er voran.

Nachdem Stürmisch sich von Wind loseisen konnte, fiel sein Blick zunächst ins Leere, dann folgte ein halbherziges Lächeln, bevor er schließlich auf Zart zu kam.

»Reg dich bitte nicht auf, ja?«, seufzte sie daraufhin.

Er schüttelte sich kurz. »Nicht doch«, meinte er, ohne sie wirklich anzusehen.

»Stürmisch«, bat sie eindringlich. »Ich bin dank ihm noch am Leben.«

»Das *weiß* ich«, keifte er plötzlich zurück. »Denkst du ernsthaft, das weiß ich nicht? Was meinst du, warum ich ihn nicht in der Luft zerfleische?«

Zart blieb still und schien mitgenommen. »Ist es nur das?«, fragte sie nach einer Weile ruhig. »Dass du ihn hasst? Oder ist es noch etwas anderes?«

»Oh, Zart«, stöhnte er und legte den Kopf in den Nacken, während er begann auf und ab zu laufen.

»Du solltest ehrlich mit mir sein.«

Der Fuchs begann daraufhin den Kopf zu schütteln, immer noch in Bewegung. »Das Thema wollte ich eigentlich gar nicht anschneiden.«

»Na los, sprich es schon aus.«

Stürmisch schnaufte tief, hörte auf herumzulaufen und schaute seine Gefährtin an. Zeit, das Offensichtliche auszusprechen. »Ich finde es nicht gerade toll, dass du dich heimlich mit Wind getroffen hast.«

Augenblicklich wurde es still in der Höhle, auch wenn es in der Tat genau das war, was Zart hören wollte. Sie nickte knapp. »Danke.«

Stürmisch wusste, dass er Grund hatte, enttäuscht zu sein und er wusste, dass Zart das wusste. Allerdings wusste er genauso gut, dass ein Streit das letzte war, das sie jetzt brauchte. »Ich wollte dir das nie zum Vorwurf machen«, vermittelte er daher.

»Ob du es mir sagst oder nicht, macht in dem Fall gar keinen Unterschied«, erwiderte sie sofort. »Du denkst es ununterbrochen und das merke ich dir an.«

»Na, entschuldige«, wehrte er sich augenrollend. »Ich versuche in Zukunft meine Gedanken besser zu kontrollieren.«

»Stürmisch«, stoppte sie ihn mit einem Erklärungsversuch. »Auch ich wollte dir gerade keinen Vorwurf machen. Im Gegenteil, von deinem Standpunkt aus kann ich es hundertprozentig nachvollziehen.«

»Von *meinem* Standpunkt aus?«, fragte er nun bissig, etwas in ihm schlug um. »Ach, wie sieht denn deiner aus? Denn nach *meinem* Wissensstand hat er uns *beide* aufs Übelste hintergangen.«

»Ich weiß«, lautete die nun zittrige Antwort.

»Also, was ist dein Standpunkt?«, hakte er schonungslos nach. »Dass er es eigentlich nur gut gemeint hat?«

»Nein ...«

»Dass er ... hm ... vielleicht nicht er selbst gewesen ist?«

»Nein, Stümisch, nein!«, schrie sie verständnislos, damit er endlich aufhörte.

»Na, was ist es dann?«, fuhr er dennoch fort.

»Ich weiß, dass nichts von all dem der Fall war, okay?«, versicherte sie ihm aufgebracht. »Oder zumindest nichts davon seine Taten rechtfertigen kann.« Sie stöhnte vor Anspannung, redete dann aber leiser weiter, unsicher darüber, ob sie so etwas sagen durfte. »Ich ... kann ihn aber trotzdem nicht hassen.«

Stürmisch wusste nicht, was er erwartet hatte, aber die Aussage ernüchterte ihn. Er brauchte eine gute Weile, bevor er imstande war, überhaupt nur zu entscheiden, wie er reagieren sollte. Als er sprach, war seine Stimme deutlich ruhiger als zuvor, was aber aufgrund einer gewissen Resignation der Fall war. »Also wissen wir beide, dass wir recht haben, aber der andere irgendwo genauso«, fasste er zusammen. Sie erwiderte nichts, wirkte als wolle sie sich entschuldigen, doch könne es gerade nicht. Er brachte ein desillusioniertes Schulterzucken zustande. »Wo lässt uns das?«

Zart stöhnte leise und schüttelte einmal den Kopf. »Bei einer Meinungsverschiedenheit.«

Ihr Gegenüber schnaufte kurz, wusste aber nicht, was er dazu sagen sollte. »Vielleicht sollten wir einfach akzeptieren, dass wir in der Hinsicht niemals einer Meinung sein werden«, meinte er dennoch nachgiebig.

Die Lefzen der Füchsin zuckten. »Ich weiß, dass du das nicht kannst.«

Am liebsten hätte er ihr umgehend widersprochen, doch sie hatte recht. Selbst als er es ausgesprochen hatte, war ihm klar gewesen, dass er es womöglich niemals akzeptieren könnte. So atmete er tief durch, ernsthaft versucht, eine Lösung zu finden. »Ich weiß aber, dass ich mich nicht mit dir wegen ihm streiten möchte«, sagte er daher entschlossen. »Das hatte ich wirklich schon zu genüge.«

Ein abwesendes Nicken war die Antwort, bevor sie nochmals seufzte und ihre nächste Formulierung überdachte. »Hör zu, ich ... weiß selbst nicht, wie ich zu ihm stehe. Ich«, sie rollte kurz die Augen, »weiß sowieso zurzeit nicht, wie ich zu irgendetwas stehe.«

Augenblicklich wünschte sich Stürmisch, dass das ganze Gespräch niemals stattgefunden hätte. »Ich weiß«, murmelte er zerknirscht.

Er erfasste ihren schweigsamen Blick ins Leere mit einer unbehaglichen Starre, unfähig etwas zu sagen, bis sie diejenige war, die wieder das Wort ergriff. Ihr Ausdruck war leer, was ihm viel mehr zu schaffen machte, als wenn sie wütend wäre. »Ich bin müde«, sagte sie matt. »Ich schlafe lieber noch eine Runde.«

Stürmisch verlagerte sein Gewicht betreten. »Soll ich dir dann was zu essen fangen?«

»Nein«, schüttelte sie den Kopf. »Das mache ich nachher schon selbst.«

Verhalten zuckten seine Ohren. »Bist du sicher?«

Sie nickte bestimmt. »Ja.«

Er verharrte wortlos. Eigentlich war das ein gutes Zeichen, aber es fühlte sich nicht gut an. »Na schön.« Er hatte keine Stimme und musste sich beim Aufstehen einmal leicht schütteln, bevor er noch etwas hinzufügen konnte. »Ich bin bald wieder da.«

Er nahm wiederum ein schwaches Nicken von ihr wahr, während er die Höhle schließlich verließ.

Silver setzte mit gemächlichem Tempo einen Schritt vor den anderen. In letzter Zeit war sie träger geworden und hatte sich oft von Bluefire Beute mit nach Hause bringen lassen. Sie nahm an, dass die Müdigkeit ganz normal war, nichtsdestotrotz tat es gut, die frische Luft in ihrem Wald zu schmecken.

Ihrem Wald. Sie konnte nicht vermeiden, wehmütig die umherliegende Umgebung auf sich wirken zu lassen. Ihr kam es so vor, als würde sie in einem Trugbild leben. Sie hatte das Gefühl, als wäre das niemals ihr Wald gewesen. Wenn man es genau nahm, lebten sie nicht einmal mehr wirklich darin. Es ging vordergründig um das Beschaffen von Informationen. Die so gut angefangenen Beziehungen zwischen ihnen und den Adlern – seien es nun Schatten oder nicht – waren so, als hätten sie niemals stattgefunden. Alles hatte mit Bonario gestanden und war mit ihm gefallen, das war nun klar geworden.

»Hallo Kugelbauch«, holte sie eine neckische Stimme aus den Gedanken.

»Sehr charmant von dir«, entgegnete sie dem Marder.

»Man tut, was man kann«, schmunzelte er und lief zu ihr.

Silver musterte ihn. »Du siehst nachdenklich aus.«

»Lustig, dasselbe wollte ich gerade zu dir sagen.«

»Hm«, machte sie, die Lider klappten beinahe zu, als sie auf die Erde schaute. »Es gibt ja auch so einiges zurzeit, über das man nachdenken kann.«

Einen Moment sagte niemand etwas. Der Marder wirkte ebenso ernst wie sie. »Was denkst du?«, brach er vorsichtig das Schweigen. »Über alles. Über die Adler. Über unser Vorgehen.«

Die Füchsin seufzte kaum hörbar. »Ich ... denke, dass es ziemlich offensichtlich ist, dass ich hin- und hergerissen bin.« Sie wurde leiser, als sie ihre Befürchtungen aussprach. »Ich mache mir Sorgen um meine Jungen. Aber ich müsste lügen, wenn ich sagen würde, mich würde nicht interessieren, was hinter den Adlern steckt.«

»Glaubst du, dass es Schatten sind?«, fragte der Marder nun direkt.

Silver stockte. Bisher waren die Schatten nur ein abstruses Konstrukt aus Erzählungen gewesen, wie eine Sage oder ein Märchen. Sie konnten nicht wissen, ob es sich bei den Adlern um Schatten handelte, doch sie konnte auch nicht die offensichtlichen Hinweise ignorieren. »Ja«, lautete schließlich die sichere Antwort. Sie war selbst überrascht, dass sie sich plötzlich so sicher war. »Nach allem, was wir wissen, ja.«

»Dann geht es dir weniger um die Adler als um die Schatten«, schlussfolgerte er daher.

Ihr ging es um die Motive. Wie sie zuvor schon gesagt hatte, sie wollte sie verstehen. So zuckte sie die Schultern. »Ist doch dann dasselbe.«

»Ganz sicher können wir da noch nicht sein, aber hierbleiben tust du nur, weil die Chance groß ist, dass es Schatten sind.«

Silver schüttelte mit gerunzelter Stirn den Kopf. »Worauf willst du hinaus?«

Seicht begannen seine Augen und funkeln. »Du warst schon fasziniert, seit du das erste Mal von denen gehört hast.«

Sie blinzelte unsicher. »Ich ...« Sie schnaufte und hatte kurz abtuend gegrinst. »Keine Ahnung, ich ...« Ihr hilflos anmutendes Lächelnd schwand unter nachdenklicher Erkenntnis. Der Marder vermochte nicht zum ersten Mal bei ihr zielsicher zu sticheln. »Da sagst du was«, meinte sie mehr zu sich selbst.

Der Jäger blinzelte. »Das heißt?«

Mit einem Schütteln holte sie sich erneut aus ihren Gedanken. Sie brauchte ein paar Anläufe, ehe sie ihm antwortete, da sie sich selbst etwas eingestehen musste. »Wie ironisch ist das bitte?«, meinte sie selbstkritisch. »Ich habe es Bluefire immer zum Vorwurf gemacht, dass er so auf die Schatten fixiert ist. Aber du hast recht. Im Grunde geht es mir nicht viel anders. Mir war es nur nicht bewusst.«

Der Marder grinste, jedoch ohne den ernsten Unterton zu verlieren.

»Mag sein, dass du die Schuld gerne auf Blue abgeschoben hättest, weil dir deine rationale Seite eigentlich sagt, ihr müsstet wegen eures Nachwuchses verschwinden, was du ja aber selbst nicht wirklich willst – aber«, er legte den Kopf schief, »zwischen dir und Bluefire besteht ein kleiner, aber feiner Unterschied. *Er* wirkt zuweilen leicht besessen.«

Silvers Ohren zuckten, ihr Mund verzog sich. »Ich weiß«, meinte sie lediglich und ihre Stimme wurde plötzlich leise. »Ich will ihm aber auch nicht unrecht tun, dafür, dass er sich so fühlt. Er hat wahrscheinlich auch guten Grund da-Ah!« Sie war zusammengesackt, ihr Gesicht mit einem Mal schmerzverzerrt.

»Was ist? Was ist los?«, war der Marder sofort zur Füchsin hin gebeugt.

»Ich glaube, ich- hmmnnn ...« Der Schmerz zog sich durch ihre Bauchgegend und strahlte auch in ihre Läufe aus. Als er nachließ, schnaufte sie einmal aus, bevor sie hilfesuchend zum Marder schaute. »Ich glaube, du solltest Bluefire holen.«

Der Blaufuchs rannte dem Marder hinterher, unfähig einen klaren Gedanken zu fassen. Der Marder hatte es ihm prägnant mitgeteilt. ›*Silver kriegt eure Jungen, sie ist in eurer Höhle*‹ waren seine Worte gewesen. Seltsamerweise fiel es ihm dennoch schwer, sie zu realisieren. Er folgte dem braunen Jäger, ohne wirklich da zu sein. Er hatte das Gefühl, die Bedeutung des Ereignisses zu spüren, ohne es vollkommen zu verstehen.

Der Marder warf ab und zu einen Blick über die Schulter, um sich zu vergewissern, dass der blaue Rüde noch da war. Er hatte sehr wohl mitbekommen, dass ihn die Nachricht ein wenig aus der Bahn geworfen hatte. Gerade den Kopf nach hinten gewendet, kam eine Stimme von der anderen Seite. »Ist es wahr?«, quasselte ihm eine aufgeregte Bronze ins Ohr, die plötzlich neben ihm herrannte.

»Woher hast *du* das schon wieder mitgekriegt?«, entgegnete er fassungslos.

»Vinous«, grinste sie zurück. »Und ich habs übrigens Own gesagt, der bin ich eben begegnet.«

»Na wunderbar«, rollte der Marder die Augen. »Ich dachte schon, ich müsste es von allen Baumwipfeln rufen, aber anscheinend haben das andere übernommen.«

Ihr Grinsen wurde breiter, in dem Moment erreichten sie den Bau. Bluefire rannte einfach weiter schnurstracks in die Höhle, außerhalb warteten bereits die beigefarbene Häsin und Vinous auf einem dürren

Ast.

Bluefire folgte dem kurzen Tunnel und erblickte schon kurz darauf seine Gefährtin. Ihr aufrechtstehendes Fell und ihr bissiger Blick ließ ihn jedoch stocken. »Silver, geht's dir gut?«

»Wo warst du?«, fauchte sie aufgebracht und ließ einen verdutzten Bluefire ein weiteres Mal innehalten.

»Ähm ...«, machte er perplex, doch die Füchsin redete dazwischen. »Weißt du, wie lange ich hier schon auf dich warte? Fühlt sich wie eine verdammte Ewigkeit an!«

Es dauerte einen Atemzug, bis er unsicher einen Schritt voran trat. *So* lange hatte er nun auch nicht gebraucht. »Jetzt bin ich ja ...«

»Nein, lass mich!«, wehrte sie sich energisch noch bevor er sie überhaupt berührt hatte. Abrupt hatte er wiederum angehalten. Ihre Stimme klang ungewöhnlich schrill und sie wirkte nicht unbedingt so, als würde sie klar denken können.

»Hast du Schmerzen?«, fragte er vorsichtig nach.

»Ach was, das macht richtig Spaß, danke der Nachfrage«, feuerte sie zurück. »Verschwinde von hier!«

Bluefire tat die nächsten Sekunden gar nichts, vermutlich nicht einmal atmen. Er fragte sich, ob er wirklich gehen sollte oder ob er nicht vielmehr genau das Gegenteil zu tun hatte. Als er jedoch in Silvers rasende Augen schaute, überlegte er kein zweites Mal. Sie hätten beide nichts davon, wenn sie ihm den Kopf abreißen würde.

Kaum draußen angelangt, begegneten ihm gebannte Blicke. Er blinzelte hilflos in die Runde. »Ich glaube, ihr geht es ganz gut?«

Er schaute in verdutzte Gesichter. »Was heißt das?«, erklang die Stimme des Marders. »Sind die Jungen schon da?«

Der Rüde schüttelte den Kopf, doch bevor er etwas sagen konnte, drang eine aufgeregte Stimme aus dem Bau hervor und ließ seine Ohren nach hinten zu dem Eingang drehen. »Bluefire?«, rief Silver ihm flehend zu.

Er blinzelte. »Kommt jemand mit?«, fragte er nur halb im Scherz, die Hilflosigkeit hinter einem zaghaften, bewusst unschuldigen Lächeln versteckt.

Der Marder grinste. »Was, hast du etwa Angst, da reinzugehen?«

Entgeistert blickte der Blaufuchs zurück. »Ich würde *dich* da drin gern mal erleben.«

»Sie ist nicht *meine* Gefährtin, Kumpel«, konterte er lässig.

Bluefire atmete einmal durch. Schließlich wandte er sich um und kroch wieder in die Höhle. Eine vollkommen andere Silver fand er dort. Sie kauerte verängstigt, ihre Augen sahen sich unbeholfen um. »Silver«, flüsterte er einfühlsam.

»Bluefire«, wisperte sie dankbar und drückte ihren Kopf an seinen, nachdem er sich zu ihr gebeugt hatte. Als sie sich wieder zahmer verhielt, legte sich der Fuchs vorsichtig zu ihr auf die Erde. Behutsam schmiegte er sich an ihren Körper und legte den Kopf sachte auf ihren. So bei ihr zu liegen und sie zu spüren, löste von einem Moment auf den anderen eine warme Euphorie in ihm aus, die er einfach nur genoss.

»Verlass mich bitte nicht«, kam es auf einmal sehr leise. Bluefire warf einen Blick nach unten und sah, dass sie ihre Augen geschlossen hatte, als wäre sie in einem Halbschlaf. Er wusste nicht genau, ob sie die Bitte nur auf jetzt bezogen hatte, nahm jedoch an, dass sie allgemeiner gemeint war. Er lächelte sanft, die Lider gesenkt. »Niemals«, versicherte er ihr, woraufhin auch ihre Lefzen kurz zu einem Lächeln zuckten.

Plötzlich riss sie die Augen wieder auf, kurz danach sprang sie hoch. »Weg!«, schrie sie wie vom Blitz getroffen. »Geh weg!«

Erschrocken war Bluefire zurückgewichen. »Wieder Schmerzen?«, fragte er besorgt nach, obwohl die Antwort offensichtlich war.

»Lass mich allein!«, hallte es ihm entgegen.

Obgleich wieder unsicher, wie er handeln sollte, drehte er sich fort, um den Bau zu verlassen, als es erneut hinter ihm energisch rief. »*Halt, warte!*«

»Silver, bitte!«, entgegnete er genervt. »Ich weiß, dass es anstrengend ist und ich werde machen, was du sagst, aber *bitte* entscheide dich.«

Ein Zittern durchfuhr sie, ein abgespanntes Gesicht war auf ihn gerichtet. Ihre Stimmungslagen schienen sekündlich zu wechseln und es erschöpfte sie. Ihre nächsten Worte klangen müde. »Hol mir Vinous rein, bitte.«

Bluefire seufzte mitfühlend, als er sie so sah, rannte aber sogleich danach nach draußen. Stolpernd kam er vorm Eingang zum Stillstand. »Vinous, du sollst zu ihr kommen«, platzte er heraus.

»Bitte?«, stieß der Nager überrascht aus. »Und was soll *meine* Anwesenheit da ausrichten? *Ich* bin bestimmt nicht der Vater.«

»Aber du bist der Arzt«, erwiderte der Rüde nervös. »Also … sieh einfach nach ihr. Versichere dich, dass alles so läuft, wie es soll.« Entgeistert sackten Vinous' Schultern zusammen, doch er hüpfte von seinem Ast und begab sich in die Höhle. »Und sag mir, wenn ich wiederkommen soll«, rief Bluefire ihm noch hinterher.

Während der Marder die Situation amüsiert beobachtete, wippte eine hibbelige Bronze an seiner Seite hin und her. Verwundert musterte er ihre sich knetenden Hände. »Warum bist *du* denn jetzt aufgeregt?«

»Was?«, machte sie wie aus den Gedanken gerissen. »Ach ...«, winkte sie dann ab, »das kannst du nicht verstehen.«

»Wie*so*?«, stieß er mit fassungslosem Grinsen aus.

»Ach, das ist einfach diese«, sie hob die Hände und biss sich auf die Unterlippe, während sie nach einer Formulierung suchte, »weibliche Verbindung.«

»Bitte *was*?«, presste er hervor.

»Ja, weibliche Verbindung«, beharrte sie dickköpfig.

»Oh mein Gott«, entwich es ihm kopfschüttelnd und er richtete sein Grinsen wieder auf den Bau. »Du hast recht, das verstehe ich nicht.«

»Sagte ich doch«, konterte Bronze trotzig. »Das ist die Fähigkeit, sich aufgrund einer bestimmten Sache in einen anderen hineinzufühlen und genau zu wissen, was in dieser Person vorgeht – etwas, das du sowieso nicht kannst – und diese Verbindung ist in diesem Fall eben die Weiblichkeit und alles, was damit einhergeht. Geht's dir nicht auch so, Own?«

Die Häsin hob perplex die Augenbrauen, als sie so plötzlich angesprochen wurde. »Oh ja«, meinte sie jedoch dann trocken. »Ich ... hab schon ganz weiche Knie.«

Der Marder schmunzelte vergnügt in sich hinein, als Bluefires geistesabwesende Stimme erklang. »Vinous darf anscheinend bleiben«, schlussfolgerte er mit starrem Blick auf den Eingang. »Hoffentlich ist alles in Ordnung.«

»Vielleicht hat Silver ihn aufgefressen«, kommentierte der Marder mit breitem Grinsen.

»Wenn du sie eben gesehen hättest, würdest du das nicht so leichtfertig sagen«, kommentierte der Blaufuchs.

»*So* schlimm wird's schon nicht sein.«

»Vielleicht sollte ich lieber wieder reingehen«, ergänzte Bluefire besorgt.

Der braune Jäger bemerkte durchaus die Unsicherheit des Vierbeiners und wollte ihn unterstützen. »Sieh das Ganze mal etwas lockerer.«

Der Fuchs seufzte. »Leichter gesagt, Marder ...«

»… als getan, schon klar.«

»Es wird trotzdem alles gut«, meinte Bronze mitfühlend.

Der Marder betrachtete sie aufziehend. »*Spürst* du das etwa mit deiner weiblichen Verbindung?«

Wenn Blicke töten könnten, war sein erster Gedanke, als sie ihn anstarrte. »Nein, das ist reiner Alltagsverstand«, entgegnete sie bissig. »Auch für dich – zu erkennen, wenn jemand besorgt ist, ist nicht schwer. Die Reaktion darauf ist ein wenig Teilnahme.«

»Hab ich doch«, wehrte er sich energisch. »Ich meine, mach ich doch – oder … wie auch immer. Ich *nehme* teil. Ich hab mitgekriegt, dass er besorgt ist.« Sein Arm war auf Bluefire gerichtet, der das Gespräch zwischen den beiden jedoch weitestgehend ignorierte. »Und zu deiner Information«, fügte der Marder hinzu. »Ich bin zufällig ziemlich gut darin, zu erkennen, was in anderen vorgeht. Egal wer. Ich weiß zum Beispiel auch genau, was in dir vorgeht.«

Mit gekreuzten Armen wirkte sie unbeeindruckt und unterschwellig auch enttäuscht. »Nein«, sagte sie überzeugt. »Tust du nicht.«

Der Marder neigte perplex den Kopf schief. Doch Vinous' Stimme ertönte, was seine Aufmerksamkeit zunächst von ihr abwendete. »Ich denke, du kannst jetzt hineinkommen«, verkündete der Nager, schon auf dem Weg zum nächsten Baum.

»Du meinst …?«, stockte Bluefire, woraufhin Vinous ihn zufrieden anzwinkerte. Dann nickte er.

Der Blaufuchs war sofort aufgesprungen. Sein Herz hatte auf einmal angefangen wie verrückt gegen seine Brust zu trommeln. Einem Teil von ihm kam die ganze Situation noch immer vollkommen unwirklich vor. Er und eine Familie? Ein Bild, das nun wirklich so gar nicht zusammenpasste. Er musste zugeben, dass er – zumindest zu diesem Zeitpunkt – auch nicht das Leben mit Familie gewählt hätte. Aber er verdrängte diese Gedanken sofort als sie aufkamen, schämte er sich doch dafür. So verdrängte er auch, dass seine und Silvers Beziehung noch gar nicht gefestigt genug gewesen war, um eine Familie zu gründen. Denn das einzige, was zählte, war das Hier und Jetzt.

Das Gefühlschaos, das er auf einmal empfunden hatte, wurde komplett durch ein anderes ersetzt, als er zwei junge Pelzkugeln an dem Bauch seiner Gefährtin erblickte. Er vergaß zu atmen und hatte plötzlich angehalten. Silver sah erledigt aus, doch ihr Lächeln ließ ihr ganzes Gesicht erstrahlen. Ihr Blick wanderte von dem Nachwuchs zu Bluefire.

Ihr Nachwuchs. *Sein* Nachwuchs. Er hatte nicht damit gerechnet, dass seine Gelenke derart weich werden würden. Doch sie taten es.

Silver musste bei seiner Reaktion auf die Jungen beinahe kichern, wäre sie nicht so verdammt abgekämpft. »Möchtest du irgendwann auch nochmal herkommen?«, fragte sie sanft. »Die Kleinen beißen nicht. Und ich nur ganz selten.«

Bluefire schluckte, seine Mundwinkel zuckten zu einem Lächeln und schließlich setzte er sich langsam in Bewegung. Der Blick der Füchsin blieb an ihm hängen, wie seiner an den Jungen hängen blieb. Behutsam kam er bei ihnen an, ein ruhiges Lächeln ruhte auf seinen Lippen, dafür leuchteten seine Augen umso mehr. Silver spürte eine wohlige Wärme in sich aufsteigen. Sie konnte seine Aufregung geradezu spüren. Seine freudige Aufregung.

Zufrieden erfasste auch sie wieder ihre Kinder. »Hälfte, Hälfte«, sagte sie behutsam. Bluefire schaute irritiert und sie lächelte deutlicher. »Mädchen und Junge.«

Nun grinste auch er kurz auf und legte sich dann wie aus einer Starre befreit ihr gegenüber auf die Erde, sodass die Jungen zwischen ihnen waren, er seinen Kopf jedoch an ihren schmiegen konnte. Silvers Lider klappten zu. »Ich bin ja so müde«, seufzte sie und hatte das Gefühl, sich einfach fallen lassen zu können.

»Vielleicht solltest du dann ein wenig schlafen«, bot ihr Bluefire belustigt das Offensichtliche dar.

Silver grinste in sein Halsfell. »Kluge Idee«, murmelte sie dösig. Aber noch wollte sie nicht schlafen. Sie zog den Kopf zurück, um in seine Augen schauen zu können. Diese grauen Augen, die so durch und durch Glück und Fürsorge ausstrahlten wie selten zuvor, was sie geradewegs in den Himmel schleuderte. Sie konnte nicht anders. »Ich liebe dich, Bluefire«, flüsterte sie voller Gewissheit.

Er wirkte überrascht, ohne dass sich sein zufriedener Ausdruck sehr veränderte. Im nächsten Moment hatte er seinen Kopf wieder an ihren gepresst und ließ ihn danach streichelnd auf ihren wandern, voller Wärme und Zuneigung. Wieder hatte sie die Augen geschlossen, als sie sich an seinen Brustkorb lehnte, und sie genoss seine Nähe. Kurz darauf öffneten sie sich jedoch wieder. Nachdenklich, beinahe melancholisch.

Das Richtige

»Aber warum nicht?«, fragte ein blauer Welpe seine Mutter verwirrt.

»Was heißt warum nicht?«, entgegnete sie scharf. »Weil wir es gesagt haben, deshalb.«

»Aber ich versteh das nicht«, beharrte er, als die Füchsin mit dem ebenfalls blau schimmernden Fell einfach weiterging und er mit Verzweiflung hinterherlief. »Ihr seid doch eigentlich *für* Freundschaften mit anderen Tierarten, was habt ihr also gegen die Dachse?«

»Sie sind unsere Feinde.«

»Warum?«, war der Jungfuchs ernsthaft bemüht, es nachzuvollziehen. »Ich mag sie sehr gerne, sie wirken gar nicht böse.«

»Das Böse zeigt sich ja auch nicht so offensichtlich und du warst dumm genug, auf sie reinzufallen.« Sie schaute ihn nicht an, während sie ungehindert zügig weiterlief.

Der Welpe schluckte betroffen plötzlich aufkommende Tränen hinunter. »Warum erklärst du es mir nicht?«, zitterte seine Stimme, das wohlbekannte Gefühl von kalter Zurückweisung traf auf ihn.

Sie hielt abrupt an, als sie genervt stöhnte. »Bluefire, warum hörst du nicht einfach auf mich?«, zischte sie verständnislos. »Ich bin es satt, dass du ständig gegen den Strom schwimmst. Wann lernst du endlich, dass es gewisse Sachen gibt, die du einfach akzeptieren musst?«

Benommen legte der junge Fuchs seine Ohren an, starr vor Hilflosigkeit kämpfte er hoffnungslos gegen das Wasser in seinen Augen. »Aber ich habe die Dachse gern«, wimmerte er. »Sie sind nett zu mir.« Netter und wärmer, als er es je gekannt hatte.

Einige Momente starrte das wütende Gesicht seiner Mutter einfach nur zurück, doch wirkte es nach und nach als würde sie plötzlich etwas sehr Unangenehmes erkennen. Schließlich zog sie den Kopf zurück und schüttelte ihn. »Das geht so nicht weiter, Bluefire. Du musst lernen, dass du gehorchen musst. Und zwar bald, sonst ...« Sie ließ den Satz nachdenklich ausklingen.

Bluefires Kehle schnürte sich zu, ein kalter Schauer jagte über seinen Rücken. »Sonst was?«, winselte er.

Die Füchsin starrte einen Augenblick in die Ferne, doch selbst als sie ihn wieder ansah, waren ihre Augen distanziert. »Wir reden morgen nochmal darüber«, meinte sie lediglich. »Ich hab jetzt noch was zu erledigen. Wir treffen uns bei der Abenddämmerung in der Schlucht östlich von hier. Verstanden?«

Der Welpe verstand nicht. Nicht, was sie in der Schlucht mit ihm vorhatte. Er nickte, weil er wusste – wenn er es nicht tat, würden die Konsequenzen noch viel schlimmer sein. Seine Mutter setzte sich wieder in Bewegung und verschwand ohne ein weiteres Wort im Wald. Diesmal lief er ihr nicht hinterher.

»Hey, blauer Schatten!«, rief es von hinten und Bluefire musste ein Augenrollen unterdrücken.

»Sehr witzig, Dry, wirklich«, entgegnete er dem Feldhasen und wartete, bis er bei ihm angekommen war. Die Sonne war gerade dabei unterzugehen, den Mond konnte man bereits am Himmel erkennen. »Ich löse dich jetzt ab«, fügte der Rüde hinzu. »Du kannst verschwinden, bevor es dunkel wird.«

»Etwas dagegen, wenn ich dich noch ein Stück begleite?«

Bluefire musterte ihn argwöhnisch. »Sag nicht, du suchst auf einmal Gesellschaft?«

»Würde mir nie einfallen«, erwiderte er sogleich. »Ich lauf liebend gern Tag und Nacht die Grenzen entlang.«

Der Blaufuchs grinste sachte. »So wie deine Einstellung in letzter Zeit ist, würde mich diese Art von Besessenheit nicht gerade wundern.«

Dry legte den Kopf schief, ein provokatives Funkeln in den Augen. »Kommt dir bekannt vor?« Bluefire stockte. Sein Amüsement verschwand. »Ich hätte mir gedacht, dass jetzt, wo die Jungen da sind, du wenigstens ein paar Mal die Grenzgänge aussetzen wolltest«, fuhr der Hase fort.

Sein Gegenüber schluckte. »Ich finde nicht, dass ich dadurch meine Pflicht vernachlässigen sollte.« Es klang sogar noch kleinlauter als beabsichtigt.

Dry nickte zustimmend, jedoch mit überschwänglicher Ironie im Gesicht. »Sicher doch.«

»Dry-!«, stieß der Fuchs gereizt aus und wollte das Gespräch abbrechen, doch der Nager kam ihm zuvor. »Schon okay, von mir wirst du bestimmt nicht verurteilt«, erklärte er wie selbstverständlich. »Im Gegenteil. Ich will mit dir genau über das Thema sprechen, das dich momentan so beschäftigt. Die Schatten. Ich will Infos.«

Nun blitzte wieder Belustigung in seinen grauen Augen auf. »Du und viele andere. Stell dich hinten an.«

»Was könnten sie wollen? Ich meine, worauf soll das Ganze hinauslaufen?«

»Keine Ahnung.«

»Was für ein Ziel wäre logisch?«

»Ich weiß es nicht!«, keifte Bluefire genervt.

»Dann denk nach!«, schoss Dry zurück. »Was wollten deine Eltern?«

Ein desillusionierter Blick mit leeren Augen traf auf ihn. Resigniert zuckte er die Schultern. »Ich weiß es nicht«, wiederholte er leise.

Unzufrieden schnaufte Dry durch. »Es ist frustrierend.« Ob er damit meinte, mit Bluefire zu reden oder die Situation an sich, wusste der Rüde nicht, aber da er beidem zustimmen konnte, nickte er.

Sie schwiegen eine ganze Weile, bevor Bluefire die Stille zögerlich durchbrach. »Glaub mir, ich will das als allererstes herausfinden«, murmelte er aufrichtig. »Meine Eltern ... sie ... waren nicht gerade ...« Er schluckte mitgenommen, aufgelöst und verletzt, alles unter einem Deckmantel der Rationalität, der ansonsten alles versteckte und nur erahnen ließ, wie es in ihm wirklich aussah.

Dry brauchte einen Moment, um sich von dieser Erkenntnis zu erholen. »Ich weiß«, erwiderte er schließlich verständnisvoll. Weil er es in diesem Moment wirklich wusste. Schon kurz darauf schaffte es Bluefire jedoch, jegliche Verletzlichkeit wieder herunterzuschlucken. »Ich wollte nicht ...«, begann er im ersten Augenblick noch zurückhaltend, wurde dann aber bestimmt. »Ich will nicht dein Mitleid.«

»Bluefire ...«, begann Dry, doch wurde unterbrochen.

»Es sollte vielmehr zeigen, dass ich nichts unversucht lassen werde-«

»Bluefire ...«

»-um herauszufinden, wer das ist und was sie wollen ...«

»Bluefire!« Der Blaufuchs hielt inne. Er schien bemüht, jegliche Emotion zu unterdrücken, sein Gesicht eine brüchige Wand, durch die man nicht richtig hindurchsah. Er starrte den Feldhasen lediglich an, verbissen, aber wortlos. Dry blickte zurück, einmal blinzelte er. »Es ist okay«, sagte er schlicht. Diese simplen Worte bewirkten mehr, als er vermutet hätte. Es war wirklich okay vor Dry. Er machte dem Fuchs keine Vorwürfe, er urteilte nicht und vielleicht verstand er sogar. Auf irgendeine Weise fühlte sich Bluefire unheimlich erleichtert. Er hatte das erste Mal das Gefühl, sich nicht rechtfertigen zu müssen.

»Stürmisch«, rief es hinter ihm. Der Silberfuchs sah sich nach Cunning um.

»Hey«, erwiderte der Silberfuchs sachte.

Sein Freund näherte sich zunächst vorsichtig, aufrichtige Anteilnahme in seinen Augen. »Wie geht es dir?«, fragte er behutsam. »Und euch. Ich meine ... dir und Zart.«

Stürmisch seufzte tief, auch wenn er das nicht beabsichtigt hatte. Doch wenn er an das letzte Gespräch mit seiner Gefährtin dachte, drückte es einfach nur auf seinen ohnehin angeschlagenen Gemütszustand. Außerdem hatte Cunning das Recht, das zu fragen, nachdem Stürmisch offensichtlich Tag und Nacht bei ihm hereinschneien konnte. »Es ... geht schon«, versuchte er das ganze Wirrwarr an Gefühlen in halbwegs vernünftige Worte zu packen. »Es ist ... hart.« Er klang abwesend und bemerkte dabei nicht, wie er offener wurde. Er hatte das Gefühl, erstmals ehrlich sein zu können und wusste, dass er vor Cunning keine Fassade auflegen musste. »Es ist wirklich hart«, flüsterte er schließlich nur noch und schluckte stark. Dem Rotfuchs versetzte dieser Anblick einen Stich ins Herz. Er hatte seinen Freund noch niemals so verletzlich gesehen wie in letzter Zeit.

»Aber ... Zart ist toll. Wirklich toll«, versicherte Stürmisch seinem Artgenossen. »Natürlich ist es nicht einfach, aber ... über kurz oder lang«, er legte den Kopf in den Nacken, den Blick nach oben, vermutlich um Tränen zurückzuhalten, »kriegen wir das hin.«

»Ihr ...«, setzte der Rotfuchs vorsichtig an, »ihr seid nicht allein. Das wisst ihr, oder?«

»Ja, natürlich«, sagte Stürmisch schnell und versuchte ihm zu verstehen zu geben, dass er besonders seine Freundschaft mehr als zu schätzen wusste. »Und für eure Unterstützung könnte ich nicht dankbarer sein. Ihr seid alle immer für uns da gewesen.« Noch während er den letzten Satz aussprach, schlug seine Stimmung augenblicklich um. »Und zwar *wirklich* alle. Auch die, die man am liebsten wieder in die Wüste schicken würde. Aber sie kommen immer und immer wieder, also vergessen wir einfach, was sie uns schon angetan haben und dann ist alles einfach wieder gut, als wäre nichts geschehen.«

Wut loderte in seinen blauen Augen, aber auch Spuren von Verzweiflung. Cunnings Ohren drehte sich nach außen. »Lehne ich mich jetzt weit aus dem Fenster, wenn ich annehme, dass es hier um Wind geht?«

»Dieser Mistkerl schleicht sich einfach wieder in unser aller Leben und niemand scheint auch nur den Hauch von Bedenken zu haben!«, rauschte es einfach aus dem Silberfuchs hinaus. »Und natürlich darf ich nichts sagen, denn er hat ja Zarts Leben gerettet und wenn ich etwas gegen ihn sage, ist das damit gleichzusetzen, dass ich Zart lieber hätte sterben lassen wollen als ihn wieder hier zu haben, völlig klar.« Er schnaufte. »Und mit Zart kann ich natürlich auch nicht offen drüber reden, denn immerhin ist es ihr Bruder und dem verzeiht man ja alles ohne Weiteres. Außerdem hat sie gerade eine *Fehlgeburt* hinter sich, wie unsensibel wäre es da bitte, sie wegen so etwas zur Rede zu stellen?«

Er stöhnte frustriert auf, Cunning musterte ihn mit skeptischem Mitgefühl. »Uh, das musste jetzt aber dringend raus, oder?«, kommentierte er, als Stürmisch offensichtlich nichts weiter hinzuzufügen hatte.

Der graue Rüde schüttelte den Kopf. Der Zorn ließ nach, Frust und Unsicherheit traten hervor. »Ich will mich nicht zwischen sie und Wind stellen«, meinte er schließlich wieder ruhiger. »Ich will sie nicht zwingen, sich zu entscheiden.« Er hielt inne, seinen Blick die ganze Zeit ins Leere gerichtet. Trotz der Aufrichtigkeit seiner soeben gemachten Aussage, krochen geradezu gegenteilige Emotionen sichtbar hoch. Mit einem kaum erkennbaren Kopfschütteln fuhr er fort. »Aber ich könnte es nicht verstehen, wenn sie ihm verzeihen würde.«

Als Cunning noch unentschlossen grübelte, schoss Stürmischs Blick schuldbewusst auf sein Gegenüber. »Es ... es tut mir leid«, stolperte er über die Worte. »Ich weiß, er ist ja auch dein Bruder.« Er hätte sich in den Schwanz beißen können. Es war nur so, dass er sich daran gewöhnt hatte, offen mit Cunning zu reden, über so ziemlich alles. Selbst über seine Beziehung mit Zart.

Der Rotfuchs schloss die Augen und schüttelte sanft seinen Kopf. »Ist schon gut. Ich glaube, du hast den kleinen Ausbruch jetzt mal gebraucht.«

Stürmisch verzog den Mund. »Aber ich hätte nicht unbedingt vor *dir* ›ausbrechen‹ müssen.« Flüsternd fügte er hinzu: »Ich hab sowieso das Gefühl, du bist mein Ventil für alles in letzter Zeit.«

»Bei wem sollst du sonst Dampf ablassen?«, zwinkerte er ihm zu.

Der Silberfuchs hielt kurz die Luft an, seufzte dann aber selbstkritisch. »Aber dir geht es ja im Prinzip genauso wie ihr, oder? Du kannst ihm auch verzeihen.«

Nun war es Cunning, der seufzte und kurzzeitig hilfesuchend in die Ferne schaute. »Hier gibt es auch Töne zwischen verzeihen und nicht-verzeihen, Stürmisch. Dir fällt es leicht, ihn zu hassen. Du bist ja nicht mit ihm aufgewachsen. Du kennst nicht alle seine Seiten. Denn eines musst du verstehen, so verdreht seine Gründe auch waren, denke ich doch, dass er alles, was er getan hat, aus Liebe getan hat. Aus Liebe zu uns, zu Zart.«

Stürmisch fiel es schwer, von seinem starren Blick ins Nichts wieder Cunning anzuschauen. Er fragte sich, wie weit er gehen durfte, wie ehrlich er in dieser verzwickten Situation sein sollte. Aber letzten Endes konnte er Cunnings Worte nicht einfach so stehen lassen. »Ich glaube du irrst dich«, kam es daher leise, doch ebenso entschlossen. »Ich glaube, alles, was er getan hat, hat er aus Eigennutz getan.« Erst jetzt erfasste er den Rotfuchs wieder. »Egal, welche Gründe er vorschiebt ... im Endeffekt verfolgt er seine eigenen Ziele. Wie sich Zart gefühlt hat, war ihm doch völlig egal. Wäre ihm ihr Wohlbefinden wichtig gewesen, hätte er diese ganze kranke Aktion doch abgebrochen. Aber nein ...«, seine Mundwinkel zuckten, »was ihn auch immer dazu getrieben hat – es war keine Liebe zu Zart.«

Cunning war beinahe ausdruckslos. Seine grünen Augen durchbohrten ihn ohne zu zwinkern. Er grübelte über Stürmischs Worte, doch was er genau dachte, vermochte der Silberfuchs nicht zu erkennen. »Tja«, meinte der bräunliche Rüde schließlich. »Wirklich wissen werden wir es wohl nie, was?«

Damit hatte er wohl recht. Wind war so undurchsichtig wie eine Wiese im Morgennebel. Allerdings war sich Stürmisch sicher, dass er Wind fast besser durchschauen konnte als jeder andere hier im Wald und ihn ärgerte ihre Verklärung in der Angelegenheit. Das war allerdings etwas, das er jetzt lieber für sich behielt.

Blätter peitschten ihm entgegen, als er durch das Unterholz rannte.

»Wind, warte!«, hörte er seine Schwester rufen. »Du bist zu schnell!«, stimmte sein Bruder mit ein. Abrupt hielt der Welpe an und wandte sich seinen Geschwistern zu. »Ich will sie nicht verpassen«, beharrte Wind, als die anderen beiden bei ihm ankamen. »Das ist die letzte

Nacht, in der Vive noch hier ist und ich weiß nicht, wie lange sie warten kann!«

»Uns geht es doch genauso!«, erwiderte Zart empört.

»Jetzt nicht streiten«, vermittelte Cunning schnell. »Wir müssen uns wirklich beeilen, wenn wir nicht wollen, dass Mutter und Vater merken, dass wir uns davongeschlichen haben. Wind, am besten du rennst vor und sorgst dafür, dass Vive noch da bleibt, während ich mit Zart hinterherkomme.«

»Jetzt tu nicht so, als wäre es meine Schuld!«, protestierte die junge Füchsin. »Wer ist mir denn gestern auf die Pfote getreten!«

Wind war bereits ohne ein Wort losgerannt. »Ja, ich weiß Zart«, murmelte Cunning. »Aber es ist ja gut. Wir werden ihr alle auf Wiedersehen sagen können.«

Wind rannte schnell und so dauerte es nicht mehr lange, bis er ihren Treffpunkt erreichte. Er hielt an, die Ohren gespitzt und die Augen offen. »Vive?«

Ein Knacken aus den Sträuchern konnte er hören. »Hier drüben«, kam es dann leise. Augenblicklich war der Jungfuchs zu ihr gesprungen, die Fähe lag im Laub.

»Ich hab schon Angst gehabt, wir würden dich verpassen, aber du ... was ist los?« Mit einem Mal erkannte er, dass ihre Augen gerötet waren und Wasser darin stand. »Vive ...«, entwich es ihm mitfühlend, doch sie redete dazwischen.

»Ist schon okay. Wo sind die anderen?«

»Sie kommen gleich. Zart hat sich beim Spielen verletzt, deswegen ist sie langsamer, aber sie müssten bald da sein.«

Die Füchsin schluckte. »Könntest du ... ich meine ...«, sie presste Tränen zurück. »Könntest du ihnen vielleicht sagen ... dass ich schon weg war?«

Wind stockte überrumpelt. »Wie bitte?«

Vive schluchzte. »Ich glaube, es ist zu schwer«, erklärte sie beschämt. »Ich würde in Tränen ausbrechen und könnte nicht mehr fortgehen, wenn ich euch alle drei hier sehen würde.«

»Ich soll sie *anlügen*?«, fragte Wind mit übergroßen Augen.

»Würdest du das für mich tun?«, fragte sie nochmals, bevor ihre Stimme zu einem Flüstern zerbrach. »Bitte?«

Diesmal war es Wind, der schluckte. Er blickte sich um und hörte, wie sich seine Geschwister bereits näherten. Dann fixierte er wieder

Vive. Ein Nicken folgte. »Ja, ist okay.« Er wurde plötzlich traurig und sehnsüchtig. »Auf Wiedersehen, Vive«, flüsterte er mitgenommen.

Sie begab sich auf ihre Pfoten, tiefes Bedauern und Traurigkeit überschwemmte ihr Gesicht. »Hoffentlich«, hauchte sie und schleckte ihm zum Abschied einmal über den Nasenrücken, bevor sie sich schnell fort drehte, um im Wald zu verschwinden. Womöglich für immer.

Zart und Cunning erreichten den Treffpunkt. »Vive?«, rief die Füchsin sogleich.

»Wir kommen zu spät«, antwortete allerdings nur Wind, der ihnen den Rücken zugewandt im Unterholz saß, seine Rute schlang sich um seinen Körper.

»Was? Nein!«, entfuhr es ihr verzweifelt.

»Doch«, erwiderte Wind einfach und lief schließlich zu seinen Geschwistern.

»Aber es riecht noch nach ihr«, schnupperte Cunning mit der Nase in der Luft.

Wind blinzelte. »Sie war ja wahrscheinlich auch hier. Ist aber schon gegangen.«

»Cunning hat recht, es ist noch ganz frisch«, warf Zart hoffnungsvoll ein und tapste dorthin, wo Vive soeben noch gelegen hatte.

Wind lief langsam hinterher. »Dann müssen wir sie nur ganz knapp verpasst haben.«

Zart schluckte, sie drehte sich mit einem Sprung zu ihrem Bruder um. »Hast du sie ganz sicher nicht mehr gesehen?«

Ihre grünen Augen wurden groß und flehend, als sie in die seinen schaute. »Natürlich«, versicherte der junge Rüde sofort. »Glaubst du etwa, ich würde euch deswegen anlügen?«

Zart zog den Kopf zurück und schüttelte ihn einmal. »Nein, natürlich nicht«, erwiderte sie enttäuscht. »Ich hätte mir nur gewünscht, sie nochmal zu sehen.«

Eine Stille entstand, die durch Cunning nach einigen Sekunden wieder durchbrochen wurde. »Das geht uns allen so.«

Wind atmete einmal tief durch. »Und was machen wir jetzt?«

Die Mundwinkel seines Bruders zuckten energielos. »Nach Hause gehen.«

Die Geschwister nickten, es dauerte jedoch noch einen guten Moment, ehe sie sich in Bewegung setzten.

Heart hörte auf den ruhigen Atem ihres Gefährten. Sie beobachtete seinen Rücken und bewegungslosen Hinterkopf, während sie Seite an Seite in ihrer Höhle lagen. Es war noch dunkel, kurz vor der Dämmerung. Die Füchsin hörte nur das leise Rauschen der Blätter von draußen, ansonsten war es ruhig. Ruhig genug, um die eigenen Gedanken zu hören.

Kühl bewegte sich leicht und Heart bemerkte sein zuckendes Ohr. Sie blinzelte. »Bist du wach?«, flüsterte sie, wobei sie die Antwort schon kannte.

Sie hörte ihn seufzen, kurz bevor er sich zu ihr umdrehte. Sein abwesender Blick ins Leere verriet ihr, dass er genauso in Gedanken versunken war wie sie. Schließlich suchten seine Augen die ihren. »Ich schlafe schon seit Tagen nur noch sporadisch«, gestand er ebenso leise.

Heart zwinkerte ihm sanft zu. »Kenne ich irgendwoher.« Es gab einige Baustellen zurzeit. »Seit Zarts Fehlgeburt nicht mehr.«

Der Fuchs brauchte einen nachdenklichen Moment. »Damit hat es angefangen. Mit Wind geht es weiter.«

Seine Gefährtin versuchte, seine Gefühle zu ordnen. »Geht es darum, dass Zart ihre Informationen über das Lager von Wind hat? Darum ... dass sie sich heimlich getroffen haben?«

Kühl kaute verbissen auf seinen Zähnen herum, bevor er schließlich sprach, ein noch leiseres, fassungsloses Flüstern. »Warum hat sie uns nichts gesagt?«

Ihre Mundwinkel zuckten. »Weil wir es nicht verstanden hätten?« Es war keine Frage.

»Das stimmt doch so gar nicht«, widersprach er sofort. »Ich meine, Wind, er ... er ...« Kühl schluckte, konnte er die Taten Winds genauso wenig ignorieren wie die Tatsache, dass er trotz allem sein Sohn war. »Ist ja auch egal«, seufzte er schließlich kopfschüttelnd. »Wir können eh nichts mehr dran ändern. Wie geht es Zart bei all dem?«

Heart änderte ihre Position unbehaglich. Sie wich kurzzeitig seinem Blick aus, wohl wissend, dass das seine Aufmerksamkeit erhaschen würde. »Ich, äh ...«, stammelte sie unsicher und gleichermaßen entschlossen, »ich muss dir noch was sagen. Was ziemlich Wichtiges.« Oh ja, seine Aufmerksamkeit war da. Sie räusperte sich, ihre Stimme wurde kleinlaut. »Ich hab Zart von meinen Fähigkeiten erzählt.«

Kühl blinzelte sie an, seine Antwort ließ eine ganze Weile auf sich warten. Heart spürte geradezu, wie er selbst herauszufinden versuchte, was er davon hielt. »Okaaay«, meinte er dann gedehnt. »Gab es eine bestimmte Situation, die dazu geführt hat?«

Sie nickte. »Sie hat sich wahnsinnige Vorwürfe gemacht, dass sie Schuld an der Fehlgeburt hätte haben können ... ich musste ihr einfach sagen, wie sicher ich mir war, dass sie nicht dran schuld war. Tja, und natürlich warum ich mir da so sicher sein kann ...« Sie ließ den Satz ausklingen.

Kühl musterte sie eingehend. »Wie hat sie reagiert?«

Heart verzog skeptisch die Mundwinkel. »Ich bin mir ehrlich gesagt nicht ganz sicher. Sie war so aufgewühlt zu dem Zeitpunkt, alle Emotionen auf Hochtouren. Ich kann's nicht sagen, ob sie es in dem Moment überhaupt verarbeitet hat.«

»Hast du ihr gesagt, dass sie damit eher vertraulich umgehen soll?«

Entgeistert blickte sie ihn an. »Ja Kühl, ich habe deiner Tochter, die gerade eine Fehlgeburt hinter sich hatte, gesagt, dass ihr Vater sich hauptsächlich darum sorgt, dass sie auch ja keine Andeutung jemand anderem gegenüber über meine Fähigkeiten macht.« Sarkasmus loderte in jeder Silbe.

»Ich meine ja nur, dass ...«, versuchte er sich sogleich zu wehren, doch stöhnte kurz darauf. Er hielt inne und redete ruhiger weiter. »Wenn wir schon dabei sind, willst du es noch jemandem sagen?« Diesmal fragte er aus reinem Interesse und keiner Angst, dass es womöglich zu viele erfahren würden.

Sie zuckte nachdenklich die Schultern. »Ich denke, ich werde es wohl noch Cunning sagen.«

Auf der Stelle wurde sie von ihrem Gefährten aus den Augenwinkeln angeschielt und wartete nur darauf, bis er die Frage aussprach. »... was ist mit Wind?«

Langsam leckte sie sich mit der Zunge über die Unterlippe. »Was meinst *du*?«

Kühl schluckte angespannt, ehe er tief seufzte. »Mein Gott, unglaublich, wie es soweit kommen konnte. Es ist schlimm wie es jetzt ist, ich meine ... kann ich ihm überhaupt jemals wieder vertrauen?« Seine letzte Frage war voller Hilflosigkeit und Bedauern, ein verzweifeltes Flehen lag darin, als würde er Heart darum bitten, ihm zu versichern, dass alles wieder gut werden würde.

Der distanzierte Blick, dem sie ihm zuwarf, war allerdings nicht das, was er sich erhofft hatte. »Du vertraust ihm mit der Aufgabe bezüglich

Vive, das ist doch schon was.«

Der Vorwurf in ihre Stimme brannte sich in Kühls Gewissen. »Okay Heart, willst du mir vielleicht irgendwas sagen?«

»Du redest von Vertrauen, davon es wiederaufzubauen.« Sie schüttelte langsam den Kopf. »Du benutzt deinen Sohn, Kühl. Für deine eigenen Zwecke. Ich sage nicht, dass Wind viel dafür tut, um unser Vertrauen wiederzugewinnen, aber ein bisschen was muss dafür auch von deiner Seite kommen.«

»Woah, halblang bitte«, erwiderte er energisch. »Interessantes Bild von mir hast du da. Meine eigenen Zwecke? Das sind unser aller Zwecke! Diese Gruppe, Rank, Schatten, was auch immer, ist eine Bedrohung für uns alle und steht somit auch über allem anderen. Wind ist unsere beste Chance, zu Vive hindurchzudringen. Wir brauchen ihn.«

»Ich weiß«, entgegnete sie ruhig. »Deswegen habe ich ja auch meinen Mund gehalten, weil unsere Sicherheit über unserem Verhältnis zu Wind steht. Aber im Gegensatz zu dir erwarte ich auch nicht, dass die Situation unser Verhältnis zu ihm stärkt. Im Gegenteil ...«, seufzte sie. »Du kannst ihn nicht so spüren wie ich, Kühl. Die Art wie er sich abschottet, einen Großteil seiner Gefühle vergräbt ... seine Aufgabe mit Vive wird das nur verstärken.«

Mitgenommen hing der Blick des Rüden an seiner Gefährtin hängen. Er hatte das Gefühl, als hätte ihm jemand die Eingeweide zusammengedrückt. »Ich ... ich wollte nie ...«

»Schon okay, du hast ja recht«, versicherte sie ihm nicht ohne Bitterkeit. »Wir brauchen ihn. Das ist wichtiger.«

Kühl kehrte für einen Moment in seine eigenen Gedanken zurück. Wenn es stimmte, was Heart sagte, würde er Wind vielleicht tatsächlich verlieren. Ein Gedanke, der ihm vorher noch nie gekommen war, nicht einmal, als sein Sohn den Wald verlassen hatte. Was bedeutete das überhaupt, ihn verlieren? Er war sich nicht einmal sicher, ob er seinen Sohn noch kannte. Aber er hatte keine Wahl, er musste diese persönlichen Konflikte zurückstellen, die Bedrohung ging vor. Erst danach konnte er alles daran setzen, zu reparieren, was es zu reparieren gab.

Whitestar knetete nervös die Erde unter ihren Pfoten. Die Maus, die sie vorhin gefangen hatte, lag unangetastet auf dem Boden der Höhle, in der die Füchsin wartete. So lange konnte Sage nicht mehr brauchen, sie wartete doch schon – wie lange? *Sehr* lange.

Sie sprang auf und begann im Kreis zu laufen, als ihr Gefährte endlich den Bau betrat und sie wie vom Blitz getroffen auf ihn zu sprang. »Wir müssen reden, ganz, ganz dringend.«

Allein der Fakt, dass ihre Aufregung nicht negativer Natur war, ließ ihn eher neugierig denn besorgt auf ihre Aussage eingehen. »Na dann schieß los.«

Sie atmete tief durch und auch wenn er sich sicher war, dass nichts Schlimmes passiert war, wunderte er sich doch über ihre Nervosität. »Ich ...«, begann sie auch zögerlich, »hab nochmal über die Silberfüchse im Süden nachgedacht, über ... Silver.« Es war beinahe eine Frage. Sie wartete befürchtend ab, ob Sage etwas einzuwenden hatte.

»Ja?«, fragte er stattdessen ruhig nach.

Nochmals strömte Luft durch ihre Nase ein und durch den Mund wieder aus. »Ich ... will da hin. In den Süden.«

Eine bedeutungsträchtige Stille füllte den Raum. Sage formte die Lippen zu einem Wort, das erst einen Augenblick später seine Kehle verließ. »Wann?« Immer noch unglaublich gefasst wollte er wissen, woher diese scheinbar plötzliche Entscheidung kam. Gleichzeitig zeigte es Whitestar, dass er es ernst nahm und nicht abzutun versuchte.

Ihre vorherige Aufregung wandelte sich daher in etwas Schwereres. »Bald«, antwortete sie und überdeckte nur bedingt ihre Unsicherheit. »Erst einmal muss ich wissen, wo genau ich hin muss.«

Sage schluckte. Die Skepsis, die zu ihrer Erleichterung bisher höchstens unterschwellig präsent war, verdeutlichte sich nun. »Was ist mit den Rotfüchsen? Mit allem, was hier gerade passiert, den Schatten? Und«, seine Mundwinkel zuckten, »was ist mit Stürmisch?«

»Du stellst nicht die Aktion an sich in Frage«, bemerkte sie leise, doch lächelnd.

Er seufzte, aus so vielen Gründen, aber er bestätigte ihre Behauptung. »Nein, du musst mir nicht erklären, warum«, meinte er wie selbstverständlich. Mit einem kurzen Blick auf den Boden und einem Biss auf die Unterlippe benötigte er einen Moment, um fortzufahren. »Seit ... Zart und Stürmisch die Jungen verloren haben ... beschäftigt mich das Thema mehr als mir lieb war. Der Wunsch, Munter oder Silver wiederzusehen, war so stark wie lange nicht mehr. Ich weiß mit Sicherheit, dass ich *Munter* nie wieder sehen werde.«

Tränen standen in ihren Augen, weigerten sich jedoch, hinunterzurollen. »Du hast nie etwas erwähnt.«

»Weil ich die Hoffnung als töricht empfunden habe.«

Die Füchsin schluckte verständnislos. »Aber als ich mit der Vermutung kam, dass Silver unter den Silberfüchsen sein könnte ...«

»... war meine Ablehnung eine Schutzreaktion, weil es rational gesehen ... *irrational* ist, aufzubrechen und sie aufgrund einer Vermutung suchen zu gehen«, rechtfertigte er sich. »Ich wollte mir keine Hoffnungen machen, die vielleicht heillos zerstört werden, weil die Chance, betrachtet man es mal vernünftig, einfach so gering ist. Außerdem hattest du gleichzeitig dieses undurchsichtige Gefühl, das mit Bernsteins Geruch zusammengehängt hat. Was ist eigentlich daraus geworden?«

Whitestar zog den Mund schief. »Unverändert«, antwortete sie knapp. »Aber da sehe ich nicht, wie ich weiterkomme. Bei dem anderen schon.«

Sages Zerrissenheit zwischen Zweifel und Glaube war ihm deutlich anzusehen. »Bist du dir sicher?«, fragte er wiederum mit einer Ruhe, die seinen Zwiespalt jedoch nicht versteckte.

Die Polarfüchsin begann zu nicken. »Für mich ist es eine Frage des Wann, nicht des Ob. Ich werde aufbrechen. Vielleicht nicht gleich. Aber ... bald. Wenn ich weiß, wohin. Wenn ich sicher bin, mich von allem verabschiedet zu haben. Wenn ich das Gefühl habe, ruhigen Gewissens gehen zu können.«

Das zaghafte, gutmütige Lächeln, das er ihr schickte, hatte sie nicht erwartet. »Dann ist es für mich auch keine Frage. Ich komme mit dir.«

»Wirklich?« Sie war überrascht, konnte es kaum glauben, ihre blauen Augen voller Verwunderung.

»Glaubst du ernsthaft, ich lasse dich das alleine machen?«

Whitestar erwiderte sein sanftes Grinsen. »Du musst nicht auf mich aufpassen. Das ist eine wichtige Entscheidung und ich möchte nicht, dass du dich verpflichtet fühlst ...«

»Ich mache hin und wieder auch etwas, das *ich* will«, versicherte er ihr mit einem Augenzwinkern.

Sie wollte etwas erwidern, doch schien sprachlos und nachdenklich. Wegen was, konnte man wohl frei auswählen. Die einschneidende Bedeutung der Entscheidung. Die Konsequenzen, die diese Veränderungen hießen. Die Angst, alleine gehen zu müssen. Die Sachen, die noch ausstanden. Die Art und Weise, das alles anzupacken.

»Wir sollten zuallererst mit Stürmisch reden«, half Sage nach.

Sie nickte, noch halb abwesend. »Ja, bevor wir irgendeinem etwas sagen, sollten wir wirklich mit ihm sprechen.« Sie schaute ihren Gefährten wieder an. »Wir sollten auch nicht gleich mit der Tür in den Bau fallen, sondern es vorerst für uns behalten – Stürmisch ausgenommen. Bis wir ...«, sie wurde leiser, »uns vielleicht auch selbst etwas an den Gedanken gewöhnt haben.«

Diesmal nickte der Rüde. »Einverstanden.« Er versuchte Blickkontakt herzustellen, was sich aber aufgrund ihrer gedanklichen Abwesenheit als schwierig erwies. »Alles gut?«, hakte er daher behutsam nach.

Sie grinste hilflos und schüttelte ebenso den Kopf. »Keine Ahnung«, antwortete sie aufrichtig. Ihre Züge wurden ernster und dankbarer zugleich. »Ich bin nur froh, dass ich dich mit an Bord habe.« Er lächelte zuversichtlich, auch wenn sie beide noch nicht wussten, wo das Ganze hinführen würde.

»Ich seh etwas, was du nicht siehst und das ist zackig.«

Goldfarbene Augen überflogen flüchtig die Umgebung. »Der Tannenzapfen da«, antwortete Bronze lässig.

»Mein Gott, kann ein Wettstreit mit dir *noch* deprimierender werden?«, stieß der Marder aus. »Könntest du *einmal* mein Ego nicht mit Füßen treten und wenigstens so tun, als ob ich überhaupt eine Chance hätte, zu gewinnen?«

Bronze schmunzelte. »Du musst eben mal etwas kreativer werden.«

»Scheiß auf die Kreativität, sollten wir nicht eigentlich aufpassen beim Patrouillieren?«

»Ich sehe etwas, was du nicht siehst und das ist ein Schatten.«

»Ha, sehr witzig«, entgegnete der Marder, kurz bevor er kleinlaut wurde und sich schnell umschaute. »Von ... welcher Art Schatten reden wir hier?«

Sie grinste ihn an. »Siehst du, *das* war kreativ.«

»Eigenlob stinkt. Gewaltig.« Bronze kicherte daraufhin lediglich. Der Marder begutachtete sie eingehender. »Hast du Geschwister? Bist du deswegen so gut in sowas?«

»Zwei. Hab sie aber schon seit Ewigkeiten nicht mehr gesehen.«

»Was ist passiert?«

Verdutzt schaute sie ihn an. »Äh ... nichts?«

»Oh, ich ...«, stockte der Marder abrupt. »Na ja ... du weißt schon. Weil du sie nie erwähnt hast.«

Sie zuckte lediglich die Schultern. »Gibt nicht viel zu erzählen. Wirklich nicht. Normale Familiengeschichte. Ich denke, denen geht's allen gut.«

»Hm«, machte der Marder perplex. »Das ist ... ungewöhnlich.«

Bronze musste aufpassen, nicht in Lachen auszubrechen. »Wie-so?«

»Na ja, jedem, dem wir bisher begegnet sind, hat irgendeine ganz schreckliche, traumatische Vergangenheit oder eine wahnsinnig schlimme Familiengeschichte.«

»Ist das eine Bedingung, um mit euch befreundet zu sein?«, lachte sie amüsiert.

»Hab schon begonnen, das zu denken«, stimmte der Marder kopfschüttelnd zu. »Als unausgesprochene Voraussetzung oder so.«

Im nächsten Moment wurde er von seiner Artgenossin fixiert. »Und was ist dann *deine* Geschichte?«

Die Mundwinkel des Marders zogen sich unwillkürlich zu einem Grinsen, als er aus den Augenwinkeln zu ihr hinübersah. »Bestimmt nicht das Traumatischste, was unsere Gruppe zu bieten hat.«

»Elegant ausgewichen, der Herr«, kommentierte sie sogleich.

»Ich weiß, ich bin ein Naturtalent.«

»Na los, erzähl schon.«

Er stöhnte gedehnt, den Kopf im Nacken, jedoch noch immer mit einem Grinsen auf den Lippen. »Ach, ich ... hab mich selbst in eine ziemlich blöde Situation gebracht, bin in eine Abhängigkeit von Leuten geraten, für die ich dann die Drecksarbeit erledigen musste und wollte Silver an sie ausliefern, die sie womöglich umgebracht hätten – so haben wir uns übrigens kennengelernt, Silver und ich.«

»*Was*?«, stieß sie ungläubig aus. »Das hört sich ja nach einem tollen Start an.«

»Ja, nicht wahr?«

»Denkt man gar nicht, wenn man euch sieht.«

»Na ja, ich hab sie ja dann auch nicht ausgeliefert – offensichtlich. Haben uns zusammengetan, um zu fliehen. Und sind seitdem irgendwie nie mehr getrennte Wege gegangen.«

»Gab es die Gruppe damals schon?«

»Nö.«

»Das heißt, mit euch hat es angefangen?«

»Äh ...« Er schaute in ihre funkelnden Augen. » ... ja. Schätze schon.«

»Ihr habt bestimmt noch einiges zusammen durchgemacht, wenn man bedenkt, wie viele ihr inzwischen seid.«

Der Marder schnaufte. »Kann man so sagen.«

»Und wie bist du von vornherein in diese Situation gekommen? In diese Abhängigkeit?«

»Ach, guck mal, ich sehe was, was du nicht siehst und das ist ...«

»Sehr erwachsen«, fiel sie ihm ins Wort. »Und unauffällig.« Sie kreuzte die Arme.

»Naturtalent«, war seine hilflose Antwort.

»So schlimm wird's schon nicht sein.«

»Du achtest überhaupt nicht mehr auf die Umgebung, was ist, wenn uns jemand beobachtet? Vielleicht geh ich auch grad mal nach Silvers Jungen gucken, hab schon ein ganz schlechtes Gewissen, dass ich nicht öfter ...«

Ihr frustriertes Stöhnen unterbrach ihn ein weiteres Mal. »Du bist 'ne Ablenkung in jeglicher Hinsicht. Warum bist du überhaupt mitgekommen?«

»Weil du mich drum gebeten hast.«

»Ach ja, richtig.« Sie rollte die Augen. »Gott weiß, was mich da geritten hat.«

»Du hattest Angst, einem bösen Schatten ganz alleine zu begegnen«, klärte er sie mit breitem Grinsen auf.

»Stimmt, das war's«, sagte sie trocken. »Besser du als ich.«

»Denk ich mir auch oft«, kommentierte eine weitere Stimme. Die Marder sahen sich um.

»Silver«, stieß er aus. »Wie lustig, zu dir wollt' ich grade.«

»Eigentlich wollte er nur weg von mir, aber was soll's«, korrigierte Bronze.

»Oh, tut mir leid«, lächelte die Füchsin dem Marder zu. »Dann musst du wohl zu jemand anderem gehen.«

Ihr Gegenüber winkte ab. »Schon okay, sie taucht ja doch immer wieder auf.« Kurz drauf ließ er seine bernsteinfarbenen Augen über die Fähe wandern. »Sieh dich an. Bist wieder dünn.«

»Ach«, machte sie nonchalant. »Du bist so wie immer.«

Der Marder lachte in sich hinein. »Nein, im Ernst. Seit wann bist du denn wieder unterwegs?«

»Seit jetzt. So ziemlich.«

»Geht's dir gut soweit?«

»Japp, alles im grünen Bereich. Bin froh, dass ich wieder mal etwas frische Luft schnappen kann.«

»Den Jungen?«

Silver begann breit zu grinsen, ein Lächeln fuhr in ihre Augen. »Bestens. Sie wachsen schnell.«

»Und sie wissen, wie man ihre Zähne benutzt«, meinte der Marder und schüttelte seinen Finger, als würde dieser immer noch schmerzen. »Deine Tochter ist ein richtiger Wirbelwind, auf die musst du mal aufpassen, wenn sie raus dürfen.«

Silver lachte. »Ja, Brisk hat ihren eigenen Kopf. Pale dagegen ist die Ruhe selbst. Verträumt.«

Der Marder beobachtete, wie der Blick der Füchsin ins Nichts wanderte und nachdenklich wurde, auch wenn ihr Lächeln noch auf ihren Lippen ruhte. »Und Bluefire?«, fragte er dann.

Die Jägerin schien sich aus den Gedanken gerissen zu fühlen, ihr Lächeln verschwand. »Äh ... gut. Soweit.«

»Okay und jetzt nochmal mit Gefühl«, forderte sie das braune Tier auf.

»Nein, ihm geht's wirklich gut, nur ...« Sie verzog den Mund.

Der Marder wunderte sich, ob sie vorhatte, noch weiterzureden. Nach einer Pause drehte er behutsam den Kopf zur Seite. »Ist irgendwas vorgefallen?«

Silver biss sich auf die Unterlippe. Sie zögerte deutlich, ihre blauen Augen voller Zweifel. »Wenn du mit jemandem zusammen bist«, startete sie vorsichtig, als müsse sie auf ihre Wortwahl achten, »und ihr zusammen Nachwuchs bekommt ... würdest du dann nicht davon ausgehen ...« Sie benötigte ein paar Ansätze, um die Frage zu beenden. »... dass er dich liebt?«

»*Auweia*«, entwich es dem Marder ungewollt. »Was genau ist denn passiert?«

Die Füchsin seufzte und blickte angefressen gen Himmel. »Ich hab Bluefire gesagt, dass ich ihn liebe – 'ne ziemlich große Sache, würde man annehmen – und er hat nichts erwidert.«

Verdutzt starrte der Marder zurück. »Ja wie, hat er dir den Rücken gekehrt und ist abgehauen?«

»Nein, natürlich nicht«, antwortete sie sogleich. »Er ... hat schon reagiert, sich an mich gedrückt, aber ... aber nichts erwidert. Ich meine, *hallo*?« Das letzte kam verzweifelt und auch unsicher, das Unverständnis war gepaart mit der Frage, ob *sie* diejenige war, die falsch lag.

»Ja, schon, klar ...«, der Marder stockte. »Ist nicht gerade das Paradebeispiel für eine kitschige Beziehung, aber ... es ist ja nicht so, dass du nicht gewusst hättest, wie er emotional drauf ist.«

»Ich *weiß*«, stöhnte sie gedehnt. »Aber bin ich wirklich eine schlimme Person, wenn ich trotzdem auf ein bisschen mehr gehofft habe?«

»Zeigt er dir nicht, dass er dich liebt?«

Diesmal war es Silver, die innehielt. »Doch«, gestand sie kleinlaut. »Das war ja auch lange Zeit genug.«

»Und was hat sich geändert?«

»Ist das dein Ernst?«, klinkte sich eine empörte Bronze wieder in das Gespräch ein. »Was hat sich *geändert*? Du hast schon mitgekriegt, dass es jetzt zwei neue, kleine Füchschen im Wald gibt, oder?«

»Bei aller Freundschaft und Respekt«, entgegnete der Marder ernst, »das war nicht geplant gewesen. Sprich, eure Beziehung ist jetzt nicht automatisch auf demselben Stand, den andere Beziehungen in der Phase haben.« Er wandte sich gezielt an Silver. »Es tut mir leid, wenn ich das jetzt so direkt sage, aber ...«

»Nein, nein, ich weiß«, erwiderte sie ruhiger und rationaler, als er erwartet hätte. »Du hast ja recht.«

»Mir ist egal, wie recht er hat«, wandte Bronze ein. »Wenn man in der Situation ist, sollte man sich *vielleicht* mal überlegen, wo man eigentlich steht.«

»Vielleicht hat Bluefire sich das überlegt. Und ist noch nicht so weit.« Der Marder zuckte die Schultern.

Bronze schaute ihn mit entgeisterten Augen an, ihr Kopf nickte kurz auf Silver. »Wie kannst du nur so dermaßen unsensibel sein?«

Die Füchsin schluckte benommen. Sie war keineswegs sauer auf den Marder. Sie wusste, dass er absolut recht hatte mit allem was er sagte. Das änderte nichts daran, dass es trotzdem weh tat.

»Silver meinte doch selbst, dass er ihr *zeigt*, was er für sie empfindet«, rechtfertigte er sich.

»Ja super, und was ist, wenn der Zeitpunkt kommt, an dem er es mal nicht so zeigt?«, entgegnete Bronze und die Füchsin horchte daraufhin auf. »Dann bringt er keine Worte raus, die es ihr versichern. Dann gibt es gar nichts, das es ihr versichert.«

Große, leicht mitgenommene, aber auch dankbare Augen starrten Bronze auf einmal an. In der Tat gab es schon genau solche Phasen, in denen Silver gar nicht mehr sicher war, was Bluefire für sie empfand. Sie *wusste* seine Gesten zu schätzen, ungemein. Es war ja nicht so, als würde sie ihren Gefährten nicht kennen. Aber manchmal fragte sie sich wirklich, ob es auf Dauer genug war.

»Soll er es etwa nur sagen und nicht zeigen?«, hörte sie den Marder argumentieren.

»Na, ein bisschen was von beidem sollte schon drin sein«, beharrte das Marderweibchen und augenblicklich wuchs die Dankbarkeit in Silvers Gesicht mit irrwitziger Intensität. »Eine Beziehung braucht beides.«

»Ja, genau das ist es«, stimmte die Füchsin voller Erleichterung zu und ignorierte dabei die Tatsache, dass die beiden Marder fröhlich über ihr Liebesleben diskutierten. »Danke!«

»Gern geschehen, Liebes«, sprang Bronze darauf an. »Glaub mir, ich weiß was für emotionale Kleinkinder Männer sein können.«

»Ach *ja*?«, entwich es dem Marder perplex und wissbegierig zugleich.

»Wirklich unglaublich«, war Silver immer noch an Bronze gewandt. »Ich frage mich in manchen Momenten, ob ich ihm wirklich explizit vortragen soll, was er tun und sagen könnte, weil ich mir nie sicher bin, was ankommt.«

Bronze nickte augenrollend. »Du kannst ihnen eine Gebrauchsanweisung geben und trotzdem wären in der Umsetzung tausend Fehler drin.«

»Aber soll ich aufhören zu hoffen, dass mal was von seiner Seite aus kommt?«

»Ts, träumen kann man«, schnaufte sie. »Hör mal, willst du mich grad ein bisschen begleiten, ich muss ja eh noch das Stück patrouillieren.«

»Klar, gerne.« Zufrieden lächelte Silver sie an, während sich die beiden schon auf den Weg machten. »Es bringt wirklich überhaupt nichts, ihn dezent darauf hinzuweisen, was ich hören möchte«, hörte der ungläubig dreinschauende Marder sie noch reden, als er ihnen hinterher starrte.

»Davon kannst du dich gleich verabschieden«, wurde Bronzes Stimme immer leiser. »Du musst sie direkt mit der Nase drauf stupsen, sonst wirst du nur enttäuscht.«

Zweimal blinzelten seine bernsteinfarbenen Augen, plötzlich allein im Wald. »Hab …«, stammelte er zu sich selbst, »ich was verpasst?«

»Sieht so aus, als ob die Adler sich wirklich ruhig verhalten, wenn man nicht in ihre Nähe kommt«, hörte Own Vinous sagen und wachte somit wieder aus ihrer Gedankenwelt auf, in die sie beinahe jedes Mal versank, wenn sich das Gespräch um die Adler drehte. »Dennoch …«, fügte er nachdenklich hinzu. »Stille kann gefährlich sein.«

»*In die Nähe* ist der richtige Ausdruck«, kommentierte Dry. »Sobald du nämlich an die Grenze kommst, auch wenn es auf unsrer Seite ist, sieht das alles schon ganz anders aus.«

»Seltsam nur, dass das nur bei dir passiert ist, dass sie dich angegriffen haben«, konnte sich das Eichhörnchen die spitze Bemerkung nicht verkneifen. »Aber dass sie uns beobachten, davon können wir ausgehen.«

»Ja toll, ein super Leben«, schnaufte der Feldhase. »Wir sollten was unternehmen, dieses ganze Abwarten raubt mir noch den letzten Nerv.«

»Wir sollten die Schatten lieber einfach in Ruhe lassen«, meldete sich Docile zu Wort, bevor Vinous Dry für seinen Hitzkopf mahnen konnte. Docile hingegen war ruhig und irgendwie abwesend. Gesenkte Körperhaltung, Ohren angelegt und etwas Geschlagenes in seinem Gesicht, bemerkte das Eichhörnchen. »Willst du uns vielleicht was sagen?«

»Ja, du hast bei jedem Gespräch 'ne andere Meinung«, stimmte Dry mit ein. »Praktisch, die Sichtweise immer so wechseln zu können.«

Auch Own hatte ihren Bruder fixiert. Er schien nachdenklich, abwesend und sie war sich nicht sicher, ob er den Satz tatsächlich hatte sagen wollen, auch wenn augenscheinlich mehr dahinter steckte. »Weißt du irgendetwas?«, fragte sie vorsichtig nach.

Er seufzte lange und gedehnt. Die Lider hatte er gesenkt und er formte die Lippen angespannt zu einer dünnen Linie, ehe er eine Antwort gab. »Ich habe einige meiner Verletzungen den Schatten zu verdanken.«

»*Was?*«, entwich es Dry empört.

Vinous blinzelte nicht minder überrascht. »Das offenbarst du uns ernsthaft erst *jetzt*?«, fragte er jedoch mit größerer emotionaler Distanz.

Own dagegen war vorrangig besorgt. Sie hatte Angst um das, was er sagen würden. Angst davor, was ihm passiert sein könnte. Er wirkte auf einmal so gebrochen. Sie war jedoch erleichtert, als er ihren Blick suchte. »Was ist passiert?«, fragte sie sanft.

»Würde ich auch gerne wissen«, fügte Dry schärfer hinzu.

Docile zuckte unsicher. »Ich hab nicht gemacht, was sie wollten.«

Nach allem, was sie bisher wussten, hörte sich das nach etwas an, was typisch für die Schatten war. Aber warum hatte er so lange verschwiegen, dass er schon eine direkte Konfrontation mit ihnen gehabt hatte? Das war kein unwesentliches Detail. Eine Frage, die alle drei mit unterschiedlichem Ausmaß beschäftigte.

»Ich hatte nichts erwähnt«, begann er mit einem tiefen Seufzer, als hätte er ihre Gedanken gelesen, »weil ich es einfach vergessen wollte.«

Dry war der erste, der sich von seiner Starre erholte. Und eine Erklärung für Dociles Verhalten hatte. »Deswegen bist du entweder für nichts machen oder abhauen. Hauptsache keine Konfrontation.«

Docile blinzelte zu ihm hinüber, schuldbewusst. Own wurde in dem Moment bewusst, dass sich ihr Bruder nicht in dem Sinne gewandelt hatte, wie sie das zuerst vermutet hatte. Wie lange und intensiv hatte sie darüber nachgedacht, was ihm widerfahren war, ob er sicherer in seinem Auftreten war, inwiefern er sich verändert hatte. Und er *war* anders, kein Zweifel. Er war älter geworden. Seine Ängste waren dieselben, nur nicht mehr mit kindlicher Naivität behaftet, sondern viel tiefgehender, wirklicher und endgültiger. Und er hatte nicht gelernt, damit umzugehen.

Ihr Herz *schmerzte* bei dem Gedanken. Sie wollte ihm helfen. Ihm beistehen. Sie wollte für ihn da sein. Der Grund, warum es ihr zurzeit gut ging, waren ihre Freunde – die schlicht und ergreifend da waren, als sie es gebraucht hatte. Docile brauchte nun sie. Mehr, als ihm vielleicht bewusst war.

Dry schnaubte kopfschüttelnd. »Ich hab langsam das Gefühl, diejenigen, die die Schatten überlebt haben, haben alle diese Ausweich-Strategie.«

Vinous musterte Docile noch immer reserviert. Er fragte sich, was genau geschehen war, aber bezweifelte, dass der Feldhase darüber sprechen wollte. Es bewies nur einmal mehr, dass die Schatten wie Gift waren, das in alle Ritzen floss. Und auch wenn er mehr über sie erfahren wollte, war er sich über die Fakten im Klaren. »Vielleicht sollten wir uns dessen bewusst werden«, kommentierte er Drys Aussage. »Gegen sie vorzugehen oder sie gar zu stoppen wird alles andere als leicht. Wahrscheinlich unmöglich.«

Schweigen entstand wiederum, da alle wussten, wie wahr Vinous' Worte waren.

»Das macht es nicht richtiger«, meinte Dry jedoch dann entschieden, woraufhin Docile die Zähne zusammenbiss. »Ich für meinen Teil werde nicht einfach nichts tun und die ganze Sache aussitzen. Lieber gehe ich drauf.«

Vinous schmunzelte zurückhaltend. »Ich für meinen Teil habe gern einen Plan.«

Dry zwinkerte ihm zu. »Das lässt sich doch unter einen Hut bringen.«

Own fühlte sich auf einmal innerlich zerrissen. Sie fragte sich langsam ernsthaft, wo sie stand. Sicher hieß sie die Handlungen der Schatten nicht gut. Aber war sie verpflichtet, aktiv gegen sie vorzugehen? *Sie*, ein Feldhase gegen Adler, Wölfe und andere Fleischfresser? Was konnte sie schon ausrichten? Sie hatte das Gefühl, zwischen zwei Übeln entscheiden zu müssen. War es verwerflicher, den leichten Weg zu gehen, sich rauszuhalten und damit gesunden Überlebensinstinkt zu beweisen oder für das einzustehen, was man für richtig hielt, auch wenn das bedeutete, dass man mit aller Wahrscheinlichkeit nicht lebend herauskam?

Blind

Brisk und Pale tapsten um Silvers Pfoten, als sie gemeinsam durch den Wald liefen. Erstere schnappte den Schwanz ihres Bruders, der drückte sie verspielt zurück. Er machte einen Satz über sie drüber und schaute danach mit großen Augen die riesigen Bäume empor, als hätte er sie nun das erste Mal bemerkt. Brisk tat es ihm gleich. Für ungefähr zwei Sekunden. Dann turnten sie wieder miteinander herum.

Silver musste lächeln, als sie die Welpen beobachtete. Dass sie Mutter war, konnte sie immer noch nicht begreifen, viel zu beschäftigt war sie damit, ihre Sprösslinge unter Kontrolle zu halten und den Rest der Zeit wenigstens noch ein bisschen Schlaf abzubekommen. Nur in kurzen, ruhigen Momenten wurde ihr bewusst, wie drastisch sich ihr Leben geändert hatte.

Die Jungen verließen das erste Mal richtig die Höhle. Davor waren sie höchstens ein paar Schritte vor den Eingang gegangen. Ihre Tochter rannte gerade voran, in ihrem grauen Fell verfingen sich die letzten Strahlen der Sonne.

»Nicht zu weit, Brisk!«, rief sie ihr hinterher, woraufhin sich diese verdutzt umdrehte, aber gehorchte.

Ein kurzer Blick über die Schulter verriet Silver, dass ihr Sohn im Gegenteil ein paar Schritte zurück lag und mit seinen grauen Augen immer noch staunend alles erfasste. Silver wartete einen Moment, ehe sie ihn aufforderte. »Kommst du, Pale?«

Er reagierte nicht. Viel zu sehr nahmen die neuen Eindrücke ihn in ihren Bann. Die Füchsin musste unwillkürlich warm lächeln. Pale erinnerte sie in vielerlei Hinsicht an Munter. Seine Verträumtheit, die ihn manchmal komplett einnehmen konnte und seine große, kindliche Offenherzigkeit. Vom Aussehen ähnelte er seinem Vater. Auch wenn seine Farben blass waren, schimmerte doch ein leichtes Blau hindurch und woher er seine grauen Augen hatte, war auch nicht schwer zu erraten.

Gerade als Silver zu ihm hinüberwollte, um ihn sanft zum Weitergehen zu ermutigen, raste Brisk auf ihn zu und sprang ihn spielerisch um. Sofort lachte er mit und knabberte an ihrem Ohr. Silver hielt inne und beobachtete die beiden schmunzelnd. Brisk war das völlige Gegenteil ihres Bruders. Aufgedreht, neugierig, vorlaut und zuweilen aufmüpfig, was nicht ganz unanstrengend war. Und obwohl sie Silver aus dem Fell geschnitten sein könnte, war sie doch so ganz anders als sie es als Kind gewesen war. Ihre gegensätzlichen Charakterzüge taten ihrem guten Verhältnis zueinander jedoch keinen Abbruch. Die beiden würden durch dick und dünn gehen, dessen war sich die junge Mutter sicher.

»Na los, Wettrennen!«, quiekte Brisk herausfordernd, doch Silver schaltete sich erschrocken dazwischen.

»Nicht in die Richtung!«, rief sie bestimmt, woraufhin sie von verwunderten Augen gemustert wurde. »Niemals in diese Richtung, unser Gebiet hat seine Grenzen und es ist überlebenswichtig, dass ihr sie einhaltet.« Ein bitteres Gefühl überkam sie. Ihre Gedanken schufen eine Verbindung, die sie vorher nicht geschaffen hatte. Sie hatte plötzlich die Warnungen *ihrer* Eltern in Bezug auf die – wie sich letztendlich herausstellte – verheerende Straße im Hinterkopf. Ihr wurde gerade bewusst, dass sie selbst alles andere als gut auf ihre Mutter gehört hatte. Mit fatalen Folgen.

Sie fragte sich, wie man eine Gefahr als solche auch vermitteln konnte. »Ich zeige euch, wo unser Gebiet endet, wir machen einen kompletten Rundgang.« Ihre Rute schlug einmal auffordernd aus und sie grinste ihrem Nachwuchs verspielt provokant zu. »Glaubt ihr, dass ihr das schafft?«

»Ja!«, kam es aus beiden Mündern und sie rannten zu ihrer Mutter hin. Ihre Aufmerksamkeit hatte sie schon mal und sie mussten ja nicht wissen, dass die Grenzen, die sie ihnen zeigen würde, etwas enger gefasst sein würden, als sie eigentlich waren.

Es war immer noch kalt, die Temperaturen ließen Silvers Pelz aufplustern. Die Kälte schien den Jungen nichts auszumachen, viel zu sehr wurden ihre Sinne mit anderem überflutet.

»Wo ist Papa endlich?«, quengelte Brisk nach einer guten Weile und tauschte ihre Rumhüpferei gegen ein genervtes Dastehen ein.

Silver schmunzelte. »Er sorgt dafür, dass wir später was zu essen haben.«

»Jagen!«, quietschte Brisk erfreut und sprang wieder herum. »Wann lernen wir endlich jagen?«

»Nachdem du gelernt hast, zu rennen, ohne über deine eigenen Pfötchen zu stolpern«, erwiderte sie augenzwinkernd.

Beleidigt streckte die kleine Fähe ihren weißen Brustkorb heraus. »Gar nicht wahr!«

»Wohl wahr«, kicherte Pale.

Brisk sprang ihn um. »Gar nicht wahr, gar nicht wahr!«, lachte auch sie.

»Kommt schon, ihr Süßen«, forderte Silver ihre Jungen auf. »Hinter dem Hügel müsste euer Vater schon warten, wenn er nicht zu spät ist.« Mit zustimmenden Rufen ließen die zwei voneinander ab und rannten vorweg. Kopfschüttelnd trabte Silver hinterher. Sie wusste anhand ihrer Schreie schon, dass Bluefire in der Tat schon da war, um sie abzulösen. Obwohl sie ihre Kinder über alles liebte, freute sie sich ohne Frage auf etwas Zeit allein.

Beim Anblick ihrer Familie hielt sie unwillkürlich einen Moment inne. Bluefire hatte sich zu den Kleinen auf den Boden gelegt und sie plapperten durcheinander auf ihn ein, was sie heute alles Neues gesehen hatten. Im nächsten Moment sprang Brisk an ihm hoch und biss kurz spielerisch in sein schwarzes Ohr und Pales Schwanz wedelte vor freudiger Aufregung, als er ihm beschrieb, was die Außenwelt alles beherbergte.

Ihr Gefährte sah sie an, als sie sich ihnen näherte. »Sie gehören ganz dir«, schmunzelte sie vergnügt.

Pale sprang daraufhin zu seiner Mutter. »Wo gehst *du* hin?«

»Jagen«, teilte sie ihm mit.

»Bringst du es mir irgendwann bei?« Er fragte bittend, aufrichtig und hoffnungsvoll.

Silver lächelte selbstironisch. »In eurem eigenen Interesse wird euch vor allem euer Vater das Jagen beibringen.« Sie schaute zu Bluefire hinüber, der zu ihrer Verwunderung äußerst intensiv zurückschaute, amüsiert und dennoch innig. Sie neigte fragend den Kopf schief und beobachte wie er aufstand und auf sie zu lief. Sie schloss die Augen, als er seine Stirn an die ihre lehnte. Irgendwie hatte sie diese Annäherung nicht erwartet. Silver schluckte und zog den Kopf zurück. »Irgendwas Auffälliges?«, fragte sie verhalten.

Ihr Gefährte hielt prüfend inne. Einen Moment dachte sie, er würde fragen, was los sei, als er im Gegenteil einfach die Frage beantwortete. »Nichts. Dry hat mich vorher abgelöst, er geht die Grenzen entlang.«

Er pausierte, bevor er zögerlich weitersprach und ihr Gesicht nach etwas abzusuchen schien. »Es ... sieht so aus, als würden sich die Adler ruhig verhalten.«

Silver schielte skeptisch zurück, kritischer als eigentlich beabsichtigt. Doch sie vergrub ihre Bedenken. Sie verdrängte, dass ihre Angst um die Jungen wuchs, seit sie auf der Welt waren und dass sie befürchtete, dass die Entscheidung, in der Nähe der Adler zu bleiben, vielleicht doch die falsche war. »Momentan ja«, antwortete sie stattdessen und redete dann leiser weiter, sodass die herumtollenden Jungen auch sicher nichts hören würden. »Zeige ihnen nicht die richtigen Grenzen, halte etwas Abstand.«

Bluefires Augen ruhten auf ihr, dann nickte er zustimmend. »Ist gut.« Einen weiteren Augenblick ließ er ihre Gestalt auf ihn einwirken. »Gönn dir bitte etwas Ruhe, bevor wir zurückkommen. Du siehst fertig aus.«

»Meine Güte, etwas, das jede Frau hören möchte«, kam es halb lachend, halb verzweifelt.

»Du weißt, wie ich das meine.«

»Ja, natürlich«, murmelte sie.

Der Blaufuchs zögerte ein weiteres Mal, bevor er wieder das Wort ergriff. »Wir ... sollten vielleicht auch mal wieder reden.« Verwundert spitzend sich ihre Ohren. »Zwischen den Grenzgängen, den letzten Tagen des Winters und den Jungen ... ist das irgendwie untergegangen.«

Silver war überrascht, aber positiv. So begann sie zu nicken. »Gute Idee.«

Bluefire lächelte sanft. »Gut.« Sein Kopf drückte sich ein weiteres Mal verabschiedend an den ihren, dann sammelte er die Kleinen auf und führte ihren Rundgang fort.

Silver schaute ihnen noch eine ganze Weile hinterher.

»Was würdest du denn machen, wenn jetzt ein Adler kommen würde?«, fragte Own ihren Artgenossen. Neugierde hatte sie dazu bewegt, ihn auf seinem Grenzgang zu begleiten. Während sie die Wache zwar als Pflicht ansah, war sie jedes Mal aufs Neue erleichtert, sobald sie einen Rundgang ohne Zwischenfälle hinter sich gebracht hatte. Dry dagegen war einer der ersten gewesen, die sich freiwillig gemeldet hatten.

»Du tust ja so, als wäre das eine hypothetische Frage«, antwortete das braune Langohr. »Als wäre mir das nicht schon passiert.«

»Du würdest also wieder rennen?«

»Ich bin nicht lebensmüde«, stieß er aus. »Wenn mich jemand blindlings anfällt, gegen den ich keine Chance habe ... ja, dann renne ich.«

Own blinzelte und blieb nachdenklich stehen. Nach einem Moment hielt auch Dry an, drehte sich zu ihr um und zuckte fragend die Schultern. Die Häsin klappte ein Ohr zur Seite. »Du gehst aber auch abseits von deinen offiziellen Wachgängen an unserem Gebiet entlang. Warum?«

Dry starrte den nächsten Augenblick einfach nur zurück, als kenne er die Antwort, habe sie aber noch nie ausgesprochen. »Ich habe keine Chance gegen einen Adler, das weiß ich«, meinte er schließlich. »Aber ich werde nichtsdestotrotz alles in meiner Macht Stehende tun, um ihnen irgendwie beizukommen.«

»Geht es dir um Rache?«, fragte Own sofort, aber ohne Vorwurf, sondern lediglich bemüht, zu verstehen.

Dry neigte den Kopf zur Seite und wirkte skeptisch. Wem diese Skepsis allerdings galt, wusste sie nicht. »Vielleicht war das der Auslöser, kann sein«, erwiderte er dann vorsichtig. »Trotzdem ist es auch einfach das Richtige. Gott, ich würde mich ja selbst hassen, wenn ich nicht versuchen würde, etwas dagegen zu unternehmen. Da können mich ein paar ausgeflippte Adler nicht einschüchtern.«

Own fixierte ihn wortlos. Zweimal blinzelte sie ihn an, bevor sie ihm antwortete. »Du ...«, begann sie langsam und ließ ihn keine Sekunde aus dem starren Blick, »bist mutig.«

Der Hase zog den Kopf zurück und schmunzelte eingebildet. »Bewunderst du mich grade?«, blitze seine gewohnte Dreistigkeit wieder auf.

»Ja«, entgegnete Own ebenso nüchtern wie zuvor. Das verfehlte seine Wirkung nicht und nahm Dry den Wind aus den Segeln. Er nickte lediglich mit einem angedeuteten *Ah ja* und zog kurz die Lippen nach innen. Own ließ ihn nicht aus den Augen. »Du musst mich nicht immer provozieren, weißt du.«

Dry nickte mit dem Blick zu Boden, ein angedeutetes Grinsen auf den Lippen. »Ja, ich weiß.« Er wirkte beinahe resigniert, als er wieder aufschaute. Keine Überheblichkeit war mehr zu sehen, im Gegensatz eine verletzliche Ehrlichkeit. »Es ist nur sehr schwer, anders an dich ranzukommen.«

Own vermochte nicht sofort zu antworten, ihr Blick wurde intensiver, beinahe gefühlvoller. Sie öffnete den Mund, ihre zaghaften Worte verließen diesen einen Moment später. »Warum willst du …?«, lies sie zögerlich verlauten und wurde im nächsten Augenblick sogar noch leiser. »… an mich rankommen?«

Dry war an sie gefesselt. Etwas zog sie in dem Moment gegenseitig in ihren Bann, doch von beiden Seiten ging auch eine deutliche Unsicherheit aus. Wie sollte er ihre Frage beantworten? Kannte er denn die Antwort?

Er fragte sich, mit welcher Motivation das Ganze überhaupt angefangen hatte. War es tatsächlich die simple Herausforderung gewesen, die sie darstellte? Er war fest davon überzeugt gewesen. Ja, es hatte in der Tat so begonnen, aber es war viel Zeit vergangen seitdem. Und die Zeit neigte dazu, Dinge zu verändern. Es war inzwischen mehr, das wusste er.

Er blinzelte kurz und begann sanft zu lächeln. Es wurde deutlicher, je bewusster ihm das wurde. Er lächelte sie mit einer selten gesehenen Ehrlichkeit an. »Weil du es wert bist«, erwiderte er so simpel wie aufrichtig.

Owns Ohren zuckten. Eine solche Antwort hatte sie nicht erwartet. Diese Antwort war uneigennützig, selbstlos. Sie hatte nichts mit ihm zu tun. Es bedeutete auch deshalb so viel, weil es gerade keine Provokation irgendeiner Art war – sondern weil er es tatsächlich ernst meinte.

Nachdem sich ihre Wege wieder getrennt hatten, führte Dry seinen Grenzgang fort, doch das erste Mal seit langem war seine Konzentration gar nicht so sehr darauf fixiert. Er war gefühlsmäßig immer noch bei dem Gespräch mit Own, auch wenn sich keine klaren oder konkreten Gedanken formten. Er badete einfach nur in diesen Emotionen, denen er keinen Namen geben wollte.

Das ging eine ganze Weile so, bis ihm plötzlich ein Geruch entgegenschlug, der ihn augenblicklich anhalten ließ. Er war fremd. Er war gefährlich. Er gehörte zu einem Fleischfresser. Er war direkt hinter ihm.

Ein Fauchen, das Rascheln von Blättern und ein großer Schatten folgte, der Drys komplette Form verschlang, und der Hase wusste die nächsten paar Sekunden nicht, was passierte. Auf Instinkt war er fortgesprungen, spürte aber *wie nah* sein Verfolger gewesen war. Er hätte schwören können, dass seine Krallen seinen Pelz entlang geschürft waren und spürte danach dessen Schritte auf dem Boden, die ihn verfolgten. Er rannte so schnell wie lange nicht mehr, was gar nicht so einfach war, wenn man vor Schreck am ganzen Körper zitterte.

Er zielte auf Gegenden des Unterholzes, in der ein Tier größer als er selbst nicht hindurchpassen würde und schien damit die richtige Entscheidung gefällt zu haben. Außerdem rannte er tiefer in ihr eigentliches Gebiet hinein, was womöglich ein weiterer Grund dafür war, dass sein Verfolger die Jagd bald abbrach.

Dry hielt erst an, als er sich dessen absolut sicher war. Keuchend drehte er sich irgendwann um und stellte fest, wie sein Herz geradezu davon flatterte. Er wusste nicht, ob ihm wirklich klar war, *wie* knapp das eben gewesen war. Seinem Körper anscheinend schon, sein Verstand musste das wohl erst noch begreifen.

Er atmete tief durch und schloss kurz die Augen. Okay, eines nach dem anderen. Er lebte. Er atmete. Er war unverletzt. Das war schon mal hervorragend. Aber was war da gerade passiert? Der Angreifer war in ihrem Gebiet gewesen und zwar eindeutig. Und nicht nur das, er hatte auf ihn *gelauert*. Das war kein Zufall.

Dry schnaufte ein weiteres Mal durch, als ihm bewusst wurde, dass er wieder zurückgehen musste. Er konnte natürlich Bluefire oder Silver aufsuchen, die das übernahmen, aber das kostete Zeit. Zeit, von der er sich nicht sicher sein konnte, sie zu haben. Im Gegenteil, er musste jetzt schnell reagieren. Zitternd setzte er sich in Bewegung. Gott, er hasste es, dass er so bebte. Er zwang sich, sich zusammenzureißen und hüpfte zurück, bis er den Geruch des Jägers wieder aufgenommen hatte, dem er dann folgte.

Wenn das sein Ende war, würde er wenigstens nicht als Feigling untergehen. Zumindest versuchte er sich damit zu trösten.

Er war so leise und unauffällig und dennoch so schnell wie möglich. Er näherte sich der Stelle, an der es passiert war. Es war wirklich deutlich innerhalb ihres Gebietes. Als er plötzlich Stimmen wahrnehmen konnte, wurde er langsamer und schlich sich in Deckung näher heran.

Schließlich hatte er Sichtkontakt. Er sah einen grauen Wolf und war sich sicher, dass es sich hierbei um seinen Verfolger handelte. Das eigentlich Erschreckende war jedoch, dass er nicht alleine war. Er redete mit einem Adler.

Dry unterdrückte einen weiteren Schauer, der über seinen Rücken kroch. Die beiden waren in dem Gebiet der Gruppe, unterhielten sich und sahen nicht so aus, als ob sie die Absicht hätten, so bald zu verschwinden. Sie benahmen sich, als wäre es ihr Gebiet.

Der Feldhase schluckte. Das war wahrscheinlich das, was sie damit bezweckten. Die Zeit ohne Vorfälle war hiermit wohl beendet. Vinous sollte recht behalten. Wenn sie sich entscheiden, das Gebiet mit Gewalt zu übernehmen – hatten sie keine Chance. Und die Tatsache, dass hier ein Adler und ein Wolf miteinander plauderten, verschluckte wohl auch die restlichen Zweifel, dass es sich hierbei nicht um Schatten handelte.

Dry musste weg und zwar schnell. Er musste die anderen warnen.

Winds Pfoten trafen auf die Maus, sicher und gezielt. Na schön, sie war auch extrem fett gewesen. Er fragte sich, wie ein Tier während der Winterzeit derartig gut genährt sein konnte. Er drehte sich suchend um und entdeckte Vive, die im Gras lag und ihn mit einem spielerisch verführerischen Grinsen beobachtete. »Machst eine wirklich gute Figur.«

Wind blickte amüsiert zurück, überrascht ließ er seine Ohren aufflattern. »Flirtest du etwa mit mir?«

Sie zuckte die Schultern mit überzeichneter Gleichgültigkeit. »Ist ja sonst niemand hier.«

Nun schmunzelte er. »Sehr schmeichelhaft.« Er musste zugeben, diese lockere, freundschaftliche Atmosphäre hatte er vermisst.

Vive zwinkerte ihm zu und stand auf, um näher zu kommen. »Nein, im Ernst ...« Ihre Verspieltheit ebbte ab. »Du weißt, wie dankbar ich dir für diese gemeinsamen Jagden bin, oder?«

Er ließ die grünen Augen eine Weile auf ihr ruhen. »Ja«, versicherte er ihr. »Kein Problem, wirklich.«

Ein Lächeln blitzte in ihrem Gesicht auf, das aber schon kurz später wieder verschwand. »Wie geht es Zart?«, fragte sie mitgenommen. »Ich würde sie ja gerne selbst besuchen, aber ... na ja ... du weißt ja.«

Er wusste. Kühl würde Vive unter keinen Umständen erlauben, sich frei zu bewegen. Ihre einzige Abwechslung war es, mit ihm zu jagen. Sein Vater wollte verhindern, dass Vive irgendwelche Informationen in die Pfoten bekam. Wind schaute öfter bei ihr vorbei, als sie wusste, nur um sicher zu gehen, dass sie keine Alleingänge wagte. Aber soweit er es überblickte, beugte sie sich vollkommen den Bedingungen, die ihr auferlegt wurden.

»Es ... geht so«, antwortete Wind. »Körperlich hat sie alles gut überstanden, ich ... bin mir nur nicht so sicher, was das Emotionale angeht.«

Vive nickte und blickte kurzzeitig zu Boden. »Es muss so schrecklich sein«, meinte sie leise. »Was ist mit ihrem Gefährten?«

Wind stockte bei der Frage, unbeabsichtigt. »Keine Ahnung«, sagte er knapp und womöglich verbissener als geplant. Vive runzelte daraufhin forschend die Stirn, doch da sie keine Frage stellte, sah er sich nicht gezwungen, irgendetwas zu erwidern.

Schließlich seufzte sie und richtete ihre Aufmerksamkeit in die Ferne. »Wie lang wird es dauern, bis dein Vater mir vertraut?«

Berechtigte Frage. Niemals? »Ich weiß es nicht«, sagte er stattdessen.

»Warum willst du uns nichts über deine Familie erzählen? Ich würde schon dafür sorgen, dass mein Vater dich nicht wieder rausschmeißt.«

Er konnte das offen gestanden nicht versprechen. Aber das musste sie ja nicht unbedingt wissen.

Sie hielt inne und dachte nach. Dann setzte sie sich langsam in Bewegung und ging ein paar Schritte Richtung Wald. Sie setzte sich ihm den Rücken zugewandt hin und seufzte tief. »Ich dachte immer, Familie sei das Größte, weißt du. Zusammenhalt. Stärke. Aber jetzt sieh uns an. Ich bin geflohen und du hast auch irgendeinen Zoff mit deiner Familie hinter dir.«

Wind ging bedächtig auf sie zu und setzte sich neben sie. »Was ist passiert?«, fragte er behutsam.

Sie wandte sich ihm zu, ebenso fragend wie er. »Was ist bei *dir* passiert?«

Wind musste aufpassen, dass er nicht entgeistert zurück starrte. Information gegen Information? Musste er sich tatsächlich öffnen, damit er etwas über sie in Erfahrung brachte? Er atmete durch, die Augen kurz geschlossen, als er geradeaus schaute. Er malmte mit den Zähnen. Er wollte nicht darüber reden, wirklich nicht. Er musste jedoch wenigsten kleine Informationen preisgeben, wenn er hier weiterkommen wollte. Er leckte sich über die Unterlippe und öffnete den Mund, um etwas zu sagen, aber er brauchte mehrere Anläufe, bis er sich dazu überreden konnte, tatsächlich Worte zu formen. »Ich ...«, stockte er, den Blick immer noch ins Nichts, »hab meine Familie ... hintergangen.« Er schluckte. Hart. Er konnte nichts über die Silberfüchse sagen, da Vive nicht wusste, dass sie existierten und er war auch sehr froh darüber. Warum fiel ihm das so verdammt schwer? »Ich war in einer Angelegenheit anderer Meinung als sie und hab ... die Dinge auf meine Weise geregelt. Hab sie dabei angelogen ... und so weiter.«

Ihm war nicht bewusst, dass er die nächsten Sekunden in Gedanken versunken war. Als ihm das klar wurde, fragte er sich, ob Vive dieses

Jahrhundert noch etwas dazu sagen wollte.

»Tut es dir leid?«, hörte er schließlich ihre Stimme.

Wind fühlte die nächsten Augenblicke gar nichts. Er hatte mit vielem gerechnet, aber nicht mit dieser Frage. Schließlich füllte ein spöttisches, bitteres Gefühl sein Vakuum und er hätte am liebsten hysterisch gelacht. *Er* sollte *sie* verhören, nicht andersherum.

Still atmete er durch, um seine innere Ordnung wiederherzustellen und vor ihr nicht vollkommen zu zerfallen. »Du redest über Bedauern?«, fragte er schließlich und wagte es, wieder zu ihr hinüberzusehen. »Bedauerst du es denn, fortgegangen zu sein?«

Vive schüttelte den Kopf. »Nein«, erwiderte sie bestimmt. »Ich fühle mich sicherer hier.«

Sie sagte die Wahrheit. Wind war sich dessen sicher. Aber das hieß noch nicht, dass sie von nichts eine Ahnung hatte. Das sprach vielmehr dafür, dass sie wusste, wie gefährlich ihr vorheriges Zuhause gewesen war. Sie schluckte und zog den Kopf zurück. »Es hat so viele Geheimnisse gegeben«, flüsterte sie und Wind spitzte augenblicklich die Ohren. »Ich wusste nicht mehr, wem ich glauben sollte. Es kam mir so vor, als wollten sie etwas Größeres planen. Ich weiß aber nicht was.«

»Waren es außer deiner Familie noch andere?«, fragte Wind sofort.

»Ja«, antwortete sie fest. »Ich weiß aber nicht, wer.«

Wind stöhnte lautlos, versuchte jedoch seine Ungeduld nicht offen zu zeigen. Das musste erst einmal reichen. So begann er zu nicken. »Na schön. Weißt du wie viele es sind?«

Vive schaute ihn an, als würde ihr irgendetwas schrecklich leidtun. »Viele«, entgegnete sie dann.

Noch einmal haderte der Rotfuchs, ob er nachbohren sollte, doch beschloss dann, es vorerst dabei zu belassen. Zu viel Druck würde sie vermutlich verschrecken. Und ihre bisherigen Aussagen – sie waren wahr. »Okay«, meinte er schließlich und so etwas wie Dankbarkeit floss in ihre Mimik.

»Okay?«, wisperte sie und war froh, dass Wind es akzeptierte.

Er nickte ihr nochmals zu und lächelte zurückhaltend. Er war sich allerdings noch nicht sicher, wie er weiter vorgehen würde, ohne dass er jedes Mal Gefahr lief, selbst sein Gesicht zu verlieren.

Kühl war auf dem Weg, um Cunning von der Wache abzulösen. Es war eine dunkle, windstille Nacht. Raureif färbte die Landschaft weiß.

Der Fuchs war in Gedanken versunken wie so oft in letzter Zeit. Über das undurchsichtige Lager und wie man es erkunden könnte und eine undurchsichtige Besucherin, die nur sparsam Informationen enthüllte. Hinzu kamen die persönlichen Probleme. Wind, der sein Vertrauen womöglich gar nicht so einfach verdiente, wie er es ihm unwillkürlich entgegenbrachte, und Zart, die ihre Gefühle hinter einer emotionslosen Wand einzumauern versuchte.

Kühl seufzte erschöpft, als er ein Geräusch am Rande des Wäldchens vernahm. »Cunning?«, erkundigte er sich, denn hier war der Treffpunkt, an dem er ihn ablösen wollte. Kühl runzelte die Stirn, als keine Antwort kam. Aufmerksam suchte sein Auge die Umgebung ab. Er war sich sicher, dass er jemanden gehört hatte. Er biss die Zähne zusammen. »Cunning?«, fragte er ein weiteres Mal.

Es knackste. »Nope.«

Mit größter Anspannung schnellte sein Kopf zur Grenze und er erkannte in der Tat einen Fuchs. »Rank«, entwich es ihm und Panik trommelte augenblicklich gegen seine Brust. »Wo ist Cunning?«

Zart lief durch den kalten, dunklen Wald. Alleine und ohne Ziel. Würde sie in die Höhle zurückgehen, würde sie ohnehin nicht schlafen können und da Stürmisch dort sein würde, könnte sie auch nicht alleine sein. Und das wollte sie. Alles was sie in letzter Zeit wollte, war alleine sein.

Das Gespräch mit Heart hatte sie noch lange beschäftigt, nachdem sie ihre Offenbarung tatsächlich begriffen hatte. Und in gewisser Hinsicht hatte es ihr tatsächlich einiges an Schuldgefühlen genommen. Nur hatte Zart nun das Gefühl, dass nichts mehr übrig blieb. Ein hohles Loch mit keinerlei Emotion, als wäre sie lediglich eine leere Hülle, die über die Erde wandelte. Sie wusste wirklich nicht, was besser war.

Sie nahm den vor ihr auftauchenden Fuchs zuerst gar nicht war, da es ihr schlicht egal war, doch als sie erkannte, dass es keiner der hier ansässigen Bewohner war, schaute sie dann doch auf. Womöglich ein wenig überrascht, doch im Großen und Ganzen unbeeindruckt hielt sie an und sah in das Gesicht ihres grinsenden Artgenossen. »Bernstein«, stellte sie lediglich fest.

»*Wo ... ist ... er?*«, bleckte Kühl die Zähne.

Rank legte den Kopf zur Seite. »Wie kommst du darauf, dass ich das weiß? Ich bin doch nicht einmal in deinem Wald.«

»Ich schwöre dir Rank, wenn ihm irgendwas passiert ist, überlebst du die Nacht nicht«, versprach der orangefarbene Rüde mit einer un- heilvollen Ruhe, von der er nicht wusste, wie er sie zustande brachte.

»Ich bin überhaupt nicht an deinem Sohn interessiert«, winkte sein Artgenosse die Ängste ab. »Ich würde vielmehr gern mit dir plauschen.«

Kühl schwankte zwischen dem Verlangen, auf der Stelle Cunning zu suchen und dem Pflichtgefühl, Rank nicht alleine hier an der Grenze stehen zu lassen. Erst jetzt merkte er, dass er so fest auf seinen Kiefer gebissen hatte, dass es schon schmerzte. Er schnaufte. »Dann rede«, presste er hervor.

»Du hast etwas, das ich will. Wir sollten über die Bedingungen re- den.«

»Bedingungen!«, stieß Kühl ungläubig aus. »Ich glaube, du hast ein paar Schritte übersprungen. Ich sehe keinen Grund, auf nur irgendetwas zu hören, was du verlangst.«

Es knackste ein weiteres Mal, diesmal direkt hinter Kühl innerhalb des Waldes. Er drehte den Kopf, erkannte jedoch nichts. Als er sich nach Rank umschaute, strahlte dieser nur eine gelassene Gewissheit aus. »Wer ist bei dir?«, fauchte Kühl angespannt.

Ranks Augen begannen amüsiert zu funkeln. »Kühl, du wirst ja paranoid.«

Er hatte keine Ahnung, wie sehr sich Kühl beherrschen musste, ihn nicht anzufallen.

»Schön dich wieder zu sehen.« Bernsteins selbstsicheres Grinsen spie- gelte sich auch in seinen Augen wider.

Zart blinzelte langsam. »Ich wünschte mir, ich könnte dasselbe sa- gen«, antwortete sie, runzelte aber darauf die Stirn. »Nein, eigentlich wünsche ich mir das nicht«, erkannte sie dann nüchtern. »Mir ist das eigentlich ziemlich egal.«

Er legte den Kopf schief. »Die kalte Schulter also, ja?«

Nun betrachtete sie ihn wieder, doch tatsächlich beherrschte vor al- lem Gleichgültigkeit ihren Ausdruck. »Fühl dich nicht geschmeichelt«, erwiderte sie trocken. »Ich behandle zurzeit jeden so.«

Bernstein zog neugierig den Kopf zurück. »Hast du mich denn gar nicht vermisst?«

Wieder antwortete sie mit einer gleichgültigen Ruhe. »Ich hab dich eine ganze Zeit lang vermisst. Ich bin nur froh, dass das schon lange nicht mehr der Fall ist.« Sie seufzte und zwang sich die in der Situation eigentlich wichtigste Frage zu stellen, auch wenn sich ihr Interesse in

Grenzen hielt. »Was machst du hier, Bernstein? Du bist in unserem Wald. Wenn das mein Vater oder irgendjemand mitkriegt, kannst du hier höchstens noch raus humpeln.«

Der Rüde wartete einen Moment, das Interesse in seinem Gesicht war im Gegensatz zu dem seiner Artgenossin deutlich zu sehen. Sehr langsam setzte er eine Pfote vor die andere und kam auf sie zu. »Lass das mein Problem sein. Oder machst du dir etwa Sorgen um mich?«

»Nicht mal deine Mutter würde sich Sorgen um dich machen.«

Amüsiert blinzelte er. Er stand ihr nun direkt gegenüber und kam immer näher. »So kalt«, kommentierte er forschend. »So anders, als ich dich in Erinnerung habe.«

Er schritt gemächlich an ihr vorbei, streifte sie und ließ seine Rute genüsslich an ihrem Körper entlangfahren. Er tat es mit Absicht, das war ihr klar. Er wollte sie testen. Einen Moment lang erinnerte sie das tatsächlich an eine unbekümmertere Zeit. An eine, in der sie etwas fühlte. Doch es war kaum mehr als ein hohles Echo.

Er war komplett um sie herumgelaufen, bis er seine Schnauze von hinten direkt an ihr Ohr hielt. Ein dunkles Flüstern wisperte hinein. »Das gefällt mir beinahe.«

Zart schnaufte. »Natürlich gefällt dir das, du bist genauso ein kaltes Arschloch.« Ein tiefes Kichern vibrierte daraufhin durch seine Kehle. Er ging wieder auf Abstand und musterte sie nochmals von oben bis unten. »Verschwinde von hier Bernstein, oder du wirst es bereuen.« Es war keine Drohung, nur eine reine Feststellung. Danach begab sie sich auf die Pfoten und kehrte ihm den Rücken. Die Stimme, die ihr sagte, sie solle lieber herausfinden, was er hier wollte, ließ sie schlicht verstummen.

»Wenn du einen Schritt hier rein wagst ...«

»Ich habe nicht vor, bei dir einzudringen«, unterbrach Rank seinen Artgenossen. »Ich will wie ich gesagt habe, nur reden.«

»Ja, ich habe was, was du willst«, wiederholte Kühl genervt. »Du kriegst diesen Wald aber nicht.«

»Vater!«, kam es plötzlich von hinten und der Rüde fühlte, wie ein erheblicher Teil seiner Anspannung von ihm abflog. »Cunning«, hauchte er voller Erleichterung, als ihm sein Sohn unverletzt entgegenkam. Doch sein Gesichtsausdruck ließ Ärger erahnen.

»Wir sind nicht allein im Wald«, stieß er aus. »Füchse. Oder Wölfe.«

»Wie viele?«

»Keine Ahnung, sie sind wie Geister und verschwinden sofort wieder.«

Kühl wandte sich voller Feindseligkeit zu Rank. Doch bevor er etwas sagen konnte, ergriff dieser das Wort. »Siehst du, ich bin nicht derjenige, der hier das Kind des anderen entführt hat.«

Kühls Augen weiteten sich. »Vive«, hauchte er und rannte im nächsten Moment los. »Lass ihn nicht aus den Augen«, rief er noch zu Cunning zurück.

Es war tatsächlich, wie Cunning gesagt hatte. Ranks Leute geisterten wie unsichtbar durch den Wald, verursachten aber ansonsten keinen Ärger. Ablenkung war wohl das einzige Motiv. Dennoch fühlte sich Kühl blind in seinem eigenen Wald.

Es dauerte nicht lange, bis der Rüde seinen Zielort erreicht hatte. »Vive!« rief er wütend und wiederholte es ein weiteres Mal in ihren Bau hinein. Er wusste nicht wirklich, ob er damit gerechnet hatte, sie aus der Höhle schlüpfen zu sehen. »Was ist los?«, fragte sie irritiert und eingeschüchtert.

»Bist du allein?«, fragte er forsch.

»Ja natürlich. Wer sollte denn ...?«

»Sei still«, schnitt er ihr das Wort ab und schaute sich noch einmal um. Fremde Gerüche. Doch sie waren überall im Wald und die Menge war nicht zu ermitteln. Mit einem Mal war er auf die Füchsin zugeschritten und hatte sie in der nächsten Sekunde gegen eine Erhöhung gedrängt. Sie schreckte zusammen. »Wenn ich herausfinde, dass du gegen uns arbeitest«, rumpelte es mit beißender Stimme auf sie herab und ließ sie die Luft anhalten, »dann kannst du dir das Schlimmste ausdenken, das ich dir antun kann – und ich werde es vervielfachen.«

Im nächsten Augenblick war er aus ihrer unmittelbaren Nähe verschwunden und ließ sie mit hämmerndem Herzen zurück.

Kühl war im Folgenden schnell und systematisch den ganzen Wald abgelaufen, konnte aber niemand Fremden mehr auffinden. Auch wenn einige Gerüche geblieben waren, die als Beweis dienten, dass in der Tat *Fremde* durch seinen Wald gelaufen waren. Sein gesamter Pelz sträubte sich bei dem Gedanken.

Als er den Rundgang beendet hatte, kam ihm Cunning entgegen und beantwortete Kühls Frage, bevor er sie gestellt hatte. »Rank ist gegangen. Ich hab ihn noch beobachtet, so weit ich konnte, aber ich glaube, er ist wirklich fort.«

Kühl seufzte. »Glaub ich auch. Es gibt kein Anzeichen mehr von irgendwelchen anderen. Aber sie waren hier.«

Cunning nickte ernst. »Ich werde auch nochmal rumgehen. Einfach nur zur Sicherheit. Vive ... ist noch da?«

Sein Vater nickte. »Es hatte trotzdem etwas mit ihr zu tun. Ich bin mir nur nicht sicher, was.« Der Jüngere verzog wortlos den Mund und wollte sich scheinbar an die Arbeit machen, als Kühl ihn nochmals zurückhielt. »Cunning«, meinte er ruhig und ließ seinen Sohn einen guten Moment auf sich wirken. »Ich bin froh, dass es dir gut geht«, sagte er leise. »Als du nicht am vereinbarten Treffpunkt warst und stattdessen Rank ...«

»Ich bin nur weg, weil ich jemanden gehört habe. Wäre Rank schon dort gewesen ...«

»Ich weiß, du hast genau richtig gehandelt.« Er lächelte ihn immer noch erleichtert an und Cunning erwiderte die Geste. Dann nickte er einmal, um ihm zu signalisieren, dass er jetzt gehen konnte. Kühl selbst hatte noch alle Pfoten voll zu tun. Angefangen bei einem Gespräch mit seinem anderen Sohn.

Zügig schritt er auf Winds Bau zu, konnte ihn aber bereits erhaschen, lange bevor er dort ankam.

»Planst du eine Feier?«, kommentierte dieser nüchtern. »So viele Leute waren ja schon ewig nicht mehr gleichzeitig im Wald.«

»Hast du einen von ihnen gesehen?«, fragte Kühl sofort, doch Wind schüttelte nur den Kopf.

»Nein, ich bin jemandem gefolgt, aber die Spur führte schon wieder aus dem Wald raus.«

Kühl schluckte den fassungslosen Ärger runter, den er empfand. Dann erfasste er die Reaktion seines Sohnes auf die folgende Aussage. »Das Ziel war vermutlich Vive.«

Wind runzelte die Stirn. »Vive? Glaubst du, sie wollten sie holen? Ich hab nämlich gerade vorbeigeschaut und sie war noch da.«

»Ich weiß nicht, was sie wollten. Vielleicht ja auch Informationen.«

»Sie weiß aber nichts«, entgegnete er sofort.

»Bist du *sicher*?«, knurrte Kühl mit Nachdruck, der urteilende Blick fuhr Wind unangenehm in den Pelz.

»*Ja*«, erwiderte er ebenso giftig.

Der Ältere nahm sich augenblicklich zurück. Er hatte nicht so brutal klingen wollen, in gewisser Weise hatte Wind nur seine schlechte Laune abgekriegt. Und trotzdem konnte er sich nicht dazu bringen, seinem Sohn vollkommen zu vertrauen. Er atmete durch und redete deutlich ruhiger weiter. »Was kannst du über sie sagen?«

Wind reagierte einen Moment lang so gut wie gar nicht, bevor er nachdenklich die Lider senkte. Kühl wünschte sich in dem Augenblick sehnlichst zu wissen, was in ihm vorging. Er schotte sich ab, hatte Heart gesagt, er vergrabe seine Gefühle. Er wünschte sich in dieser Sekunde, Hearts Fähigkeiten zu besitzen.

»Sie ist nervös, hat Angst«, hörte er Wind reden. »Sie hat auch wirklich Angst vor ihrem ehemaligen Zuhause. Das heißt aber meiner Meinung noch nicht viel. Ich brauche noch mehr Zeit.«

»Wie viel?«, wollte Kühl wissen.

»Ein wenig. Vertrauen baut sich nicht von einen Tag auf den anderen auf.«

Kühl schnaufte sachte. »Allerdings.« Wind hielt ihm stand ohne zu blinzeln. Respekt dafür, aber Kühl müsste wirklich raten, wenn er sagen wollte, was sein Gegenüber dachte.

»Wir sollten durchaus damit rechnen, dass noch mehr solche Übergriffe kommen«, unterbrach Wind langsam den stillen, doch intensiven Austausch. »Vive sagte, dass etwas Größeres geplant wurde. Und Rank ist nicht mehr alleine mit seiner Familie. Wir reden hier von zwanzig bis dreißig Leuten.«

»*Was?*«, stieß Kühl entsetzt aus. »Hat sie dir das gesagt?«

»Na sicher, glaubst du etwa, ich habe mir das ausgedacht?«

Der Narbige zog den Kopf zurück, nachdenklich verlagerte er sein Gewicht auf den Pfoten. »Na schön.« Er schüttelte den Kopf. »Ich muss die anderen informieren. Du hältst dich weiter an Vive. Bringe so viel in Erfahrung, wie du nur kannst.« Er trat auf seinen Sohn zu und schaute ihn an, befehlend, bittend, zweifelnd, alles zusammen. »Finde heraus, was sie will.«

Das musste ihm sein Vater nicht zweimal sagen, obgleich es Wind unangenehm war, dass Kühl das Gefühl zu haben schien, dass er es ihm befehlen musste. Trotzdem nickte er dann zustimmend.

Silver war eben in ihrem Bau angekommen. Bluefire und die Jungen waren noch unterwegs, dürften aber auch nicht mehr lange auf sich warten lassen. Es hatte gut getan, eine Weile alleine durch den Wald zu stromern und die einsame Ruhe zu genießen. Das hieß allerdings auch, dass sie zur Abwechslung mal wieder Zeit gehabt hatte, nachzudenken. Immer, wenn sie viel um die Ohren hatte, wünschte sie sich ruhige Momente, doch dann konnte sie wiederum weniger ihren Sorgen entfliehen. Manchmal hatte sie das Gefühl, es ging ihr besser, wenn sie nicht zu viel nachdachte.

Die Füchsin schüttelte das letzte Nass von ihren Pfoten und schaute sich einmal in ihrer Höhle um. Dunkle Erde verteilte sich auf dem Boden und an den Wänden, Wurzeln wuchsen an deren Decke entlang. Ganz plötzlich und ohne unmittelbaren Grund wurde Silver wehmütig. Immer wenn ihr bewusst wurde, dass ihr dieses Zuhause nicht sicher war. Immer wenn sie dabei an ihre Jungen dachte. Immer wenn sie den Wunsch, mit Bluefire vernünftig darüber zu reden schon im Keim erstickte, da sie wusste, dass es sinnlos war. Immer wenn sie sich dabei erwischte, dass sie selbst zwischen der Sorge um ihre Kinder und ihrer Neugierde in Bezug auf die Adler schwankte.

Sie seufzte tief, gerade als sie flotte Schritte wahrnahm. Kurz darauf erkannte sie Bluefire. »Ich hab gerade mit Dry geredet«, wirkte er ein wenig aufgekratzt, beinahe freudig.

»Sind die Kinder draußen?«, erlaubte sich Silver noch dazwischenzuschieben.

»Ja, direkt vor dem Bau«, versicherte er ihr und fuhr dann fort. »Ein Wolf ist in unser Gebiet eingedrungen, Dry hat ihn verfolgt und hat gesehen, dass er mit einem Adler geredet hat – in *unserem* Gebiet.«

Die Füchsin runzelte nach anfänglichem Schrecken die Stirn. »Warum hab ich das Gefühl, dass du dich darüber freust?«

Er hielt inne, dann trat er einen Schritt auf sie zu und redete ruhiger weiter. »Silver, hast du etwa immer noch Zweifel daran, dass das Schatten sind?«

Sie hielt inne, als sie in seine Augen starrte, die sie durchbohrten. Sie enthielten Gewissheit, Hoffnung und Tatendrang. Alles Dinge, die sie so gar nicht mit der Situation in Verbindung brachte. Ihre Miene wurde fester, ihre Züge selbstsicher. »Nein, daran habe ich keinen Zweifel mehr«, beantwortete sie seine Frage. »Aber daran, ob es wert ist, dafür zu sterben und vor allem das Leben anderer dafür zu riskieren – daran sehr wohl.« Bluefire schien überrascht über ihren Auftritt, nicht zwingend über die Worte an sich, aber dass sie ihn giftig anfunkelte. Silver hingegen dachte so klar wie eine Weile nicht mehr. »So«, meinte sie bestimmt. »Du wolltest doch ein Gespräch führen. Das werden wir hier und jetzt tun. Warum bist du so erpicht darauf, und zwar *wirklich*. Was ist der Grund? In dem Adlergebiet werden deine Eltern wahrscheinlich nicht sein. Was willst du also *konkret*?«

Der Blaufuchs hatte den Kopf abrupt zurückgezogen, sich abgewendet und atmete angespannt durch. Silver war plötzlich voller Zielstrebigkeit, all ihre unterdrückten Gefühle brachen auf einmal aus. Sie würde ihn bestimmt nicht einfach so abblocken lassen, wie er das sonst immer tat. Sie schritt ihm wieder gegenüber. »Bluefire ...«

Er starrte jedoch nur vertieft ins Leere. »Ich will unter keinen Umständen denselben Fehler noch einmal machen.«

Die Fähe stockte. »Welchen Fehler?«, fragte sie dann deutlich behutsamer.

Er kaute auf seinen Zähnen herum und Silver musste sich beherrschen, ihn nicht zu drängen. »Ich bin als Kind abgehauen, weil ich's nicht mehr ausgehalten habe«, kam es schließlich. »Das war ein Fehler, aber ich war damals zu schwach.«

Die Füchsin ergriff augenblicklich ein tiefgreifendes Mitgefühl. »Du warst ein *Kind*«, betonte sie leise.

»Aber ich bin keins mehr«, fauchte er scharf, was sie kurz erschreckte. »Ich will es verstehen, ich *muss* es verstehen. Ich kann diese Gelegenheit nicht einfach vorbeiziehen lassen.«

»Okay«, lenkte Silver grübelnd ein. »Ich verstehe das, wirklich ...«

»Nein, ich glaube *wirklich* nicht«, schnitt er ihr das Wort kaltschnäuzig ab, während er sich schon verärgert umdrehte, mit der Intention, den Bau zu verlassen und ließ dabei eine schockierte Silver mit offenem Mund hinterherschauen. Sie sprang ihm kurz darauf nach. »Du erklärst es mir auch nicht, du redest nicht mit mir!«, stieß sie flehend und wütend zugleich aus. Er drehte sich nicht um und ließ sie neben ihm herlaufen, Richtung Ausgang. »Warum ist dir das so dermaßen wichtig?«, fuhr die Silberfüchsin fort. »Gut, die verpasste Chance, aber was ist dir als Kind passiert?« Keine Reaktion. Silver hatte das Gefühl, vor Fragen zu platzen und Bluefire würde sie lassen. »Warum möchte Scarlet, dass *du* verschwindest?«

Ein bitteres Lachen entwich ihm daraufhin, als sie die Höhle verließen. »Berechtigte Frage.«

Sie hielt augenblicklich an, fassungslos, wütend und ... hilflos. »Bluefire!«, schrie sie ihm hinterher, doch ihr Schrei mischte sich mit einem weiteren. Sie zuckte verdutzt die Ohren. Hilfeschrei, Angstschrei, Schmerz. Pale. Brisk.

Schock betäubte ihren ganzen Körper. »Oh nein«, entwich es ihr so leise, dass der Wind die Worte mittrug. Sie und Bluefire befreiten sich gleichzeitig aus ihrer Starre und rannten los.

Silver spürte nichts, außer dem Pochen ihres Herzens und ihren schweren Atem. Sie fühlte sich wie in Zeitlupe, nicht schnell genug, um ihren Kindern zur Hilfe zu eilen, gelähmt vor Angst.

Brisk kreischte nach ihr, sie folgte ihrer Stimme. Hinter einem Hügel sah sie ihre Tochter endlich. Brisk weinte. Pale lag im Schnee. Er blutete. Seine *Augen* bluteten. Silver hatte das Gefühl, den gesamten Hügel einfach nur herunter geschlittert zu sein. Schnee spritzte zu allen Seiten weg, als sie voller Panik zu Pale gelangen wollte.

Taubheit. Brisk sagte etwas, Silver wusste nicht was. Bluefire musste auch da sein, sie nahm ihn nicht wahr. Ihre Pfoten berührten ihren Sohn, sie lag bei ihm auf dem Boden und lehnte sich ganz nah an ihn. Sie hatte plötzlich das Gefühl, sie würde fallen und der bis eben auf ihr lastende Druck löste sich in erleichterte Schwerelosigkeit, als sie feststellte, dass er noch atmete.

Adieu

Stimmen quollen in Silvers Bau zu einer nicht identifizierbaren Wolke. Schritte liefen um sie herum, langsame, schwere, kleine, große. Pale lag auf ihren Pfoten. Er war der einzige, der zurzeit zählte. Vinous war an dem Welpen, hantierte mit Kräutern, stoppte die Blutung und nahm ihm die Schmerzen. Aber auch Vinous konnte keine Wunder vollbringen. Pale hatte sein Augenlicht verloren und würde es nie wiederbekommen.

»Aber *warum*?«, stieß der Marder kraftlos aus, starr auf den kleinen Fuchs gebannt. »Wir haben alles gemacht, was sie gesagt haben. Es gab keinen Grund für einen Racheakt.« Niemand konnte diese Frage beantworten.

Es war ein Adler gewesen. Brisk konnte genau beschreiben, wie es passiert war und die Beschreibung ließ vermuten, dass es sich sogar um Murk persönlich gehandelt hatte. Bluefire hatte sofort Vinous gesucht, Silver war mit den Jungen in ihren Bau. Kurz darauf kam einer nach dem anderen hinzu.

»Es ist meine Schuld«, ertönte Drys monotone Stimme. »Es war kein Zufall, dass ich den Wolf und den Adler entdeckt habe und kurz darauf das hier passiert ist. Die haben mich doch gesehen und reagiert.«

»Das weißt du nicht«, hielt der Marder dagegen.

»Ich bin auch sonst gern mal knapp die Grenze entlang gegangen«, erwiderte der Hase jedoch sogleich. »Irgendwas hat sie provoziert.«

»Suchst du einen Schuldigen?« Der Marder hob die Brauen. »Dann such ihn bei den Schatten.«

Dry atmete verbissen durch, fügte aber nichts hinzu. Own bemerkte, wie nahe ihm das ging. Nichts zuvor hatte eine derartige Reaktion bei ihm ausgelöst. Es fühlte sich an, als wären alle einstimmig sprachlos und bis auf die Knochen erschüttert, unfähig damit umzugehen.

»Es stimmt«, meinte Docile. »Niemand von uns ist schuld. Nicht du. Nicht Pale, nicht Brisk. Und auch nicht ihr, Bluefire und Silver.«

Die jungen Eltern sagten nichts. Bluefire hatte kurz die Ohren gezuckt, ob Silver irgendetwas wahrnahm, war nicht zu erkennen.

Vinous erhob sich und seufzte. »Okay, das sollte erst mal reichen.« Auch er reihte sich einen Tonfall von Erschöpfung und Resignation ein. Silver schaute seit langem wieder auf und musterte das Eichhörnchen hilflos. »Ich muss ihn im Auge behalten«, erklärte der Nager weiter, »aber im Prinzip sollte er bald wieder auf die Beine kommen.«

Langsam blinzelten Silvers Lider, ihre Stimme war nicht da. »Ich danke dir, Vinous.«

Er lächelte ansatzweise. Es sollte aufmunternd sein und war doch nur bedauernd.

Stille füllte den Bau, Ratlosigkeit mischte sich mit Trauer. Niemals zuvor, wenn alle anwesend waren, wurde über einen so langen Zeitraum geschwiegen. Diskussionen und Meinungsverschiedenheiten zeichneten die Gruppe aus, nährte sie beinahe. Doch nicht diesmal. Nun floss zu all diesen Emotionen eine unausgesprochene Einigkeit hinzu. Der Marder war der erste, der sie aussprach. Arme gekreuzt und Stirn angespannt atmete er einmal durch. »Verschwinden wir jetzt?«

Zustimmung kam hinter den erschütterten Visagen zum Vorschein. Der Marder fixierte daraufhin den Blaufuchs, der genauso betäubt wie Silver wirkte. »Bluefire?«, hakte der braune Jäger nach.

Es dauerte eine ganze Weile, er ließ seinen Sohn nicht aus den Augen, aber es folgte ein dumpfes Nicken. »Ja«, antwortete er heiser. »Wir verschwinden.«

Der Marder war gemeinsam mit Own und Bronze der letzte, der die Höhle verließ. Er lief gedankenversunken durch den Wald, die anderen beiden stillschweigend nebenher.

»Die kennen wirklich keine Grenzen, was?«, holte ihn Bronzes murmelnde Stimme aus den Gedanken. »Da fragt man sich schon, inwiefern es etwas bringt, wegzulaufen.«

Der Marder neigte den Kopf. »Ich dachte, du wärst eh fürs Weglaufen.«

»Bin ich auch immer noch«, sagte sie schnell. »Ich ... mach mir nur Sorgen. Und hab ehrlich gesagt Angst.«

Der Marder beobachtete, wie er Pfote vor Pfote setzte. »Kann ich verstehen«, meinte er leise. »Aber immerhin – Premiere dafür, dass wir alle einer Meinung waren.«

Bronze musste trotz allem grinsen. »Das hab ich mir auch gedacht.«

»Irre ich mich«, wendete sich der Marder an Own, »oder hat Dry wirklich so etwas wie Mitgefühl gezeigt?«

Sie blickte ihn an. »Mehr als das.«

»Hm«, machte der Jäger. »Wie schlimm, dass erst so etwas Schreckliches passieren musste.«

»Manchmal müssen die Augen eben brutal geöffnet werden«, sagte Bronze. »Ich glaube, Bluefire kriegt das auch ganz schön zu spüren.«

Der Marder seufzte. Als er eigentlich die Richtung ändern müsste, um zu seinem Bau zu gehen, hielt er zögerlich an. Die anderen taten es ihm gleich und musterten ihn fragend. »Ich, äh ...«, stammelte er und hob die Hand, um mit dem Daumen zur Seite zu zeigen, »mein Bau ... ist da ...« Als die anderen zunehmend irritierter dreinblickten, seufzte er abermals und ließ die Hand wieder sinken. »Wollen wir nicht zu einem gehen und die Zeit bis zum Abend totschlagen? Ich weiß nicht, wie es euch geht, aber ... ich habe jetzt keine Lust, allein zu sein.«

Bronze lächelte sanft und nach einigen Sekunden nickte auch Own. »Okay«, meinte er erleichtert. »Bis wann meinte Vinous, Pale solle auf jeden Fall noch ruhen?«

»Morgen Abend«, antwortete Own.

»Na dann ...«

Der Marder gab die Richtung vor, gemeinsam brachen sie auf.

Wind war auf dem Weg zu Vive. Er wollte ein Gespräch mit ihr führen, solange die Aktion von Rank und seinen Leuten noch frisch war. Den Wortwechsel mit seinem Vater versuchte er gedanklich zurückzudrängen. Misstrauen und Zweifel hallte in jeder seiner Silben. Verständlich – sicher – doch Wind musste dieses brennende Gefühl in seiner Brust loswerden, das er jedes Mal bekam, wenn eines seiner Familienmitglieder auf diese Weise mit ihm sprach. Er hasste dieses Gewissen, das dann immer in ihm hochkriechen wollte.

Er lief in Vives Höhle. Sie kauerte darin, schaute jedoch augenblicklich zu ihm hoch. »Die brandneusten Ereignisse schon mitgekriegt?«, erkundigte er sich.

Sie schluckte. »Ja, ich ...«, sie wurde sogar noch leiser, »ja.«

»Du weißt nicht zufällig was darüber?«

Sie flehte ihn wortlos an, unsicher und ängstlich. »Nein«, meinte sie kaum hörbar und schüttelte den Kopf.

Wind kippte sein Haupt prüfend nach rechts. »Warum so nervös?«
Wieder schluckte sie benommen. »Dein Vater«, antwortete sie. »Er ...
kam vorbei und hat deutlich gemacht, dass er mir nicht vertraut.«

Der Fuchs seufzte lautlos. Er ließ seinen Blick eine ganze Weile wortlos auf ihr ruhen. Sie hatte Angst. Seit sie in den Wald gekommen war,
hatte sie solche Angst, doch Wind konnte sich nicht sicher sein, wovor.
Er verstand durchaus, dass man vor Kühl Angst haben konnte, sein
Vater wusste, wie man sich in Szene setzte. Doch kam diese neu entfachte Nervosität nur dank Kühls Einschüchterungsversuch oder hatte es
etwas mit den Eindringlingen zu tun?

»Du hast davon nichts mitgekriegt?«, fragte er weiter nach.

Sie schüttelte den Kopf. »Ich habe sowieso keine Ahnung, was sie
genau vorhaben, ich weiß von *nichts*.«

Er atmete einmal durch, dann kam er auf sie zu. Er legte sich vor ihr
auf die Erde und schaute ihr tief in die Augen. »Kannst du mir das
versprechen, Vive?«, ließ er die Worte gefühlsvoll aus seinem Mund
kommen und doch waren sie eindringlich.

Sie schaute zurück mit all ihren Emotionen auf der Oberfläche. Sie
waren ein Durcheinander. Nicht zu ordnen, alles und nichts. »Wenn ich
wüsste wie«, wimmerte sie, Flüssigkeit sammelte sich in ihren Augen,
»wie ihr mir endlich glaubt ...«

Wind erstarrte für einen Moment, dann floss Mitgefühl in seine
Mimik. »Schon okay«, versicherte er ihr sanft, um sie zu beruhigen.
Sie fühlte sich bedrängt, auch sie vertraute niemandem hier im Wald.
Er musste das ändern, wenn er an sie heranwollte. Sie musste sich in
Sicherheit wiegen. So rückte er näher zu ihr hin. »Hör mir zu«, betonte
er sanft, was ihre volle Aufmerksamkeit erhaschte. »Ich *glaube* dir«,
sagte er mit Nachdruck. »Hab keine Angst, ganz besonders nicht vor
Kühl. Wenn irgendwas ist – du kannst jederzeit zu mir kommen. Ich
bin für dich da.«

Ein Lächeln kam hervor, die Tränen in ihren Augen gingen etwas
zurück. »Danke dir«, flüsterte sie.

Er lächelte behutsam zurück und stand dann auf. »Ich komme bald
wieder. Du bist nicht allein.«

Sie schickte ihm einen dankbaren Blick. Wind verließ die Höhle.

Als er draußen ankam, hielt er kurz an und atmete angespannt durch.
Er wandelte auf schmalem Grat – mal wieder.

Er trabte zügig durch den Wald. Zum einen wollte er sich selbst noch ein Bild davon machen, wie viele hier durch spaziert waren und zum anderen um einen kühlen Kopf zu bewahren. Es dämmerte inzwischen. Wind blinzelte gen Sonne, als er Zart entdeckte. Sie lief ihm entgegen und er hielt zögerlich an, um zu sehen, ob sie es ihm gleichtat.

»Suchst du nach Eindringlingen?«, fragte sie und hielt tatsächlich vor ihm an. Er musterte sie jedoch forschend. Ihr Gesicht war ausdruckslos, ihr Tonfall distanziert und fremd, aber er war sich sicher, dass das diesmal nicht ihm galt. »Ja, aber ich erwarte keine«, antwortete er verhalten. »Nicht mehr.«

»Hm«, machte sie lediglich. Dann setzte sie sich wieder in Bewegung und Wind musste aufgrund ihres Verhaltens die Stirn runzeln. Als sie an ihm vorbei lief, flog ihm unverwechselbar Bernsteins Geruch in die Nase. Winds Ohren zuckten auf und er drehte sich seiner Schwester nach.

»Du bist nicht zufällig einem von ihnen begegnet, oder?«

Zart hielt an. Schließlich drehte sie sich zu ihm um. Dank seines wissenden Gesichtsausdrucks erübrigte sich eigentlich die Antwort. Sie zuckte lediglich die Schultern, absolut gleichgültig. »Bestimmt niemand Wichtigem.«

Damit wandte sie sich ab. Wind starrte grübelnd hinterher.

Stürmisch entfernte sich gerade vom Bau der Rotfüchse. Die Gruppe hatte sich aufgelöst. Kühl hatte sie informiert, was geschehen war. Eine Diskussion war daraufhin entfacht. Der Silberfuchs hatte sie nur halbherzig mitbekommen. Die Wachen sollten wohl verdoppelt werden. Das sollte ihm recht sein.

Er lief in den Wald hinein, ohne ein Ziel zu haben. Die fremden Gerüche fielen ihm dabei durchaus auf. Beunruhigend war es schon. Er war zu dem Zeitpunkt in der Höhle gewesen und hatte wirklich nicht das Geringste mitgekriegt. Unheimlich.

»Stürmisch«, rief jemand hinter ihm. Verdutzt dreht er sich um und erblickte seine Eltern.

»Oh je«, seufzte er. »Was Schlimmes?«

Perplex sahen sie ihn an. »Wieso denkst du das?«, hakte Sage nach.

Sein Sohn zuckte die Schultern. »War es bis jetzt eigentlich immer, wenn ihr zwei gemeinsam auf mich zu seid.«

Whitestar grinste. »Nein, nichts Schlimmes. Aber etwas Wichtiges.« Stürmisch blinzelte und ließ sie fortfahren. »Sage und ich haben eine wichtige Entscheidung getroffen – für uns – aber wir wollten mit dir darüber reden. Das kommt jetzt bestimmt sehr plötzlich für dich, aber wir haben unsere Gründe, okay?«

»Jetzt spuckt's schon aus.«

»Wir werden den Wald verlassen«, kam Sage dem nach.

Stürmisch blinzelte wiederum. Einmal. Zweimal. »Habt ihr das grade wirklich gesagt?«

Whitestars Ohren zuckten. »Willst du die Gründe hören?«

Er blies die Wangen auf und ließ die Luft wieder entweichen, trat einen Schritt zurück und schaute überrumpelt durch die Gegend, bis sein Blick wieder auf seine Eltern traf. »Ich bitte darum.«

Whitestar atmete tief durch. »Wind hat von Silberfüchsen im Süden erzählt«, erklärte sie. »Mich lässt das seitdem nicht mehr los. Ich will da hin. Ich will wissen, ob es vielleicht Silver ist.«

Stille. Stürmisch ließ die Worte einsickern. Er wusste nicht, was er sagen sollte. Er hatte das Gefühl, alle Fragen, die er sich dabei stellte, blockierten sich gegenseitig und erzeugten dadurch Leere. Erst nach und nach konnte er sie ordnen. »Wisst ihr überhaupt, wohin ihr müsst?«

»Das bringe ich noch in Erfahrung«, antwortete die Polarfüchsin. »Ich hab da schon eine Idee, wie ich das herausfinden könnte.«

»Ihr wollt jetzt einfach gehen?«, fuhr der Silberfuchs schlicht mit der nächsten Frage fort, ohne auf die Antwort seiner Mutter einzugehen. »Bei allem, was hier grad so los ist?«

»Nein, wir haben noch nicht entschieden, wann wir gehen«, erwiderte Sage. »Eines nach dem anderen.«

Stürmisch starrte zögerlich auf den Boden. Er biss kurz die Zähne zusammen, als müsse er Mut sammeln, dann schaute er wieder hoch. »Und was ist mit mir?«

Whitestar schickte ihm ein mitfühlendes Lächeln. »Deswegen sind wir hier. Was denkst du?«

Er schnaufte aus, nach und nach löste sich die Überforderung und er merkte, wie aufgebracht er eigentlich war. »Was ich denke?«, wiederholte er. »Ich denke, das bringt mich in eine ziemlich missliche Lage. *Natürlich* will ich Silver suchen, natürlich will ich den Hinweisen nachgehen, egal wie vage sie sind.« Er hielt inne. Dann begann er langsam den Kopf zu schütteln. »Ich weiß nicht, ob ich gehen könnte.«

Sage schaute ihn voller Unterstützung an. »Du musst dich nicht sofort entscheiden. Es ist nicht so, dass wir jetzt gleich aufbrechen. Wir wollten dich nur ins Bild setzen. Aber wie ich sagte. Eines nach dem anderen.«

Stürmisch nickte mit abwesendem Blick ins Leere. »Gut«, meinte er nur. »Die Zeit brauche ich.«

»Nimm sie dir«, erwiderte Whitestar ruhig. Dann stand sie auf und sah ihren Gefährten an. Er nickte und begab sich ebenso auf die Pfoten. Gemeinsam verließen sie ihren Sohn.

Dieser verharrte noch eine ganze Weile in derselben Position. Er wusste nicht wie lange.

Vieles war so unsicher. Er wusste nicht, wie es weitergehen sollte. Besonders wenn er an Zart dachte. Sie distanzierte sich von ihm. Er hatte gedacht, wenn er ihr genügend Freiraum gab, würde sich das bessern. Das war absolut nicht der Fall. Aber sollte er sich wirklich dazu entschließen, seine Eltern zu begleiten, dann musste er mit Zart darüber sprechen. Er musste sowieso wieder mit Zart sprechen. Das Schweigen zwischen ihnen hatte schon zu lange angedauert.

Er folgte ihrer Fährte. Als sie stärker wurde, erwartete er sie gleich zu sehen, doch wer in sein Sichtfeld trat, war jemand anderes. Wind und Stürmisch hielten beinahe gleichzeitig abrupt an. Bisher hatte es eigentlich ziemlich gut funktioniert, ihm aus dem Weg zu gehen und er ging davon aus, dass auch Wind sehr stark darauf geachtet hatte.

Nach kurzer Unsicherheit, entschied Wind wohl, dass das lächerlich war, schnaufte augenrollend und wendete sich ab, um schlicht zu verschwinden.

Stürmisch wusste nicht, woran es lag – ob daran, dass er ohnehin so tatkräftig entschlossen war, ein Gespräch zu führen, ob daran, dass er plötzlich seine ganze aufgestaute Wut deutlich spürte oder ob daran, dass Winds Arroganz trotz allem, was geschehen war, immer noch hindurch flackerte – doch ehe er sich versah, hörte er sich selbst sprechen. »Was ist los, Wind?«, rief er mit geschauspielerter Verwunderung, was den Rotfuchs dazu brachte, anzuhalten. »Hast du nichts zu sagen?«

Wind schloss die Augen, ein schiefes Grinsen formte sich. Sehr langsam drehte er sich zu dem Silberfuchs um. Er zuckte die Schultern. »Hast *du* denn was zu sagen, Stürmisch?«

»So einiges«, erwiderte er sofort. »Aber da es eh auf taube Ohren stoßen würde, werde ich mir die Mühe sparen.«

»Dann kann ich ja jetzt gehen«, reagierte Wind schnell, doch bevor er sich davonstehlen konnte, hatte sein Artgenosse schon wieder das Wort ergriffen.

»Wirklich *gar* nichts, Wind?«, ertönte seine Stimme und der orange-farbene Fuchs stöhnte lautlos. »Keine Kommentare, keine ... Spitzen, keine *Geschichten*?«

Stürmisch stand nun direkt vor ihm, Wind schaute unerschrocken zurück. »Was willst du jetzt von mir hören, hm?«

Der Rotfuchs hielt sich zurück, und zwar gewaltig, das spürte Stürmisch. Er wollte wirklich nichts riskieren, doch der silberne Rüde hatte leider viel zu viel Erfahrung mit diesen kalten, grünen Augen. Stets distanziert und doch durchdringend, immer schwang eine leichte Überheblichkeit mit, die komplett übernehmen konnte. Ständig kalkulierend, wann die Zeit war, zu schweigen und wann, offensiv zu werden.

Stürmisch trat auf ihn zu, sodass Wind um Abstand zu wahren, den Kopf zurückziehen musste. Ein leises Amüsement funkelte daraufhin in seinem Blick, Stürmischs hingegen war todernst. »Warum glaubst du, dass du hier bist?«, fragte er mit einer ruhigen Kälte. »Etwa, weil dich deine Familie vermisst hat? Weil du ihr so gefehlt hast?« Winds Belustigung war sofort verschluckt, offene Feindseligkeit trat stattdessen hinzu. Nun musste Stürmisch aufpassen, nicht triumphierend zu grinsen. Sehr schön, er kitzelte Winds wahres Wesen heraus, nicht seine Fassade. Das machte es sogar noch leichter, ihn zu hassen. »Nein«, beantwortete der silberne Rüde seine eigenen Fragen. »Du bist nur gerade ganz praktisch, recht nützlich. Ansonsten bist du ein *Nichts* für alle Anwesenden.« Immer mehr presste Stürmisch die Worte durch seine Zähne hindurch. »Wenn das vorbei ist, will dich niemand mehr hier sehen.«

Obwohl Wind versuchte, jegliche Emotionen zu maskieren, verblieben seine Augen dunkel und voller Hass. »War's das?«, erkundigte er sich nach einiger Zeit. »Fühlst du dich jetzt besser?«

Stürmisch schnaufte fassungslos. War es überhaupt möglich, die Dreistigkeit aus seinem Gesicht zu bannen? »Glaub mir, du wirst es merken, wenn ich *wirklich* Dampf ablasse.«

Winds Mund begann humorlos zu grinsen. Es erreichte seine Augen nicht. »Ich krieg schon ganz weiche Knie«, höhnte er gefühllos und setzte sich in Bewegung. Als er an seinem Artgenossen vorbei war, drehte er sich aber nochmal um. »Übrigens, ich würde vielleicht mal etwas besser auf Zart achten, wenn ich du wäre. Bernsteins Geruch hat ihren ganzen Körper bedeckt und hing tief in ihrem Fell.« Das Gift, das er in jedes seiner Worte steckte, ätzte sich in Stürmischs Herz, als er deren

Bedeutung realisierte. Er tat daraufhin wirklich alles, um seine Haltung zu wahren. »Hast du eigentlich grundsätzlich gegen jeden von Zarts Freunden etwas? Ich vertraue ihr«, erwiderte er mit der selbstsichersten Stimme, die er zustande brachte, doch Wind wusste natürlich wieder einmal genau, wie er ihm eins reinwürgen konnte. Er ließ seine Selbstgefälligkeit nicht offensichtlich auf ihn herab rieseln, doch Stürmisch war sicher, dass er welche empfand. Diesmal hielt er ihn nicht mehr auf, als er gehen wollte. Stürmisch wusste nicht, was er ansonsten mit ihm gemacht hätte.

»Spitz, im Körper – das muss ein Zahn sein. Ein Eckzahn, um genau zu sein.«

Der Marder starrte Bronze mehrere Sekunden einfach nur an. »Ja, ist ja gut«, winkte er ab. »Du bist dran.«

»Ich hab schon was«, grinste sie vergnügt. Sie, der Marder und Own hatten sich bereits die zweite Nacht gemeinsam in seiner Höhle versammelt. Es war die Nacht vor ihrem Aufbruch. Niemand konnte oder wollte schlafen.

»Ein Lebewesen?«, begann der Marder.

»Jap.«

»Kenn ich es?«

»Jap.«

»Persönlich?«

Sie schmunzelte. »Sollte man annehmen.«

»Raubtier?«

»Jap.«

Er zog die Augen zu Schlitzen. »Kann es manchmal besserwisserisch und nervig sein?«

Nun lachte Bronze. »Oh ja, durchaus.«

»Der Marder«, ertönte plötzlich die Stimme der Häsin.

Dieser machte große Augen. »Own!«

»Sie hat recht«, kommentierte Bronze und lehnte sich amüsiert zurück.

Sein Blick wechselte zu Bronze und wieder zu Own. Er kreuzte die Arme. »Aha, du findest mich also besserwisserisch und nervig?«

Own blinzelte. »Das war nicht der Grund, wie ich darauf gekommen bin. Ich dachte nur, es passe aus Bronzes Sicht.«

»Ha-ha«, machte der Marder.

»Du brauchst gar nicht beleidigt sein«, wies ihn seine Artgenossin zurecht. »Du wolltest doch meinen Namen nennen, oder etwa nicht?«

»Kam mir zumindest in den Sinn«, antwortete er abtuend. »Sooo, Own ist dran.«

»Wir gehen wohl in den Norden«, kam es von der Häsin.

Der Marder blinzelte. »War das ein Tipp?«

Die Häsin schielte ihn an. »Was denkst du denn?«, erwiderte sie trocken. Ihr Gegenüber musste grinsen.

»Weiter in den Süden können wir ja schlecht«, meinte Bronze. »Zumal wir nicht wissen, wie weit das Schattengebiet noch geht.«

Owns Blick fiel zu Boden. »Es war so sinnlos, dass wir hiergeblieben sind.«

Der Marder tippte kritisch mit den Fingern aufeinander. »Na, sinnlos war es nicht. Wir haben gezeigt, dass wir uns nicht alles gefallen lassen. Leider saßen wir letztendlich am kürzeren Hebel.«

»Das war aber von Anfang an abzusehen«, hielt sie dagegen.

Der Marder seufzte tief und beugte sich nach vorn. »Warum sagtest du nochmal, wollten Dry und Docile nicht kommen?«, wechselte er das Thema.

Own sah ihn an, doch ging nach einer Weile einfach darauf ein. »Docile wollte schlafen.«

»Der kann schlafen?«, stieß der Jäger bewundernd aus.

»Offensichtlich.« Own zuckte die Schultern. »Dry läuft die Grenzen auf und ab. Ich glaube, seit das passiert ist ununterbrochen.«

»Genauso bewundernswert.« Der Marder lehnte sich wieder zurück.

»Es wird in ein paar Stunden hell«, meinte Bronze, als sie nach draußen schaute.

»Jup«, bestätigte ihr Artgenosse, auch er starrte den Ausgang hinaus und doch ins Leere. Er wurde wehmütig. »Bald gehen wir los.«

Dry hüpfte am Rand ihres Gebietes entlang. Nebel erschwerte die Sicht. Er musste extrem vorsichtig sein. Immer wieder tauchten Tiere auf, die hier absolut nichts zu suchen hatten. Es war bei weitem keine einmalige Sache gewesen.

Von weitem sah er eine kleine Gestalt durch die Bäume huschen. Aufgrund der Dunkelheit und des milchigen Schleiers dauerte es eine Weile, bis er sicher sein konnte, dass es sich um Vinous handelte. Er landete schließlich auf einem nahe gelegenen Ast. »Dass du immer noch hier herumläufst«, sagte das Eichhörnchen. »Du bist doch sicher auch schon dem ein oder anderen ungeladenem Gast begegnet.«

»Ich bin schneller als die«, meinte Dry.

»Hm«, kommentierte Vinous lediglich.

»Hast du dich umgesehen?«, erkundigte sich der Hase.

Sein Gegenüber nickte. »Ich weiß ungefähr, wohin wir gehen könnten.«

Dry biss sich auf die Unterlippe. »Wie geht es Pale?«

»Ganz gut«, antwortete Vinous zuversichtlich, wurde dann aber zurückhaltender. »Zumindest was das Physische angeht.«

Der Feldhase verzog den Mund. »Kann ich mir vorstellen.«

Der rote Nager seufzte auf. »Ich werde meinen Rundgang mal beenden, bevor wir losgehen. Pass auf dich auf, Dry.«

Er hätte gegrinst, wäre er nicht so gerädert. »Du auch auf dich. Du bist auch nicht unverwundbar.«

Vinous begab sich in Sprungposition. »Sagt der Richtige«, schmunzelte er noch und hüpfte dann davon.

Dry begab sich ebenfalls seines Weges. Immer wieder schnappte er fremde Gerüche auf, doch die nächste Zeit lief ihm niemand mehr über den Weg. Bis er plötzlich die Silhouette eines Fuchses erkannte. Er duckte sich und schlich sich vorsichtig an ihn heran, als er den ihm sehr bekannten Geruch erkannte. Er ließ die Anspannung fallen und kam aus seiner Deckung.

»Hey«, begrüßte er den Blaufuchs leise.

Dieser drehte den Kopf. »Hey«, erwiderte er kraftlos, doch Verwunderung klang in seiner Stimme. »Warum bist du um diese Zeit unterwegs?«

Dry zuckte die Schultern. »Hab ja sonst nichts zu tun. Außerdem fühl ich mich hier nicht gerade sicher und entspannt. Da kann ich genauso gut etwas aufpassen.«

Bluefire nickte halbherzig und schaute ausdruckslos ins Leere. Sein Gesicht wirkte eingefallen, seine Augen, soweit man sehen konnte, rot unterlaufen. »Du siehst toll aus, ehrlich«, wagte Dry zu bemerken. »Als hättest du zwei Tage lang nicht geschlafen.«

Der Blaufuchs schnaufte und hätte wohl gegrinst, wenn er nicht so fertig wäre. »Liegt vielleicht daran, dass es so ist.«

Der Pflanzenfresser ließ den Rüden noch einen Augenblick auf sich wirken. »Es tut mir leid, Bluefire, ganz ehrlich.«

»Es ist nicht deine Schuld«, erwiderte er abwesend, die Augen starr und unbeweglich.

»Du hast also doch zugehört, was?«, stellte der Nager fest.

»Ja«, murmelte er nur noch ausdruckslos. »Hab ich.«

Dry hielt inne. »Es ist auch nicht deine«, betonte er schließlich.

Bluefire presste die Lippen zusammen mit einer kaum erkennbaren Bewegung. Als er nichts zu sagen hatte, seufzte der Hase. »Bist du jagen?«, fragte er ernüchtert und nur halb interessiert.

»Ja«, wiederholte der Blaufuchs regungslos. »Die Kleinen haben Hunger.«

»Dann viel Erfolg«, meinte er. »Und pass auf Fremde auf, die laufen gern mal hier durch den Wald. Wir sehen uns in ein paar Stunden.«

»Okay«, sagte Bluefire leise, doch sah ihn tatsächlich noch einmal an. Dry nickte, dann fuhr er seinen Rundgang fort.

Bluefire kam wieder aus dem Bau heraus. »Und, was sagst du?«, drängte Silver, die Rute schlug freudig um ihre Beine.

Er grinste sie zurückhaltend an. »Du hast ja recht. Die Höhle ist lange nicht mehr bewohnt und doch erstaunlich gut intakt.« Sein Blick streifte über den gesamten Wald und kam wieder bei seiner Gefährtin an. Sein Grinsen wuchs. »Es ist perfekt.«

Sie sprang auf und drückte ihren Kopf augenblicklich an seinen. »Komm schon, ich zeig dir die Quelle, die der Marder und Vinous gefunden haben, sie ist gleich in der Nähe und hast du gemerkt, wie viele Beutetiere es hier gibt?« Sie hüpfte herum wie ein Kleinkind. »Ich kann's gar nicht fassen, was für einen Ort wir hier gefunden haben!«

Der Blaufuchs schmunzelte und folgte ihr. Die Quelle war wirklich nicht weit. Sogar die Luft um sie herum schmeckte nach frischem Wasser. Er ließ den Blick nochmals schweifen. Es war ein früher und sehr schöner Herbsttag. Die Blätter begannen gerade, sich zu verfärben und angenehmer Wind umschmeichelte sie. Der Wald war üppig und seine Größe war genau richtig für die Gruppe. Die Voraussetzungen waren hervorragend. Bluefire wusste, dass das unter Umständen nichts heißen musste, doch auch er erlaubte sich, ein heimisches Gefühl zu entwickeln.

Plötzlich spritzte ihm Nass ins Gesicht. Verdutzt blickte er zu Silver hinab, die am Rand des Baches kauerte und ihn verschmitzt ansah. Seine Augen klappten verführerisch auf halbmast. »Lust auf ein Bad,

Silver?«

Ihre Mundwinkel zogen sich nach oben. Langsam begab sie sich auf die Füße und wanderte zu ihm hinüber. »Lust, mir dabei Gesellschaft zu leisten?«

Bluefire sog genießerisch ihren Duft ein, als sie vor ihm stand. »Hat dir schon mal jemand gesagt, dass du einen beinahe süßlichen Duft hast?«, flüstere er rau und seine Augen waren dunkel.

»Nein, bisher nicht«, wisperte sie.

»Ist aber so.« Seine Schnauze fuhr an ihrem Wangenfell entlang bis zu ihrem Ohr. Er rückte näher heran und lehnte den Kopf an ihren.

Sie seufzte überglücklich. »Du hast ja keine Ahnung, wie ich mich gerade fühle«, säuselte sie. »Ich hab ein nahezu perfektes Zuhause gefunden, die womöglich besten Freunde, die man sich wünschen kann. Und ich hab dich.« Die Worte drangen warm in ihn ein und füllten sein ganzes Wesen, als sie sie sogar noch einmal flüsternd wiederholte. »Und ich hab dich.«

Die Sonne kroch über den Horizont. Blendendes, orangefarbenes Licht strahlte über die Landschaft. Der Morgen schrie nach Motivation und Tatendrang. Aber keiner der Gruppe wurde von diesen Gefühlen berührt.

Der Marder, Bronze, Own und Docile, den sie abgeholt hatten, kamen gerade vor Silver und Bluefires Bau an. Die Silberfüchsin lag mit Pale zwischen ihren Pfoten am Eingang, Brisk direkt neben ihrem Bruder.

Bronze und die Hasen hielten an, der Marder lief noch näher auf Silver zu und musterte sie. Sie flüsterte Pale und Brisk etwas zu, dann stand sie vorsichtig auf und kam dem Jäger entgegen.

Er überflog sie mit den Augen. »Von einer Skala von eins bis zehn?«

Silver schnaufte. »Minus dreißig. Plus minus zwei.«

Er atmete skeptisch durch. »Und was ist mit Pale?«

Sie schaute zu ihm hinüber. »Kann ich noch schlecht sagen. Bisher hält er sich wacker.«

»Zäher kleiner Kerl, was?«

Stolz und Schmerz überkam sie, als sie ihn beobachtete. »Ja.«

Bluefire kam aus dem Wald gelaufen mit zwei Mäusen im Maul. Er lief auf die Kleinen zu. Brisk sprang sofort auf und tapste ihrem Vater entgegen. Ungeduldig hüpfte sie an ihm hoch, schnappte sich den Schwanz einer Maus und zog daran. Bluefire legte sie ab. Brisk – kaum doppelt so groß wie die Maus – fing an zu ziehen und zerrte sie den ganzen Weg zu Pale hinüber. Sie schob sie ihrem Bruder hin und sagte etwas. Daraufhin begann er zu fressen.

Dry war in der Zwischenzeit zu ihnen gestoßen und Vinous kam gerade auf den Bäumen heran gesprungen.

»Hab bitte gute Nachrichten für uns, kleiner Nager«, rief der Marder zu ihm hinauf.

Vinous stoppte. Der Ast, auf dem er gelandet war, schaukelte auf und ab. »Keine Anzeichen von Adlern und schattenhaften Aktivitäten im Norden.«

»Danke«, seufzte der braune Jäger erleichtert.

»Gott sei Dank, unser Wald wird nämlich gerade überrannt«, informierte sie Dry.

»Danke«, wiederholte der Marder nun ironisch.

»Also der Norden«, sagte Bronze aufbruchsbereit. Die anderen nickten.

»Also dann«, stimmte der Marder mit ein. »Alle dem roten Fellbüschel nach.«

Vinous Augen blitzten kurz amüsiert auf, dann sprang er los. Bluefire lief mit den Jungen als erster los, er hatte Pale im Nacken gepackt und trug den tief erschöpften kleinen Fuchs behutsam. Die anderen folgten ihm.

Silver drehte sich noch einmal Richtung Wald. Sie atmete schwer durch, Wehmut stand in ihren Augen. Sie wusste noch genau, wie sie sich gefühlt hatte, als sie diesen Ort gefunden hatte. Voller Hoffnung und Freude waren sie hier eingezogen, glücklich und ohne Sorgen. Sie hatte das Gefühl, als sei das ein ganzes Leben her. Es war unglaublich, wie viel sich geändert hatte seitdem. Es fühlte sich an, als wäre sie eine vollkommen andere Person gewesen.

Es tat weh, all das aufzugeben. Sogar noch mehr, als sie gedacht hatte. Sie wollte nicht fort. Sie wollte das mit diesem Ort verbundene Gefühl der Hoffnung nicht loslassen – doch genau das würde passieren.

Sie seufzte tief. Und folgte ihren Gefährten. »Adieu«, verabschiedete sie sich leise.

Als sie der Gruppe nach ging, stellte sie fest, dass der Marder und Own auf sie warteten. Sie schauten ihr entgegen, mitfühlend und aufbauend. Vielleicht war es auch nicht der Ort, der die größte Rolle spielte.

Neubeginn

Der Mond spiegelte sich auf der Wasseroberfläche. Eine helle Scheibe auf einem tiefblauen Untergrund, der gemächlich hin und her wippte. Der Himmel war bewölkt, Frost klammerte sich um die Pflanzen, aber es war windstill.

Zart betrat die Lichtung zum See. Sie kauerte sich an den Rand und senkte den Kopf zum Trinken, doch sie stoppte, bevor sie das Wasser berührte. Einen Moment lang schaute sie sich selbst an. Es war, als würde sie in ein fremdes Gesicht schauen. Ihre grünen Augen so fern und leer. Die Emotionslosigkeit in ihren Zügen sollte sie eigentlich erschrecken. Aber es berührte sie nicht.

»Ich dachte mir schon, dass du früher oder später hier auftauchst«, ertönte Stürmischs Stimme aus dem Nichts. Sie zuckte und schaute ihn verärgert an. »Das war immer dein Lieblingsplatz.« Die Dunkelheit hatte zuvor seinen Körper verschlungen, nun setzte sich vor ihr auf die Erde. »Und da ich nicht weiß, wo du in letzter Zeit deine Nächte verbringst ...«

Sie schloss die Augen und seufzte. »Stürmisch ... das ist nicht der richtige Zeitpunkt.«

»Wann ist der richtige Zeitpunkt, Zart?«, wandte er sofort ein und klang trotz allem erstaunlich ruhig. »In einer Woche? Einem Jahr?«

Sie schüttelte den Kopf. »Bald.«

»Zart, du hältst mich hin. Und zwar schon eine ganze Weile. Du hältst mich auf Abstand. Ich kann dich ja verstehen, aber das kann nicht ewig so weitergehen. Wenn wir das nicht bald in den Griff kriegen-«

»Dann *was*?«, keifte sie angegriffen. »Was passiert, wenn wir das ›nicht bald den Griff kriegen‹? Verlässt du mich dann?«

Ihm war anzusehen, wie verletzlich er mit einem Mal war, seine Bravour verflüchtigte sich. »Verlässt du denn mich?«, flüsterte er so leise, dass er sich fragte, ob sie es überhaupt gehört hatte.

Sie seufzte zittrig. »Nein, Stürmisch, das tue ich nicht. Aber ich *kann* nicht darüber reden, ich will es nicht. Ich ...« Sie schnaufte, Tränen glitzerten in ihren Augen, doch mit dem nächsten Zwinkern waren sie wieder verdrängt, um Distanz zu wahren. »Bald, Stürmisch«, sagte sie mit Nachdruck und wendete sich ab.

»Wo warst du gestern Nacht?«, rief er ihr hinterher.

Sie hielt an und runzelte die Stirn. »Unterwegs?« Sie verstand den Sinn der Frage nicht.

»Bist du jemandem begegnet?«, fragte er resolut und fürchtete gleichzeitig ihre Antwort.

Nach einigen Sekunden fiel es ihr ein und sie stöhnte genervt. »Was glaubst du denn, wem ich begegnet bin, hm?«

Stürmisch presste wütend die Lippen zusammen. Die kleine Flamme der Wut in ihm wurde urplötzlich zum Feuerwerk. »Warum kannst du es nicht einfach sagen, dass du dich mit Bernstein getroffen hast?!«

»Mich mit ihm *getroffen*?«, erwiderte sie fassungslos. »Du vertraust mir wirklich nicht im Geringsten, oder? Er hat mich aufgesucht, ich konnte nichts dafür. Und der Grund, warum ich nichts gesagt habe, ist ganz simpel. Es ist unwichtig. Es ist mir egal. Für mich ist es so, als wäre es nie passiert. Ich habe momentan nämlich vollkommen andere Probleme. Und jetzt werde ich gehen. Du wirst mir nicht folgen.«

Ihre Stimme, ihr Blick, ihre ganze Art war so, wie Stürmisch sie noch nie erlebt hatte. Befehlend, kalt, gleichgültig. Darunter loderte der Schmerz und es verbarg sich seine eigentliche Gefährtin, das war im Laufe des Gespräches deutlich geworden. Aber sie hielt es zurück. Sie hielt ihre ganzen Emotionen zurück, als könnte sie deren Qual nicht ertragen, würde sie diese zulassen.

Als er beobachtete, wie sich ihre Gestalt entfernte, wurde ihm bewusst, dass das der Grund war. Sie war nicht in der Lage, sich ihrem Leid zu stellen.

Nasses Unterholz umgab sie. Der schmelzende Schnee hinterließ eine unangenehme Feuchtigkeit. Sie war auf den Pflanzen, in der Luft, umgab sie und erdrückte sie. Geschützt waren sie in diesem feuchten Loch des Waldes, das war der einzige Grund, warum sie hier angehalten hatten. Silver hatte aufgehört, sich darüber zu ärgern und schottete sich stattdessen wieder in ihre Welt ab, die gerade mal den Umfang ihres Körpers besaß.

Ihre Stimmungen wechselten zurzeit häufig. Sie probierte sie unbewusst aus, um herausfinden, in welcher es am wenigsten weh tat. Bisher hatte sie noch keinen Weg gefunden, der es erträglich machte.

Sie wusste nicht, wie sie reagieren sollte. Auf alles, was gerade geschah. Der Marder und Own standen ihr bei, auf eine unaufdringliche Weise. In ihrer Gegenwart taute die Silberfüchsin etwas auf. Wenn sie Pale ansah, verfiel sie entweder in Wut oder Kummer. Ersteres endete in Tatendrang, ihn in Sicherheit zu bringen. Letzteres in dem, wo sie gerade drinsteckte. Trance. Ohnmacht. Antriebslosigkeit.

Sie machten gerade eine Rast, also kam Tatendrang nicht in Frage. Sie erlaubte sich den Moment der Schwäche, den sie sonst immer zu bekämpfen versuchte. Starr war ihr Blick auf ihren Sohn gerichtet, der erschöpft vor sich hin schlummerte. Brisk kauerte sich neben ihn, doch sie war wach. Von den anderen hatte sie in diesem Moment keine Ahnung. Sie drei waren die einzigen, die gerade existierten, bis die Stimme des Marders neben ihr ertönte. »Wie geht es ihm?«

Silvers Blick blieb leer. »Er kann nicht mehr. Er ist immer noch angeschlagen. Wir können nicht viel weiter.«

Stille. Eine ganze Weile. Der Marder zögerte, bevor er seine Gedanken aussprach. »Es ... gibt zumindest ein Gebiet in der Nähe, von dem wir wasser- und nahrungstechnisch Bescheid wissen. Und wir nähern uns ihm ziemlich geradlinig.«

Silver schwieg nochmal so lange, bevor der Marder einen stillen Seufzer wahrnehmen konnte. »Ich weiß«, murmelte sie schließlich. Sie kaute auf ihren Zähnen herum. Trotz allem wollte der Marder sie am liebsten durchschütteln, damit sie endlich aussprach, was sie offensichtlich gerade dachte. Doch er wartete. »Könntest du«, fing sie schließlich an, »das mit Bluefire abklären?«

Der Jäger musterte sie skeptisch. »Er wird nicht begeistert sein, aber auch er wird einsehen, dass das das Beste ist. Aber schön, ja. Ich rede mit ihm.«

Sie nickte. »Danke«, meinte sie kleinlaut. Bluefire war ein Thema für sich. Sie wagte es nicht, mit ihm eine Stimmung zu verbinden. Sie wagte es manchmal kaum, ihn anzusehen, Angst davor, Zorn und Enttäuschung dabei zu empfinden. Sie wusste nämlich, dass diese Gefühle nicht ihm allein galten. Sie galten auch ihr selbst. Und das alles auf Bluefire zu projizieren, wäre falsch.

Also vermummte sie sich einfach weiter in einen Schleier der Ignoranz, um momentan keine Entscheidungen fällen zu müssen. Nicht wie sie zu Bluefire stand, nicht wie sie zu sich selbst stand und nicht, wer Schuld hatte. Ob jemand Schuld hatte und für was überhaupt waren auch Fragen, die sie schlicht verdrängte. Alles zu seiner Zeit.

So verharrte sie in den nassen Büschen dieses Waldes, ließ sowohl das Wasser als auch gelegentlich auftretende Gewissensbisse auf sich tropfen und würde bis sie weiterzogen, alles andere ignorieren.

Der Marder wanderte zu den drei Hasen. Bronze und Bluefire waren auf der Jagd, Vinous kundschaftete wohl den weiteren Weg aus, aber sicher konnte man bei dem Eichhörnchen auch nie sein.

Zerknirscht ließ sich der Jäger bei den Pflanzenfressern fallen.

Own musterte ihn. »So schlimm?«

»Keine Ahnung, ehrlich«, erwiderte er aufgeschmissen. »Sie kann echt zwischen der weltoffenen Silver und der in sich gekehrten hin und her switchen. Aber gut, sie hatte diese extremen zwei Seiten wohl schon immer. Am besten, sie macht das mit sich selbst aus.«

»Und Pale?«, wollte Dry wissen.

»Der Kleine ist halt erschöpft. So weit können wir mit ihm nicht mehr wandern.«

Own senkte den Kopf und starrte verbissen auf die Erde. Der Jäger wusste, was sie beschäftigte. »Wir werden keine andere Wahl haben, Own.«

Sie seufzte leise und nickte dann, ohne sich anderweitig zu rühren. »Weiß ich doch«, meinte sie lediglich.

Der Marder stöhnte geschafft, fasste sich mit beiden Händen auf den Kopf und strich sich einmal komplett drüber. »Alle glücklich und zufrieden«, stieß er sarkastisch aus. »So mag ich das.«

Dry presste seine Krallen in die Erde. »Mir war der Wald egal«, offenbarte er. »Aber wie wir von da schrittweise rausgedrängt wurden ...« Ein aggressives Funkeln huschte in seine Augen. »Manchmal bedaure ich es, dass ich ein Hase bin.«

»Pf, merkt man gar nicht«, erwiderte der Marder immer noch ironisch.

»Auch als Raubtier kannst du alleine nicht viel gegen die Schatten ausrichten«, hielt Docile dagegen.

»Ich kann's nicht mehr hören, was man nicht kann«, meckerte Dry. »Glaubt ihr wirklich, dass man nichts gegen sie unternehmen kann? Das deprimiert mich so dermaßen, das könnt ihr euch gar nicht vorstellen.«

»Noch ein Fröhlicher im Club«, kommentierte der braune Jäger weiter.

»Du hast ja gesehen, wie viel wir bei ihnen erreicht haben«, fuhr Docile fort.

»So, jetzt reicht's mir aber«, stieß sein Artgenosse aus. »Ich weiß, du hast schlechte Erfahrungen mit ihnen gemacht – von denen du uns bisher übrigens nichts Genaueres erzählt hast – aber ich weigere mich daran zu glauben, dass es etwas gibt, das man nicht erreichen kann.«

»So wie Own rumzukriegen?«, setzte Docile sarkastisch dagegen.

Komplette Stille und große Augen aller Anwesenden. Docile blinzelte dagegen nonchalant.

»O-*kay*!«, stieß der Marder schließlich aus, ein perplexes Amüsement lag in seinem Ausruf. »Trag noch mehr zur Stimmung bei.«

Drys Kopf senkte sich bedrohlich, er ließ Docile nicht aus den Augen. »Wenn du auch nur die geringste Ahnung hättest«, erwiderte er langsam, »wüsstest du, dass es nie meine Absicht war, Own ›rumzukriegen‹. Und auf keinen Fall so billig, wie du es hier gerade angedeutet hast.«

Own wusste ehrlich gesagt nicht, ob das schon immer der Wahrheit entsprochen hat, doch sie war sich einigermaßen sicher, dass er es für die momentane Situation ernst meinte.

Docile hielt Drys Blick ohne Probleme stand und zuckte dann die Schultern. »Das hab ich dann wohl falsch interpretiert«, stellte er fest, meinte jedoch das Gegenteil.

Drys Augen zogen sich zu Schlitzen. »Offensichtlich«, zischte er und begab sich auf seine vier Pfoten. »Wenn ihr mich dann entschuldigt. Ich brauch jetzt dringend Bewegung.«

Der Marder hatte sein Kinn in die rechte Hand gelegt und beobachtete mit erhobenen Brauen, wie der Feldhase davon stampfte. Dann fiel sein Blick auf die Häsin. »Hast du dazu gar nichts zu sagen?«

Sie starrte zurück. »Nein«, meinte sie lediglich und schien im Großen und Ganzen eher unberührt, jedoch recht zufrieden, so als hätten sie gerade über ihre Lieblingsnahrung oder dergleichen geredet. Own hatte dem nichts hinzuzufügen. Das war eine Sache zwischen ihr und Dry und sie hatte nicht das Bedürfnis, das in der Öffentlichkeit zu diskutieren. Dennoch hatte sie nichts gegen das soeben stattgefundene Gespräch. In der Tat fühlte sie sich geschmeichelt aufgrund von Dociles Fürsorge. Sie fühlte sich wohl. Trotz allem was gerade passierte, fühlte sie sich geborgen.

Kühl fühlte sich, als wäre er nur noch auf den Beinen. Ständig trat ein anderes Problem auf und seit Ranks Aktion hatte der Rüde ohnehin das Verlangen, an allen Fronten gleichzeitig zu sein. Er half immer wenn er konnte bei den Grenzgängen nach, hatte ein Auge auf Wind und vor allem Vive und suchte nun nach seiner Tochter, mit der er eine weitere Angelegenheit zu besprechen hatte.

Als er Zart endlich entdeckte, wurde ihm interessanterweise bewusst, dass es gerade dämmerte. Es verfälschte die üblichen Farben, ließ alles surreal erscheinen und einen in eine melancholische Abwesenheit fallen. Das passte genau zu ihr. Sie lief so, als hätte sie nicht das geringste Ziel, schlendernd und mit leerem Blick. »Zart«, brachte er sie dazu, ihn anzusehen. Sie hob lediglich die Brauen. »Wir müssen reden.«

»Ts«, stieß sie bitter grinsend aus. »Das höre ich in letzter Zeit oft.«

»Tja, vielleicht hat das einen Grund«, keifte der Narbige. »Du *weißt*, was hier passiert ist. Dir ist doch auch klar, wie gefährlich die Situation ist, oder?«

Sie zuckte die Schultern. »Klar.«

Er stutzte und runzelte fassungslos die Stirn. »Was ist nur los mit dir?«, fragte er dann frei heraus, da ihm die Entwicklung von Zarts Verhalten durchaus bewusst war. »Was ist aus meiner kleinen Tochter geworden?«

»Sie ist erwachsen geworden.«

»Sie ist unausstehlich geworden«, konterte Kühl schonungslos. »Dir ist es völlig gleich was hier passiert, du lässt den Feind einfach zu uns kommen. Bernstein war wohl mehr als nur flüchtig an dir vorbeigelaufen.«

Ein humorloses Lachen folgte. »Das verbreitet sich ja wie ein Lauffeuer, was? Wer erzählt das denn so fröhlich rum? Wind? Oder war es Stürmisch?«

»Unwichtig«, gab der Rotfuchs zurück. »Du kannst uns nicht in so leichtsinniger Weise in Gefahr bringen. Bernstein kann hier nicht ein- und ausgehen, wie's ihm passt!«

Wieder ein gleichgültiges Schulterzucken. »Ich hab ihn nicht eingeladen.« Sie wandte sich ab, so als wäre das Thema geklärt.

»Zart«, stieß er energisch aus und tatsächlich blieb sie regungslos stehen. Als er so ihren Hinterkopf musterte, stieg Bedauern in ihm auf.

»Ich weiß, du hast etwas Schlimmes durchgemacht«, sagte er deutlich mitfühlender. »Aber das hier ist wichtig.«

Sie gab ein leises Geräusch von sich, vielleicht so etwas wie ein Schnaufen und ihr Kopf sank. »Ja, das hast du deutlich gemacht«, drangen die Worte schließlich kaum hörbar zu ihm hindurch. Dann lief sie davon. Er ließ sie, schaute aber noch eine gute Weile hinterher.

Es dämmerte. Erste Strahlen berührten zaghaft die Landschaft. Cunning wollte nach seinem Rundgang eigentlich in seine Höhle, doch hatte es sich anders überlegt. Er wanderte stattdessen zu Stürmischs Bau.

Er schlüpfte durch den Eingang und sah, wie sich der Silberfuchs dort bereits zusammengerollt hatte. Allerdings schaute er direkt fragend auf. »Ah gut, hab schon einen Moment befürchtet, du schläfst schon.«

Er zuckte die Ohren. »Nein, bin grad erst heimgekommen.«

»Ist Zart nicht hier?«

»Nein, sie ist ... pfff«, jegliche Anspannung zerfiel in Resignation, inklusive sinkender Körperhaltung und verzagtem Augenrollen. »Kein Ahnung, wolltest du was von ihr?«

Der Rotfuchs blinzelte kurz aufgrund der Reaktion seines Artgenossen, schüttelte aber dann den Kopf. »Nein, ich wollte mit dir reden.« Er hatte sich hingesetzt und auch Stürmisch setzte sich nun auf seine Hinterläufe.

»Ja?«, fragte er jedoch unsicher.

Cunning strahlte Ruhe aus. »Du bist schon eine ganze Weile nicht mehr bei mir aufgekreuzt.«

Beklommen trat der Silberfuchs von einer Pfote zur anderen. »Tja, ich wollte dich nicht immerzu nerven und auch noch zu unfüchsischen Zeiten ...«

»Und da dachtest du, geh ich ihm einfach komplett aus dem Weg?«, redete Cunning dazwischen und sah ihn wissend an.

Stürmischs Rute zuckte. Er verharrte in derselben Unsicherheit, bevor er antwortete. »Ich wollte nicht ... ich dachte ...«

»Du dachtest, nach unserem letzten Gespräch über Wind, du hältst dich lieber zurück und gehst kein Risiko ein.« Der silberne Rüde blieb still und Cunning trat daraufhin näher. »Stürmisch«, sagte er mit Nachdruck. »Du kannst mit mir darüber reden. Ich wollte nie den Eindruck erwecken, du könntest das nicht.«

»Aber er ist dein ...«, kam es kleinlaut, doch der Rotfuchs fiel ihm sofort wieder ins Wort.

»Ja, er ist mein Bruder. Na und? Du bist mein Freund. Deine Meinung ist mir genauso wichtig und ich denke, du kennst mich inzwischen lange genug, um zu wissen, dass ich die Dinge ziemlich nüchtern betrachten kann. Ich meine«, er schnaufte kurz auf, »klar ist es so, dass mir Wind was bedeutet. Und ich habe bestimmt auch einen anderen Blick auf ihn als du. Trotzdem soll das nicht heißen, dass wir nicht darüber reden können. Und es soll vor allem nicht heißen, dass du mir aus dem Weg gehen sollst.«

Stürmisch merkte die Wirkung von Cunnings Worten erst nach und nach. Ihm wurde dabei warm ums Herz. »Ich danke dir«, flüsterte er aufrichtig. Cunning erwiderte das Lächeln. »Und es tut mir leid«, fuhr Stürmisch fort. »Ich hatte wirklich das Gefühl, dass ich aufpassen muss, was ich sage. Und ich wollte deine Freundschaft nicht riskieren.«

Cunning blinzelte langsam. »Das weiß ich«, versicherte er ihm. »Ich weiß auch, dass du allen Grund hast, ihn zu ... hassen. Trotzdem ...« Er ließ den Satz ausklingen und gab ihm trotzdem das Gefühl, dass er offen mit ihm umgehen konnte.

Stürmisch war unsagbar dankbar. Cunning konnte gar nicht wissen, wie erleichtert sich der Silberfuchs gerade fühlte. Mit Cunning reden zu können, bedeutete mehr, als er selbst erwartet hätte.

Dunkelheit hatte sich über sie gelegt. Es war still, bis auf das Rascheln der Blätter im Wind und das Zirpen der Grillen. Own drehte den Kopf von einer Seite zur anderen, während sie im hohen Gras versank. Der Marder schlief nicht weit von ihr selbst, Bluefire hielt Wache, Silver war bei den Jungen, Own wusste aber nicht ob sie schliefen. Dry war seit dem Vorfall verschwunden, Own war sich jedoch sicher, dass er bald wieder auftauchen würde.

Sie wandte sich zu ihrem Bruder. Er hatte sich ein Stück abseits niedergelassen, es sah jedoch so aus, als wäre er noch wach. Own entschied sich kurzerhand zu ihm hinüberzulaufen, um sich neben ihm fallen zu lassen.

Docile lächelte, ohne zu ihr hinzusehen. »Kannst du nicht schlafen?« Own blinzelte. »Wollte ich dich auch fragen.«

»Ich bin irgendwie gerade nicht müde.« Sein Kopf neigte sich zu Boden, er starrte die Gräser an. »Ich mag die Stille. Man hat Ruhe, um ... nachzudenken.«

Own musterte ihn einfühlsam. »Kann ich sehr gut nachvollziehen.«

Wieder blitzte ein Grinsen in seinem Gesicht auf und schließlich schielte er zu ihr hinüber. »Tut mir leid wegen vorhin. Ich wollte dich nicht bloßstellen oder dergleichen.«

»Hast du nicht«, versicherte sie ihm und zwinkerte dann. »Ich glaube, du hast viel eher Dry bloßgestellt.«

Dociles Grinsen wuchs und auch Own wirkte beinahe amüsiert. »Das lag schon eher in meiner Absicht.« Schweigen entstand zwischen den beiden, in denen ihre Gedanken an unterschiedliche Orte wanderten. »Ist das ...«, durchbrach der Hase es zögerlich, »ich meine ... dir ist doch bewusst, dass er ...«

»Ich komm schon mit ihm klar«, erwiderte Own mit ruhiger Gewissheit. Ihre Augen waren voller Selbstbewusstsein und Gelassenheit.

»Okay ...«, meinte er daraufhin und ließ ihre Gestalt noch einen Moment auf sich wirken, war sich aber dann sicher, dass sie es auch so meinte. Dann richtete er sich wieder geradeaus.

Diesmal war es Own, die ihn beobachtete, und zwar von oben bis unten. An seiner linken Wange entlang fuhr eine seiner vielen Narben, nur knapp an seinem Auge vorbei. Wanderte man seinen Körper weiter, wurden es noch mehr. Vieles waren Brandnarben, aber nicht alle, wie die in seinem Gesicht. Own konnte und wollte sich die Frage nicht mehr verkneifen. »Docile, ich möchte, dass du mir sagst, was mit dir passiert ist.«

Er schaute sich verdutzt um. »Jawohl, Ma'am!«, antwortete er passend zu ihrem Befehlston. Own blinzelte jedoch lediglich zurück. Ihr Bruder seufzte und ließ den Kopf sinken. »Was willst du denn wissen?«, murmelte er kaum hörbar.

»Wer hat dir die Narbe in deinem Gesicht zugefügt?«

»Ein Wolf.« Er lächelte bitter. Ihm war absolut nicht nach Lächeln zumute.

»Ein Schatten?«, fragte sie vorsichtig.

Dociles Augen ruhten im Leeren. »Vermutlich«, kam es schließlich leise. »Es war ein anderer Hase, der mich zu ihm geführt hat. Ich ... hatte ihm vertraut. Und wurde hintergangen.«

Own wurde bestürzt. »Was wollten sie von dir?«

Ihr Bruder zog verbissen die Beine an seinen Körper. »Drecksarbeit. Informationsbeschaffung, Auskundschaften ... und so weiter. Ich wollte nicht, ich wurde bestraft.«

Das klang alles andere als schön. Gerade für so jemanden wie Docile, der Probleme damit hatte, für sich einzustehen. »Hast du eingelenkt?«

Als sein Blick auf den ihren traf, konnte sie ihn nicht deuten. Er war locker und ungezwungen, aber mit einer Zurückhaltung, die sie zweifeln ließ, ob es auch so gemeint war. »Nein«, antwortete er simpel. »Ich bin abgehauen.«

Die Häsin zögerte. »Einfach so?«

»Nein, nicht einfach so«, schnaubte er wütend. »Ich habe jetzt eine Menge Andenken.«

Own zog beschämt den Kopf zurück. »Ich wollte nicht ...«

»Ich weiß«, sagte er eindringlich. »Bitte, um Gottes willen, *bitte* sei jetzt nicht traurig. Nicht wegen *mir*.« Er hielt inne und fixierte sie mit etwas sehr Endgültigem. »Jeder ist selbst für seine Taten verantwortlich.«

Own hielt inne. »Vielleicht«, meinte sie zurückhaltend und als würde sie etwas sagen wollen, was eine große Bedeutung für sie hatte. »Aber das hält mich nicht davon ab, mich um meinen kleinen Bruder zu kümmern.«

Docile wirkte im ersten Moment überrascht, dann äußerst gerührt. »Vielleicht ist es auch an der Zeit, dass ich mich um dich kümmere.«

Own wollte zunächst einfach, dass Docile ihre Worte akzeptierte, doch seine Worte rührten sie ebenso. Nach einer Weile richteten die beiden Feldhasen ihre Aufmerksamkeit einfach geradeaus in die Ferne und lagen mit einer wortlosen Einigkeit nebeneinander.

»Uund«, war es Dociles neugierige Stimme, die nochmal ertönte, »wo gehen wir jetzt eigentlich hin?«

Ein leichtes Kopfschütteln folgte von Owns Seite. »Frag nicht.«

Wärme und Licht umgab sie. Blinzelnd erwachte Silver aus ihrem Schlaf und ihr war schnell bewusst, dass sie sich nicht mehr dort befand, wo sie eingenickt war. Instinktiv schaute sie sich nach Pale und Brisk um, doch sie konnte sie hören, bevor sie sie sah. Ein fernes, aber fröhliches Kinderlachen drang in ihre Ohren, wie durch eine dicke Watteschicht. Silver blickte in jene Richtung gen Sonne, auch wenn Licht von überall erstrahlte.

Sie lag im Gras in einer freien Umgebung. Erleichtert stellte sie fest, dass Pale und Brisk zufrieden miteinander umhertollten, auch wenn sie sich fragte, wieso sie erleichtert war, da sie wusste, dass sie gerade träumte. Mit einem Mal wurde sie wehmütig. Pale schien gesund und ganz und gar nicht blind. Er und seine Schwester jagten sich in der Ferne, vergnügt und unbesorgt.

Silver ließ ihren Blick streifen. Trotz des offenen Geländes hatte sie nicht das Bedürfnis, in Deckung zu gehen. Sie waren sicher. Das wusste sie. Unwillkürlich badete sie in diesem Gefühl. Sie wusste nicht, wann sie das letzte Mal so empfunden hatte.

»Alles fügt sich zusammen«, kam es plötzlich von der Seite. Verwundert fuhr Silver herum. Pale stand ihr gegenüber mit einem warmen Lächeln voller Zuversicht und Gewissheit. Silver nahm nur vage wahr, dass ihre Kinder im Hintergrund beide noch miteinander spielten. Verunsichert schaute sie ihrem Sohn in die Augen. Seine Augen – nicht blind und doch ... auffällig. Das Grau leuchtete geradezu.

Im nächsten Moment war er fortgesprungen und rannte in hohes Gras. *Warte,* dachte sich Silver verwirrt und wollte ihn nicht einfach so gehen lassen. Sie rannte hinterher, doch das Gras schien höher zu werden, je mehr sie ihm folgte. Sie sah ihn nicht mehr.

»Pale«, rief sie ihm nach. Auch wenn sie immer noch das Gefühl hatte, alles sei in Ordnung und sie müsse sich keine Sorgen machen, wollte sie wissen, was das bedeutete.

Sie rannte durch das Gras, ohne zu wissen wohin. Die Gewächse wuchsen über ihren Kopf hinaus und verhinderten jegliche Sicht. »Pale«, versuchte sie es ein weiteres Mal und tatsächlich erhaschte sie einen jungen Fuchs. Doch es war nicht Pale.

»Munter«, entwich es ihr überrascht. Sie blieb stehen. Munter saß ihr gegenüber und sah sie mit demselben Lächeln an, das ihr Sohn ihr geschickt hatte. *Was geht hier vor?,* war die einzige Frage, die ihr im Kopf herum schwirrte.

Munters Lächeln wurde noch deutlicher. »Alles fügt sich zusammen«, wiederholte er, auch wenn er die Lippen nicht bewegte und es Pales Stimme war. Trotzdem war *er* es, der ihr das mitteilte. Silver kam nicht dazu, ihn zu fragen, was das heißen sollte.

Weiße Lider klappten auf. Eine dunkle, nasse Landschaft offenbarte sich ihr und sie wäre lieber wieder zurück in ihren Traum gekrochen. Den Kopf noch immer auf den Pfoten, atmete sie tief durch. Sie hoffte wirklich, Munter schickte ihr nicht nur irgendeine glücklich Vision, um sie zu trösten.

Um ihre beiden Kinder nicht zu wecken, die an ihrem Bauch gekuschelt schliefen, verlagerte sie sich leicht. Sie war mit einer größeren geistigen Anwesenheit aufgewacht, als sie eingeschlafen war. Sie begutachtete ihr Umfeld, die anderen. Der Marder fraß gerade eine Maus, Docile, Own und Bronze schliefen und Dry hockte abseits. Er sah irgendwie genervt aus. Bluefire war auch da. Er kauerte im hohen Gras und überblickte die Gegend. Silver fragte sich schon, wo Vinous steckte, als sie ihn aus der Ferne herspringen sah. Der Nager war wirklich verdammt schnell.

»Ich dachte schon, du wärst gefressen worden«, begrüßte ihn der Marder sarkastisch. Er scherzte nur halb.

»Nur etwas aufgehalten«, erwiderte das rote Tier. »Ich bin nochmal zurück zu unserem alten Wald. Bin gar nicht mehr bis dahin gekommen. Die Adler haben komplett übernommen. Beziehungsweise die Schatten.«

Stille. Betroffenheit. Die Hände des Marders hatten sich fest im Gras vergriffen. »Dringen sie weiter vor?«, fragte er grimmig.

»Davon würde ich ausgehen.«

Ratlosigkeit mischte sich mit Wut. Und Angst.

»Wir rasten noch ein paar Stunden«, ertönte Bluefires Stimme. Sie war bestimmt und doch irgendwie karg. »Wegen Pale. Dann gehen wir weiter. Die Schatten werden nicht so schnell weiterziehen wie wir, das wäre kontraproduktiv – ein Gebiet einzunehmen, das man noch nicht hundertprozentig gesichert hat.«

Ohnmächtige Zustimmung ging von den anderen aus. Was sollten sie auch groß anderes vorschlagen? Zumindest schafften es die Worte Bluefires, sie wenigstens ein bisschen zu beruhigen.

Ausgenommen Silver. Vinous Aussage hatte etwas in ihr ausgelöst. Sie brauchte einen Moment, um herauszufinden, was sie fühlte. Enttäuschung. Verrat. Es war irrational, doch ihr Traum hatte leise Hoffnung gesät – die jäh zerstört wurde. *Warum?*

Unvermittelt sprang sie auf. »Ich gehe jagen«, teilte sie schlicht mit und schaute nur schnell Bluefire an, um ihm zu vermitteln, dass er auf die Kinder aufpassen solle. Sie wollte sich sofort wieder abwenden, wollte nicht, dass jemand ihre Emotionen ablas, doch als Bluefire zustimmend nickte, lag auch etwas anderes in seinem Blick, das sie einen Moment länger an ihn fesselte.

Er wusste es. Ironischerweise, trotz aller Probleme auf kommunikativer Ebene, die sie momentan hatten, wusste er in diesem Moment genau, wie sie sich fühlte. Er wusste nicht warum, wie sollte er auch von dem Traum wissen? Aber er erkannte die Verzweiflung, die Enttäuschung und den Wunsch, alleine zu sein. Kurz wagte sie sich zu fragen, wieso es nicht immer so sein konnte. Wieso sie sich dermaßen an ihren Problemen festbissen. Aber sie hatte sich dazu entschlossen, diese Art von Fragen auf ein unbekanntes ›später‹ zu verschieben.

Sie wanderte zügig durch den dunklen Wald. Sie hatte keinen Hunger. Oder doch, vermutlich hatte sie Hunger. Sie schätzte, ihr knurrender Magen wollte sie darauf hinweisen. Sie ignorierte es.

Immer schneller wurden ihre Läufe, je mehr sie merkte, dass es in ihr brodelte. Es brodelte schon eine ganze Weile in ihr, jedes Mal hatte sie verboten, dass es hochkochte. Unbewusst hatte sie sich in eine Lethargie geflüchtet und hatte dabei kaum bemerkt, wie ihre Wut sie innerlich zerfraß. Verdammt, sie war *wütend*.

Sie presste ihren Kiefer so sehr zusammen, dass er schmerzte und schlug mit jedem Schritt ihre Krallen in die feuchte Erde. Sie wollte festen Untergrund. Sie wollte auf etwas einschlagen.

Ihr Blick fiel auf eine kleine Lichtung und plötzlich war sie erstarrt. Man konnte es im ganzen Wald sehen, doch erst durch die Lichtung wurde sie darauf aufmerksam. Blaue Augen starrten ungläubig geradeaus. Ihre zitternden Beine setzten sich wieder in Bewegung und führten sie in die Lichtung – und in das strahlende Mondlicht.

Ihr Mund war vor Entrüstung geöffnet, ihre Stirn in Falten gelegt. Sie kam inmitten des Lichtes zum Stillstand und starrte nach oben. *Warum?*, formten ihre Lippen fassungslos, doch der Ton verblieb ein Wispern in ihrer Kehle. Ihre Augen füllten sich mit Unverständnis, die sich zu der darin bereits stehenden Wut mischte. Dort explodierten sie.

»*Warum?!*«, schrie sie plötzlich die helle Scheibe an, die so friedlich zurück schien. »Warum scheinst du?!« Sie schrie so laut, dass ihr Rachen kratzte. Ihr eigener Schrei vibrierte durch ihren ganzen Körper. »Warum scheinst du, du *scheiß* Teil! Du hast kein Recht dazu! Du hast *kein* Recht!«

Sie schrie weiter. Irgendwann keine Worte mehr. Nichts, das Sinn ergab. Der Mond schien unbeeindruckt. Er hörte nicht auf, zu scheinen. Das fütterte noch eine ganze Weile Silvers Wut, und sie ließ ihr in dieser Nacht freien Lauf. Sie wusste nicht, wie lange das dauerte, wusste nicht, ob sie schon jemals so laut geschrien hatte, geschweige denn so lange. Sie wusste nur, dass als sie leiser wurde, ihr Hals schmerzte und sich ihre zuvor nach Bewegung lechzenden Beine auf einmal hohl und leer anfühlten.

Auch Zart hatte das Gefühl, hohl und leer zu sein. Die Leere breitete sich aus, betäubte ihre Sinne, legte ihre Wahrnehmung still. Doch noch nicht genug, um nicht zu merken, dass sie leer wurde. Gerade noch genug, um sich selbst dafür zu hassen, dass sie leer wurde. Es war falsch. Sie konnte gar nicht beginnen, zu ergründen, was alles falsch war. *Sie* fühlte sich falsch.

Plötzlich tauchte Heart vor ihr auf. Sie saß im Gras, als hätte sie nur auf die junge Füchsin gewartet. Zart hielt irritiert an und ihre Augen huschten suchend umher. »Was machst du da?«

»Ich wollte mit dir reden.«

Nach anfänglicher Verwirrung begriff sie Hearts Vorhaben. »Ah«, rollte sie die Augen. »Kannst du jetzt auch noch meinen Aufenthaltsort ›erspüren‹?«

Ihre Mutter lächelte zurückhaltend und schüttelte dann den Kopf.

»Hat dich dann etwa Vater auf mich angesetzt?«

Die ältere Füchsin legte den Kopf schief. »Würde das wirklich einen Unterschied machen?«

Zart seufzte tief und schloss dabei verzweifelt die Augen. »Was wollt ihr denn von mir?«

»Nur reden. Das ist alles«, antwortete Heart mit ebener und alles andere als fordernder Stimme. »Du musst nicht mal etwas sagen. Nur zuhören. Kannst du mir den einen Gefallen tun? Nur zuhören?«

Zart starrte verbissen zurück, doch regte sich nicht. Sie wirkte misstrauisch. So konnte sie sich aber schlecht dagegen versperren. Sie zuckte schließlich die Schultern und nickte.

Eine warme Zurückhaltung bestimmte Hearts Ausdruck. »Du bist unzufrieden mit dir«, begann sie langsam. »Du würdest gerne etwas ändern, um die Personen um dich herum, allen voran Stürmisch, nicht zu verletzten. Das Problem dabei ist, dass du eine Person sehr wohl weiter verletzen möchtest – und das bist du selbst.«

Zart spannte sich an. Wut schnellte durch sie hindurch.

»Leider lässt sich das nicht vereinbaren, nicht wahr?«, fuhr Heart fort. »Dein Verhalten beeinflusst immer alle – dich selbst *und* die Personen um dich herum. Es lässt sich nicht trennen. Also gibt es zwei Möglichkeiten für dich: Entweder du änderst dein Verhalten. Oder du nimmst Abstand von allen Personen, die dir etwas bedeuten.«

Widerspruch. Zorn. Verleugnung. Unsicherheit. Zustimmung.

»Du bist diese zwei Möglichkeiten aber schon durchgegangen. Du bist dir dessen bewusst.« Durch diese Sachlichkeit bot sich Zart keine Angriffsfläche. Heart belehrte sie nicht. Sie drängte sie nicht. Sie machte ihr keine Vorwürfe. Und wollte ihr nicht *helfen*, wie alle anderen. »Du konntest anscheinend nicht den Entschluss fassen, dich von allem zu entfernen. Hast du dir die Frage gestellt, warum?«

Das war die erste Frage. Wieder sehr nüchtern gestellt. Das war wohl auch der Grund dafür, dass Zart ignorierte, dass damit der ›Nur zuhören‹-Part vorbei war. Tränen schossen plötzlich in ihre Augen und sammelten sich in ihren unteren Lidern. Ihre Lippen zitterten, als sie etwas sagen wollte. Ihr ganzer Körper zitterte, wie sie daraufhin bemerkte. »Weil …«, begann sie starr und wimmernd zugleich, »ich *falsch* bin.« Sie war so in Hearts Sog und dem Moment gefangen, dass sie das erste Mal tatsächlich nach einer Antwort suchte. »Nicht die anderen. *Ich.* Ich will nicht, dass sie denken, sie hätten was falsch gemacht. Ich will nicht, dass Stürmisch denkt …« Die Tränen liefen auf ihren Wangen runter, ohne dass sie geblinzelt hätte. Ihre Stimme war so hoch und zittrig, dass sie versiegte. Ihr darauffolgendes Schnaufen schlotterte. »*Ich* habe die Jungen verloren. Nicht der Stress. Ich kann nichts die Schuld geben, außer mir. Ich wollte niemand anderen mit reinziehen.« Ihre Lippen bebten, ihre Augen zogen sich nun zusammen und drückten weitere Tränen heraus. In diesem Moment löste sich etwas in Zart, Heart konnte es spüren. Der ganze Ballast, die emotionale Wand, die Trauer, der Schmerz – alles wurde weggeschwemmt.

Heart schritt augenblicklich zu ihrer Tochter hin. »Du hast die Jungen verloren«, flüsterte sie sanft. »Das macht dich nicht zur Schuldigen. Das macht dich zur Leidtragenden.«

Zart schluchzte, so laut und heftig wie seit dem Tag der Fehlgeburt nicht mehr. Ihre Augen waren zugepresst, doch das Wasser fand trotzdem seinen Weg nach draußen, ihr Kopf lehnte sich nach vorne. Heart war da, um sie aufzufangen. Sie drückte sich an ihre Tochter und Zart hilfesuchend an sie. Sie weinte Wasserfälle, ihre Tränen nässten Hearts

Rücken, ihr Körper lehnte sich an sie, als würde sie ohne ihren Beistand zusammenbrechen.

Heart musste sich auf einmal selbst wahnsinnig zusammenreißen bei der Fülle an Emotionen, die auf sie traf. Das erste Mal ließ Zart ihre Trauer zu. Alles brach aus, was über Woche hätte ausbrechen sollen. Sie konnte noch lange nicht aufhören zu weinen. Es war wie ein reißender Fluss, den Biber mit einem Damm gefangen hatten, bis er sich schließlich nicht mehr halten ließ und sich mit der ganzen aufgestauten Gewalt einen Weg brach. Sie würde noch lange nicht aufhören zu trauern. Aber immerhin würde sie nun trauern und stattdessen aufhören, diese Phase künstlich überspringen zu wollen.

Die Gruppe stand am Waldrand. Ihrem Bestimmungsort, ihrem vorläufigen Ziel. Sie starrten die Baumkronen hoch, als würden sie nicht glauben, schon wieder davorzustehen. Insbesondere Silver, Bluefire, Own und der Marder.

»Oooh Gott, machen wir das wirklich?«, stieß letzterer aus, obgleich die Frage rhetorischer Natur war.

»Ich wollte gerade dasselbe mit größerer Ernsthaftigkeit fragen«, fügte Own hinzu.

»Wir hatten das besprochen«, entgegnete Bluefire mit Blick auf die Häsin. »Und glaub mir, ich will da genauso wenig rein wie du.«

Own starrte zurück. »Das bezweifle ich«, kommentierte sie trocken.

»Ich versteh nicht ganz, warum ihr so auf diesen Wald fixiert seid und gleichzeitig so gar nicht da hin wollt«, wandte Docile verwirrt ein. »Wir können ja weiter suchen nach ...«

»Pale braucht die Ruhe«, warf Silver ein. »Wirkliche Ruhe. Er muss zu Kräften kommen und das geht nur, wenn wir an einem sicheren Ort bleiben können. Wir kennen diesen Wald, so simpel ist das. Sobald ich Pale in Sicherheit weiß, kann ich mich darauf konzentrieren, einen guten *und* unbewohnten Wald zu suchen.«

Docile zuckte zustimmend die Schultern. »Wie ihr möchtet.«

Silver pustete mit Blick auf den Wald geräuschvoll die Luft aus ihrem Mund. »Also schön. Es geht los.«

Sie war die erste, die sich in Bewegung setzte. Alle anderen folgten ihr. Langsam und wachsam schritten sie durch den Wald. Wieder hier zu sein war schlicht seltsam. Es war momentan die vernünftigste Entscheidung, dessen war sich die Füchsin sicher, aber sie fragte sich, was für Konsequenzen es wohl nach sich ziehen würde.

Niemand sagte etwas, während sie in den Wald eindrangen. Es war so, als würden alle angespannt den Atem anhalten und nur darauf warten, dass endlich etwas passierte. Es dauerte wie zu erwarten nicht allzu lange, bis es auch eintrat. Seine Stimme war es, die seine Anwesenheit ankündigte. »Ich würde ja sagen, ich habe ein Déjà vu, aber meines Wissens nach ist gerade gar keine Jagdsaison.«

Er war hinter ihnen. Silver drehte sich langsam um, die anderen taten es ihr gleich. Und da sah sie den sitzenden Fuchswolf mit funkelnden Augen und überheblichem Grinsen, als wäre es erst gestern gewesen.

»Hallo Crass«, seufzte die Silberfüchsin und klang sogar noch erschöpfter, als sie sich fühlte. »Ist eine Weile her.«

Lügen

»Guckt mal, ihr habt mein Kuschelhäschen wieder mitgebracht!«, kommentierte der Fuchswolf.

»Crass«, versuchte Silver ihn nicht zum ersten Mal, aber immer noch ruhig, zum Schweigen zu bringen.

»Und das halbtote Eichhörnchen! Ja, ich hab dich entdeckt da oben im Baum.«

»Crass.«

»Neue sind auch dazugekommen. Ich schätze bei euch sind Pflanzenfresser mit am sichersten, was? Eigentlich verwunderlich, dass es nicht noch mehr sind.«

»Crass.«

»*Ohmein Gott*, sind das etwa *eure* Jungen?!«

»Crass, bitte.«

»Was denn, lass den Schock erst mal vorbeigehen!«, stieß er empört aus, doch diesmal schaute die Füchsin schlicht abwartend zurück. Schließlich atmete er tief durch und wirkte durchaus argwöhnisch. »Na, was denn?«, entgegnete er dann zurückhaltender.

»Dürfen wir dir erklären, was wir hier machen?«

Der Rüde atmete scharf ein und schüttelte einmal den Kopf hin und her. »Ich bin mir ehrlich gesagt nicht sicher, ob ich das wirklich hören will.«

Silver blinzelte, immer noch ruhig, doch was den Fuchswolf tatsächlich aufmerksam machte, war die Resignation, die mitschwang. »... bitte?«, flehte sie dann.

Er musterte skeptisch nacheinander die Silberfüchsin, Bluefire und jeden anderen der bunt gemischten Truppe. »Das sollte besser gut sein«, murmelte er warnend. »Also schön, schieß los.«

Silver atmete still durch, sammelte sich. »Wir waren in einem anderen Wald südlich von hier, wurden aber vertrieben.«

»Mein Beileid«, kam es sarkastisch.

»Gewaltsame Angriffe haben stattgefunden«, fuhr die Fähe einfach fort. »Blutige Auseinandersetzungen. Dortbleiben ging also nicht.«

»Äußerst weise, wirklich.«

»Adler waren das. Das heißt, vor allem.«

»Adler?«, horchte er auf. Das kam anders als die Zwischenkommentare zuvor. Ohne Sarkasmus. »Na Adler hätte ich auch nicht gerne als Feinde.«

»Vor allem wenn sie sich ohne Grund dazu entschließen, dein Feind zu sein«, ging Silver darauf ein.

Er legte den Kopf schief. »Vielleicht seid ihr ihnen ja irgendwie auf die Füße getreten.«

»Unwahrscheinlich«, entgegnete die Füchsin. »Sie waren wohl eher an dem Gebiet interessiert.«

»Tja, das nennt man dann wohl Pech, was?«

»*Ja*, Crass. Das ist *Pech*.« Sie zischte die Worte giftiger als beabsichtigt. Den Fuchswolf schien die Reaktion nur neugierig zu machen. Silver atmete nochmal durch, um sich zu beruhigen. »Sagt dir die Bezeichnung ›Schatten‹ etwas? Eine Gruppierung von Tieren nennt sich so.«

»Na was für eine Gruppierung denkt sich denn einen so poetischen Namen aus?«, fragte er höhnisch.

»Eine wie wir. Fleisch- und Pflanzenfresser zusammen.«

»Ach du Scheiße, es gibt noch mehr Leute mit dieser kranken Idee?«, stieß er baff aus.

»Ja, nur ist diese Gruppe viel größer. Organisierter. Diese Adler gehören wohl dazu.«

»Hm, wahnsinnig spannend«, kommentierte er trocken und zog dann fragend die Stirn kraus. »Also *warum* seid ihr nochmal hier?«

»Deren Anführer Murk hat meinem Sohn die Augen blutig gekratzt«, fauchte sie plötzlich voller Hass. »Er ist blind. Er ist noch immer schwach. Und er braucht einen sicheren Ort, um sich richtig zu erholen! Also sag es uns jetzt gleich ohne Umschweife, ob wir eine Weile hierbleiben können oder nicht!«

Crass blieb still. Er schien plötzlich nachdenklich, beinahe betroffen. Silver wusste aber nicht, ob das nur an ihrem kleinen Ausbruch lag oder ob noch etwas anderes eine Rolle spielte. Sein Blick fiel zu Boden.

Plötzlich war es ungewohnt leise. »Du schweigst mehr als dreißig Sekunden«, ertönte Bluefires Stimme. »Ist das ein gutes oder ein schlechtes Zeichen?«

Der Fuchswolf grinste. Durchaus etwas giftig, aber vor allem belustigt. Er starrte die Gruppe mit seinen gelben Augen an, die aber nichts erahnen ließen. Silver hätte ihn in dem Moment am liebsten genommen und geschüttelt. Lange würde sie die Ungewissheit in ihrem momentan ohnehin dünnen emotionalen Gewand nicht mehr aushalten.

»Ihr könnt bleiben.« Er stellte sich auf seine vier Pfoten.

»Einfach so?« Bluefire war der erste, der etwas sagen konnte. Silver war viel zu überrascht von diesem schnellen Urteil.

Der Fuchswolf sah ihn bittend an. »Ich habe eine durchaus großzügige Seite.«

»Seit *wann*?«, stieß der Blaufuchs aus, bevor er sich stoppen konnte. Crass kicherte tief und schielte drohend zu dem Rüden hinüber. »Pass auf Bluefire, vielleicht musst *du* draußen bleiben.«

Der Blaufuchs wirkte unbeeindruckt. »Solange mein Sohn hierbleiben darf.« Er hielt sich nun besser trotzdem zurück. Er wollte nur nicht daran glauben, dass an der Sache kein Haken war.

»Was sind die Bedingungen, Crass?«, wollte nun auch Silver sachlich wissen.

»Ihr erwartet immer das Schlimmste von mir«, grinste er ihr zu.

»Willst du damit sagen, es gibt keine Bedingungen?«, wollte sie den Tanz schneller beenden.

»Okay, wie ihr wollt«, seufzte er schließlich. »Ihr jagt gefälligst *außerhalb* des Wäldchens. Keine Jagdsaison, keine Gefahr. Jedes Beutetier in diesem Wald gehört *mir*. Wenn eure pflanzenfressenden Anhängsel hierbleiben wollen – meinetwegen. Zu ihrer eigenen Sicherheit sollten sie sich aber von mir fernhalten. Ich werde sie nicht fressen, wenn ich sie erkenne, ich garantiere das aber *nicht*.« Er schüttelte sich einmal durch. »So, das wär's fürs erste.«

Stille. »Das klingt ...«, versuchte Silver ihre Verblüffung in Worte zu fassen, »wirklich sehr großzügig.«

»Tja, so bin ich nun mal.« Er funkelte sie an.

Silver war noch unschlüssig, inwiefern sie ihn hinterfragen sollte. Allerdings versprach sie sich davon nicht wirklich eine Erkenntnis. »Also schön«, stimmte sie schließlich zu und richtete sich fragend in die Runde. Ein einvernehmliches Nicken ging von ihnen aus.

»Rührend«, kam wiederum die sarkastische Bemerkung des Fuchswolfes und Silver blitzte ihn daraufhin an. Crass schien sich darüber jedoch lediglich zu amüsieren. Bis er ihnen letztlich den Rücken kehrte.

»Ihr wisst ja, wo ihr was findet«, rief er noch aus und verschwand dann im Dickicht.

»Das lief besser als erwartet«, meinte der Marder mit gekreuzten Armen.

Bronze neigte den Kopf. »Was genau habt ihr denn erwartet?«

Silver seufzte. »Das ist die Sache mit Crass – du weißt nicht recht, was du erwarten sollst.«

Dry beobachtete wie Bluefire noch immer in die Richtung fixiert war, in der der Fuchswolf verschwunden ist. »Bedenken?«, hakte er daher nach.

»Bluefire?«, stieß der Marder ironisch aus. »Niemals!«

»Nein, schon okay«, murmelte dieser. »Wir haben erst mal, was wir wollten. Alles andere wird sich ohnehin erst mit der Zeit ergeben.« Er wagte einen Blick auf Silver, doch sie wich seinem aus, sobald er auf sie traf. Das stach. So sehr, dass es sich in seinem Gesicht wiederfand. Sie wandte sich ab, Gespräche über die verschiedenen Wohnorte fanden statt, doch der Blaufuchs registrierte sie nicht wirklich. Er sah nur auf Silver, die ihm in jedem Moment weiter entfernt vorkam, obwohl sie beide auf ihren Positionen verharrten.

Vive lachte. Laut und herzlich. Wind wunderte sich schon fast darüber, dass sein darauffolgendes Lächeln vollkommen ehrlich war. Das Seltsame war nämlich, dass er die Treffen mit ihr wirklich genoss.

»Das war deine eigene Schuld, das ist dir schon klar, oder?«, schmunzelte sie. »Mit dem Essen spielt man nicht.«

Ja, die Maus war ihm entkommen. Ziemlich elegant noch dazu. »Spaß und Risiko gehen oft Hand in Hand«, zuckte er die Schultern.

»Ach ja? Ist das so?«, entgegnete sie provokant.

»Oft.« Ein zurückhaltendes Lächeln ruhte auf seinen Lippen. »Etwa so wie wenn wir uns früher heimlich davon geschlichen haben – einfach nur weil es verboten war.«

Ein abenteuerliches Grinsen entstand auf ihrem Gesicht. Er wäre ja schon zufrieden gewesen, wenn sie nicht mehr ganz so in Panik versunken wäre wie beim letzten Mal, aber so gefiel sie ihm noch besser. Aufgelockert, offen. »Es hat einen gewissen Reiz, gegen Regeln zu verstoßen, oder?«, formulierte sie vorsichtig. »Du hast das immer so hingekriegt, dass es keiner bemerkt hat.«

Etwas durchströmte ihn. Stolz? Ehrgeiz? Er wusste nicht wirklich was, wollte es auch gar nicht genau wissen, doch er kam daraufhin sehr langsam auf sie zu. Raubtierhaft. Gefährlich und verspielt zugleich. Sie atmete tief durch, als er ihr nahe kam. »Ich weiß«, begann sie ernster, aber ihre Stimme war leiser, »dass sie dich zu mir schicken, um mein Vertrauen zu gewinnen.«

Wind zögerte, indem er sie eingängig musterte. »Es ist egal, für was sie mich geschickt haben«, raunte er bestimmt. »Ich bin jetzt hier, weil *ich* es will.«

Vive war wie paralysiert, als sie versuchte, seine Augen zu deuten. Es war etwas in ihnen, das sie nicht zuordnen konnte. Sie wusste nicht einmal, ob es etwas Zügelloses oder Kalkulierendes war, doch seine Nähe brachte sie ohnehin zum Wispern. »Ich habe nichts zu verbergen.«

Seine Mundwinkel hoben sich, das Funkeln in seinen Augen wurde stärker. »Selbst wenn du das hättest, wäre mir das glaube ich ziemlich egal.«

Etwas Schockiertes lag in ihrem Ausdruck, doch es tanzte unter der Oberfläche. Hervor stach der suchende Blick auf ihrem Gesicht. Sie hätte den Blickkontakt nicht unterbrechen können, selbst wenn sie gewollt hätte. Etwas in ihrer Mimik brach in diesem Moment. »Ich ... wünschte, ich könnte dir irgendwas sagen. Ich wünschte, ich wüsste mehr.« Ihre Stimme zitterte. »Ich will nicht, dass sie jemanden von euch umbringen.«

Wind starrte eindringlich. »Wir sind nicht mehr allein«, offenbarte er endlich. »Eine andere Familie lebt mit uns im Wald. Drei weitere Familien sind in den Nachbarswäldern.«

Tränen schimmerten in ihren Augen, ihr komplettes Gefühlschaos war wieder eingeschaltet, nur war es bei seiner letzten Aussage mit einer gewissen Endgültigkeit versehen. In diesem Augenblick wusste es Wind. Er wusste, was er zu tun hatte.

Eine Maus baumelte lose aus Bluefires Mund, während er zur Höhle lief. Es war die Höhle, die sie auch damals behaust hatten. *Damals* fühlte sich wie Jahre an.

Als er den Bau betrat, sank die Temperatur schon wieder um mehrere Grad. Gerade hatte Silver noch mit Brisk herumgealbert, doch als die kleine Füchsin jubelnd auf ihn zugesprungen kam, zog seine Gefährtin reserviert die Beine an den Körper.

»Du warst so lange weg!«, jammerte Brisk verwirrt.

»Hm-hm«, stimmte ihr Vater zu. »Ich muss erst mal ein Stückchen laufen, bevor ich jagen kann.«

»Warum? Was ist denn mit dem Ort hier los?«

Bluefire schmunzelte leicht aufgrund ihres kindlichen Unverständnisses. »Der Wald gehört nicht uns. Also dürfen wir hier auch nicht jagen.«

»Gehört er diesem großen Fuchs?«

Wieder blitzte ein Lächeln in seinem Gesicht auf. »Das ist ein Wolf.«

»Fast«, kommentierte Silver nun beinahe belustigt.

Der Rüde legte den Kopf schief, überrascht über den lockeren Kommentar, doch Brisk war noch nicht fertig. »Aber warum dürfen wir dann hier wohnen?«

Bluefire atmete durch. »Das ist kompliziert.«

Schmollend drückte sie die Brauen runter. »Das sagt ihr immer, wenn ihr keine Lust mehr habt, mir was zu erklären.«

Nun lachte ihr Vater. »Nein, das sagen wir, wenn's kompliziert ist.«

»So kompliziert kann das gar nicht sein.«

»Wenn wir es selbst nicht ganz verstehen, dann ist es kompliziert«, seufzte Bluefire.

Brisk zog äußerst unzufrieden eine Schnute. »Dann geh wenigstens mit mir jagen.«

Verblüfft grinste der Blaufuchs. »Wenn du mir erklärst, wie das eine mit dem anderen zusammenhängt.«

»Ich bin abgelenkt und frag dich nicht mehr die komplizierten Sachen.«

Bluefires Lider verengten sich sanftmütig. Fesches kleines Ding. »Du weißt auf alles eine Antwort, was? Du bist noch etwas jung fürs Jagen.«

»Aber nur etwas.« Sie grinste.

Der Rüde schüttelte den Kopf, lächelte jedoch. »Weißt du was? Was soll's. Wir wagen einen Versuch.«

Die übergroßen, glücklichen Augen genügten als Belohnung. »Pale, hast du das gehört?« Sie war zu ihm hingesprungen, doch Silver hielt sie auf. »Lass ihn schlafen, Brisk«, mahnte sie. »Er braucht das jetzt.«

Enttäuscht erfasste sie zuerst ihre Mutter, dann Bluefire. Dieser blinzelte langsam. »Pale kann das nächste Mal mit.«

Silver schielte ihren Gefährten mit einem Mal aus den Augenwinkeln an. Wütend? Vorwurfsvoll? Die Schuld fraß sich daraufhin in sein Gewissen. Stärker als je zuvor. Würde Pale das nächste Mal mitkommen? Würde er jemals jagen lernen? Taubheit kroch plötzlich in seine Glieder, setzte sich in seinen Knochen, seinem Herzen, seiner Zunge und seiner Haut ab. Silvers blaue Augen beherbergten eine Distanz, unter der etwas Ungestümes loderte.

»Kommst du endlich?«, hörte er Brisk rufen.

Anspannung war in jedem seiner Glieder. »Ich komme«, murmelte er abwesend und riss sich von Silver los. Er fragte sich in dem Moment ernsthaft, ob er diese Beziehung reparieren konnte. Ob er sie zerstört hatte.

Dry hörte Own schon, als sie die Lichtung betrat. Er hob seinen Kopf vom See. Sie kam gemütlich auf ihn zu. »Inzwischen einen Bau gefunden?«, erkundigte er sich.

Sie klappte ein Ohr zur Seite. »Schon direkt am Anfang, aber du bist ja gleich abgehauen.« Es lag kein Vorwurf in ihrer Stimme, eher noch zarte Belustigung.

»Tja, ich ...«, atmete Dry durch, »wollte auch schnell ... die beste Höhle finden, sodass ...«

»Du wolltest Docile aus dem Weg gehen«, konterte sie wissend.

»Ich gehe niemanden aus dem Weg, das hab ich überhaupt nicht nötig!«, wehrte er sich sogleich entrüstet. »Schon gar nicht deinem Bruder, ts, als ob ich ...«

»Er hat seinen eigenen Bau, weißt du«, fügte sie noch hinzu, was Dry perplex stocken ließ. Er schloss den Mund fast, nur um ihn wieder zu öffnen. »Was ... willst du mir denn *damit* sagen?«

Sie zuckte die Schultern, während sie flüchtig einen Blick auf das umherliegende Gelände warf. »Macht es dir nichts aus?«

»Was, dass Docile seinen eigenen Bau hat?«

Hellblaue Augen leuchteten ihn amüsiert hat. »Nein, hier zu wohnen, obwohl Cross meinte, er würde uns eventuell fressen.«

»Ach so, das. Nein. Eigentlich nicht. Es sind immer potenzielle Fressfeinde in der Nähe, also ist es ja egal.«

»Hm.« Sie nickte einmal und schaute in die Ferne. Mit ihr zu sprechen war eigentlich immer eine Herausforderung, aber manchmal gab es Tage, da war es sogar noch abenteuerlicher. Ihre Gedankensprünge, die – darauf schwor er – häufig eine Intention von ihr waren, ihre Gefühle, die unter der Oberfläche kochten und ihre Gesten, in die man manchmal alles hineininterpretieren konnte.

»Hier haben wir uns kennengelernt«, sagte sie so behutsam, dass er es in seinen Gedankengängen beinahe gar nicht gehört hätte.

Er blinzelte sie an und wartete, bis sie zu ihm sah. Ein dezentes Lächeln ruhte auf seinen Lippen, viel zurückhaltender, als man es von ihm gewohnt war. »Hm, allerdings«, summte er. »Musst anscheinend einen bleibenden Eindruck bei mir hinterlassen haben.«

Etwas Warmes schimmerte in ihren Augen. Sie setzte sich in Bewegung, rückte näher zu ihm hin. Noch näher. »Zum Beispiel?«, flüsterte sie plötzlich nur noch.

Dry hatte sich geschworen, sich von einem solchen Verhalten von ihr nicht mehr aus der Fassung bringen zu lassen. Also schob er sich seinerseits noch näher an sie ran, sein zaghaftes Grinsen wurde deutlicher. »Die Art und Weise, wie du verloren zwischen den Welten wirkst, im nächsten Moment aber wieder voll da bist. Wie du deine Meinung vertreten kannst, ohne ein Wort zu sagen. Wie deine blauen Augen aber auf der anderen Seite wieder sehr gut verschleiern können, was wirklich in dir vorgeht, das macht dich unheimlich spannend.« Seine Stimme fiel tiefer, ein dunkles Vibrieren. »Wie dein Fell so seiden aussieht und ich mich immer beherrschen muss, es nicht zu berühren. Wie du mich immer ...«, er grinste deutlicher, »*zurechtweist*, wenn ich gewisse Grenzen überschreite.«

In dem Moment hatte sie ihn mit den Vorderpfoten umgeworfen und fuhr mit diesen durch sein Brustfell. Dry erholte sich schnell von dem Schreck. »Ich liebe es, wenn du die Initiative ergreifst«, raunte er mit gesenkten Lidern. Ihr Kopf fuhr näher an den seinen, sie lächelte zielstrebig. Ja, sie *lächelte*, das musste der Hase erst einmal realisieren. Es war dezent, nur die Mundwinkel waren leicht angehoben, aber oh so vielsagend.

Es war *ihre* Zunge, die als erstes über ihn schleckte.

Zart war direkt zu Stürmisch gegangen.

Sie hatte in der Umarmung mit Heart kaum aufgehört zu weinen, als sie wusste, dass Stürmisch ihr nächstes Ziel war. Das wusste sie, obwohl sie noch immer keinen klaren Gedanken fassen konnte. So geschah es, dass sie sich an Stürmisch gelehnt wiederfand und erneut Tränen vergoss.

Stürmisch fragte nicht nach, er war einfach für sie da. Er hielt sie, war bei ihr und verstand. *Sie* verstand im Zuge dessen, dass das alles war, was er die ganze Zeit über machen wollte und was sie ihn nicht hatte machen lassen. Für sie da sein.

Es tat ihr so leid, so weh, sie war so traurig und so erleichtert zugleich.

Als keine Tränen mehr kamen, lagen sie eine ganze Weile stillschweigend nebeneinander. Sie waren vor ihrer Höhle. Es war Nacht und der Sternenhimmel leuchtete über ihnen.

Zart lehnte sich an ihn, den Kopf an seinem Hals, die Pfoten locker auf seine gelegt und mit Blick auf die Sterne. So könnte sie die nächsten Tage verbringen. Ausruhen, erholen. Sie spürte Stürmischs Herzschlag, Grillen zirpten in der Ferne, ansonsten war es wunderbar still und friedlich.

»Ich weiß gar nicht, wo ich anfangen soll«, brach sie schließlich das Schweigen, von dem sie nicht sagen konnte, wie lange es schon angedauert hatte.

Sie spürte, wie er den Kopf zu ihr umwandte. Er legte ihn dann sachte auf ihrem ab. »Bei dem, was dir am meisten auf dem Herzen liegt.«

Sie seufzte erschöpft. »Ich hab das alles komplett falsch angegangen. Ich hab mir die Schuld gegeben und dich dafür gestraft. Ich wollte das zwar nicht, aber das ist letztendlich dabei rausgekommen.« Sie hielt inne, bevor sie leiser weitersprach. »Ich wünschte, ich könnte es rückgängig machen.«

»Das wäre nicht die Lösung«, erwiderte er ruhig. »Du bist in ein Loch gefallen und bist wieder raus geklettert. *Das* war die Lösung.«

Ihre Pfote strich nachdenklich über seine. »Und du?«, fragte sie leise. »Was war deine Lösung?«

Sie spürte, wie er sich an sie schmiegte. »Dich jetzt hier bei mir zu haben.«

Seine Worte befreiten sie und lösten gleichzeitig Wehmut aus. Im nächsten Moment hielt sie inne und richtete sich dann auf, um ihrem Gefährten in die Augen sehen zu können. »Ich möchte mich für noch etwas entschuldigen. Eigentlich ist das schon lange überfällig.« Sie schämte sich dafür, dass sie es erst jetzt ansprach, aber besser spät als nie. »Ich *weiß*«, begann sie dann vorsichtig, »dass ich mit den heimlichen Treffen mit Wind dein Vertrauen erschüttert habe.« Erkenntnis trat in sein Gesicht, doch ansonsten wartete er einfach ab. »Es tut mir leid«, betonte sie aufrichtig.

Stürmisch zögerte, sein Kiefer kurz angespannt. »Er ist dein Bruder.« War das eine Erklärung? Eine Frage? Der Rüde wusste es selbst nicht wirklich.

»Es tut mir auch weniger leid, dass ich ihn getroffen habe, als dass ich dich damit angelogen habe«, erklärte sie und wurde leiser. »Das ... kann ich auch nicht wirklich wieder gut machen.«

Stürmischs Blick rutschte nachdenklich ins Leere, dann begann er zu nicken. »Ist okay, Zart.« Er klang ehrlich. Und unfassbar ruhig.

Meinte er das ernst? Konnte er das einfach akzeptieren? Sie wusste selbst nicht, ob sie das zu hoffen gewagt hatte. »Wirklich?«

Er lächelte. Ein versöhnliches, warmes Lächeln. »Ja«, bestätigte er. »Ich meine ... es ist nicht *okay*, aber ... es ist okay.« Sein Lächeln wurde deutlicher, voller Liebe und Zuneigung.

Sie spiegelte es. »Und mit Bernstein war wirklich *gar* nichts«, fügte sie noch mit Nachdruck hinzu. Nicht, dass sich da irgendwelche Hirngespinste aufbauten.

Er grinste leicht, womöglich selbstironisch. »Ich glaub dir, keine Angst.« Nein, er hatte keinen Zweifel daran, dass sie die Wahrheit sagte. Das war eine Idee, die wieder einmal Wind gesät hatte und Stürmisch hatte sie geerntet. Er war in dieser Hinsicht viel verärgerter über sich als über Zart. Kurz debattierte er innerlich, ob er ihr das mitteilen sollte, aber es meldete sich wieder einmal sein Stolz, der das verhinderte. Er durfte Wind einfach nicht mehr unter seine Haut gehen lassen.

Er lehnte sich wieder an seine Gefährtin, die sich sofort an sein Brustfell kuschelte. »Und, sonst irgendwelche Erkenntnisse gewonnen bei deiner Selbstfindung?«, stieß er weitaus weniger ernst aus. Die Spannungen waren endlich verschwunden, die Mauer eingerissen.

»Hm ... zählt es, dass ich herausgefunden habe, dass meine Mutter – mehr oder weniger detailliert – Gefühle lesen kann?«, antwortete sie ebenso sorglos.

»*Bittewaswie*?« Stürmischs Brauen waren nach oben geschossen.

»Ja«, lachte sie. »Also halte deine Gefühle in check, wenn du mit ihr redest.«

»Ist das jetzt dein Ernst?«

»Ich hab's am eigenen Leib erfahren.«

»Oh mein Gott, das erklärt *so* vieles«, brabbelte er drauf los. »Ich wusste nicht, dass es sowas gibt. Wusstest du davon?«

»Nope.«

»Unglaublich. Ich weiß nicht, inwiefern ich mich jetzt noch in die Nähe deiner Mutter traue.«

»Wieso, hast du was zu verbergen?«, stichelte sie.

»Natürlich nicht, Schatz, wo denkst du hin.«

Zart lachte und legte den Kopf auf seine Pfoten. »Dann ist ja gut«, murmelte sie zufrieden.

Sie blieben die gesamte Nacht wach und redeten. Es war, als würden sie alles nachholen, was sie die letzte Zeit versäumt hatten. Es war schön. Wohlig. Geborgen. Es war richtig.

Silver genoss es mit den Kleinen auf ›Streifzug‹ zu gehen, wie sie es nannten. In Wirklichkeit führte sie sie nur etwas herum und gab regelmäßig kleine, grundlegende Hinweise zur Jagd.

»Ihr müsst leiser sein«, war einer davon. Sie würden ihn aber bald wieder vergessen haben.

»Oooh, komm mal mit, Pale«, stieß Brisk aufgeregt aus und wedelte mit ihrer Rute, die Pale schnappte und sich führen ließ. Silver schaute ihnen mit einem warmen Lächeln hinterher, wie sie ein paar Meter weiter irgendetwas beschnupperten. Sie entwickelten Rituale, die Pales Erblindung normal machten. Sie hatte das Gefühl, wenn er mit Brisk zusammen war, litt er nicht wirklich unter seiner Behinderung.

»Hallo, Füchsilein«, kam es auf einmal hinter ihr mit einer unterschwelligen Belustigung.

Silver löste sich aus ihrer Starre und grinste kopfschüttelnd. Sie wartete bis er vor sie gelaufen war. »Hallo Crass. Keine Angst, ich gehe zum Jagen gleich raus.«

»Oh, du gehst jagen?«, fragte er mit Überraschung, doch sie war unecht. »Schön, pass auf, dass du nicht nochmal umkippst und dich nicht wieder jemand wecken muss.«

War ja klar. Silver musste trotzdem grinsen. »Ich pass besser auf mich auf diese Tage, weißt du«, sprang sie drauf an. »Hab jetzt Verantwortung und so.«

»Oh ja, das kann ich sehen.« Sein Blick war auf die Jungen gerichtet, die gerade wieder her spazierten. Pale zuckte bei dem Klang seiner Stimme zusammen, was Brisk natürlich sofort bemerkte. »Das ist nur …«, versuchte sie ihn zu beruhigen, doch geriet dann ins Stocken, »der eine Kerl, der ... er ist auch ein Fuchs. Oder Wolf, er ...« Mit einem Mal drehte sie sich Crass zu, pustete ihren kleinen Brustkorb auf und drückte genervt die Brauen runter. »Wer *bist* du?«

Crass wusste wohl selbst nicht, ob er amüsiert oder schockiert über ihren fordernden Tonfall sein sollte. »Dein schlimmster Alptraum, wenn du mir auf die Nerven gehst«, höhnte er daher einschüchternd zurück.

Brisk zog den Kopf zurück, wirkte aber nicht sehr verängstigt. »Du machst mir nichts. Du lässt uns hier wohnen«, erklärte sie selbstsicher, als wäre sie stolz, bei den Verhältnissen durchzublicken.

»Und da bist du dir sicher, ja?«, grinste er gefährlich und tatsächlich flackerten Brisk erste Zweifel übers Gesicht.

Silver musste lächeln, weil sie wusste, dass Brisk eigentlich so reagiert hatte, gerade *weil* sie für ihren eigenen Geschmack zu wenig miteinbezogen worden war. »Keine Angst«, schritt die Füchsin dennoch ein. »Er tut dir nichts.«

»Und da bist *du* dir sicher?«, entgegnete er sogleich.

»Ja.« Sie lächelte ihn an.

»Wie das?« Seine Lider senkten sich provokativ.

»Ich würde dich vorher umbringen.« Das offene Lächeln war ungebrochen, doch er wusste, dass sie nicht log.

»*Den* Versuch würde ich gerne sehen«, schmunzelte er. Auch er scherzte nur halb.

»Würdest du«, erwiderte sie bestimmt, doch trotz der zugrundeliegenden Ernsthaftigkeit, vermochte er keine Feindseligkeit auszumachen. »Aber ich zweifle sehr daran, dass es so weit kommt.«

»Hm«, stimmte er letztlich lächelnd zu. Brisk starrte immer noch skeptisch drein, Pale stand daneben, gebückt, die Ohren gespitzt und fluchtbereit, als wisse er jedoch, dass er gar nicht ohne weiteres fliehen konnte.

Crass ließ es nicht kalt, als er das kleine Tier so auf sich wirken ließ. Bedächtig senkte er sich Richtung Boden und legte sich in das Gras vor dem Welpen. Dieser merkte, dass etwas Großes kam, zuckte kurz nervös und versuchte, Größe und Standort des Unbekannten zu orten. Brisk wirkte ebenso irritiert, aber abwehrbereit, als würde sie ihren Bruder mit allen Mitteln schützen. Crass schmunzelte, fixierte sich jedoch dann auf den kleinen Rüden. Die Lippen des Fuchswolfes pressten kurz aufeinander, bevor er sprach. »Wirklich Mist, was?«, murmelte er einfühlsamer, als Silver es von ihm gewohnt war. »Wie kommst du damit klar, hm?«

Pales Ohren zuckten. Seine fahlen Augen, die zuvor im Nichts gesucht hatten, wurden ruhiger, als richte er seine Gedanken nach innen. »Ich ...«, stammelte er schließlich, genötigt eine Antwort zu geben, »ich weiß nicht.« Er wurde noch leiser. »Ich will nicht darüber nachdenken.«

Forschend zogen sich Crass' Lider zusammen. »Na na na, falsche Herangehensweise, Kleiner«, forderte er ihn heraus. »Keine Angst«, flüsterte er mit Nachdruck. »Kein Bedauern. Kein Nachtrauern. Du bist so wie du bist und was du daraus machst. Hörst du?«

Pale schluckte. »Und was ist, wenn ich nicht machen kann, was andere machen?«, wisperte er so leise, als würde er sich kaum trauen, die Frage auszusprechen. Angst. Bedauern. Trauer.

Crass grinste, auch wenn Pale es nicht sehen konnte. So wie Silver es einschätzte, galt das Grinsen auch vielmehr ihm selbst. »Dann machst du eben was anderes«, erwiderte er wie selbstverständlich. »Und vielleicht sogar etwas, das niemand sonst macht.«

Der Jungfuchs zögerte, doch ein verlorenes Lächeln bildete sich. Er dachte darüber nach. Und vielleicht mehr, als ihm im Augenblick bewusst war.

»Also«, schloss der Fuchswolf bestimmt. »Nicht unterkriegen lassen. Okay?«

Pale nickte. »Okay.«

Crass richtete sich wieder auf und Silver ließ ihn nicht aus den Augen. Ratschläge, die womöglich aus dem eigenen Erfahrungsschatz kamen? Manchmal vergaß Silver, wie es für Crass gewesen sein könnte, halbe-halbe zu sein. Er wirkte häufig so dermaßen arrogant und selbstbewusst, dass es schwerfiel, ihn sich irgendwie anders vorzustellen. Hatte er schon immer nichts bedauert, nichts nachgetrauert und akzeptiert wie er war oder musste er erst dahin kommen?

Sein Blick fiel wieder auf sie und sie wich ihm nicht aus. Er neigte fragend den Kopf zur Seite, doch sie wollte ihn vor allem wissen lassen, dass sie dankbar war – denn das war sie. Er hätte das nicht tun müssen. Aber aus irgendeinem Grund hatte er Pale Mut machen wollen.

Als Brisk ihrem Bruder etwas zuflüsterte, kam Crass zu Silver und neigte seinen Kopf zu ihr, ohne den Welpen sofort aus den Augen zu lassen. »Also Adler, ja?«, fragte er etwas leiser, obwohl er die Antwort schon kannte.

»Ja«, bedauerte sie. »Oder zumindest der kranke Anführer von ihnen. Aber es müssen wohl alle etwas gestört sein.« Crass wusste nicht, ob es angebracht war zu schmunzeln, tat es aber dennoch. »Bis auf Bonario«, fügte Silver noch gedankenversunken hinzu und merkte nicht wie Crass' Augen auf ihr ruhten. Sie malmte auf ihren Zähnen. Er wartete ab, ob sie ihre Gedanken, die sie gerade hatte, auch aussprechen wollte. »Murk hat ihn wahrscheinlich getötet«, flüsterte sie nur noch. Die Starre löste sich und sie musterte Crass im nächsten Moment eindringlich, ihre Augen groß und fassungslos. »Wie kann man seinen eigenen Vater töten? Wer ist *so* verdorben?«

Crass wirkte mitgenommen, als wäre er an sie gefesselt, was Silver eigentlich sehr irritiert hätte, wäre sie selbst nicht so in dem Moment gefangen. Der Fuchswolf löste sich schließlich halb davon, ein schwaches Halbgrinsen formte sich. »Also ich nicht«, kam es beinahe plump, als er seinen eigenen Scherz nicht so meinte.

Silver brach aus der Starre und lächelte. »Du bist vieles, aber *das* hätte ich jetzt auch nicht von dir erwartet.« Ihr Blick richtete sich auf Pale und Brisk. Sie waren wieder abseits, redeten und kicherten. »Danke«, sprach Silver ihre vorherigen Gedanken nochmal aus, ohne ihre Kinder aus den Augen zu lassen. »Für Pale. Danke.«

Crass zuckte die Schultern, Silver spürte es mehr, als dass sie es sah. »Keine Ursache«, kam es gleichgültiger, als er war. »Der Kleine wird es schon hinkriegen.«

Vive spürte das Gras an ihren Läufen entlangstreifen. Kühle Böen wehten heute Nacht durch den Wald. Der Mond war größtenteils von Wolken bedeckt, doch darüber war sie sehr froh. Am liebsten wollte sie im Dunkeln verschwinden und nie wieder zurückkommen. Verschlungen von Düsterkeit, auf dass sie niemals wieder auftauchen würde.

Sie konnte ihre Gefühle nicht einmal verstehen und noch weniger in Worte fassen. Es war, als würde sich eine Schlinge um den Hals legen und bei jeder noch so kleinen falschen Bewegung würde sie ersticken. Es war, als könne sie im tiefen Wasser gerade noch so stehen, würde aber bei der nächsten Welle ertrinken. Als wäre die Luft mit Rauch gefüllt, als wäre sie in einem unterirdischen Tunnel ohne Ausgang.

Aber sie war hier. Im Wald, frei und ohne Hindernisse. Der Himmel spannte sich weit über sie, von Mauern und Ketten keine Spur. Manchmal wollte sie zusammenbrechen, hielt sich aber zurück, um den Schein zu wahren. Das kostete nur so verdammt viel Kraft. So viel, dass sie sich fragte, wie lange sie das noch aushielt.

»Sieh mal wer da ist«, ertönte die Stimme, die sie gleichermaßen erwartet wie auch befürchtet hatte.

»Ich kann nicht lange bleiben«, antwortete sie. »Was ist es, was du so dringend wolltest, Vater?«

Rank stand im Schatten eines Baumes, doch trat nun hervor, musternd und berechnend. »Du *weißt*, dass du schon längst hättest kommen sollen«, antwortete er scharf auf ihren Kommentar. »Warum nochmal mussten wir also vorbeikommen und dich daran erinnern? Das war eine gefährliche Aktion, bei der ich bis zum Schluss nicht sicher sein konnte, ob sie funktionieren würde!« Sein Tonfall war gefährlich. Er stand nun direkt vor ihr und starrte sie nieder.

»Pass auf, komm nicht zu nah, sie könnten dich riechen«, reagierte sie zunächst darauf.

Das schien seine Ungeduld nicht zu besänftigen. »*Vive*«, mahnte er langsam.

»Es hat alles funktioniert«, verteidigte sie sich schließlich. »Dein Mann war bei mir, hat mir gesagt, ich soll kommen ...«

»Es hätte gar nicht so weit kommen sollen!«, schnitt er ihr das Wort ab. Er schüttelte den Kopf, um sich zu beruhigen. »Was ist passiert, Vive?«

Die Fähe seufzte leise. »Es ... hat sich keine Möglichkeit ergeben. Ich werde überwacht. Ich musste mir erst mal einen Überblick verschaffen, um sicherzugehen ...«

»Wenn du das nicht schaffst«, redete er wieder dazwischen, »dann sagst du mir das besser gleich.«

Sie wollte nicht so verbissen klingen, wie sie es schließlich tat. »Dafür ist es etwas spät, was?«

»Damit hast du verdammt recht!«, fauchte er. »Aber besser jetzt als noch später ...«

»Ich krieg das hin.« Diesmal war sie diejenige, die ihn unterbrach. Sie fühlte sich in dem Moment beinahe so unerschrocken, wie sie wirkte. Sie wollte seine Belehrungen nicht hören.

Er hielt inne und wägte wohl ab, ob er das so akzeptieren konnte.

Dann redete er wieder ruhiger weiter. »Also schön. Erzähl, was du hast.«

Sie schluckte. »Eine andere Familie lebt inzwischen bei ihnen.«

Rank nickte einmal erkennend. »Silberfüchse. Zumindest haben wir einen gesehen. Wie viele sind es?«

»Weiß ich nicht. Wind wählt seine Worte sehr bedacht.«

»Wind?«

»Ja, die anderen sehe ich kaum. Na ja, bis auf Kühl.« Sie wurde hörbar leiser. »Aber von ihm erfahre ich nichts, von daher ...«

»Hat er dir was getan?«, hakte der Rüde aufgrund ihres Tonfalls sogleich ein.

»Nein«, erwiderte sie sofort. »Nein, er ... er vertraut mir nur nicht. Ja auch zurecht.«

Er verzog den Mund. »Ich hoffe sehr, das hast du ihm nicht so gesagt.« Sie sah ihn bittend an. »Also gut, weiter«, forderte er sie auf.

»Offensichtlich haben sie Unterstützung von anderen Familien. Ähm, zwei östlich, eine südlich?«

Rank nickte nachdenklich. »Ja, da sind welche. Hm. Nach unseren Infos war da kein Kontakt.«

»Das solltet ihr dringend vorher feststellen.«

»Ja, du hast recht«, nickte er. »Wir sollten das nochmal prüfen, bevor wir fortfahren.«

»Wann wollt ihr ... ›fortfahren‹?«, kam es plötzlich unsicher.

Seine Mundwinkel zuckten. »Das hängt unter anderem von dir ab. Wir werden das mit den Familien abklären. Und uns dann anpassen.«

Etwas krallte sich in ihre Brust. Wenn sie daran dachte, dass sie diesen Wald überrennen würden. Wenn sie an die schönen Stunden darin mit Wind dachte – die einzigen Momente, in denen sie sich seit langer Zeit wieder etwas unbeschwert gefühlt hatte. Sie würde gern etwas sagen, wusste aber nicht recht wie. »Wie lange etwa?«

Er klappte argwöhnisch ein Ohr zur Seite. »Wieso ist das wichtig?«

»Ich will wissen, wie lange ich das noch machen muss«, sagte sie bestimmt. »Ich glaube, ich hab ein Recht dazu.«

Der Fuchs atmete still durch. »Schwer zu sagen mit den neuen Infos. Es wäre sonst etwas früher gewesen, aber nichtsdestotrotz ... wenn der letzte Schnee geschmolzen ist.«

Wenn man bedachte, dass es ziemlich warm geworden war, konnte es also nicht mehr lange dauern. Sie nickte zur Kenntnis nehmend.

»Also. Hältst du das durch?«

Sie baute sich auf und erhob den Kopf, gewillt ihre Unsicherheit vor ihm zu verbergen. »Ja, kein Problem.«

»Gut.« Er schlug einmal mit der Rute aus. »Dann geh jetzt besser zurück, bevor dich Wind oder Kühl vermissen.«

Sie nickte entschlossen und kehrte ihm ohne weiteres den Rücken.

Sie wusste nicht wirklich, warum sie plötzlich am ganzen Körper zitterte, warum ihr Herz schmerzvoll pochte. Sie fühle sich als stünde sie zwischen zwei Bergen, die auf sie zuliefen, um sie zu zerquetschen. Am liebsten würde sie im Erdboden versinken, sich in Luft auflösen, einfach verschwinden. Aber sie wusste, dass es so nicht laufen würde.

Dunkelheit hatte sich durch alle Pflanzen gefressen. Halbschatten tanzten über den Boden, als die Gewächse des Waldes hin und her zappelten. Wind lag im Gras mit einer Maus zwischen dem Kiefer und den Krallen in ihrem Pelz. Er begrüßte das nächtliche Schauspiel. Es versteckte. Es verschleierte.

Die Gedanken des Rotfuchses kreisten. So sehr, dass er letztendlich an nichts dachte. Das war ein gutes Gefühl, ein betäubendes. Er genoss es, solange es dauerte. Bis er schließlich Schritte vernahm. Es waren Kühls Schritte. Der Jüngere erlaubte sich einen stillen Seufzer.

Sein Vater lief um ihn herum. Wind beobachtete seine Läufe, die vor ihn traten und dort stehen blieben. Schließlich blickte er auf und legte ein gereiztes *Was ist?* in seinen Gesichtsausdruck.

Wind konnte seinen Ausdruck nicht richtig deuten und er fragte sich, ob es teilweise mit dem dunklen Schattenspiel zu tun hatte, aber sein Gegenüber fackelte auch nicht lange. »Irgendwas, Wind«, befahl er. »Eine Tendenz. Wo steht Vive in dieser ganzen Sache?«

Irgendwie war Wind froh, dass Kühl gleich zum ›Geschäftlichen‹ über ging, da er manchmal das Rumgeeiere der anderen nicht mehr ertragen konnte. Wind schob die Essensreste zur Seite und folgte seinem Verhalten, das so geradeheraus war. »Bei Rank«, antwortete er schlicht. »Zumindest momentan noch.«

Kühl war sichtlich überrascht über diese Aussage und er benötigte einen Moment, um zu antworten. »Warum so sicher?«

In Winds Gesicht zuckte nichts. »Ich weiß es eben.«

»Sehr vertrauenswürdig, wirklich«, schoss Kühl zurück. »Wo ist Vive jetzt?«

»Sie geht gerade zu ihrer Familie«, antwortete er nonchalant. Und bevor Kühl seiner Entrüstung Ausdruck verleihen konnte, fügte er hinzu: »Ich hab sie laufen lassen.«

Die Augen kurz geschlossen und dann weit geöffnet, kam eine fassungslose, abwertende Stimme aus seinem Mund. »*Du ...* hast sie *laufen* lassen?«

Wind wollte ihm keine Zeit lassen, in Wut auszubrechen. »Sie kommt wieder zurück«, meinte er wie selbstverständlich.

Kühls Mundwinkel wanderten nach oben, ein ungläubiges Lachen wollte herauskommen, doch es blieb eher bei einem ebensolchen Schnaufen. »Wie lange soll ich dir Zeit lassen, mir das zu erklären?«, mahnte er gefährlich.

»Nicht allzu lange«, stöhnte Wind, als er sich schließlich hinsetzte, um auf Augenhöhe mit seinem Vater zu sein. »Ich habe eine gute und eine schlechte Nachricht, welche soll's zuerst sein?«

»Die gute.«

»Nein, vergiss es, das würde keinen Sinn ergeben, du kriegst zuerst die schlechte«, schüttelte er den Kopf und Kühl rollte vor Ungeduld die Augen. »Der Überfall wird kommen und zwar bald und wir werden keine Chance haben. Alleine die Menge an Leuten, die sie auf ihrer Seite haben ... dagegen kommen wir nicht an.«

»Wie viele sollen das denn sein, mehr als du mir schon gesagt hast?«

»Ich glaube, Vive selbst weiß nicht mal genau, wie viele das sind.«

Kühl kaute wütend auf seinen Zähnen. »Die gute Nachricht, bitte«, knirschte er.

»Wir haben noch einen Moment, um unsere Sachen zu packen. Ich weiß von meiner Zeit draußen, wo die anderen Fuchsfamilien in der Umgebung wohnen und hab Vive erzählt, sie würden uns helfen. Da sie nur mit uns gerechnet haben, dürften sie erst mal umplanen, aber allzu lange wird das auch nicht dauern. Der Angriff kommt so oder so.«

»Ach, das weißt du alles, ja?«, stieß Kühl aus, seine Wut tanzte noch immer gefährlich nahe an der Oberfläche.

»Ja«, erwiderte er einfach. »Zugegeben, es hat eine Weile gedauert, bis ich ihre Gefühlslagen richtig interpretieren konnte, aber eigentlich ist es sonnenklar.« Er wusste nicht, wieso es ihm bei ihrem letzten Gespräch wie Schuppen von den Augen gefallen war. Es war die Art, wie die ausgelassenen Momente zwischen ihnen wie eine Flucht war. Nicht nur eine Flucht vor der Situation, sondern auch vor ihrer eigenen Verantwortung. Sie war in einer Situation, in der sie absolut nicht sein wollte. Und sie war eine Person, die sie absolut nicht sein wollte. Als er die anderen Fuchsfamilien erwähnt hatte und sie das nicht beeindruckte, war klar gewesen, dass sie genau wusste, dass die anderen um einiges mehr waren. Es war klar, dass sie Bescheid wusste. Über alles. Auch wenn sie das gar nicht wollte.

Kühl wirkte noch immer aufgebracht, auch wenn das etwas abflachte. »Angenommen der Angriff kommt wirklich ... warum glaubst du, dass deine Taten das nicht noch beschleunigen? Dass sie uns erst recht überraschen wollen?«

»Weil Vive mich in Sicherheit wissen möchte.«

»Ich dachte, sie wäre auf Ranks Seite«, erwiderte Kühl süffisant.

»Sie arbeitet für ihn. Auf welcher Seite sie steht, ist eine andere Kiste. Ich bin mir aber sicher, dass sie sich mir gegenüber noch weiter öffnet. Sie hat schon so oft so kurz davorgestanden.«

Kühl atmete skeptisch ein, eine Warnung schimmerte hindurch. »Du gehst auf dünnem Eis, Wind«, betonte er vorsichtig. Er haderte offensichtlich noch mit sich, wie er reagieren sollte. »Und wenn du einbrichst ... gehen wir alle noch schneller unter, als du es prophezeist.«

»Ist nichts Neues für mich«, entgegnete der Jüngere und wusste wirklich nicht, ob er gerade bitter oder selbstbewusst geklungen hatte. Das änderte sich mit dem nächsten Satz, der mit Gewissheit getränkt war. »Ich *hab* das unter Kontrolle. Vive kommt wieder.«

Kühl entschied, dass er Wind diese Art von Überblick tatsächlich zutraute, was schon unheimlich an sich war, aber nicht das, was ihm wirklich flau im Magen werden ließ. »Und danach?«, stieß er verbissen aus. Selbst wenn Wind richtig lag und Vive ihnen noch Zeit schenken wollte – das änderte nichts am eigentlichen Ausgang der Situation.

Wind schaute hingegen ausdruckslos zurück. »Soweit ich weiß, hat das nicht zu meiner Aufgabe gehört.«

Kühl wusste nicht, warum ihm dieser Satz wie ein Schlag ins Gesicht vorkam. Kurz drauf versuchte er bei seinem Sohn zu erkennen, wie viel davon Fassade und was echt war. Doch dabei wisperte Hearts Stimme in seinem Kopf, die ihm klarmachte, dass gerade diese *Aufgabe* nicht gerade dazu beitragen würde, ihn zugänglicher zu machen.

Er schüttelte diese Gedanken ab und versuchte seine dumpfe Ernüchterung zu ignorieren. Die Sicherheit des Waldes war wichtiger. Informationen waren wichtiger. Alles andere stand hinten an, erinnerte er sich.

Alles Erlaubt

Sie kam aus der anderen Richtung. Vive kam verdammt nochmal aus der anderen Richtung.

Wind hätte sich verfluchen können. Ja, sie kam wie erwartet zurück. Aber als Vive den Wald betrat, kam sie offensichtlich nicht von dem Ort, an dem Wind das Lager entdeckt hatte. Hatten sie etwa das Lager verschoben? Er war ja so naiv, natürlich haben sie das getan! Alles andere wäre zu unvorsichtig gewesen und wenn diese Leute eines waren, dann vorsichtig. Vorsichtig, vorausplanend, kalkulierend. Wind begann, sie zu bewundern. Immer einen Schritt voraus zu sein, alle Eventualitäten zu berücksichtigen – das waren bewundernswerte Eigenschaften.

Der Rotfuchs sprang zielstrebig auf.

Whitestar hatte den Wald schon ein Stück hinter sich gelassen. Es war seltsam, sich außerhalb zu befinden. Ihr wurde gerade bewusst, dass sie das seit dem erstmaligen Betreten des Waldes nur selten getan hatte. Und das meiste davon die letzten Tage. Gleichzeitig erinnerte sie das verstärkt daran, dass sie sich an das Gefühl früher oder später wohl gewöhnen müsste.

Sie konnte sich nicht sicher sein, dass sie denjenigen finden würde, den sie suchte. Die letzten Tage hatte sie kein Glück gehabt und war ernüchtert wieder heimgekehrt, aber so schnell würde sie nicht aufgeben.

Sie näherte sich den Menschen. Den Baustellen, um genauer zu sein. Von dem, was sie aufgeschnappt hatte, hielt er sich dort des Öfteren auf, um zu beobachten. So wie es durchgeklungen hat, aus Anteilnahme, aber sie wollte Wind deswegen nicht mehr ausfragen aus dem einfachen Grund, dass sie überhaupt nicht mit ihm reden wollte. Sie wusste nicht, ob Anteilnahme wirklich das Motiv des Adlers war. Denn wenn er wirklich eine einfühlsame Seite hatte, warum sollte er sich dann mit jemandem wie Wind einlassen?

Die Fähe erreichte den Rand der unberührten Natur und schaute einen Moment lang auf die enorme Fläche an umgegrabener Erde und die Menschen und Maschinen, die sich dort bewegten. Sie war die nächsten

Sekunden so fixiert auf das Geschehen, dass sie die Flügelschwingen beinahe gar nicht wahrgenommen hätte. Als sie das Geräusch realisierte, pochte ihr Herz vor Aufregung.

Sie wirbelte herum und starrte gen Himmel, eine segelnde Gestalt kreiste dort. Es gab nur eine Möglichkeit herauszufinden, ob er derjenige war, den sie suchte, also zögerte sie nicht. »Marron!«, rief sie so laut sie konnte und hoffte, dass Adler gut genug hören konnten. »Marron, hier unten!«

Der Adler wendete und näherte sich der Füchsin. Er hatte sie gehört, doch schien einen Moment zu zögern. Vielleicht war das gar nicht Marron?

Whitestar schluckte. Hoffentlich endete das hier nicht in einer halsbrecherischen Flucht.

Der Raubvogel entschied sich offensichtlich dazu, der Sache nachzugehen und fiel rasch tiefer. Die Füchsin bekämpfte mit allen Mittel ihren Instinkt, auf der Stelle abzuhauen. Bald erkannte sie jedoch, dass er tatsächlich nicht sie anvisierte, sondern den nächstgelegenen Baum. Die Flügelschwingen wurden lauter, das mächtige Tier kam auf einem Ast nieder, der verdächtig unter dessen Gewicht knarrte. Die Flügel noch ausgebreitet, schüttelte er sich kurz, bevor er diese an den Körper anlegte. »Du kommst aus dem Wald, aus dem auch Wind kommt ... oder?«, versuchte er sich augenscheinlich diese Situation zu erklären.

»Und du bist offensichtlich wirklich Marron«, seufzte sie erleichtert und ließ ihre Abwehrmechanismen für den Moment fallen.

Der Greif schmunzelte. »Du hättest nach jedem Adler mit ›Marron‹ gerufen? Da bin ich ja mal gespannt, was du so Wichtiges von mir wollen kannst.«

»Von dem was Wind erzählt hat, bist du vermutlich wirklich der Einzige, der mir weiterhelfen kann. Ich wüsste ansonsten nicht, wo ich anfangen sollte.«

»Hm, okay, du hast mich neugierig gemacht«, blinzelte er. »Was gibt es?«

Sie atmete tief durch den Mund durch. »Okay«, ordnete sie ihre Gedanken. »Wind hat erzählt, woher du kommst. Aus dem Süden?«

Marron nickte. »Das ist korrekt.«

»Er hat ... erzählt ...«, noch zögerte sie die Frage auszusprechen, denn wenn sie hier auf eine Sackgasse stieß, war's das. Das wurde ihr gerade klar. »Er hat erzählt, dass du Silberfüchse gekannt hast.«

Der Greif nickte wiederum bedächtig. »Eine, um genau zu sein«, antwortete er schließlich. »Eine Silberfüchsin.«

Whitestars Herz vollführte einen Hüpfer, ihre Augen weiteten sich. »War, eh …«, ihre Atmung war plötzlich schwer, noch immer traute sie sich kaum, die Worte über ihre Lippen kommen zu lassen, »der Name … hieß sie Silver?«

»Hm«, er blinzelte zustimmend, »Silver. Ja, so hieß sie.«

Marron konnte nicht wissen, was diese Worte für sie bedeuteten. So gefühlt wie in diesem Augenblick hatte sie sich noch nie. Hoffnung, Tatendrang, Angst und Ungewissheit ließen ihr Herz wild schlagen. All das spielte sich offen auf ihrem Gesicht ab und erübrigte jegliche Worte, die sie momentan ohnehin nicht hätte sprechen können. Marron erkannte, wie wichtig diese Information für die Füchsin war, auch wenn er die Zusammenhänge nicht kannte.

Schließlich brachte ein brennender Wissensdurst Whitestar dazu, weiterzureden. »Ging es …«, kam es immer noch atemlos und im nächsten Moment füllten Tränen ihre Augen, während sich gleichzeitig ein hoffnungsvolles Lächeln ausbreitete, »ging es ihr gut? War sie allein? Was hat sie gemacht?«

Der Adler betrachtete sie mitfühlend. »Ihr ging es gut«, versicherte er ihr. »Und sie war nicht alleine. Sie hatte Freunde.« Die Tränen verließen Whitestars Augen und rannten ihre Wangen herunter, das Lächeln wurde noch leuchtender. »Sie hatte einen Gefährten«, fuhr Marron fort. »Und sie schien glücklich.«

Die Schneefüchsin schluckte. »Kanntest du sie gut?«

Der Vogel lächelte wehmütig. Es tat ihm leid, ihr nicht mehr sagen zu können. Schließlich schüttelte er den Kopf. »Nein, tut mir leid. Ich bin nicht lange nach ihrer Ankunft gegangen.«

Whitestar nickte zu Kenntnis nehmend. »Du bist geflohen, richtig? Vor den Schatten?«

Er neigte den Kopf zur Seite. »Du kennst die Schatten?«

»Ähm, nein, nur von … dir.«

»Von mir?«, fragte er verblüfft.

»Über Wind.«

»Oh, ach so«, verstand er. »Ja, ähm, ja. Bin ich. Ich …« Er zögerte, den nächsten Satz auszusprechen, schließlich konnte diese Füchsin nichts unternehmen, um Silver irgendwie zu helfen. »Ich hoffe, wenn ich ehrlich sein soll, auch sehr, dass Silver inzwischen weit weg von diesem Ort ist. Ihr *ging* es gut«, wiederholte er nochmals schnell, als Angst in die Züge der Fähe kroch, »aber ich bin nicht ohne Grund weg. Die Schatten, sie sind ... gefährlich. Man kann ihnen nicht trauen.«

Sie sackte leicht in sich zusammen, nachdenklich. »Ja, vielleicht machen wir auch gerade Bekanntschaft mit ihnen«, murmelte sie. »Unterschiedliche Tierarten. Vielleicht muss bei so etwas Ungewöhnlichem und Unnatürlichem etwas Schlechtes bei rauskommen.«

Wieder zögerte Marron, das nächste Stückchen an Information herauszurücken. Doch woher auch immer die Füchsin Silver kannte, sie verdiente es, alles zu wissen. »Ich, ähm ...«, fing er daher an, »ich sollte dir sagen, dass Silver auch in solcher Gesellschaft gelebt hat.«

Wieder waren Whitestars Augen groß, diesmal vor Schock. »Sie war bei den Schatten?!«

»Nein!«, meinte Marron schnell, doch musste sich korrigieren. »Das heißt, ich weiß es nicht wirklich. Sie lebte mit anderen zusammen. Hasen, Marder, Eichhörnchen. Aber ...« Er pausierte, wusste nicht recht, wie er es erklären sollte. »Ich dachte immer, die Sache sei klar. Leben verschiedene Tierarten zusammen, müssen es die Schatten sein. Aber ... ich bin mir nicht sicher, ob das so ist. Mitglieder der Schatten haben die Tendenz, eine feindselige und egoistische Einstellung zu haben – soweit ich das beurteilen kann, wohlgemerkt. Aber Silver und ihre Leute ... die waren nicht so. Sie waren offen. Hilfsbereit. So wie man es eigentlich erwarten könnte von Leuten, die einer solchen Lebensgemeinschaft nicht abgeneigt sind. Die Schatten sind das Paradox für mich.« Er seufzte bedauernd. »Ich konnte leider nicht lang genug bleiben, um herauszufinden was es mit ihnen auf sich hatte«, meinte er leise. »Es tut mir leid.«

Whitestar starrte den Vogel an, immer noch dabei, die Informationen zu verarbeiten. Schließlich drang sein letzter Satz zu ihr durch. Sie schüttelte daraufhin den Kopf. »Nein, dir muss es nicht leidtun. Du hast mir gesagt, dass sie noch lebt und das – ist das größte Geschenk, das du mir hättest machen können.«

Er lächelte sanft. »Sie ist deine Tochter, oder?«

Sie nickte und presste währenddessen die Lider zusammen, als die Fülle an Emotionen weitere Tränen in ihre Augen drückte. »Ja«, schluchzte sie halb und atmete schlotternd ein, bevor sie sich wieder fing. »Du musst mir sagen, wo du sie das letzte Mal gesehen hast. Ich muss wissen, wo ich sie finden kann.«

Er nickte. »Natürlich, gerne. Es ist ein gutes Stück von hier, aber ich denke, es ist eigentlich ganz gut zu finden.«

Whitestar atmete nochmals durch und lächelte, die trocknenden Tränen noch immer auf ihren Wangen. Sie konnte gar nicht beschreiben, wie sie sich fühlte. Erleichtert und hoffnungsvoll, gleichzeitig beinahe ausgelaugt. Es war unglaublich, so sehr, dass sie vermutlich nächtelang nicht schlafen konnte. Doch bevor Marron mit der Beschreibung anfangen konnte, kreuzte noch ein Gedanke ihren Kopf, den sie in dieser Situation einfach aussprechen musste. »Wie kommt es, dass du dich mit Wind abgegeben hast?«, sprudelte es einfach heraus. »Ich meine ... du bist offen, unvoreingenommen und hast offensichtlich einen tiefgreifenden Gerechtigkeitssinn. Mit anderen Worten, das komplette Gegenteil von Wind.«

Nach anfänglicher Verwunderung musste Marron schmunzeln. Er wusste, dass Wind eine alles andere als charmante Seite hatte, oh das wusste er zu allzu gut. Und offensichtlich hatte es Ärger mit den Füchsen in seinem Wald gegeben. Es würde schwierig sein, es jemanden zu erklären, der mittendrin steckte. »Weil«, antwortete er sicher, »ich offen und unvoreingenommen bin.«

Ihre Lider klappten auf halbmast. »Das heißt dann wohl, *ich* bin voreingenommen«, übersetzte sie seine Aussage.

»Bist du es etwa nicht?«, fragte er ruhig.

Sie stockte. »Doch. Aber aus gutem Grund.«

»Dem widerspreche ich ja gar nicht«, versicherte er ihr. »Aber ich sehe, dass er besser sein könnte. Es vielleicht auch will. Aber es muss ihn jemand daran erinnern.«

Whitestar schnaubte. »Ich wage, das zu bezweifeln.«

Marron blinzelte langsam, offenkundig gegenteiliger Meinung. Aber er beließ es dabei. »Und?«, fragte er letztendlich. »Bereit, dir den Weg zu merken?«

»Mehr als bereit«, antwortete sie mit Nachdruck.

Whitestar wusste nicht wirklich, wieso sie nicht sofort Richtung Heimatwald einschlug, nachdem sie sich von dem Greif getrennt hatte. Sie wusste sehr wohl, dass ihr neues Ziel gefährlich war, noch dazu, wenn sie ganz allein war.

Sie war nicht auf Ärger aus, wirklich. Aber sie wollte dieses Lager sehen. Mit all ihren Sinnen erfassen. Waren sie Schatten? Könnte *Silver* wirklich eine von ihnen sein? Als sie dem Lager näher kam, konnte sie viele verschiedene Gerüche aufnehmen, aber sie hatte auch erwartet, etwas zu hören, wenn so viele Leute beieinander sind. Rascheln, Stimmen, Schritte, irgendetwas. Doch es war still.

Zugegeben, sie wusste nicht genau, wo das Lager sein sollte, hatte ja nur davon gehört, aber die Anzeichen sprachen dafür, dass sie schon recht nahe sein sollte. Sie drang weiter vor.

Gerüche wurden intensiver, Geräusche blieben aus. Seltsam.

Plötzlich erstarrte die Füchsin. Sie konnte es riechen. Der Geruch, der an Bernstein gehangen hatte, war auch hier. Er war dabei. Sie kannte ihn. Schon ihr ganzes Leben. Kindheit. Wohlbefinden. Sicherheit.

Wie konnte das sein? *Warum* fiel ihr nicht ein, zu wem dieser Geruch gehörte? Er war vermischt mit all den anderen Gerüchen der Tiere hier, deswegen war er nicht richtig da, aber es genügte, damit sich Whitestar erinnerte. Sie wusste nur nicht an was. Das machte sie wahnsinnig! Wieso sollte sie sich bei *solchen* Leuten wohlfühlen?

»Das war wirklich unglaublich dumm von dir«, riss sie eine Stimme aus den Gedanken und sie konnte nur erleichtert sein, dass sie Kühl entdeckte. Sie war eben wirklich komplett weg gewesen. Jeder hätte sie überraschen können.

»Danke«, nickte sie mehr zu sich selbst. »Ich kann gar nicht genug von Sätzen wie diesem kriegen.«

»Du gehst auf das Lager zu?«, erwiderte er fassungslos. »Alleine?«

»Ja und was machst du gerade? Unbeschwerter Spaziergang am Morgen?«

»Whitestar, das ist nicht witzig«, mahnte er ernst.

»Und ich dachte, ich hab die Pointe nur nicht verstanden, mein Fehler.«

»Was hattest du vor?«, fragte er nun eher aus Sorge, denn aus irgendeinem anderen Grund.

Sie seufzte daraufhin und schaute zunächst suchend in die Ferne, als würde dort die Antwort liegen. »Ich wollte gar nicht hierherkommen. Das Lager sieht übrigens ziemlich verlassen aus.«

»Hab ich auch gemerkt«, knirschte der Rotfuchs, verärgert darüber. »Sie sind mit Sicherheit nicht weg. Nur woanders.«

Die Fähe nickte nachdenklich. Die Schatten haben reagiert. Hätten *sie* auch schneller reagieren müssen? »Hätten wir«, biss sie sich zweifelnd auf die Lippe, »angreifen müssen?«

Er hatte gerade dasselbe gedacht, das konnte man an seinem Zögern erkennen. Nichtsdestotrotz schüttelte er den Kopf. »Nein. Auch Heart meinte, man solle ihnen nicht unvorbereitet in die Quere kommen und wir waren nicht vorbereitet.«

Whitestar grinste. »Mal ehrlich Kühl, so sehr wie du dich bei deinen Entscheidungen immer wieder auf das Gefühl von Heart verlässt, könnte man fast meinen, sie hätte übersinnliche Fähigkeiten«, scherzte sie. Aber der ertappte Blick in Kühls Augen ließ sie stutzen. »Das war ein *Scherz*, Kühl. Diese Situation mit den Schatten nimmt dir echt...« Sie stockte plötzlich. Er sah aus wie ein ängstliches Kätzchen, die Haare aufrecht und die Augen groß.

»Ja, ein Scherz, lustig«, lachte er überrumpelt. »Auf was für Ideen du kommst ...«

Nein. Das konnte doch nicht sein, oder? »Oh mein Gott, *Kühl*!«, entwich es ihr schrill, »*Wirklich*?!« Die Panik hinter seinen Augen war *so* ungewohnt.

»Nein, ich meinte nicht ...!«, brabbelte er schnell drauf los. »Das sollte nicht ... ich habe nicht ...« Das war ja beinahe amüsant. Whitestar hatte den Rotfuchs noch nie so überrumpelt gesehen. Ihr angedeutetes Grinsen wurde deutlicher. »Ich«, stockte er schließlich resigniert, »ich hab nichts gesagt.«

»Hast du ja auch nicht!«, stieß sie aus. Kühl verzog den Mund. »Ist das irgendwie ein Geheimnis?«, fragte die Fähe dann irritiert.

»Nein, also ...« War es eins? »Na ja, bis eben schon«, seufzte er schließlich.

»Was genau... Also inwiefern hat sie diese... Fähigkeiten? Ich dachte sowas gäbe es nur in Geschichten. Und wieso ist das ein Geheimnis?«

Kühl ließ die Luft durch den Mund entweichen. »Das dachte ich auch, bis ich Heart kennenlernte. Aber im Laufe der Zeit waren es zu viele Zufälle, zu oft richtig ›geraten‹, zu oft das richtige Bild von anderen gehabt. Es war niemals groß geplant, es geheim zu halten, ich schätze, das hat sich mehr so entwickelt. Wir ... haben am Anfang nur gedacht, wir müssen es den Leuten nicht auf die Nase binden, wenn es nicht nötig ist. Ich ... weiß auch nicht. Es hat sich eben so ergeben.« Er wurde deutlich leiser. »Ich weiß ehrlich gesagt nicht, was Heart jetzt dazu sagen würde«, murmelte er wohl eher zu sich selbst.

»Oh, ähm ...« Whitestar überlegte. »Ich ... kann schweigen«, schlug sie vor. Kühl sah sie nur bittend an. »*Was*?«, rechtfertigte sie sich. »Na schön, ich kann es nicht sonderlich gut, aber ... ich kann es versuchen.«

Ihre Selbstironie brachte auch den Rüden zum Grinsen. Er schüttelte aber den Kopf. »Nein, du musst nicht schweigen«, meinte er deutlich ruhiger als zuvor. »Ich rede mit Heart. Das ist schon in Ordnung. Ihr könnt es wissen.«

Die Füchsin sendete ihm ein leuchtendes Lächeln, welches er erwiderte, auch wenn sie glaubte, dass er immer noch genervt über seinen eigenen Fehler war. Nichtsdestotrotz meinte er jedes Wort ernst. Whitestar glitt in andere Gedanken ab, als sie ihren Artgenossen so betrachtete und auch ihr Lächeln schwand. »Was hast du vor, Kühl? Mit diesen Leuten. Wie sollen wir vorgehen?«

Kühl wusste nicht, was er antworten sollte. Wind hatte ihm was seinen Ursprungsplan anging, ein wenig die Hoffnung genommen. »Wie ihr wisst wollte ich ursprünglich über Vive erfahren, wie viele Leute das sind und dann einen Angriff koordinieren«, erklärte er. »Ich bin mir nicht mehr sicher, ob wir angreifen sollten, denn wahrscheinlich sind es viel mehr Leute, als wir gedacht haben. Trotzdem – Vive *wird* uns noch genauere Informationen geben.«

Whitestar zog skeptisch die Mundwinkel nach oben. »Wenn sie wirklich unschuldig ist, wird sie es nicht wissen und wenn sie mitmischt, wird sie uns nichts sagen.«

»Vielleicht lasse ich ihr ja keine Wahl.« Das kam kolossal kälter, als es die Füchsin von ihm gewohnt war. Seine Stimme, seine viel zu ruhigen Augen, seine Selbstverständlichkeit.

»Wa-«, stockte sie schockiert, als sie überprüfen wollte, ob sie das gerade richtig interpretiert hatte. »Kühl, ziehst du Folter in Erwägung?«

»Ich ziehe alles in Erwägung«, antwortete er sofort mit derselben Art wie zuvor.

Also nein, Whitestar hatte nichts falsch verstanden. Den Mund vor Entrüstung geöffnet und die Stirn in Falten gelegt brauchte sie einen Moment, um ihre Stimme wiederzufinden. »Kühl«, mahnte sie empört, doch sie kam nicht weiter, als er sie unterbrach. »Um uns zu schützen, Whitestar?«, stellte er mit Nachdruck klar. »Ja, dafür würde ich *alles* tun.«

Die Polarfüchsin war zu geschockt über diese kleine Offenbarung und er war zu selbstsicher, als dass sie das Gefühl hatte, ihre Argumente könnten zu ihm durchdringen. So sagte sie das Einzige, was ihr durch den Kopf schoss, das sie *wirklich* fassungslos stimmte. »Wie die Mutter, so der Sohn, was?«

Das schlug ihm Gott sei Dank die Selbstsicherheit ein wenig aus dem Gesicht. Doch sie wusste, dass das seine Einstellung nicht einfach so ändern würde.

»Wir gehen jetzt«, befahl er letztlich und schluckte seinen brodelnden Ärger hinunter, als er sich umdrehte und Richtung Wald marschierte.

»Die Temperatur«, sagte der Marder, als er noch zwei weitere Steine aufhob, um sie nacheinander über den Teich hüpfen zu lassen.

»Was?« Silver schaute den Jäger mit gerunzelter Stirn an.

»*Viel* besser als das letzte Mal«, erklärte er, die Arme zur Seite gestreckt, wobei einer der Steine immer noch in seiner Hand lag. »Ich meine, dass es keine Jagdsaison gibt, muss ich ja nicht weiter erwähnen, aber die Temperatur ist auch viel angenehmer.«

Silver nickte erkennend. Sie waren an den See gegangen, um zu trinken, waren aber irgendwie dort sitzen geblieben. Nun ja, Silver saß, der Marder warf Steine in den See.

»Die Bedingungen«, zählte das braune Tier weiter auf. »Die sind auch um Klassen besser. Wir müssen raus, klar, aber das ist ja diesmal wegen dem ersten Punkt nicht so schlimm und ihr könnt alles behalten, was ihr erbeutet.« Er warf den Arm zurück, zielte und schmiss den Stein auf die Wasseroberfläche. Er hüpfte viermal, bevor er versank. Der Marder nickte, die Lippen analysierend gespitzt. »Der See ist besser, viel ... flacher. Und härter. Ich weiß nicht wieso, aber die Steine hüpfen viel besser«, brabbelte er nun einfach weiter. »Die Luftströmungen haben sich anscheinend auch verbessert, halten die Steine schön lange oben.« Er hörte ein amüsiertes Schnaufen und sah eine grinsende und leicht kopfschüttelnde Silver, als er sich umsah. »Schön zu sehen, dass du das noch nicht verlernt hast«, zwinkerte er ihr zu. Er ließ vom See ab und setzte sich zu ihr auf die Erde.

Sie seufzte ... erschöpft. Das war es, erschöpft. »Noch nicht ganz, nein.«

»Hey, ich helfe dir jeder Zeit mit den Jungen, hörst du?«, versicherte ihr der Marder. »Jeder von uns, wie du siehst.«

»Ja, ich weiß.« Sie nickte dankbar. »Aber auch wenn es anstrengend ist, sind sie bestimmt nicht der Grund für meine ...«

»Stimmung?«, schlug er übereifrig vor.

»Ja, meinetwegen«, stimmte sie zu. »Es ist ... einfach zu viel. Zu viel auf einmal. Und ich hatte keine Zeit zum Durchatmen.«

Ihr Gegenüber lächelte aufmunternd. »Die kriegst du jetzt. Die kriegen wir jetzt alle.«

»Ja schon, es fühlt sich aber alles noch so ...« Sie presste die Lippen aufeinander.

»Noch so ...?«, hakte der Marder nach.

Doch bevor er eine Antwort bekommen konnte, erschien Bluefire auf der Lichtung und ergriff das Wort. »Hier seid ihr«, stellte er fest, als hätte er sie schon überall gesucht. »Ich ... wollte nur sagen, dass ich mit Vin die Lage draußen auskundschaften werde. Vielleicht finden wir ja einen guten Wald und wir schauen ... dass ... keine Adler oder dergleichen in der Nähe sind.« Er war leiser geworden gegen Ende. Deutlich.

Silver nickte. »Okay«, meinte sie lediglich. »Gebt uns Bescheid, sobald ihr was findet.«

Bluefires Augen huschten suchend umher. »Pale und Brisk?«, erkundigte er sich.

»In der Höhle. Bronze passt auf sie auf.«

Auch er nickte, sein Blick fiel zu Boden. »Gut«, murmelte er schließlich und wandte sich dann ab, um die Lichtung wieder zu verlassen.

Der Marder wartete gebannt ab, bis der Blaufuchs verschwunden war und musterte dann Silver, die seinem Blick auffällig auswich. »Was geht denn da zwischen euch ab?«, fragte er davon herausgefordert.

»Ich weiß nicht, was du meinst«, nuschelte sie.

Der Marder sah sie bittend an. »Hast du das gerade wirklich gesagt und erwartest, dass ich es damit gut sein lasse?«

Sie seufzte und erfasste ihn nun. »Ich schätze, dass Bluefire Schuldgefühle hat. Wegen allem. Vor allem wegen Pale.«

»Oh«, grübelte der Marder. Gut, das konnte er sich vorstellen. Bluefire war die treibende Kraft bei ihrem Entschluss gewesen, im Wald zu bleiben. Wären sie früher gegangen, könnte Pale jetzt vielleicht noch sehen. Aber das war nur die halbe Miete. Ein wichtiges Detail fehlte dabei noch. »Gibst du ihm denn die Schuld?«, fragte er frei heraus.

Sie konnte sich seinem intensiven Blick nicht entziehen. »Nein«, piepste sie höher, als er es von ihr gewohnt war. Als wollte sie sich gerade selbst davon überzeugen. Doch es dauerte nicht lange, da stoppte sie diesen Versuch resigniert und stöhnte leise. »Ich weiß nicht.«

Der Marder beobachtete sie wie sie in Gedanken versank. »Und was hast du jetzt vor, deswegen zu unternehmen?«

Sie schüttelte nur den Kopf, sie schaute nirgendwohin. Etwas unternehmen gegen ihr Gefühl? Für ihre Beziehung? Oder ihre seelische Gesundheit? Die Antwort war jeden Mal gleich. »Ich weiß nicht.«

Normalerweise hütete sich der Jäger davor, sich in die Beziehungen anderer einzumischen, selbst bei Silver. Aber er hatte diesmal das Gefühl, als würde es der Füchsin wirklich wehtun. Als stecke sie fest. Also konnte er es sich nicht einfach verkneifen. »Du musst mit ihm reden«, tastete er sich voran. »*Ihr* müsst miteinander reden.«

Ein bitteres Schnaufen folgte. »*Er* möchte nicht reden, das hat er mehr als klargemacht«, klagte sie verbissen. »Also soll er sich gefälligst nicht wundern, wenn ich auch nicht mit ihm rede.«

Der Marder biss sich zweifelnd auf die Unterlippe. »Wie soll es dann besser werden?«

Sie schaute ihn das erste Mal wieder an. Sie lächelte, es war selbstironisch und verloren. »Ich weiß es nicht.«

Diesmal war es der Marder, der seufzte. Sie blickten sich noch eine ganze Weile schweigend an. Verständnis, Beistand und Dankbarkeit beherrschte ihren stillen Austausch.

»Okay, genug rumgehockt, lass uns rausgehen«, forderte Brisk ihren Bruder auf, während sie auf die Beine sprang.

»Was?«, erwiderte er perplex. »Bronze ist doch gerade gegangen. Und sie kommt bald wieder mit was zu fressen.«

»Oooder«, schlug Brisk gedehnt vor, »wir versuchen draußen mal selbst unser Glück.«

»Du meinst ohne einen Erwachsenen?«, fragte Pale erstaunt.

»Klar, ist doch grad kein anderer hier, oder riechst du etwa einen?«

»N-nein, aber ... *Brisk*«, bat er stammelnd.

»Ach komm schon, das macht sicher Spaß.«

Plötzlich verärgert zog Pale die Brauen runter. »Ja, du wirst ja auch nicht gegen jeden Baum laufen.«

»Du auch nicht, dafür hast du ja mich«, strahlte sie selbstsicher. »Und im Nu merkst du dir auch die kleinen Schleichwege, wir erkunden sie zusammen.«

Der kleine Rüde zog den Kopf ein. »Das geht nicht so einfach und das weißt du.«

»Also ... was?«, stieß sie verständnislos aus. »Du willst es gar nicht erst probieren? Was soll schon groß passieren, ich bin bei dir und im Wald gibt's keine Gefahren. Der perfekte Übungsplatz.«

Sie grinste breit, das spürte er geradezu. Und es war ansteckend noch dazu. Er spürte, wie sich seine Mundwinkel voller Tatendrang nach oben zogen. Auch er sprang auf. »Alles klar, los geht's. Aber du gehst vor«, schmunzelte er.

Brisk quiekte erfreut und hopste voran. Pale folgte ihrem Duft.

Vive kam endlich wieder zu ihrer Höhle im Wald. Ihr Herz klopfte vor Aufregung gegen ihre Brust und wollte auch nur langsam ruhiger werden, als sie davor stand. Sie überzeugte sich davon, dass sie unentdeckt wieder reingekommen war, als ihr Rücken kribbelte. Blitzschnell sprang sie um und entdeckte Wind. Er saß im Gras und grinste sie an.

Vive merkte ihre schwere Atmung und ihren offenstehenden Mund, konnte es aber nicht abstellen, obwohl sie wusste, wie verdächtig das aussehen konnte. Wusste er es? Dass sie den Wald verlassen hatte? Warum stand er denn nur da und grinste sie blöd an? *Sag was!*, befahl sie gedanklich, wenn sie auch nicht wusste ob ihm oder ihr selbst.

»Auf der Jagd?«, kam er schließlich ihrer stillen Bitte nach, doch er strahlte etwas Wissendes aus.

»Äh-ähm«, druckste sie unverständlich und räusperte sich dann verlegen. »Ja, jagen. Erfolglos. Keine Mäuse. Hab Hunger.« *Sehr schön Vive, du bist ein Naturtalent*, lobte sie sich voller Sarkasmus. Ein Teil von ihr *wollte* ihn einweihen. Über alles. Der andere Teil von ihr hatte Angst vor den Konsequenzen. Sie durfte ihm nicht komplett trauen.

Winds Schmunzeln wurde größer. »Sind wohl alle vor dir geflohen«, meinte er. »*Oder* ... bist du etwa diejenige, die geflohen ist?«

Das sollte ein Scherz sein, dachte sich der rationalere Teil von Vive, der jedoch gerade unter ihren Ängsten versank. Nur ein Scherz, um sie aufzuziehen. Sie grinste kurz auf als Erwiderung. Sie hoffte jedenfalls, dass sie grinste. »Ich ...«, begann sie für ihren Geschmack viel zu atemlos. »Ich versuch's einfach nachher nochmal.«

Wind hob süffisant die Brauen. »Was, gleich heute schon wieder?«

Nun war Vive völlig verwirrt, sie hatte die Luft angehalten. »Ich ...«, fing sie wiederum an, doch wusste gar nicht, was sie sagen wollte. Mehrmals am Tag jagen war nicht ungewöhnlich, also ... *warum, warum,*

warum? Ihre Gedanken rasten. Was versuchte Wind ihr um Himmels willen zu sagen?

Plötzlich stand er auf und bewegte sich langsam auf sie zu. Und sie hatte immer noch kein Wort herausgebracht. Seine Augen hielten sie fest und Vive zerrte mit aller Kraft an den letzten Fädchen, die ihre Panik gerade noch so zurückhielten. War sie aufgeflogen? Was würde mit ihr passieren, wenn ja? Was würde Kühl mit ihr machen?

Wind stand vor ihr, grüne Augen leuchteten voller Zielstrebigkeit. »Was wäre …«, formulierte er genüsslich und die Füchsin musste sich darauf konzentrieren, auch auf seine Worte zu achten und nicht nur auf seine Stimme, die von dem Pochen in ihrem Kopf begleitet wurde, »wenn *ich* auch fliehen wollte?«

Wieder klappte ihr Mund auf und ihre Augen wuchsen. Hatte er gerade wirklich gefragt, was sie dachte, das er fragte?

Brisk hopste voran und stimmte in Pales Lachen mit ein. Er strahlte und folgte ohne Probleme der Fährte seiner Schwester, bis er plötzlich abrupt anhielt und die Nase in die Luft streckte. »Was ist das?«, fragte er rasch und abenteuerlustig. Im nächsten Moment ging er in Lauerstellung.

Brisk hüpfte neben ihn in dergleichen Körperhaltung. »Was denn?«, zischte sie ebenso grinsend und schielte zu ihrem Bruder.

»Maus«, flüsterte er schelmisch. »Siehst du sie?«

»Öhmmm …«, gestand sie ohne Worte.

»Da!« Zwei Sprünge in eine Richtung und tatsächlich sprintete voller Hast eine Maus aus der Deckung.

Brisk jagte kichernd hinterher und brachte den Nager dazu, die Richtung zu wechseln. »Rechts von dir, da!«, konnte man ihre Worte vor Lachen kaum verstehen.

Pale stolperte auch mehr aus Lachen, denn aus einem anderen Grund nach rechts und schlürfte das Laub entlang, bis er sich prustend zu Boden fallen ließ. Brisk konnte kaum zu ihm hinüber laufen aufgrund des urkomischen Bildes. »Lass sie nicht entkommen!«, lachte der Rüde noch mit geschauspielertem Eifer.

»Wir werden«, japste Brisk immer noch nach Luft, »die besten Jäger im ganzen Land.«

»Und wenn das nicht klappt, sehen wir für andere eben lustig aus«, kicherte Pale zufrieden.

Die Welpen lagen nebeneinander und begannen gerade sich zu beruhigen, als Brisk wiederum aufsprang. »Diesmal hab ich was gesehen!«, verkündete sie tatkräftig und wollte lospreschen, als sie eine äußerst kühle Stimme in der Bewegung stoppe. »Keinen. Schritt. Weiter.«, zischte sie.

Pale war aufgestanden und verharrte neben seiner Schwester. Er bemerkte einen unbekannten Geruch. »Wer ist da?«, flüsterte er Brisk zu und in diesem Moment hob sich ein dunkel-grünlicher Kopf aus den Gräsern mit langem Hals. Gelb-rote Augen mit Schlitzpupillen musterten die Welpen von oben bis unten, ein amüsiertes Schimmern glitzerte schließlich in ihnen.

»Eine ... Schlange ... glaub ich«, beantwortete sie schließlich seine Frage mit übergroßen Augen.

»Schlange?!«, stieß er aus. Sie sollten abhauen. Sofort.

»Uuh, ihr seid wirklich noch ganz frisch, nicht wahr?«, schien sich der Fremde über irgendetwas zu freuen.

»Äh-äh, nein«, schüttelte Brisk energisch den Kopf. »Wir sind ganz zäh.«

»Ungenießbar!«, fügte Pale hinzu.

»Ungenießbar!«, bestätigte Brisk.

Die Zunge ihres Gegenübers flitzte kurz hinaus, doch er schien seine nächsten Worte zu überdenken. »Ich mache euch einen Vorschlag. Ich bin noch etwas träge, von meinem vorherigen Essen. Und hättet ihr mich nicht in meinem Verdauungsschlaf gestört, hätte ich euch gar nicht bemerkt. Also nutzt diese Gelegenheit, die ich euch jetzt gebe – dreht euch um und verschwindet ganz schnell.«

»Okay, alles klar«, schoss es aus Pale, der schon sofort aufbrechen wollte, doch er merkte, dass sich Brisk nicht von der Stelle rührte.

Diese war zu gebannt von dem Fremden. »Bist du ein Schatten?«

Ein amüsiertes Grinsen bildete sich auf dem Gesicht der Schlange. »Ein Schatten, hm? Woher kennst du die?«

Pale japste fassungslos. »Kannst du ein anderes Mal angeben und einfach mit mir verschwinden?«

»Ich geb nicht an!«, erwiderte sie empört. »Ich will wissen, ob das ein Schatten ist.«

»Ach, meinst du, das macht einen Unterschied, wenn er dich verdaut?!«

»Du lieber Himmel, irgendwas sagt mir, dass eure Eltern nicht die geringste Ahnung haben, dass ihr alleine unterwegs seid«, schmunzelte der Fremde.

»Doch klar«, lachte Pale nervös. »Die sind gleich um die Ecke.«

»Du bist blind«, beobachtete die Schlange.

»Brisk, *warum* stehen wir immer noch hier?«, keifte der Rüde nun deutlich wütender.

»Er ist 'ne Schlange, wenn er grade gegessen hat, kann er sich kaum bewegen«, meinte die kleine Fähe selbstsicher.

Der Fremde grinste. »Da scheinst du dir ja sehr sicher zu sein.«

»Vielleicht hat er das ja nur so gesagt, vielleicht hat er gar nicht gegessen!«, drängte Pale energisch.

»Warum sollte er wohl sowas tun?«, erwiderte die Kleine. »Doch nur, wenn er uns gar nicht fressen wollen würde und *das* ist ein Zeichen für die Schatten.«

»Beeindruckend«, schmunzelte die Schlange.

»Aber Schatten *sind* feindselig.« Pale runzelte angestrengt die Stirn.

»Ähm ... ja«, stammelte Brisk schließlich. »Da hast du recht, ich weiß nicht, was logischer wäre, wenn er ein Schatten ist. Dass er uns frisst oder nicht.«

»Vielleicht«, begann der Fremde, »sind die Schatten zwar offen gegenüber einer Zusammenarbeit mit anderen Tieren, jedoch nur wenn diese keinen Ärger machen und gehorsam sind. Vielleicht sind sie deshalb feindselig zu jedem anderen, der nicht zu ihnen gehört.«

Die Welpen starrten ihr Gegenüber eine ganze Weile wortlos an, auch Pale starrte in seine Richtung, obwohl er ihn nicht sehen konnte. »Und, bist du nun ein Schatten?«, wollte nun auch der Rüde wissen, plötzlich vergessen, wie dringend er wegwollte.

Die Schlange grinste lediglich. »Du hast bläuliches Fell«, stellte er fest und wartete einen Moment, bevor er seine Frage dazu aussprach. »Liegt das zufällig in der Familie?«

Eine Stimme schallte durch den Wald, ehe jemand hätte antworten können. »Ihr ... *spinnt ja* ... total!«, schimpfte sie voller Aufregung und Erleichterung in einem. Bronze stampfte auf sie zu und schien völlig durch den Wind. »Wenn ich sage, bleibt in der Höhle, bis ich wiederkomme, *heißt* das ... bleibt in der Höhle, bis ich wiederkomme! Was ist hier los?« Sofort als sie die Schlange erblickte, war ihre Stimme fester und sie stellte sich umgehend zwischen sie und die Kinder. »Bleibt hinter mir, ihr sollt doch nicht mit Fremden sprechen, insbesondere nicht mit giftigen«, fügte sie ernst hinzu. »Wer bist du?«

»Slide«, erwiderte er einfach.

»Was willst du?«

»Ursprünglich nur schlafen«, antwortete er ihr, doch ließ das Bild vor ihm auf sich wirken. Er wirkte auf einmal distanziert. Sein vorheriges Interesse kühlte ab. »Adoptiert?«, fragte er süffisant.

»Nein, passe für Freunde auf sie auf«, erwiderte sie knapp.

»Freunde«, höhnte er, als wäre das Wort giftig. »Lust, das näher zu erklären?«

Sie zog die Stirn kraus. »Einfach Freunde«, zuckte sie die Achseln.

»Wir sind keine Schatten«, antwortete dagegen Brisk mit einer Mischung aus Durchblick und Naivität.

»Bist du ein Schatten? Ist er ein Schatten?«, fragte Bronze alarmiert zunächst an ihn und dann an die kleine Füchsin.

»Wissen wir nicht«, meinte Pale.

»Jaa, das weiß man bei denen nie so genau, was?«, kommentierte auch Slide.

»Okay, das reicht«, entschied Bronze, der das Geplänkel mit einer Kreuzotter zu gefährlich war. »Ich bringe euch jetzt sofort heim.« Sie wies den Jungfüchsen den Weg, behielt aber die Schlange immerzu im Blick.

»Ach, Kleines?«, erkundigte sich der Fremde nochmals.

»Ich heiße Brisk«, betonte sie bestimmt, doch konnte kaum ausreden, als die Schlange hervorgeschnellt kam und nur nicht zu ihr durch drang, weil sich Bronze mit gebleckten Zähnen dazwischenwarf. Zum Kampf kam es nicht. Slide hatte vor dem Marderweibchen angehalten und grinste es dunkel an. Sein Blick fiel hinter sie zur sichtlich erschrockenen Füchsin. »Ich bin nicht *komplett* unbeweglich, wenn ich was gegessen habe.«

Brisk fing erst wieder an zu atmen, als sie merkte, dass sie die Luft angehalten hatte, ansonsten beobachtete sie nur, wie Slide sich langsam abwandte und gemächlich davon schlängelte.

»Heyho Own«, begrüßte der Marder die Häsin, als er und Silver sich endlich dazu entschlossen hatten, den See zu verlassen und zu der alten Eiche zu gehen, an der sie früher oft waren. Anscheinend hatte sich Own auch daran erinnert. Sie lag gemütlich darunter. »Gut wieder eingelebt?«

Die Zufriedenheit in ihr funkelte geradezu. »Ja.«

»Oh, schön«, kam die perplexe Erwiderung, doch er lächelte. »Wenigstens einer von uns.«

»Was ist mit euch?«

»Oooch«, stieß der Marder aus. »Ich versuch mich nicht mehr zu sehr, an einen Ort zu gewöhnen. Was treiben Docile und Dry?«

»Docile ist mit seinem Bau beschäftigt, hab ihn seit gestern Morgen nicht gesehen. Dry geht's gut.« Das Funkeln war wieder da und nahm dem Marder etwas den Wind aus den Segeln, doch er musste unwillkürlich grinsen, als er versuchte, sich ihre offensichtlich gute Laute zu erklären. Sie wandte sich jedoch daraufhin Silver zu. »Wie geht es dir?«, erkundigte sie sich ernster.

»Oh, ich … ähm«, stammelte diese und überlegte, was sie eigentlich antworten sollte. Own war aufrichtig besorgt und Silver wollte dem auch nicht ausweichen. So lächelte sie schwach. »Ich schätze, mir geht's okay«, antwortete sie ehrlich. »Die Situation gerade ist akzeptabel und wir haben Crass wohl auf dem richtigen Fuß erwischt.«

»J-aaa«, kommentierte Vinous plötzlich aus den Baumkronen, als wolle er eigentlich *nein* sagen und hüpfte auf einen niedrigeren Ast, »das würde ich vielleicht doch erst einmal mit Vorsicht genießen.«

Verdutzt blinzelte Silver ihn an. »Wolltest du nicht mit Bluefire …«, fing sie an, als auch dieser durch das Dickicht schlüpfte, »na okay, hat sich offensichtlich erledigt.«

»Wir *waren* draußen«, beantwortete der Blaufuchs ihre unausgesprochene Frage. »Und Vinous hat zufällig unseren Fuchswolf beobachtet.«

»Zufällig, na klar«, schob der Marder mit gekreuzten Armen dazwischen.

»Hat diesmal tatsächlich nicht in meiner Absicht gelegen«, ging Vinous darauf ein. »Bluefire und ich haben uns nur die nähere Umgebung angesehen.«

»Und was hat dann unser Meister-Spion rausgefunden?«, hakte der Marder nach, als auch Bronze auf der kleinen Lichtung auftauchte. »Heey«, hieß er sie daraufhin freundlich willkommen. »Hast du mal wieder gerochen, dass hier gleich was abgeht?«

Ihre Hand berührte kurz seinen Arm zur Begrüßung, aber besorgt wandte sie sich an die Füchse. »Ich müsste mal kurz mit euch reden.«

»Okay, eines nach dem anderen«, schüttelte Silver den Kopf. »Geht es Brisk und Pale gut?«

Bronze nickte. »Ja, wir …«, sie stockte und blickte dann zurückhaltend in die Runde. »Es ist auch nichts unmittelbar Dringendes, wenn ihr also ...?«

»Crass ging geradewegs in diese Richtung, er wird also bald hier entlanglaufen«, drängte Vinous, bevor er auf seine Beobachtung zurückkam. »Und mir ist aufgefallen, dass er nicht allzu weit vom Wald gejagt hat.« Er verzog den Mund. »Dort ist eine Mäusekolonie.«

Silver stockte einen Moment. »*Was*?«

»Die muss schon damals da gewesen sein«, sprach Bluefire das aus, was sie gerade dachte. »Wenn man weiß, wo sie ist, braucht man nicht lange dort hin. Nur ... wir wussten das nicht und haben wegen der Jagden auch nicht außerhalb des Wäldchens gesucht.«

Silver wusste nicht, ob sie bitter grinsen, schnaufen oder den Kopf schütteln sollte, so kam eine halbgare Mischung aus allem zustande. Doch noch bevor jemand etwas sagen konnte, stieß wie von Vinous angekündigt, Crass zur Gruppe, dessen Rascheln man durch die Büsche hörte, bevor man ihn sah. Abrupt hielt er dann an. »Oh Gott, die Eiche«, war er offensichtlich überrascht, alle hier zu sehen, »ihr trefft euch wieder bei der Eiche ... Ich hab diesen Platz wie der Zufall so will auch gern, könnt ihr euch nicht einen anderen Versammlungsort suchen?«

»Du bist so ein *Mist*kerl!«, stieß Silver fassungslos aus, bevor sie sich stoppen konnte.

»Oh, okay«, erwiderte er überschwänglich, »ihr könnt den Platz auch gerne behalten, so wichtig ist er mir auch nicht.«

»Gerade ein paar leckere Mäuse verschlungen?«, fragte Bluefire provokant.

»Keine Ahnung«, gluckste er, »gerade ein paar ungenießbare Beeren verschluckt?«

»Wir *wissen* von der Mäusekolonie«, klärte ihn Silver auf.

»Aha«, kam es lediglich mit Blick auf den Boden, der sein Grinsen etwas verdecken sollte. »Okay, wer von euren Ratten ist wohl so heiß auf mich, dass er mich auf Schritt und Tritt beobachtet?«

»Das wäre dann wohl ich«, meldete sich Vinous zu Wort.

»Oh Gott, wirklich?«, lachte der Fuchswolf. »Weißt du überhaupt, wie eine Mäusekolonie aussieht?«

»Ähm ... ich hab sie vorhin auch entdeckt«, stammelte Bronze. »Als ich jagen war. Ist praktisch gleich um die Ecke.«

Ein entgeisterter Blick fiel auf die braune Jägerin und schwenkte dann zu den anderen. »*Wer* ist das überhaupt?«

»Wirklich, Crass?«, zog Silver seine Aufmerksamkeit auf sich. »Du willst das jetzt noch abstreiten?«

»Ich muss überhaupt nichts abstreiten oder bestätigen.« Seine drohende Aura, die hinter seinem Witz von einem Moment auf den anderen emporwachsen konnte, schlug die Stimmung des Gesprächs in eine etwas andere Richtung. »Es ist nicht meine Aufgabe, euch zu bemuttern.«

»Nein, aber du wusstest von der Kolonie, als die Jagdsaison stattgefunden hat«, erwiderte die Silberfüchsin. »Du wusstest, dass wir das zusätzliche Futter gut hätten gebrauchen können und du hast nichts erwähnt.« *Und nur aus Spaß an der Sache*, musste sie gar nicht aussprechen.

»Hast es richtig genossen, oder?«, kommentierte Bluefire, der sich wieder einmal in seinem Bild von dem Fuchswolf bestätigt sah.

»Und sich währenddessen wahrscheinlich kugelrund gefuttert«, fügte der Marder hinzu.

»*Passt* auf«, schnitt Crass ihnen das Gespräch ab und jeder herrschende Zug in seinem Wesen unterband jegliche weitere Wortwechsel. »Dass ich euch momentan hier wohnen lasse, heißt nicht, dass ihr euch alles erlauben könnt.«

Bluefire war der erste, der sich wieder zu Wort meldete. »Warum lässt du uns hier wohnen, Crass?« Seine ruhige Stimme war ein Kontrast zu den Beschuldigungen. Er wollte es in diesem Moment schlicht wissen. Natürlich war es auch gewagt, denjenigen anzugreifen, der ihnen Unterschlupf gewährte, aber es zehrte an einem, wenn er das nur tat, um dann ein doppeltes Spiel zu spielen.

Der Fuchswolf blinzelte zu dem bläulichen Rüden hinüber, seine gelben Augen funkelten ihn an. »Wegen meinem guten Herzen?«, schlug er dann vor.

Diesmal trat Silver einen Schritt hervor und reihte sich in Bluefires ruhiges Auftreten ein. »Wenn du uns nicht hier haben willst, gehen wir.«

»Ihr könnt gehen, wenn ihr wollt«, antwortete Crass nun ebenfalls aufrichtig. »Ihr könnt aber auch bleiben, wenn ihr wollt.«

»Warum?«

Zu Silvers Überraschung wirkte er irritiert. »Na weil …«, Crass runzelte die Stirn, »der Welpe die Gelegenheit zum Erholen braucht.«

Das konnte Bluefire wiederum schwer glauben. »Willst du damit sagen, du hast Mitleid?«

»Na und was, wenn es so wäre«, zischte Crass plötzlich bissiger, als erwartet. »Was, wenn ich eure Situation sehr gut nachvollziehen könnte und vielleicht deswegen ein Auge zudrücke. Wäre *das* vielleicht eine zufriedenstellende Antwort?«

Stille. Nicht nur wegen seines Tonfalls, sondern weil er absolut ehrlich wirkte. Er zog schließlich den Kopf zurück und schien sich zu sammeln. »Also das Angebot steht, geht wenn ihr wollt, bleibt wenn ihr wollt.«

Silver wollte etwas sagen, etwas tun. Seine Offenheit hatte sie verblüfft, ja geradezu berührt. Und auch wenn er vermutlich niemals mit Details rausrücken würde und trotz allem immer noch die Möglichkeit bestand, dass er sie anlog, setzte sie sich in Bewegung. Bis sie ihm gegenüberstand. »Wir bleiben.« Sie nickte und bestätigte damit nicht nur ihre Entscheidung, sondern auch, dass sie seine Aussage akzeptieren würde.

Seine eben noch missmutigen Augen wurden heller. »Gut.« Dann lehnte er sich vor. »Dann geht mir nicht auf die Nerven mit euren ach so scheinheiligen Beschuldigungen, alles klar?« Er zwinkerte ihnen zu, bevor er die kleine Lichtung wieder der Gruppe überließ.

»Na, das ging reibungsloser als vermutet«, meinte schließlich der Marder.

Own klappte ein Ohr zur Seite. »Glaubt ihr ihm denn?«

Silver begutachtete unwillkürlich Bluefire. Wenn ihm jemand nicht glauben würde, dann er. Doch er regte sich zunächst kaum. Bluefire war verwundert, dass er ihm tatsächlich glaubte. »Ich glaube zumindest, dass etwas Wahres dran war«, beantwortete er letztlich die Frage. »Und ich glaube auch, dass er uns hier wohnen lassen will.«

»Okay«, nickte sie diesen Entschluss damit ab.

»Du glaubst ihm auch«, sagte er unvermittelt, oder war es mehr eine Frage? Er schaute sie so bohrend an, wie schon eine Weile nicht mehr.

»Ja«, antwortete die Fähe schlicht.

»Warum?«, fragte er verhalten, doch die Intensität in seinen Augen blieb.

Kaum erkennbar zuckte Silver die Schultern. »Bauchgefühl«, meinte sie ebenso knapp. »Wo ist das Problem, du glaubst ihm das doch auch?«

Jetzt brach er aus seiner Starre und schüttelte einmal seinen Kopf. »Ja«, murmelte er. »Genau.«

Die Füchsin war irritiert über sein Verhalten, wandte sich aber dann Bronze zu. »So. Was ist jetzt mit meinen Kindern?«

Bronze atmete tief durch. »Im Moment sind sie gesund und munter in eurer Höhle.« Ihr Lächeln füllte sich mit gespieltem Enthusiasmus. »Davor waren sie heimlich abgehauen und hatten eine Begegnung mit einer Kreuzotter.«

Sowohl Bluefire als auch Silver starrten entgeistert zurück.

Wind lief genüsslich durch den Wald, er hatte kein Ziel und war auch geistig nicht wirklich anwesend. Vive war in ihrer Höhle. Sie würde dort bleiben und über seine Worte nachdenken. Er hatte sie ausklingen lassen, sodass sie sich ihren Teil dachte.

Er *badete*. Er konnte es nicht leugnen. Er konnte es ihr ansehen, wie ihr kleines Herz davon flatterte, als er praktisch vor ihr bei der Höhle war. Sie hatte Panik, wusste nicht wie sie reagieren sollte. Irgendwo *wusste* sie, dass er die Zügel gerade in der Hand hatte. Allein mit simplen Blicken konnte er sie aus der Fassung bringen.

Er hatte seine Frage nicht ausgesprochen, nicht wirklich, er hatte sie jedoch trotzdem klar gemacht. Dass er Bescheid wusste. Das Angebot, mit ihr zu fliehen. Sollte sie noch ein wenig grübeln, ob es wirklich so gemeint war. Er freute sich geradezu auf das nächste Gespräch mit ihr.

»Hallo Wind.«

Die Stimme war freundlich, warm. Und aus irgendeinem Grund unangenehm.

Wind drehte sich nach seiner Mutter um und starrte sie einen Moment an, als wisse er nicht, was er sagen sollte. »Gibt's Ärger?«, entschloss er sich schließlich zu fragen.

Heart schmunzelte. »Muss es immer gleich Ärger geben, wenn dich jemand von uns anspricht?«

Er kaute auf seinen Zähnen. »Tja … *ja*«, war seine Antwort. »Willst du vielleicht wissen, wie es mit Vive steht? Es geht voran. Das kannst du Vater gerne so weitergeben.« Nicht, dass das etwas an der Gesamtsituation ändern würde – aber das wusste sein Vater ja bereits.

Sie schüttelte den Kopf. »Darüber wollte ich gar nicht reden, nur …« Sie überkam plötzlich sichtbar Sorge und vielleicht auch Schock, als hätte sie gerade etwas äußerst Beunruhigendes gesehen. »… jetzt, wo du es erwähnst …«

Er wartete ungeduldig ab, während sie ihn lediglich mit geöffnetem Mund ansah. »*Was?*«, stieß er schließlich aus.

»Ich ...«, stammelte sie weiter, »... mit Vive ... das läuft gut, ja? Du hast das unter Kontrolle?«

»Mehr als das«, versicherte er ihr und beschloss, ihr Verhalten einfach zu ignorieren. Besonders, als sich ihr Gesichtsausdruck nicht verbesserte. Er versuchte auch nicht Angst oder Enttäuschung hineinzulesen, denn mal ehrlich, warum zum Teufel sollte sie jetzt enttäuscht sein? Nein, er drückte das alles weg und konzentrierte sich auf die Gefühle, die er vorher hatte. Diese waren viel angenehmer. Und bevor sie die Chance hatte, das zu verhindern, hob er fragend die Brauen. »War's das?«

Er glaubte, sie wollte noch etwas sagen, doch hielt sich anscheinend zurück. »Ja«, murmelte sie nur noch leise.

»Gut. Dann bis demnächst.« Er lief davon, ohne sich nochmal umzusehen.

Heart blickte hinterher, die Ernüchterung, die Sorge, die Zweifel, alles wuchs sowohl äußerlich als auch in ihrem Herzen. Sie konnte gar nicht anfangen, zu ordnen, was in Wind vorging. Aber dass es vordergründig etwas derart Dunkles und Zerstörerisches war, erschütterte Heart zutiefst. Abwehr und Verleugnung flossen ebenfalls mit ein, ohne die ersteres in der Form gar nicht möglich wäre. Er genoss, was er da tat, in vollen Zügen, genoss, was es mit ihm anstellte und wie er andere Gefühle, die ihn sonst plagen könnten, dabei abstellen konnte. Er genoss es, dass es ihn verschlang.

Ihr Herz brach in diesem Moment nicht nur in zwei Teile.

Risse

»Aber ...!«, brabbelte Brisk immer wieder dazwischen.

»Nichts aber, ich will gerade nichts von dir hören, Brisk«, wies Bluefire sie zurecht. Er hatte sich bereit erklärt, dass *er* diesmal der Spielverderber sein würde. Ihre Kinder ausschimpfen gehörte bei beiden nicht gerade zur Lieblingsbeschäftigung, aber besonders Bluefire überließ das Feld der Mahnungen gerne Silver. Dass es daran lag, dass ihn dabei ein äußerst unangenehmes Prickeln aus seiner Vergangenheit einholte, hatte er dabei jedoch verschwiegen.

Die Jungfüchse starrten missmutig und schuldbewusst zugleich nach unten. »Und Pale ...«

»Er kann nichts dafür!« Sofort schnappte Brisks Kopf wieder hoch. »Ich hab ihn überredet.«

»Ach und ich hab keine eigene Meinung, ja?«, meinte dieser sofort und wandte sich dann ebenfalls in die Richtung, aus der die Stimme seines Vaters kam. »Ich hätte sie davon abhalten sollen.«

»Ich versuche dich hier zu schützen, vermassle das nicht«, teilte die Fähe ihrem Bruder empört mit.

»Ich versuche, dir nicht die ganze Schuld zu überlassen, vermassle *du* das nicht!«

»Okay, stopp.« Bluefire schüttelte den Kopf und setzte sich auf seine Hinterläufe. »Ihr seid beide abgehauen, also seid ihr auch beide verantwortlich dafür. Ich würde nur gerne wissen, wieso?«

Betretene Stille.

»Uns war langweilig«, piepste Brisk kleinlaut.

»*Des*wegen?«, fragte Bluefire verzweifelt. »Ihr hättet nicht noch einen Moment auf Bronze warten können, um dann gemeinsam rauszugehen?«

»Du und Mama habt gemeint, hier wäre es sicher«, verteidigte sich Brisk. »Ich meine, deswegen sind wir doch überhaupt hier, oder?«

»Brisk«, seufzte Bluefire sanft und legte sich dann auf die Erde zu ihnen hinunter. »Es ist grundsätzlich nirgendwo *sicher*«, erklärte er behutsam. »Ihr müsst immer wachsam sein, egal wo ihr gerade seid. Aber noch wichtiger ist, dass ihr mir und eurer Mutter vertraut, wenn wir euch sagen, ihr sollt bestimmte Dinge nicht tun. Wir müssen wissen, dass wir uns auf euch verlassen können.«

Ein verlegenes Nicken ging von ihnen aus. »Tut uns leid«, murmelten beide.

»Okay«, zog er einen Schlussstrich darunter. »Jetzt erzählt mir von dieser Schlange.«

»*Die* war unheimlich«, schauderte Pale.

»Gelbrote Augen, Papa!«, fügte Brisk hinzu.

»Eine ... zischelnde, gruselige Stimme.«

»Ich hab ihn gefragt, ob er ein Schatten ist«, berichtete die kleine Fähe stolz.

»Er hat aber nicht geantwortet«, ergänzte Pale. Bluefire versuchte diese Informationen einzuordnen, bevor der Jungfuchs ein weiteres Mal das Wort ergriff. »Ihm ist aufgefallen, dass ... ich bläuliches Fell hab«, ergänzte er zögerlich. »Ob es in der Familie liegen würde.« Der Blaufuchs war augenblicklich versunken, von Kopf bis Fuß. Er hörte seinen Sohn beinahe nicht mehr, als er noch etwas sagte. »Was hat das zu bedeuten?«

Bluefire riss sich aus seiner Starre, als Brisk in gewohnter Mischung aus Neugierde und Unschuld sprach. »Kennst du eine Schlange?«

Immer noch mit Spannung in den Gliedern schüttelte er langsam den Kopf. »Nein«, antwortete er leise und lehnte sich dann vor. »Was genau hat er denn gesagt?«

»Nur das«, versicherte Pale. »Dann ist Bronze gekommen.«

Das war keine Kleinigkeit. Bluefire spürte das ihm bekannte Kribbeln von Tatendrang. Seit Pales Erblindung hatte er es verdrängt, aber jetzt konnte er es nicht einfach ignorieren. »Okay. Sagt mir noch, wo ihr ihn gesehen habt und dann ruhst du dich etwas aus, Pale. Du siehst erschöpft aus.«

Er nickte, denn dem konnte er nicht widersprechen. Er war noch immer angegriffen, schwach auf den Pfoten und hatte ab und zu noch Schmerzen. Wenn er in der Höhle war, merkte er das kaum, aber dieser kleine Ausflug hatte an ihm gezehrt.

Kurze Zeit später lag er mit Brisk zusammengerollt in der hintersten Ecke der Höhle und schmiegte sich an ihren Pelz. Er konnte ihren Blick jedoch schon eine gute Weile spüren, also drehte er seinen Kopf mit einem zufriedenen Lächeln zu ihr hin, ohne die Augen zu öffnen. »Ich bin trotzdem froh, dass du mich überredet hast«, säuselte er glücklich. Kurz drauf legte Brisk ihren Kopf neben seinen und er spürte ihr Lächeln an seiner Wange.

Own war vor ihrem Bau und knabberte am Gras. Obwohl sie keine Panik bei dem Gedanken an Crass hatte, wenn sie sich im Wald bewegte, fühlte sie sich dennoch wohler, wenn sie eine Fluchtmöglichkeit hatte. Im Grunde glaubte sie jedoch nicht mehr daran, dass Crass ihr etwas antun würde. Zumindest nicht einfach so. Auch wegen seiner Art im letzten Gespräch mit der Gruppe. Er war zurzeit einfach nicht auf Konfrontation aus. Na ja – für Crass' Maßstäbe.

Sie hörte Knacken aus dem Dickicht. Ihre blauen Augen fixierten die Gewächse und schließlich Dry, als er zwischen ihnen hervorkam. Sie wurde daraufhin entspannt, beinahe belustigt.

»Du, hier!?«, stieß er sogleich zur Begrüßung aus, doch sie bemerkte die Verlegenheit.

»Ich *wohne* hier«, wies sie ihn darauf hin und ihre Belustigung stieg deutlich.

»Ach, ähm ... *ehrlich?*«, überspitzte er die Überraschung, doch zur Abwechslung lag es wohl mal nicht in seiner Absicht.

Own richtete sich nun auf, sie fühlte sich selbstsicher. »Bist du gekommen, um mich zu besuchen?«, stichelte sie vergnügt.

»*Nein*, ich ... bin zufällig hier langgelaufen.«

»Zufällig an meiner Höhle vorbeigelaufen?«

»Ja-p«, betonte er das ›p‹.

»Dry?«

»Ja?«

»Du bist ein Idiot.«

»Okay.« Sein Kopf war nach unten gewandert.

Own schüttelte leicht den ihren, doch sie war nicht verärgert. Im Gegenteil. »Gibt es vielleicht was, das du mir sagen willst?«

Seine offensichtliche Scharade fiel ab und er seufzte. »Glaubst du, da gibt es etwas, das wir vielleicht bereden sollten?« Er linste hoch.

Own blinzelte sehr langsam. »*Wenn* du darüber reden möchtest – dann möchte ich es auch«, versicherte sie ihm und atmete kaum merklich durch. »Wenn du *nicht* darüber reden möchtest – dann müssen wir es auch nicht.«

So. Da hatte er sie, die Möglichkeit sich aus der Affäre zu ziehen. Own wurde nervöser, als sie vermutet hätte, ließ sich aber nichts anmerken. Sie konnten so tun, als wäre nichts geschehen und die Häsin hatte nicht gelogen – sie würde diese Entscheidung akzeptieren. Sie hatte sich im vollen Bewusstsein darüber mit wem sie es hier zu tun hatte auf ihn eingelassen.

Dry zögerte, hatte er die Botschaft doch deutlich verstanden. Er öffnete den Mund und schien auf einmal verletzlich. »Ich *möchte* darüber reden«, gestand er schließlich.

Ihre starren Augen wurden sanfter. »Gut«, meinte sie leise. »Dann reden wir.«

Dry biss sich auf die Unterlippe, während er zu Boden starrte, offensichtlich am Überlegen, wie er anfangen sollte. Dann schritt er näher auf sie zu. »Bereust du es?«, fragte er zaghafter, als sie ihn je hatte reden hören.

Sie neigte den Kopf zur Seite. »Du?«

»Mach das nicht«, bat er und schüttelte den Kopf. »Beantworte nicht jede Frage mit einer Gegenfrage. Wie sollen wir dann weiterkommen?«

Er hatte natürlich recht. Aber das musste sie ihm ja nicht sagen. »Nein«, beantwortete sie schließlich seine eigentliche Frage. »Ich bereue nichts.«

Ein kaum erkennbares Lächeln bildete sich auf seinem Gesicht. »Auch nicht, wenn ich nicht hätte reden wollen?«

Sie schüttelte den Kopf.

Er nickte und schaute wieder nach unten, doch er wirkte erleichtert. Als er diesmal wieder hochschaute, stach jedoch die Unsicherheit hervor, die unter jeder seiner Gesten tanzte. »Willst du ...«, begann er vorsichtig, »... mehr?«

Sie schluckte. Ehrlich gesagt wusste sie nicht, wie sie diese Frage beantworten sollte. Vermutlich deshalb, weil sie nicht darüber nachdenken wollte, solange sie Dry nicht vollkommen einschätzen konnte. Sie seufzte und brach damit ihre eigene Starrheit. »Verstehe das bitte nicht falsch, aber ... bist du dazu überhaupt fähig?«

Seine Augen wuchsen. »Na hör mal!«

»Ich meine nicht *das*.« Sie rollte die Augen. »Ich meine eine Beziehung.«

Seine Lippen pressten sich kurz aufeinander. »Wenn ich es nicht versuchen wollte, würde ich wohl kaum dieses Gespräch führen.«

Es stimmte, dass er sich auf eine Weise öffnete, wie er es bisher nicht getan hatte, aber noch konnte Own die Skepsis nicht ablegen. »Und du bist dir sicher? Ich meine, willst du das wirklich?«

»Ja.«

Seine feste Stimme und seine plötzliche Sicherheit ließen Own für einen Moment stocken. »Alleine in den letzten Monaten habe ich den Geruch von elf Häsinnen an dir entdeckt.«

Da waren sie wieder, seine großen Augen und der Schock darin. Own hätte schmunzeln können.

»Mir ... war gar nicht bewusst, wie gut deine Nase ist«, stammelte er, bevor eine übermäßige Freude in seinem Gesicht wuchs. »Noch eine Sache, die ich toll an dir finde!«

Und schon war der Drang zu schmunzeln wieder weg. Own drehte sich augenrollend davon und lief los, doch Dry reagierte bereits. »Okay warte, das war dumm.« Er hatte aufgeholt und die Häsin wandte sich ihm genervt zu. »Own«, sagte er absolut aufrichtig. »Ich weiß nicht, *was* das mit uns sein soll. Ich hatte sowas noch nie. Ich weiß nur, dass ich dich will. Komplett.« Dieser Hauch an Besitzergreifung in seinen Augen wuchs und fand sich auch in seiner Stimme wieder. »Und ich will dich nicht teilen.«

»Tja, zu dumm, ich will dich nämlich auch nicht teilen«, antwortete sie direkt.

»Das hab ich auch nicht vor«, versicherte er ihr nachdrücklich und mit einem dezenten Lächeln, das verriet, dass ihm ihre Aussage gefallen hat.

Own gestattete sich, das Funkeln ihrer Augen dem seinen anzupassen. »Gut«, bestätigte sie vielsagend und Dry meinte, sich wieder ein verspieltes Lächeln auf ihrem Gesicht einzubilden. »Und jetzt?«

Er konnte das breite Grinsen nicht verhindern. Er zuckte abtuend die Schultern. »Tja, also du hast gleich hier eine Höhle und ...«

Own war bereits losgesprungen und Dry mit einem tiefen Kichern hinterher.

Heart hatte Panik. Es passierte nicht oft, doch so wie sie sich fühlte, das kam einer Panik schon sehr nahe. Seit Wind sie hatte stehen lassen, seit sie einen Blick hinter seine Mauer werfen konnte, die er sonst so sorgfältig aufrechterhielt. Es hatte etwas in ihr ausgelöst. Etwas, das sie allen Umständen zum Trotz nicht länger ignorieren wollte.

Und *endlich* hatte sie auch ihren Gefährten gefunden »Wo warst du?«, stieß sie aus. »Man könnte ja meinen, du hättest den Wald verlassen.«

»Ich *war* draußen.« Er wirkte missmutig.

»Ach wirklich? Gibt's ... Ärger?«

Er schüttelte sich. »Sie haben ihr Lager aufgegeben.«

»Wer ... Rank?«

»Rank. Bernstein. Schatten. Such dir was aus. Sie sind jetzt woanders. Wir wissen nicht wo.«

»Oh.«

»Ich muss mit Wind reden.«

Das stach. Sie wusste nur nicht, ob es nur an ihr lag oder etwas in Kühl dieses Gefühl sogar noch verstärkte. Ihn beschäftigte etwas und Heart konnte nicht sagen, ob es allein an der anderen Tiergruppe lag. Aber eines nach dem anderen. »Und was ist, wenn ich nicht möchte, dass du mit Wind darüber redest?«, murmelte sie, wohl wissend wie Kühl reagieren würde.

Dieser blinzelte zunächst irritiert. »Was soll das denn heißen?«

»Was ist, wenn«, fuhr sie fort, »ich nicht will, dass er damit weitermacht, was er die ganze Zeit macht. Was ist, wenn ich will, dass du ihm sagst, er soll damit aufhören?«

Fassungslos zog Kühl die Brauen zusammen. »Ich würde fragen, *wieso?*«

»Kühl, es ist wichtig.«

Sein ungläubig geöffneter Mund schnappte zu. »*Nein*«, stieß er dann wie selbstverständlich aus. »Ich werde ihn bestimmt nicht davon abziehen.«

»Hör mir erstmal zu.«

Er schüttelte energisch den Kopf. »Heart, das kommt jetzt denkbar ungünstig.«

»Das macht ihn kaputt!«, erklärte sie verzweifelt. »Hörst du? Er muss damit aufhören oder es zerstört ihn.«

Der Rüde schaute verständnislos drein. »Und wieder frage ich – was soll das überhaupt heißen?«

»Du weißt, was es heißt«, bellte Heart nun verärgert. »Ich hab dir von Anfang an gesagt, dass ihm diese Aufgabe nicht gut tun würde!«

Kühl stockte, er wurde ruhiger, doch gleichzeitig distanzierter. »Du hast recht. Du *hast* das von Anfang an gesagt. Und du hast es trotzdem akzeptiert.«

Die Füchsin hielt die Luft an, als er mit einer solchen Endgültigkeit sprach. »Es ist nicht nur das Verhältnis zu uns, Kühl«, schüttelte sie langsam den Kopf. »*Er* ist es. Er verliert sich ... in einem dunklen Strudel, den du zwar nicht geschaffen hast, aber du gibst ihm auch kein Licht, damit er den richtigen Weg findet. Im Gegenteil, du schubst ihn weiter hinein.«

»Die Antwort ist nein, Heart.«

»Sag das nicht«, flehte sie, aber wirkte auf einmal geschlagen. Auch Kühl machte gerade dicht und die Fähe fühlte sich plötzlich ringsum ausgeschlossen. »Wir haben gesagt, die Sicherheit unseres Waldes geht vor, die Beschaffung von Informationen geht vor ...« Auch sie verlieh den folgenden Worten Endgültigkeit. »Was ist, wenn es für ein ›danach‹ zu spät ist?«

Kühl haderte, doch blieb letztendlich standhaft. »Ich habe nein gesagt. Wir können uns das zurzeit nicht leisten.«

Heart stockte verhalten. »Ist draußen irgendetwas passiert?« Sie weigerte sich daran zu glauben, dass es keinen Grund für Kühls Gefühlskälte gab, nicht wenn sie so plötzlich kam. Er seufzte und lief einige Schritte an ihr vorbei. »Kühl!«, forderte sie ihn energisch auf.

Blitzschnell drehte er sich zu ihr um. »Whitestar hat gesagt, ich sei wie Wintry, weil ich bereit bin, *alles* für diesen Wald zu tun«, offenbarte er schließlich und vieles nahm für Heart nun endlich Gestalt an. »Und weißt du was?«, kam es in einem Tonfall aus Resignation und im gleichen Zuge deren Akzeptanz, was der Fähe ganz und gar nicht gefiel. »Vielleicht hat sie damit recht.«

Er wandte sich entschlossen ab und lief davon. »Kühl«, warf sie ihm noch einmal hinterher, obwohl sie wusste, dass es keinen Sinn hatte. Sie konnte ihn nicht bitten, ihr bei einer Krise zu helfen, wenn er selbst in einer steckte. Sie erkannte nur gerade, dass sich Vater und Sohn viel ähnlicher waren, als ihnen vermutlich bewusst war.

Silver konnte es sich nicht verkneifen für die Jagd an der berüchtigten Mäusekolonie vorbeizuschauen. Zusätzlich hätte sie dann auch noch was zu Essen. Als sie dort ankam, fühlte sie sich nicht so, wie sie erwartet hätte. Sie wusste nicht sicher, *was* sie erwartet hatte, aber sie glaubte, sie war von etwas Unangenehmeren ausgegangen. Sie musste feststellen, dass es ihr im Endeffekt nicht so viel ausmachte wie zunächst befürchtet. Ja sicher, in gewisser Weise fühlte sie sich hintergangen, aber das war eben Crass. Man musste mit so etwas rechnen. Aber das Ausschlaggebende war wohl, dass es Vergangenheit war. Und sie hatte schon lange gelernt, dass man Vergangenes hinter sich lassen musste.

So fuhr sie fort, wofür sie gekommen war, fraß und kehrte dann in den Wald zurück. Mit den Gedanken bereits ganz woanders erschrak sie geradezu, als sie beinahe über den Waldinhaber stolperte. »Huch«, entwich es ihr verdutzt, doch sie schaltete sofort. »Warum tauchst du eigentlich immer aus dem Nichts auf? Kannst du dich irgendwie unsichtbar machen?«

Unbeeindruckt starrte er zurück. »Ich wohne hier.«

»Ach, echt?« Völlige Verwunderung lag in ihrer Stimme, als sie seitlich einen Höhleneingang entdeckte. Nie hatte sie gesehen, wo er wohnte.

»Glaubst du etwa, ich schlafe im Gebüsch?«, fragte er spitz.

Sie schnaufte. »Ich hab nie so genau über deine Schlafgewohnheiten nachgedacht, Dankeschön.«

»Nie so *genau*?«, zitierte er vorwitzig. Silver schickte ihm lediglich einen genervten Blick. »Also genau genommen bist *du* diesmal aus dem Nichts aufgetaucht«, fuhr er dann fort. »Der Trick ist es nun, so zu tun, als wäre es geplant gewesen. Damit kommt der Coolness-Faktor.«

Nun rollte sie die Augen, doch ein Lächeln ruhte auf ihren Lippen. »Beim nächsten Mal dann.«

Er neigte den Kopf zur Seite und begutachtete sie durch immerwährend funkelnde Augen. »Wo sind Klein Füchsilein und Klein Bluefire?«

»In der Höhle. Hoffentlich.« Bluefire war zur Abwechslung mal an der Reihe, die Jungen zurechtzuweisen. Silver hatte bestimmt keine Lust darauf, immer die alleinige Miesmacherin zu sein. Bluefire neigte dazu, diese Art von Konfrontation ihr zu überlassen. Sie hatte den hartnäckigen Verdacht, dass da mehr dahintersteckte. Auch wenn sie keine Details kannte, war klar, dass Bluefire keine gute Kindheit gehabt hatte. Seine eigenen Kinder auszuschimpfen hatte in dem Licht wirklich etwas Grausames an sich. Trotzdem – er konnte sich nicht einfach vor der Verantwortung drücken.

Augenblicklich fühlte sie wieder, wie sich der Raum um ihr Herz mit

Druck füllte. Entweder war sie leer und sie fühlte nichts außer Taubheit, oder sie war so wie jetzt – gefüllt mit zu viel Ballast, der drückte. Es tat weh, dass er glaubte, ihr nicht vertrauen zu können. Sich ihr nicht anvertrauen zu können. Dabei war sie sich sicher, dass sie ihn besser verstand, als er auch nur ahnte. Manchmal fragte sie sich, ob er sie jemals wirklich reinlassen würde.

»Ich kann's immer noch nicht fassen, dass du Mutter bist«, drang Crass' Stimme wieder zu ihr durch und sein Gesicht formte ein deutlicheres Grinsen. »Ihr habt euch ja ganz schön rangehalten.«

»Ja«, stieß sie aus und wusste selbst nicht genau, ob sie gelacht oder geschnauft hatte. »Keine Zeit verschwendet.« Sie nahm gar nicht wahr, wie der Fuchswolf sie analysierte, viel zu sehr war sie in ihren vorherigen Gedanken verfangen. Das war auch der Grund, warum sie erst hinterher realisierte, dass sie die Frage, die ihr im Kopf herumschwirrte, auch wirklich aussprach. »Warum hast du uns damals überhaupt zusammengebracht?«

»Wie bitte?«, schmunzelte Crass überrascht. »Ich habe nur gesagt, wie es ist. Zusammengebracht habt ihr euch selbst. Nichts läge mir ferner.«

»Ach ja?« Sie schielte provokativ zu ihm hinüber, wieder voll da. »Wieso?«

Er grinste, das Funkeln in seinen Augen zur Abwechslung mal zurückhaltender. »Ich tue nichts Gutes«, lautete seine Erklärung. Silver lag es auf der Zunge, zu hinterfragen, ob es wirklich etwas Gutes gewesen war, doch sie wollte sich dann doch nicht zu sehr öffnen. Natürlich konnte sie sich auf Crass verlassen, dass er geradewegs durch sie durchschaute. »Gibt es Ärger im Paradies?« Sein ganzes Verhalten beherbergte noch diese Zurückhaltung, als taste er sich vorsichtig heran.

Silver schüttelte verbissen den Kopf. »Nein, dazu kommt es erst gar nicht.« Sie atmete einmal durch, wollte verhindern, dass sie einfach fröhlich weiter plauderte. Sie sollte das wirklich nicht mit Crass besprechen. »Ist auch egal, so schlimm ist es nicht.«

Der Rüde ließ sich davon jedoch nicht abspeisen. »Dafür, dass alles okay ist, habt ihr aber so gut wie keinen Blickkontakt.« Silver schaute verdutzt auf. »In meiner Welt bedeutet das zwar nichts Gutes, aber schön. Jeder führt eine andere Art von Beziehung.«

Sie wünschte, er würde sich das dumme Grinsen aus dem Gesicht schlagen. »Tu gefälligst nicht so, als seist du der Größte, nur weil du dir einbildest, alles und jeden zu durchblicken.«

»Aber ich *bin* der Größte und ich bilde es mir nicht nur ein«, antwortete er genüsslich, jegliche Zurückhaltung verflüchtigte sich.

»Deine Bescheidenheit ist deine attraktivste Eigenschaft«, kommentierte sie genervt.

»Sag mir, dass ich falsch liege«, bot er an. Sie wollte etwas erwidern, ehrlich. Aber sie konnte nicht. »Dacht ich's mir doch.«

»*O*-kay, ich werd mich dann mal verabschieden«, summte sie, doch noch bevor sie sich abwenden konnte, plapperte Crass weiter.

»Was, wieso?« Er sprang geradezu auf.

»Weil ich bestimmt nicht mein Liebesleben mit dir diskutieren werde.«

»Warum nicht, das macht *Spaaß*«, betonte er verspielt und lehnte sich vor.

»Nein, vergiss es.«

»Vielleicht kann ich dir ja helfen«, meinte er übereifrig und genoss das Ganze viel zu sehr.

»Ts, sicher«, lachte sie lediglich und lief los.

»Wer ist schuld?« Er hörte nicht auf, ihr nachzulaufen.

Silver seufzte. »Niemand.«

»Du klingst widerwillig«, sagte er im Sing-Sang.

»Ich bin nicht widerwillig.«

»Du klingst aber so.«

»Könntest du bitte-!« Sie hatte abrupt angehalten, er tat es ihr gleich und amüsierte sich über ihren feurigen Ausdruck. Sie hatte verärgert die Luft angehalten und ließ sie nun zischend entweichen. Strategiewechsel. Und zwar schnell. »Warum interessiert dich das?«

»Mir ist langweilig und ich komm nicht genug unter Leute«, antwortete er trocken.

Sie grinste selbstironisch. »Wieso, wir schneien doch immer wieder vorbei.«

Auch sein Grinsen wurde größer, doch auch weniger aufgedreht. Ehrlicher. »Oh ja, allerdings.«

Sie ließ das Lächeln eine Weile ruhen und war einfach nur froh, dass er aufgehört hatte, nachzuhaken. Sie wusste nicht, ob sich der Moment nur für sie aufrichtig anfühlte, doch sie wagte es einfach, ihre Frage auszusprechen. »Dein ... Mitgefühl«, suchte sie die Wahrheit in seinen Augen. »Für Pale ... ist das echt?«

Seine Mundwinkel zuckten nach oben, sein Blick zuversichtlich. »Ja.«

Sie war versucht, ihm zu glauben. Sie wollte es wirklich.

»Können wir bitte, *bitte* jetzt raus?«, bettelte Brisk mit Nachdruck.

»Bestimmt nicht«, beharrte dagegen Bronze.

»Ach komm schon, Bronze«, meinte der Marder. »Ein bisschen raus gehen kann doch nicht schaden.«

»Schieß mir nicht dazwischen, wenn ich Regeln aufstelle«, erwiderte sie empört.

Er schmunzelte. »Hättest mich ja nicht mitnehmen müssen.«

Bronze passte wirklich gerne auf die beiden Jungfüchse auf, daran lag es nicht. Aber nach dem letzten Vorfall traute sie sich kaum, sie aus den Augen zu lassen, wenn auch nur für kurze Zeit.

Pale hatte einen Schmollmund aufgesetzt. »Wir laufen nicht weg, versprochen.«

»Du sollst dich sowieso ausruhen«, mahnte sie ihn, doch Pale verzog augenblicklich das Gesicht.

»Ich hab gefühlt den kompletten Tag geschlafen!«

»Das war nicht der ganze Tag«, widersprach Bronze.

»Sie hat recht, Kleiner«, stimmte nun auch der Marder zu. »Du kannst dich nicht jedes Mal wieder auslaugen, wenn du dich gerade mal etwas besser fühlst.«

Pale schnappte verärgert nach Luft. »Ich. Bin. Nicht. Krank!«

»Das hat ja auch niemand gesagt«, versicherte ihm der Marder sofort.

»Doch«, grollte Brisk. »Ihr redet ständig alle so, als wäre er krank. Jeder von euch.«

»Nein«, hauchte Bronze bestürzt. »Aber du warst nun mal schwer verletzt und das muss dein Körper erst mal wegstecken.«

»Warum?«, forderte Pale sie heraus.

»*Warum?*« Bronze runzelte die Stirn.

»Ja, warum?«, stimmte auch Brisk mit ein. »Es ist ja nicht so, als ob er durchs Ausruhen dann wieder sehen kann.«

»Ähm ...«

»Wenn er sich gerade gut fühlt, warum soll er dann nicht Spaß haben?«

»Ähm ...«

»Oder geht es gar nicht darum, dass er verletzt war, sondern gerade darum, dass er blind ist?«

»Du bist mir bei weitem zu neunmalklug, Kleines«, schaltete sich der Marder wieder ein.

»Warum?« wollte Brisk empört wissen. »Weil ich recht habe? Ihr denkt, er ist behindert, weil er blind ist. Das ist er aber nicht.«

Der Marder blinzelte. »Na jaaa ...« Er kreuzte die Arme. »Wenn wir ehrlich sind, ist schon ein wichtiger Sinn eingeschränkt.«

»Wenn wir ehrlich sind, hat er noch vier andere Sinne, vor allem Riechen.«

Der Marder trippelte verlegen seine Finger auf den Ellbogen seines anderen Arms. Auf einmal kam ihm die Höhle sehr beengt und Brisk riesengroß vor. »Okay«, stieß er aus und starrte in die Runde, ohne jemanden anzusehen. »Wie wärs, wenn wir jetzt doch einen Spaziergang machen?«

Die Jungen jubelten und sprangen voran. »So, dass wir euch *sehen* können!«, befahl Bronze und die Kleinen gehorchten. Ihr Grinsen fiel auf den Marder. »Das nächste Mal passt du wieder alleine auf sie auf«, meinte er mit den Lidern auf halbmast.

»Sie hat dich in Grund und Boden geredet«, amüsierte sich seine Artgenossin.

»Dich doch auch!«, wehrte er sich sofort.

»Ihr ist es sehr wichtig, wie man Pale behandelt.« Die Belustigung in ihrer Stimme flachte ab. »Und weißt du was? Ich finde, sie hat recht. Es als eine Behinderung zu behandeln, wäre nicht gerade gut für ihn.«

»Aber es *ist* eine«, erwiderte der Marder, während sie beide den Kindern mit etwas Abstand hinterherliefen.

»Denkst du etwa, das weiß er nicht? Er merkt das, jeden Tag. Deswegen müssen andere ihn nicht auch noch zusätzlich entmutigen.«

»Hm, wer weiß, vielleicht«, murmelte er nachdenklich.

»Und wenn er sich damit konfrontiert, lernt er auch, damit umzugehen.«

Der Marder schielte grinsend zu ihr hinüber. »Na, da hat Brisk dich wohl überzeugt.«

»Sei still«, lächelte sie kopfschüttelnd.

»Ganz ehrlich, ich hab Angst davor, in eine Diskussion mit ihr zu geraten!«, kam es überspitzt und doch fassungslos. Bronze lachte. »Und *mir* sagen immer alle, ich muss das letzte Wort haben!«

»Allerdings«, murmelte sie.

»Was war das denn für ein Kommentar?«

»Was denn?«, fragte sie scheinheilig.

»Na das eben.«

»Keine Ahnung, wovon du sprichst«, zwinkerte sie ihm zu.

»Hm-hm«, machte er sarkastisch. »Ich weiß nicht, warum du mich immer wieder zu allem möglichen überreden kannst.«

»Was denn, magst du keine Kinder?«

»Doch klar. Besonders kleine Mäusekinder.«

Bronze hielt abrupt an. »Du bist unmöglich!«

»Na, du hast es aber auch herausgefordert.«

Sein offenes Grinsen steckte sie schließlich widerwillig an. Sie setzte sich wieder in Bewegung und sie folgten den beiden Kleinen. »Du bist hier, weil es Silvers Kinder sind«, klärte sie ihn auf. »Und für *sie* würdest du alles tun, das ist richtig.«

»Ach, und du nutzt diesen Umstand, um an das zu kommen, was *du* willst?« Der Marder richtete seinen Zeigefinger mahnend auf seine Artgenossin.

»Manchmal.« Sie zuckte die Schultern.

Der Marder ließ die Hand fallen und schaute wieder geradeaus. Pale und Brisk hopsten auf einer Lichtung hin und her, versteckten sich voreinander und suchten sich dann. Die beiden Marder standen seitlich und sahen eine Weile zu. Aus irgendeinem Grund wollte ihn das soeben geführte Gespräch nicht loslassen. Seine Arme waren verschränkt und er merkte plötzlich, wie er immer wieder mit den Händen seine Oberarme drückte und wieder lockerließ. Manchmal hatte er das Gefühl, Bronze schätzte sich in ihrem Wert geringer, als sie war. Und er fragte sich, ob er eine Teilschuld daran hatte.

»Hey.« Er hatte sich zu ihr hingewandt und mit seiner Hand ihren Arm berührt, um ihre volle Aufmerksamkeit zu erhaschen. Fragende, goldene Augen musterten ihn. »Ich mach das hier nicht nur wegen Silver. Ich mach das, weil du mich drum gebeten hast. Du bist 'ne Freundin und Freunde machen das nun mal so. Okay?«

Irgendetwas suchte sie in seinem Ausdruck, doch nach und nach bildete sich ein sanftes Lächeln. »Ja, okay.«

Der Marder spiegelte ihr Nicken zufrieden und schaute wieder auf die Lichtung.

Zart wurde gerade von Cunning für die Patrouille abgelöst und war nun in Richtung See unterwegs, um dort zu jagen. Sie patrouillierte häufig in letzter Zeit, nicht nur wegen der Gefahr, sondern auch um ihr schlechtes Gewissen zu beruhigen. In ihrer gefühlskalten Phase hatte sie zwar nicht *nichts* gemacht, aber ihre geistige Anwesenheit hatte doch zu wünschen übrig gelassen. Außerdem wollte sie die anderen damit wissen lassen, dass es ihr wirklich besser ging.

Als sie am See ankam, saß dort Stürmisch im Gras, als würde er auf sie warten. Er war solch ein Romantiker, auch wenn er das vermutlich selbst anders sah. Sie lächelte ihn an. »Womit verdiene ich denn die Ehre?«

Er stellte sich auf seine Pfoten und schüttelte sich kurz. »Nur so«, erwiderte er mit einer selbstverständlichen Fürsorge.

»Woher wusstest du, dass ich hierherkomme?«

»Ich bitte dich, Zart. Wohin denn sonst, als zum See?«

Sie schmunzelte liebevoll. »Ich wollte noch schnell jagen.«

»Nicht nötig, in der Höhle hab ich was für uns.« Er nickte in die Richtung ihres Baus.

Verblüfft verharrte ihr Blick auf ihrem Gefährten. »Hast du was angestellt?«, fragte sie schließlich mit scherzhaftem Argwohn.

Er grinste, doch da war noch etwas anderes unter der Oberfläche. »Nein«, schüttelte er den Kopf. »Zumindest nicht, dass ich wüsste. Ich ... würde aber gerne mit dir über was reden.«

Seine letzten Worte waren zaghaft und es lag eine Frage darin. Zart musterte ihn ernst, doch auch neugierig. »Okay.«

Sie müsste lügen, wenn sie sagen würde, sie wäre nicht nervös. Seit sie wieder mehr ins Reine mit sich gekommen war und die Dinge geklärt hatte, rechnete sie dennoch ab und zu damit, dass sie für ihr Verhalten in irgendeiner Form die Rechnung kriegen würde. Aber sie sagte sich, dass das irrationale Befürchtungen waren und dass außer in ihrer selbst geschaffenen Fantasie nichts darauf hindeutete.

»Siehst du«, meinte Stürmisch und deutete auf die Beute, als sie den Bau betreten hatten. »Falls du dran gezweifelt haben solltest.«

Sie sah ihn mit ironischem Gesichtsausdruck an. »Als ob du es nötig hättest, mich anzuflunkern, um mich in unsere Höhle zu bekommen, mein Schatz«, zog sie ihn auf. Er lachte, doch sie stellte sich ihm gegenüber. »Okay, erzähl«, sagte sie sanft. »Was ist los?«

Er atmete durch und suchte nach den passenden Worten. »Meine

Eltern werden den Wald verlassen.«

Zart stockte. »Was, ehrlich? Was ist der Grund?«

»Meine Schwester«, antwortete er mit einem verlorenen Halbgrinsen, doch fuhr fort, bevor sie nachfragen konnte. »Meine Mutter hat mit Marron geredet. Wo er herkommt. Es hat sich herausgestellt, dass meine Schwester dort war.«

Zarts Mund öffnete und schloss sich wieder. »Wow«, hauchte sie fassungslos. »Sie ... wollen nach ihr suchen?« Stürmisch nickte und die Füchsin wurde unruhig. »Und du ... willst das auch?«

»Darüber wollte ich mit dir reden«, gestand er leise. Sie musste nichts sagen, damit er wusste, was in ihr vorging. Die Befürchtung stand deutlich in ihren Augen und es wurde ihm flau im Magen, als er befürchtete, dass sie die falschen Schlüsse ziehen würde.

Doch bevor er weiter erklären konnte, floss Verständnis in ihre Züge. »Ich verstehe«, flüsterte sie.

»Zart, ich würde niemals einfach so gehen«, versicherte er ihr hastig. »Diese Info hat mich selbst total verwirrt und ich habe mir noch keine echten Gedanken gemacht. Ich habe mich zu nichts entschlossen, ich bin noch viel zu durcheinander, aber ich wollte das von Anfang an mit dir klären. *Gemeinsam.*«

Zart seufzte kaum hörbar, als würden plötzliche Spannungen von ihr abfallen und trotz allem lächelte sie ihn immer noch an. »Ich danke dir, Stürmisch. Und es ist okay, weißt du?«

»Ich ...«, er schüttelte den Kopf, »werde es nicht machen. Es ist ... zu vage. Und ich hab mir hier ein Leben mit dir aufgebaut.« Nochmal schüttelte er den Kopf, schaute zur Seite und wiederholte das nächste mehr zu sich selbst. »Ich werde es nicht machen.«

»Jetzt mal langsam, Stürmisch.« Sie war ruhiger als zuvor, auch wenn sie die Auswirkungen dieser Mini-Panikattacke auch gleichzeitig jetzt erst merkte. »Du sollst solch eine wichtige Entscheidung nicht nur von mir abhängig machen.«

»Nicht *nur* von dir?«, stieß er ungläubig aus und rückte dann an sie heran. »Zart, du bist die wichtigste Person in meinem Leben. Wenn ich es von jemanden abhängig mache, dann von dir.«

Immer noch lächelte sie, doch es war zurückhaltend und überlagert von etwas anderem. »Und was ist mit dir?«, fragte sie dann. »Du solltest das von *dir* abhängig machen. Was willst *du*?«

Der Rüde schluckte mitgenommen. »Ich will mit dir zusammen

sein«, flüsterte er.

Ihr Lächeln zuckte. »*Und* du willst deine Schwester suchen.«

Er zögerte, doch brachte sich dann dazu, wiederum den Kopf zu schütteln. »Nein, das ist verrückt. Die Chance, dass ... und selbst wenn ... und der Wald hier ... und du ... und Cunning ...«

»Stürmisch.« Ihre Stimme war absolut ruhig und vergewissernd. Sie bemerkte seine Panik, etwas Falsches zu sagen und auch die Angst vor der Entscheidung. Und sie wollte ihm das alles wirklich nicht noch schwerer machen. »Du musst dich nicht sofort entscheiden, das weißt du. Und egal, wie du dich entscheidest – wir finden eine Lösung.«

Das Gefühlschaos lag offen in seinem Gesicht. Dieses Gespräch hatte mehr in ihm gerührt, als er sich das vorgenommen hatte, auch wenn Zart verständnisvoll reagierte. Schließlich lehnte er sich jedoch vor und aus seinen zahlreichen Emotionen trat Entschlossenheit hervor. »Wenn du mich nicht begleiten würdest, Zart ... dann bleibe ich hier. So einfach ist das.«

Das Lächeln, das diesmal auf dem Gesicht der Fähe frei brach, war offener und gerührter. Sie schloss die Lücke zwischen ihnen und drückte sich an ihn. Schnell schmiegten sie sich aneinander, als wollten sie verhindern, jemals wieder getrennt zu werden.

Heart wartete vor Winds Bau. Sie hatte überlegt, drinnen auf ihn zu warten, hatte dann aber doch das Gefühl, als würde sie dadurch seine Privatsphäre verletzen. Immerhin wollte sie sein Vertrauen gewinnen und nicht erschüttern. Und dass sie so kurz nach ihrem letzten Gespräch auf ihn wartete, würde ihm schon unangenehm genug sein.

Kurz bevor die Morgendämmerung eintrat, tauchte er schließlich auf. Heart stellte sich erwartungsvoll auf, als er bei ihrem Anblick verwirrt langsamer wurde. Seine Augen huschten suchend zu seinen Seiten. »Hab ich ein Déjà vu?«, wagte er dann zu fragen.

Seine Mutter blinzelte. »Ich hoffe nicht ganz.«

»Aha«, machte er ratlos und seufzte anschließend. »Okay Mutter, willst du vielleicht irgendwas loswerden? Ich hab dir schon gesagt, dass du dir keine Sorgen machen musst.«

»Nein, du hast gesagt, dass du alles unter Kontrolle hast.«

»Was dasselbe ist«, erwiderte er wie selbstverständlich.

Heart wog ab, wie sie beginnen sollte. »Wind, du musst uns nichts beweisen.«

Das kam nicht wirklich bei ihm an. »Aha«, wiederholte er wiederum.

»Ich meine es ernst«, beharrte sie. »Du hast mehr als genug getan, du solltest dich jetzt etwas zurücknehmen.«

» *Wie* bitte?«, stieß er verständnislos aus. »Ich kann jetzt unmöglich einfach aufhören. Ich *will* jetzt nicht aufhören.«

»Aber warum, Wind?« Damit waren sie doch beim Kern der Sache. »Warum willst du nicht aufhören?«

»Ts«, machte er ungläubig, »weil ... es nicht geht. Es gibt noch mehr herauszufinden.«

»Und du bist sicher, dass es nicht daran liegt, dass es dir Spaß macht?«, konterte sie nun direkt.

Der Fuchs brauchte nicht lange, um sich davon zu erholen. »Na wenn es mir so *Spaß macht* und wir die Informationen gut gebrauchen können, dann ist doch alles bestens.«

»Nein.« Heart schüttelte vehement den Kopf. »Nein, ist es nicht.«

»Warum willst *du* unbedingt, dass ich aufhöre?«

»Weil ich das Beste für dich will.«

»Und woher willst du wissen, was das Beste für mich ist?«, fauchte er. Das Ganze nahm plötzlich eine Wendung eher grundlegender Natur. Winds Zorn und die Unsicherheit seiner eigenen Position brodelten auf.

»Ich bin deine Mutter«, antwortete sie, wusste aber, dass ihm das nicht reichen würde.

»Tolle Erklärung, überhaupt keine Plattitüde«, giftete er auch sogleich. »Du kennst mich nicht.«

Heart schluckte. In Gewisser Weise hatte er damit sogar recht. »Ich weiß trotzdem, was in dir vorgeht«, wurde sie immer kleinlauter.

»Wie?«, schoss es mit einem bitteren Grinsen aus ihm heraus, dunkle Züge in seinem Gesicht.

Die Fähe fragte sich, was dieses Gespräch hier überhaupt bewirkte. »Ich weiß es eben.«

»Mehr Plattitüden«, rollte er die Augen und trat dann einen Schritt auf sie zu. »Ich hab keine Ahnung, was du mir eigentlich sagen willst, aber damit wir uns verstehen – ich höre nicht auf. Niemals, solange du mir nicht sagst, was daran so gottverdammt schlimm sein soll.« Heart starrte zurück. Sie wich seinem fordernden Blick nicht aus, ging aber auch nicht darauf ein. Wind schnaufte kopfschüttelnd, als hätte er genau das erwartet. »Warum hab ich über deine neue fixe Idee noch nichts von Vater gehört?«

Heart blinzelte langsam. »Er ... hört nicht auf mich.«

Das Lachen, das folgte, war wieder voller Bitterkeit, doch es war etwas Hämisches dabei. »Na das muss ja dann ein ganz neues Gefühl für dich sein.«

Oh ja, Wind musste nicht Hearts Fähigkeit besitzen, um hinter die Kulissen zu sehen. Nur was er damit anstellte, gefiel ihr nicht. Dieser Schutzschild wurde gleichzeitig zur Waffe. »Danke für deine Schadenfreude. Wenn du nicht zu sehr damit beschäftigt bist, dich in deiner Mauer aus Giftpfeilen zu verschanzen, können wir gerne nochmal vernünftiger darüber reden.«

»Sicher, du weißt wo du mich findest«, schoss er gefühllos zurück und lief in seine Höhle.

Heart brauchte etwas länger, um sich vom Fleck zu bewegen. Tiefe Ernüchterung setzte sich nach und nach in ihrem ganzen Körper fest. Wie hatte sie das übersehen können, diese Distanz? Sie hatte gewusst, dass es in diese Richtung laufen würde, aber nicht so schnell so weit. Wie konnte sich Kühl dem gegenüber verschließen? Ein simples Gespräch würde in diesem Fall bei weitem nicht ausreichen.

Silver betrat gerade die Höhle und Bluefire kam ihr entgegen, als hätte er auf sie gewartet. Seine Bewegungen waren zurückhaltend und gleichzeitige musterte er sie eingehend, wie es in letzter Zeit zur Gewohnheit geworden war. Als warte er ihr Verhalten ab, um entsprechend reagieren zu können.

»Schlafen sie?«, erkundigte sie sich.

Er nickte. »Tief und fest. Pale geht es gut«, fügte er dann noch hinzu, als hätte er ihre Gedanken gelesen. »Die Schlange hat sie nicht angegriffen, aber ihnen ganz schöne Angst eingejagt.«

»War es eine Kreuzotter?«

»Jap.«

»Na super.« Silver verzog den Mund. »Hoffentlich hast du ihnen klar gemacht, dass sie, wenn sie das nächste Mal nicht hören, nicht so einfach davonkommen.«

Er schmunzelte. »Ich denke, sie haben es verstanden und werden nicht mehr davonlaufen. Zumindest nicht in naher Zukunft.«

»Mach keine Scherze darüber«, erwiderte sie aufgebracht, Angst fütterte ihre Worte. »Ich ...«, fuhr sie dann fort und wirkte plötzlich aufgelöst, »habe damals nicht auf meine Eltern gehört.«

Sofort sprang Bluefire auf und lief auf sie zu. »Ich weiß«, versicherte er ihr, doch Silver war noch zu sehr in ihren Gedankengängen.

»Munter und ich haben nicht gehört und das hat ihn das Leben gekostet.«

»Silver, ich weiß.« Er war sehr nahe, sein Tonfall beruhigend.

Doch die Stimme der Fähe begleitete eine Panik, die sie so verletzlich und offen wirken ließ wie eine Weile nicht mehr. »Wie macht man Kindern klar, dass sie gewisse Sachen nicht dürfen? Ich weiß nicht, wie ich es ihnen anders erklären soll.«

»Es ist ja nichts passiert«, erinnerte er sie sanft.

»Ja schon, aber ...« Sie stockte. Sie wollte ihr Herz überhaupt nicht vor ihm ausschütten, wollte sich nicht so öffnen. Sie wollte ihm die kalte Schulter zeigen, verdammt! Sie wollte es ihn spüren lassen, wie sehr er sie verletzt hatte. Und er sollte sie dabei verdammt nochmal nicht so voller Wärme ansehen, so als würde er sie verstehen, als würde er ihre Gefühle nachvollziehen können. Denn wenn er das konnte, war die Tatsache, dass er sie ausschloss, noch härter zu verkraften. Bisher konnte sie sein Verhalten noch darauf schieben, dass er nie gelernt hatte, mit seinen Emotionen umzugehen, aber so – es war, als würde er sie absichtlich nicht an sich heranlassen.

Sie schluckte benommen und wandte sich ab. »Ja, du hast recht«, murmelte sie. »Tut mir leid.«

Es dauerte eine Weile, bis er antwortete. »Dir muss nichts leidtun«, kam es leise hinter ihrem Rücken.

Sie seufzte lautlos und schloss kurz die Augen, merkte aber rechtzeitig, wie Bluefire um sie herum gelaufen kam. Sie zuckte die Schultern. »Ist schon okay, die Panikattacke ist vorbei, mir geht's gut«, brabbelte sie abtuend.

Nach einem Moment schickte er ihr ein schwaches Lächeln. »Was hast du sonst heute so gemacht?«

Ihr Blick fiel zu Boden. »Marders neuen Ausbau seiner Höhle begutachtet. Jagen. Die äußere Umgebung erkundet. Mit Crass gesprochen«, zählte sie schlicht die Abfolge ihres Tages auf.

»Hm.« Er wirkte skeptisch.

»Was?«

»Nichts, nur ...« Er schien nachzudenken. »Draußen irgendwie weitergekommen?«

Sie zuckte erneut die Schultern. »In der Umgebung nördlich von hier könnte man vielleicht schon ganz gut leben.«

»Fand ich auch«, stimmte er zu. »Hat Crass irgendwas Nützliches zu sagen gehabt?«

Sie schüttelte den Kopf. »Nein, eigentlich nicht.«

»Na ja, selbst wenn er was Nützliches weiß, heißt das ja noch lange nicht, dass er auch was sagt.«

Sie sah ihn bittend an. »Ach, komm schon.«

»Was heißt hier, ach komm schon? Das mit der Mäusekolonie war doch typisch.«

»Nein- ich meine *ja*, mag sein. Klar, war es. Aber er ... wenn wir in Gefahr oder sonstiges wären, würde er etwas sagen.«

»Warum glaubst du das?«, fragte er verständnislos.

»Weil ihm Pale wirklich leidtut«, erklärte sie, doch Bluefire schüttelte nur den Kopf.

»Du hattest schon immer mehr Vertrauen in ihn, als er verdient.«

»Das ist überhaupt nicht wahr«, wehrte sie sich empört. »Ich gebe ihm gerade so viel Vertrauen, wie er verdient. Ich glaube sehr gerne, dass es noch Sachen gibt, die er uns verschweigt, aber sein Mitgefühl – das ist echt.«

»Das ist doch überhaupt nicht der Punkt«, seufzte er, als wäre er plötzlich erschöpft und auch frustriert über ihre Uneinsichtigkeit.

»Ach ja?«, gab sie bissig zurück. »Was ist dann *der Punkt* deiner Meinung nach?«

»Dass er *lügt*«, stieß er wie selbstverständlich aus. »Dass es in seiner Natur liegt, zu lügen und dass wir uns hier nicht in Sicherheit wiegen können.«

Sie wusste, dass Crass ihn an Leute erinnerte, mit denen er schlechte Erfahrungen gemacht hatte. Dass der Fuchswolf etwas aus seiner Vergangenheit triggerte. Aber sie wollte es im Moment nicht hören. »Und das Verschweigen von Infos liegt ja auch so *gar* nicht in deiner Natur«, kam es zynischer als beabsichtigt, aber die Worte hatten ihren Mund verlassen, ehe sie darüber nachgedacht hatte. Er sah im nächsten Moment so verletzt aus, dass sie ihn nicht antworten lassen wollte, ohne richtig zu wissen, wieso nicht. »Weißt du, was ich glaube, was der Punkt ist? Deine Unfähigkeit zu vertrauen.«

Tiefe, bekümmerte Schatten fuhren in sein Gesicht. »Nein, ich traue ihm auch nicht«, murmelte er nur noch.

»Die Neuigkeit des Tages«, rollte sie die Augen. »Tja, hier ist auch eine Info für dich – *ich* vertraue ihm. Weil ich *weiß*, dass er was Pale anbelangt, nicht lügt. Und für die Zeit, die wir hier unterkommen müssen, *ist* das der Punkt. So und jetzt entschuldige mich bitte. Ich muss an die frische Luft, hier ist sie viel zu dick.«

Sie wartete nicht, ob Bluefire noch etwas zu sagen hatte.

Crass hatte seine Zähne unterdessen in einer Ratte vergraben. Er lag in der Abenddämmerung am Rande des Waldes neben einem üppigen Strauch. Letzte Strahlen verhinderten gerade noch völlige Dunkelheit, der leichte Wind war heute mal nicht unangenehm eisig.

Auf das laute Knarren des Baumes, der sich hinter ihm befand, reagierte er nur mit einem Seufzer. Er schob gedankenverloren die Reste seiner Beute zur Seite. Er würde die nächsten Atemzüge ohnehin nicht zum Essen kommen.

»Netter Wald, wirklich«, kam es schließlich von hinten.

Nun bemühte sich Crass herum, blieb jedoch liegen und schielte sein Gegenüber lediglich von unten an. »Murk«, nahm er ihn zur Kenntnis. »Ich hab mich schon gefragt, wann du hier auftauchst.«

Hinter der Fassade

Die Bewegung des Greifs kam einem Schulterzucken gleich. »Tja, jetzt bin ich da.«

»Offensichtlich«, erwiderte Crass trocken. »War nett dich wiederzusehen, wir sollten öfters plaudern. Bis zum nächsten Mal dann.«

»Aber ich will noch nicht gehen.« Murk breitete kurz die Flügel aus.

»Das war ein Wink, Junge«, knurrte der Rüde genervt.

»Wir haben dir geholfen, Fuchswolf«, fauchte er nun. »Du stehst in unserer Schuld.«

»Dein *Vater* hat mir geholfen, *dir* schulde ich gar nichts.«

Murk starrte eine ganze Weile stoisch zurück, bevor er leiser, doch womöglich noch gefährlicher weitersprach. »Willst du es wirklich *darauf* hinauslaufen lassen?«

Crass lehnte sich unbeeindruckt vor. »Ich erkläre es dir mal in einfachen Worten – das ist mein Gebiet und du hast hier nicht einzudringen.«

»Was sollte mich davon abhalten?« Eine ehrliche Frage lag darin, extra dafür bestimmt, ihm seine Machtlosigkeit vor Augen zu führen. Das beinahe freundliche Lächeln spottete zusätzlich. Noch bevor Crass etwas darauf erwidern konnte, sprach der Vogel weiter. »Ich sag dir was«, schlug er vor. »Mich interessiert nicht der Wald. Ich will die Gruppe, die du versteckst.«

»Wenn ich sie versteckt hätte, hättest du sie wohl kaum gefunden«, konterte er mit leisem Hohn.

»Ich nehme doch an, du verstehst, was hier für dich auf dem Spiel steht, oder?« Die Frage war eigentlich eine Drohung.

Der Wolf legte den Kopf zur Seite. »Was willst du überhaupt von ihnen?«

»Das geht dich nichts an.«

»Doch, denn sie wohnen in meinem Gebiet«, erinnerte er ihn.

»Dann wirf sie raus.«

Crass zuckte nicht, als er dem Niederstarren des Greifs standhielt. Entschlossenheit in seinen Zügen. »Nein«, zischte er sich seiner sicher.

Murk hob den Kopf an, doch sein Zorn schien sich in Grenzen zu halten. »Na schön. Dann hast du dir hiermit einen Job ergattert.«

Crass grinste ungläubig und abwertend. »Bitte was?«, formte er so langsam und desinteressiert wie möglich.

»Einen Job, eine Aufgabe, einen Auftrag.«

»Einen *Job* für die *Schatten*?«, fragte er süffisant und konnte noch nicht ganz fassen, was hier gerade geschah. Das letzte hatte er nur als Köder hingeworfen – er selbst wusste lediglich von den Adlern, nichts von irgendwelchen anderen Tieren.

Murk ignorierte diese Aussage. »Du hältst mich auf dem Laufenden über sie, natürlich besonders wenn sie etwas gegen uns Adler planen. Wir können das ja nicht übernehmen, dafür müssten wir schließlich in dein Gebiet und das dürfen wir ja nicht, richtig?« Crass schickte ihm das hasserfüllteste Grinsen, das er zustande brachte. »Wenn du das für uns tust und uns auf dem neusten Stand hältst – dann halten wir uns aus deinem Gebiet fern. Haben wir uns verstanden?«

»Klar und deutlich«, kam es voller Sarkasmus, sein gehässiges Grinsen ungebrochen.

»Gut.« Murk hob die Flügel an und machte sich zum Aufbruch bereit. »Ach und, falls du dieser Aufgabe nicht gewachsen bist, werde ich sehr enttäuscht sein.«

»Ooh«, machte er mit gespieltem Bedauern. »Ich könnte dich doch niemals *enttäuschen*.«

Der Blick des Greifs kam einem Blitz gleich, doch er stieß sich vom Ast ab und flog davon. Crass' Mimik verlor jegliche Ironie, jegliches Grinsen. Übrig blieb ein tödlicher Ausdruck.

Docile schien irgendetwas an dem Eingang zu seinem Bau zu arbeiten, als er Own schließlich bemerkte. Er brach seine Arbeiten ab und begann zu lächeln. Sie blieb direkt vor ihm stehen und sah ihn warm an, doch es dauerte eine Weile, bis jemand von ihnen das Wort ergriff.

»Ich hab dich ja so selten gesehen in letzter Zeit«, bemerkte Docile als erster. Es lag kein Vorwurf in seiner Stimme, eher Neugierde. Jedoch auf etwas, auf das er die Antwort schon kannte.

Owns Mundwinkel zuckten. »Das wollte ich hiermit ändern.«

»Beschäftigt?«

Sie blinzelte. »Etwas.« Er nickte erkennend, das leichte Lächeln verließ niemals seine Lippen. Own neigte behutsam ein Ohr zur Seite. »Woher weißt du es?«

»Abgesehen davon, dass sein Geruch fast den deinen übertönt? Ich, ähm ...«, er atmete durch. »Vinous. Also, er hat euch wohl mal gesehen und irgendwie hat er sich mit dem Marder darüber unterhalten, zufällig als ich vorbeikam.«

»Ich wusste nicht, dass wir Wald-Gespräch sind«, kommentierte sie trocken.

Docile schmunzelte. »Keine Ahnung, wer es sonst noch weiß.« Er zögerte noch kurz. »Also ... ist das wohl ganz frisch mit euch?«

Sie zuckte die Schultern und nickte. »Ich weiß«, fing sie langsam an, »du bist nicht sehr begeistert von ihm.«

Er schüttelte den Kopf. »Ach nein, so kann man das nicht sagen und es ...«, er stockte kurz. »Es geht mich ja auch gar nichts an.« Er wirkte zuversichtlich, als wolle er ihr versichern, dass er sich für sie freute.

»Nein, tut es nicht, aber ... na ja.« Sie blinzelte. »Ich wollte trotzdem mit dir reden.«

»Musst du nicht«, beteuerte er gutmütig. »Ich würde nur sagen, du sollst auf dich aufpassen, aber ich weiß, dass du das machst, also – wünsch ich euch alles Gute.« Das Lächeln fuhr auch in seine Augen und Owns Befürchtungen fielen dadurch ab.

»Wer wünscht wem was Gutes?«, fragte jemand Drittes und Own war überrascht über den Marder, der seinen Kopf plötzlich aus Dociles Bau streckte. »Übrigens Docile, *du* brauchst bestimmt keine Tipps fürs Bauen, weißt du, was für ein Kunstwerk das ist?« Beide Hände waren auf das Innere der Höhle gerichtet, seine Augen riesengroß.

Docile schmunzelte. »Dankeschön.«

Own runzelte die Stirn. »Was machst du da drin?«

»Warst du schon mal da drin?«, erwiderte der Marder, eine Hand auf der Hüfte. »Dann würdest du diese Frage nicht stellen. Der Wahnsinn.« Sein Kopf war wieder in den Bau gerichtet.

Own blinzelte zu ihrem Bruder. »Hast du einen Erholungspark gebaut?«

Er schüttelte nur amüsiert den Kopf. »Nein, es ist nur eine ganz normale Höhle.«

»Normale Höhle sagt er«, stieß der Marder aus. »*Ich* hab 'ne normale Höhle. Docile hat seine architektonischen Fähigkeiten ausgelebt. Weißt du wo er schläft?« Beide Hände waren nach vorn gerichtet, als würde er etwas formen. »Er hat in die Wand seines Wohnraums eine Kuhle gegraben, aber erhöht, sodass er in den Wohnraum runter schauen kann!«

Die Hasen beobachteten lediglich, wie der Marder vergnügt kicherte. Schließlich zuckte Own die Schultern. »Klingt wirklich ganz schön«, wandte sie sich an ihren Bruder. »Aber nur zur Sicherheit – hat er irgendwas Komisches gegessen?«

»Okay«, rief der Marder aus, bevor Docile mehr als grinsen konnte und schlüpfte schließlich vollends aus dem Bau. »Wer wünscht nun wem was Gutes?«

»Ich«, antwortete Docile zögernd.

»Dry und mir«, vervollständigte Own.

»Ach *jaaa*«, stieß der Jäger mit vollem Grinsen aus und kreuzte die Arme. »Unser neues Traumpaar.« Own rollte lediglich ansatzweise die Augen. »Es ist also wahr, ja?«

»Du hast es von Vinous und aus Erfahrung ist das eine ziemlich zuverlässige Quelle.«

»Wie geschickt sie drumherum reden kann«, meinte er bewundernd zu Docile.

»Ja, sie weiß, wie man mit Worten umgeht, wenn es sein muss«, ging dieser darauf ein.

»Vielleicht kann sie das Dry ja beibringen«, fuhr der Marder fort. »Ihn interessiert normaler Weise nicht, wie das ankommt, was er sagt.«

»Oooh ja«, stimmte Docile sofort mit ein. »Das wäre super.«

»Also Own«, fasste der Marder zusammen. »Hast du das gehört?«

»Ich werd's mir merken«, erwiderte sie trocken. »Ich entschuldige mich dann – ihr könnt sowieso ungestörter ohne mich weiterreden.«

Der Marder und Docile grinsten sich an, als sie aufbrach. »Ich werd ihr mal nachlaufen«, sagte der Jäger schließlich.

»Tu das«, stimmte der Feldhase amüsiert zu. »Ich geh dann mal wieder rein.«

»Heut Abend bau ich meine Höhle um«, rief der Marder noch mit Begeisterung zurück, als er Own nachrannte.

Sie hörte ihn bereits, hielt aber deswegen nicht an. »Hey Own«, rief er und lief schließlich neben ihr her. »Dir geht's gut, oder?«

Etwas überrascht schaute sie ihn an. »Ja, sicher.«

»Gut, gut«, nickte er. »Denn wenn er dich verletzt, fress ich ihn auf.«

Sie schmunzelte beinahe, was dem Marder voller Freude auffiel, und so etwas wie Dankbarkeit leuchtete in ihrem Ausdruck. »Ich werd's ihm sagen.«

»Mach das«, bestätigte er übereifrig. »Und sag ihm, ich scherze nicht.«

»Okay.« Damit liefen sie noch eine Weile nebeneinander her und obwohl sie nicht hinsah, spürte sie doch wie der Blick des Marders immer wieder zu ihr hin wanderte. Sie hatte das Gefühl, er wollte etwas sagen. Etwas, das mit seiner Ursprungsfrage zu tun hatte, ob es ihr gut ginge. Etwas von dem er aber nicht wusste, ob er es tatsächlich fragen sollte.

»Ich glaube, ich brauche ihn irgendwie«, beantwortete sie diese Frage, ohne es richtig mitzubekommen. Sie starrte weiterhin geradeaus, vollends in Gedanken. »Er bringt Seiten an mir hervor, die ich lange verdrängt habe«, fuhr sie langsam fort, bevor sie nur noch flüsterte. »Ich wusste gar nicht mehr, ob sie noch existieren.«

Es dauerte einen Moment, bevor der Marder sprach. »Seiten von früher?«, fragte er behutsam und Own schnappte damit ein wenig aus ihrer Trance. »Wie warst du so?«

Selbstironie füllte ihren Ausdruck. »Aufsässiger, selbstsicher ...« Nun sah sie ihn endlich direkt an. »In vielerlei Hinsicht ähnlich wie Dry – mit einem etwas ausgeprägteren Gerechtigkeitssinn.«

Er lächelte warm. »Hört sich nach einer tollen Person an.«

»Ja«, murmelte sie, ihre Lider senkten sich. »Ich weiß nicht, ob ich diese Person noch sein kann.«

Als er sie so musterte, konnte er ihre vielen, teilweise gegensätzlichen Seiten geradezu greifen. Und aus irgendeinem Grund störte es ihn, dass sie offensichtlich über einige dieser Seiten Zweifel hatte. »Hört sich auch nach einer Person an, die noch keine Hürden überwinden musste«, betonte er daher. Es verfehlte seine Wirkung nicht. Own schaute auf, unsicher darüber, ob sie ihm glauben sollte. Der Marder hielt an und sie tat es ihm gleich. »Du hast viel durchgemacht und das hat dich geprägt«, erklärte er, immerzu ein unterschwelliges Lächeln auf den Lippen. »Das hat aus dir aber keine schlechtere Person gemacht. Du bist jetzt eben nur ... anders. Weiß Gott, ich habe auch ein früheres Ich. Selbstgefällig, übermütig, auf den eigenen Vorteil aus ... und absolut *keinen* Gerechtigkeitssinn.« Er grinste zwinkernd und auch Own wirkte gelöster. Der Witz schwand jedoch wieder, übrig blieb eine offene Vertrautheit. »Ich will die alte Own gar nicht kennenlernen. Ich mag die neue, wie sie ist.«

Die Häsin war gerührt, Dankbarkeit in ihrem Gesicht. Schließlich blinzelte sie ihn an. »So wie du dein altes Ich beschreibst, möchte ich es auch nicht kennenlernen.«

Der Marder stockte, seine plötzlich entgeisterten Augen blinzelten ebenfalls, jedoch aus Ratlosigkeit. »Ich weiß nie, ob du sowas mit Absicht sagst«, stieß er schließlich aus und versuchte einfach, ihren Ausdruck als Amüsement zu deuten.

Endlich hatte Bluefire ihn gefunden. Er hätte den Wald inzwischen auch verlassen können, doch der Blaufuchs hätte nicht darauf gewettet. Nachdem was Pale und Brisk erzählt hatten, war er sich sicher gewesen, dass sie ihn nicht das letzte Mal gesehen hatten.

Er sah eine zusammengerollte Kreuzotter, dunkelgrün und als sich ihre Augen öffneten, waren diese rotgelb. Es passte. Bluefire verharrte an Ort und Stelle. »Slide, nehme ich an?«

Seine Schnauze steckte noch hinter seinem geringelten Körper, von seinem Gesicht waren lediglich die Augen zu sehen. Schlitzpupillen musterten den Blaufuchs zunächst kalkulierend, doch dann zogen sich seine Mundwinkel immer mehr nach oben. Schließlich hob er seinen Kopf. »Sieh einer an. Ich bin berühmt.«

Bluefire behielt seine Distanz. »Das bleibt noch abzuwarten. Ich bin der Vater der Welpen, die du erschreckt hast.«

»Ich weiß«, entgegnete die Schlange sofort und seine Zunge zischte kurz heraus. »Dieses blaue Fell sieht man nicht alle Tage.«

Die Tasthaare des Rüden zuckten. Diesmal war er derjenige, der kalkulierte. »Schon mal woanders gesehen?«

»Abgesehen von deinem Sohn?«, spielte Slide genüsslich. Bluefire antwortete nicht mit Worten. »Schon möglich«, gestand die Schlange daraufhin.

»Wo?« Es hatte nicht in Bluefires Absicht gelegen, dass die Verzweiflung so deutlich mitklang.

Slide nickte den Kopf zur Seite, eine Bewegung, die einem Schulterzucken noch am nächsten kam. »Ein Stückchen von hier. Ein gutes Stückchen. Nicht unerreichbar.«

»Irgendeine Chance, dass du mir ein bisschen genauere Informationen gibst?«

»Angenommen ich könnte das – was wäre meine Motivation?«

Der Fuchs atmete tief ein und durch den Mund aus, als müsse er sich zusammennehmen. »Bist du ein Schatten?« Es ging ihm eher um seine Reaktion als um seine Antwort. Wenn er einer war, würde er es wohl kaum sagen.

»Schatten, Schatten«, erwiderte er süffisant. »Deine Tochter hat dasselbe gefragt.« Er hob die Brauen. »Bist *du* denn einer?«

Bluefire starrte eine Weile zurück, versucht, die Absicht seines Gegenübers zu erkennen. Er musste aber einräumen, dass er nicht so einfach zu lesen war. »Nein, bin ich nicht«, sagte der Rüde schließlich.

»Warum willst du sie dann finden?«, lächelte Slide wissend.

Der Blaufuchs schluckte. »Weil ich noch eine offene Rechnung mit ihnen habe.«

Das schien die Schlange auszubremsen, er verharrte einige Atemzüge wortlos. »Interessant«, meinte er dann. »Ich kann dir aber leider nicht helfen.«

»Kannst nicht oder willst nicht?«, konnte sich Bluefire nicht verkneifen.

Slide züngelte lediglich bewegungslos.

Der blaue Jäger seufzte ernüchtert. »*Warum* nicht?«

»Einfach. Ich kenne dich nicht. Ich weiß nicht, was du mit der Information anstellst.«

»Ich will doch *nur*-!«, stieß er verzweifelt aus, doch stoppte sich kopfschüttelnd. »Bin ich *besessen*?«, fügte er in gleichem Tonfall hinzu.

Slide schmunzelte verblüfft. »Wir kennen uns seit zwei Minuten.«

»Nein, ich meinte nicht ...« Wieder hielt er sich selbst zurück. Eigentlich war ihm die Frage nur herausgerutscht und eher an sich selbst gerichtet. Also schüttelte er sie einfach ab. »Ich weiß zwar nicht, wie du darin verwickelt bist, aber ich habe den Verdacht, du wirst noch eine Weile in der Nähe bleiben.«

»Ach ja?«

»Ja. Denn irgendwie hängst du mit drin. Du weißt etwas. Und da du nicht reden willst, habe ich vorerst nur eine Warnung an dich, die du besser sehr ernst nehmen solltest.« Diesmal trat er einen Schritt nach vorne und kein Funken Angst flimmerte in seiner Bewegung oder Mimik, die Geste extra dafür, um seine Entschlossenheit zu demonstrieren. Und tatsächlich schwebte er dadurch mit einer ruhigen Bedrohlichkeit über seinem Gegenüber voller Selbstsicherheit und Überlegenheit, als er mit dunklen Augen folgende Warnung aussprach. »Komm meinen Kindern nicht mehr zu nahe.«

Auf dem Gesicht der Schlange wuchs ein anerkennendes Grinsen. Bluefire wandte sich ab, als hinter ihm noch einmal Slides Stimme ertönte. »Ich hätte deinen Kindern nichts getan«, sagte sie und Bluefires Kopf wandte sich um. Die Kreuzotter funkelte ihn an, das Grinsen währte noch immer. »Ich mag sowieso lieber Mäuse.«

Bluefire sah ihn bittend an, doch verstand. Sein Blick hielt länger fest, als er eigentlich geplant hatte. »Ich komme an die Informationen«, hörte er sich schließlich versprechen. Und klang dazu noch äußerst überzeugend. Slide verengte nur die Lider, bevor der Blaufuchs verschwand.

Whitestar hatte gerade ihre Patrouille beendet und war auf dem Weg zur Höhle, als ihr Heart über den Weg lief. »Hey«, begrüßte sie die Rotfüchsin, doch ihre Art ließ die Schneefüchsin stutzen.

Sie schaute erschrocken auf, als wäre sie mit den Gedanken ganz woanders gewesen, aber ihre Bewegungen waren unruhig. Erst langsam kam sie wieder ins Hier und Jetzt. »Ah, hallo Whitestar.« Sie schüttelte einmal den Kopf. »Entschuldige, ich hab eben nicht aufgepasst.«

Die Polarfüchsin musterte sie forschend. »Geht dir etwas durch den Kopf?«

»Wieso?«, fragte Heart verwirrt.

Alleine diese Frage verwunderte Whitestar noch mehr. »Na ja, du ...«, versuchte sie zu erklären, »wirkst ... *nervös*. Du. Nervös. Das ...« Sie runzelte nachdenklich die Stirn. »Das hab ich ehrlich gesagt noch nie gesehen.«

»Oh, ich äh ...«, atmete die rote Jägerin überrascht und dachte soeben wohl über ihr Verhalten nach. Plötzlich wurde sie ruhiger, doch nur äußerlich. In ihren Augen tobte noch immer Unmut. »Ich hab Angst«, murmelte sie plötzlich und ihr Fokus wanderte nach innen.

Whitestars Lider weiteten sich. Damit hatte die Fähe nun nicht gerechnet. Klar gab es zurzeit viele Unsicherheiten, doch Heart beschäftigte etwas Konkretes. »Was ist passiert?«

Hearts Lippen pressten aufeinander. »So vieles, so schleichend.« Plötzlich sah sie ihre weiße Artgenossin direkt an. »Hast du Kühl gesagt, er wäre wie Wintry?«

Whitestars Ohren flatterten auf. »Oh, ich, äh ...«, stammelte sie überrumpelt. »Ich ... wollte damit nicht ...«

»Schon gut, du musst dich nicht winden«, tat die rote Fähe die Bedenken ihres Gegenübers ab. »Ich ... hab zurzeit selbst Angst, dass er die Perspektive verliert.«

Die Schneefüchsin horchte auf. »Ach, echt?«

Heart war zurückhaltend. »Was ist passiert?«

»Ähm.« Whitestar schluckte. »Er ... ist bereit, Vive zu foltern, um sicherzugehen, dass sie uns alles gesagt hat.«

War Heart zuvor noch bemüht, nüchtern zu bleiben, kroch nun leise Fassungslosigkeit in ihr hoch. »Oh«, machte sie angespannt. »Das ...« Sie wurde immer bitterer. Verzweifelter. »Klasse. Super. Das macht alles ja noch viel leichter.«

Whitestar blinzelte. Hatte sie die Rotfüchsin schon jemals sarkastisch reden hören? Das Gespräch war ja voller erster Male. »Heart«, bat sie schließlich. »Sag mir, was los ist. Was macht dir Kopfzerbrechen?«

»Es ist Wind«, antwortete Heart und ihre Augen glitzerten, ob vor Traurigkeit oder Wut konnte Whitestar nicht sagen. »Ursprünglich ging es um Wind. Der Umgang mit Vive, seine Aufgabe mit ihr ... das tut ihm alles andere als gut. Auf einem emotionalen Level. Es ist schwierig zu erklären, ich-«

»Ich weiß von deinen Fähigkeiten«, ersparte ihr Whitestar diffuse Erklärungen.

Heart öffnete geschockt den Mund. »Oh.«

»Ich hab das Kühl mehr oder weniger abgerungen, ich erklär's dir nachher, erzähl erst einmal weiter.«

»Oh. Okay«, stockte sie noch immer, doch entschloss sich dann, wie gebeten fortzufahren. »Ja. Richtig. Also er sollte damit aufhören, für seinetwillen. Aber jetzt – du bestätigst mir, dass Kühl auch im Begriff ist, zu weit zu gehen. Also, was soll ich machen, Whitestar?« Das war eine Bitte voller Ratlosigkeit. »Wenn Wind freie Pfote hat, alles aus Vive herauszubekommen, lässt Kühl Vive in Ruhe, aber Wind bleibt auf der Strecke. Aber wenn ich Wind davon abhalte – abgesehen davon, dass das vielleicht nicht möglich ist – dann ... was? Dann dreht mein Gefährte durch?«

Überspitzt, doch es traf zu. Die weiße Füchsin verstand Hearts Bedenken. Ihre Ängste. Whitestar leckte ihre Lippen und trat dann behutsam einen Schritt auf sie zu. »Vielleicht muss ja nichts davon passieren. Im

Moment sieht es vielleicht so aus oder ... fühlt sich so an, schon klar. Aber es ist eine schwierige Situation, eine die durchaus an Grenzen führen kann, je nachdem was die nächsten Tage passiert. Ich meine, muss alles gleich endgültig sein? Kühl hat schon öfter die harten Entscheidungen getroffen und danach gut weiter gemacht, auch wenn ich es für absolut falsch halte, Vive zu ... foltern, unabhängig davon ob sie lügt oder nicht. Mit Wind ... nun ja.« Sie wurde deutlich zurückhaltender. »Ich weiß nicht. Ich glaube, ich bin nicht sehr geeignet dazu, über ihn ... ich kann dazu schlecht was sagen, aber trotzdem.«

Heart wirkte ruhiger, nachdenklicher. Whitestar wusste nicht, ob das wirklich ihr Verdienst war. Die Rotfüchsin begann zu nicken. »Es *muss* nicht endgültig sein, du hast recht«, stimmte sie zu. »Aber je tiefer man in den Treibsand sinkt, desto schwerer ist es, da wieder rauszukommen. Und vor allem bei Wind bin ich mir nicht sicher, ob er es dann überhaupt möchte.«

Whitestar fielen einige Kommentare dazu ein, beispielsweise wie aus Wind ein so verkorkster Fuchs hatte werden können, hatte er doch Geschwister und Eltern, die Whitestar sehr schätzte. Doch sie verkniff sich alle. Er war Hearts Sohn und sie wusste nicht, was sie tun würde, wären die Rollen vertauscht.

»Kühl und Wind sind sich nicht so unähnlich, weißt du«, hörte sie schließlich Hearts Stimme.

Whitestar grinste schwach. »Ich muss mich erst noch daran gewöhnen, dass ich meine Gedanken in deiner Gegenwart besser kontrollieren sollte.«

Auch in Hearts Gesicht blitzte kurz ein Lächeln auf. Dann atmete sie durch. »Kühl kämpft auch mit sich. Jeden Tag. Das war schon immer so und wird vermutlich immer so sein.«

»Wintry sei Dank, was?«, schob Whitestar wissend dazwischen.

Heart zwinkerte zustimmend. »Bei ihm ist es nur so, dass er dagegen kämpfen *will*. Und ich helfe ihm natürlich wo ich kann.« Der Blick, der daraufhin auf die Polarfüchsin fiel, war plötzlich wieder mit Trauer und Angst geschwemmt. »Aber wen hat Wind?«

Das traf Whitestar tiefer, als sie erwartet hätte und gab diesem ganzen Thema plötzlich eine etwas andere Perspektive. Sie wollte der Rotfüchsin irgendwie helfen. Aber sie wusste nicht, ob es so möglich war, wie sie sich das erhoffte. »Ich verstehe das, okay? Jetzt mal ganz abgesehen davon, was ich von Wind halte. Aber Heart«, sie sah sie voller Mitgefühl

an, »er muss es auch *wollen*. Du kannst ihn nicht dazu zwingen. Und ...«
Ihre Lippen zogen sich zögerlich zu einem Strich, bevor sie beinahe nur
noch flüsterte. »Wind hat etwas sehr *Dunkles* an sich.«

»Ich weiß«, wisperte Heart und die Feuchtigkeit in ihren Augen war
diesmal definitiv keine Wut.

»Das heißt nicht«, seufzte die weiße Füchsin, wollte sie doch nicht
ungerecht sein, »dass es hoffnungslos ist. Ich meine, er ist hier. Offensichtlich sucht er eure Nähe. Vielleicht will er Hilfe, ohne es zu wissen.«

Das stimmte. Bei allem, was ihr Angst einjagte, wenn sie an Wind
dachte – ihr wurde durch Whitestars Worte klar, dass Wind tatsächlich immer noch Nähe suchte. Auch wenn sie nicht wusste, ob das
ausreichte, fütterte es doch ihre Hoffnung. Langsam hoben sich Hearts Mundwinkel zu so etwas wie einem Lächeln. »Danke, Whitestar«,
hauchte sie aufrichtig. Es änderte nichts an der Situation, aber der Wir-
belsturm in ihrem Kopf hatte sich gelegt. »Ich glaube, genau das habe
ich gebraucht. Jemand, der mich wieder etwas runterbringt.«

Die Schneefüchsin lächelte. »Na ja, nach den ganzen Malen musste
ich mich ja auch mal revanchieren, findest du nicht?«

Heart lachte halb und schluckte dann ihren Kloß im Hals runter.
»So«, machte sie, als würde sie einen Haken darunter setzen und etwas
Humorvolles lag in ihrer Stimme. »Und jetzt würde ich gerne hören,
wie sich mein Gefährte bei dir verplappert hat.«

Vive traute sich kaum noch, eine Pfote vor die Höhle zu setzen. Jederzeit
rechnete sie damit, dass Wind oder Kühl auftauchen würden und ihr
sagten, dass sie aufgeflogen war, dass sie Bescheid wussten. Wind wusste
Bescheid.

Oder nicht?

Sie sprang auf und lief nervös von einer Wand des Baus zur anderen.
Wollte Wind sie wahnsinnig machen? War das sein Plan? Dann hatte er
Erfolg damit.

Er hatte ihr nicht gesagt, dass er Bescheid wusste, nicht wortwörtlich.
Und doch fiel es ihr schwer, sein Verhalten anders zu interpretieren.
Wenn aber Kühl noch nicht bei ihr aufgekreuzt war, hatte er ihm vielleicht noch nichts davon erzählt. Wollte er sie etwa wissen lassen, dass
er Bescheid wusste, es aber aus irgendeinem Grund für sich behielt?

Sie biss sich auf die Unterlippe. Seine letzte Frage. Sie war voller
Möglichkeiten und Versprechungen. Hatte er damit wirklich sagen
wollen, dass er mit ihr mitkommen wollte? Zu ihrer Familie, zu den

Schatten? Wollte er wirklich verschwinden oder ihr nur ein Geständnis abringen?

Sie zuckte erschrocken zusammen, als Wind plötzlich am Höhleneingang wartete. Sie hätte es ja für einen unheimlichen Zufall gehalten, dass er dann auftauchte, wenn sie gerade an ihn dachte, aber das war es nicht. Nicht wenn sie ununterbrochen an das Gespräch denken musste.

Er hatte sich ganz schön Zeit gelassen. Genug, um sie schmoren zu lassen, erinnerte sie sich.

Mit einem Mal fühlte sie sich resigniert. Jegliche Anspannung fiel ab. »Hast du deinen plötzlichen Auftritt aus dem Nichts etwa geübt?«, kommentierte sie trocken.

Er schmunzelte, bevor er näher kam. Er blieb einen Augenblick vor ihr stehen. »Du musst hungrig sein«, sagte er schließlich, beinahe fürsorglich. Mit was sie auch gerechnet hatte, das war es nicht gewesen. »Du bist schon eine halbe Ewigkeit nicht mehr aus deiner Höhle gekommen.«

Na sowas. »Ach, und woher weißt du das so genau?«

»Vive«, bat er, als wäre es unnötig, das Offensichtliche zu erklären. »Ich bin beauftragt, dich zu beobachten. Natürlich beobachte ich dich.« Er wirkte so offen und selbstverständlich, als würde er ihr nichts verheimlichen wollen. Sie wusste ehrlich gesagt nicht, wie sie darauf reagieren sollte. »Also komm schon«, fuhr er mit freundlichem Lächeln fort. »Lass uns jagen gehen.« Er lief voran. Sie setzte sich erst in Bewegung, als sie sein Blick über die Schulter aus der Gedankenwelt holte.

Sie entschied, die Situation weiterhin zu beobachten. Versuchte, zu erkennen, ob er ihr irgendetwas mitteilen wollte. Und sie wünschte sich, er würde sie nicht dauern angucken, als gäbe es ein gegenseitiges Verständnis.

Die Jagd verlief recht entspannt, den Umständen entsprechend. Nach gefangener Beute kehrten sie mit dieser zur Höhle zurück. Sie lagen vor dem Eingang im Gras und Vive hätte am liebsten so getan als ob. Als ob sie keine Gefangene wäre, als ob es keine Fehden gäbe. Als ob sie und Wind nur zwei Freunde wären, die den Tag genossen. Doch ihr war bewusst, dass sie vorsichtig die Pässe zurückgeben musste, die er ihr zu warf. »Wie ist das, Wind ... informierst du deinen Vater über jedes unserer Treffen?«

Er grinste interessiert. »Bestimmt nicht. Ich hab die Verantwortung. Alles, was zwischen uns passiert, gehört uns.«

Sie verbot sich augenblicklich, dass sich ein wohliges Kribbeln in ihr ausbreitete. Das wäre naiv. Und ... *naiv*. Sie lehnte sich verschwörerisch vor. »Weißt du noch, die wunderschöne Blumenwiese westlich von eurem Wald hier? Wie hoch stehen wohl die Chancen, dass du mich da hin schleust und wir dort wie früher etwas Zeit verbringen?«

Er zögerte nicht und ging sofort auf die Gestik ein. »Wenn dir das wirklich so viel bedeutet – sehr hoch.«

Sie erwiderte sein verspieltes Grinsen, auch wenn sie nicht sicher sagen konnte, ob es tatsächlich nur gescherzt war. Sie tanzten drumherum, so viel war klar. Eine Zweideutigkeit nach der anderen, keiner war bereit zu sagen, was er wirklich meinte. Ob er tatsächlich mit ihr abhauen würde, würde sie ihn darum bitten zum Beispiel. Und nicht nur temporär.

Er hatte ihr schon mehrfach Hinweise darauf gegeben, dass er bereit wäre für ... *mehr* – was immer das im Einzelnen bedeutete. Er hat gesagt, dass er trotz Befehl nun bei ihr wäre, weil *er* es wollte. Selbst wenn sie etwas zu verbergen hätte, wäre ihm das egal, genau das waren seine Worte. Und dann beim letzten Mal die kryptische Aussage, er würde auch ›fliehen‹ wollen. Aber war das genug, um ihm zu vertrauen?

Sie wagte es nicht, ihn einzuschätzen. Sie wusste, es *gab* Streit mit seiner Familie. Aber war es genug, dass er sich gegen sie wenden würde?

Sage suchte nach Kühl. Er wusste, dass dieser jeden Moment mit seiner Patrouille fertig sein sollte und wartete daher auf ihn. Er machte sich ernsthafte Sorgen um seinen Artgenossen, aber noch ernsthaftere um den Zwist mit Ranks Gruppe.

Er hatte mit Whitestar gesprochen, über Kühls Skrupellosigkeit, die wohl auch Heart beschäftigte und nicht zuletzt über den vertrauten Geruch, den seine Gefährtin an dem fremden Lager entdeckt hatte. Und Sage wollte nun sicherstellen, dass diese beiden Sachen nicht miteinander in Konflikt gerieten.

Als Kühl schließlich in die Lichtung kam, stand der Silberfuchs auf. »Was kann ich für dich tun, Sage?«

»Ich wollte mit dir über unsere nächsten Schritte reden«, antwortete dieser bestimmt.

Kühl stockte nur kurz. »Ah«, machte er erkennend, während er Richtung Boden nickte. »Ich nehme an, du hast mit Whitestar gesprochen, was?«

»Ja.«

»Ja, okay, du hast recht«, wirkte er aufrichtig. »Wir sollten uns ohnehin wieder alle versammeln.«

Sage bezweifelte, dass Kühl nicht bereits etwas vorhatte. »Du hast doch bestimmt die ein oder andere Vorstellung im Kopf, oder?«

Seine so lockere Gestik kam zur Ruhe, lediglich seine Augen funkelten den silbernen Rüden plötzlich noch an. »Ja, schon möglich.«

»Aber angreifen steht außer Frage, richtig?«, wollte er sogleich sicherstellen. »So wie Whitestar es mir erzählt hat, sind es wohl viel zu viele.«

Kühls Ohren flatterten kurz auf. »Noch steht nichts außer Frage.«

»Wir wissen nicht einmal wo das Lager ist.«

»*Noch* nicht, nein.«

»Ach, du meinst Vive *erzählt* es uns noch?« Sage wollte Kühls Bereitschaft, Vive auf jede erdenkliche Weise zum Reden zu bringen nicht das Hauptthema lassen werden, er wollte es jedoch durchaus erwähnt haben.

Und Kühl verstand. Die darauffolgende Mischung aus angedeutetem fassungslosem Grinsen und leichtem Schnaufen bestätigte das. Aber auch er entschied sich wohl, diesen Aspekt unkommentiert zu lassen. »Ja, das halte ich durchaus für möglich«, antwortete er unerschrocken. »Und ein Überraschungsangriff bleibt dann definitiv eine Option. Zumindest haben wir dann die Möglichkeit, sie sich uns mit eigenen Augen anzusehen.«

»Was ist mit der Option, mit ihnen zu reden?«, erwiderte Sage prompt.

Kühl hielt inne, aber er war nicht überrascht. »Mit ihnen reden, Sage?«, fragte er nach einer Weile. »Du glaubst ernsthaft, das ist eine gute Idee?«

»Mit ihnen kämpfen, Kühl?«, gab er zurück. »Du glaubst ernsthaft, *das* ist eine gute Idee?«

»Vielleicht nicht die beste, aber sie haben ja wohl deutlich gemacht, dass sie kein Interesse an Gesprächen haben.«

»Du gehst von Rank aus und aufgrund eurer Geschichte möchte ich da auch nicht widersprechen, aber Rank ist nicht der *einzige*.« Er flehte ihn an, als er einen Schritt nach vorne getreten war.

»Was genau ist also *dein* Vorschlag?«, schüttelte Kühl seinen Kopf.

Da war er nun, der Moment, Sages weitere Motivation offenzulegen. Aber er musste feststellen, dass er zunächst über die Worte stolperte, bevor er die Zweifel hinunterschluckte. »Whitestar kannte den Geruch der Gruppe, beziehungsweise einen Geruch daraus. Und ich glaube, dass da mehr dahintersteckt. Ich glaube, es gibt noch mehr über sie herauszufinden. Und ich glaube nicht, dass Spionage oder ein Angriff der richtige Weg ist.«

Whitestar *kannte* einen der Gerüche? Kühl wusste nicht, wie er diese Information einzuordnen hatte. So oder so, es machte keinen Unterschied, so schob er diesen Aspekt zur Seite. »Selbst wenn sie den Geruch kennt – sie werden nicht reden.«

»Und da bist du dir sicher?«, konterte Sage.

»So sicher du dir anscheinend bist, *dass* sie reden.« Er schnaufte. »Sage, du willst nur mit ihnen reden, weil du wissen willst, was Whitestars Intuition bedeutet. Du bist neugierig, weiter nichts.«

»Nein«, widersprach er ebenso ruhig wie auch bestimmt. »Ich glaube, wenn es eine Möglichkeit gibt, mit ihnen ins Gespräch zu kommen, egal wie gering sie ist – ist das besser, als einen Angriff zu starten, den wir nicht gewinnen können.«

Kühl seufzte angespannt. »Und ich glaube, Gespräche haben keinerlei Aussicht auf Erfolg. Und wenn wir jetzt zu ihnen gehen, vorausgesetzt Vive verrät uns ihren Aufenthaltsort – ist der Überraschungseffekt dahin.«

»Kühl«, stieß er kopfschüttelnd aus, doch der Rotfuchs schnitt ihm das Wort ab.

»*Versprich* mir«, drängte er, »dass du nichts Dummes tust, Sage.«

Die Lider des Silberfuchses zuckten. »Ich weiß nicht, ob das die richtige Vorgehensweise ist.«

Ungeduldig kaute der Narbige kurz auf seinen Zähnen. »Versprich es mir einfach, bis wir noch mehr Infos haben. Ich – sorge dafür, dass sie redet.«

Und schon war das Thema, das niemand von ihnen aussprach, wieder präsent. »Kühl«, entwich es Sage sofort protestartig.

»*Sage*«, unterbrach er ihn und unterband mit dem resoluten Tonfall jegliche weitere Diskussion. »Du wirst wohl noch zwei Tage warten können. *Wind* wird es herausfinden«, fügte er schließlich noch hinzu, als wolle er ihn beruhigen und Sage wusste nicht, ob es nur deswegen sagte oder es auch so meinte. »Du wirst also ruhigen Gewissens schlafen können. *Zwei* Tage.«

Sage blinzelte langsam. Er konnte nicht wirklich dagegen argumentieren. So kam ein halbherziges Nicken zustande, das diese Entscheidung damit, wenn auch widerwillig, absegnete.

Wind wusste nicht exakt, was er erwartet hatte, nachdem er Vive vor ein paar Stunden wieder zu Hause abgesetzt hatte. Er hatte sich keine Szene ausgemalt, wie es geschehen würde, aber anscheinend hatte er Folgendes nicht in Betracht bezogen, so sehr er über Vives plötzliches Auftauchen aus dem leichten Nebel überrascht wurde. Er musste zweimal blinzeln, bevor er sich fing. »Vive!«, stieß er seine Verwunderung aus, noch nicht im Klaren darüber, wie sich diese neue Situation entwickeln würde. »Ein bisschen weiter weg von deiner Höhle als üblich, oder?« Ein bisschen weiter als erlaubt, war impliziert.

Sie war nervös, die Unruhe wallte von ihr, doch das erste Mal gab sie sich keine Mühe, das zu verstecken. Dennoch zeichnete sie Entschlossenheit. »Ich werde nicht hierbleiben, Wind. Ich werde den Wald verlassen.«

Einen Moment erlaubte er sich zu überlegen, wie er darauf am besten regieren sollte. Etwas hatte sich geändert, Vive hatte eine Entscheidung getroffen, aber über was konnte der Rotfuchs noch nicht sicher sein. »Warum?«, fragte er ruhig.

»Weil sie kommen. Wenn der letzte Schnee geschmolzen ist, kommen sie.«

Winds Ohren zuckten. »Der letzte Schnee *ist* geschmolzen.«

»Deswegen kann es auch jeden Moment soweit sein.«

Wind legte seine kalkulierende Herangehensweise nicht ab. »Warum dieser Wald?«

»Soweit ich weiß, hat mein Vater diesen Ort vorgeschlagen, noch wegen des bösen Blutes.«

»Aber es ist nicht nur dein Vater«, erinnerte er sie dezent. »Es sind viele verschiedene Tiere.« Er pausierte, bevor er die folgende Aussage als Frage formulierte. »Die Schatten?«

Vive schluckte verhalten. »Ja«, gestand sie dennoch. »Ja, es sind Schatten. Den tieferen Sinn kenne ich nicht, Rank wollte diesen Wald und anscheinend hatte niemand sonst etwas dagegen. Ich weiß nur, dass der Chef der Schatten wohl nicht einmal in der Nähe ist.«

Diese Aussage beschäftigte Wind mehr, als er in dem Moment wollte. Diese Organisation schien größer und größer zu werden, je mehr man danach suchte.

»*Wir* ... könnten verschwinden«, drang ihre Stimme zurückhaltend zu ihm hindurch und bestätigte damit seine Vermutung, die er über ihre Motivation hier aufzutauchen hatte. Er ließ sie auf sich wirken, nahm ihre Ängstlichkeit in sich auf, die jedoch in Hoffnung getränkt war.

Es war die Kostprobe einer Fantasie. Die Möglichkeit, alles zurückzulassen und neu anzufangen. Nur war es *ihre* Fantasie, die *er* geschürt hatte.

»Wohin?«, ging er darauf ein.

Vive leckte sich über die Unterlippe. »In den Süden? Ist auch egal wohin, das Lager ist einen viertel Tagesmarsch Richtung Felsformation im Norden, Hauptsache nicht dahin.«

Tiefe Genugtuung durchrannte seinen Körper so sehr, dass es wohl in seinem Gesicht zu sehen war, so irritiert wie Vive den Kopf zurückzog.

Na egal. Das Spiel war sowieso zu Ende. Er ließ seine Maske schlicht abfallen und was Vive dort erkannte, schien sie zutiefst zu erschrecken. Doch sie war nicht dumm, sie war darauf vorbereitet, dass sein Betrug eine Möglichkeit war und so reagierte sie, wie er gestehen musste, ziemlich schnell, als sie davonrennen wollte. Wind war schlicht schneller, als er sie abfing und am Boden festkrallte.

»Verlockend, aber nein danke«, spottete er seine Pseudo-Antwort und ließ jegliche höhnische Selbstsicherheit wie eine schwarze Flüssigkeit in seine Worte fließen. »Ich denke, wir bleiben beide noch eine Weile hier im Wald.«

Silver ließ die Schatten der Nacht auf sich fallen. Feuchter Nebel umschlang Bäume und Blätter und setzte sich in der vor ihr erstreckenden Wiese wie Watte fest. Direkt an der Grenze vom Wald verschmolz die Füchsin in den farblosen Konturen der Gewächse. Ihre blauen Augen überblickten kalkulierend das weite Feld.

Sie war im Grunde nicht überrascht darüber, dass es so weit gekommen war. Sie war ein wenig überrascht darüber, dass sie das nicht überraschte. Das Gefühl, zu glauben, dass sie irgendwo wirklich sicher waren, war unerkannt so hauchdünn geworden, dass sie unterbewusst schon plante, mit dieser Unsicherheit umzugehen. Sie erwartete und akzeptierte sie. Sie hatte diese innere Umstellung gar nicht richtig mitbekommen, neben all den privaten Problemen, die sie zusätzlich beschäftigten. Aber ihr war nun klar, dass sie lediglich diesen kurzen Abstand zur unmittelbaren Gefahr gebraucht hatte, um einen kühleren Kopf zu kriegen.

Das ihr inzwischen so vertraute Rascheln der Baumkronen ließ sie aufschauen, um dort Vinous zu erkennen. »Ich nehme an, du hast ihn auch gesichtet?«, seufzte der Nager zermürbt, jedoch ebenfalls nicht überrascht.

»Der Adler, der gerade so dezent vorbeigeflogen ist?« Ihr Blick fiel wieder über die freie Fläche. »Jap.«

»Ich sollte hinterher«, dachte er laut. »Sollte ihm folgen. Sie können nicht sehr weit sein. Wenn ich jetzt-«

»Nein«, verwunderte sie sich selbst mit einer solchen Entschlossenheit, wie sie sie schon lange nicht mehr verspürt hatte. Ein Blick auf Vinous verriet ihr, dass auch er einen derartigen Widerspruch, der einem Befehl gleichkam, nicht erwartet hatte. Sie bemerkte selbst ihre harten Züge, die wohl Teilschuld an seiner Sprachlosigkeit hatten. »Keine Einzelaktionen mehr«, bestimmte sie als Erläuterung und Entschluss gleichermaßen.

Vinous zog den Kopf überrumpelt zurück. »O-okay«, überlegte er noch zögerlich, doch merkte dabei nicht, wie er sein Vorhaben eigentlich schon auf Eis gelegt hatte. »Was hast du im Sinn?«

Sie war so unerschrocken und strahlte dennoch eine innere Ruhe aus. Sich ihrer sicher. »Ich denke, wir sollten ihnen endlich einmal zeigen, dass wir ihnen auf Augenhöhe begegnen können.«

Vinous erhob eine Braue und war zugegebenermaßen sehr neugierig, was sie damit meinte.

Umbruch

»Stimmt was nicht?«, horchte Pale augenblicklich auf.

»Nein, es ist alles okay, ich möchte nur, dass das auch so bleibt«, erklärte Silver ihren Kindern, bevor sie sich vor ihnen auf die Erde setzte. Sie waren in ihrem Bau. »Hört zu«, versuchte sie, die richtigen Worte zu finden. »Wir haben darüber gesprochen, wie wichtig es ist, dass ihr auf mich und euren Vater hört. Dass ihr nicht einfach weglauft, wenn wir euch darum bitten, es nicht zu tun. Am Ende kommt sowas wie eine Begegnung mit einer Kreuzotter bei raus.« Die Köpfe der Jungen sanken beschämt nach unten. »Ich will damit nur sagen«, fuhr sie fort, »dass es diesmal besonders wichtig ist, dass ihr auf uns hört, versteht ihr? Niemand von uns wird auf euch aufpassen können und ich muss mich auf euch verlassen können, dass ihr die Höhle trotzdem nicht verlasst.«

»Aber wo werdet ihr alle sein?«, fragte ihr Sohn wiederum skeptisch.

»Hmmm«, strömte eine weitere Stimme zustimmend in das Gespräch und Silver zuckte auf. »Hervorragende Frage, junger Mann.«

»Erschreck mich nicht so, Crass«, mahnte die Fähe, als sie die Form des Fuchswolfes am Höhleneingang entdeckte.

»Aber der Welpe hat es auf den Punkt gebracht.« Geschmeidig glitt er in den Bau hinein und blieb vor Silver stehen. »Du und deine Gruppe, ihr habt etwas vor, also ... wo werdet ihr alle sein?«

»Ich will gar nicht wissen, woher du das schon wieder weißt«, schüttelte sie nur den Kopf.

»Euer roter Nager streift schon seit Tagen außerhalb des Gebietes herum und sucht augenscheinlich nach etwas, es braucht kein Genie, um das zu erkennen. Ich habe nur das Gefühl«, er grinste wissend, »er hat gefunden, wonach er gesucht hat.«

Silver ließ die Augen grübelnd auf ihrem Gegenüber ruhen, bevor sie sich nochmals an ihre Jungen wandte. Sie legte sich zu ihnen auf die Erde und atmete angespannt durch, weil sie wusste, was ihre folgenden Worte bei ihren Kindern, insbesondere Pale, auslösen würden. Aber sie wollte es ihnen auch nicht verschweigen. Sie hatten ein Recht, es zu wissen. »Die Adler sind wieder in unserer Nähe«, offenbarte sie leise und sofort fuhr die Starre in ihre kleinen Körper. »Sie sind nicht im Wald, sie sind außerhalb«, versuchte sie sie zu beruhigen, aber merkte selbst, wie kraftlos diese Worte klangen. »Und wir werden uns mit ihnen treffen.«

»Nein!«, entwich es Pale empört, zur gleichen Zeit als Brisk, »Seid ihr verrückt?«, ausstieß.

»Was ist, wenn sie euch angreifen?«, brabbelte Pale voller Panik. »Was ist, wenn sie euch wehtun, wenn … ihr nicht mehr zurückkommt?«

Die Tränen quollen in seinen Augen und das brachte Silver beinahe dazu, die ganze Aktion abzubrechen. Ihr wurde in diesem Moment schmerzhaft bewusst, dass sie nicht nur die Verantwortung hatte, ihre Kinder zu schützen, sondern auch auf sich selbst zu achten, damit sie ihre Mutter nicht verloren – und dass das genauso wichtig war.

Aber sie schob diesen Impuls zur Seite, immerhin versuchte sie auf lange Sicht, genau das zu erreichen. So schüttelte sie versichernd den Kopf. »Das wird nicht passieren«, versprach sie mit Nachdruck und ihre Stimme gewann eine verheißungsvolle Sicherheit, die jegliche Zweifel hinunterschluckte. »Das schwöre ich euch bei meinem Leben. Nichts hält mich davon ab, immer wieder zu euch zurückzukommen. Gar nichts. Hört ihr?« Ihre Leidenschaft wurde durch ein vergewisserndes Lächeln ergänzt. »Kommt her«, drückte sie sich an ihre Jungen, bevor die Wirkung ihres Schwurs nachlassen konnte und die Kleinen umklammerten sie augenblicklich.

Als sie sich schließlich wieder trennten und die Jungen tiefer im Bau verschwanden, wandte sich die Silberfüchsin wieder Crass zu, dankbar darüber, dass er respektvoll im Hintergrund gewartet hatte. Er rückte näher an sie ran, als sie nochmal einen Blick den Tunnel warf, auch wenn ihre Kinder nicht mehr zu sehen waren. »Was habt ihr vor?«, murmelte er forschend. Silver konnte sich noch lebhaft an die fragliche Diskussion erinnern und sie entschloss sich, ihn in die Geschehnisse der letzten Stunden einzuweihen. Schließlich betraf ihn potentiell ihr geplantes Treffen mit den Adlern ebenso.

»Die Adler sind zurück«, hatte sie der Gruppe nüchtern mitgeteilt, nach dem kleinen Gespräch zwischen ihr und Vinous am Waldrand. Kurz darauf hatten sie alle zusammengerufen. »Und ich weiß nicht, wie es euch geht, aber ich bin nicht wirklich überrascht.«

Der Marder schnaufte. »Überrascht vielleicht nicht, aber es fühlt sich trotzdem wie ein Schlag in die Magengrube an.«

»Ich bin tatsächlich überrascht«, ließ Bluefire verlauten und verwunderte damit alle anderen.

Silver klappte ein Ohr zur Seite. »Wieso, was hast du erwartet?«

Er atmete bedächtig durch. »Es ist ein gutes Stück von unserem alten Wald bis hierher. Es braucht Zeit und Ressourcen, um ein so großes Gebiet zu sichern. Wenn sie es zu schnell einnehmen, machen sie sich angreifbar. Dass sie weitere Flächen nach dem Wald einnehmen, ja, aber bis hier hin?« Er verzog den Mund. »Das habe ich in der Tat nicht erwartet.«

»Tja, Fakt ist aber, sie sind hier«, erinnerte sie Vinous.

»Gibt es Anzeichen dafür, dass sie in den Wald eingedrungen sind?«, wollte Bronze wissen.

Silver schüttelte den Kopf. »Nein, nicht, dass ich wüsste. Vinous?«, erkundigte sie sich, aber auch er schüttelte den Kopf.

»Vielleicht machen sie ja jetzt Halt«, überlegte Bronze.

»Aus welchem Grund?«, hielt Dry ungläubig dagegen. »Sie sind doch überhaupt erst wegen uns so schnell vorgedrungen! Weil wir wie sie sind – wie die Schatten. Sie sind hinter *uns* her.«

»Wir wissen nicht, warum sie so schnell vordringen«, meinte der Marder. »Und wir wissen auch nicht, ob sie wirklich an *uns* interessiert sind. Nachdem, was wir wissen, wälzen die Schatten einfach alles nieder, was ihnen im Weg steht.«

»Hm, seltsam ist es schon«, gab Bluefire zu bedenken. »Die Schatten *sind* rücksichtslos, aber nicht impulsiv und nicht unvernünftig in Bezug auf die Umsetzung ihrer Pläne.«

»Na offensichtlich doch«, erwiderte der Marder.

»Wir kennen ihre Ressourcen doch gar nicht«, meldete sich Docile zu Wort. »Vielleicht war das ja kein Problem für sie.«

»Wir müssen sie im Auge behalten«, sagte Dry. »Vielleicht können wir in Erfahrung bringen, wie dünn sie besetzt sind.«

»Wenn sie Schwierigkeiten mit ihren Leuten haben, sollten wir vielleicht noch weiter weg, bis sie nicht mehr nachrücken können«, schlug dagegen Own vor.

»Auch wenn ich nicht sicher bin, ob das die richtige Vorgehensweise ist, ist da was dran«, stimmte Bronze zu. »Sie haben nicht unendlich viele Leute.«

»Das vielleicht nicht, aber sie haben mit Sicherheit genug«, entgegnete Vinous. »Ich schließe mich hier Dry an, vielleicht sollte ich mich nochmal bei ihnen umsehen.«

»Vielleicht sollten wir endlich akzeptieren, dass wir keine Chance gegen sie haben«, kommentierte Own frustriert.

»*Vielleicht*«, durchschnitt Silver die Diskussion plötzlich, als hätte sie damit die umherfliegenden Stimmen durchgetrennt, »sollten wir zur Abwechslung alle mal an einem Strang ziehen.«

Die folgende Stille zeigte, wie perplex die anderen über ihre Aussage und ihren schneidenden Ton waren. Silvers ebenfalls frustrierter Blick auf den Boden schnappte schließlich hoch. »Ist euch klar, dass diese ständigen Debatten der Grund dafür sind, dass wir unsere Pläne nur halbherzig verfolgen?« Abwartende Blicke trafen auf sie, als sie darauf warteten, dass Silver ihre Aussage ausführte. Sie stand auf und wandte sich ab, um einen Moment in den Wald oder ins Leere zu starren. »Dry hat gesagt, wir wären wie die Schatten«, hörte man schließlich ihre Stimme fortfahren. »Und glaubt mir, ich habe oft darüber nachgedacht. Was hat sie dazu veranlasst, so zu werden, wie sie sind? Waren sie schon von Anfang an so? Sie sind doch so wie wir, warum sind sie so bösartig?«

Das waren Fragen, die alle beschäftigten. Kernfragen, die im Angesicht der Bedrohung jedoch verblassten.

Silver wandte sich zur Gruppe zurück und nicht Nachdenklichkeit, sondern Gewissheit zeichnete sie. »Wir sind nicht wie die Schatten«, teilte sie ihnen freiheraus mit. »Die *Schatten* ... arbeiten in der Tat zusammen. *Wir* tun das nicht.«

Sie sah die Bedeutung ihrer Worte in jeden eindringen und auf unterschiedliche Weise interpretieren. Vinous war der erste, der sprach. »Ja, aber sie füllen diese Vorbildfunktion nicht gerade auf ideale Weise aus.«

»Und genau das ist mein Punkt«, sagte sie wie selbstverständlich, ein sachtes Lächeln auf den Lippen. »Stellt euch vor, was *wir* erreichen könnten, wenn wir *einmal* als geschlossene Gruppe auftreten würden. Wir sind die Alternative, die die Anführer der Schatten schon lange aufgegeben haben. Sie sind unser Schatten? Tja, wir sind auch ihrer.«

Silver wartete einen Moment, in der Crass offensichtlich die Erzählung verarbeitete. »Vinous war auf der Suche nach einem bekannten Gesicht«, ging sie dann auf seine vorherige Bemerkung ein. »Und ja, er hat es gefunden. Scarlet ist endlich hier. Und sie wird unser Ansprechpartner.«

Skepsis war über sein gesamtes Gesicht geschrieben. »Warum glaubst du, dass das funktioniert? Das ganze könnte eine riesengroße Kamikaze-Aktion werden.«

Silver schüttelte den Kopf. »Ich habe meine Kinder nicht angelogen. Ich glaube nicht, dass sie uns angreifen.«

»Und willst du deine Weisheit nicht mit mir teilen?«, hakte er schnippisch nach.

»Nenn es Bauchgefühl plus Erfahrung«, erklärte sie kryptisch. »Jedes Mal, wenn wir auf sie zugegangen sind, um mit ihnen zu reden – besonders mit Scarlet – haben sie auch mit uns geredet. Nicht sehr offen, zugegeben, aber sie haben nicht angegriffen. Die Angriffe auf uns haben ironischerweise immer dann stattgefunden, wenn wir versucht haben, unerkannt zu bleiben.«

Crass war bewegungslos, als seine Zweifel noch immer verharrten. »Du bist dir deiner sicher«, stellte er letztlich schlicht fest.

Silver seufzte. »Ich bin mir zumindest sicher, dass sich etwas ändern muss. Und es gibt keinen risikolosen Weg, das zu erreichen.«

Er nickte kaum erkennbar und löste sich währenddessen endlich von ihr. »Also schön. Eure Entscheidung.« Seine Lippen zogen sich zu einem verspannten Lächeln. Er sah sie auf eine Weise an, die sie nicht richtig deuten konnte. »Seid vorsichtig.« Er zwinkerte einmal, bevor er sich in Bewegung setzte, um die Höhle zu verlassen.

»Crass«, entschied sie sich aus dem Moment heraus, ihn nochmal zurückzuhalten, ohne es wirklich überdacht zu haben. »Ich ... ich weiß, es ist gefährlich und ... unsicher und ... wir machen das als Gruppe, aber ... du kannst dich uns anschließen. Je nachdem ... ob du ... na ja ...« Sie ließ den Satz einfach ausklingen, wusste ohnehin nicht, was sie zum Schluss hatte sagen wollen.

Ein sanftes Grinsen umspielte seine Lippen und seine Lider senkten sich kurzzeitig, als er realisierte, was sie fragte. »Nein, Füchsilein«, lehnte er dann ihr Angebot ab, jedoch ohne jeglichen Hohn. »Wie du sagtest – ihr geht da als geschlossene Gruppe hin. Und genauso sollte es auch sein.« Sein Lächeln verdeutlichte sich nochmals kurz, bevor er dann tatsächlich verschwand. Silvers Blick blieb noch eine Weile dort hängen, als sie sich in ihren Gedanken verlor. Sie musste sich auf den Weg machen. Zu den anderen. Vermutlich warteten sie schon.

Es lag in *ihrer* Verantwortung, ihrer allein. Sie hatte dieses Vorhaben ins Rollen gebracht, es war ihre Verantwortung, dass es funktionierte und ihre Schuld, wenn es schief ging – auch wenn sie sich davon überzeugen wollte, dass es in ihrer aller Verantwortung lag, da sie sich auch *gemeinsam* dafür entschieden hatten. Nur in diesem Augenblick fühlte es sich nicht so an.

Als Sage den anderen zuhörte, verflüchtigte sich seine Aufmerksamkeit zusehends in anders gelagerte Richtungen, die jedoch eng mit dem derzeitigen Gesprächsthema verflochten waren.

Vive hatte sich wohl geoutet, ob freiwillig oder nicht, wusste er nicht. Er wusste nur, dass sie jetzt in Kühl und Hearts Höhle war, während alle anderen davor diskutierten. Und dass ihnen die Zeit davonrannte. Nach Vives Aussage waren die Schatten wohl schon so gut wie auf dem Weg.

Sage hielt sich im Hintergrund, während die anderen, auch Whitestar, in einen intensiven Schlagabtausch verwickelt waren.

»Wir sollten sicher gehen, ob sie auch wirklich kommen, ob Vive die Wahrheit gesagt hat«, hörte er Cunning sagen.

»Sie wollte fliehen und zwar jetzt«, kommentierte Wind sicher. »Sie *hat* die Wahrheit gesagt.«

»Die Wahrheit sofern sie sie kennt«, ergänzte sein Bruder.

»Wir checken das«, stimmte Kühl zu. »Aber lasst uns nicht vergessen, dass wir jetzt den Standort ihres Lagers wissen.«

Sages Haut prickelte bei dieser Aussage, doch Whitestar führte seine Gedanken schon aus, ohne dass er etwas sagen musste. »Und das hilft uns inwiefern?«, fragte sie verständnislos. »Wir können sie nicht attackieren, wenn sie uns zuerst angreifen.«

»Vielleicht gerade dann«, erwiderte Kühl.

Sie zog schüttelnd den Kopf zurück. »Wie *das*?«

Sage fühlte sich mit einem Mal noch weiter entfernt vom Geschehen, obgleich diese Wandlung mit einem plötzlichen Tatendrang einher ging. Er hörte nur noch oberflächlich Kühls: »Wenn sie auf dem Weg sind, erwarten sie momentan garantiert keine Reaktion von uns.«

»Ich werde an den Nord-Rand gehen«, legte es schließlich einen Schalter in Sage um, was ihn dazu veranlasste, das zu sagen. Er stellte sich auf alle Viere. »Ich schaue, ob ich etwas oder ... jemanden sehe.«

Sofort sprang Cunning auf. »Ich werd auch die Grenzen ablaufen.«

»Was ist, wenn sie schon hier sind?«, sprach Zart die Ängste aller aus.

Stille füllte die Luft und die Panik, die in jedem von ihnen flackerte, hielt sich gerade noch so unter Kontrolle. Es war Kühl, der antwortete. »Dann verteidigen wir uns.«

Sage war losgelaufen, bevor er die weitere Diskussion mitkriegen konnte. Cunning ebenso, doch er suchte einen anderen Teil des Waldes ab. Der Silberfuchs hatte Kühl versprochen, nicht auf die Schatten zuzugehen, aber die Umstände hatten sich geändert. Die Gefahren waren akuter denn je und Sage konnte sich nicht dazu bringen, zu glauben, dass Gewalt welcher Form auch immer eine akzeptable Lösung bot. Und er wusste, dass jetzt die wohl letzte Möglichkeit war, ein Gespräch mit ihnen zu suchen, wenn es nicht schon zu spät dafür war.

Sage wusste eigentlich nicht recht, wie er sein Vorhaben anpacken sollte. Diese Mischung aus Unsicherheit einerseits und energischem Antrieb, die er schon während der Diskussion verspürt hatte, setzte sich auch so fort. Er wusste nur, dass er etwas *tun* würde.

Konkretere Form nahm das an, als er plötzlich bemerkte, wie jemand durch das Unterholz schlich. Als ihm der unbekannte Geruch eines fremden Fuchses in die Nase stieg, wurde ihm schon bewusst, dass das hier eine jener Gelegenheiten war, die man nicht verpassen durfte. Und als er erkannte, dass dieser auf dem Weg nach draußen war und vermutlich in sein Lager zurückkehren wollte, hatte Sage seinen Entschluss bereits gefasst.

Er ignorierte sowohl die möglichen Einsprüche der anderen, die auf ihn ein hageln würden, wüssten sie Bescheid, als auch die durchaus nicht unwahrscheinliche Möglichkeit, dass andere Schatten bereits im Wald waren und der Übergriff angefangen hatte.

»Aber wenn Cunning oder Sage jetzt zurückkommen und sagen-«
»Ich werde den Wald nicht aufgeben«, durchschnitt Kühl Whitestar das Wort. »Nicht ohne Kampf.«

Ein weiterer Vergleich mit Wintry lag der Schneefüchsin auf der Zunge, doch sie verkniff ihn sich. »Du bist bereit für diesen Wald dein Leben zu riskieren«, sagte sie stattdessen ruhig. »Bist du auch bereit, das deiner Kinder zu riskieren?« Seine Augen blitzten sie an. »Für dich ist das etwas Persönliches, Kühl«, fuhr die weiße Fähe fort. »Es geht dir darum, dass Rank dir dein Eigentum wegnimmt. Aber du vergisst, dass es sich nicht nur um Rank handelt. Er ist offensichtlich einen Pakt mit dem Teufel eingegangen und wir *wissen* einfach nicht, mit wem und wie vielen wir es hier zu tun haben.«

Kühl hatte den Blickkontakt nicht unterbrochen, doch er zersprang beinahe vor Spannung. Er wollte widersprechen, das spürte Whitestar, aber er wusste auch, dass jedes ihrer Worte wahr war. Er schnaufte aufgebracht seine Anspannung aus. »Also *was?*«, keifte er plötzlich. »Was sollten wir eurer Meinung nach tun? Hm? Verschwinden? Einfach davonlaufen, ohne sich umzublicken?« Hinter seiner Wut steckte Verzweiflung über das Fehlen von Alternativen. Die eine Möglichkeit, gegen die er sich mit aller Kraft wehrte, konnte die sein, die er ergreifen musste.

Auch Heart hatte sich bisher zurückgehalten, so zuckte er, als sie langsam vor ihn schritt. Sie wartete, bis sie seine volle Aufmerksamkeit hatte, bevor sie langsam und besonnen den Mund öffnete. »Es ist nur ein Wald.«

Sein Kiefer schmerzte, weil er ihn so aufeinander presste. »Nein, ist es nicht«, widersprach er, doch er flüsterte nur noch und es lag etwas Geschlagenes in seinem Tonfall.

Heart blinzelte bestimmt. »Ein Zuhause wird durch Personen geformt. Nicht durch Erde und Bäume.«

Kühl schnaufte ein bitteres Grinsen, als er fort ins Leere schaute. Seine grünen Augen waren mit hohler Trauer gefüllt. Die bittere Wahrheit holte ihn ein. »Kann jemand außer mir noch nach Sage und Cunning suchen?«, fragte er schließlich betonungslos, ohne jemanden anzusehen. »Wenn die Schatten auf dem Weg hier her sind und es deutlich mehr sind, als wir erwarten ... und ihr alle dieser Meinung seid«, das nächste kam fast ohne Stimme, »dann gehen wir.«

Silver trat in den Kreis ihrer Gruppe. Sie waren aufbruchbereit, trotz der Unsicherheit, die bei ihrem Vorhaben bestand. Doch keiner ließ das durchschimmern. Sie betrachteten die Füchsin bestimmt und sicher, eine Rüstung, die sie sich anzogen, um überzeugen zu können. Silver konnte nicht wirklich dahinter blicken.

Gut. Dann würde das Scarlet auch nicht können.

Sie erfasste Vinous. Er nickte und setzte sich mit einem Satz auf den nächsten Ast als erster in Bewegung. Auch Silver brach auf, die anderen folgten ohne zu zögern. Sie hatte einen Tunnelblick, bis sie merkte, wie Bluefire neben sie trat. Dieses Mal nahm sie seinen unterstützenden

Blick an, ließ sich von ihm beruhigen, denn das konnte sie gerade wirklich gut gebrauchen. Er sah sie mit einer kraftspendenden Fürsorge an, die sie wieder mal wundern ließ, wieso er sich nicht öffnen konnte, wenn er doch immer so genau verstand, was sie gerade brauchte. »Du bist nicht allein«, flüsterte er mit Nachdruck.

Sie *wollte* seine Hilfe annehmen, sie wollte wirklich nichts lieber tun. Aber sie konnte einfach nicht. Zwischen ihrem Verantwortungsgefühl gegenüber der Gruppe und ihrer inneren Weigerung, Bluefire vollends wieder reinzulassen, solange er sie auf Abstand hielt – konnte sie es einfach nicht.

So zuckten ihre Mundwinkel zu einem unechten Lächeln und einem halbherzigen Nicken. Es tat gut, ihn an ihrer Seite zu wissen – das tat es immer. Aber gleichzeitig fühlte sie sich so alleine. Obwohl er immer da war, konnte sie ihn nie erreichen.

Vinous führte sie, alle anderen folgten geschlossen. Die Art, wie sich der Nager immer offensichtlicher umsah, sagte Silver schon, dass es jeden Moment so weit sein könnte.

»Wir könnten nach ihr rufen«, schlug der Marder vor, wobei sie nicht genau wusste, ob er scherzte.

»Sollten wir?«, fragte auch Dry sogleich.

Silver seufzte innerlich. »Scarlet!«, rief sie dagegen plötzlich fest aus.

Alle sechzehn Ohren richteten sich aus. Eine Weile schien es, als würde nichts geschehen. Dann näherten sich schwere Flügelschläge. Silver nahm noch wahr, wie Vinous zu ihnen auf die Erde kam – zur Abwechslung nicht als letzter Ausweg, sondern tatsächlich, um sich der Gruppe anzuschließen.

Kreisartig kam der rötliche Adler auf sie zu und landete mit ihrer ehrfurchterregenden Form auf einem Baum vor ihnen. Sie starrte auf die Gruppe hinab. »Was soll das werden?«

Silver schaute ruhig zurück. »Ich hatte irgendwie den Eindruck, ihr wolltet mit uns reden«, erwiderte sie trocken. »Dass wir vielleicht reden *sollten*.«

Sie lächelte kühl. »Und wie kommst du darauf?«

Die Silberfüchsin zuckte die Schultern. »Na ja, ihr seid uns bis hierhin gefolgt. Da ihr euch schon die Mühe gemacht habt, dachte ich, wir könnten die Gelegenheit nutzen.« Ihr Kopf kippte zur Seite und sie hoffte, dass Scarlet verstand.

Diese verengte die Augen, doch Feindseligkeit war nur begrenzt zu erkennen. Das machte Hoffnung. Sie blinzelte. »Na schön. Redet.«

Silver schluckte. Sie warf einen kurzen Blick über die anderen als eine Art Zeigegeste. »Da sind wir«, begann sie schlicht. »Eine Gruppe unterschiedlicher Tiere – wie ihr.« Sie ließ diesen Kommentar eine Weile ruhen, doch wie erwartet kam keine Verleugnung der Tatsache, dass sie Schatten waren, so fuhr sie fort. »Was ist es also, was ihr wollt? Mehr Gebiet? Oder habt ihr was speziell gegen *uns*?«

Scarlet schaute weiterhin skeptisch drein, doch sagte nichts.

»Lass es mich anders ausdrücken – *was* können wir tun, damit wir einen Konsens finden? Kein Blutvergießen, kein ständiges Verfolgen, *keine* Angriffe-«

»Gar nichts«, kam es plötzlich ruhig, aber eher als Fakt, denn als Drohung. »Ihr könnt gar nichts tun.«

»Das kann ich nicht akzeptieren«, schoss Silver dagegen. »Scarlet, *bitte*. Sag mir, was ich tun kann.«

Sie stockte. Als wolle sie auf die Gruppe eingehen, aber könne nicht. Innerlich freute sich Silver zwar, dass sie anscheinend recht bezüglich Scarlet hatte, aber sie wusste auch, dass das nur der erste Schritt war.

»Wenn wir weiterziehen«, fuhr Silver fort, »folgt ihr uns dann?«

Scarlet schloss sie Augen und zog zermürbt die Stirn kraus. »Nein«, seufzte sie dann und schüttelte den Kopf.

»Nein, ihr folgt uns nicht?«, hakte Silver nach.

»Ja, wir dringen nicht weiter vor. Und«, sie holte tief Luft, »keine Angriffe.«

Die Augen der Fähe wurden groß, verwundert und doch voller Hoffnung. »Keine Angriffe?«

Scarlet seufzte abermals. »Keine Angriffe.« Sie breitete die Flügel aus stieß sich vom Ast ab, bevor jemand ein weiteres Wort sagen konnte.

Silver starrte ihr verblüfft hinterher und drehte sie sich dann zur Gruppe um. »Keine Angriffe?«, wiederholte der ebenso überwältigte Marder.

»Keine Angriffe«, bestätige Silver nochmal und direkt im Anschluss brach ein freudentrunkenes Lachen aus ihr heraus, das sich einfach nicht zurückhalten ließ, doch sie bemerkte, wie auch die anderen in mehr oder weniger starken Erleichterungs-, Überraschungs- und Freudenrufe einstimmten.

»Hat sie das wirklich gesagt?«, brabbelte der Marder, »Kann mich mal jemand kneifen? Autsch!«

Er schaute in Drys grinsendes Gesicht. »Nein, kein Traum.«

»Du musst nicht alles so wörtlich nehmen.«

»Aber was hat das zu bedeuten, wo steht Scarlet?«, wandte Bronze ein.

»Keine Ahnung und ich bin mir ehrlich gesagt auch nicht sicher, ob wir das jemals herausfinden«, antwortete Silver und das Grinsen tauchte wieder unaufhaltsam in ihrem Gesicht auf. »Aber sie hat uns keine Angriffe versprochen. Egal wie es weiter geht – mit Scarlet haben wir einen Zugang zu den Adlern.«

»Du hast es gewusst«, brach Bluefires stolze Stimme zu ihr hindurch.

»Ich hab's *vermutet*«, widersprach sie. Dann schaute sie in die Runde. »Das ist noch nicht zu Ende«, sagte sie ernst und doch lächelten ihre Augen, seit sehr langer Zeit schimmerte wieder Hoffnung darin. »Aber es ist ein Anfang.«

Stürmisch und Zart folgten Cunnings Fährte. Ersterer war damit beschäftigt, über die bevorstehenden Konsequenzen ihrer Entscheidung nachzudenken, bis er bemerkte, dass es Zart genauso zu ergehen schien. »Bist du bereit, das alles hier aufzugeben?«, fragte er vorsichtig.

Sie seufzte mit Blick auf den Boden. »Ich realisiere gar nicht, was das bedeuten würde. Aber meine Mutter hat schon recht – kein Wohnort ist es wert, dass man dafür stirbt.«

Stürmisch blinzelte behutsam. »Sterben vielleicht nicht ... aber kämpfen?«

Zart wandte sich dann zu ihm hinüber. Und erkannte, wie er herauszufinden versuchte, was sie empfand. Vielleicht war das auch gut so, wenigstens einer von ihnen. Sie hatte in erster Linie versucht, ihre Gefühle diesbezüglich zu verdrängen. Schon wieder.

Seufzend blieb sie stehen und Stürmisch tat es ihr gleich. Mit plötzlich feuchten Augen zuckte sie die Schultern. »Ich will nicht fort«, gestand sie dann. »Und ich würde um das Land hier kämpfen«, fügte sie noch selbstsicher hinzu, bevor ein warmes Lächeln unter der Angst des Verlustes hervortrat. »Aber nicht um jeden Preis.«

Stürmisch spiegelte das Lächeln. »Egal wie, du sollst wissen, ich bleibe an deiner Seite.« Der Rüde konnte noch die tiefe Dankbarkeit bei ihr erkennen, bevor er von einer unbekannten Kraft mit voller Wucht zu Boden gedonnert wurde. Schmerz feuerte durch seinen Kopf durch den Aufprall und durch das Gewicht auf seinem Körper. Der Rüde presste sich nach oben, doch ein weiterer Schlag katapultierte ihn nochmals auf die Erde. Benommen erkannte er einen Wolf, der locker doppelt so groß wie er war. Stürmisch rollte sich zur Seite weg, als sein Gegner wiederum auf ihn drauf springen wollte. Irgendwie schaffte es der Silberfuchs auf seine Beine zu stolpern, noch immer nicht ganz bei sich, und floh ins Dickicht. »Zart!«, rief er aus, doch er konnte sie nirgendwo sehen. Panisch drehte er sich nochmal um, doch Fehlanzeige. Sie war geflüchtet, versuchte sein Kopf ihn zu beruhigen. Ganz sicher.

Der Wolf holte auf, bevor sich Stürmisch davon überzeugt hatte.

Kühl war nicht sehr weit gekommen, als er den Tumult in einiger Entfernung wahrnahm. Zu seinem Horror kam es aus dem Inneren des Waldes. Zum zunächst nur leisen Rascheln kamen Stimmen hinzu. Fauchen. Schreie.

Panik zerrte an ihm wie schon lange nicht mehr. Den Wald zu verlieren war eine Sache, die Tatsache, dass er nicht wusste, wo seine Gefährtin und seine Kinder gerade waren, krachte mit größerer Intensität auf ihn ein, als er auch nur geahnt hatte. Er preschte los.

»Kühl!«, fauchte es jedoch kalt. Der Rüde kam abrupt zum Halt, hasserfüllt drehte er sich zu der Stimme um. Ranks bisherige stichelnde Gesichtszüge traten ebenso komplett hinter dem Hass zurück. »Du rennst mir nicht davon«, versprach er dunkel und schritt gezielt auf seinen Artgenossen zu. Kühl kräuselte seinen Nasenrücken und lief ihm geradewegs entgegen.

Wind ging seine Alternativen durch. Er wusste, dass sie sich nicht mehr alleine im Wald befanden, aber er konnte nicht einfach nach den anderen suchen, wenn in der Höhle immer noch Vive saß. Aber spielte das wirklich noch eine Rolle? Eigentlich war es egal, was jetzt mit ihr passierte. Aber genauso wenig, wie er ihr gegenübertreten wollte, wollte er sie einfach dort lassen.

Er schnaufte angespannt und lief in den Bau. Vive wirbelte herum, als er den Raum betrat und funkelte ihn bösartig an. Er schritt ungehindert auf sie zu und veranlasste sie dazu, zurückzuweichen. »Wie viele sind es, Vive?«, stieß er aus. »Haben sie vor, uns zu töten?«

»Fahr zur Hölle, Wind«, zischte sie lediglich.

»Ernsthaft?« Er rollte die Augen. »Du bist selbst alles andere als überzeugt von denen, wolltest sogar abhauen.« Sie blitzte ihn lediglich weiter an. »Ich hab keine Zeit dafür«, meinte er genervt und trat noch eine Schritt nach vorne. »Sie sind hier, also ...«

»Fass mich nicht an!«, bellte sie und Wind hielt bei ihrem Tonfall überrascht inne.

Aber er fing sich wieder, seine Ohren flatterten genervt. »Bitte, meinetwegen. Mir ist egal, was du machst.« Mit diesen Worten drehte er sich um und beschloss, keine weitere Zeit mehr mit ihr zu verschwenden. Sollte sie doch in der Höhle versauern.

Whitestar konnte es nicht fassen, als sie erkannte, dass Sages Fährte aus dem Wald raus führte. Sie kaute verbissen auf den Zähnen herum, als sie in die Ferne starrte. Was zum Teufel hatte er sich dabei gedacht, einfach zu verschwinden? Was hatte er überhaupt vor? Wollte er wirklich zu diesem Lager?

Sie warf nervös einen Blick über die Schulter, als sie ein fernes Fauchen wahrnahm. Sie war mit Heart von der Höhle aus losgelaufen, doch sie hatten sich getrennt, sobald sie bemerkt hatten, dass Fremde in den Wald eingedrungen waren. Sie wollten sich am südlichen Rand des Waldes treffen, sobald sie ihre Angehörigen gefunden hatten.

Und nun stand Whitestar am nördlichen Waldrand da, ohne die geringste Ahnung, wo Stürmisch war und mit Hinweisen, dass ihr Gefährte den Wald verlassen hatte und Gott weiß wohin war. Was konnte der Grund sein, dass er den Wald verlassen würde? War er in Schwierigkeiten? Sie alle waren definitiv gerade in Schwierigkeiten. War er sich dessen bewusst?

Sie wandte sich immer wieder von einer Richtung in die andere. Sie konnte ihm nicht einfach folgen.

Oder doch?

Sage folgte dem fremden Fuchs mit genügend Abstand. Es dauerte eine Weile, bis der Silberfuchs endlich eine Felsformation entdeckte, die laut Vive das fremde Lager ankündigte. Mit allen Sinnen auf Hochtouren folgte er flink der Fährte seines Artgenossen.

Er zögerte zunächst, als er schließlich vor der Felswand stand und ein schmales Loch darin begutachtete. Schließlich sprang er hinein und kroch so vorsichtig wie möglich hindurch.

Lange und tiefe Schatten warf diese Nacht und Sage konnte kaum die Höhe einschätzen, die er von dem Gestein wieder hinunterspringen musste. Mit einem Satz landete er letztlich auf feuchtem Gras und hörte daraufhin murmelnde Stimmen. Durch dichtes Geäst hindurch sah er eine Gruppe von Vierbeinern, darunter auch den Fuchs, dem er gefolgt war und der nun wohl Bericht erstattete.

Einzeln ging Sage die Gestalten durch, doch bei einer blieb ihm die Luft im Hals stecken. Unmöglich.

Der Schneefuchs war bis auf seine schwarzen Ohren und Pfoten komplett weiß und auch diese Stellen schwarzen Fells zeigten schon viele graue Haare. Sage begutachtete dessen glasblauen Augen, die er so nur an seiner Gefährtin kannte. Azur. Whitestars Großvater.

Sage hätte am liebsten erkennend gestöhnt. *Deswegen* kam Whitestar irgendwas an Bernsteins Geruch bekannt vor. Es musste so sein.

Nichtsdestotrotz ließ diese Erkenntnis mehr Fragen offen, als sie beantwortete. Rank hatte sich den Schatten angeschlossen? Hat er sich Azur angeschlossen? Bedeutete das, *Azur* war ein Schatten? Seit wann?

Es fühlte sich an, als hätte er für einen Moment seinen Körper verlassen und das Stupsen in seine Flanke gehörte gar nicht zu ihm. Er musste unheimlich verwirrt aussehen, als er in das Gesicht eines grauen Wolfes schaute.

»Stören wir?«, fragte der gehässig.

Sage realisierte seine Situation erst jetzt und sprang mehr aus Reflex auf, denn aus irgendeinem anderen Grund. Zwei weitere Wölfe umzingelten ihn und waren aufgrund Sages abrupter Bewegung sofort bereit, ihn aufzuhalten, sollte er fliehen wollen.

»Wie hast du dich hierher verirrt?«, fuhr der Wolf schließlich fort. »Keiner von euch darf unser Lager sehen. Wie sollen wir dieses Problem nur beheben?«

»Ich will mit Azur sprechen«, kamen die Worte aus Sages Mund geflattert, ohne dass er richtig darüber nachgedacht hätte.

Die Reaktion der Wölfe war jedoch mehr als interessant. Sie wirkten erschrocken, vielleicht sogar demütig. »Woher kennst du Azur?«

»Ich ... bin mit ihm verwandt«, erklärte Sage ruhig.

Die Augen des Wolfs weiteten sich. »Verwandt?«, fragte er skeptisch und doch vorsichtig, als wolle er vermeiden, einen Fehler zu begehen. Er grübelte einen Moment. »Wenn das stimmt, kannst du mir sicher sagen, wie er ursprünglich in dieses Land gekommen ist.«

Sage war sich nicht sicher, ob er atmete, stellte sogar in Zweifel ob sein Herz schlug, so plötzlich und eindringlich kam ihm ein bahnbrechender

Verdacht. Ein weiteres Mal in kurzer Zeit hatte er das Gefühl, als würde sein Geist seinen Körper verlassen. Diese Frage. Als wäre diese Antwort die Antwort auf alles, ein Heiligtum. »Durch eine Pelzfarm.« Sages Stimme zerbrach beinahe daran. Er konnte ihnen keine Frage stellen, damit würde er Zweifel sähen, also musste er seinen nagenden Verdacht als Aussage formulieren, um so die Reaktion der anderen als Bestätigung zu nutzen. Sage atmete tief durch. »Ihr seid Schatten.« Ein genervter Blickaustausch der Wölfe bestätigte diese Vermutung. Sage war noch nicht fertig. »Azur ist damals mit den vielen anderen Tieren aus der Pelzfarm ausgebrochen ... und hat damit die Schatten mitbegründet.« Die darauffolgenden Reaktionen der Wölfe – bestätigte auch das.

»Zart!«, schrie Stürmisch voller Angst und Zorn. Ununterbrochen – seit er dem Wolf entwischte, der ihn angefallen hatte. Eine solche Wut loderte in ihm wie schon lange nicht mehr, alle seine Haare standen zu Berge. Starke Böen brachten die Äste zum Tanzen, die langen Schatten der Nacht wuselten umher, als hätten diese ebenfalls Panik. Ein Schatten, der nicht so recht zu den anderen passte, wirbelte von der Seite auf Stürmisch zu und dieser nutzte seinen ganzen Schwung, um mit der Pfote auszuholen und zuzuschlagen. Wie durch ein Wunder traf er genau die Schläfe des anderen, der fremde Fuchs taumelte benommen zu Boden.

Stürmisch stürzte sich auf ihn, bevor dieser sich erholen konnte. Mit voller Wucht presste er sich auf dessen Körper, die gebleckten Zähne direkt vor seinem Gesicht. »Oh, großer Fehler, ich bin gerade nicht für Versteckspielchen aufgelegt.« Der Silberfuchs gab seinem Artgenossen einen weiteren heftigen Stoß, woraufhin dieser aufschrie. »Eine beigefarbene Rotfüchsin, wo ist sie hin?!«, fauchte Stürmisch laut.

»Keine Ahnung!«, kreischte der Fuchs verzweifelt.

»Ach, auf einmal Mitleid erregen, du jämmerliches Etwas?«, zischte Stürmisch verächtlich. »Das hättest du dir überlegen müssen, bevor du dich einer mörderischen Bande anschließt, jetzt ist es *zu spät*!« Ein weiteres Mal stieß sich Stürmisch mit einem wuchtigen Stoß auf ihn, worauf ein Wimmern folgte. »Streng gefälligst dein Hirn an!«

»Ich habe eine Füchsin an den südlichen Rand des Waldes laufen sehen!«

Der andere Fuchs wimmerte und flehte mit seinem Blick, seiner Körperhaltung, allem. Das veranlasste Stürmisch dazu, ihm zu glauben.

Er lehnte sich noch näher zu dem roten Tier hinunter. »*Besten* Dank«, zischte er bösartig und versetzte ihm zum Abschied einen weiteren Schubs, bevor er sich abwandte.

Südlicher Waldrand. Stürmisch war schon auf dem Weg dahin. Ein Teil von ihm wollte jedoch noch gar nicht dahin. Ein Teil von ihm wollte jeden einzelnen Eindringling aufsuchen und sich vorknöpfen. Sein Kopf war dermaßen mit Erregung erfüllt, dass er nicht merkte, wie sein Urteilsvermögen schwand.

Er lief auf dem Weg zu besagtem Waldrand an einem Hang entlang, äußerst wachsam, und so kam ihm die Gestalt, die nicht weit von ihm aus der Böschung schlüpfte, auch sofort bekannt vor. Ob es in seinem derzeitigen Gemütszustand gut war, ihn zu treffen, stand auf einem anderen Blatt.

Wind stockte, als er ihn sah und etwas Defensives fuhr in seine Körperhaltung. Irgendwas an Stürmisch, sei es sein wildes Fell oder sein tobender Blick, musste Wind wohl unbehaglich stimmen. Gut. *Sehr* gut. Es war weder Zeit noch Ort für eine Konfrontation, irgendwo tief in sich drin wusste Stürmisch das. Es war jedoch zu tief vergraben.

Er näherte sich Wind wie ein Jäger seiner Beute. Der Rotfuchs wich augenblicklich zurück. »Ich habe dir nichts getan, habe euch sogar geholfen, warum also solltest du mich angreifen?«

Worte. Worte waren in der Tat seine stärkste Waffe. Aber nicht jetzt. Nicht heute. In Stürmisch loderte etwas Hämisches. »Ich hasse dich.«

Wie versteinert huschten nur Winds Augen kurz ratlos zur Seite und dann wieder auf Stürmisch. »Gutes Argument.«

Bevor er sich versah, stürzte sich Stürmisch auf ihn und riss ihn zu Boden, kopfüber fielen sie den Hang hinunter.

»Inwiefern bist du mit Azur verwandt?«, hakte der Wolf nach.

Wieder zögerte Sage. »Meine Gefährtin ist seine Enkeltochter.« Als die drei Jäger wiederum wortlos Blicke tauschten, ergriff der Silberfuchs ein weiteres Mal das Wort. »Also wie sieht es aus. Kann ich Azur nun sprechen?«

»Nein.«

Sage war perplex. Das kam ziemlich endgültig. »Aber warum nicht?«

»Er hat zu tun. Aber wenn du wirklich der bist, der du vorgibst zu sein, geben wir dir hier und jetzt die Wahl.«

Aus irgendeinem Grund gefiel Sage das gar nicht. »Und die wäre?«

»Du kannst dich uns anschließen. Du und deine Gefährtin.«

Sage verstand etwas anderes unter ›Wahl‹. Die ganze Situation, in der er gerade steckte, war einfach unglaublich. Vielleicht konnte er sich drumherum reden. »Ich ... würde das gern mit Whitestar besprechen. Also meiner Gefährtin. Ich müsste dazu nur kurz ... wa-, was ist?«

Das langsame Kopfschütteln des Wolfes schürte Sages Panik. »Du verlässt diesen Ort nicht mehr. Auf die eine oder andere Weise.«

Der Silberfuchs schluckte. Er fragte sich gerade, was er zu verlieren hatte. Sein Leben? War das wichtig? »Ihr seid gerade dabei, meinen Wald zu stürmen und die Leute zu verletzen oder sogar zu töten, die mir am meisten bedeuten. Und ich soll mich euch *anschließen*?«

Ein süffisantes Grinsen bildete sich auf den Lefzen des Wolfes und er schob sein Haupt nach vorne. »Offensichtlich nicht.« Er wich zurück und befahl den anderen zwei, Sage wegzusperren, doch er drehte sich nochmals zu dem Silberfuchs um. »Whitestar heißt deine Gefährtin, richtig?«

Das diabolische Grinsen lief Sage eiskalt den Rücken runter. »Lass deine Pfoten von ihr«, zischte er. Jeglicher Wille, mit ihm zu verhandeln, war verschluckt. Der Wolf drehte sich lediglich vergnügt um, doch als Sage energisch hinterher springen wollen, wurde er von den anderen beiden mit einem kräftigen Pfotenhieb ins Gesicht gestoppt, der ihn direkt auf den Boden katapultierte.

Mit voller Wucht krachte Stümischs Körper in den von Wind, beide preschten wiederum auf die feuchte Erde. Wind stieß beide Vorderpfoten in Stürmischs Flanke, der schlug aus und traf den Rotfuchs an seiner Wange. Im nächsten Moment waren sie ineinander verklammert und versuchten den jeweils anderen zu Boden zu drücken.

Jeder von Stürmischs Muskeln war angespannt und diese Spannung schottete ihn völlig ab, sodass er nichts mehr anderes wahrnahm. Dass das so war, merkte er jedoch erst, als jemand seinen Namen und ihn aus dem Tunnel, in dem er gesteckt hatte, zurück in die Wirklichkeit rief. Es war eine weibliche Stimme. Es war Zart.

Mit einem Ruck stießen sich die zwei Füchse voneinander ab, heftig schnaufend schauten sie sich in ihre hasserfüllten Gesichter. »Das ist noch nicht vorbei«, versprach Stürmisch unheilvoll.

»Weit davon entfernt«, zischte auch Wind boshaft.

Stürmisch wartete nicht weiter und folgte Zarts Stimme. Sie war nahe und der Silberfuchs spürte sein Herz leichter werden, bis sie plötzlich vor Angst oder Schmerz aufschrie.

Zart tat alles, was in ihrer Macht stand, um nicht hysterisch durch den Wald zu rennen, sondern wenigstens ein Mindestmaß an Systematik in ihre Suche nach Stürmisch zu bringen. Aber zwischen ihrer Angst und der Notwenigkeit, Eindringlingen auszuweichen, wusste sie nicht wirklich, wohin sie sinnvollerweise laufen sollte. Also begann sie nach ihrem Gefährten zu rufen, gleichgültig, ob das noch andere Leute anzog. Sie hatte den Angreifer abschütteln können, aber Stürmisch dabei verloren. Sie musste ihn finden, in der Hoffnung, dass er auch entkommen war.

Sie konnte kaum den Weg ausmachen, so schnell die dunklen Schatten aufgrund des Windes ihre Richtung wechselten. Doch als jemand aus den Wirren heraustrat, schaute sie voller Hoffnung auf. »Stürmisch?«, hauchte sie, doch schon kurz darauf erkannte sie jemand anderes.

»Knapp daneben.«

»Bernstein«, entwich es ihr, doch harte Züge in ihrem Gesicht lösten die Enttäuschung ab. »Dreh dich um und verschwinde, ich will dich nicht sehen.«

Er grinste schief und ging auf sie zu. »Okay. Aber du kommst mit.«

Zart wich zurück, plötzlich alarmierter als zuvor. »Lass mich ja zufrieden.« Sie hatte nicht damit gerechnet, dass er handgreiflich werden könnte.

»Wenn du brav mitkommst, wird dir auch nichts passieren.« Er hatte den Satz kaum beendet, da waren seine Pfoten schon in ihrem Fell, bevor sie hatte davonrennen können.

»Hör auf!«, schrie sie sofort und Angst schnellte in ihr hoch, als sein Gewicht sie zu Boden presste.

»Hör *du* auf«, hörte sie ihn fauchen und spürte, wie es an ihr zerrte. Sie wusste nicht wie oder was er vorhatte, ihre plötzlich ausgewachsene Panik führte dazu, dass sie sich wand und zu befreien versuchte, aber letztlich keine Ahnung mehr hatte, wie genau er und sie überhaupt standen oder lagen. Sie hörte sich selbst voller Protest schreien, dass er aufhören solle, doch er ignorierte es. Erst als die Last auf ihrem Körper weggerissen wurde, arbeiteten ihre Sinne wieder genug, um ein Bild erkennen zu können. Beim Anblick Stürmischs hüpfte ihr Herz vor Erleichterung, doch etwas in ihr sträubte sich, als sie Bernstein unter ihm liegen sah und er nicht aufhörte, auf ihn einzuschlagen.

Mit einem Mal sprang sie auf. »Stürmisch!«

Der energische Tonfall drang zu ihm durch und er schaute sich nach seiner Gefährtin um. Ihr Fell war zerzaust und schmutzig aber er selbst musste wohl nicht viel besser aussehen. Ihr Blick war voller Horror und Flehen. »Lass ihn, er ist es nicht wert.«

Stürmischs Blick fiel wieder auf seinen Artgenossen, der nur noch halb bei Bewusstsein unter ihm lag. Er spürte, wie Zart an ihn herantrat. »Wir verschwinden, komm schon«, bat sie eindringlich. »In den Süden.«

Der Silberfuchs nickte und ließ von Bernstein ab. Gemeinsam rannten sie los.

Sage lag noch immer bewegungslos am Boden. Er wusste nicht, wie er die Ruhe aufbrachte, um Bewusstlosigkeit zu schauspielern, aber er konnte es sich nicht leisten, eingesperrt zu werden. Er wurde gestupst und gestoßen, zuckte jedoch nicht einmal mit der Wimper.

»Unterstütze die anderen bei dem Angriff«, sagte einer der Wölfe zum anderen. »Ich kümmere mich um den hier.«

»Bist du sicher, dass du das im Griff hast?«

»*Bitte*«, lachte er selbstsicher. »Mit dem kleinen Füchslein werd ich schon fertig.«

Oh, Sage freute sich schon auf seinen Gesichtsausdruck, wenn er ihm entwischte. Dieses Gefühl, das in dem Silberrüden kitzelte, kannte er so noch gar nicht. Aber ihm war in diesem Moment klar, dass er *alles* tun würde, um zu entkommen. Um zu Whitestar zu gelangen – dafür würde er alles tun.

Er spürte die Zähne des Wolfes in seinem Nacken und im nächsten Moment wurde er über die Erde geschleift. Er öffnete seine Augen zu Schlitzen, um nachvollziehen zu können, wo der Ausgang war. Es dauerte nicht sonderlich lange, bis er wieder abgesetzt wurde. Es war in einer Höhle und der Wolf schaute gerade in der Gegend herum, vielleicht um ausfindig zu machen, ob noch jemand im Bau war. Tatsächlich lief der Wolf an Sage vorbei weiter hinein und der Fuchs hörte, wie sich dessen Schritte entfernten. Er wagte es, ihm nachzuschauen und stellte fest, dass er hinter einer Kurve verschwunden war, aber wahrscheinlich nur kurz.

Sage dankte allen höheren Mächten, die es vielleicht geben könnte, und war im nächsten Moment aus der Höhle draußen. Er wusste, dass er keine Zeit verschwenden durfte, denn wenn der Wolf ihn einholte, müsste er die Bewusstlosigkeit mit Sicherheit nicht mehr schauspielern.

Es dauerte nicht lange, da hatte er das Loch im Gestein erreicht und war hindurch geklettert. In der Ferne konnte er es schon dämmern sehen.

Sage rannte, so schnell ihn seine Pfoten trugen. Er musste in den Wald zurück, er musste allen mitteilen, was er herausgefunden hatte. Und er musste zu Whitestar. Oh Gott, wenn dieser Wolf sie fände ... und es wäre *seine* Schuld, er hätte ihren Namen nicht erwähnen dürfen. Aber wie konnte Azur in so etwas verwickelt sein, er wollte doch sicher nicht, dass seine Enkeltochter getötet würde!

Er hatte die halbe Strecke hinter sich gebracht, als er abrupt anhielt. Konzentriert sog er den Geruch ein. *Nein, nicht doch!* Ruckartig dreht er sich um. White war hier gewesen. Oh verdammt, war sie ihm etwa *gefolgt*? Sie war bestimmt nicht hier gewesen, weil sie dieser Wolf gefunden und mitgeschleift hatte. Er ließ diese Versicherung immer wieder durch seinen Kopf laufen, so lange, bis er es fast glaubte.

Er konnte nicht noch länger von seinem Wald wegbleiben. Ganz ehrlich, er musste seinen Leuten helfen, die vermutlich gerade um ihr Leben kämpfen. Aber dieser Wolf hatte White gedroht und er wirkte nicht wie jemand, der leere Drohungen verteilte. Er wusste, dass mit dieser Entscheidung ein Teil seines Gewissens auf der Strecke blieb. Aber er musste Whitestars Fährte folgen, er hatte gar keine andere Wahl.

Wind hätte Stürmisch beinahe beigestanden, als er auf Bernstein einschlug. Aber erstens hatte dieser ihn voll im Griff und zweitens hätte das etwas extrem Seltsames gehabt, nachdem Stürmisch und *er* miteinander gekämpft hatten. So hatte er sich abgewandt und rannte bis an den Rand des Waldes. Warum bleiben?

Er wollte geradewegs weiterrennen, doch etwas ließ ihn abrupt innehalten. Seine Augen weiteten sich und als er bemerkte, dass auch sein Mund offenstand, schloss er ihn schnell wieder.

Maschinen. Riesengroße monsterhafte Maschinen der Menschen verteilten sich vor dem Wald. Die Zweibeiner selbst waren ebenfalls geschäftig. Und dabei brach der Morgen gerade erst an.

Sie hatten vor, hier zu bauen. Diese Erkenntnis kam Wind so simpel wie einschneidend. Er sah, wie sich ein paar der Menschen dem Wald noch weiter näherten. Sie hatten vor, *hier* zu bauen. In ihrem Wald!

Fauchen und Knurren drang an seine Ohren und endlich konnte er sich von der Szenerie lösen. Er folgte den bedrohlichen Geräuschen, bis er sah, wie sein Vater mit zwei Füchsen kämpfte. Gerade hatten sie ihn mit geeinter Kraft zu Boden gedrückt als Wind sie mit gewaltigem Schwung rammte und sie aufgrund des überraschenden Aufpralls wie Dominosteine umfielen. Kühl war sofort wieder auf alle Vieren, direkt wieder angriffsbereit, als Wind ihn davon abhielt. »Lass sie, wir haben andere Probleme. Die Menschen sind gerade dabei, hier alles niederzuholzen.«

Kühl starrte schockiert drein. »Jetzt gerade?«

»Gerade in diesem Moment«, bestätigte Wind. »Lass uns sofort an den südlichen Rand des Waldes gehen, Zart wollte auch dorthin.«

Sein Vater nickte halb abwesend. Die zwei Füchse folgten ihnen nicht. Ob aufgrund dessen, dass sie zahlenmäßig nicht mehr überlegen waren oder weil sie ebenfalls überrascht von der Info über die Menschen waren – wussten sie nicht.

Sage rannte den gesamten Weg wieder zurück und kam so langsam außer Atem. Als er ihren weißen Pelz im Unterholz kauern sah, hätte er vor Freude aufjaulen können, war aber gleichzeitig am Ende mit seinen Nerven. »Steh sofort auf, wir müssen zu den anderen«, schnaufte er auffordernd.

Sie sprang erschrocken auf. »Sage!«

»Ja, mir geht's gut und wir werden noch darüber reden, was dir einfällt, dich so unüberlegt allein auf den Weg zum Feind zu machen.«

»Entschuldige mal!«, wehrte sie sich. »Ich kann sehr gut auf mich alleine aufpassen und *du*! Du bist einfach verschwunden! Und tatsächlich genauso zum ›Feind‹.«

»Du kannst dich nicht einfach dermaßen in Gefahr begeben, nur wegen *mir*«, erwiderte er und eine verzweifelte Sorge überschwemmte plötzlich seinen Körper. »Du hast ja keine Ahnung ...«, er unterbrach sich, wusste nicht, wie er sich mitteilen sollte, »du hast keine Ahnung, dass ein Wolf auf der Suche nach dir ist, wahrscheinlich um dich zu töten, und wie fertig mich das gemacht hat, deine Fährte außerhalb des Waldes zu riechen!«

Whitestar blinzelte verwirrt. »Was für ein Wolf?«

Sages Kopf senkte sich seufzend. »Lange Geschichte ... Später. Wir müssen zurück.«

»Das heißt, du warst auf dem Weg zurück und bist nur nochmal umgekehrt wegen mir? Und *mich* machst du dafür an?«

»Ich war ja auch derjenige, der dich in Gefahr gebracht hat. Komm schon«, er lief bereits los, sodass Whitestar gezwungen war, ihm zu folgen. »Ich erkläre es dir unterwegs.«

»Sage, warte. Geht es dir denn gut?«

»Hhm«, wimmerte er und lief ungehindert weiter. »Berechtigte Frage. Keine Ahnung. Körperlich ja.«

Während er zielstrebig geradeaus schaute, musterte ihn Whitestar besorgt von der Seite. »Du machst mir Angst, Sage. Was ist passiert? Was hast du gesehen?«

»Einen Geist aus unserer Vergangenheit«, murmelte er mehr zu sich selbst.

»Und was soll diese unheimlich poetische Aussage bedeuten?«, hakte sie nun gereizt nach.

Abrupt stoppte er und drehte sich zu ihr hin. »Azur.«

Sie fiel aus allen Wolken »Azur?!«

»Azur«, bestätigte er.

»Nein!«, stieß sie überrumpelt aus.

»Doch.«

»Nein.«

»*Doch*«, wiederholte er mit Nachdruck.

» *Wie*?«, winselte sie überfordert. »Wie geht das?«

»Oh, das ist bei weitem noch nicht alles. Aber White. Die Schatten überrennen gerade unseren Wald. Wir *müssen* zu den anderen.«

Sie schluckte, völlig verwirrt aufgrund der neuen Infos, aber wichtiger waren gerade die anderen, allem voran Stürmisch. So nickte sie und sie rannten los.

Kühl und Wind liefen geradewegs in einen Zweikampf zwischen Cunning und einem anderen Fuchs, der sich jedoch bei der plötzlichen Unterlegenheit, in der er sich wiederfand, schnell aus dem Staub machte. Zu dritt näherten sie sich dem südlichen Rand, als Wind auffiel, dass sich eine Gestalt in den Sträuchern neben ihnen versteckte. Es war kein richtiges Verstecken, ihre Augen waren auf Wind fixiert und eine kleine Bewegung nach vorne verriet dem Rotfuchs, wer es war.

Er hatte angehalten, weshalb sich sein Vater und Bruder nach ihm umdrehten. »Was ist los?«, fragte ersterer.

»Ich komme gleich«, erwiderte Wind.

»Bist du verrückt? Komm jetzt mit, was soll denn das?«

»Geh vor«, kam es einem Befehl gleich. »Ich komme ja gleich.«

Kühl zögerte, doch kam zu dem Schluss, dass sich Wind ohnehin nichts sagen ließ, so tat er, um was er gebeten wurde. Cunning brauchte etwas länger, um sich von ihm abzuwenden.

Winds Blick fiel auf die Sträucher und er wartete, bis Vive heraus trat.

Seine Mundwinkel zogen sich nach oben und er spürte wieder dieses Kribbeln der Überlegenheit, das er sich erlaubte, zu genießen. Hier war sie, ihre Leute übernahmen gerade den Wald (auch wenn es zweifelhaft war, wie lang dieser Erfolg anhielt) und trotzdem empfand er bei ihrem Anblick Triumph. »Oooh je, wenn Blicke töten könnten«, lautete sein Kommentar.

Sie zuckte bei seiner Aussage. »Du hast mich nur benutzt.«

Er zuckte die Schultern. »Du mich doch auch«, erwiderte er nüchtern. Doch schwarzer Hohn floss wieder in seine Mimik, als er voranschritt und nahe auf sie zu kam. Sie wich zu seiner Bewunderung nicht zurück. Seine Stimme war nur noch ein unheilvolles Flüstern begleitet von einem dunklen Grinsen. »Was sie jetzt wohl mit dir machen werden.« Versuchter Verrat, Flucht – er ließ das alles wie eine dunkle Wolke über ihr hängen und lief ein paar Schritte rückwärts, ehe er sich umdrehte. Und während all dessen verließ das Lächeln seine Lippen nicht.

Alles ging gerade unwiderruflich in die Brüche, konnte man es ihm also übel nehmen, wenn er dieses wohlige Gefühl der Ruhe, das er empfand, nicht loslassen wollte?

»Wind«, rief ihn eine bekannte Stimme. Der Fuchs blickte nach oben und entdeckte Marron in den Wipfeln. »Du hast es gesehen, oder?«, fragte er dann.

Der Fuchs musste tatsächlich einen Augenblick überlegen. »Du meinst die Menschen.« Der Greif nickte. »Ja.«

Betrübnis überschattete Marrons Gesicht. »Dass sie gerade hierhin so schnell kommen würden, hat man nicht unbedingt gesehen.«

Wind zuckte verbissen die Schultern und schluckte. »Man hätte es sich schon denken können, dass wir früher oder später auch dran sind. Sie haben unheimlich viel gebaut, hier in der Gegend.«

Marron schaute bekümmert zurück. »Werdet ihr gehen?«

Der Vierbeiner nickte. »Nicht der einzige Grund. Der Wald wird gerade von Fremden überrannt. Wären es nicht die Menschen, hätten *sie* uns vertrieben.«

Marron wirkte einen Moment so, als müsse er etwas verarbeiten. »Und trotz allem wirkst du wie so oft ganz unangetastet.«

Der Greif wusste nicht genau, woran es lag, dass Wind ihn lediglich anstarrte, ohne etwas zu erwidern. Er wusste, der Fuchs war es gewohnt, dass er ihm jederzeit direkt die Meinung sagte, so war er auch nicht geschockt. Im Gegenteil, der Rüde trug seinen zufriedenen Gesichtsausdruck offen nach außen und bestätigte damit sogar die Aussage des Adlers. Marron seufzte, als eine Ernüchterung in ihm aufstieg, die er so bei ihren Gesprächen zuvor nicht erlebt hatte. »Hör zu«, begann er schließlich so, als wisse er, dass er Wind vermutlich nie wiedersehen würde und doch versuchte, ihn mit diesen letzten Worten wachzurütteln. »Tu mir den Gefallen und pass auf dich auf.«

Das verursachte ein Stirnrunzeln bei dem Fleischfresser. »Wie soll ich das verstehen?«

Marron schluckte. »Pass auf deine Gefühle auf. Und beachte die der anderen. Lass deine Emotionen nicht immer die Kontrolle übernehmen.«

Wind lachte überrascht. »Gefühle? *Die* kommen mir eher weniger in die Quere.«

»Das stimmt nicht«, schüttelte der Greif den Kopf. »Aber wenn du nicht aufpasst, wirst du irgendwann vielleicht wirklich zu dem, was du gerne sein möchtest.«

Tief in seinem Innern wusste er es. Er wusste, dass Marron ihn durchschauen konnte, wie kaum ein anderer – dass er recht hatte mit allem was er sagte. Doch dieser letzte Rest an Selbstreflexion, mithilfe dessen Wind überhaupt erst erkannte, dass er eigentlich auf Marron hören sollte, vergrub er beinahe ohne es zu bemerken.

»Mach dir nicht zu viele Gedanken«, tat er die Sorgen des Vogels ab, bevor er zu sehr darüber nachdenken konnte. Seine Lippen formten ein Grinsen, das auch in seine Augen fuhr, aber diese gleichzeitig verdunkelte. »Ich komme wunderbar klar.«

Marron wusste, dass in seiner momentanen Verfassung jedes weitere Wort fruchtlos war. Seine einzige Hoffnung bestand darin, dass seine Worte früher oder später doch zu ihm durchdringen würden.

Whitestar rannte mit Wucht auf Stürmisch zu und presste sich an ihn, bevor er überhaupt realisierte, wie ihm geschah. Als er jedoch seine Mutter wahrnahm, schlich sich eine Ruhe in ihn ein. Erst jetzt merkte er, wie sehr er unter Strom gestanden hatte. Erleichtert erwiderte er die Umarmung und schloss die Augen. »Wo wart ihr?«, fragte er schließlich.

Die Schneefüchsin zog ihren Kopf zurück und schluckte. »Wir …

haben einen Umweg genommen. Wir erzählen euch später mehr, geht es denn allen gut?« Besorgt überflog ihr Blick die Meute und blieb an Kühl hängen. Dieser nickte nach einem Zögern.

Sage reihte sich neben seiner Gefährtin ein und wandte sich an den narbigen Rüden. »Süden?«

Wieder nickte dieser wortlos, als Wind schließlich zu ihnen stieß. Stürmisch fixierte ihn automatisch und brachte damit den Rotfuchs augenblicklich zum Stillstand, auch wenn niemand sonst ihren vor Anspannung bebenden Augenkontakt zu bemerken schien. So hatte, wie Stürmisch glaubte, Heart gerade das Wort übernommen. Wind schien abzuwarten, wie sich der Silberfuchs verhielt, um seine Reaktion entsprechend anzupassen.

Abgelenkt wurden alle durch Rank, der mit erhobenem Kopf aus dem Wald kam. Jeder einzelne von ihnen ging wie eingeübt auf Abwehrstellung, doch Rank sah nicht so aus, als wolle er sie anfallen. Sein Blick galt alleine Kühl. »Du hast verloren. Du hast *alles* verloren.« Seine Lippen formten sich zu einem höhnischen Grinsen. »Diesen Wald, deinen Stolz, deine Arroganz. Das Bild werde ich nie vergessen, wie *du* geschlagen aus dem Wald humpelst und deine Wunden lecken musst, in dem Wissen, dass *ich* dich besiegt habe.«

Im ersten Moment wirkte Kühl als wolle er seinen Artgenossen alleine mit Blicken töten, doch schon kurz darauf war dieser Wunsch verschwunden. Kühl schnaufte und passte sein Grinsen dem seines Gegenübers an. Er trat Schritt für Schritt auf Rank zu, langsam und gemächlich, als hätte er alle Zeit der Welt.

Rank wich nicht zurück. Kühl unterbrach zu keiner Sekunde den Blickkontakt, bis er schließlich dicht vor ihm stand. Sein Kopf kippte zur Seite. Seine Stimme erklang verhältnismäßig leise, die nüchterne Aussage verdeckte die Schadenfreude nicht. »Hab Spaß mit deinen neuen Mitbewohnern.«

Das metallartige Brummen der Bagger, das Schreien der Kettensägen und das Zusammenkrachen von Holz wirkte im nächsten Augenblick umso lauter.

Kühl wandte sich schlicht ab. »Wir gehen«, teilte er den anderen mit.

Heart schloss sich als erste an, dicht gefolgt von Whitestar und Cunning. Zart drehte sich als nächstes um und lief an Stürmisch vorbei, dessen Blick aber hinter Zarts Gestalt wieder auf Wind fiel, der noch immer auf eine Reaktion des Silberfuchses zu warten schien. Als Stürmisch schließlich auch noch seinen Vater an sich vorbei ziehen sah, riss er sich von Wind los und folgte dem Rudel.

Wind wartete kurz, bis er sicher war, dass Stürmisch keinen weiteren Drang verspürte, ihn anzufallen. Dann schloss auch er sich an.

Bäume fielen aufeinander, Erde wurde umgegraben, es bohrte, sägte und knatterte und erfüllte die Luft mit Zittern und Wehmut und dem Gestank von Abgasen. Doch keiner schaute sich um.

Sie blickten geschlossen nach vorne, als sie sich nacheinander von dem Wald entfernten, der für so lange Zeit ihre Heimat gewesen war. In diesem Moment, auch wenn er vermutlich nur von kurzer Dauer sein würde – waren sie sich einig.

Silver war zu ihren Kindern zurückgekehrt. Sie gab sich an diesem Abend das Versprechen, *immer* zu ihnen zurückzukehren, komme was wolle. Egal, wohin sie ging oder wie lange sie fortmusste und wer ihr im Weg stand – sie würde immer zurückkehren.

Es war späte Nacht, als sie endlich zum Jagen kam. Auch wenn tief in ihr noch immer Hoffnung keimte, merkte sie doch nach und nach, wie unglaublich erschöpft sie war. Sie fühlte sich, als wäre sie aus einem Koma aufgewacht und merkte jetzt, wie sehr das Leben in der Zwischenzeit an ihr gezehrt hatte.

Die Phase fühlte sich zwar nicht gut, aber richtig an. Es fühlte sich um einiges lebendiger an.

So schritt sie durch die Nacht und sog mit geschlossenen Augen die Luft ein. Kälte, Grünzeug, Maus und … ein unbehagliches Kribbeln.

Es dauerte genau eine Sekunde, in der Silver die Augen aufschlug und ein gefährlicher Schrei den Wald erzitterte, der dazugehörige Adler stürzte sich auf sie. Durch die Baumkronen flogen Äste auf sie hinab, denen sie nur durch ein Wunder auswich. Sie rannte ohne sich umzusehen, bevor Murk plötzlich *vor* ihr aufkreuzte und sie eine scharfe Kehrtwende vollführte. Sie hatte komplett die Orientierung verloren und schon wieder war Murk direkt hinter ihr. Sie spürte seine Präsenz, den Wind seiner Schwingen und sein Schnaufen.

Bevor all das plötzlich verschwand und er ein weiteres Mal aufschrie. Silver bremste und blickte zurück, ihr Herz trommelte. Es war Bluefire, der den Greif angesprungen hatte, was diesen zu Boden katapultierte. Jetzt sprintete er zu Silver. »Komm mit!«, rief er aus und sie folgte ihm. Sie rasten auf ihren Bau zu und schnauften voller Erleichterung, als sie hineinkrochen und sich in Sicherheit wussten.

Keine Angriffe.

Sehen

Crass folgte seiner Fährte, bis er endlich zu sehen war. Murk stand auf dem Boden, zwischen seinen Krallen seine Mahlzeit, zu der er sich hinunter gebeugt hatte. Crass schritt geradewegs zu ihm hin und mit einem kräftigen Pfotenhieb flog der tote Nager in das nächstgelegene Gebüsch. Murks Ausdruck könnte kaum tödlicher sein. »Du bist in mein Gebiet eingedrungen, das gehört *nicht* zu unserer Abmachung!«, fauchte Crass ihn an. »Du hast dich verdammt nochmal fernzuhalten.«

Der Greif sammelte sich. »Stimmt, ich habe dagegen verstoßen. Aber erst nachdem du dagegen verstoßen hast.«

»*Ich* verstoßen?!« Crass wusste nicht, ob er schreien oder lachen sollte. »Murk, hörst du dir eigentlich hin und wieder selbst zu, du durchgeknallter Idiot!«

Murk schnellte ruckartig nach vorn, doch Crass zog nur den Kopf zurück. »Deine Aufgabe ist es, mir Informationen über diese Gruppe zu geben«, schimpfte der Adler. »Du hast mir weder gesagt, dass sie mit mir reden wollten, noch dass sie sich mit Scarlet getroffen haben!«

Crass zuckte bei dieser Aussage kurz auf. Das war ja wohl ein dicker, fetter Hinweis auf Unstimmigkeiten. Er ließ den Aspekt jedoch unkommentiert. »Na weil ich nichts davon wusste, sie reden mit mir nicht gerade über solche Sachen.« Na ja. Nah genug dran.

»Warum hast du sie dann überhaupt aufgenommen, wenn ihr nichts miteinander zu tun habt?«

Ein dunkles Grinsen umspielte Crass' Lippen. »Bist du sicher, dass du das wissen willst? Womöglich gefällt dir die Antwort nicht.«

»Hör auf damit und sag es mir.«

Crass lächelte. Berechnend. »Bonario.«

Tatsächlich gelang es Murk nicht, das Zucken in seinem Gesicht zu unterdrücken. »So?«

»Na sicher«, betonte der Fuchswolf überschwänglich. »Niemand hat ein solch großes Herz wie er. Mir ging es für eine Weile ziemlich schlecht – in mehrfacher Hinsicht – und Bonario zögerte nicht, mir zu helfen. Denn so war er. Hilfsbereit, ohne etwas dafür zu verlangen. Aber das weißt du natürlich am besten, als sein Sohn. Es muss so schwer sein, ihn auf diese Weise verloren zu haben. Sag mir – wie lief deine letzte Unterhaltung mit ihm? Spielt sie sich immer und immer wieder in deinem Kopf ab?« Oh ja, die mit jedem Satz wachsende Ironie konnte er nicht stoppen.

Murk reagierte inzwischen kaum. »Mein Vater half wirklich jedem noch so kleinem Häufchen Elend. Anstatt sich um seine eigene Familie zu kümmern.«

Crass atmete mit gespielter Empörung ein. »Du armer Junge! Ich hatte ja keine Ahnung.«

»Ich mach dir einen Vorschlag, Crass«, ging Murk gar nicht darauf ein.

Der Sarkasmus verschwand, aber das Grinsen auf dem Gesicht des Fuchswolfes blieb. »Ich bin ganz Ohr.«

»Ich werde nicht mehr in dein Revier eindringen.«

»Das hört man gern.« Er amüsierte sich noch immer, auch wenn er Murk kein Wort glaubte.

»Aber ich *möchte*, dass du die Gruppe von meinem Gebiet fernhältst. Keine Gespräche, nichts, *gar* nichts! Hast du mich verstanden?«

»Hast du schon mal überlegt, warum dich keiner leiden kann?«, kommentierte Crass.

»Ich schwöre, wenn du mich noch weiter so nervst ...«

»Ich weiß, ich weiß«, erwiderte er und verfiel dann in ein Murmeln, »dann frag ich Bonario.«

»*Was?*«, zischte der Greif.

»Ich sagte, ich fürcht' mich so«, sagte Crass deutlicher und das passend künstliche Grinsen folgte sogleich.

Murk breitete die Flügel aus. »Treibe es nicht zu weit, Crass.«

Der Rüde nickte zustimmend. »Ich werde es nur ganz kurz treiben, versprochen.«

»Wenn sie nochmal so eine Aktion bringen und ich nichts davon weiß – dann verspreche ich dir, dass das Eindringen in dein Gebiet deine geringste Sorge sein wird.« Seine Stimme wandelte sich in das bekannte dunkle Rasseln, das wie harter Sand auf den Fuchswolf prasselte, während sein Körper dadurch größer und über ihm schwebend wirkte. »Ich schlage meine Krallen in deinen schwachen, wehrlosen Körper, bis du nicht mehr laufen kannst und mache so lange weiter, bis deine

Schreie versiegen, weil du keine Stimme mehr hast. Dann picke ich dir genüsslich die Augen aus und überlasse dich verstümmelt dir selbst.«

Du meine *Güte*, da brauchte aber jemand dringend eine Therapie. Nur die Erwähnung der Augen erinnerte Cyass an Pale. Es war eine Sache, zu wissen, dass Murk so etwas tun würde, eine andere war es, dass er so etwas schon jemandem angetan hatte. Einem unschuldigen Kind noch dazu.

»Also«, fuhr Murk nonchalant fort. »Ich bleibe fern von deinem Gebiet, wenn ich auf den neusten Stand gebracht werde.« Er zog erwartend die Braue. »Abgemacht?«

Cyass verzog den Mund, aber sie beide wussten, wie die Antwort lauten musste. »Abgemacht«, stimmte er schließlich zu.

»Sehr gut, ich wusste, dass ich mich auf dich verlassen kann.« Mit diesen Worten stieß er sich vom Boden ab und flog davon.

Alles klar, ganz simpel, Murk einfach erzählen, wenn die Gruppe wieder was vorhat, dann hatte er seine Ruhe. Alle Probleme gelöst. Die Sache war nur, dass er den Greif viel zu gut kannte, um sich von ihm als Marionette benutzen zu lassen. Nein, er hatte gewiss schon andere Pläne.

Am meisten wunderte er sich, warum Murk überhaupt noch mit ihm verhandelte und sich nicht einfach nahm, was er wollte. Aber auch für dieses Rätsel gab es eine einfache Lösung. Der Grund hatte zumindest teilweise mit einer anderen Person zu tun, einer Person, mit der man vielleicht sogar ein einigermaßen vernünftiges Gespräch führen konnte. Scarlet.

»Dein ... Großvater?«, blinzelte Stürmisch überrascht.

»Jap«, nickte seine Mutter.

»Mein ... Urgroßvater«, stockte Stürmisch weiterhin.

»Richtig.«

»Hat ... die Schatten begründet?«

»Laut deinem Vater«, erwiderte Whitestar.

»Bist du dir da sicher?«, hakte nun auch Kühl nach. Die Füchse waren zügig unterwegs, gerade durchquerten sie ein spärlich bewaldetes Stück Land.

»Sicher genug«, lautete Sages Antwort.

»Zu ihm vordringen war nicht möglich?«, fragte seine Gefährtin.

Sage schüttelte den Kopf. »Es war schon purer Zufall, ihn überhaupt zu sehen.«

Whitestar starrte grübelnd auf die Erde. »Vielleicht hätten wir doch nicht einfach gehen sollen, vielleicht hätte ich mit ihm reden können ...«

»Sie hätten dich gar nicht zu ihm durchkommen lassen, White«, hielt Sage dagegen, »Vermutlich hätten sie dich vorher umgebracht.«

»Aber es ist *Azur*«, stieß sie verzweifelt aus. »Ich meine, er ist mein *Großvater*, er würde nicht einfach *nicht* mit mir reden!«

»Daran zweifle ich auch nicht, ich erinnere mich an ihn. Ich sage nur, das eigentliche Problem wäre, überhaupt zu ihm zu gelangen.«

»*Er* war bei dem Ausbruch dabei?«, versuchte Zart klarzustellen.

»Ja, war er«, bestätigte Whitestar. »Sages und meine Eltern ebenfalls, aber sie waren noch Welpen. Die entflohene Gruppe spaltete sich auf, soweit wir wissen. Unsere Eltern und noch einige andere kapselten sich ab.« Sie hielt kurz inne und schnaufte bitter. »Wer weiß, der Grund dafür war womöglich, dass ihnen nicht gefiel, wie die Anderen die Dinge handhabten.«

»Wie dem auch sei«, wandte Kühl ein, »dein Großvater *ist* bei den Schatten, hat womöglich sogar eine Führungsposition – und hat den Angriff auf uns befohlen.«

»Das wissen wir doch alles gar nicht«, erwiderte Whitestar. »Er hat ...«, sie stockte, »er hat vielleicht gar nicht gewusst, dass-«

»Nein, Kühl hat recht, Mutter«, redete Stürmisch dazwischen. »Er hängt da mit drin, er ist ein *Schatten*. Sollten wir je wieder in seine Nähe kommen, dürfen wir das nicht vergessen.«

Whitestar blieb still, ihre Lider senkten sich. Sie hatten recht, das wusste sie. Sie konnte nicht verstehen, wie ihr eigener Großvater, den sie als sanften, liebenswürdigen Fuchs in Erinnerung hatte, Teil einer solchen Gruppe sein sollte. Aber sie wusste auch, dass sie nicht alle Fakten kannte. Sie würde zu gerne seine Erklärung hören. Vielleicht wäre dann einiges klarer.

So trabten sie weiter, fort von dem Wald, den Schatten, Azur und damit all den möglichen Antworten auf ihre Fragen.

»Das ist super, große klasse«, stieß Dry sarkastisch aus. »Ungefähr einen Tag lang ohne Überfälle. Nein, warte!« Er zog den Kopf mit geschauspielerter Erkenntnis zurück. »Seit wir hier waren, gab es keine Überfälle, aber jetzt da wir mit Scarlet geredet haben, dass es so bleibt, folgt prompt einer! Na, ich denke, das Gespräch hat sich doch gelohnt.«

»Du bist naiv, wenn du denkst, dass der Übergriff sonst nicht gekommen wäre«, seufzte Bluefire geschlagen. Sie alle hatten sich im Bau der Füchse versammelt.

»Und du bist naiv, wenn du denkst, dass zwischen dem Gespräch mit Scarlet und Murks Angriff kein Zusammenhang besteht«, konterte Dry.

Der Marder fasste sich grübelnd an die Stirn. »Aber warum sollte Scarlet sowas dann versprechen, das macht doch alles keinen Sinn.«

»Na weil sie hinterhältig sind«, rief Dry aus. »Brauchst du noch eine andere Erklärung?«

»Du glaubst, der Angriff sei ein Zeichen für die Hinterhältigkeit der Schatten?« Silver hatte den Kopf erhoben.

Dry starrte perplex zurück. »Nun ja, als was würdest du es bezeichnen?«

Sie zuckte die Schultern, doch in ihr ruhte Gewissheit. »Ich glaube, es war ein Zeichen dafür, dass die Schatten nicht die homogene Masse sind, wie sie erscheinen. Das sind auch nur Individuen, mit unterschiedlichen Meinungen.« Ihre nächste Aussage war bestimmt. »Und ich denke Scarlet ist anderer Meinung als Murk.« Sie richtete sich fragend in die Runde, nur erwartete sie nicht wirklich, dass jemand widersprach.

Sie spürte, wie sich Bluefire neben ihr regte. »Du könntest recht haben. Scarlet schien schon länger unzufrieden.«

Hoffnung sammelte sich wiederum in der Höhle. »Okay, na schön, dann lasst uns nachdenken«, ergriff der Marder das Wort.

»Wir müssen herausfinden, was sie will«, sagte nun auch Own zielstrebig. »Wenn wir konkretere Informationen haben, können wir sie besser mit unseren Zielen vereinen.«

»Ich könnte weiterhin versuchen, sie ausfindig zu machen«, schlug Vinous vor, »und vielleicht herausfinden, mit wem sie am ehesten ihre Zeit verbringt, ob sie Anhänger hat.«

»*Das* ist gut«, stieß der Marder aus und bald redeten alle durcheinander, miteinander oder dachten laut. »Wir müssen herausfinden, ob Scarlet der Außenseiter ist oder Murk.«

»Unentdeckt in ihr Lager zu kommen wird schwer ...«

»Richtig, also vielleicht halten wir uns doch eher nur an Scarlet.«

»Wir müssen uns irgendwie vor Murk schützen ...«

»Wir sollten sie fragen, ob es Probleme mit Murk gibt.«

»Eher sagen, dass wir *wissen*, dass es Probleme mit Murk gibt.«

»Und nochmal an ihr Versprechen erinnern.«

»Außerdem könnten wir sie dran erinnern, dass die Zusammenarbeit mit Bonario ganz gut geklappt hat.«

»Apropos, ich sollte womöglich nochmals erwähnen, dass ich ein ganz vielversprechendes Verhältnis zu ihrem Sohn hatte.«

»Ich könnte sie nach Zaina fragen.«

»Auf jeden Fall sicherstellen, dass Murk nicht in der Nähe ist, wenn wir zu ihr ...«

»Moment!«, durchschnitt Silver das Brainstorming plötzlich und wandte sich zu Bluefire um. »Was hast du eben gesagt?«

Fragende Augen huschten zur Seite und wieder zurück. »Wann?«

Silver war geschockt. »Das über Zaina.«

Bluefires Ohren flatterten auf. »Ach das«, murmelte er. »Nicht weiter wichtig.«

»Wer ist Zaina?«, hakte sie nach und ihre Atmung wurde hohler bei seiner Reaktion, auch hörbar bei der entstandenen Ruhe im Bau.

Er schüttelte sich kurz. »Meine Mutter«, meinte er abtuend und es war absolut klar, dass ihm der vorherige Kommentar herausgerutscht war. »Du weißt schon. Womöglich auch ein Schatten. Von daher.«

Sie schluckte. »Bluefire«, ging sie einen Schritt auf ihn zu. »Das war der Name, den die Wölfe bei unserer ersten Begegnung gesagt haben. Als sie uns festgehalten haben, wegen ...«, sie stockte und erstickte beinahe an dem nächsten Wort, »der Schatten.«

Der Schatten. Von Beginn an wegen der Schatten. Ihre gesamte Beziehung war darin verankert.

Er zuckte die Schultern. »Ja, ich weiß. Ist das ein Problem?«

Sie starrte ihn fassungslos an. »Du hast mir nie gesagt ...«, ihre Stimme versiegte kurzzeitig. »*Niemals*. Dass sie deine Mutter ...«

»Ach Silver«, seufzte er. »Wir kannten uns doch damals gar nicht. Und seitdem haben wir darüber auch nicht mehr geredet.«

»Wir reden doch seit *Monaten nur noch über die Schatten!*«, schrie sie plötzlich, wonach es in der Höhle totenstill wurde.

»*Okay*, die, äh ... *Sonne* steht grad ganz oben am Himmel«, ertönte schließlich die Stimme des Marders. »Was meint ihr Freunde, wollen wir uns dieses Spektakel nicht ansehen?« Enthusiastische Zustimmung kam von allen außer den beiden Füchsen und sie machten sich sofort auf den Weg aus dem Bau.

Silvers und Bluefires Blickkontakt brach unterdessen nicht ab. Er schüttelte ratlos den Kopf. »Was willst du von mir hören, Silver? Die Person, nach der die Wölfe damals gefragt haben, war meine Mutter, na und? Wie ist diese Information jetzt der Schlüssel zu einem tollen Plan, uns alle zu retten?«

Sie stockte entrüstet. »Das war völlig unnötig« schnaufte sie, ehe sie wieder lauter wurde. »Du hast gesagt, du kennst diesen Namen nicht! Okay, wir kannten uns nicht, aber wir kennen uns jetzt und du vertraust mir *nichts* an! Du hast mir nie gesagt, dass du deiner Mutter damals anscheinend dicht auf der Spur warst und du hast recht, wir *könnten* den Namen bei Scarlet nennen und schauen, ob es uns weiterhilft, aber weißt du was? Darum geht es dir überhaupt nicht! Dir ist egal, was mit uns passiert. Zumindest nicht so wichtig, wie dass du endlich deine Eltern findest!«

»Das ist nicht fair.«

»Und warum dir das so verdammt wichtig ist?« Silver zog ratlos den Kopf zurück. »Immer noch nicht den blassesten Schimmer. Weißt du was Bluefire, langsam ist es mir egal. Das Wohl der Gruppe geht vor deine persönliche Vendetta.«

Sie drehte sich um, wollte nach draußen stürmen, doch wandte sich ruckartig wieder zurück. »Weißt du, was das Schlimmste für mich persönlich an der ganzen Sache ist? Du *willst* nicht mit mir reden. Nicht weil du nicht *kannst*, sondern weil du nicht *willst*. Du *weißt*, dass ich mich deswegen zurückziehe, du weißt *auch*, dass ich sofort für dich da wäre, wenn du dich *etwas* öffnen würdest, dass das alles ist, was du tun müsstest. Aber da du das nicht willst, versuchst du auch gar nicht erst mit mir zu reden.« *Und siehst einfach nur zu, wie unsere Beziehung in die Brüche geht.*

Als sie nach draußen preschte, loderte in ihr noch immer die Hoffnung, er würde ihr folgen, doch es bestätigte sich ihre Erwartung, er würde es nicht tun.

Sie könnte sich schon wieder hinlegen, einfach direkt hier ins Gras. Sie stöhnte gedehnt, als sie sich auf die Hinterbeine plumpsen ließ.

»White?«, hörte sie ihren Gefährten rufen und sah ihn bald darauf auf sie zu laufen. »Whitestar, was machst du da?« Er schmunzelte.

»Die Stelle hier sah viel zu unbenutzt aus, das Gras war so ... aufrechtstehend.«

Er lächelte sie behutsam an. »Brauchst du eine Pause?«

»Nein, ich wollte nur plattes Gras«, versicherte sie ihm mit einer Mischung aus Sarkasmus und Hilflosigkeit.

»White«, mahnte er mit Blick auf ihre Bauchgegend. »Es wird nicht mehr lange dauern.«

»Ach, was denn?«, machte sie scheinheilig, worauf er sie nur bittend ansah. »Ach, du meinst ich sei schwanger?«, schauspielerte sie Überraschung. »Nein, tut mir leid, Schatz. Ich habe lange überlegt, wie ich es dir sagen soll, aber ich hatte einfach nur unglaublich viel Hunger die letzten Wochen ...«

Sage brachte sie mit einem Schlecken über ihre Schnauze zum Schweigen. »Der Wald hier ist nicht so übel, weißt du«, flüsterte er ihr zu. »Er ist recht üppig und es gibt ein kleines Rinnsal mittendrin.«

»Und direkt nebenan ist eine große Straße und auf der anderen Seite hocken die Menschen«, hielt sie zugleich dagegen.

»Von denen werden wir gar nichts mitbekommen«, versprach Rüde sofort.

»Aber Sage-«

»Sag, willst du noch weiter?«, stellte er sie vor die Wahl. »Sag ganz ehrlich – glaubst du, du kannst noch weitersuchen? Wenn du das ehrlich denkst – *dann* ziehen wir weiter.«

Er wusste, wie die Antwort lauten würde, als er ihre Hilflosigkeit sah. Sie überflog die Umgebung mit den Augen, Bedauern und Unzufriedenheit zeichnete ihr Gesicht. Doch sie wusste, sie musste einlenken. Schließlich fand sie wieder ihren Gefährten. Große Augen musterten ihn. »Keine Menschen?«, vergewisserte sie sich und hüllte sich gern in die Illusion, als könnte Sage das beeinflussen.

Er lächelte. »Keine Menschen.«

Dieselbe Umgebung wurde von demselben Paar Augen überflogen. »Home, sweet home«, flüsterte Whitestar, neben ihr Sage, Stürmisch und die Rotfüchse. Sie waren zurück in ihrem alten Wald, ihrem Zuhause. Doch wiedererkennen konnten sie es kaum, die Bäume des Waldes standen nur noch vereinzelt da, die riesigen Lücken waren gefüllt mit Häusern und angelegten Gärten.

Eines stand fest, die Menschen konnten wirklich verdammt schnell bauen.

»Ich schätze, wir müssen uns einen anderen Unterschlupf suchen«, ertönte Kühls Stimme.

Whitestar ließ die Gegend weiterhin auf sich wirken, so surreal es auch war, anstatt der gewohnten Geräusche des Waldes, an die sie sich erinnerte, nun Autotüren, lachende und plappernde Menschen zu hören. »Es ist schon Abend«, sagte sie schließlich, der Blick noch an die Gebäude gehaftet. »Bald wird die Stadt schlafen und die Menschen in ihren Wohnungen sein. Wir könnten die Nacht einfach hierbleiben.«

Kurzes Schweigen, bevor Sage das Wort ergriff. »Sie hat recht. Das sollte kein Problem sein. Plus, Menschen sind verschwenderisch, ein kurzer Streifzug durch die Gassen und wir haben unser Abendessen.«

Kühl nickte. »Einverstanden. Wir bleiben die Nacht hier.«

Sie brauchten alle dringend eine Pause, waren sie doch schon seit über einem Tag unterwegs ohne zu schlafen. Alle wollten sichergehen, weit genug weg von den katastrophalen Problemen der Schatten und Bauarbeiten zu sein.

Sie hatten letztlich einen Unterschlupf gefunden an dem Rinnsal, das sich durch diese Gegend ringelte und trotz Umgestaltung der Umgebung noch floss. An einer Stelle war nun eine kleine Holzbrücke hinüber gebaut, unter der es sich die Füchse problemlos gemütlich machen konnten. Sie war viel größer, als es das kleine Bächlein nötig hatte. Mondschein spiegelte sich im Wasser und Grillen zirpten im Gras. Menschen waren keine mehr zu hören.

Stürmisch stand auf und schüttelte sich. »So, ich werd mich hier mal umsehen«, verkündete er. »Schauen wir doch mal, was die Speisekarte der Menschen so zu bieten hat.« Sein Blick fiel auf Zart. »Lust, mich zu begleiten?«

»Sicher«, freute sie sich und sprang auf.

»Achtet besonders auf Mülltonnen von Restaurants«, schlug Whitestar noch vor. »Die Häuser, wo es nach Essbarem riecht.«

»Alles klar«, entgegnete Stürmisch und wandte sich dann wieder Zart zu. »Also, ich werde dir alle meine Lieblingsplätze zeigen«, tat er euphorisch, während sich die zwei auf den Weg machten. »Vielleicht steht jetzt ein Haus drauf, aber was soll's.« Zart lachte amüsiert, während sie sich entfernten.

Whitestar starrte einen Moment hinterher, bevor sie sich an Sage richtete. »Also ich bin auch irgendwie neugierig.«

Er grinste zurück, dann stand er auf und lief an ihr vorbei. »Na dann komm, wir schauen uns ebenfalls um.«

Heart schmunzelte, als sich die Silberfuchsfamilie auf Streifzug begab, nutzte jedoch die Gelegenheit, sich Kühl zuzuwenden. Er lag direkt unter dem Fuß der Brücke in der dunkelsten Ecke und reagiert nicht auf sie, als sie sich ihm näherte (Wind und Cunning waren etwas abseits). Nach einer Weile entschied sie sich einfach dazu, den Anfang zu machen. »Willst du darüber reden?«

Sein Seufzer war tief und resigniert und noch immer schaute er sie nicht an. »Na worüber denn? Dass wir unsere Heimat verloren haben? Dass wir von Rank und seinen Lakaien überrannt worden sind? Oder vielleicht darüber, dass wir nicht wirklich wissen, wie es weiter gehen soll?«

»Ja.« Hearts schlichte Antwort brachte den Rüden nun endlich dazu, genervt hochzuschauen. »Ich weiß, dass du wütend bist. Und ich will ehrlich sein, diese ganze Sache hat nicht gerade die beste Seite an dir zum Vorschein gebracht. Aber wir sind entkommen. Wir sind alle gesund und gegen die Menschen wären wir ohnehin nicht angekommen, mit oder ohne Rank.«

»Macht es das besser?«, fragte er gereizt.

»Es macht es leichter.«

»Oh, Heart«, wimmerte er und drehte den Kopf schüttelnd weg.

Ruckartig schnellte sie zu ihm nach unten. »Hör mir jetzt mal zu«, befahl sie, denn langsam verlor auch sie die Geduld. »Ich mache mir keine Sorgen über Rank oder dass wir kein neues Zuhause finden. Ich mache mir Sorgen um *dich*.« Sie legte sich vollends zu ihm auf die Erde. »Du hast so lange gekämpft, um das Richtige zu tun, Kühl. Verliere dich jetzt nicht in Rachegefühlen und Kontrollzwängen.«

Seine grünen Augen starrten in ihre, zunächst suchend und auf einmal sorgenvoll. »Ich wollte nicht ... i-ich ...«

»Ich weiß«, versicherte sie ihm. »Aber du hast unheimlich dicht gemacht, ich kam keinen Millimeter an dich ran.«

Scham floss durch ihn und durchbrach endlich seine bröckelnden Mauern. Trotzdem schüttelte er den Kopf. »Ich habe getan, was getan werden musste. Wer hätte sonst ...?«

»Dagegen sage ich so erstmal gar nichts. Aber du hast mich komplett außen vor gelassen.«

Kühls Blick wanderte zu Boden. Er musste zugeben, das war ihm so konkret nicht bewusst gewesen. Irgendwie natürlich schon, klar, denn nur wenn er Heart ausschloss, hatte er überhaupt erst die Möglichkeit, seine skrupellosere Seite rauszulassen. Er hatte natürlich seine Gründe gehabt. Er konnte sie auch alle nennen, er konnte sich rechtfertigen, sie *hatten* Informationen gebraucht, sie *hatten* so gegen die Schatten vorgehen *müssen*, Vive *hatte* sie schließlich auch hintergangen. Aber das alles wusste Heart. So sagte er das einzige, was wirklich gesagt werden musste, das einzige, was ihm wirklich am Herzen lag. Er richtete sich wieder auf. »Es tut mir leid. Das hätte ich unter keinen Umständen tun dürfen. Dich ausschließen. Ich hab's kaum gemerkt und das ist das eigentlich Schlimme daran.«

Sie nahm seine Worte an, auch wenn seine Taten sie verletzt hatten. »Wir sind ein Team, Kühl«, erinnerte sie ihn.

Er lächelte sanft. »Wir sind mehr als das«, flüsterte er. *Ich wäre ohne dich verloren.*

Sie erwiderte das Lächeln zaghaft.

Cunning schielte auf Wind, der die ganze Zeit über kaum ein Wort gesagt hatte. Er verhielt sich auffällig neutral, vermied jedoch weitestgehend Blickkontakt. Auch jetzt vermutete Cunning, dass er seinen Blick spürte, jedoch mit Absicht nicht reagierte. Er wusste nicht, ob das den anderen aufgefallen war, immerhin waren alle erschöpft und mit sich selbst beschäftigt.

Der Rüde schritt näher auf seinen Bruder zu und ließ den Blick noch eine Weile auf ihm ruhen, bevor er behutsam das Wort ergriff. »Hast du Vive in dem Getümmel noch einmal gesehen?«

Das erhaschte seine Aufmerksamkeit, so schnell er seinen Kopf Cunning daraufhin zugewandt hatte. »Wieso fragst du?«

Cunning blinzelte. »Ihr wart befreundet«, betonte er nachdrücklich. »Und ihr habt die letzten Wochen viel Zeit miteinander verbracht. Und jetzt, plötzlich ...«

»Daran war nichts Plötzliches«, erwiderte Wind. »Sie war der Feind. Und *Freunde*«, er lachte, als sei die Bezeichnung lächerlich, »waren wir höchstens als Welpen. Also danke für deine Anteilnahme Cunning, aber sie ist fehl am Platz.«

Etwas verkrampfte sich in Cunning und er schüttelte langsam den Kopf. »Sei nicht so, Wind.«

Sein Bruder schnaufte. »Ja, wie denn?«

»Eiskalt.«

Wind seufzte. Er war selbst viel zu erschöpft, um eine derartige Diskussion zu führen. Vielleicht sollte er einfach wieder in Schweigen verfallen, damit er in Ruhe gelassen wurde, das schien die letzten Stunden doch so wunderbar funktioniert zu haben. Aber offensichtlich nicht bei Cunning. Er trat noch näher auf ihn zu, seine Rute zuckte entschlossen. »Steh auf, wir drehen jetzt auch eine kleine Runde.«

Wind stöhnte, er hatte im Moment wirklich keinen Nerv für eine Familientherapie (auch wenn diese wohl dringend nötig wäre). »Cunning, lass es bitte heute Abend einfach sei-«

»Hör auf zu jammern und beweg deine Füße«, schnitt ihm sein Bruder das Wort ab.

Wind blinzelte perplex. Das daraufhin schiefe Grinsen entstand unwillkürlich, er hätte es nicht stoppen können, selbst wenn er gewollte hätte. Er hob die Brauen, zog den Kopf zurück und stand auf, als würde er sich ergeben. Das Grinsen war noch immer auf seinen Lippen. Seine Augen blinzelten Richtung Stadt. »Nach dir.«

Die Stadt war inzwischen ruhig geworden und sie konnten durch die leeren Straßen schlendern. Die beiden Geschwister schwiegen eine gute Weile, ehe Cunnings Stimme ertönte. »Könntest du dir vorstellen, hier zu leben?«

Wind ließ sich für dieses Mal einfach auf das Gespräch ein. Er zuckte die Schultern. »Ich glaube, es ist prinzipiell nicht das Schlechteste, in der Stadt zu wohnen, nur ... ungewohnt.«

»Also – hast du nicht mit dem Gedanken gespielt, einfach hierzubleiben?«

Und plötzlich war es wieder sehr schwer, den Argwohn zu unterdrücken. Wind seufzte und schaute zu Cunning hinüber. »Würdest du das wollen? Ich bleibe hier, ihr zieht weiter?«

»Nein.« Seine Antwort kam direkt und sicher. »Mir wäre es lieber, du ziehst mit uns. Die Frage ist nur«, er stoppte, »willst du das auch?«

Wind musterte ihn eingehend, sein eigener neutraler Ausdruck inzwischen so darauf trainiert, keine Emotionen zu verraten. »Ich bin doch hier, oder?«, lautete schließlich seine Antwort.

»Aber willst du es auch? Ich meine, *ich* hätte es gern und ich bin mir ziemlich sicher, dass es Zart auch will«, bei Zarts Namen zog Wind erstmals den Kopf zur Seite, ein Ausdruck, als wäre er sich dessen nicht so sicher, »aber das ist keine Einbahnstraße, Wind. Wir müssen *alle* an uns arbeiten.«

Wind hatte die Luft angehalten und atmete nun einmal durch, den Blick immer noch zur Seite ins Leere. »Ich bin nicht sicher, ob ...«, fing er an, doch bereute im nächsten Moment schon, den Mund aufgemacht zu haben. Er kniff die Augen zusammen und schüttelte einmal den Kopf, bevor er sich wieder zu seinem Bruder wandte. »Ich werds versuchen, Cunning«, sagte er stattdessen, offener und verletzlicher, als Cunning ihn seit sehr langer Zeit hatte reden hören. »Aber ihr macht es mir manchmal auch nicht gerade leicht.«

Cunning lächelte sanft. »Wie ich sagte. Wir alle müssen an uns arbeiten.«

Wind nickte nachdenklich. Er ignorierte den Fakt, dass dabei noch eine gigantische unausgesprochene Auseinandersetzung mit Stürmisch ausstand und konzentrierte sich nur auf seine Familie. Er schielte etwas verschmitzt zu seinem Bruder. »Was kann ich tun?«

Dessen Lächeln wurde deutlicher. »Wie wäre es, wenn du mir sagst, was ich vielleicht ändern sollte, oder du mir eine Frage stellst, die ich wahrheitsgemäß beantworte. Und im Gegenzug darf ich dasselbe tun.«

Wind grinste zurückhaltend. »Also schön.« Sein Fokus richtete sich kurz nach innen, er wurde ernster. »Glaubst du es wäre besser, wenn wir getrennte Wege gehen würden?«

Cunning schien einen Augenblick zu überlegen, antwortete dann aber recht entschlossen. »Nein«, schüttelte er den Kopf. »Wäre es die einfachere Lösung? Vielleicht. Aber ich denke, wir würden um einiges gewinnen, wenn wir zusammenbleiben. Du hast uns geholfen. Wir können uns gegenseitig helfen. Meiner Meinung nach ist diese Lösung bei weitem überlegen.«

»Auch, wenn ihr mir nicht traut?«

»Das gilt es ja zu beheben. Aber du verstößt gegen die Regeln, Wind«, mahnte er gutartig. »*Eine* Frage und *eine* Gegenfrage.«

»Wir sollten ja inzwischen etabliert haben, dass ich mich nicht unbedingt an Regeln halte«, zwinkerte er ihm zu.

»Also, bist du bereit für deine Frage?«

»Oh, ich hab noch einige Fragen.«

»*Wind*«, mahnte er nun strenger, doch insgesamt war das Gespräch durch ein zwangloses Amüsement aufgelockert.

»Okay, schon gut«, schmunzelte dieser. »Ich bin ganz Ohr.«

Cunning atmete durch, die Belustigung trat zurück. »Macht dir das mit Vive wirklich nichts aus?« Wind regte sich kaum und Cunning hatte das Gefühl, sein Gegenüber würde die Konsequenzen seiner Antworten abwägen. »Sag einfach, wie es ist, ich bin nicht hier, um zu urteilen.« Cunning versuchte beim besten Willen, dem wirklich neutral gegenüber zu stehen, war sich aber nicht sicher, ob ihm das gelingen würde.

Schließlich schnaufte Wind kurz, tatsächlich unsicher, was er darauf erwidern sollte. »Geschickte Frage Cunning, wirklich. Das muss ich dir lassen.«

Sein Gegenüber stöhnte innerlich. »Das ist kein Test oder Wettstreit oder dergleichen. Ich möchte es wirklich verstehen.«

»Du möchtest wirklich verstehen, dass es mir nichts ausmacht? Ich glaube kaum.«

Seine Stimme gewann wieder an jener verbissenen, abwehrenden Betonung. Cunning wünschte, er wüsste, ob dieses Verhalten entstand, weil Wind wirklich nichts fühlte und Angst vor ihrer Reaktion hatte oder er in Wirklichkeit doch aufgebracht war und das alles nicht so gut wegsteckte, wie er gerne würde.

Bevor er jedoch weiter darauf eingehen konnte, seufzte Wind und schien sich zurückzunehmen. »Sie hat uns hintergangen, Cunning«, meinte er nun ruhiger. »Hat unser aller *Leben* aufs Spiel gesetzt. Sie hat nichts anderes verdient.«

Der Rotfuchs nickte nachdenklich. »Es ist trotzdem nichts falsch daran, den Verlust dieser Beziehung zu betrauern.«

Die Antwort darauf war wiederum ein schiefes Grinsen. »Ist es falsch, es *nicht* zu betrauern?«

Cunning grübelte einen Moment, gewillt einen mentalen Schritt zurückzutreten. »Nein«, antwortete er schließlich noch halb gedankenversunken. »Man sollte nicht für das verurteilt werden, was man fühlt.«

Wind wartete, bis er wieder angesehen wurde. »Sollte man nicht?«, fragte er süffisant.

Cunning schüttelte langsam den Kopf. »Nein, ich denke nicht.«

Sein Gegenüber nickte sein Haupt kurz zur Seite, die Mundwinkel zogen sich für einen Moment nach unten in einer akzeptierenden Geste, die ›meinetwegen‹ auszudrücken schien. Im Großen und Ganzen wirkte er einigermaßen zufrieden mit dieser Antwort.

Cunning lächelte unterschwellig. »Hungrig? Sollen wir unser Abendessen besorgen?«

Wind zwinkerte dezent. »Klar. Holen wir uns was zu Essen.«

Own kletterte in den Bau ihres Bruders. »Docile, wo steckst du?«, rief sie hinein, aber es dauerte einen Moment, bis der Hase aus einem der vielen Gänge kam. Sie wirkte amüsiert. »Sag mal, wie groß ist das hier eigentlich?«

»Größer als nötig«, schmunzelte er. »Was gibt's?«

Sie schaute ernst drein. »Hast du das mit Murk mitgekriegt?«

»Ja, richtig«, seufzte ihr Gegenüber. »Der Marder war vorhin hier. Murk hat versucht, Silver anzugreifen, oder?«

»Ja, aber sie glaubt, das ist ein gutes Zeichen.«

Er nickte mit fragenden Augen und kippte in ein Kopfschütteln ab. »Tja, jeder bewältigt Traumata auf seine Weise, nehm ich mal an«, kommentierte er ratlos.

Own blinzelte gutartig. »Sie meint, Murk hat es nicht gefallen, dass Scarlet mit uns redet. Und dass diese Unstimmigkeiten gut für uns sein könnten.«

Er schnaufte durch. »Ja, gut möglich. Aber sie hatte auch Glück. Ich glaube immer noch, dass das Ganze eine Nummer zu groß für uns ist. Das Glück wird irgendwann schwinden.«

Sie hob verblüfft ihre Brauen. »Komm schon, Sonnenschein. Wir gehen eine Runde zum See laufen.«

Docile lachte, erfreut über ihren offenen Witz. Und folgte ihr nach draußen.

Sie wanderten für eine Weile schweigend nebeneinander her, bevor Own wiederum das Wort ergriff. Ihre Stimme war behutsam. »Ich hoffe, du weißt, dass du jederzeit mit mir reden kannst. Über …«, sie stockte, doch er ahnte schon, was kommen würde, »deine Vergangenheit. Über die Schatten.« Sie wurde leiser, doch ebenso bestimmt. »Ich weiß, dass es noch eine Menge gibt, was du mir nicht erzählt hast.« Nach seinem stillen Seufzer fuhr sie gleich fort. »Du musst mir nicht alles berichten, Docile. Glaub mir«, murmelte sie plötzlich nur noch, den Blick zu Boden, »ich weiß, wie es ist, Dinge lieber mit sich auszumachen.«

Daraufhin musste er schmunzeln. Er musterte sie von der Seite. »Du hältst dich unheimlich gut, Own. Besser, als dir bewusst ist. Sieh dir an, aus wie vielen Leuten deine Gruppe besteht.«

Ihr Blick fiel flüchtig auf ihn, doch er blieb aus irgendeinem Grund nicht hängen. »Du kannst dich auch verschließen, wenn du von Leuten umgeben bist.«

Docile wurde langsamer und hielt schließlich an, bis sie es ihm gleichtat. »Tust du das?«

Sie zuckte die Schultern und beobachtete die Ferne. »Manchmal.« Es dauerte einen Moment, bis sie ihn wieder ansah. »Manchmal nicht. Ich wollte nur sagen ... für dein ›manchmal nicht‹ ... bin ich da. Wenn du das willst.«

Das Lächeln in seinem Gesicht bestand aus Wärme und Sehnsucht. »Dasselbe gilt für dich«, gab er zurück. »Wie ich schon mal gesagt habe – es ist an der Zeit, dass *ich* mich um *dich* kümmere.«

»Wie wäre es, wenn *wir* uns um *uns* kümmern?«, schlug sie daraufhin vor.

Er nickte, doch sah abwesend aus. Sein Blick senkte sich, etwas änderte sich darin. »Ich kann nicht über Einzelheiten reden, Own«, murmelte er und wurde immer leiser. »Man fühlt sich ... ausgenutzt. Und hilflos. Und wertlos.«

Sie brachte es fast nicht fertig zu widersprechen, so sehr schockten sie seine Worte. »Du bist alles andere als wertlos. Du hast dich da rausgewunden.«

Er lachte bitter. »Vielleicht ... schaffe ich es irgendwann darüber zu reden. Aber nicht jetzt.«

»Das musst du auch nicht.« Niemand sollte sich dazu zwingen müssen, zu reden.

Ein Lächeln war unter der betrübten Miene. »Wir wollten doch zum See, richtig?« Sie nickte und sie spazierten gemeinsam weiter.

Crass ging das erste Mal auf die Adler zu und trat damit auch das erste Mal aktiv in ihr Gebiet ein. Wie erwartet wurde er bald abgefangen und er wusste nicht, ob es an dem Deal mit Murk lag, aber er durfte passieren. Er fragte direkt nach Scarlet und wurde zu ihr geführt. Der Teil des Waldes, in den er gebracht wurde, war unspektakulär und er zweifelte, ob das wirklich der Hauptsitz in diesem Gebiet war.

Crass erblickte Scarlets rötliches Gefieder in einem der Bäume. Allem Anschein nach wartete sie bereits auf ihn. Er kannte Scarlet nicht sonderlich gut, hatte sie nur ein paar Mal gesehen damals zusammen mit Murk. Auch wenn er sich fragte, wie es irgendjemand mit Murk aushalten konnte.

»Crass«, begrüßte sie ihn neugierig. »Ich erinnere mich an dich. Was führt dich wohl zu *mir*?«

Der Fuchswolf sah sich zu beiden Seiten um. »Ist Murk nicht hier?«

Scarlet stockte, sichtlich überrumpelt. Crass grinste innerlich. Argwöhnisch musterte sie den Jäger. »Ich dachte, du hast nach *mir* gefragt.«

Okay, so innerlich war das Grinsen auch nicht mehr. »Du würdest doch nichts hinter Murks Rücken tun, oder?«

Crass konnte die Rädchen in ihrem Kopf geradezu sehen, wusste sie doch nicht, ob der Wolf etwas von *ihr* wollte oder womöglich sogar für Murk arbeitete. Er entschloss, sie nicht zu lange leiden zu lassen. »Ich meine, ich versteh dich«, zuckte er die Schultern. »Dir ist bestimmt auch aufgefallen, dass er nicht mehr alle Tassen im Schrank hat.«

Ihr Augen zogen sich vorsichtig zusammen, jegliche andere Regung hielt sie zurück. »Was willst du?«

Crass legte den Kopf schief. »Ist es möglich, dass Murk besessen ist von einer Gruppe unterschiedlicher Tierarten, die momentan in meinem Wald wohnen?« Noch immer schien sie ihre Reaktion zu kalkulieren. »Ich meine«, fuhr er daraufhin fort, »nicht, dass euch das Konzept unterschiedlicher Tierarten fremd wäre ...«

Das rang ihr einen stillen Seufzer ab. »Bist du aus einem bestimmten Grund gekommen?«

»Primär wollte ich nur wissen, ob du derselben Meinung bist wie ich, aber da ich das jetzt weiß, können wir vielleicht gemeinsam überlegen, was man dagegen tun kann?«

Scarlet grinste. »Du hältst dich für wahnsinnig clever, oder? Was genau stellst du dir denn vor, was *wir* tun sollen?«

»Ihr kommt von weit her, habt euer Gebiet unheimlich schnell ausgebreitet und seid nebenbei auch noch ganz fixiert auf eine kleine Gruppe von Tieren. Das ist in der Tat *Besessenheit* und irgendwie glaube ich nicht, dass ihr hier alle wie ihr geht und steht dieselbe Besessenheit entwickelt habt. Du hast etwas gegen Murks Vorgehen, ob es wegen der Gruppe oder wegen der Gebietsausbreitung oder meinetwegen wegen seines durchgeknallten Verhaltens ist, sei mal dahingestellt. Aber du bist nicht begeistert davon. Deswegen solltest *du* auch etwas dagegen tun.

Vielleicht hast du das ja auch schon, mir fällt nämlich sonst kein Grund ein, warum ihr gerade bei meinem Gebiet Stopp gemacht habt. Denn ich lehne mich mal ganz weit aus dem Fenster und sage, du bist bei weitem nicht die einzige, die etwas dagegen hat.« Er nickte den Kopf kurz zur Seite. »Du hast Macht. Nutze deinen Posten als First Lady.«

»Hör auf, dich einzuschleimen«, rollte sie die Augen.

»Wo hab ich mich bitte eingeschleimt? Glaub mir, wenn ich das mache, klingt das ganz anders.«

»Du solltest gehen.«

»Scarlet«, bat er ernüchtert.

»Du bist das losgeworden, wofür du gekommen bist. Jetzt verschwinde wieder.«

Das Funkeln in seinen Augen erlosch, ihm war klar, dass sie nicht mehr dazu sagen würde. So atmete er durch, innerlich unzufrieden, obwohl er eigentlich wusste, dass er womöglich einiges erreicht hatte. Zumindest konnte er sicher sein, dass Scarlet nicht gerade auf Murks Seite war. Er wusste allerdings nicht, ob das ausreichen würde, damit sie sich gegen ihn stellte. So setzte er sich langsam in Bewegung, es dauerte einen Moment, bis er auch seinen mahnenden Blick von ihr wenden konnte, aber schließlich begab er sich auf den Weg zurück in seinen Wald.

Scarlet kicherte und schüttelte dabei ihr Federkleid.

»Glaubst du mir etwa nicht?«, fragte Murk und seine Empörung war echt. Scarlet hielt inne. Sie war nicht blind, Murk war durch seine Ambitionen auf dem aufsteigendem Ast in ihrer Organisation. Einer der Gründe, die ihn so attraktiv für sie machte. Sie wollte ihn dennoch diesbezüglich etwas herausfordern. »Du bist noch so jung. Glaubst du nicht, sie wählen jemand Erfahreneren, um dieses Gebiet zu kontrollieren?«

»Wer sollte das sein?«, lachte er. »Jemand anderes hat die Leute doch nicht so unter Kontrolle wie ich. Die Schatten wollen Ergebnisse und zwar effizient. Niemand kann das besser als ich.«

Damit hatte er wohl recht. Murk war skrupellos. Das brachte ihn voran.

»Abgesehen davon«, säuselte er und rückte näher an sie heran, »würde das alles«, sein Flügel zeigte auf den Wald, der sich vor ihnen erstreckte, »auch dir gehören.«

Das gefiel ihr sehr gut. Sie war sich bisher nicht sicher gewesen, wie sehr Murk bereit war, seine Macht zu teilen. Sie rückte ebenfalls näher. »Ist da denn noch Platz für mich?«

»Für dich immer«, versprach er ihr. »Die Welt liegt uns zu Füßen, Scarlet. Wir werden noch mächtiger werden, als wir es ohnehin sind. Mit meiner Führung.«

Sie unterdrückte ein Schmunzeln. Er war sehr von sich überzeugt. Aber die Sache war – er hatte das Potenzial, wirklich einiges zu erreichen. Er war eine Naturgewalt. Und sie würde diese Gelegenheit nicht verstrichen lassen.

Als Crass über die Grenze zu seinem Gebiet schritt, war er gedanklich noch bei Scarlet. Er fragte sich, ob er hätte mehr tun können, ob er gerade etwas versäumt hatte. Aber eigentlich war das nicht der Fall, er konnte alle seine Theorien bestätigen.

Er schritt durch dichte Gräser. Das und der Fakt, dass er immer noch in Gedanken war, ließ ihn aufschrecken, als sich etwas blitzschnell durchs Gras bewegte. Er wusste nicht, ob er erleichtert oder alarmiert sein sollte, als es sich um eine Kreuzotter handelte. Nachdem er sie gemustert hatte, seufzte er jedoch. »Moment, von dir habe ich schon gehört.«

Die Schlange züngelte. »Wie schade, ich bleibe eigentlich gern im Untergrund.«

»Wie war das, Fight, Sight?«

»Slide.«

»Wie nett. Hast du vor, mich zu beißen?«

Slide hob süffisant die Brauen. »Und du mich?«

»Ich habe gerade echt keinen Kopf, um mich auf eine Kreuzotter einzulassen.«

»Du bist einer von dieser Gruppe, die hier lebt?«

»Zuerst mal, *ich* lebe hier«, widersprach Crass energisch. »Die Gruppe ist nur zu Besuch. Und ich gehöre bestimmt nicht dazu.«

»Du kommst doch gerade aus dem Adlergebiet«, bemerkte Slide.

»Du *Schlange*«, kommentierte Crass nur halb im Scherz. »Wo kommst du eigentlich plötzlich her? Ich könnte ja jetzt skeptisch sein und sagen, du bist zeitgleich mit den Schatten oder Adlern oder was auch immer hier aufgetaucht.«

Slide nickte den Kopf kurz zur Seite. »Das steht dir frei.« Er begann wissend zu grinsen. »Dir ist schon klar, dass die Adler dich nur brauchen, um die Gruppe ruhig zu halten, oder?«

Der Fuchswolf rollte die Augen. »Ja, das hab ich auch schon mitgekriegt.«

»Warum beschützt du dann die Gruppe, wenn du nicht dazu gehörst?«

»Murk bedroht hier auch *mich*«, meinte Crass. »Und was interessiert dich das überhaupt?«

Slide blinzelte langsam. »Ich hab ... ein gewisses Interesse daran, dass ... Murk nicht bekommt, was er will.« Eine Entschlossenheit leuchtete hinter seine Augen auf, die es ihm nicht gelang zu verbergen. Und nicht nur das, sie war gepaart mit etwas anderem. Es dauerte einen Moment, bis es Crass als Abscheu identifizieren konnte.

Die Augen des Wolfs weiteten sich. »Na sieh einer an. Du bist also auf unserer Seite?«

Wieder grinste die Kreuzotter. »Ich dachte, du bist nicht bei der Gruppe im Team. Was ist also ›eure‹ Seite?«

»Wir haben zurzeit ähnliche Interessen. Wir können also durchaus ähnliche Ziele verfolgen, ohne gleich einen auf große Familie zu machen. Und wenn wir jetzt schon beim Thema sind ... was ist deine Motivation?«

Die Schlange wägte offensichtlich die Antwort ab. »Das ist unwichtig.«

Crass stöhnte. »Aber du bist bereit, gegen Murk vorzugehen?«

Wieder eine lange Pause. »Möglich.«

»Du bist überhaupt nicht kryptisch«, kommentierte Crass trocken, doch der Witz verschwand. »Ja oder nein.«

Slide atmete kurz durch. »Die Adler planen etwas. Gegen die Gruppe.«

»Murk plant was. Bei Scarlet und dem Rest bin ich mir nicht so sicher.«

»Murk ist besessen.« Da war es wieder. Missbilligung, Abscheu, *Hass.*

»Nichts Neues.«

»Ich weiß, dass er etwas vorhat, etwas Größeres. Er wird was tun. Was Tödliches.«

Crass stockte. »Definiere tödlich. Schließt das mich mit ein?«

Das Grinsen kehrte auf Slides Gesicht zurück. »Darauf kannst du Gift nehmen.«

»Scherzkeks. Irgendeine Chance, dass du mir sagst, woher du das weißt? Und was sie genau planen?«

Wie erwartet hielt Slide wieder inne. Als überlegte er jedes Mal aufs Neue, ob er sich öffnen solle. »Es gibt 'ne Chance«, lautete seine Antwort. »Aber deine Beteiligung ist … unerwartet. Und ich habe jetzt noch etwas vor und werde meine Pläne nicht wegen dir unterbrechen.«

Crass' Lider senkten sich ein wenig, ein zurückhaltendes Grinsen umspielte seine Lippen. »Dir ist klar, dass ich dich wieder aufsuchen werde, oder? Dass unser nettes Gespräch hier gerade erst angefangen hat?«

Slide züngelte, aber er wirkte nicht abgeneigt. »Wäre es das nicht, hätte ich von vornherein meinen Mund gehalten.«

»Schön, dass wir uns verständigen konnten. Also du erledigst dein Zeug – was immer das ist – und beim nächsten Mal unterhalten wir uns über die Adler.«

»Du weißt, wo du mich finden kannst.«

Crass schielte kurz zur Seite und fokussierte sich dann wieder auf Slide. »Also wenn ich jetzt gehe, schaltest du nicht in den Giftschlangenmodus um?«

Er schmunzelte. »Nur den Schlangenmodus, versprochen.«

»Hervorragend«, beendete Crass das Gespräch und setzte seinen vorherigen Weg fort. Er müsste lügen, wenn er sagen würde, dass ihm die ersten Schritte nicht noch etwas mulmig zumute war. Nichtsdestotrotz war das Ganze noch ergiebiger geworden als gedacht. Slide konnte Murk absolut nicht leiden. Er würde gegen ihn vorgehen. Mit dem richtigen Anreiz hatte er gerade eine Kreuzotter für seine Sache gewonnen.

Spielerische Knurrgeräusche erfüllten den Fuchsbau. Pale und Brisk zerrten an den entgegengesetzten Enden einer Wurzel. Als sich Schritte näherten, ließ Pale abrupt los und Brisk prellte mit voller Wucht zurück.

»Mama?«, fragte er mit Vorfreude, während ein beleidigtes »*Heeey*«, von Brisk im Hintergrund ertönte.

»Ich hab euer Abendessen.« Sie zwinkerte ihnen zu. »Ihr habt also Glück.«

»Du warst ja auch ganz schön lange weg«, meinte Brisk während sie sich auf das Essen stürzte.

Silvers Mundwinkel zogen sich betont traurig nach unten. »Besten Dank.« Doch ihre Kinder waren viel zu beschäftigt, ihren Hunger zu stillen, so schmunzelte sie wieder.

Sie legte sich zu ihnen hinunter. Nach einer Weile schaute Pale auf. »Kommt Papa heute nicht heim?«

Silver seufzte innerlich. »Ich weiß es nicht, Schatz. Er hat ... noch zu tun.«

»Hast du ihn rausgeschmissen?«, fragte Brisk unschuldig und doch gewohnt treffsicher.

Silver wünschte sich manchmal, sie könnte ihre Schwierigkeiten mit Bluefire von ihren Kindern fernhalten, doch das wurde immer schwieriger. Sie wurden immer reifer und die Probleme mit Bluefire immer größer. »Nein, ich hab ihn nicht rausgeschmissen. Wir waren nur unterschiedlicher Meinung. Sowas kann passieren, auch wenn man sich lieb hat.«

»Hast du ihn denn lieb?«, fragte ihre Tochter.

Sanft lächelte Silver. »Sehr.«

»Und uns?«, hakte Pale nach.

»Ich habe niemanden – wirklich *niemanden* lieber als euch.«

»Mich ein bisschen mehr als Pale?«, grinste Brisk breit und wurde dafür von ihrem Bruder geschubst.

»Vorsicht, Frechdachs«, wurde sie von Silver angegrinst. »Ich glaube, es ist Zeit für euch, schlafen zu gehen.« Wie gewohnt kam Widerspruch, aber die Silberfüchsin wusste inzwischen genügend Kniffe, um ihre Kinder ruhig zu bekommen. Als diese zusammengerollt beieinander schliefen, wanderte Silver zum Höhleneingang und legte sich dort hin, den Blick nach draußen.

Als sie nach dem Streit mit Bluefire weggerannt war, hatte die Wut noch eine ganze Weile in ihr gebrodelt. Sie wusste nicht, wie sie ihm zum Reden bringen sollte. Ob sie ihn überhaupt zu etwas bringen wollte. Ein Teil von ihr wusste, dass er von selbst kommen musste. Das wollte sie ja eigentlich auch. Aber irgendwann hatte sie auch keinen Nerv mehr, auf ihn zu warten.

Irritiert warf sie einen Blick gen Himmel. Sie wusste beim besten Willen nicht, warum der Mond auf sie herab schien. Das kam öfter in letzter Zeit vor. Sie fühlte nicht wirklich, dass alles schon gut gehen würde, wie sonst, aber irgendetwas bedeutete das. Sie könnte gute Nachrichten wirklich gebrauchen.

»Mama?« Pales Stimme riss sie aus den Gedanken.

»Schatz, was machst du denn hier?«, fragte sie besorgt. »Kannst du nicht schlafen?«

»Ich hab geträumt.«

Silver lächelte warm. »Komm her«, lud sie ihn ein, an ihrer Seite zu liegen. Er tapste verschlafen zu ihr hin und kuschelte sich an ihre Flanke. »Was hast du denn geträumt?«

Er zuckte die Schultern und schaute in Richtung Ausgang. »Kommt jemand zu uns, Mama?«

Silver stockte verwirrt. »Ähm ... wie meinst du das?«

Er wandte sich nicht um. »Ich hab geträumt, dass jemand kommt.«

»Oh. Okay. Wer war es? Hat dir der Traum Angst gemacht?«

»Ich weiß nicht«, murmelte er.

Sie ließ ihre Zunge über seinen Kopf gleiten. »Du brauchst keine Angst zu haben, Pale. Hier sind nur wir. Niemand, der dir Angst machen könnte, kommt her.«

Er lächelte und schmiegte sich zufrieden an seine Mutter. »Okay.«

Sie schmuste sich ebenfalls an ihn und erfasste wieder den Wald draußen. Ruhiger als zuvor ließ sie die Eindrücke auf sich wirken. Sie hörte Pales gleichmäßigen Atem und dachte, dass er wieder eingeschlafen wäre, als er noch einmal das Wort ergriff. »Ist deine Mutter weiß?«

Verdutzt schaute sie zu ihm runter, seine Augen noch immer geschlossen. »Ähm ... äh, ja. Woher weißt du das?«

Er schmiegte sich noch dichter an Silver, versucht, eine noch bessere Position zu kriegen. »Ich hab sie gesehen.«

Die Füchsin wusste nicht, ob sie noch atmete oder blinzelte. »Schatz, du ...«, hauchte sie, die Stirn in Falten gelegt, »hast sie ...?« *gesehen?*

»Hm-hm«, murmelte Pale, doch war schon eher am Schlafen als wach zu sein. Silver starrte ihn an. Mit einem Blinzeln schaffte sie es endlich, sich aus ihrer Starre zu befreien. Sie nutzte das, um einen argwöhnischen Blick auf den Mond zu werfen. Was passierte hier gerade?

Spionage

Jemand schnipste die Finger vor ihrem Gesicht. »Erde an Silver.«
Sie schüttelte den Kopf. »Entschuldige. Hab grad nachgedacht.«

»Also ich wusste ja schon nicht, ob es eine so gute Idee ist, mit dir auf die Jagd zu gehen«, brabbelte der Marder überspitzt, »aber *du* hast *mich* gefragt und ich dachte, du wärst wenigstens *etwas* motiviert.«

»Ich wollte mit dir reden.«

»Oh. Jagen heißt jetzt reden. Ich muss mir merken, wie die Kids heute jagen. Äh reden.« Sie sah ihn bittend an, doch lächelte amüsiert. Er stimmte darauf ein. »Na dann schieß los, ich bin ganz Ohr.«

Sie kaute auf ihrer Unterlippe. »Es geht um Pale.«

»Geht's ihm nicht gut?«, fragte er sofort besorgt.

»Nein, also schon. Ihm geht's gut«, versicherte sie. »Aber er hat gestern Abend was Seltsames gesagt, er ... hat von meiner Mutter geredet.«

»Öhm ... o – *kay*?«, kam es abwartend.

»Er hat scheinbar von ihr geträumt. Hat sie gesehen. Hat gewusst, dass sie weiß ist.«

»Hm okay. Kann es nicht sein, dass du sie schon mal erwähnt hast? Oder es war Zufall, ich meine komplett weiß, dazu muss man jetzt nicht mega ... kreativ sein.«

»Er war sich so sicher«, meinte die Silberfüchsin gedankenversunken. »Ich hab das Gefühl, da steckt etwas dahinter.«

Der Marder grübelte. »Hat er gesagt, was er genau geträumt hat?«

Silver schüttelte den Kopf.

Der Jäger legte den Kopf schief. »Na ja, ich meine, du hast ja diese abgefahrene Verbindung zum Übernatürlichem. Träumst manchmal Sachen. Ist es da so abwegig zu glauben, dass deine Kinder einen ähnlichen Draht haben?«

Sie schaute ihn wieder an. »Möglich.«

Der Marder kam nicht dazu zu fragen, was sie sonst noch beschäftigte. »Wie schnell könnt ihr euren Verein zusammentrommeln?«, ertönte plötzlich Crass' Stimme.

Silvers Ohren zuckten. »Wieso, was ist los?«

Er grinste sie spielerisch an, als er einen Schritt auf sie zu kam. »Ich hab was mit euch zu bereden.«

Der Marder zuckte die Schultern. »Wenn wir Vinous finden, nicht lange«, beantwortete er Crass' vorherige Frage.

»Na dann auf, findet den Nager«, stieß er entschlossen aus, doch grinste sie wieder an. »Ihr kriegt das mit den Adlern ja anscheinend nicht allein gebacken.«

Die Silber- und Rotfuchsfamilie blieb nur einen Tag in der Stadt. Dieser war allerdings bitter nötig, damit sich alle wieder sammeln konnten. Whitestar war diejenige, die die Sache am meisten antrieb. Es hatte etwas Surreales an sich, ihre alte Heimat zugebaut zu sehen, aber gedanklich hatte sie sich schon vor langer Zeit davon verabschiedet. Und ihr Ziel war bereits seit längerem ein anderes.

Silver zu finden war nun ihre höchste Priorität und wenn sie ehrlich waren, hatten die Rotfüchse keine bessere Idee für die Suche nach einem neuen Zuhause. So wanderten sie weiter Richtung Süden, Whitestar hatte Marrons Wegbeschreibung genau im Kopf.

Die Sonne hatte tagsüber schon wieder richtig Kraft und auch wenn es nachts noch stark abkühlte, machte sich der Frühling doch mehr und mehr bemerkbar. Die Füchse trabten durch den Wald, schon wieder viel zu lange auf den Beinen. Bald würde die Dämmerung anbrechen.

»Den nächsten Ort, der uns als Unterschlupf dienen kann, sollten wir nehmen«, formulierte Kühl als Befehl, da er wusste, dass Whitestar am liebsten widersprechen wollte, »bevor wir dann ewig keinen finden.«

Die Fähe hielt sich zurück und sagte stattdessen gar nichts. Ihr war schon klar, dass das vernünftiger war. Sie waren weit vorangekommen, auch wenn der Schlaf dabei eindeutig zu kurz kam. Sie trabte durch das nasse Laub einen Hügel hinauf, das Mondlicht schimmerte schwach auf die Erde, wurde aber von den Baumkronen fast verschluckt. Sie kletterte nach oben und stockte, als sie auf der anderen Seite einen großen bunkerartigen Bau der Menschen erblickte. Die anderen hielten ebenfalls verblüfft an. Whitestars Ohren flatterten. »Sowas wie das da?«, fragte sie trocken und ihr Blick fiel auf Kühl.

Zart war es, die etwas erwiderte. »Was ist das? Wohnen dort Menschen?«

Kühl bezweifelte das. »Glaube ich nicht. Das ist etwas anderes.«

»Ich finde, es sieht verlassen aus«, meinte Wind.

Cunning neigte den Kopf zur Seite. »Wenn es verlassen ist, könnten wir vielleicht wirklich hierbleiben.«

»Eins nach dem anderen«, bremste sie Kühl. »Wir wissen überhaupt nicht, was das ist.«

»Ich dachte, du wolltest unbedingt Rast machen«, stichelte Whitestar, woraufhin er sie genervt ansah.

»Also was soll das denn, Leute.« Stürmisch sprang einen Satz nach vorne. »Wir wollen rasten, also schauen wir uns das halt mal an. Wenn es nichts ist, ziehen wir weiter.« Er wartete nicht, bis die anderen etwas erwiderten. Zögerlich kamen sie nach.

Das Gebäude war groß und breit, seine rauen Mauern ragten steil aus der Erde empor. Eine Seite des Bunkers war verwildert und zugewachsen, während die andere recht frei zu sein schien. Stürmisch lief an einer der Wände entlang, die oben verschlossene kleine Fenster hatten und bog um die Ecke. Es waren keinerlei Geräusche aus dem Inneren zu hören. Stürmisch folgte der Mauer, sich bewusst, dass die anderen direkt hinter ihm waren. Die Mauer veränderte sich zu einer metallartigen, aber rostigen Oberfläche, ehe Stürmisch begriff, dass hier die Tür des Gebäudes war. Ein Ohr klappte zur Seite, als er an ihr hoch starrte. Zart richtete sich auf und presste beide Vorderpfoten an den Eingang. Es regte sich nichts. »Also *da* kommen wir schon mal nicht rein.«

Stürmisch wandte sich um, lief weiter und ignorierte erst einmal die Gespräche um die Frage, ob man denn wirklich überhaupt da rein wolle. Er bog um die nächste Ecke und entdeckte dort eine Reihe Fässer und Behälter. Der Fuchs schnüffelte kurz an ihnen, nur um die Nase zu rümpfen. Etwas kroch aus ihnen hinaus, ein beißender, stechender Geruch. Stürmisch richtete sich auf, die Pfoten am oberen Rand des Fasses. Oben war es versiegelt. Mit einem Satz sprang er darauf. Er nahm die seltsamen Gerüche auf und warf einen Blick nach oben. Ehe er sich versah, zeichnete ein Grinsen sein Gesicht. »Hey Leute«, rief er nach den anderen. »Interessiert, sich das Ganze von innen anzusehen?«

Die Stimmen verstummten und sie kamen ebenfalls um die Ecke gelaufen. Stürmisch nickte in Richtung Fenster. Es war zerbrochen.

»Da kommst du niemals durch«, schüttelte Whitestar den Kopf.

»Es ist eh schon klein und du würdest dich an dem Glas schneiden.«

Stürmisch begutachtete das zersplitterte Fenster genauer, dessen Rahmen ebenso rostig, wie die Tür des Gebäudes war. Wieder stellte er sich auf die Hinterbeine und presste gegen die übrigen Scherben. Größtenteils ließen sie sich abbrechen. Er grinste ihnen breit zu, bevor er sprang. Er verschwand durch das Loch noch ehe ihm seine Familie und Zart hinterhergerufen haben. Letztere stöhnte gereizt. Sie sprang ebenfalls auf das Fass. »Zart, warte«, befahl Kühl energisch.

»Stürmisch?«, rief sie dagegen in das Fenster hinein, als sie hindurchschaute.

»Mir geht's gut«, erwiderte er, doch wirkte verhalten.

»Was ist los?«, wollte seine Gefährtin wissen und schlüpfte auch durch das Loch, die restlichen Glasspitzen schabten leicht an ihrer Haut.

Kühl stöhnte. »Wie es aussieht, gehen wir alle rein.« Kaum ausgesprochen, folgte Cunning als erster.

Stürmisch stand inmitten von Fässern und Regalen, auf denen sich noch mehr Dosen, Fässer und Gläser drängten. Durch die Dunkelheit konnte er schwach irgendwelche Geräte und Maschinen erkennen, wie sie von einem sandigen Schleier umwoben wurden. Er registrierte, wie Zart neben ihn trat, ihre Schritte hallten. »Es riecht widerlich hier«, bemerkte sie.

Stürmisch nickte. Der unnatürliche bissige Gestank war schon unangenehm genug, aber er verdeckte auch noch alles andere an Düften. Und irgendetwas von diesen Gerüchen, die er nicht mehr ganz erkennen konnte und die doch unter der Schicht an Gestank loderte, fuhr Stürmisch unangenehm ins Fell.

»Okay, wer ist dafür, dass wir *nicht* hierbleiben?«, raunte Whitestar, als dürfe man keine Aufmerksamkeit erregen.

Heart schritt schließlich voran, ihre Sinne verabschiedeten sich mehr und mehr von ihren Artgenossen und richteten sich auf einen anderen Ort. Sie folgte ihm wie in einem Sog. Ihre Pfoten strichen auf dem staubigen Boden entlang, an den kahlen Stangen der Regale vorbei. Sie kam vor einer Metalltür zum Stehen. Ihre Augen waren auf diese gerichtet, als wären sie daran gefesselt, aber ihre Lider leicht zusammengezogen, als würden sie sich am liebsten schließen. Sie glaubte, Kühl fragte nach ihr, aber sie nahm es nicht wirklich wahr. Etwas zerrte an ihr innerlich, doch sie wusste, dass es bereits zu spät war, wie ein kreischendes Echo aus der Vergangenheit. Es dauerte einen Moment, bis sie Stürmisch neben sich bemerkte und zu ihm schaute, voller Bedauern.

Dieser wusste, dass etwas nicht stimmte, er roch es, auch wenn ihm noch nicht klar war, was es war. Er schaute von der Füchsin zur Tür und war derjenige, der dieser einen Schubs gab. Mit einem verstümmelten Schrei schwenkte sie auf. Das schwache Mondlicht von außen fiel in den dahinterliegenden Raum und offenbarte die blutigen Pelze der Waldtiere. Sie baumelten von Leinen, aufgehängt als hätte man sie dort vergessen. An einer Seite waren die nackten Kadaver von Füchsen, Mardern, Kaninchen und Iltissen in Kisten zu Haufen zusammengeworfen, es stank nach Blut und Verwesung. Auf der anderen Seite hingen deren Felle. Der Grund, warum sie sterben mussten.

Whitestar schreckte zurück. »Scheiße«, murmelte sie. »Ist das eine Pelzfarm?«

»Ich bin definitiv für *nicht* hierbleiben«, presste Wind hervor.

»Wir verschwinden«, stimmte auch Kühl mit ein. »Sofort.«

Stürmischs Blick löste sich nicht von dem Grauen, alle Luft schien seinen Lungen entwichen zu sein. Hearts mit Kummer getränkter Blick wanderte zu dem Silberfuchs. Erst dann hörte sie Kühl reden. »Heart, komm schon«, bat er. »Wir müssen raus hier.« Sie schaute zu ihm auf und nickte schließlich. Wortlos stand sie auf und folgten den anderen zum Fenster.

»Stürmisch?«, hakte Zart nach.

»Ja, ich komme«, hauchte er und hatte Schwierigkeiten, seine Stimme zu finden.

Voller Horror verließen die Füchse den Bunker und die ganze verdammte Umgebung, nicht mehr daran interessiert, so bald zu rasten.

»Man munkelt«, begann Crass und ließ seinen Blick flüchtig über die Meute unterschiedlicher Tiere fliegen, »dass Murk eine Art Anschlag plant. Und ich bin kurz davor, mehr Einzelheiten zu erfahren.«

Es war der letzte Satz, der die Gruppe stocken ließ. »Woher?«, fragte schließlich Bluefire skeptisch.

Crass schielte zu ihm hinüber. »Slide. Wie gut kennt ihr ihn?«

»Quasi überhaupt nicht«, erwiderte Bluefire sofort. »Was hat er gesagt? Kam er auf dich zu, du auf ihn?«

»Ich würde sagen, wir haben uns gegenseitig gefunden«, schmunzelte der Fuchswolf. »Slide weiß etwas über Murks Pläne und noch wichtiger – er ist bereit, uns zu helfen.«

»Du setzt ja ganz schön viel Vertrauen in einen zwielichtigen Fremden«, kommentierte Silver.

»Ist nur so ein Gefühl, Füchsilein. Dass er *wirklich* etwas weiß und dass wir ihn im Moment gut gebrauchen können. Seine eigentlichen Motive – die sind mir im Augenblick noch ziemlich egal.«

Silver schüttelte den Kopf. »Mir gefällt das nicht, wir müssen schon etwas mehr in Erfahrung bringen als das.« Sie erhob den Kopf. »Ich will mit ihm reden.«

»Sachte Darling, wir wollen ihn doch nicht vergraulen«, hielt Crass dagegen. »Ich bin mir nicht sicher, wie er reagiert, wenn wir ihm alle gleichzeitig auf die Pelle rücken. Ob er dann überhaupt mit uns redet.«

Die Füchsin zuckte nüchtern die Schultern. »Dann bring ihn dazu.«

»Silver?«, hakte Bluefire vorsichtig nach.

»Es läuft so oder gar nicht«, schnappte sie energisch. »*Ich* will seine Motive kennen, nur so kann ich dem ganzen einigermaßen trauen, keine Falle zu sein.«

»Wir vergessen bei all dem etwas ganz Grundlegendes«, meldete sich der Marder zu Wort. »Wie zum Teufel sollen wir gegen einen Gegner vorgehen, der viel stärker ist als wir und dazu noch einen fiesen Masterplan hat. Vielleicht ist es euch noch nicht aufgefallen, aber wir sind ihnen zahlenmäßig ein klitzekleines bisschen unterlegen.«

Silvers Blick fiel wieder auf Crass. »Er meinte doch, Murk plant etwas, oder?« Der Wolf nickte. »*Murk* plant es«, wiederholte sie mit Nachdruck. »Nicht Scarlet und womöglich noch einige andere auch nicht.«

Crass' Grinsen sprudelte an die Oberfläche. Silver hatte absolut recht, er selbst war zu demselben Ergebnis gekommen. »Ich glaube immer noch daran, dass Scarlet nicht einverstanden ist mit Murks Handlungen«, fügte Silver hinzu und ihr schwenkender Blick blieb an dem zurückhaltend grinsenden Fuchswolf hängen. »Was?«, fragte sie irritiert, dieser schüttelte jedoch nur den Kopf. »Nichts.«

Silver runzelte die Stirn, fuhr jedoch fort. »Wenn Silde Infos hat, müssen wir da ran. Aber wenn er auf dich zugegangen ist, will er etwas von uns, also muss er uns auch etwas dafür geben. So einfach ist das.« Sie schaute sich um. »Irgendwer anderer Meinung?«

Es folgte keine Widerrede. Daraufhin wandte sie sich wieder an Crass.

»Also ist es entschieden. Wir reden mit ihm. Wir *alle*. Weißt du, wo er ist?«

Crass' Grinsen wurde deutlicher.

Silver wusste nicht, wie er ihn ausfindig machte, aber solange es funktionierte, würde sie sich nicht beschweren. Wie angekündigt kamen sie alle mit, bis auf Brisk und Pale. Silver vertraute ihnen genug, um sie allein in der Höhle zu lassen. Der Rest war auf dem Weg zu einem hoffentlich ergiebigen Gespräch. Die Füchsin wusste, dass sie irgendwie an Scarlet herankommen musste, davon hing womöglich alles ab.

Crass kehrte an den Platz zurück, an dem er Slide getroffen hatte. *Du weißt, wo du mich findest*, lauteten seine Worte. Da er keine Ahnung hatte, wo sich die Schlange sonst rumtrieb, musste er diesen Ort gemeint haben. Der Fuchswolf trat allein auf die kleine Lichtung. »Hey Giftzahn, bist du da?«, rief er sofort. »Bereit zu reden? Oder verschwende ich meine Zeit?«

Gräser bogen sich zur Seite, bis schließlich Slide zwischen ihnen zum Vorschein kam. Er schaute den Vierbeiner lange und intensiv an. »Okay«, sagte er dann schlicht. »Reden wir.«

Das Grinsen kehrte auf Crass' Gesicht zurück. »Ich kann dir gar nicht sagen, wie glücklich mich deine Entscheidung macht. Ach übrigens, ich hab ein paar Freunde mitgebracht, je mehr, desto besser, richtig?«

Slide war sichtbar überrascht, als er so viele Tiere aus dem Dickicht kommen sah. Aber sie traten vorsichtig hervor und wirkten nicht aggressiv. Dennoch erfasste er daraufhin alles andere als amüsiert den Fuchswolf. »Noch einmal so eine Aktion und das war's.«

»Hey, ich dachte wir sitzen nun alle im selben Boot«, rechtfertigte sich Crass. »Wir ziehen am selben Strang, je eher wir miteinander klarkommen, desto besser.«

Slide rollte die Augen. »Was wollt ihr wissen?«

»Alles was du weißt, Kumpel«, antwortete der Marder. »Du hast gesagt, Murk plant etwas Konkretes direkt gegen uns. Stimmt das?«

»Ja.«

»Was ist es?«

»Das weiß ich noch nicht. Ich weiß aber, wie man es herausfindet.«

»Wie?«, hakte nun Dry nach.

»Spionage«, erwiderte Slide.

»Das haben wir bereits versucht«, sagte Vinous.

»*Richtige* Spionage«, wertete die Schlange den Nager in den Baumkronen ab. »Nichts für ungut. Aber wenn man Adlern nachspioniert, sollte man sich vielleicht nicht in Baumkronen fortbewegen. Nur einer von vielen Punkten.«

»Was sind die anderen?«, ging Bluefire darauf ein.

»Nicht Hals über Kopf und ohne Plan in ihr Gebiet eindringen. Informationen sammeln, die für das eigentliche Spionage-Ziel von Bedeutung sind.«

»Zum Beispiel?«, fragte der Marder.

»Zum Beispiel, zu wissen, dass die hohen Tiere der Schatten regelmäßig Treffen haben, in denen sie ihr Vorgehen organisieren. Zu wissen, wo *und wann* diese Treffen stattfinden.«

Damit kamen sie der Sache schon näher. Es dämmerte plötzlich allen, dass sie durch Slide womöglich tatsächlich weiterkommen könnten.

»Das hört sich gut an«, durchbrach schließlich Silver die Stille und trat vor. »Wirklich hervorragend. Fast zu schön, um wahr zu sein.«

Gereizt sah er sie an. »Muss ich mich vor euch jetzt etwa erklären?«

»In der Tat, das musst du«, warf Silver bestimmt zurück. »Und wenn du die Schatten so gut kennst, wüsstest du, dass es töricht von uns wäre, dir einfach so zu glauben. Und wenn du wirklich ein so guter Spion bist, wie du sagst, weißt du, dass wir *wirklich*«, das Wort kam mehr als bitteres Lachen heraus, »keine Schatten sind. Ich frage dich also ernsthaft Slide – was hast du zu verlieren?«

Er hielt einen Moment inne. Plötzlich wandte er sich um und Silver befürchtete schon, er würde einfach verschwinden, doch er kam zum Stillstand. »Ihr wollt wissen, warum ich das alles mache?«, drang es leise hervor, bevor er nur noch flüsterte. »Na schön.« Er schlängelte herum, ein blitzendes Funkeln in den gelbroten Augen. »Meine Familie lebte lange Zeit am selben Ort, ohne Probleme. Bis plötzlich mein Bruder anfing, sich seltsam zu verhalten. Er hielt sich bedeckt, kehrte mehr in sich und wurde gleichzeitig aggressiver und aufdringlicher. Versuchte uns davon zu überzeugen, dass eine Dachs-Familie, die in unserer Nähe wohnte, gefährlich war – und wir sie töten müssten. Bevor sie uns töteten, selbstverständlich. Ich fand erst zu spät heraus, dass die Schatten dahintersteckten, die ich damals noch nicht kannte. Sie und ihre Gehirnwäsche, der sie meinen Bruder unterzogen hatten. Er wurde komplett von ihnen korrumpiert. Wir weigerten uns, uns von ihnen benutzen zu lassen. Mit fatalen Folgen. Wir wollten uns wehren und brachen in der Nacht auf, um einen Gegenschlag zu starten. Meine gesamte Familie *starb* in dieser Nacht. Ihr wollt wissen, warum ich das alles mache?«, wiederholte er aufgebracht, doch mit einer Entschlossenheit, die den Sturm der Rache unter der Oberfläche zusammenhielt. »Ich *hasse* sie. Ich hasse die Schatten. Und wenn ich die Chance habe, glaubt mir, dann *werde* ich sie töten. Ich will sie auseinandernehmen, bis nichts mehr von ihnen übrig ist.«

Silver schluckte. »Warum brauchst du unsere Hilfe?«

»Weil ich nur *so viel* alleine erreichen kann!«, stieß er aus. »Mir war klar, dass ich früher oder später Hilfe brauche. Und eure Probleme mit den Schatten kamen da – nehmt's mir nicht übel – wie gerufen.«

Die Füchsin ließ die Offenbarung einen Moment auf sich wirken. Die Leben, die auf das Konto der Schatten gingen, wurden immer mehr. In gewisser Weise hatte Slide recht. Das musste aufhören. Sie begann zu nicken. »Okay«, stimmte sie zu. »Wir helfen.«

»Wirklich?«, fragte Slide argwöhnisch.

»Zur Hölle, ja!«, rief Dry aus.

»Fangen wir damit an, dass wir uns nicht töten lassen«, meinte Silver. »Du gehst zu diesem Treffen. Vinous begleitet dich.«

»Das mach ich allein«, widersprach er sofort.

»Slide.« Sie sah ihn bittend an. »Du wolltest Hilfe. Also nimm sie auch an. Wir sollten uns besser daran gewöhnen, zusammenzuarbeiten.«

»Das hier ist kein Kinderspiel, das erfordert sehr viel Sorgfalt und Vorsicht.«

»Aus deiner Meinung über mich hast du keinen Hehl gemacht und glaube mir, ich lege auch keinen sonderlich hohen Wert auf deine Gesellschaft«, meckerte nun Vinous genervt. »Aber die Schatten bestehen nicht nur aus Adlern, da bewegen sich genug Tiere auf dem Boden herum, die dich auch sehr leicht entdecken können.«

Slide seufzte verbissen und schien nachzudenken. »Na schön, begleite mich eben. Du bist selbst dafür verantwortlich, wenn du gefressen wirst.«

»Ich bin so froh, dass du mir das mitgeteilt hast, das war mir vorher noch gar nicht bewusst gewesen«, schauspielerte der Nager Naivität.

»Wenn die Abenddämmerung eintritt, treffen wir uns hier«, ging Slide gar nicht weiter darauf ein, »keine Sekunde später.«

»Kann's kaum erwarten«, erwiderte Vinous noch, bevor er davonsprang.

Silver schaute ihm nach, doch sie musste zunächst das hier noch abschließen. »Also gut. Wir glauben, dass vor allem Murk dahintersteckt. Achte am besten auch darauf, wie sich die anderen verhalten. Allen voran Scarlet.« Slide nickte, bevor Silver fortfuhr. »Ich wünsche euch viel Erfolg. Wir sehen euch hoffentlich unversehrt am nächsten Morgen wieder.«

»Ich tue mein Bestes«, erwiderte das dunkelgrüne Tier.

Die Gruppe löste sich auf, einer nach dem anderen ging. Bis auf Bluefire. Als sie alleine waren, schritt er auf Slide zu.

»Ja«, seufzte dieser plötzlich.

Bluefires Ohr klappte zur Seite. »Ja was?«

»Du willst wissen, ob ich blaue Füchse bei den Schatten gesehen habe. Ja, hab ich.« Sein Tonfall wurde bitterer. »Sie waren *sowas* von dabei.« Bluefires Blick glitt zu Boden. »Sie sind nicht bei den Adlern«, fuhr Slide fort. »Womöglich sind sie immer noch in der Nähe meiner alten Heimat. Ich kann dir sagen, wo das ist.« Schließlich wirkte er stichelnd. »Willst du direkt losstürmen?«

Berechtigte Frage. Bluefire wollte gleichzeitig Ja und Nein schreien, so kam gar nichts heraus. Er schluckte hart und schüttelte den Kopf, bis er das Gefühl hatte, wieder klar denken zu können. »Nein«, murmelte er schließlich. »Nicht jetzt. Irgendwann.«

»Wann immer du soweit bist.«

Daran lag es nicht. Er konnte nur nicht einfach verschwinden bei allem, was hier gerade passierte. Egal, wie sehr es ihn auf diese Mission zog.

Silver rannte dem dunkelroten Eichhörnchen hinterher, ehe es sich verkriechen konnte. »Vin, warte!«

Stirnrunzelnd fuhr er herum. »Was jetzt? Hat er sich doch noch geweigert, sich von mir begleiten zu lassen?«

Sie schüttelte den Kopf. »Nein, das ist alles geklärt. Hör zu, ich weiß, dass ich dir das wahrscheinlich nicht sagen muss, aber lass dich nicht provozieren. Wir brauchen deine höchste Achtsamkeit bei der Sache.«

Vinous schmunzelte. »Keine Sorge, Silver. So schnell lasse ich mich bestimmt nicht aus der Fassung bringen.«

»Gut«, nickte sie. »Ich will nämlich, dass du nicht nur die Schatten im Auge behältst, sondern auch ihn.«

Er musste beinahe lachen. »Anscheinend färbt meine Paranoia ab.«

»Ich traue ihm nicht. *Noch* nicht.« Sie atmete tief durch und war sich ihrer nächsten Aussage sicher. »Aber ich traue dir.«

Er grinste schief, als er sie so musterte. Es stimmte, er gesellte sich noch immer nicht gern zu ihnen auf den Boden, aber ihm wurde gerade bewusst, dass es sich hierbei wohl mehr um Gewohnheit handelte, als der tatsächlichen Angst, von ihnen gefressen zu werden. Er wusste, dass er Teil dieses Gefüges war und das von Anfang an. Aber hatte er bisher immer das Verlangen gehabt, dies auf ein Minimum zu begrenzen, wusste er auf einmal nicht mehr, ob ihm das gelungen war. Vermutlich nicht. Zu gegebener Zeit musste er seine Position womöglich noch einmal reevaluieren. Doch eines nach dem anderen. »Ich versuche mal, es nicht zu enttäuschen, ohne meine für mich typischen paranoiden Anwandlungen zu verraten. Ach und«, zwinkerte er ihr zu, als er schon zum Sprung ansetzte, »dass ich ein Auge auf ihn werfe, versteht sich ja wohl von selbst. Wer vertraut schon jemandem nach einem Treffen, geschweige denn nach vielen Monaten.«

Er sprang davon, Silver schaute ihm mit einem Lächeln hinterher.

Der Marder und Bronze entschlossen sich zum Jagen, wobei sie bisher noch durch die Gegend wanderten. »Glaubst du, dass das gut endet?«, ertönte Bronzes gedankenverlorene Stimme.

»Na klar, für eine der Gruppen ganz sicher«, zwinkerte der Marder sarkastisch.

Bronze hielt schmunzelnd an und lachte schließlich kopfschüttelnd. Sie wandte sich zu ihm und legte ihre Hand auf seinem Brustfell ab. Sie musterte mehr ihre Hand, wie sie auf seinem Pelz lag, als ihn direkt anzusehen. »Du bist außergewöhnlich«, meinte sie schließlich. »Du bringst mich in welcher Situation auch immer, immer wieder zum Lachen.«

Der Marder grinste. »Oder zur Weißglut.«

Wieder kicherte sie, irgendetwas hinderte sie daran, ihn direkt anzusehen, auch wenn sie offensichtlich Kontakt suchte. »Marder, ich muss dir glaub ich dringend was sagen.«

Dem Marder lag eine schnippische Erwiderung auf der Zunge, aber etwas in ihrem Tonfall ließ es ersticken. Stattdessen schluckte er und suchte ihren Blick. Tatsächlich schaute sie auf, ein warmes zurückhaltendes Lächeln beherrschte ihr Gesicht. In ihren goldenen Augen schimmerten zugleich Gewissheit und Unsicherheit. »Ich hab mich in dich verliebt.«

Der Marder wusste wirklich nicht, ob er das erwartet hatte oder nicht. Irgendwie schien beides der Fall zu sein. Musste er darauf etwas antworten? Ein Teil von ihm schrie ihn gerade an, er solle endlich den Mund aufmachen und wenigstens *irgendetwas* sagen. Er war sich sicher, dass sein Schweigen nicht die angemessene Reaktion war. Sein Mund reagierte jedoch nicht auf seine mentalen Aufforderungen.

»Hätte ich gewusst, dass es nur diesen Satz braucht, um deinen Redefluss zu stoppen«, lachte sie schließlich. Sie strahlte immer noch diese ruhige Wärme aus. »Hör zu, ich erwarte nicht, dass du die Gefühle erwiderst. Und ich wollte nicht, dass unsere jetzige Beziehung dadurch irgendwie seltsam wird. Ich dachte nur, du verdienst es, es zu wissen. Keine Erwartungen, versprochen.« Damit fiel ihre Hand wieder an ihre Seite.

Der Marder starrte der Hand nach, als hätte er irgendwas genommen. Er ärgerte sich innerlich über seine dämliche Reaktion. »Bronze, ich …«, stammelte er und schaffte es, sie wieder anzusehen. »Es tut mir lei-«

Ihr Zeigefinger landete auf seinen Lippen und brachte ihn wieder zum Schweigen. Gut so. Er wusste ohnehin nicht so richtig, was er gerade von sich gab. »Dir muss *nichts* leidtun«, versicherte sie ihm. »Du musst nicht mal was dazu sagen, wenn du nicht willst. Bevor du wieder irgendwelchen Stuss von dir gibst.« Sie grinste ihn an.

Er konnte nicht anders, seine Mundwinkel zogen sich nach oben. »Das müsstest du doch inzwischen gewohnt sein«, meinte er sanft, nachdem ihr Finger von seinem Mund glitt.

»Stimmt.« Sie zuckte die Schultern. »Aber auch bei mir ist hin und wieder die Schmerzgrenze erreicht.«

Er lächelte und sah zu, wie sie sich abwandte. Er war so angespannt und gleichzeitig so erleichtert wie lange nicht mehr.

Stürmisch wanderte zu Kühl. Dieser hielt gerade Wache, alle anderen schliefen. Der Silberfuchs hatte es beim besten Willen nicht hingekriegt. So hatte er gefühlt stundenlang dagelegen, Zart an seiner Seite, aber er hatte kein Auge zugetan. Die grauenhaften Bilder von diesem schrecklichen Bunker suchten ihn heim. Das war ein Anblick, den er nicht so schnell vergessen würde.

Er trat neben den narbigen Rotfuchs, welcher überrascht die Ohren spitzte. »Du siehst fertig aus, Kühl. Leg dich ruhig hin, ich kann ohnehin nicht schlafen.«

Sein Gegenüber blinzelte. »Böse Träume?«

»So was in der Art.« Er blickte in die Ferne.

»Mach dir keine Sorgen, Stürmisch. Das war einfach nur krank, aber wir passen aufeinander auf.«

Er lächelte den Älteren an. »Ja«, meinte er schlicht und wusste, dass es stimmte.

Schließlich erhob sich Kühl, aber neigte den Kopf fragend zur Seite. »Bist du sicher?«

»Ja, bin ich. Hau dich auf's Ohr.«

Er grinste. »Danke.«

Stürmisch legte sich auf den Boden und starrte grübelnd ins Weite. Es dauerte aber nicht lange, da spürte er, wie sich Zart direkt neben ihn legte, ihren Kopf auf seinen Pfoten.

»Hey«, begrüßte er sie sanft. »Du hast letztes Mal Wache gehalten und wir waren viel länger auf den Beinen als geplant. Warum schläfst du nicht weiter?«

»Du bist weg gegangen«, murmelte sie verschlafen und brachte ihre Augen tatsächlich nicht auf.

Er schmiegte seinen Kopf an ihren. »Entschuldige«, schmunzelte er.

»Schon okay, ich schlaf einfach hier weiter.«

»Okay«, grinste er, aber Zart öffnete letztlich doch die Augen.

»Geht es dir gut?«

Sein Kopf senkte sich. »Ja, nur ...« Der Rest des Satzes ging offensichtlich verloren, viel zu sehr war er in Gedanken.

»Deine Vorfahren waren in so einer Pelzfarm«, endete Zart für ihn.

Er zuckte die Schultern, es dauerte jedoch, bis er etwas erwiderte. »Ich wusste es. Dass sie auf einer Pelzfarm waren.« Als seine Eltern es ihm endlich erzählt hatten, dachte er, er hätte es damals verstanden. »Es zu sehen ist nochmal was anderes.«

Sie merkte, dass ihn das ganz schön beschäftigte. Der Anblick war grausam gewesen, keine Frage, aber es schien ihn auf einer tieferen Ebene zu berühren. »Sie sind entkommen«, erinnerte sie ihn.

»Ja«, lachte er bitter. »Und haben sich anscheinend in die Schatten verwandelt. Also alles prima.«

Sie musste lächeln, aber es war voller Mitleid. Sie hob den Kopf, drückte ihn an Stürmisch und er schmiegte sich an sie. »Geh wieder schlafen, Zart«, flüsterte er dann. »Der Marsch morgen wird bestimmt nicht weniger anstrengend.«

Sie schleckte einmal über sein Fell, doch gehorchte und ließ den Kopf wieder sinken. Binnen kurzer Zeit war sie eingeschlafen.

Heart wachte auf, während alle um sie herum noch schliefen. Bis auf Stürmisch, der irgendwann die Wache übernommen haben musste. Sie waren alle miteinander weg wie Steine gewesen. Zwei Tage praktisch ohne Schlaf und ununterbrochenes Wandern war wohl das beste Schlafmittel.

Vorsichtig richtete sie sich auf und streckte ihre Glieder. Dabei fiel ihr auf, dass noch jemand fehlte. Und dieser jemand war Wind. Kurz fragte sie sich, ob er *gegangen* sein könnte – im endgültigen Sinne. Aber sie verwarf die Idee schnell wieder. Er war die letzte Zeit weniger auf Abstand gewesen als zuvor. Dabei hatte wohl Cunning seine Pfoten im Spiel, der es geschafft hatte, zu ihm durchzudringen. Und Heart wollte das unterstützen. Ihre letzten Gespräche mit Wind waren voller Kälte und Dunkelheit, aber die Umstände waren es auch gewesen. Nun war alles anders.

Sie wägte kurz ab, Stürmisch zu fragen, wo Wind hin war, aber dieser würde es nicht wissen wollen und Wind hätte ihn auch bestimmt nicht informiert. So stand sie einfach auf, nickte kurz Stürmisch lächelnd zu und folgte dann Winds Fährte.

Sie entdeckte ihn an der Schwelle eines Hügels. Er saß einfach nur da, mit dem Rücken zu ihr, die Sonne fiel auf sein orangefarbenes Fell.

»Wind?«, fragte sie sanft.

Dieser zuckte und ließ vermuten, dass er sie nicht hatte kommen hören. »Was machst du hier?«, fragte er verwundert.

Sie zuckte die Achseln als sie zu ihm lief und sich neben ihn setzte. »Nach dir sehen, schätze ich.«

Er wirkte ein wenig, als fühle er sich unbehaglich, als sie zu ihm kam. »Mir geht's gut, ich wollte nur etwas …«

»… alleine sein«, schloss Heart für ihn sofort, als sie das erkannte.

»Ja«, bestätigte er, doch zur Abwechslung steckte kein Gift in seinen Worten.

»Und ich wollte mich nicht aufdrängen«, versicherte sie ihm, doch konnte ihre Befürchtungen nicht wegdrücken. »Ich hatte nur für einen flüchtigen Moment Angst, du hättest uns vielleicht verlassen. Ohne dich zu verabschieden.« Es lag keinerlei Vorwurf darin, nur Sorge.

Er schmunzelte und schaute zu Boden. »Ich müsste lügen, wenn ich sagen würde, das wäre mir nie in den Sinn gekommen.«

Sie lächelte zaghaft. »Ich weiß.«

Er schnaufte grinsend. »Natürlich weißt du es.« Er schaute noch immer auf die Erde. »Du weißt immer alles. Als könntest du durch uns alle hindurchsehen.«

»Sagt der Richtige«, schmunzelte auch sie. Er stimmte ein, auch wenn er sie nicht ansah. Er war ausgeglichen. Die Anspannung gelockert. Es war der richtige Moment. »Trotzdem hast du nicht unrecht«, begann sie zögerlich. »Es gibt etwas, das ich dir über mich sagen muss.« Sofort schaute er auf und Heart spürte förmlich, wie seine ganze Aufmerksamkeit plötzlich hochfuhr. Sie atmete durch. »Es ist kein Zufall, dass ich eure Gefühle oft erahne. Dass sich mir Sachen erschließen, die andere nur raten können.« Sie brauchte für den nächsten Satz länger als geplant.

»Ich bin ganz Ohr«, sagte er abwartend.

Sie schluckte. »Ich *kann* es spüren, Wind. Ganz wortwörtlich.« Sie starrte in seine suchenden Augen, die versuchten, zu verstehen. »Ich kann fühlen, wie sich andere fühlen, kann ihre Sehnsüchte, Hoffnungen und Ängste erahnen.« So wie seine gerade. Verwirrt, erstaunt und perplex. »Ich bin empathisch. Im äußersten Sinne.«

Es brauchte einen Moment, bis Wind ihre Worte realisierte. Währenddessen ließ er sie nicht aus den Augen. »Seit wann? Schon immer?«

Sie kippte den Kopf nachdenklich zur Seite. »Nicht immer in dieser Ausprägung. Es hat irgendwann angefangen, als ich noch recht jung war. Ich will nicht lügen, es war am Anfang kein Zuckerschlecken.« Ihr Blick fiel runter, ihre Stimme wurde zurückhaltend. »Ganz und gar nicht.«

»Was war?«

Sie seufzte. »Ich hatte Blackouts am Anfang. Ziemlich heftig. Bis ich irgendwann gelernt habe, besser damit umzugehen. Es zu kontrollieren.«

Immer noch dabei, diese neue Information zu verarbeiten, spürte sie tatsächlich seine Anteilnahme. »Das hört sich nicht sehr schön an. Tut mir leid.«

Sie lächelte ihm zu. »Danke. Im Moment geht es mir aber gut.«

Er nickte, als er zum Horizont schaute. »Danke, dass du es mir gesagt hast«, meinte er aufrichtig. »Wissen …«, er stockte kurz, etwas in ihm regte sich, »Cunning und Zart davon?«

Mit jeder Sekunde, die Heart schwieg, wuchs dieses Gefühl in ihm. »Ja«, sagte sie daher schnell, doch merkte, wie er innerlich ausschlug. »Wind, es hatte sich so ergeben«, seufzte sie daher entschlossen und auch leicht genervt. »Es war keine Konspiration gegen dich.«

Er nickte lediglich und starrte weiter geradeaus.

»Nicht alles, was wir tun, ist, um dir eins reinzuwürgen. Sie wissen es auch überhaupt erst seit kurzem.«

»Mutter«, sagte er mit einer Ruhe, die sein Inneres nicht widerspiegelte. Dann schaute er sie an. »Wenn du spürst, wie ich mich fühle«, fuhr er ebenso ruhig fort, nichts außer Hearts Fähigkeiten verriet etwas über sein tobendes Innenleben, »solltest du jetzt einfach gehen.«

Heart fühlte sich, als wäre der Moment eingefroren. In gewisser Weise hatte er sogar recht. In ihrer Vorstellung reagierte er über. Aber wenn er sich in diesem Augenblick so fühlte, würde er bei jedem weiteren Wort von Heart weiter dicht machen. Es war vermutlich wirklich das Beste, ihn allein zu lassen. Immerhin wollte er das zu Beginn auch sein.

»Own?«, rief Dry von draußen. Sie war in ihrer Höhle und wollte eigentlich gerade schlafen gehen.

»Was ist?«, wollte sie wissen.

Im nächsten Moment schlüpfte sein Kopf durch den Eingang, ein breites Grinsen im Gesicht. »Es ist 'ne sternenklare Nacht, jemals nach Sternbildern geguckt?« Sie klappte lediglich ein Ohr zur Seite. »Also nein«, fasste Dry zusammen und verschwand wieder nach draußen. »Komm schon.«

Nach kurzem Abwägen krabbelte sie tatsächlich nach draußen und konnte sehen, wie sich Dry schon mit dem Rücken ins hohe Gras gelegt hatte, alle Viere in der Luft angewinkelt.

»Was kommt denn auf einmal der Romantiker in dir raus?«, neckte sie ihn.

»Welche Romantik? Das ist lustig, komm her.«

Sie amüsierte sich über seine Freude. Und tat es ihm daraufhin gleich, indem sie sich neben ihn legte und den Sternenhimmel emporschaute. »Fühlt es sich nicht komisch an, sich so zu entspannen, wenn Vinous heute Nacht auf eine derart gefährliche Mission geht?«

»Der kann wunderbar auf sich aufpassen und es hilft ihm ja auch nichts, wenn wir in der Zwischenzeit auf ein bisschen Spaß verzichten, oder?«

Own zuckte die Schultern. »Eher nicht.« Ihr Blick richtete sich wieder nach oben, versucht, etwas zu erkennen. »Ich sehe einfach nur viele Punkte«, eröffnete sie schließlich.

Daraufhin folgte ein tiefes Kichern. »Wieso wundert mich das nicht ... Siehst du diesen Bogen mit den Spitzen?«, deutete er mit der Pfote auf einen Sternhaufen. »Das ist der große Hase.«

Own schnaubte. »Das hast du erfunden.«

»Ja und?«, grinste er. »Wer will es mir verbieten?«

Damit hatte er natürlich recht. Also versuchte sie, die Gestalt am Himmel zu akzeptieren.

»Was siehst du?«, flüsterte es neben ihr und sie ließ gebannt ihre Augen über das Himmelszelt wandern. Bis sie ihrer Fantasie zuließ, Dinge zu sehen. »Ein vierblättriges Kleeblatt«, sagte sie irgendwann, staunend und ehrfürchtig.

»Ja?«, murmelte Dry mit den Lidern auf halbmast und nur noch die Häsin im Blick. »Wo?«

»Da«, zeigte Own. »Hast du das früher gespielt?«

Der Hase nickte. »Als Kind, ja.« Er deutete auf eine weitere Konstellation. »Meine Mutter meinte, das wäre die verzweifelte Mutter, weil ihre Kinder nicht hörten.«

Er lachte und Own konnte tatsächlich Andeutungen eines verzweifelten Gesichtsausdrucks erkennen. »Das ist eine schöne Vorstellung«, murmelte Own gedankenversunken, aber musste sich korrigieren. »Nicht das verzweifelt sein. Aber ... die Vorstellung von einer Familie ... hatte ich früher oft.«

Dry ließ seinen Blick auf ihr ruhen, auch wenn sie mit großen Augen empor sah. »Das Leben ist dazwischengekommen, was?«, fragte er sanft.

Sie nickte einmal. »Sieht so aus. Das schien plötzlich sehr weit weg. Hab sehr lange nicht mehr darüber nachgedacht. Aber früher ... schon.«

Er musterte sie behutsam, ein warmes Lächeln bildete sich auf seinem Gesicht. Er wusste bis eben selbst nicht, dass er seine nächsten Worte auch so meinte. »Nicht die übelste Vorstellung.«

Ihr Kopf drehte sich zu ihm, sie suchte sein Gesicht ab, womöglich um zu erkennen, ob er wusste, was er da sagte. Er hatte in dem Augenblick nichts zu verbergen. Es bedeutete ja nicht, dass er direkt eine Familie mit ihr gründen wollte. Oder jemals. Es bedeutete nur, dass ihn die Vorstellung nicht abschreckte.

Vinous wartete schon am Treffpunkt, als Slide anschlängelte.

»Auf die Sekunde?«, stichelte der Nager.

»Wer von uns beiden weiß denn, wann das Treffen stattfindet, hm?«, konterte er. »Du brauchst jetzt trotzdem erstmal eine Unterweisung. Ich nehme an, du kennst das Gebiet grob?« Vinous nickte. »Gut. Dann kennst du auch die große Felsformation in ihrem Gebiet. Über die müssen wir drüber.«

Grübelnd nickte Vinous wieder. »Aber wie kommst du da hinüber? Oder willst du drum herum?«

»Weder noch«, erwiderte Slide. »Es gibt kleine Tunnel hindurch.« Vinous war überrascht, doch die Kreuzotter redete weiter, bevor er etwas sagen konnte. »Du solltest vielleicht trotzdem oben drüber gehen. Für den Fall, dass einer von uns entdeckt wird.«

»Aha, sind die Baumkronen doch nicht mehr so schlecht?«, spottete der Nager.

»Wenn wir schon zu zweit unterwegs sind, sollten wir auch das tun, was wir jeweils können. Findest du nicht?«

Vinous atmete nachdenklich durch. »Warten wir einmal ab, bis wir dort ankommen. Was passiert aber, wenn wir drüber sind? Wie finden wir uns wieder?«

»Ich komme direkt an einem Feuerdorn raus. Da sollten wir uns treffen. Aber das Treffen der Schatten wird auch nicht viel weiter weg sein.«

»Dann ist es der Feuerdorn«, entschied Vinous. »Aber zunächst zur Felswand.«

»Folge mir. Und wehe, du lässt dich erwischen.«

Vinous rollte die Augen, aber folgte ihm einfach in das Adler-Gebiet. Inzwischen war die Nacht über den Wald gefallen und zu ihrem Glück schien der Mond nicht sonderlich hell. Als sie in das feindliche Lager vordrangen, musste Vinous gestehen, dass sich Slide alles andere als amateurhaft anstellte. Er glitt ohne Eile durch das hohe Gras und achtete darauf, dass dieses immer hoch genug war, auch wenn das bedeutete, kleine Umwege zu gehen. Bei Geräuschen kam er geschmeidig zum Stillstand, bis er sicher war, dass niemand in der Nähe war. Er war die Unauffälligkeit in Person.

Als sie an dem Fels ankamen, hüpfte Vinous einen Ast tiefer. Schon erkannte er ein kleines Loch in der Wand. Er blinzelte zur Schlange, die ihn schon anvisiert hatte. »Und, wie sieht es nun aus?«, fragte sie. »Oben drüber oder mit mir durch die Schleichwege?«

Seine Art hatte etwas Herausforderndes, als würde er Vinous' Reaktion genau abwarten. Aber man konnte es drehen und wenden, wie man wollte, er vertraute Slide nicht und es widerstrebte ihm ungeheuer, in ein enges, noch dazu unterirdisches Loch mit einer Kreuzotter zu steigen.

»Oben drüber«, antwortete er knapp. »Wir sehen uns an dem Busch.« Damit sprang er los. Er wollte keine Zeit verlieren, um die andere Seite zu erreichen. Er hielt sich nun wirklich eher an den unteren Ästen auf, im Unterholz waren hier oben ohnehin wenig Tiere. Trotz seines Versuches, unauffällig zu sein, musste er sich beeilen. Dass das Ganze eine Aktion von Slide sein könnte, um ihn loszuwerden, war ihm durchaus in den Sinn gekommen. Es musste einen Grund geben, warum er ihn nicht hatte dabeihaben wollen. Aber Vinous hatte noch zu wenig Daten, um Slides Motive zu erklären.

Es dauerte nicht lange, hinüberzukommen. Vinous sprang die Felsmauern herunter, als er weit und breit niemanden sah, und erspähte auch bald den Feuerdorn, über dem er anhielt. »Slide?«, flüsterte er und überflog systematisch die Gegend. Es regte sich nichts. Na super.

Er blieb einen Moment bewegungslos sitzen und beobachtete die Situation, aber nichts geschah. »Slide!«, schimpfte er noch immer flüsternd und hüpfte auf den Boden. Er entdeckte das Loch hinter dem Strauch. Obwohl sich alles in ihm dagegen sträubte, näherte er sich dem Eingang. Die Äste der Pflanzen bogen sich zur Seite, als Vinous mit aller Vorsicht hindurch schlüpfte. Wo zum Teufel war dieser Mistkerl?

Etwas schnellte mit Wucht auf ihn zu und Vinous sprang mit einem gewaltigen Zucken zurück, bevor er Slide erkannte, der jedoch inzwischen ganz still da lag. »Oh verdammt, mein Herz!«, stieß er atemlos aus und versuchte, sich zu beruhigen. »Musste das sein?!«

»Wieso bist du schon hier, bist du gerannt?«, fragte die Kreuzotter.

»Ist doch völlig ohne Belang!«, keifte er wütend. »Warum hast du überhaupt so lange gebraucht?«

»Wir haben keine Zeit dafür«, schüttelte Slide den Kopf. »Siehst du die riesige Tanne, die da vorne als einzige rausragt? Da müssen wir hin.«

Vinous nickte. »Alles klar.«

»Du übernimmst wieder den Luftraum, ich den Boden? Jeder geht dorthin, wo der andere vielleicht nicht hinkommt?«

Auf keinen Fall. »Ja, machen wir so.« Er zeigte Richtung Tanne. »Geh vor, ich folge dir noch, bis wir da sind, dann sondere ich mich ab.«

»Okay. Aber wie gehen wir dann weiter vor? Ich würde vorschlagen, jeder bleibt so lange, wie es ihm sinnvoll erscheint und wir verschwinden unabhängig voneinander. Es kann ja auch immer passieren, dass es für einen brenzlig wird.«

»Klingt vernünftig.«

»Also schön.« Wieder schlängelte er davon, Vinous' Lider verengten sich, als er ihm nachschaute. Schließlich folgte er ihm. Er blieb in den unteren Ästen, bis sie dort waren und verschwand schließlich in den Baumkronen. Anders als ausgemacht ließ Vinous die Schlange nicht aus den Augen. Als sie sich dem Treffpunkt näherten, waren Stimmen zu hören. Vinous hüpfte auf den nächsten Baum und schielte an diesem vorbei. Einige Tiere versammelten sich dort mit Murk, der auf einem gewaltigen Felsen geradezu über den anderen schwebte. Es war eine Sache, zu wissen, dass sie sich dort trafen, eine andere, es tatsächlich zu sehen. Er registrierte Adler, Wölfe, Dachse und andere Tiere, ehe er Scarlet erspähte. Sie stand auf einem Baumstumpf.

Vinous schaute wieder nach unten, Slide schien sich von hinten in Richtung Murk zu bewegen. Er musste auch näher herankommen, wenn er deren Worte verstehen wollte. Er hangelte sich von Baum zu Baum, nach jedem noch so kleinem Sprung verharrte er mucksmäuschenstill, um sicher zu gehen, dass ihn die anderen nicht bemerkten.

»Das steht überhaupt nicht zur Diskussion«, hörte er endlich Murk reden, seine raue Stimme beherrschte den Platz. »Ich will von euch nur hören, dass ihr es umsetzen könnt.«

»Aber Murk«, wandte einer der Wölfe ein. »Er ist mit Sicherheit dagegen, wir können nicht einfa-«

»DAS IST MIR EGAL!« Murks Stimme hallte durch den Wald, als könne Vinous dessen Druckwelle spüren, die seine Haare zu Berge stehen ließen. Er zuckte erschrocken zusammen, noch weniger gewillt, sich zu bewegen. »*Er* ist nicht hier, oder? *Ich* bin hier.«

Aus den Augenwinkeln sah das Eichhörnchen Slide, wie er sich dem Fels näherte. Vinous blinzelte mit sich weitenden Augen. Was zum Teufel hatte er denn vor?

»Wir sollten zumindest abstimmen, ob-«, fuhr der Wolf fort, doch Murks gewaltiger Flügelschlag und Wutschrei durchriss ein weiteres Mal den Wald. Er war schneller von seinem Felsen auf den Wolf gekracht, als irgendjemand damit rechnen konnte und drückte ihn zu Boden. Sein rechter Fuß samt spitzen Krallen presste auf dessen Schädel, die Pfoten des Wolfes drückten sich vergeblich an Murks Körper. Niemand schritt ein.

»Wie war das, was wolltest du gerade sagen?« Murks Stimme war verhältnismäßig zurückhaltend und triefte vor gehässiger Ironie. Der Wolf schnaufte lediglich, aber auch das verstummte, als Murk seine Krallen stärker in dessen Kopf presste. Der Greif bäumte sich auf und schaute in die Runde. »Vielleicht kann mir ja jemand von euch sagen, was er gemeint hat. Hat jemand eine Idee?« Er blickte sich zu allen Seiten um, voller geschauspielerter Ahnungslosigkeit. »Irgendjemand?«

»Murk, es reicht jetzt«, ertönte Scarlets Stimme. Sie hatte sich während all dessen nicht bewegt.

»Es reicht ERST«, schrie er zurück, »wenn ihr meine Befehle ausführt! Hab ich mich dabei«, er lehnte sich wieder zu seinem Opfer heran und wurde gefährlich leise, »klar ausgedrückt?«

Es dauerte einen Moment, bis man ein leises *Ja* vernehmen konnte.

»Gut«, stieß er mit künstlicher Freude aus. Er nahm den Fuß von ihm und wendete sich seiner Gefährtin zu. »Du weißt, wo das Gift ist. Wenn es soweit ist, wirst du das Ganze leiten.«

Vinous' Kopf zuckte. *Gift*. Das hörte sich ... ungesund an.

»Und du bist sicher, dass sie uns nicht anders nutzen könnten als ... nun ja ...«, Scarlet zuckte die Schultern, »*tot*.«

Murks Augen verdunkelten sich. »*Scarlet*«, mahnte er.

Sie lächelte, ein kühles Lächeln, so wie man es von ihr gewohnt war. »Nur so ein Gedanke. Ich kümmere mich darum, versprochen. Da gibt es nur immer noch das Problem, dass das Ganze eine Weile dauern wird, bis wir Resultate sehen. Bis es überhaupt in den Beutetieren ist.«

Vinous fragte sich ernsthaft, ob er das Ganze richtig verstand.

»Solange es nur ins Rollen kommt«, antwortete Murk.

Wo war Slide schon wieder?

Der Nager bückte sich nach vorne, um ihn zu suchen, aber nicht weit genug, um entdeckt zu werden. Er erhaschte ihn wieder. Momentan kauerte er im dichten Gras und beobachtete das Schauspiel.

»Das wär's für heute«, schloss Murk dann. »Jeder weiß, was er zu tun hat. Wir bereden die Fortschritte beim nächsten Mal.« Flügelschläge rauschten von allen Seiten und Vinous war klar, dass er höllisch aufpassen musste. Kurzerhand glitt er an dem Baum runter und entdeckte ein Loch in der Rinde, in das er sich hinein quetschte. Er hörte, wie Murk und noch andere Adler an ihm vorbei segelten. Ebenso schienen sich alle anderen zu entfernen und dabei leise zu reden, was Vinous allerdings nicht mehr verstand.

Er wagte nicht, sich zu bewegen, bis wieder völlige Stille eingekehrt war.

Seine Finger krallten sich an beide Seiten der Öffnung, dann schob er sich nach vorne, vorsichtig und leise. Er kletterte zaghaft den Ast entlang und schaute nach unten. Natürlich. Slide war fort.

Es war aber zu gefährlich, ihn zu suchen, Vinous musste mit den Infos dringend zurück zu den anderen.

Er hörte auf dem Weg zur Felswand immer wieder Adler vorbeifliegen. Wann legten die sich endlich schlafen? Er fühlte sich alles andere als geschützt und kam, weil er auf Nummer sicher gehen wollte, extrem langsam voran. An dem Felsen angekommen, entschied er sich kurzerhand durch das Loch zu klettern. Er flitzte über den Boden und in den Tunnel. Er strich mit dem Körper über die Erde und kroch beständig nach vorne. Kein Zeichen von Slide.

Er war heilfroh, als er die Erde wieder verlassen konnte, auch wenn sich der restliche Weg wieder als zäh herausstellte. Der Moment, an dem er die Grenze zu Crass' Wald überschritt, fühlte sich wunderbar leicht an. Er ließ alle Aufmerksamkeit für einen Atemzug fallen, um etwas runterzukommen, als er eine Stimme hörte, die hier absolut nicht hingehörte. Die er gerade eben schon einmal mehr als deutlich gehört hatte.

»Willst du mich eigentlich verarschen, Crass?« Es war Murk. Murk war *hier*. Und er – *warte, was?* Er redete mit *Crass*? Vinous wollte hinter seinen Baum schauen, doch stockte mitten in der Bewegung, sein Mund stand offen, die Augen blinzelten nicht. Er zog die ausgestreckte Hand wieder zurück und stand fassungslos mit dem Rücken zum Stamm, der ihm die Sicht zu dem Gespräch versperrte.

»Klar, im Allgemeinen schon, aber ich hab keine Ahnung, wovon du grad redest«, antwortete der Fuchswolf.

»Denkst du, ich lasse es einfach durchgehen, dass ihr Spione zu mir schickt? Glaubst du ich lasse es durchgehen, dass du mir nichts davon erzählt hast?«

Crass stockte überrumpelt. Er wusste von der Spionage? Waren die Schlange und das Eichhörnchen denn überhaupt schon wieder zurück? Hatte der Adler sie gesehen? Daran glaubte Crass nicht wirklich, dann hätte Murk sie einfach getötet und wäre nicht zu ihm gekommen. Das klang eher danach, als wolle er mehr darüber herausfinden. Woher hatte er aber dann ursprünglich überhaupt davon erfahren?

Es gab nur eine Möglichkeit. Crass fokussierte sich wieder auf Murk, der ihn bösartig anfunkelte. Der Fuchswolf kaute verbissen auf den Zähnen. Jemand hat es Murk verraten. Jemand, der von dem Plan wusste. Jemand, der womöglich *gerade* in dem Gebiet des Adlers war. Crass atmete tief durch. »Murk, ich hatte keine Ahnun-«

»GENUG!«, donnerte er auf ihn herab. Das erste Mal überhaupt blieb Crass still, brach jedoch nicht den Augenkontakt ab. Murk sammelte sich, sein impulsiver Ärger verwandelte sich in berechnende Kälte. Der Fuchswolf steckte diesmal tatsächlich in Schwierigkeiten. »Ich habe überlegt, wie ich dich bestrafen soll«, fuhr der Greif fort. »Und ich werde meine Drohung, die ich ausgesprochen habe, wahr machen, hab daran keinen Zweifel.« Er lehnte sich vor. »Aber vorher werde ich herausfinden, wer von dem Haufen in deinem Gebiet dir etwas bedeutet und *denjenigen* werde ich zuerst verstümmeln. *Dann* komme ich zu dir. Und zwar, wenn du mich nicht kommen siehst.«

Ohne abzuwarten stieß er sich vom Baum ab und flog davon. Crass stand die nächsten Sekunden wie angewurzelt, die Zähne zusammengepresst starrte er ihm nach. »Tja, scheiße«, lautete sein Kommentar und er drehte sich um, um in den Wald zu traben. Ein grübelnder und schockierter Vinous spähte ihm hinterher.

Traum oder ...?

Whitestar starrte in die weite Landschaft, als Sage neben sie trat. »Wir kommen näher, nicht?«

Die Ohren der Schneefüchsin zuckten. »Schon noch ein Stück. Aber ja.« Sie schaute zu ihm, die Freude in ihr wuchs. »Wir kommen näher.«

Er ließ die Luft aus dem Mund entweichen, als könne er gar nicht glauben, was sie hier taten. Als würde er es gerade erst realisieren. Er schloss die Augen und ließ seine Stirn behutsam an ihre fallen. Sie tat es ihm gleich. »Wir finden sie, Sage«, flüsterte sie verheißungsvoll. Er nickte, unfähig etwas zu sagen.

Zart beobachtete sie aus einiger Entfernung. Sie bemerkte Stürmisch neben sich, der gerade einen Ast aus dem Weg räumte, um dort besser sitzen zu können. »Glaubst du, dass wir deine Schwester finden?« Erst als er leise geworden war, schaute sie sich nach ihm um. Er seufzte. »Ich würde es mir wünschen. Ich versuche aber, mir nicht zu viel Hoffnung zu machen.«

Sie lächelte aufmunternd und neigte den Kopf zur Seite. »Wie war sie so?«

Er schaute schmunzelnd zu Boden bei der Erinnerung. »Verträumt und gleichzeitig dickköpfig. Ich bin ... *wäre*«, korrigierte er sich, »gespannt, ob sie sich in die eine oder andere Richtung entwickelt hat.«

Er konnte Zarts ausstrahlende Zuversicht geradezu spüren, so schaute er zu ihr hoch. Sie betrachtete ihn voller Zuwendung. »Ich hoffe, wir finden sie.«

Er nickte, doch wagte es nicht, irgendetwas zu beschwören. »Ich gehe eine Runde jagen«, wechselte er schließlich das Thema, zu viele unterschiedliche Gefühle drängten sich in seine Brust. »Willst du mit?«

»Ich gehe später.«

»Alles klar.« Er ließ seine Schnauze durch ihr Wangenfell fahren, bevor er aufbrach. Zarts Aufmerksamkeit wanderte von Stürmisch über ihre Eltern zu Wind. Sie hatte kaum gewagt, zu ihm hinüberzusehen, doch das Gespräch über Stürmischs Schwester ließ sie unwillkürlich über ihre eigenen Geschwister nachdenken. Dass Stürmisch seine verloren hatte. Und dass sie ursprünglich nie gewollt hatte, dass ihr das mit ihren passiert. Trotzdem – die Situation war anders, der Schaden vielleicht unwiderruflich.

Vielleicht aber auch nicht.

Es war schon kein Zufall mehr, dass Wind auch mal hersah, so lange wie sie ihn im Blick hatte. Sie weigerte sich, fortzuschauen und ließ ihn wissen, dass sie diesmal keinen Rückzieher machen würde. Im Gegenteil. Sie lächelte zaghaft.

Wind konnte nicht anders, als das Lächeln zu erwidern, jedoch ebenso zögerlich. Er wollte zu ihr hin, keine Frage. Er war sich nur nicht sicher, ob er wirklich sollte. Ob es wirklich die Zeit war. Aber Cunning hatte recht, das musste von beiden Seiten aus kommen. Und Zart hatte gerade den ersten Schritt gemacht. So stand er auf, bevor er es sich wieder ausreden konnte. Seine Atmung wurde schwerer, als er auf sie zu kam, doch auch Zart begab sich daraufhin auf alle Viere.

Er schluckte. Er wollte etwas Aufrichtiges sagen. Etwas in der Richtung, dass er schon lange mit ihr hätte reden sollen. Sich entschuldigen, wobei er nicht richtig wusste, wofür. Stattdessen kam etwas anderes heraus, nachdem er die Luft zu lange angehalten hatte. »Es gibt einen Brombeerstrauch hier in der Nähe.«

Obwohl Zart Beeren liebte wie kaum etwas anderes, hatte er irgendwie nicht erwartet, dass sie breit lächelte. »Worauf warten wir dann noch?«

Wind erwiderte das Lächeln, es steckte Freude und auch Erleichterung darin. Es war *aufrichtig*. Auch wenn er die Worte nicht rüberbrachte, konnte er ihr zumindest das geben. Er wies den Weg, wobei sie nicht weit laufen mussten. Das Gewächs war in Sichtweise.

»Wieso zum Teufel ist das der einzige Strauch weit und breit?« Zarts Rute schlug aus.

»Nicht den blassesten Schimmer«, erwiderte ihr Bruder. »Wahrscheinlich sind die anderen Sträucher vor dieser schrecklichen Pflanze geflohen.«

»Hey!«, schimpfte Zart gutmütig. »Kein Wort gegen meine Brombeere.«

»Ich frag mich, warum Cunning dieses Gift noch nicht gefunden hat«, rätselte der Rotfuchs. »Ich wette, er folgt uns in drei … zwei … eins.«

»Hey, wo geht ihr hin, oooooh.« Cunning war ihnen in der Tat nachgerannt und entdeckte prompt den Strauch.

»Ich bin gut«, lobte sich Wind und Zart grinste ihm verschmitzt zu.

»Typisch, alles selbst fressen wollen, Zart«, rügte sie Cunning verspielt.

»Tja, so kennen wir sie«, stieg Wind darauf ein.

»Hey, das war einmal und nie wieder«, verteidigte sie sich und setzte sich zu Cunning in die Hocke, um den Leckerbissen zu genießen.

Wind schüttelte den Kopf. »Wie ihr das fressen könnt, werde ich nie verstehen.«

»Ja, weil du einen miesen Geschmack hast und ignorant bist«, erwiderte Zart. Das hätte weh tun können. Tat es aber nicht. Es war ein wunderbar lockerer Moment, der alle Sorgen null und nichtig machte. Ein Moment, der es fertigbrachte, beinahe alles ungeschehen zu machen – beinahe.

»Kirschen sind das einzig Wahre und damit Schluss«, widersprach er schlicht.

»Ich kann mich an einen erinnerungswürdigen Abend erinnern, an dem sich jemand gefühlt die ganze Nacht lang übergeben hat, weil er zu viele Kirschen gegessen hat«, konterte sie sofort.

»Weil ich es – zugegebenermaßen – übertrieben hatte!«, rechtfertigte sich Wind. »Das kann passieren und sagt nichts über den Geschmack von Kirschen aus. Und!« Er hob enthusiastisch die Stimme. »Soll ich dich etwa an das Gänseblümchen-Fiasko erinnern?«

»Nein!«, schrien Zart und Cunning gleichzeitig auf, wobei Cunning auf einmal unkontrollierbar lachte. »Weißt du was, vielleicht doch.«

Zart stieß ihn empört an. »Cunning, was soll das!«

»Es war einmal ein sonniger Frühlings-Nachmittag«, begann Wind neckisch.

Zart stöhnte laut, legte den Kopf auf die Erde und drückte die Pfoten fest auf ihre Ohren. Cunning stupste seine Schwester immer wieder an und versuchte, ihre Läufe runterzuziehen, als Wind fröhlich weitererzählte.

Jeder wusste, dass die harten Aussprachen irgendwann folgen mussten. Oder mussten sie das überhaupt? In diesem Moment schien alles in Ordnung, es war alles okay. Zwar ahnten sie, dass die drunter lungernden Probleme irgendwann an die Oberfläche brechen würden, aber im Augenblick schien die Oberfläche fest und die Probleme zweitrangig.

Nicht nur die ältere Generation der Füchse konnte das sehen, auch Stürmisch, der die drei aus dem Hintergrund beobachtete. Er konnte keine Begeisterung darüber aufbringen, aber wagte es auch nicht, in ihre Blase einzudringen. Er gönnte ihnen das Stück Vergangenheit.

Brisk landete schlitternd auf dem toten Nager. Verlegen presste sie die Augen zu und öffnete nach einer Weile eins, um zu ihrer Mutter zu schielen.

»Das war super, Brisk!«, ermutigte sie ihre Tochter.

»Nein, war es nicht«, schimpfte sie.

»Nö, war es wirklich nicht«, grinste Pale.

Brisk prustete amüsiert und entrüstet zugleich. »Du kannst mich noch nicht mal sehen!«

»So einen Bauchklatscher kann man super hören«, kicherte er und Brisk machte mit.

Silver verkniff sich, etwas dazu zu sagen. Es schien Brisk nicht zu stören und sie selbst war viel zu froh darüber, dass Pale sogar schon Witze über sein Handicap machte, als dass sie ihn dabei bremsen wollte. »Das mit der Entfernung kriegst du mit Übung noch hin, keine Sorge«, versicherte sie ihr stattdessen. »Es ist schwer, das immer so abzuschätzen. Und du musst dich dabei nicht nur auf deine Augen, sondern auch dein Gehör verlassen.«

»Jop«, bestätigte der Marder, der sich an den Rand gelegt hatte. »Und wenn du deine Mutter bist, machst du keins von beidem.«

»Ich hab's mir anders überlegt, Marder, du störst doch«, schoss Silver kurzerhand zurück.

»Warte, nein!«, flehte er sofort. »Du hörst von mir keinen Mucks mehr, versprochen.«

»Ich glaube nicht, dass du dazu körperlich in der Lage bist«, schmunzelte sie.

Der Marder stockte, plötzlich in Gedanken. »Du würdest dich wundern.«

»Sieh her Mama, wie mach ich's jetzt?«, rief Brisk zwischendurch und sprang.

»Na siehst du, es ist jetzt schon besser, warte mal, wie es nach ein paar Monaten aussieht«, lobte Silver und wandte sich wieder dem Marder zu. »Warum bist du eigentlich so anhänglich? Ist was passiert?«

»An-, anhänglich?«, stotterte er empört. »Ich dachte wir verbringen etwas *quality time* miteinander, das ist alles. Hey Pale, gar nicht so schlecht!«

»Ja, Schatz«, stimmte Silver noch zu, ehe sie fortfuhr. »Also schön, nehmen wir mal an, ich würde das glauben. Ist wirklich nichts passiert? Achte auf die Verlagerung von deinem Gewicht auf die Hinterfüße, Brisk.«

»Pf, Silver, hier passiert doch *nie* was«, schüttelte der Marder ironisch den Kopf, die Arme auf dem Boden überkreuzt. »Der langweiligste Ort der Welt.«

Die Fähe schmunzelte. »Jeder hat wohl eine andere Definition von ›langweilig‹.«

»Hier gibt's keine Geheimnisse. Keine Feinde«, begann der Marder aufzuzählen. »Niemand, der dich töten will. Keine arroganten Hybriden, keine durchgeknallten Adler. Keine Marderweibchen, die dir ihre Liebe gestehen und ganz bestimmt keine Marder, die ganz seltsam darauf reagieren.«

»Okay, stopp«, unterbrach Silver ihn, nachdem sich ihre Augen geweitet hatten. »Pale, Brisk? In der Lichtung da vorne treiben kleine Frösche ihr Unwesen. Glaubt ihr, ihr könnt mir einen bringen?« Sie grinste ihnen verspielt zu und die zwei stürmten sofort los, um die Herausforderung anzutreten.

»Du weißt schon, dass das ganz schön mies ist«, kommentierte der Marder. »Hast du schon jemals einen Frosch gejagt?«

»Marder«, mahnte sie.

»Gibt nicht viel mehr zu erzählen«, sagte er unschuldig.

»Sie hat dir gesagt, dass sie dich liebt?«

Seine Augen huschten kurz zur Seite. »So ziemlich.«

»Wow!«, stieß sie aus, doch bemerkte durchaus seine recht nüchterne Zurückhaltung. Sie schüttelte den Kopf, wissend. »Du empfindest nicht dasselbe, oder?« Er fuhr sich mit der linken Hand einmal über den Kopf und schaute in die Ferne. Silver ließ ihren Blick auf ihm ruhen. »Kam es überraschend?«

Er seufzte tief. »Nicht ... wirklich. Ach, keine Ahnung. Ist auch nicht wichtig. Sie hat mir den ganzen Druck genommen. Gesagt, dass sich nichts ändern muss.«

»Tja, sie ist eben eine tolle Person«, zwinkerte Silver ihm zu. Er starrte sie lediglich bittend an, woraufhin sie kurz lachte. »Ich glaube, es geht noch um was anderes. Was ist es?«

Der Marder schloss die beiden Hände zusammen und knetete sie. »Ich ...«, er hielt inne, unsicher wie er sich mitteilen sollte. Wieder seufzte er. »Ich ... hab sie von Anfang an auf Abstand gehalten. Ich habe nicht das Gefühl, dass sie mich wirklich kennt.«

Silver musste die Stirn runzeln. Sie wusste nicht recht, ob sie verstand. »Ähm, soweit ich das einschätzen kann, gehst du mit ihr nicht anders um als mit mir.«

»Tja, die Sache ist, dass selbst du nicht alles über meine Vergangenheit weißt.« Seine übers Kinn streichende Hand fiel plump nach unten, als er zu ihr rüber sah.

Die Füchsin zog den Kopf zurück. »Tja, ich schätze, das ist wahr«, murmelte sie und schaute kurz zu Boden. »Wieso, hat es was damit zu tun? Wie du auf sie reagierst?« Sie müsste lügen, wenn sie sagen würde, dass die Aussage des Marders sie nicht irgendwo getroffen hätte. Nicht, dass er ihr etwas schuldete und sie hatte auch nie wirklich über seine Vergangenheit nachgebohrt. Er wirkte nie, als wolle er das Thema vertiefen und für sie beide war ihr Aufbruch eine Art Neuanfang gewesen, so hatte sie es dabei belassen. Sie fragte sich gerade, ob das ein Fehler war. Ob sie ihn als Stütze für selbstverständlich hielt, aber keine für ihn war.

Der Marder biss sich auf die Lippe. »Erinnerst du dich, dass ich bei unserer ersten Begegnung erwähnt habe, dass ich Stress mit ein paar Artgenossen hatte?«

Silver überlegte kurz. »Ich erinnere mich. Hatte damals schon das Gefühl, dass du untertreibst. Hatte aber auch gerade andere Probleme. Ein Marder hatte geplant, mich Wildkatzen auszuliefern.« Sie zwinkerte ihm beim letzten Satz zu. Zu ihrer Erleichterung grinste er zurück. »Ja, 'tschuldige nochmal«, schob er ein, bevor er wieder ernster wurde. »Wir ... wir waren eine Gruppe, eine Art ›Gang‹. Haben Sachen gemacht, auf die ich nicht unbedingt stolz bin. Eher boshafter Natur. Haben anderen Leuten das Futter gestohlen oder sie ausgespielt, um ihren Schlafplatz zu bekommen.« Er atmete unsicher durch, schaute sie inzwischen nicht mehr an, Scham zeichnete ihn. »Ich, äh ...«, er schluckte atemlos, »hab irgendwann auch angefangen ... gegen sie ... zu arbeiten ...« Ein Stöhnen unterbrach sein Geständnis. »Puh, das ist grad schwerer als gedacht.« Er rollte die Augen und legte den Kopf in den Nacken.

»Ich bin nicht hier, um zu urteilen, Marder«, versicherte sie ihm behutsam.

Er nickte, dankbar. »Ich hab Futter gehortet oder ihnen nicht davon erzählt. Auch ... als sie es dringend gebraucht hätten.« Er schloss die Augen. »Es war mir egal. Sie waren kurz vorm Verhungern und ich hab nichts gesagt. Ich weiß nicht, wie weit ich es getrieben hätte, hätten sie es nicht herausgefunden.«

Silver brauchte einen Moment, bis sie ihre Stimme wieder fand. »Was haben sie mit dir gemacht?«

Er sah sie wieder an, ein selbstironisches Grinsen. »Sie haben mir die Scheiße aus dem Leib geprügelt. Und mich rausgeschmissen. In dieser Verfassung kam ich zu den Wildkatzen.« Er starrte wieder nach vorne, die Stirn in Falten gelegt. »Ich habe das bis jetzt niemanden erzählt.«

Die Füchsin musste sich ein wenig sammeln, aber ihre nächsten Worte kamen mit Überzeugung. »Du kannst mir alles anvertrauen, Marder. Ich bin für dich da.«

Er lächelte unsicher, die Hand vorm Mund, während er sprach. »Bedingungslos? Immer?« Er hob die Brauen, ein zaghaftes Grinsen war zu erkennen.

»Ich bin froh, dass du es mir erzählt hast«, stellte sie klar. »Es zeigt mir, was für eine Wahnsinnsentwicklung du zurückgelegt hast. Du darfst nicht vergessen, du bist auch derjenige, der mir das Leben gerettet hat. Derjenige, der immer für mich da ist und mir mit Rat und Tat zur Seite steht. Du warst der erste, der mich darin bestätigt hat, dass es richtig war, auf mein Gefühl zu hören.« Sie lächelte ihn voller Wärme an. »*Ich* vergesse es nie.«

Er erwiderte das Lächeln sanft. Sie wusste nicht, ob sie ihn überzeugt hatte, aber er widersprach auch nicht. Sie legte den Kopf zur Seite. »Ist das der Grund, warum du dich nicht auf Bronze einlassen willst? Weil du denkst, dass du es nicht verdienst?«

»Oh, tiefgründig«, stieß er mit trockenem Amüsement aus.

»Das ist nicht das einzige. Sie ist eine Artgenossin. Und dein letzter engerer Kontakt mit Artgenossen ist nicht gerade positiv behaftet für dich. Auch das könnte ein Grund sein, dass du sie auf Abstand hältst.«

Er trommelte mit den Fingern auf den Boden. »Du bist gar nicht mal schlecht.«

»Dir ist schon klar, dass ich bereits Tonnen meiner Vergangenheit aufgearbeitet hab?«, grinste sie zurück. »Und ich bin noch lange nicht durch.«

Er lächelte sie an, mit weniger Witz und mehr Aufrichtigkeit. »Danke dir, Silver. Für alles, ehrlich.«

Sie brachte ein emotionales Lächeln zustande und zuckte die Schultern wie selbstverständlich. »Es war nur Zeit, dass ich mich endlich revanchiere.«

Der Marder schaute sie an, als wolle er ebenso sagen, dass das doch selbstverständlich sei. In diesem Moment kamen Pale und Brisk wieder auf sie zu. Pale hatte einen Frosch im Mund.

»Pale ist aus Versehen draufgetreten«, erklärte Brisk unbeeindruckt.

Ihr Bruder konnte sich vor Lachen kaum halten. »Ja, das ist wahr«, kicherte er vergnügt.

»Ich denke, wir können es trotzdem als Erfolg verbuchen«, zwinkerte der Marder ihnen zu.

Pale grinste und seine Schwester wirkte unzufrieden. »Ich werde nie jagen lernen.«

»Brisk«, bat Silver. »Natürlich wirst du jagen lernen. Du hast gerade erst angefangen, du musst dir schon etwas Zeit geben.«

»Ja, nimm dir ein Beispiel an deiner Mutter«, warf der braune Jäger breit grinsend ein.

»*Marder.*« Sie schielte ihn an.

»Schon gut, tut mir leid«, lachte er und wandte sich dann an Brisk. »Ich übertreibe natürlich.«

Silver stockte nachdenklich. »Na ja, tut er eigentlich nicht«, lenkte sie seufzend ein, worauf sowohl der Marder als auch Brisk lachten.

»Können wir an den Rand des Waldes gehen?«, ertönte auf einmal Pales Stimme. Er hatte ihnen den Rücken zugekehrt und starrte in eine bestimmte Richtung.

»Ähm, an welchen Rand?«, fragte Silver irritiert.

»Den Nord-Rand«, antworte der kleine Fuchs mit ruhiger und sicherer Stimme. »Da wo der kleine Bach an der Fichten-Reihe endet.«

»Na, der hat ja ganz schön genaue Vorstellungen«, kommentierte der Marder perplex.

Silver beugte sich zu ihm runter, er verharrte immer noch in derselben ruhenden Starre. »Warum möchtest du an den Waldrand, Pale?«

Schließlich brach er aus der Trance aus und richtete sich zu seiner Mutter. »Ich weiß auch nicht. Ich glaube, es ist schön da.«

Silver suchte den Marder, doch der schaute ebenso ratlos zurück.

Als sie wieder ihren Sohn fixierte, huschten dessen Augen unsicher umher. Sie stupste ihn sanft an. »Na dann lass uns gehen«, flüsterte sie behutsam.

Brisk ging voran, Pale orientierte sich an ihr. Silver und der Marder hielten noch einen Moment Augenkontakt, bevor sie ihnen folgten.

Die Rot- und Silberfüchse streiften durch dichtes Unterholz. Whitestar fiel ein Stück zurück, als sie Stürmisch entdeckte, um neben ihm laufen zu können. Er sah aus, als wäre er gerade in seiner eigenen Welt, völlig gedankenversunken.

»Hey«, sagte sie sanft. »Ist alles in Ordnung?«

Er seufzte. Ein toller Anfang. »Ja schon. Irgendwie.«

»Wenn du mich davon überzeugen willst, musst du erstmal dich selbst überzeugen«, zwinkerte sie ihm zu.

»Ich hab entschlossen, einfach alles momentan okay zu finden«, erwiderte er nicht ohne gewisse Selbstironie. »Wir werden nicht angegriffen, nicht gejagt, uns wird nicht das Fell abgezogen. Alles prima.«

Whitestars Augen musterten ihren Sohn verhalten. »Willst du darüber reden?«

Er musste gar nicht nachfragen, was sie meinte. Er biss sich auf die Unterlippe. »Haben euch eure Eltern jemals von der Pelzfarm erzählt?«

Nach einem Moment schüttelte Whitestar den Kopf. »Ich bin mir aber nicht sicher, ob sie sich nicht mehr dran erinnert haben oder ... ob die Erinnerungen zu traumatisch waren.«

Stürmischs Kopf schüttelte sich fassungslos, wieder war er in Gedanken. »Wie kann jemand, der so etwas Grauenvolles erlebt hat, sich so einer feindseligen und brutalen Gruppe wie den Schatten anschließen? Oder sie mit erschaffen?«

Die Schneefüchsin wusste, auf was er anspielte. »Du redest von meinem Großvater.«

»Und ob ich das tue!«, erwiderte er sofort. »Ich kenne ihn noch nicht mal und bin schon enttäuscht.«

»Stürmisch, wir wissen nicht, was damals passiert ist und was seine Rolle in all dem ist. Vielleicht werden wir es nie herausfinden.« Sie lehnte den Kopf näher an ihn. »Und wir sind weg von den Schatten. Vielleicht werden wir nie mehr mit ihnen in Berührung kommen.«

Der Rüde verzog skeptisch die Mundwinkel. »Ja, vielleicht.«

»Wir konzentrieren uns einfach auf das Hier und Jetzt. Und wir beide wissen, dass es hier auch noch genug problematische Dinge gibt, die ...« Sie stockte plötzlich und drehte ihren Kopf in die andere Richtung. »Moment ...«, flüsterte sie so leise, dass er es kaum hörte und lief davon.

Stürmisch starrte perplex hinterher. »Danke für die Aufmunterung«, kommentierte er sarkastisch.

Ihr Weg bahnte sich durch Gebüsch. Dort wurde sie langsamer, die Gewächse schoben sich an ihrem Körper vorbei, bis sie schließlich zum Stillstand kam.

»Whitestar?«, fragte Kühl nach. Die anderen mussten ihr gefolgt sein, aber die hellen Augen der Fähe starrten ohne zu blinzeln in eine bestimmte Richtung. »Ist das möglich?«, flüsterte sie ohne Stimme.

Sage stand inzwischen neben ihr. »Was ist passiert, White?«, drang es zu ihr durch, als wäre sie unter Wasser. Staunend und fassungslos fühlte sie sich, als würde die Erde stillstehen, alles wurde hell und leuchtend, trächtig an Bedeutung. »Kannst du sie nicht riechen?«, brachte sie zustande und lief voran, wie die Motte zum Licht.

Typisch, wenn man seine Ruhe haben wollte, kamen sie aus ihren Löchern und wenn man sie suchte, waren sie nicht aufzufinden. Crass stöhnte innerlich. Er schlug den Weg zur Eiche ein. Wenn er jemanden antreffen würde, dann dort. Und er hatte Glück. Bluefire, einer der Feldhasen und – siehe da – das Eichhörnchen waren dort. Sie drehten sich nach ihm um, als er auf die Lichtung trat.

»Wir haben ein Problem«, fing er direkt an.

»Ach«, machte der Blaufuchs nur.

»Murk weiß von der Spionage-Aktion. Es gibt nicht viele Möglichkeiten, wie er das hat herausfinden können. Es sei denn, es hat ihm jemand erzählt. Und ich finde, Slide sieht von hier aus am verdächtigsten aus.«

Bluefire kippte den Kopf zur Seite. »Wieso Slide?«

»Er hatte die Möglichkeit dazu, als er in deren Gebiet war. Ich meine, unser Freund Vinous hier hatte sie auch, aber ich gehe davon aus, dass ihr *ihm* vertraut, richtig?«

»Tun wir«, sagte der Rüde mit Sicherheit. »Aber woher weißt du das mit Murk überhaupt?«

»Er hat mir gedroht«, ließ er sie wissen. »Kam her. War mächtig sauer.«

»Ach, auf einmal redet Murk mit dir, wo er doch sonst mit niemanden geredet hat«, kommentierte Dry und Crass fiel plötzlich der urteilende und doch abwartende Blick in all ihren Gesichtern auf, den er schon viel früher hätte bemerken sollen. Sie starrten ihn mit Argwohn und Gewissheit nieder als wäre er in ihre Falle getappt.

»Einen Augenblick habe ich tatsächlich gedacht, er würde es uns gestehen«, fügte Vinous noch hinzu.

Zugegeben, das lief nicht ganz so ab, wie es sich der Fuchswolf gewünscht hätte. »Okay«, seufzte er mit selbstironischem Grinsen und sein Kopf senkte sich kurz nach unten. Jemand musste ihn mit Murk gesehen haben. Und ihre Interpretation der Situation war nicht zu seinen Gunsten ausgefallen. »Es ist *nicht* so wie es aussieht.«

»Das ist es doch nie«, ertönte Bluefires wissende Stimme.

»Ich kenne Murk, ja«, stieg er direkt ein. »Aber ich arbeite nicht mit ihm zusammen oder gehöre zu seiner gestörten Vereinigung oder dergleichen.«

»Warum hast du uns dann nicht gesagt, dass du ihn kennst?«, fragte Bluefire und Crass meinte unterschwellig eine gewisse Süffisanz herauszuhören.

»Weil ich euch nichts schulde«, gab er selbstsicher zurück. »Und ich wusste ja nicht, wie weit dieser ganze Mist gehen würde.« Er atmete genervt durch. »Ich kannte Bonario. In der Tat war er derjenige, der mir diesen Wald gezeigt hat. Gesagt hat, dass sich die Menschen hier nicht her trauen. Ich schuldete ihm was, in so vielerlei Hinsicht.«

Bluefire wusste nicht, ob ihm diese Aussage gefiel. »Und jetzt schuldest du Murk was?«

»*Nein*, verdammt«, presste er hervor. »Aber deswegen versucht mich Murk die ganze Zeit voll zu quatschen.« Er schielte kurz nachdenklich in die Luft. »*Und* zu erpressen«, räumte er ein. »Aber ich bin kein Spion. Ich hab keine Ahnung, wie Murk das erfahren konnte.«

Bluefire blinzelte kaum. »Bist du dir da sicher?«

»Ja«, stieß Crass gereizt aus. »Ich versuche, euch Pfeifen zu helfen. Wobei ich mich gerade frage wieso.«

»Nehmen wir mal an, wir würden dir glauben«, begann Bluefire.

»Was wir nicht tun«, ergänzte Vinous, woraufhin Crass seine Augen zu Schlitzen zog.

»Wer sollte es warum sonst getan haben?«, schloss der Blaufuchs.

»Mein Tipp wäre Slide«, wiederholte der Wolf. »Oder gibt es jemanden von euch, dem ihr nicht traut?«

»Im Moment vor allem dir, Crass«, sagte Bluefire schlicht, worauf der Fuchswolf tief stöhnte.

»Schön, meinetwegen.« Er rollte die Augen. »Ich bin die Nummer eins. Aber wir sollten noch nach anderen Verdächtigen suchen für den verrückten Fall, dass ich es nicht bin.«

Es dauerte einen Moment, doch schließlich nickte Bluefire und stand auf seine vier Pfoten. »Wir kümmern uns darum. Vinous?«

»Schon unterwegs.« Der Nager sprang sofort los, Crass konnte nur vermuten, wohin. Er beobachtete, wie der Blaufuchs auf ihn zu kam. »Wenn du uns anlügst ...«, begann dieser drohend.

»Könntest du nichts dagegen tun«, blockte der Wolf die Drohung sofort ab. Doch die harten Züge traten zurück. »Aber ich lüge nicht.«

Bluefire musterte ihn noch einen Augenblick, hob schließlich eine Braue und deutete ein Nicken an. Dann verschwand er gemeinsam mit dem Feldhasen.

Brisk und Pale spazierten voran, als würden sie den Wald in- und auswendig kennen. Silver ließ Pale nicht aus den Augen. Irgendetwas passierte mit ihm, als würde er sich ausklinken und es wäre plötzlich nur noch ein Teil von ihm da.

Als er jetzt mit Brisk unterwegs war, war wieder alles normal, doch Silver fielen subtile Unterschiede auf. Als sie an dem kleinen Bach ankamen, stürzten sich beide darauf und tranken, doch Pale schaute nach einer Weile wieder hoch und starrte geistesabwesend auf die Fichten.

»Mach dir nicht so viele Sorgen«, drang die Stimme des Marders zu ihr hindurch. »Du hast von Anfang an gesagt, dass er verträumt ist. Da muss nicht mehr dahinterstecken.«

Sie hatte Pale unterbrochen fixiert. »Vielleicht«, murmelte sie nur, lief dann aber zu ihrem Sohn hin und legte sich behutsam neben ihm auf die Erde. »Auf was achtest du da, Pale?«

Es dauerte lange, bis er antwortete. »Ich glaube ...«, stockte er und sog die Gerüche ein. Er wirkte unsicher, überfordert. »Ich glaube, ich hab das gesehen.«

Silver starrte ihn an und suchte sein Gesicht verzweifelt nach Antworten ab, auf Fragen, die keinen Sinn ergaben. »In deinen Träumen?«, versuchte die Füchsin Licht ins Dunkle zu bringen und den wenigen Hinweisen Bedeutung zu geben.

»Ich glaube schon«, grübelte Pale und Kummer floss in seine Züge. »Aber irgendwie auch nicht. Es fühlt sich nicht so an, als wäre ich wach. Aber ich glaube auch nicht, dass ich schlafe.«

Silver wollte ihm beistehen, aber sie musste zuerst einmal herausfinden, bei was genau. Ihre nächsten Worte kamen nur noch flüsternd heraus. »Was hast du gesehen, Pale?«

Er starrte auf die Fichten-Reihe, sein Mund leicht geöffnet, unfähig sein Erlebnis in Worte zu fassen. Er nickte mit einer kaum erkennbaren Bewegung auf die Bäume. Ehrfürchtig schaute sich Silver nach ihnen um, doch Entschlossenheit mischte sich hinzu. Sie richtete sich auf, obwohl all ihre Glieder plötzlich schwer schienen. Die anderen drei fielen aus Silvers Wahrnehmung komplett raus, es gab nur noch das Stückchen Wald direkt vor ihr. Sie wusste nicht, ob sie Angst hatte, ob sie etwas befürchtete, etwas hoffte oder sich nach etwas sehnte. Sie spürte einen Sog, der sie völlig vereinnahmte. Sie roch es. Ein Echo aus ihrer Vergangenheit. ›Ist deine Mutter weiß?‹

»Silver.« Ihr Name klang plötzlich so fremd, als würde ihn jemand aus einem anderen Leben rufen, das sie so lange nicht mehr berührt hatte. Sie wollte sich ausstrecken, die verheißungsvolle Stimme berühren, die sie seit ihrer Geburt kannte und ihr seit ihrer Kindheit verwehrt wurde. Sie wollte heim, in das Zuhause, das es schon lange nicht mehr gab und das es doch geschafft hatte, sie zu finden.

Nichts von all dem konnte sie tun, stattdessen verharrte sie starr und atemlos. Die Stimme flimmerte, als wäre sie weit entfernt, obwohl sie direkt vor ihr stand.

»Silver?«

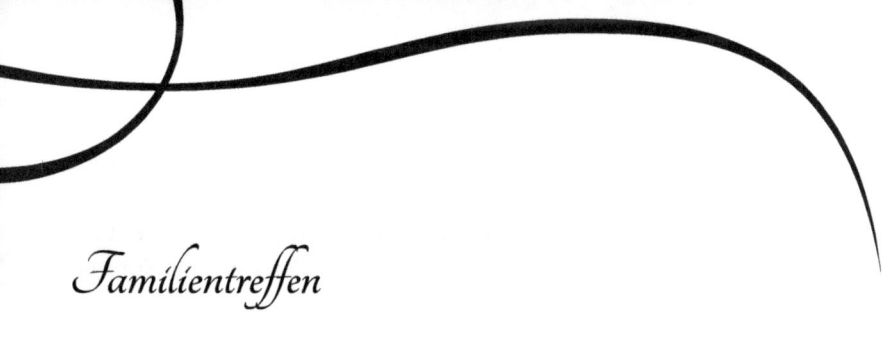

Familientreffen

Bluefire folgte der Fährte von Silver und den Jungen. Sie mussten dringend auf den neusten Stand gebracht werden. Auch wenn Bluefire dem Fuchswolf nicht traute, glaubte er nicht wirklich daran, dass er bezüglich Murk gelogen hatte. Aber Crass schaffte es wie kaum ein anderer, den Spagat zwischen Halbwahrheiten und ausgesparten Fakten zu schaffen.

Zu seiner Verwunderung hörte er Stimmen, die er zuvor noch nie gehört hatte. Und Silvers mittendrin. Er kletterte auf eine Erhöhung, von der aus er hinuntersehen konnte und stutzte.

Silver war umgeben von einem ganzen *Haufen* anderer Füchse. Zu seiner Erleichterung sahen sie nicht angriffslustig aus. Erst einen Augenblick später realisierte er, dass darunter Silberfüchse waren.

Es war wie ein Traum. Surreal und unfassbar. Zum Greifen nah, doch vom Verstand her unerreichbar. In dem Zusammenhang erschien der Begriff Schicksal so passend. Aber gab es so etwas überhaupt? Jede ihrer Entscheidungen hatte sie vor geraumer Zeit auseinander und nun wieder zusammengeführt. Unwahrscheinlich und doch möglich. So vertraut und doch unbekannt.

Wie sollte sie sich dieses Ereignis vorstellen? Wie würde so etwas ablaufen?

»Silver?«

Whitestars Kopf wurde erst jetzt klarer, der Nebel verschwand und offenbarte ihr fassungsloses, schneeweißes Gesicht.

Silvers Mund stand offen, ihre Ausdruckslosigkeit, die zeigte, dass sie sich in vollkommen anderen Sphären befand, verwandelte sich Stück für Stück in heillose Überforderung. Ihre Stirn war in Falten, die Brauen zusammengezogen, die Augen weit aufgerissen. Zweimal bewegten sich ihre Lippen, ohne dass sie sich schlossen. Etwas zu erwidern stellte sich als eine der schwersten Herausforderungen heraus, die sie je bewältigen musste.

Sie hatte Träume, die etwas bedeuteten, konnte Munter sehen, hatte manchmal das Gefühl, der Mond spreche beinahe mit ihr und trotzdem war das, was hier gerade passierte, das Surrealste, das sie jemals erlebt hatte. So sehr, dass es sie aus dem Moment schleuderte. Eine Reaktion dauerte bis zum dritten Anlauf und kam mit einer Stimme, die währenddessen in tausend Splitter brach. »Mama?«

Dieses Wort schien nun auch Whitestar in ihrer Fassung zu erschüttern. Ähnlich wie Silver hatte sie wohl in einer Fassungslosigkeit verharrt, doch nun schossen Tränen in ihre Augen und liefen bald darauf ihre Wangen herunter. »Ich bin's, ja«, wimmerte sie. »*Wir* sind es.«

Stockend suchte Silver die Umgebung ab und fand, was Whitestar soeben versprochen hatte. Ihr Vater und Stürmisch waren herangerückt. *Stürmisch* – so anders, so viel älter, als sie ihn in Erinnerung hatte.

»Stü...«, der Rest versiegte in ihrem Rachen. Sie hatte so viele Fragen. Waren sie wirklich hier? So plötzlich aus dem Nichts? Wie kamen sie her? Was war passiert? Wer waren die anderen bei ihnen? Warum kriegte sie keinen Ton heraus? »Träume ich?« Die Frage war ernst gemeint, auch wenn sie vielleicht nicht jeder als solches verstand. Silver war sich in diesem Moment absolut nicht sicher.

Ihr Vater kam auf sie zu, langsam und zaghaft. Immer näher. Silver hätte sich nicht regen können, selbst wenn sie gewollt hätte, gebannt war sie an ihn gefesselt. Er *wirkte* echt. Seine Pfote legte sich sanft auf ihre, genauso wie sich seine Stirn schließlich an ihre lehnte. »Wir sind ganz real«, beantwortete er ihre Frage mit seiner Berührung.

All die Luft, die Silver angehalten hatte, kam schlotternd aus ihrem Mund, ihre Augen pressten sich zusammen, irgendwie versuchte sie zu begreifen, was gerade geschah. Sie öffneten sich erst wieder, als sich Sage umarmend an sie drückte. Sie merkte in dem Moment ihre eigene Starrheit, die Anspannung in ihrer Haltung und all ihren Gesten. So schaffte sie es nicht, ihre Augen auf einer normalen Weite offen zu lassen, sie riss sie immer noch voller Fassungslosigkeit auf, als könne sie dadurch mehr von dem aufnehmen, was gerade geschah. Sie spürte die Wärme ihres Vaters, nahm die Gerüche der anderen auf. Mehr und mehr sagten ihr ihre Sinne, die sich für einen Augenblick komplett verabschiedet hatten, dass wahrhaftig ihre Familie vor ihr stand. Ihre Vergangenheit. Etwas, mit dem sie absolut nicht gerechnet hatte. Je mehr sie geistig und körperlich in die Situation zurückkehrte, desto mehr merkte sie, wie sie geradezu begann zu hyperventilieren. Ihre Beine zitterten, sie wusste nicht, ob sie lachen oder weinen sollte. So viele Emotionen, die sie bis eben nicht wahrnehmen konnte, hatten sich unbemerkt aufgebaut.

Langsam kamen auch ihre Worte zurück, ihre Zunge fühlte sich nicht mehr so taub an. Sie zog ihren Kopf nach hinten, um Sage zusammen mit den anderen sehen zu können. »Aber wie ... *wie*, Vater ... wie?« Nun ja. Die Wortvielfalt hielt sich noch in Grenzen.

Es wuchs ein Lächeln in seinem Gesicht, voller Zuneigung. »Ein lange Geschichte.«

»Mama?« Brisks Stimme brach zu ihnen hindurch und erweitere ihre Gefühlslage um ein weitere. Nun starrte vor allem Whitestar. »Silver, sind das ...?«

Silver schaute sich nach ihren Jungen um und das war es, was letztlich ihre gefesselte Starre brach. Sie taute beim Anblick ihrer Kinder auf, erinnerte sich an das andere Leben, auf das ihr altes gerade geprallt war. Ihr turbulentes Leben, das danach verlangte, dass sie anwesend, wach und aufmerksam war. Sie erfasste nun ihre Eltern auf eine andere Weise wie zuvor, ihr Lächeln war noch immer mitgenommen, doch mit Zufriedenheit getränkt. »Ich schätze, ich habe auch eine etwas längere Geschichte zu erzählen.«

Bluefire schritt langsam auf die Gruppe zu, als würde er es kaum wagen, ihnen näher zu kommen. Der Marder entdeckte ihn als erstes und er schaute diesen fragend an. Er lächelte nur schief und hob die Brauen.

So rückte er noch näher an sie heran, bis er schließlich von einem der Silberfüchse entdeckt wurde und dieser Silver auf den ›Neuen‹ aufmerksam machte. Sie wandte sich nach ihm um, doch bevor sie etwas sagen konnte, ergriff eine schneeweiße Füchsin das Wort. »Ist das ...?«, fragte sie voller freudiger Erwartung, sodass sich Bluefire schon fragte, für wen sie ihn hielt.

»Ja, ist er«, bestätigte Silver aber sofort. »Bluefire?« Sie trat an ihn heran und er starrte weiterhin auf die Fremden. »Hast du Freunde eingeladen, Schatz?«, fragte er mit perplexem Humor.

Freunde. Wohl etwas mehr als das. Silvers Worte verließen ihren Mund, auch wenn sie sie immer noch nicht richtig verstand. »Das ist meine Familie.«

Er hätte es sich aufgrund der Fellfarbe denken können, aber sie kamen so völlig ohne Vorwarnung und überraschend, dass er das trotzdem nicht erwartet hatte. »Deine ...«

»Familie«, wiederholte Silver.

»Wow.«

»Kannst du laut sagen«, flüsterte sie.

»Auch die orangefarbenen Exemplare?«

»Wohl Freunde von ihnen.«

»Wow«, kam es wiederum, bevor ihm bei dem Anblick von so vielen Füchsen etwas ganz anderes in den Sinn kam. »Hast du ihnen schon von *unseren* Freunden erzählt?«, nuschelte er mit zusammengebissenen Zähnen.

Sie schüttelte zerknirscht den Kopf. »Bluefire, sie sind auch vor den Schatten geflohen, haben sie gerade erzählt. Ich kenne noch keine Einzelheiten, aber sie kommen von *weit* her und sind trotzdem vor den Schatten geflohen.«

Dabei fiel ihm ein, weswegen er überhaupt hergekommen war. »Silver, wir müssen reden.«

»Ja, ich weiß«, sagte sie abwesend und schaute mehr auf die anderen Füchse als auf ihn.

»Ich meine nicht ...« Er presste die Augen kurz zusammen. »Es ist was passiert, wir müssen uns unterhalten. Und ich glaube, die Unterhaltung mit deiner Familie wird um einiges länger dauern.«

»Was?« Sie blickte zu ihm auf, bevor sie den Kopf schüttelte. »Äh, ja. Richtig.« Am Ende schien sie doch verwirrt, die Stirn gerunzelt. »Was meinst du?«

Er seufzte. »Wir sollten kurz etwas zur Seite gehen, komm mit.«

»Ähm, warte«, hielt sie dagegen und schaute sich um. »Marder, könntest du ...?«

»Sicher, kein Problem«, nickte er ihr zu und stemmte die Hände in die Hüften, als er sich den Füchsen zuwendete. »Soo, nett euch endlich mal persönlich kennenzulernen.«

»Kennst du Silver schon lange?«, fragte Sage.

Der Marder machte eine abwinkende Handbewegung. »Schon seit sie ein noch recht junges Ding war. Nicht so ... faltig und ausgelaugt wie heute.«

»Marder, sei nett«, mahnte Silver, die Lider gesenkt.

»Ich hab alles im Griff«, grinste er breit und scheuchte sie mit den Händen weg.

Silver schaute etwas skeptisch drein, fühlte sich rausgerissen aus dem Moment, doch sie folgte Bluefire. Er schritt an den Rand der Lichtung. »Ich kann ... nicht sagen, was hier gerade passiert«, fing sie an, gedanklich nicht wirklich bei dem Rüden.

Er musterte sie behutsam. »Sie kamen einfach aus dem Nichts? War es Zufall oder haben sie nach dir gesucht?«

Silver presste fassungslos lachend die Augen zu. »Marron«, stieß sie aus. »Er ist bei ihnen gelandet. Und hat ihnen von mir erzählt.«

»Was, echt?« Konnte die Welt so klein sein?

Ihr überrumpeltes Lachen versiegte abrupt, die Augen huschten hin und her. »Pale hat es gewusst.«

Bluefire blinzelte. »Pale hat was?«

»Er wusste es. Intuition. Er hat mich an den Waldrand geführt.« Sie schaute ihn noch immer nicht an, zu viele Informationen versuchte sie zu ordnen, zu viele Zusammenhänge zu begreifen. »Etwas passiert mit ihm, Bluefire. Ich weiß noch nicht, was es ist, aber er *weiß* Dinge. Ich glaube, er sieht sie.«

Der Fuchs hielt inne. »Sieht sie? Wie Visionen? Halluzinationen?«

Silver schüttelte apathisch den Kopf. »Ich weiß nicht ...«, flüsterte sie, ehe sie sich fing und sie ihn das erste Mal tatsächlich ansah. »Du wolltest mir etwas sagen. Was ist passiert? Oh Gott, geht es Vinous gut? Ist er zurück?«

»Ja, ist er und ihm geht es gut«, beruhigte er sie schnell. »Aber wir haben ein Problem. Vinous hat gesehen, wie sich Crass und Murk unterhalten haben. Und wohl nicht zum ersten Mal.«

Silver hatte plötzlich das Gefühl, als würde sie die Sekunden vergehen hören. Hatte Bluefire das gerade wirklich gesagt? »Was?«, presste sie bitter hervor und wusste nicht, warum sich ihr Körper plötzlich wie gelähmt anfühlte. *Hatte Bluefire das gerade wirklich gesagt?!*

»Es geht noch weiter«, seufzte er und Silver versuchte seine Ausführungen zu verarbeiten, auch wenn sie ins Leere starrte, mit jedem Wort Bluefires mehr.

Zu viel. Zu viel auf einmal. Wie sollte eine gesunde Person darauf reagieren? Wie sollte sie mit dem Auftauchen ihrer Familie klarkommen, wenn sie sich plötzlich betäubt fühlte? Nur dass sie auf einmal erkannte, dass sehr wohl eine Emotion in ihr wuchs. Eine hohle Wut breitete sich in ihr aus und sie schrie. Nicht nach außen, aber innerlich tobte es in ihr auf eine Art, die sie nicht kannte. Warum war sie so verdammt wütend?

»Nicht, dass wir Crass trauen können ...«, versuchte Bluefire zu ihr durchzudringen und sie tat ihr Bestes, die dichte Wolke in ihrem Kopf zu lichten. »Das war ein Wahnsinnsdetail, das er uns da verschwiegen hat.«

Das konnte man laut sagen. Er hat sich mit Murk getroffen, der Name, bei dem Silver immer nur Pales blanke Augen sehen konnte. Sie riss sich aus diesem Gedankenfluss, es gab andere Probleme. »Du glaubst, wir haben einen Verräter?« Ihr fixierter Blick ins Leere sprang zu Bluefire.

Er nickte. »Slide ist bis jetzt nicht wieder aufgetaucht.«

»Okay«, sagte sie kühl. »Ich muss meine Familie aufklären. Über alles. Aber sie können nicht hierbleiben, das ist immerhin nicht unser Wald.«

Bluefire nickte zögerlich, bemerkte er doch deutlich, wie sich ihre gesamte Art verlagert hatte. Sie war freudig aufgeregt gewesen. Überfordert, sicher. Aber sie hatte etwas Warmes ausgestrahlt. Das war komplett verschwunden. In der Tat schaute sie ihn nicht mehr an, bevor sie sich umdrehte, um die Dinge in Gang zu bringen.

Whitestar war völlig durch den Wind. Sie konnte Silvers Schock nachfühlen, aber für sie war es mit Sicherheit noch einmal etwas anderes. *Sie* hatten geplant, Silver zu suchen. Und zu finden. Für Silver kamen sie aus heiterem Himmel.

Dennoch – Whitestar fühlte sich ebenfalls überfordert. In ihrem Kopf war Silver immer noch das kleine Mädchen gewesen, das damals vor seiner Vergangenheit geflohen war. Selbstverständlich hatte sie sich verändert. Sie war älter geworden. Erwachsen. Das konnte man direkt sehen. Die ersten Worte aus ihrem Mund waren jedoch zaghaft und überrumpelt – als wäre das kleine Mädchen noch da. Dass das nur der erste Schock war, zeigte sich im Verlauf ihres Gespräches, als sich die Überforderung abschälte und die unfassbare Freude offenbarte.

Sie hatten tatsächlich zueinander gefunden.

Und die leise Angst von Whitestar – dass Silver sie womöglich gar nicht dahaben wollte, immerhin war sie damals absichtlich gegangen – verflüchtigte sich vollständig. Silver *hatte* sich verändert. Auf eine Art, die die Polarfüchsin noch nicht vollständig erfassen konnte. Aber sie war mehr als bereit, es herauszufinden.

Gleichzeitig wurde ihr bewusst, dass sie die neue Silver noch nicht wirklich kannte. Was sie erlebt oder was sie geprägt hatte – wusste sie nicht. Und während des gesamten Gespräches, das sie mit dem Marder führten, gingen Whitestar Marrons Worte nicht aus dem Kopf. Die sagten, dass Silver nicht nur mit Füchsen zusammenlebte. Das braune Tier vor ihnen war ein Beweis dessen, aber war das nur die halbe Wahrheit?

»Seid ihr Schatten?«, hörte sich Whitestar fragen und bereute im nächsten Moment schon, wie die Frage herausgeplatzt war. »Ich meine, lebt ihr noch mit anderen Tieren zusammen?«

Das Geräusch, das aus dem Mund des Marders kam, war eine Mischung aus überrumpeltem Schnaufen und verlegenem Lachen. Der Hauch eines solchen Lächelns blieb auf seinem Gesicht. »Ähm, äh das ist ein wichtiges Thema, in der Tat«, brabbelte er drauf los. »Und ja, wir kennen wie gesagt die Schatten und nein, wir sind keine und Silver sollte euch den Rest erzählen.«

Er nickte mit einem Biss auf die Unterlippe, als Silver bereits wieder auf sie zu lief. Sie kam ihnen zielstrebig entgegen und stoppte abrupt. »Wir müssen uns unterhalten«, sagte sie entschlossen und komplett fokussiert, das Gegenteil von vorhin. Whitestar musste blinzeln. Ihre Tochter war wie ausgewechselt. Und sie spürte den Bruch in ihrem Wiedersehen. Als hätte sie auf Pause gedrückt.

»Ja«, ergriff zum ersten Mal Kühl das Wort. »Dein Freund hier wollte grade erzählen, wie ihr mit unterschiedlichen Tieren zusammenlebt.«

Silvers Lider zogen sich zusammen, als sie den narbigen Fuchs musterte. Der Marder schaute entgeistert drein. »Ich mag den Vorwurf in deiner Stimme nicht«, schoss Silver zurück, bevor jemand anderes das Wort ergriffen hatte.

»Okay, wartet«, stoppte Whitestar den Wortwechsel, bevor er sich fortsetzen konnte. »Niemand macht irgendjemand irgendwelche Vorwürfe. Wir wollen nur wissen, was Sache ist. Denn unterschiedliche Tierarten scheinen nunmal das Markenzeichen der Schatten zu sein.«

»Okay«, machte Silver, versucht, vernünftig zu bleiben. »Damit es darüber keine Missverständnisse gibt: Wir sind absolut keine Schatten, waren es niemals und werden es niemals sein. Wir haben Auseinandersetzungen mit ihnen. Und wie wir zusammengefunden haben, ist eine lange und ausführliche Geschichte, für die wir momentan keine Zeit haben.«

Schweigen und gegenseitige Blicke wurden ausgetauscht. Stürmisch trat aus der Menge hervor und zog damit das erste Mal die Aufmerksamkeit auf sich. Silver schluckte, einen Augenblick aus ihrem Handlungsmodus herausgerissen, als es sie wieder einmal überkam, dass *Stürmisch* direkt vor ihr stand. Sie merkte, dass sie das eigentlich noch gar nicht begriff. »Wir wollen die Schatten in ihre Schranken weisen«, sagte er mit Nachdruck. »Also wenn ihr Probleme mit ihnen habt – wie können wir helfen?«

Er strahlte eine unterstützende Vertrautheit aus. Silver wäre ihm in diesem Moment am liebsten um den Hals gefallen, Gefühle voller Dankbarkeit und Sehnsucht überrannten sie gerade, aber sie hielt stand, auch wenn sich die Emotionen in ihrem Gesicht wiederfanden. »Ich muss euch erklären, wie sich die Situation hier gestaltet«, versuche sie, ihre feste Stimme von vorhin wiederzugewinnen. Sie *wünschte* sich, sie hätte die Zeit, um dieses unfassbare Ereignis zu begreifen. Auf sich wirken zu lassen. Aber sie hatte eine Verantwortung und konnte sich das nicht leisten. »Die Sache ist nur die, ihr könnt nicht mit reinkommen, dieser Wald gehört uns nicht.«

Verwundert blickten die anderen hoch. »Wem gehört er?«, sprach Sage die Frage aus.

Eine wirklich gute Frage, dachte Silver bitter. Wer war Crass eigentlich? Die Kälte kehrte in ihr Blut zurück. »Einem Fuchswolf«, antwortete sie stattdessen, doch merkte, wie sich die ganzen Empfindungen von vorhin wieder aufbäumten. Sie wusste nicht, ob sie das gut oder schlecht fand, konnte aber in diesem Moment nichts dagegen tun. »Wie ich sagte, eine lange Geschichte. Fangen wir mit den Adlern an. Genauer gesagt mit dem Vater von Marron.« Fühlte sich so Rachedurst an? »Sein Name ist Murk.« So kalt und heiß zugleich? »Und ich möchte ihn *brennen sehen.*«

Es dauerte eine gefühlte Ewigkeit, aber sollte Slide tatsächlich im Wald sein, musste Vinous sichergehen, dass er ihn auch fand. An dem Treffpunkt, von dem aus sie die ganze Spionage-Aktion gestartet hatten, fand er auch wirklich einen Pfad in dichtem Gras, der zu der Schlange gehören konnte. So war er ihr gefolgt so gut es ging, bis sie an einem großen Stein endete.

»Meine Güte, es ist wirklich ein Akt, dich zu finden, ist dir das bewusst?«, rief er dem halben Felsen zu. Wie erwartet (und erhofft) schlängelte sich Slide darunter hervor. »Seit wann befindest du dich wieder im Wald?«, fuhr der Nager fort. »Hast du überhaupt auch nur daran gedacht, einen von uns aufzusuchen?«

»Ich hab gesehen, wie du heil wieder angekommen bist und dachte mir, du wirst den anderen schon alles Wichtige mitteilen.«

Vinous schüttelte den Kopf und seufzte tief. »Hören wir doch auf mit dem Mist.« Slide war jemand, der nicht gerne aus dem Nähkästchen plauderte. Etwas, das Vinous nachvollziehen konnte, aber nicht, wenn es vorangehen musste. Man konnte mysteriöses Auftreten auch übertreiben. »Normalerweise habe ich nichts gegen ein mentales Kräftemessen, aber kommen wir doch einfach zum Punkt.«

»Das wäre schön.« Er wurde von der Schlange süffisant angefunkelt.

»Da du ja alles so wunderbar im Überblick hast ... willst du mir vielleicht Murks Besuch erklären?«

Slide wirkte tatsächlich überrascht und seine Überheblichkeit trat zurück. »Ihr denkt, ich habe euch verraten.«

Das rote Tier neigte berechnend den Kopf nach rechts. »Hast du etwa nicht?«

Slide verzog skeptisch die Mundwinkel, ein kurzes Augenrollen zur Seite folgte. »Ich verstehe, wie ihr zu dem Schluss kommt.«

»Existiert überhaupt ein anderer?«

»Sicher gibt es den«, schoss er dagegen. »Den, der eigentlich zutrifft.«

Vinous schwang die Arme erwartend zur Seite. »Klär mich auf.«

Slides rot-gelbe Augen fixierten den Nager mit etwas Fesselndem. »Du bist ein cleveres Tier«, züngelte er. »Schenkst du wirklich jedem hier absolutes Vertrauen?«

»Nein.« Ein Lächeln tanzte unter der Oberfläche, was aber sofort wieder verschwand. »Auch dir nicht.« Ihm war bewusst, dass er keinen Ast weiter Richtung Boden durfte. Wie schnell eine Kreuzotter sein konnte. Zur Sicherheit checkte er kurz seine Fluchtmöglichkeiten nach oben nochmals ab – drei größere und vier kleinere Äste.

»Du hast einiges auf dem Kasten, *Vinous*«, fuhr Slide fort, immer noch strahlte er eine unumstößliche Selbstsicherheit aus. »Aber auch du könntest noch eine Menge dazu lernen. Oder liegt es vielleicht daran, dass du der Gruppe schon viel zu nahe bist? Ich verrate dir jetzt nämlich ein kleines Geheimnis.« Sein folgendes Lächeln hatte etwas Dunkles, doch er wirkte nicht unaufrichtig. »Um wirklich den Überblick zu behalten«, er pausierte, sein konspiratives Grinsen wurde deutlicher und schimmerte in seinen Augen, »braucht es Abstand.«

Vinous ließ die Worte argwöhnisch auf sich wirken. Deren Bedeutung jagte ihm einen Schauer durch seinen Pelz. Seine Lippen waren zu einem geraden Strich gepresst. Er ließ das Gefüge aller Beteiligten vor seinem Auge Revue passieren. Hatte seine Position in der Gruppe seine Bewertungsfähigkeit korrumpiert? »Wen haben wir übersehen?«

Slides Grinsen flachte ab. »Ich habe am Vorabend jemanden von euch in die Richtung der Adler laufen sehen«, teilte er ihm mit. Seine nächsten Worte ließen es Vinous bedauern, dass sie den Gedanken ausgeschlossen hatten, jemand anders als die Schlange zu verdächtigen.

Stürmisch wusste nicht, wie er sich fühlte, ob es überhaupt Worte gab, die seine Gefühle beschreiben konnten. Sie hatten *Silver* gefunden. Seine Schwester stand vor ihm, so real und lebendig, wie er sich schon nicht mehr zu erhoffen gewagt hatte, sie zu sehen. Und nicht nur das, sie war selbstbewusst, entschlossen und tatkräftig. Er empfand Stolz. Nur eine der unheimlich vielen Emotionen, die durch ihn rannen.

Gleichzeitig hatte er kaum Zeit, in diesen Gefühlen zu baden, denn irgendwie schienen ihre Probleme ihnen bis hierhin gefolgt zu sein. Und er meinte, was er vorhin gesagt hatte. Er wollte helfen. Er wollte gegen die Schatten vorgehen. Und noch viel wichtiger – er wollte gemeinsam mit Silver gegen sie vorgehen.

»Also der Plan sieht ... wie aus?«, fragte schließlich Kühl. »Den Verräter ausfindig machen und dann?«

»Verhindern, dass er weiterhin Informationen an Murk geben kann«, antwortete Silver. »Zunächst treffe ich mich jetzt aber mit meinen Leuten, um zu erfahren, was sie rausgefunden haben. Wenn wir genau wissen, wie Murk uns – ich nehme mal an – *umbringen* will, müssen wir eine Möglichkeit finden, das zu verhindern. Längerfristiger Plan – uns an Scarlet halten.«

»Und wir erfahren davon wie?«, hakte der Narbige nach.

»Ich komme mit«, hörte sich Stürmisch sagen. »Wenn das okay wäre für euch und ... diesen Cross. Komme ich mit und erzähl den anderen, was Sache ist.« Er schritt Silver gegenüber und schaute in ihre mit Verwunderung gefüllten Augen. Verwunderung darüber, dass er leibhaftig vor ihr stand, dass das keine Einbildung war, dass sie nicht jeden Moment aufwachte und alles nur geträumt hatte. »Ich komme mit«, wiederholte er behutsamer, ein sanftes Murmeln. »Wenn das okay ist?«

Würden ihre Tränen nicht in ihrem Staunen versinken, hätte sie nun losheulen können. Stattdessen ließen es ihre überrumpelnden Emotionen das erste Mal zu, dass sie lächelte. Voller Hoffnung, Wärme, Bedauern und Freude. »Das ist mehr als okay«, seufzte sie tief und ihre Stimme war nur halb da. Sie hatte bisher dagegen angekämpft, sich von dem Gefühlswirbel mitreißen zu lassen – eine Taktik, die sie, wie sie feststellen musste, immer wieder anwendete. Und auch jetzt gab es an noch so viele andere Dinge zu denken, dass sie sich nicht traute, völlig loszulassen. Doch ihren Bruder vor ihr zu sehen und zu spüren, wie diese Tatsache zu ihr durchdrang – riss sie mehr mit, als sie es davor zulassen wollte.

Verrat

Scarlet plusterte sich neben der Steinwand auf, hinter ihr rostige Fenster, unter ihren Füßen ein Fass. Ihr Blick war stoisch ins Leere gerichtet, während sie auf ihn wartete. Sie wusste, dass sie etwas unternehmen musste, abgesehen davon, dass es alle Leute in ihrem Umfeld geradezu schrien. Und sich noch dazu diese Gruppe immer wieder zu ihr wandte. Nicht, dass das der Grund war. Eher, dass sie aus anderen Gründen zufällig dasselbe Ziel hatten. Wobei sie sich dabei gerade wieder fragte, wie dieses *Ziel* konkret aussah. Eigentlich wusste sie die Antwort auf diese Frage. Sie war nur noch nicht soweit, sie zu akzeptieren.

Wohlbekannte Flügelschläge kamen näher. Ihr Blick erfasste Murk, der sich auf das Fass direkt neben ihr niederließ. »Ist alles soweit?«, erkundigte er sich.

»Es kann durchgeführt werden. Es sind nur noch wenige Vorkehrungen zu treffen.«

»Hervorragend«, lobte Murk. »Je eher, desto besser.«

»Murk«, hielt sie ihn auf, die Augen kurz geschlossen, als er direkt wieder zum Flug ansetzen wollte. Sie ließ ihren Blick auf ihm ruhen und er wurde schon ungeduldig, bis sie sich davon überzeugte, fortzufahren. »Wieso diese Gruppe?«

Seine Lider senkten sich. »Das hatten wir schon, Scarlet«, mahnte er. »Sie dürfen nicht sein, nicht, wenn sie sich uns nicht anschließen.«

»Du nutzt Ressourcen, die wir nicht haben«, argumentierte sie rational dagegen. »Wie willst du das bitte vor *ihm* rechtfertigen?«

»Ich regle das schon mit ihm, *das hier* ist erstmal wichtiger!«

Scarlet stockte. Bonario hatte sie gewarnt. Dass sie diejenige mit dem kühlen Kopf sein würde und ihn lenken müsse. Gegen seine Impulse, sein hitzköpfiges Handeln. Seine Wut hatte ihn schon immer schnell übermannt, aber bisher hatte sie ihn gut händeln können. Aktuell war das war nur alles leichter gesagt als getan.

»Sag, traust du mir das etwa nicht zu?«, hörte sie ihn fragen. Das war sein Ego, aber auch die Angst, ihren Rückhalt zu verlieren.

Und sie wusste, dass sie ihn nicht überzeugen konnte, sie *wusste* es. So tat sie das, was sie so oft tat, im vollen Bewusstsein darüber, dass sie einen komplett anderen Weg einschlagen musste. Sie lächelte, kühl und berechnend. »Na schön, einverstanden. Kümmern wir uns zunächst um die Gruppe.«

Er brummte, doch wirkte erleichtert. »Danke.«

Die Welt liegt uns zu Füßen war etwas, das sie nicht bereit war, aufzugeben. Ihre nächsten Worte klangen kalt, eine Perversion der eigentlich zugrundeliegenden Zuversicht, die normalerweise in ihnen steckte. »Immer doch.«

»Du redest mit *Munter*?!«, stieß Stürmisch verwundert aus. Silver wusste nicht, wie sie so schnell bereits mitten im Eingemachten gelandet waren. Der Weg zu ihrer Höhle war noch eher wortkarg gewesen, eine vorsichtige Annäherung in Form von zwanglosen Fragen. Wie Silvers Junge hießen, ob die beigefarbene Füchsin Stürmischs Gefährtin war. Schließlich ging es dazu über, wie sie die Rotfüchse getroffen hatten, aus welchen Tieren die Gruppe bestand und die wichtigsten Stationen von Silvers Reise. Je mehr sie erzählten, desto mehr griffen sie auf, als wollten sie sofort all die verlorene Zeit aufholen. In der Höhle hätte sie schon kaum einer unterbrechen können.

»Na ja, ich *rede* nicht mit ihm …«, meinte die Silberfüchsin zaghaft und versuchte, ihre seltsamen Treffen mit Munter zu beschreiben. »Er *besucht* mich.«

»Ich will ihn auch sehen!«, protestierte Stürmisch, ein gutartiges Funkeln in seinen Augen. »Sag es ihm das nächste Mal bitte.«

Silver lachte, doch runzelte dann die Stirn. »Du bist nicht überrascht?«

Stürmisch hielt inne, lächelte jedoch behutsam. »Das ist nicht meine erste Berührung mit Übernatürlichem.«

Die Füchsin hob die Brauen. »Nicht?«

Er schüttelte den Kopf. »Ähm, Zarts Mutter. Heart. Sie … kann die Emotionen von anderen spüren.«

Silvers Augen weiteten sich. »Oh, wow.«

Er schnaufte sanft, aber lächelte dabei. »Ja, allerdings. Ich bin nur froh, dass ich es deutlich schlechter mit meiner Schwiegermutter hätte treffen können.«

Silver grinste verschmitzt. »Du scheinst insgesamt einen guten Fang mit Zart gemacht zu haben.«

Er lachte, doch innige Zuneigung spiegelte sich in seiner Miene. »Das ist wahr und zwar nicht nur äußerlich.«

Ihre neckischen Züge traten zurück. Sie war berührt und freute sich aufrichtig für ihn. »Aber noch kein Nachwuchs, was?«

Stürmischs Gesicht verdunkelte sich benommen und Silver wusste augenblicklich, dass sie in eine Wunde gestochen hatte. In dem Zusammenhang konnte es nur eine tiefe und grausame Wunde sein und sie wünschte sich, den Mund gehalten zu haben.

»Zart *war* schwanger«, erläuterte Stürmisch, bevor Silver das Thema wechseln konnte. »Die Jungen wurden tot geboren.«

Entsetzen schlug sich in seiner Schwester nieder. »Das tut mir so leid«, flüsterte sie mitgenommen, voller Trauer für ihn. Kurz darauf schnaufte sie tief aus, Fassungslosigkeit krabbelte in ihr hoch. »Munter hat es mir gezeigt«, wisperte sie ungläubig. »Ich hab es damals nicht verstanden, aber ich hatte einen Traum ... er war so anders als sonst, Munter hat getrauert.«

»Okay, es hört sich doch noch ein wenig verrückt an, wenn du das so erzählst«, kommentierte Stürmisch mit einem hilflosen Halblächeln. Silver vermutete, dass er das Thema mit Zarts Fehlgeburt nicht weiter vertiefen wollte.

»Ich verstehe einiges von Munters Visionen jetzt besser«, führte sie daher weiter aus. »Ich glaube einiges von dem, was er mir in letzter Zeit geschickt hat, hat darauf hingedeutet, dass wir uns wiedersehen.«

»Er hat wohl Spaß dran, dich rätseln zu lassen«, grinste er ihr zu.

Silver stimmte mit ein. »Ich habe keine Ahnung. Ich weiß auch nicht, wie das Ganze funktioniert, ich habe es nur über die Zeit einfach akzeptiert.« Sie zuckte die Schultern. »Womöglich bilde ich mir das alles nur ein.«

»Du hattest schon immer eine blühende Fantasie, aber ich denke, du bist genug rausgewachsen, um das selbst zu beurteilen.« Er neigte ein Ohr zur Seite. »In der Tat muss ich sagen, dass ich abgesehen von deinem Hang zum Übernatürlichem nichts allzu Verträumtes mehr finde.«

Silver zog die Pfote zu sich, verhalten senkten sich ihre Lider. »Es kommt ab und zu noch durch«, meinte sie leise. Und obwohl eine Pause entstand, merkte Stürmisch, dass sie noch etwas hinzufügen wollte. Sie schien zu grübeln, wie sie anfangen sollte. »Ich rutsche in letzter Zeit ... in eine gewisse ... Rolle. Eine Persona.« Sie sah ihn noch immer nicht an, als würde sie kaum wagen, die Worte auszusprechen und auch als hätten sie überhaupt noch nie ihren Mund verlassen. »Manchmal frage ich mich, wer diese Person ist.« Sie seufzte und schien die Worte auch bei sich selbst sacken zu lassen. Schließlich erhob sie wieder ihr Haupt mit wärmeren Zügen. »Ich will Murk nicht brennen sehen«, teilte sie ihm schließlich mit. »Na ja, irgendwie schon ...«, räumte sie augenrollend ein, »aber ... ich will, dass das alles vorbei ist, mehr als alles andere.«

Stürmisch ließ das Bild einen Moment auf sich wirken und konnte ihren Zwiespalt gut nachvollziehen. Trotzdem wollte er das nicht so stehen lassen, wollte ihr beistehen. »Woran denkst du liegt es, dass du ... in diese Persona rutschst?«

Wieder fuhr ihr Blick nirgendwo hin. Nun ja, vielleicht war der verträumte und nachdenkliche Teil von ihr doch nicht verschwunden. »Es ist eine Flucht«, murmelte sie kaum hörbar, wurde dann aber lauter. »Ein Flucht vor meinem Privatleben.« Sie seufzte zögerlich. »Bluefire und ich haben Probleme, die ... sich nicht so ohne weiteres lösen lassen. Ganz ehrlich, manchmal ist es einfacher, sich auf andere Dinge zu konzentrieren.«

»Das tut mir leid.« Stürmischs Tasthaare zuckten. »Aber vielleicht regelt es sich auch einfacher, wenn wir die Sache mit den Schatten überstanden haben. Zart und ich hatten auch unsere Tiefen. Auch nach der Fehlgeburt hatte ich Zweifel, ob wir das durchstehen würden. Es gab da noch so einige andere Sachen.«

»Hört sich für mich aber eher so an, als würden eure Probleme von außen kommen und hätten eigentlich nichts direkt mit eurer Beziehung zu tun.«

Stürmischs Ohr klappte zur Seite. Damit hatte sie gar nicht so unrecht. Auch das Wind-Debakel war ein Einfluss von außen gewesen. »Und bei dir und Bluefire ist das nicht so?«

Wieder senkte sich ihr Kopf. »Nein«, bedauerte sie leise. »Das sind ganz allein wir.«

Der Rüde wusste nicht, welcher Art ihre Probleme waren, doch er weigerte sich zu glauben, dass es keine Lösung dafür gab. »Mag sein, dass das und die zusätzlichen Probleme mit den Schatten zu viel auf einmal sind, aber eines kann ich dir sagen. Wenn ich dich sehe, sehe ich keine ›Persona‹. Ich sehe *dich*. Eine unheimlich selbstbewusste und starke Persönlichkeit. Ich glaube, du kannst so ziemlich alles regeln. Alles zu seiner Zeit.«

Sie lächelte ihn zaghaft an, doch es steckte voller Dankbarkeit. Das ganze Gespräch war so offen und aufrichtig und auch sie fühlte sich, als könne sie sich komplett öffnen. Das tat unbeschreiblich gut. Ihre nächsten Worte kamen beinahe gebrochen, als könne sie nicht glauben, dass sie das Leben so belohnen könne. »Es ist, als wäre ich nie fortgegangen«, schluckte sie berührt und hoffte, er verstand.

Er erwiderte das Lächeln. »So wird es immer sein, Silver.«

Ihre Mundwinkel zogen sich noch stärker nach oben und sie nickte zustimmend.

»Gut, du bist hier«, ertönte Vinous' Stimme, als er in den Bau gehüpft kam, doch er bremste augenblicklich, als er Stürmisch erblickte. »Ähhmmm.«

»Das ist mein Bruder«, erklärte sie einfach.

»Oo*kay*?« Er wusste selbst nicht, ob das eine Frage war. »Kann ich davon ausgehen, dass er unsere Situation kennt?«

»Er wird dich nicht fressen, wenn du das wissen willst.«

»Na, das ist doch schon einmal beruhigend. Komm mit raus, die meisten sind da.« Er wartete nicht, bevor er wieder zurücksprang.

»Los geht's«, stieß sie aus und stellte sich auf alle Viere. Der Rüde tat es ihr gleich und sie wanderten gemeinsam nach draußen.

Draußen fanden sich außer Vinous noch Bluefire, Dry und Own wieder. Der Marder stieß gerade dazu.

»Also alle einmal aufgepasst«, fackelte Vinous nicht lange. »Auch wenn ihr es zum Teil schon mitbekommen habt, hier noch einmal offiziell: Offenbar planen die Adler, Beutetiere zu vergiften, um so auch Fleischfresser zu eliminieren. Noch scheint es nicht umgesetzt zu sein, aber das kann sich schnell ändern.«

»Auch wenn das einfach nur krank ist«, warf Dry wie nebenbei ein, »bin ich doch gerade echt froh, kein Fleischfresser zu sein.«

»Dry«, kam es trocken vom Marder. »Dir ist schon klar, dass du ein Beutetier bist.«

Die Augen des Feldhasen wuchsen mit steigender Erkenntnis und Ernüchterung. Own amüsierte sich unterdessen über seinen plötzlichen Blick ins Leere.

»Das ist aber noch nicht alles, oder?«, fuhr der Marder fort. »Du hast was von einem Verräter erzählt.«

Silver erspähte plötzlich Crass aus den Augenwinkeln und schaute sofort wieder weg, kurz auf einen Busch fixiert. Sie konnte nicht wirklich nachvollziehen, wieso, aber seine Verbindung mit Murk versetzte sie noch immer in Rage. Es war nur halb berechtigt, das wusste sie. Aber sie könnte niemals aufhören, Murk zu hassen für das, was er getan hatte, und Crass hätte das nicht verheimlichen dürfen.

Auch Vinous (und nach und nach jeder Anwesende) hatte ihn bemerkt, redete aber trotzdem weiter. »Richtig«, bestätigte er die Aussage des Marders. »Murk wusste von unserer Spionage-Aktion. Jemand hat es ihm erzählt.« Seine Stimme wurde gedeckter, vorsichtiger, wohl wissend, was seine Worte bewirken würden. »Ich habe derzeit Docile in Verdacht.«

Owns Ohren waren augenblicklich gespitzt, ihre hellblauen Augen aufgerissen. »Was?«, kam es knapp, absolut sicher, dass sie sich verhört haben musste.

»Was ist mit Slide?«, erkundigte sich Crass.

»Ich schließe nichts aus«, lautete Vinous' Antwort. »Aber ich fand ...«, er zögerte, »Docile schon länger verdächtig. Oder sagen wir auffällig.« Er zeigte plötzlich bestimmt auf den Fuchswolf. »*Du* bist aber auch noch nicht aus dem Schneider, mein Freund.«

»*Was?*«, fragte Own nun energischer, Panik flutete mit einem Mal all ihre Sinne.

Crass zog lediglich die Augen zu Schlitzen, als er das Eichhörnchen begutachtete. »Bei der ersten Gelegenheit, die sich mir bietet – fresse ich dich.«

»Leute, WAS?!«, schrie sie plötzlich, ihr Herz trommelte gegen ihren Brustkorb, sie war einen Schritt nach vorne gesprungen.

Vinous schluckte. »Slide hat ihn gesehen.« Er zögerte, wurde leiser, war aber immer noch bestimmt. »Er ist in das Adler-Gebiet gelaufen.«

»Mooo-ment«, wandte nun auch der Marder mit erhobenen Händen ein und erlaubte sich in diesem Moment, für Own einzutreten. »Du redest hier von Slide, einem Kerl, den wir nicht kennen. Ich würde die Quelle dieser Info einfach mal in Frage stellen.«

»*Kennen* wir denn Docile?«, murmelte das Eichhörnchen.

»*Ich* kenne ihn«, erwiderte Own nun energisch.

»Tust du das? Wirklich, Own?« Vinous verschränkte die Arme. »Was hat er dir von seiner Vergangenheit erzählt? Von seiner Verbindung zu den Schatten? Wir wissen *nichts*.«

»Ich weiß, dass sie ihn zwingen wollten, für ihn zu arbeiten und er dann abgehauen ist«, schoss sie sicher zurück.

Vinous schaute sie mit einer Mischung aus Mitleid und Endgültigkeit an. »Was, wenn er es nicht ist?«

Own wollte etwas erwidern, doch die Worte blieben ihr im Hals stecken. *Was, wenn nicht?* Sie redeten hier von Docile. Und egal, wie sehr sie ihn liebte, er drehte die Fahne gerne nach dem Wind. Trotzdem spürte sie ihren Kopf schütteln. »Nein. Er würde uns nicht verraten, er würde *mich* nicht verraten.«

»Wir müssen ihn zur Rede stellen«, meldete sich Silver zu Wort und es schmerzte sie, das zu sagen. Noch mehr schmerzte es sie, dabei in Owns verletztes Gesicht zu sehen. Doch es gab keine andere Möglichkeit. »Wenn er kein Verräter ist, wird sich auch genau das herausstellen.«

»Er ist es nicht«, schnappte Own bestimmt. Ob sie die anderen davon überzeugen wollte oder sich selbst, wusste die Silberfüchsin nicht.

»Dann werden wir ihn auch nicht an den Pranger stellen«, antwortete sie wie selbstverständlich.

»Hast du Slide gesagt, er soll den Wald die nächsten Tage nicht verlassen?«, meldete sich Crass wieder zu Wort und Silvers Ohren flatterten angespannt auf.

»Ich habe mich nach seinen Plänen erkundigt«, nickte Vinous. »Ich hatte nicht den Eindruck, er wolle irgendwo hin. Aber ... nun ja ... es ist Slide.« Er zuckte die Schultern.

»Wir sollten überlegen, wie wir verhindern, vergiftet zu werden«, schnitt Bluefire das nächste Thema an und wandte sich an den Fuchswolf. »Gibt es irgendwas in der Nähe, das sie benutzen könnten?«

Crass' Brauen schossen nach oben. »*Gift*? Nein, daran würde ich mich garantiert erinnern.«

Ein Räuspern lenkte die Aufmerksamkeit auf Stürmisch. Er hatte sich im Hintergrund gehalten und kam jetzt erst aus dem Gang der Höhle. »Vielleicht kann ich da helfen«, kam es zögerlich, während er hervortrat. »Wir sind auf unserem Weg hierher über was gestolpert. Ein Gebäude, eine Art Bunker. Von den Menschen. Es muss eine Pelzfarm oder etwas dergleichen gewesen sein.« Er schluckte. »Es war kein schöner Anblick. Auf jeden Fall waren dort auch viele Fässer und seltsam riechende Substanzen. Ich wäre nicht scharf drauf, da wieder hinzugehen, aber für mich hört es sich so an, als wäre das unser einziger Anlaufpunkt.«

»*Unser*?«, ertönte Crass' ungläubige Stimme. »Hab ich was nicht mitgekriegt, wer zum Teufel bist du?«

»Oh, richtig«, sammelte sich der silberne Rüde. »Hi, ich bin Stürmisch. Silvers Bruder.«

Silver hatte schon gar nicht mehr auf dem Schirm gehabt, dass es ungewöhnlich war, Stürmisch hier zu haben. Sie war selbst überrascht, wie selbstverständlich das für sie war. Der Marder musste es Own und Dry erzählt haben, denn sie wirkten nicht sonderlich überrascht.

»Füchsilein?«, drang seine Stimme zu ihr durch. Es dauerte einen Moment, ehe sie sich dazu überreden konnte, ihn anzusehen. Er wartete auf eine Erklärung.

»Meine Familie hat mich gesucht und gefunden«, antwortete sie nüchtern. »Ist gerade erst ein paar Stunden her und kommt für mich genauso überraschend wie für alle. Keine Angst, sie sind nicht in deinem Wald. Stürmisch ist nur zu Besuch.« Crass wirkte verblüfft, aber bevor er etwas erwidern konnte, wandte sich Silver schnell an ihren Bruder. »Ich sehe das genauso«, stimmte sie zu. »Das mit dem Anlaufpunkt. Ich finde, der Bunker klingt vielversprechend. Wenn irgendwo Gift ist, dann da, oder?«

Vinous war derjenige, der antwortete. »Zumindest spielen wohl Chemikalien eine Rolle«, wirkte er nachdenklich.

Silver musterte ihn. »Weißt du mehr darüber, was da passiert?«

Er atmete tief durch. »Ich weiß, dass die Felle ... *nachdem* sie abgezogen wurden, mit Chemikalien bearbeitet werden. Teils mit flüssigen Chemikalien, diese sind wahrscheinlich in den Fässern. Ich frage mich nur, warum das jemand trinken sollte.«

»So oder so, sollten wir einfach alle Behälter mit Chemikalien umwerfen«, schlug Bluefire vor.

»Du hast gesagt, der Bunker ist von den Menschen«, hakte sich der Marder ein, »aber hast du auch welche gesehen?«

Stürmisch schüttelte den Kopf. »Er scheint nicht wirklich verlassen zu sein, aber es scheinen auch nicht permanent Menschen dort zu sein.« Er suchte wieder Silver. »Ich sollte mit meinen Leuten reden. Klarstellen, ob sie alle helfen. Mutter und Vater werden auf jeden Fall dabei sein. Wenn es okay ist«, sein Blick fiel auf Crass, »kommen wir her und bereden gemeinsam, wie wir vorgehen. Jemand von uns muss euch den Bunker zeigen.«

Der Fuchswolf seufzte, aber Silver hatte keine Zeit für diese Art von Debatte. »Ich bürge für meine Familie«, stellte sie daher klar.

»Und ich bürge für die Rotfuchsfamilie, mit der wir hergekommen sind«, schloss sich Stürmisch an.

»Das klingt ja wirklich *super*«, kam es sarkastisch. »Aber meinetwegen, wir treffen uns am *Rand* des Waldes.«

Stürmisch stand direkt auf. »Die die mitmachen, kommen bei Anbruch der Dämmerung an die Fichtenreihe.« Crass nickte einmal und Stürmisch lächelte Silver nochmal versichernd zu, bevor er sich auf den Weg machte.

»Ich möchte wirklich nicht darauf herumreiten«, ergriff Vinous wieder das Wort, »aber wir müssen uns auf die Suche nach Docile machen.«

Own rauchte geradezu. »In der Tat, das müssen wir.« Ohne abzuwarten sprang sie los.

»Äh«, stammelte Dry perplex. »Also gut, ich würde sagen, wir teilen uns auf. Ich geh mit Own.« Auch er sprang los, um der Häsin überhaupt hinterherzukommen.

Vinous' Blick fiel auf die Meute. »Dann gehe ich mal in den Westen des Waldes.«

Bluefire stand auf. »Ich begleite dich.«

»Ich such im Norden«, meinte der Marder schnell.

»Also schön, ich such den übrigen Teil ab«, stimmte Silver zu und sie alle liefen zielstrebig los. Die Füchsin hoffte, dass sich ihre Vermutung nicht bestätigte, aber Crass trat an ihre Seite. »Können wir reden?«, fragte er.

»Wir sind grad alle ein wenig beschäftigt, Crass«, lehnte sie ab, ohne ihn anzuschauen.

»Füchsilein«, mahnte er sogleich.

»Wenn es um meine Familie geht, ich wusste nicht, dass sie kommen, okay? Ich hab es immer noch nicht verarbeitet, dass sie überhaupt hier sind, aber wie ich schon sagte, du musst dir keine Sorgen machen, dass sie deinen Wald besiedeln.«

»Ich hab nicht mit Murk konspiriert«, ignorierte er einfach ihr Ablenkungsmanöver und traf damit genau ins Schwarze.

Silver ärgerte sich darüber, dass sie das aus dem Konzept brachte. Sie schluckte hart. »Okay. Schön«, schnappte sie schließlich, stoisch weiter geradeaus laufend.

»Murk ist krank und ich würde ganz gewiss niemals mit ihm zusammenarbeiten. Zumal ich weiß, wozu er im Stande ist.«

Er musste aufhören zu reden, die Füchsin spürte, wie die Wut in ihr hochschoss. So hielt sie abrupt an und sah ihm das erste Mal in die Augen. »Du musst mich nicht überzeugen, Crass. Du bist mir nichts schuldig. Und es ist ja nicht so, als würde es dir oder mir etwas bedeuten.«

Oh wow. Es hatte wirklich nicht in ihrer Absicht gelegen, dass es dermaßen nach dem genauen Gegenteil klang. Sie wandte sich sofort ab und trabte zügig weiter. Crass folgte ihr nicht. Anscheinend hatte das auch den Rüden sprachlos gemacht und dafür war sie gerade sehr dankbar.

Die Rot- und Silberfüchse suchten sich wie versprochen ein Stück Wald außerhalb von Crass' Revier. Sie mussten nicht weit laufen, bis sie einen Ort fanden, der seinen Zweck erfüllen würde.

Kühl schaute sich einmal rund um. »Das sollte es tun für den Anfang. Der Bach führt auch noch hier vorbei und es scheint genug Schutz zu geben.«

»Mir gefällt's hier nicht«, ertönte Whitestars Stimme, sie war entschlossen. Sie war seit sie Silver verlassen hatten, auffällig ruhig gewesen. Sie hatte, soweit er sich erinnerte, überhaupt kein Wort verloren.

Kühl blinzelte. »Bitte?«

»Du hast nicht immer in allem recht, Kühl!«, bellte sie plötzlich. »Und du solltest aufhören, dich so zu verhalten.«

Der Rotfuchs starrte, als wisse er nicht, wie es um ihn geschah. »Okay, habe ich hier irgendwas verpasst?«

»Du hast Silver behandelt, als wäre sie der Feind!«, stieß sie schließlich aus. »Unterstellt, sie gehöre zu den Schatten!«

Es dauerte scheinbar noch immer einen Moment, ehe er im Stande war zu antworten. »Silver lebt nunmal mit anderen Tierarten zusammen – was nicht ganz normal ist.«

»Bezeichne meine Tochter gefälligst nicht als abnormal!«, schimpfte sie empört.

»Okay, Auszeit ihr zwei«, schritt Sage ein. »White, Kühl hat nie gesagt, Silver sei abnormal. Er sagt nur, dass die Gesellschaft, in der sie lebt, nicht den Normen entspricht. Und Kühl. Du solltest wirklich etwas weniger passiv-aggressiv an die Sache herangehen, damit machen wir uns keine Freunde.«

»Ich darf ja wohl skeptisch sein, wenn die Gruppe, in der sie lebt, genauso wie die Gruppe aussieht, die uns aus unserem Zuhause vertrieben hat.«

»*Kühl*«, mahnte der Silberfuchs.

»Ja, schon gut«, lenkte der Rotfuchs ein mit einer kurzen Kopfbewegung in die Ferne. »Ich wollte deine Tochter nicht angreifen, Whitestar. Ich werde da offener rangehen. Aber du musst auch verstehen, dass die Erfahrungen mit Rank und den Schatten nicht gerade vertrauensfördernd waren.« Der Rotfuchs wartete einen Augenblick, doch sie starrte lediglich zurück. Er deutete ein versöhnliches Lächeln an. »Ist der Ort hier jetzt in Ordnung?«

Es brauchte einen Moment, bis sich die Schneefüchsin bewegte. »Nein«, schmollte sie und wendete sich ab. »Aber dann bleiben wir halt«, ließ sie noch verlauten, während sie davon schritt.

Heart warf einen kurzen Blick auf ihren Gefährten mit dem Ansatz eines Lächelns und folgte dann der hellen Füchsin.

Sie liefen nicht weit und Whitestar spürte schon wie sich ihre Artgenossin näherte. »Ist schon okay, Heart. Ich hege keinen Groll, ich bin nur ... unter Strom.«

»Das war ja auch nicht gerade eine alltägliche Begegnung. Plus, wir leiden alle unter Schlafmangel.«

Whitestar schnaufte grinsend. »Richtig.«

Heart wartete, bis sich ihr Gegenüber auf sie fokussierte. »Ich rede mit Kühl. Denn ich spüre keinerlei feindliche Absichten, weder von Silver noch von den anderen Mitgliedern ihrer Gruppe, die dort waren.«

Ihre warme Sicherheit wirkte in diesem Moment unglaublich beruhigend auf Whitestar und sie fühlte förmlich, wie ihr Blutdruck sank. Sie war voller Erleichterung, von der sie bis eben nicht wusste, dass sie sie nötig hatte. Hatte sie ebenfalls Zweifel gehabt? »Danke«, hauchte sie aufrichtig, doch fühlte sich im nächsten Moment, als bräuchte sie zwei Tage lang Schlaf.

»Keine Ursache«, bestätigte Heart sanft.

Einige von ihnen nutzten die Gelegenheit tatsächlich, um sich auszuruhen. Nach einer schnellen Jagd holte so ziemlich jeden die körperliche Anstrengung der letzten Zeit ein. Es war Stürmischs Auftauchen, das wieder Schwung in die Gruppe brachte. Whitestar sprang auf und lief auf ihn zu. »Und?«

Ihr Gegenüber konnte nicht anders als lächeln. »Es ist so schön, sie wiederzusehen«, wisperte er und Whitestars Lächeln ließ ihre Augen aufleuchten.

Zart kam hinzu und lehnte ihren Kopf an seinen, was dieser erwiderte.

»Es gibt jedoch einiges zu besprechen«, fuhr er fort. »Und Entscheidungen zu treffen.«

Kühl trat hervor. »Dann lass mal hören.«

Stürmisch atmete einmal durch. »Die Schatten planen Silvers Gruppe umzubringen, indem sie Beutetiere vergiften. Ich schätze, es endet für Fleisch- und Pflanzenfresser gleichermaßen schlecht. Sie hatten keine Idee, woher die Schatten das Gift nehmen könnten, aber mir kam da ein Gedanke.« Er sah mit verzogenem Mund erwartend in die Runde.

»Der Bunker.« Cunning war der erste, der diese Erkenntnis aussprach.

Stürmisch nickte. »Sie wollen wissen, ob ihr euch dem Kampf anschließt. Wenn ja, wir treffen uns an den Fichten bei Anbruch der Dämmerung. Jeder kann das für sich entscheiden. Aber es sollte klar sein, dass *ich* mich ihnen definitiv anschließe.«

»Bei mir auch keine Frage«, schloss sich Whitestar sofort an.

»Zähl mich dazu«, ergänzte Sage.

»Wie du schon sagtest«, meinte Zart ruhig, Wärme in ihren Augen. »Wenn es einen Weg gibt, die Schatten aufzuhalten? Sag mir, wie ich helfen kann.«

Stürmisch strahlte sie voller Dankbarkeit an, doch eine andere Stimme unterbrach die Euphorie. »Moment mal«, hielt Wind sie zurück. »Ist das nicht alles etwas überstürzt? Wir stolpern hier von einem Krieg in den nächsten.«

Wieder entstand eine Pause, ehe Zart antwortete. »Es ist immer derselbe Krieg«, meinte sie bedächtig. »Wir sind einer Schlacht entkommen, nicht dem Krieg.«

Entgeistert starrte Wind zurück, doch Cunning ergriff das Wort. »Aber Wind hat schon recht, wir müssen uns klar sein, was das bedeutet. Ich sage nicht, wir sollten es nicht tun, aber es ist gefährlich. Wir haben gesehen, zu was die Schatten im Stande sind.«

Wieder ließen alle einen Moment die Worte einsinken. Kühls Seufzer lenkte die Aufmerksamkeit auf ihn. »Du hast recht Stürmisch, jeder muss das für sich entscheiden.« Sein zu Boden gerichteter Blick wanderte hoch. »Aber die Schatten haben uns unser Zuhause weggenommen. Das ist auch unser Krieg. Und ich werde alles mir Mögliche tun, um ihn zu gewinnen.«

Stürmischs Lippen formten ein Lächeln. »Danke Kühl. Aber du musst das nicht tun, wenn du dich mit ihnen nicht wohl fühlst. Falls es dich aber beruhigt, ich habe einige von ihnen kennengelernt und ich glaube, dass es das Richtige ist.«

Kühl schmunzelte. »Deine Mutter hat mich schon darauf hingewiesen, dass ich bei unsrem Zusammentreffen etwas zu schroff war. Und scheinbar war die Rüge nicht ganz zu Unrecht.« Er atmete einmal durch, das Amüsement trat zurück, in seinen Ausdruck fuhr aufrichtiger Respekt. »Ich traue deinem Urteil, Stürmisch«, ließ er ihn wissen. »Wenn du sagst, dass man ihnen trauen kann – glaube ich dir.«

Der junge Silberfuchs sah ihn dankbar an und brachte ein festes Nicken zustande.

Wind betrachtete den Austausch mit ganz anderen Emotionen. Ein Prickeln durchfuhr seinen Pelz und er musste sich abwenden. Das Problem war, dass er immer noch starrte. Das Lächeln seines Vaters war voller Vertrauen und gar Wärme. Und es galt Stürmisch.

Irgendwie taub drehte sich sein Körper zur Seite und er entfernte sich von den anderen. Er hatte keine Ahnung, ob sie ihn bemerkten, aber das war ihm im Moment auch egal. Und wenn er nicht mitbekam, wie sie aufbrachen, sollte ihm das auch recht sein. Er wusste ohnehin noch nicht, ob er an der Sache teilhaben wollte.

»Wenn wir rechtzeitig da sein wollen, müssen wir eigentlich schon los«, fuhr Kühl fort.

»Ich weiß«, stimmte Stürmisch zu. »Aber ihr geht am besten ohne mich vor, ich hab seit gestern nichts gegessen und falle um, wenn ich nicht etwas in den Magen bekomme.«

Sage nickte ihm zu. »Mach dir keine Sorgen, wir ziehen alle am selben Strang.«

Der junge Fuchs lächelte. »Mach ich nicht«, versicherte er ihm.

»Also schön, brechen wir auf«, forderte Whitestar sie alle auf.

Zart trat an Stürmisch heran und schenkte ihm einen Blick voller Zuwendung und Unterstützung. Er erwiderte ihn. »Ich liebe dich«, formte er mit den Lippen ohne Ton und Zarts Mundwinkel zogen sich nach oben. »Pass auf dich auf«, flüsterte sie ihm zu. Er presste seine Stirn an ihre, bevor sie zu Whitestar lief.

Kühl wandte sich an seine Gefährtin, die noch immer sitzend im Gras verharrte. Er hob fragend die Brauen. Sie legte den Kopf zur Seite. »Sollte nicht jemand dableiben?«

Entgeistert blinzelte er zurück. »Ich will dich dabeihaben, Heart«, betonte er. *Gerade dich.*

Cunning klinkte sich ein. »Ich glaube nicht, dass Wind scharf drauf ist, mitzugehen. Ich rede mit ihm.« Heart schien einen Moment zu überlegen, dann nickte sie. Cunning wandte sich nochmal an Stürmisch, ehe dieser losziehen konnte. »Hey«, sagte er sanft, etwas abseits. »Du wirkst glücklich und gelassen.«

Der Silberfuchs konnte nicht anders als grinsen. »Ich hab immer noch das Gefühl, als würde ich jeden Moment aufwachen. Es ist unglaublich, dass das hier die Realität ist.« Er stockte mit nachdenklichem Blick zur Seite. »Wenn man mal die Sache mit den Schatten außer Acht lässt.«

Cunning schmunzelte. »Ich freue mich für dich, ehrlich«, sagte er aufrichtig. »Ich bin gespannt drauf, sie kennenzulernen. Und dass sie mir alte Geschichten über dich erzählt.« Er zwinkerte ihm keck zu.

Stürmisch lachte. »Du bist der Beste, weißt du das?«

Er zuckte abtuend die Schultern. »Klar.«

»Ich meinte, was ich vorhin gesagt habe, weißt du«, fuhr Stürmisch fort. »Ich mache mir keine Sorgen. Nicht nur weil meine Eltern dabei sind. Sondern auch weil *du* dabei bist. Um ehrlich zu sein, wenn ich jemandem ein Händchen für diplomatische Verhandlungen zutraue, dann dir.«

Cunning wusste, dass er damit viele Themen anschnitt. Sein Vertrauen in ihn, ihre Freundschaft, aber auch wie er momentan die Sache zwischen ihnen und Wind handhabe. Auch wenn Stürmisch Wind niemals vertrauen oder vergeben würde, so respektierte er doch Cunnings Souveränität und Balanceakte in der Sache.

»Was, traust du deiner Mutter nicht das Feingefühl zu?«, scherzte der Rotfuchs aber stattdessen. »Oder meinem Vater?«

Der Silberfuchs grinste laut. »Ich würde sagen, sie haben so ihre Momente. Auf jeden Fall sind beide sehr dickköpfig.«

Cunning schmunzelte ihm zu. »Geh in Ruhe auf die Jagd, Stürmisch. Wir sehen uns nachher.«

Der silberne Rüde nickte und verabschiedete sich, während sich der Rotfuchs bereits nach seinem Bruder umschaute. Er fand ihn etwas abseits, doch er war nicht weit gegangen. Er lag am Boden, den Blick zähneknirschend ins Leere. »Alles okay bei dir?«

Winds Augen hangelte sich langsam zu Cunning hin. Er zögerte mit der Antwort. »So wie immer«, erwiderte er schließlich und fand, dass das noch nicht mal gelogen war.

Sein Bruder stellte sich direkt vor ihn. »Seh ich das richtig, dass du dich uns erstmal nicht anschließt? Zumindest nicht für dieses Treffen?«

Wind unterdrückte ein Seufzen. »Wie ich schon sagte, ich bin nicht scharf drauf in ... die nächste *Schlacht* zu geraten«, zitierte er ironisch. »Ich bin mir nicht sicher, ob ich dafür mein Leben riskieren will. Also nein, ich sehe mir erst mal an, wie sich alles entwickelt.«

Cunning grinste unterschwellig, doch er war alles andere als überrascht. Das war nun mal Wind. Bedacht, kalkulierend – im Prinzip ja keine schlechten Eigenschaften, solange es nicht zu eigennützig wurde.

»Kann ich verstehen, ehrlich«, gestand er und Wind schaute mit einer Mischung aus Verwunderung und Argwohn zurück. Trotzdem war er zurückhaltend, alle seine Reaktionen träge, als wäre er mit den Gedanken noch ganz woanders. Aber gut, dafür war später auch noch Zeit. Jetzt mussten sie erst einmal losziehen. »Also schön, wir machen uns auf den Weg. Halte du die Stellung.«

Wind sah seinen Bruder mit gesenkten Lidern an. Als gäbe es hier eine Stellung zu halten, sie waren nur vorübergehend hier. Doch Cunning zwinkerte nur grinsend zurück, so zogen sich auch Winds Mundwinkel zu einem schiefen Lächeln hoch. Er beobachtete, wie sein Bruder davonlief, zu den anderen, um die Welt zu retten oder was auch immer. Der Rüde seufzte genervt und schaute in die Ferne.

Es würde nicht funktionieren. Stürmisch und er Seite an Seite, das würde niemals klappen. Aber warum musste *er* gehen? Warum konnte *Stürmisch* nicht einfach verschwinden? Immerhin war es der Silberfuchs, der *ihn* mitten im Getümmel angegriffen hatte und nicht andersherum. Und zwar ohne direkte Provokation. Wetten, dass er dieses kleine Detail niemandem gegenüber erwähnt hatte? Das würde ja, Gott behüte, ein schlechtes Licht auf ihn werfen.

Und hatte sich sein Vater eigentlich einmal bei ihm bedankt für seine Unterstützung? Oder einer der anderen? Nein, als Dank wurde er von Stürmisch angefallen. Und von seinem Vater bekam er nichts als misstrauische Blicke.

Aus den Augenwinkeln sah er plötzlich ein kleines pelziges und ... *silbernes* Etwas. Verblüfft starrte er auf die Füchsin vor seiner Nase, den Kopf erhoben mit geschauspielter Bravour – denn hinter ihren Augen versteckte sich deutliche Unsicherheit. Er musste leicht grinsen. »Du bist Silvers Tochter, richtig?«

Die Kleine nickte.

Wind legte den Kopf schief. »Wie kommst du hier her?«

Plötzlich grinste sie recht stolz. »Ich bin Stürmisch gefolgt.«

Seine Lider zogen sich zusammen, ohne dass sein eigenes Grinsen abflachen würde. »Na wenn das mal nicht draufgängerisch war«, kam es süffisant. »Und jetzt?«

Ihre Ohren flatterten auf. »Ich wollte sehen, wie es hier aussieht. Und sehen, wer ihr seid.«

»Den Großteil hast du gerade verpasst.«

Ihr rechtes Ohr klappte zur Seite. »Wie heißt du?«

»Wind«, antwortete er einfach. Er wusste, dass er sie zurückschicken musste. Stürmisch konnte die anderen sonst womöglich davon überzeugen, dass er sie entführt hatte. »Du solltest wieder umkehren, Kleine. Wieder nach Hause.«

Sie plusterte sich empört auf. »Ich habe einen Namen! Nenn mich Brisk.«

Sein Grinsen war aufrichtiger, aber immer noch amüsiert. Sie hatte tatsächlich etwas sehr Einnehmendes an sich. »Brisk«, ließ er den Namen auf seiner Zunge schmecken. »Tut mir sehr leid, Brisk.«

Ihr Schmollmund verschwand. »Schon gut.« Sie tapste zufrieden an ihm vorüber und ließ ihren Blick schließlich über die Umgebung schweifen. »Mama und Papa lassen mich nicht an den Versammlungen teilhaben. Aber ich verstehe mehr, als sie mir zutrauen.«

Er beobachtete, wie sie ihm den Rücken zugewandt dastand. »Vielleicht wollen sie dich ja nur schützen.«

»Das hat meinem Bruder auch nicht geholfen. Er ist blind, weil ihn ein Adler angegriffen hat.«

Wind presste kurz die Lippen aufeinander. »Ist mir aufgefallen«, meinte er sanft. »Tut mir leid.«

Sie seufzte kaum hörbar, ehe sie sich plötzlich wieder umdrehte, zu ihm lief und sich direkt vor ihn setzte. »Und jetzt? Was machen wir jetzt?«

Stockend hatte er die Wangen kurz aufgeblasen. »Du solltest jetzt wieder heim, das machst *du* jetzt.«

Ihre Augen wuchsen enttäuscht. »Und wenn mich jemand sieht?«

»Hättest du daran nicht vorher denken sollen?«, zog er sie auf. Sie wirkte genervt und er musste lachen. »Du hast es bis hierhin geschafft, ohne dass es jemand bemerkt hat. Ich bin mir sicher, du schaffst es auch wieder zurück.«

»Bleibt ihr denn hier?«, ignorierte sie seine Aufforderung.

Sein Blick fiel zu Boden. »Dein Onkel und deine Großeltern werden mit Sicherheit bleiben. Der Rest bestimmt auch.«

Brisk blinzelte. »Und du?«

Er sah durchaus überrascht hoch, doch konnte das anerkennende Grinsen nicht stoppen. »Mal sehen.«

Sie legte den Kopf schief. »Magst du es hier nicht? Oder magst du die anderen nicht?«

Es verschlug ihm für einen Moment die Sprache. Doch sie wirkte unschuldig und aufrichtig neugierig. Sie hatte keine Ahnung, dass sie ins Schwarze getroffen hatte, auch wenn sie seine nonverbale Gestik unbewusst aufgeschnappt haben musste. »Ich weiß noch nicht, ob es mir hier gefällt«, entschied er sich keine eindeutige Antwort zu geben.

Sie zuckte die Schultern. »Ich weiß auch nicht, ob es mir hier gefällt. Oder ob ich die anderen mag. Sie sollen meine Großeltern sein, aber ich kenne sie gar nicht.«

»Du wirst sie kennen und lieben lernen«, entgegnete er trocken, bevor er seufzte. »Brisk«, bat er kopfschüttelnd. »Du musst heim. Sie werden sich Sorgen machen.«

»Sehen wir uns wieder?«

»Keine Ahnung, *Kleine*«, neckte er mit Absicht und sie rümpfte tatsächlich die Nase. »Du kennst mich doch auch nicht.«

»Ich kenn dich doch jetzt schon besser als die anderen. Hey!«, rief sie plötzlich aus, als hätte sie eine Erkenntnis. »Du kannst mir doch ein bisschen was über sie erzählen.«

»Hör auf, die Sache rauszuzögern«, grinste er wissend.

Trotzig schaute sie zu Boden. »Na schön«, murmelte sie geschlagen und trabte langsam davon. »Bis bald«, sagte sie noch als wäre es selbstverständlich, dass sie sich wiedersahen. Obwohl Wind den Kopf schüttelte, musste er dennoch darüber lächeln.

Der Marder fand sie vor dem Eingang zu ihrer Höhle, anscheinend war sie gerade fertig mit Essen. Bronze nahm ihn zunächst gar nicht wahr und für einen kurzen Moment wollte er den Schwanz einziehen und sich einfach wieder verdrücken. Aber er würde sich selbst danach nur noch als Feigling bezeichnen.

Die Entscheidung wurde ihm ohnehin genommen. Sie drehte sich um und stockte überrascht, als sie ihn sah.

Er lächelte leicht. »Hi.«

»Ääh ... hi?«, machte sie verwundert.

»Wir hatten eine Versammlung, aber ich konnte dich nicht finden.« Er deutete auf die Nahrungsreste. »Offensichtlich, weil du draußen warst.«

»Ja, ich war jagen. Ist was passiert?«, fragte sie sofort besorgt. »Ich hab vorhin Slide gesehen, aber er war so schnell verschwunden. Geht es Vinous gut?«

»Sie sind beide zurück«, nickte der Marder. »Komm mit, ich bring dich auf den neusten Stand. Nebenher müssen wir aber Docile suchen.«

Bronze war nicht verwundert, sie war *geschockt*, als der Marder sie einweihte. Sie merkte zunächst selbst nicht, wie sie zum Stillstand kam. Ihr in Gedanken versunkener Blick richtete sich wieder auf ihr Gegenüber. »Was sagt Own dazu?«

Seine Lider senkten sich mitgenommen. »Sie will nichts davon hören.«

Es dauerte, bis Bronze etwas erwiderte. »Glaubst du, dass er es ist?«

Er seufzte tief. »Ich weiß es nicht, ich weiß gar nichts. Ich weiß, dass wir ihn finden müssen und dass wir verhindern müssen, dass sie uns vergiften.« Er starrte grübelnd nach oben. »*Und* dass wir uns bei Einbruch der Dämmerung mit Silvers Familie treffen müssen.«

Bronzes Augen wuchsen um das Doppelte, sie huschte an ihn heran, die Hand ausgestreckt, um an seinen Arm zu greifen. »Silvers *Familie*? Hatten die sich nicht schon vor Ewigkeiten getrennt?«

»Jap, aber sie sind wieder da. Mit einer Rotfuchsfamilie als Begleitung, wie's aussieht. Sie wurden vertrieben. Von den Schatten. Den Mist kann sich keiner ausdenken, was?«

Ihre Augen suchten ihn ab. »Wie geht es Silver dabei?«

Er schüttelte den Kopf. »Wir hatten noch nicht wirklich Gelegenheit zu reden. Ihr Bruder kam mit zu uns, aber die alle bleiben prinzipiell außerhalb des Wäldchens.«

»Oh Mann«, stöhnte sie und strich sich mit beiden Händen übers Gesicht. »Einmal kurz weg und schon ändert sich alles – *drastisch*.«

Er grinste sie das erste Mal an. »Wie sich das Blatt wenden kann. Diesmal kann ich *dir* das Neueste vom Neuen berichten.«

Sie rollte die Augen, doch lächelte. »Lass es dir nicht zu Kopf steigen«, befahl sie, während sie an ihm mit erhobenem Finger vorbeilief.

Er sah schmunzelnd hinterher, doch wandelte sich seine Stimmung wieder in Sorge und – Angst. »Bronze«, hielt er sie zurück und sie hörte es in seiner Stimme. »Ich ...«, startete er, aber wagte es kaum, die Worte auszusprechen, »weiß nicht, wie es Own wegstecken würde. Ich weiß nicht, wie ich ihr helfen könnte.«

Bedauern flutete ihr Gesicht und nach einer Pause schritt sie schließlich auf ihn zu. Zögerlich griff sie nach seinen Händen, eine unterstützende, Kraft spendende Geste. Sie seufzte und sah ihn fest an. »Sie weiß, wie sehr du ihr helfen möchtest, glaub mir, sie weiß es. Also tu einfach das, was du am besten kannst.« Sie versuchte zu lächeln. »Für sie da sein.«

Dry hatte Probleme, mit Own Schritt zu halten. Bei dem Tempo fragte er sich, ob sie Docile überhaupt aufspüren konnte. Ob sie es überhaupt *wollte*.

»Own?«, fragte er vorsichtig nach, doch war nicht überrascht, als er keine Antwort erhielt. Sie schaute störrisch weiter geradeaus. »Kannst du überhaupt eine Fährte aufnehmen?«, schiffte er um das eigentliche Thema herum. »Ich meine ... ich bewundere deine Vitalität, aber gib's zu, du hast heimlich trainiert-«

»*Nicht*, Dry«, unterband sie sofort seine Scheinkonversation.

»Own«, mahnte er bittend.

»Ich weiß, dass er es nicht ist«, schnappte sie.

»*Weißt* du es? Oder wünscht du es dir nur?«

Abrupt wirbelte sie herum, Dry stolperte bei dem Versuch anzuhalten. »Ich *weiß* es«, fauchte sie ihn an, »und wenn du mich vom Gegenteil überzeugen willst, dann *verschwinde*!« Das letzte hatte sie beinahe geschrien, geleitet von Wut und Verzweiflung. Dry zuckte zurück. Er war es absolut nicht gewohnt, dass sie die Fassung verlor. »Ich will dich nicht vom Gegenteil überzeugen«, beteuerte er. »Ich will, dass du die Möglichkeit in Betracht ziehst ... dass es nicht unmöglich ist.« Er legte die Ohren an. »Dass er es sein könnte.«

Sie lehnte sich zurück, ihr Kopf schüttelte sich fassungslos, die aufgebrachten Gefühle tobten in ihrem Gesicht. Sie wandte sich ab, ohne ein weiteres Wort zu verlieren. Dry wusste nicht, ob sie ihn überhaupt dabeihaben wollte, doch er konnte sie in dieser Situation auch nicht alleine lassen.

»Vinous!«, zischte Bluefire, was das Eichhörnchen dazu brachte, in seinem Baumwipfel anzuhalten. Er beobachtete, wie der Rüde etwas witterte und ein kurzer Blick über die Umgebung ließ es ihn wissen.

Sie hatten ihn gefunden. Docile.

Vinous nickte dem Fuchs zu und deutete in die Richtung, aus der er kam. Schließlich sprang er voran und Bluefire hätte ihm am liebsten zurückgerufen, um wenigstens kurz über ihre Vorgehensweise zu reden. Aber anscheinend hatte Vinous eigene Pläne.

»Hey, Docile«, hörte er ihn schon reden, als der Fuchs gerade erst dazustieß.

»Hey Vin«, erwiderte dieser die Begrüßung schlicht, doch hob dann fragend die Brauen, als er Bluefire erblickte. »Gibt es ein Problem?«

»Nur eines?«, lachte das Eichhörnchen nicht amüsiert. »Das wäre begrüßenswert.«

Ein langes Ohr klappte zur Seite. »Ist was Schlimmes bei der Spionage herausgekommen?«

Vinous brauchte einen Moment, um darauf zu antworten, schnürte ihm diese Aussage doch tatsächlich die Luftröhre enger. Ein hilfloses Schnaufen folgte. »Ja«, schluckte er schließlich. »Murk hat vor, uns alle umzubringen mit Gift.« Vinous war in einem Tunnel der Endgültigkeit, die Anspannung von Unwissenheit fiel von ihm ab, als ihm klar wurde, wie sicher er sich eigentlich war. Es gab nur eine Strategie, um auch objektiv eine schnelle Gewissheit zu erlangen. Ein angedeutetes Kopfschütteln folgte. »Und du hilfst ihm dabei.«

Im nächsten Moment waren alle wie eingefroren, auch Bluefire starrte geschockt auf Vinous. Er hatte nicht damit gerechnet, dass der Nager damit so herausplatzen würde. Aus der Starre erwachte er erst, als Docile mit einer Wahnsinnsgeschwindigkeit davonpreschte.

»Bluefire!«, hörte er Vinous seinen Namen rufen, ehe er reagierte und hinterher sprang.

Docile rannte schnell, *zu* schnell. Doch Vinous war schneller und fiel von oben direkt vor dessen Pfoten. Docile prallte auf das Eichhörnchen und flog nach vorne, bevor er unsanft auf die Erde aufschlug. Das genügte Bluefire, um ihn zu erreichen und mit Kraft auf dem Boden zu halten.

Der Rüde atmete schwer. Wie in Trance fand er schließlich Vinous, dieser hatte tiefe Falten in der Stirn.

»Geht es dir gut?«, erkundigte sich der Blaufuchs, doch der rote Nager starrte ihn als Antwort lediglich an. Bluefire zog die Lider zusammen. »Hast du es mit Absicht gemacht? Ihn auf die Probe gestellt? Um zu sehen, wie er reagiert?«

Vinous seufzte lediglich, plötzlich zu müde, um irgendwas zu erwidern. Er war es nicht gewohnt, dass ihn Geschehnisse derart mitnahmen, nicht seit geraumer Zeit. Er begrüßte die analysierende Distanz, die er normalerweise hatte. Er strich sich mit der Hand übers Gesicht und wandte sich ab. »Ich trommle die anderen zusammen«, brachte er noch zustande, bevor er davonsprang.

Silver ging zu dem ausgemachten Treffpunkt, als sie Docile nicht aufspüren konnte. Der Marder stand schon da und hatte offensichtlich Bronze gefunden (und daher vielleicht auch die Situation zwischen ihnen geklärt). Diese lächelte ihr zaghaft zu. »Ich höre, ich lerne jetzt mal deine Familie kennen«, scherzte sie halb.

Silver wusste nicht, ob sie lachte oder schnaufte. »Ja, ich dachte, es wäre mal an der Zeit.«

»Mich hat sie ihnen auch noch nicht richtig vorgestellt«, meinte der Marder trocken und hob abwinkend die Hand.

Silver schmunzelte. »Ich wollte unsere Beziehung eben geheim halten.«

»Du schämst dich für mich!«, erwiderte der Marder mit geschauspielertem Vorwurf.

Die Fähe lachte kurz auf – ein unbeschwertes, freies Lachen, wenn auch nur für einen Moment. Es tat so unbeschreiblich gut. Sie schickte ihm ein dankbares Lächeln, als ein breitflächiges Rascheln die Ankunft ihrer Familie und der Rotfüchse ankündigte. Ihre Eltern traten voran, zusammen mit dem narbigen Rotfuchs. Drei andere Rotfüchse kamen nach.

Silver blinzelte. »Stürmisch?«

»Auf der Jagd«, antwortete ihr Vater.

»Ich werd ihn gleich danach aufsuchen und ihn auf den neusten Stand bringen«, fügte Cunning noch hinzu.

»Okay.« Silver schluckte, als sie Crass aus den Augenwinkeln sah. Die anderen musterten den Fuchswolf, den sie bisher noch nicht gesehen hatten. »Crass, meine Familie. Meine Familie, Crass«, sagte Silver knapp.

»Plus Rotfüchse«, ergänzte der Wolf.

»Plus Rotfüchse, ja.«

»Wie auch immer«, seufzte er. »Also, Familie plus Rotfüchse. Ihr habt einen Bunker der Menschen gefunden? Mit Gift?«

»Ziemlich sicher«, ergriff Kühl das Wort. »Dort war eine Pelzfarm.«

»Wie war das Zeug aufbewahrt?«, wollte Silver wissen.

»Fässer, Kisten ...«, meinte Whitestar.

»Also könnten wir einfach da hin ... und das Zeug umschmeißen, oder?«, schlug der Marder vor.

»Wäre mal das erste und Wichtigste«, stimmte Crass zu und wandte sich dann nochmal an die Fremden. »Frage an euch Neuankömmlinge. Es wird nicht damit erledigt sein. Murk ist ein durchgeknallter Idiot, der die Sache nicht auf sich beruhen lassen wird. Kann man sich auf eure Unterstützung verlassen?«

Whitestar zögerte nicht. »Deshalb sind wir da.«

»Großartig«, grinste der Fuchswolf. »Wann geht's los?«

Silver seufzte zurückhaltend. »Wir sollten auf Docile warten.«

»Wer weiß, ob der überhaupt noch im Wald ist.«

»Das ist nicht *deine* Entscheidung, Crass!«, schnappte die Füchsin plötzlich und es entstand eine Stille, die sie so nicht beabsichtigt hatte. Crass starrte sie nieder mit einem angedeuteten, jedoch kalten Grinsen. Als würde sie sich zu oft zu weit aus dem Fenster lehnen. Und als würde er das nicht vergessen.

»Ähm«, unterbrach Cunning das Schweigen. »Wir sollten vielleicht noch die Umgebung absuchen nach anderen Orten, in denen es ... Gift geben könnte.«

Silver riss sich von Crass los. »Ich weiß nicht, ob wir dafür genug Kapazitäten haben.«

»Wie groß ist eure ...«, fing Kühl an, »*Gruppe*?«

Silver ignorierte die unterschwellige Abwertung in seinem Tonfall. »Wir sind etwa zu siebt.«

»Ich denke auch, zuerst der Bunker«, stellte Cunning klar. »Danach umsehen.«

»Du sagtest ›etwa‹ sieben«, zitierte Kühl argwöhnisch. »Was meinst du damit?«

Silver überlegte in diesem Moment wirklich, ob sie antworten sollte. »Es geht um den mutmaßlichen Verräter. Wir ... haben vielleicht herausgefunden, wer es ist«, seufzte sie jedoch.

»*Oh*«, stieß ihr Gegenüber spitz aus. »Interessantes *Detail*.«

Ihr Mund verzog sich angespannt. »Ich wusste nicht, ob Stürmisch das erwähnt hatte.«

»Nein«, schüttelte er mit unechtem Lächeln den Kopf.

»Vater«, mahnte Cunning und wandte sich dann an Silver. »Ich nehme an, dass ihr dabei seid, das gerade intern zu regeln?«

»Definitiv«, bestätigte der Marder.

»Nur ist das nichts internes«, keifte nun Kühl. »Wenn wir da zusammen drinstecken, sollten wir sowas wissen.«

»Wir wissen es ja jetzt!«, verteidigte Whitestar.

»Leute, beruhigt euch«, trat nun Cunning einen Schritt vor. »Wir sind gerade dabei, Informationen auszutauschen. Dafür ist dieses Treffen und auch noch *alle* kommenden! Nach und nach kriegen wir das auf die Reihe, aber wir sind nicht der Feind. Der ist da draußen und plant die Weltherrschaft oder was auch immer. Glaubt ihr, wir kriegen das hin ohne bissige Kommentare?« Er starrte dabei besonders seinen Vater an.

Dieser unterdrückte ein Seufzen. »Kann diese Person irgendwie von unserem jetzigen Plan erfahren? Wäre das nicht wichtig zu wissen?«

»Eher nicht«, sagte Silver.

Kühl unterdrückte ein fassungsloses Schnaufen.

»Momentan ist nicht hundertprozentig klar, wer der Verräter ist«, schaltete sich nun auch Crass wieder ein. »Auch wenn ich die Sorge teile, es gibt noch keine Sicherheit. Sollen wir deswegen nichts tun?«

Kühl seufzte, aber Whitestar antworte für ihn. »Nein. Wir gehen wie geplant zum Bunker.«

»Wir halten euch auf dem Laufenden, was den Spion angeht«, versprach nun Silver. »Wir wollen mit euch zusammenarbeiten, Kühl. Cunning hat recht. Wir sind nicht euer Feind.«

Kühl erwiderte nichts, doch er schien aufrichtig versucht, versöhnlicher zu wirken.

Crass schaute plötzlich an Silver vorbei. »Ich schätze, wir erfahren gleich mehr über die Spion-Sache. Euer roter Nager kommt.«

Die Füchsin drehte sich schnell um und beobachtete, wie Vinous bei ihnen auf einem Ast zum Stillstand kam. Sie merkte erst jetzt, wie ihr Herz gegen ihre Brust trommelte und sie eine Angst mit Own teilte, die ihr vorher nicht bewusst gewesen war. Als sie Vinous' Verbissenheit sah, rutschte ihr das Herz jedoch ganz tief runter.

Silver reagierte äußerlich kaum auf das, was Vinous erzählte. Zu sehr war sie in einem Schock gefangen, den sie nicht erwartet hatte. »Wir müssen zu ihm«, hörte sie sich selbst sagen und meinte damit ihre eigene Höhle, in der Bluefire auf Docile aufpasste.

»Du meinst doch sicher, wir alle«, ertönte Kühls Stimme.

»Moo-ment mal«, erwiderte Crass gedehnt. »Das ist immer noch *mein* Wald.«

»Silver meinte doch selbst, man sollte zuerst das mit ... *Docile* klären«, nahm Kühl das als Rechtfertigung, um in den Wald zu kommen.

»Sie meinte damit wohl eher, dass er gefunden werden sollte«, widersprach Crass, um ihn abzublocken. »Und er *wurde* bereits gefunden.«

Die silberne Fähe konnte nur die Augen rollen, wie die Rüden ihre Worte für ihre eigenen Argumente verdrehten.

Kühl hielt kurz inne und stieß einen lautlosen Seufzer aus. Er trat einen Schritt voran und betrachtete den Fuchswolf ehrlich. »Ich verstehe, dass du uns nicht in deinem Revier haben willst, glaub mir, ich verstehe das nur allzu gut. Aber das hier ist ein Ausnahmezustand, wir werden es uns da nicht gemütlich machen. Und du musst auch verstehen, dass ich mich nicht zurücklehnen kann, wenn es um etwas geht, das uns *alle* betrifft. Vielleicht hat Docile Informationen über den Bunker. Und ich möchte diese Infos mit eigenen Ohren hören.«

Crass stöhnte lauthals in die Luft. Er konnte sich nun nicht mehr rauswinden, er steckte mittendrin. Das war zwar nicht so geplant gewesen, aber er war schon seit seinem ersten Gespräch mit Murk da hineingerutscht. Und jetzt musste er da auch durch. »Also schön, machen wir alle einen großen Familienausflug zu dem kleinen Feldhäschen. Wenn sich einer von euch unerlaubt entfernt, fliegt ihr alle, habt ihr das verstanden?«

»Du hast unser Wort«, versprach Kühl.

»Gut«, seufzte Cunning erleichtert. »Ich hole dann mal Stürmisch dazu. Wenn ... das für dich okay ist, Crass?«

Dieser grinste überspitzt. »Ich bin gerade in Gönner-Laune, hast du das nicht bemerkt? Ist kaum zu übersehen.«

Cunning konnte nicht anders als schmunzeln. »Sicher ist sicher«, zwinkerte er ihm zu und machte sich auf den Weg.

Silver drehte sich um, geradewegs in den Wald, als sie die Stimme des Marders hörte. »Vinous, kannst du nach Own suchen?«, fragte dieser verhalten.

Die Füchsin hörte den Nager seufzen. »Ich kann das auch machen, Vin«, meinte sie und suchte nach ihm in den Baumkronen.

»Nein, schon gut«, wehrte der jedoch ab. »Ich finde sie wohl schneller.« Ohne etwas hinzuzufügen, sprang er davon.

Sage trat unterdessen an Silver heran, während sie durch den Wald liefen, Whitestar neben ihm. »Es gibt da noch was, über das wir über kurz oder lang reden sollten.«

Die Füchsin konnte nichts erwidern, bevor man Crass' Stimme hörte. »Nur nicht so schüchtern, Papa Silver«, rief er aus. »Rede so, dass wir es alle mitkriegen.«

Sage warf seinen Blick flüchtig auf den Fuchswolf, doch fixierte wieder seine Tochter. Er sprach lauter. »Es ist nichts, was die unmittelbare Situation beeinflusst, aber es ist nicht unwesentlich. Wisst ihr irgendetwas über den Ursprung der Schatten?«

Silver schüttelte den Kopf. »Keinen blassen Schimmer.«

Sage blinzelte, während sie liefen. »Tja, wir vielleicht schon.«

Die Silberfüchsin stockte und merkte erst einen Moment später, wie sie angehalten hatte und ihren Vater mit großen Augen ansah. »Wenn dich das schon sprachlos stimmt, solltest du dich jetzt vielleicht besser hinsetzen.«

Während sich die Versammlung verlagerte, spähte Stürmisch zwischen Gräsern hindurch. Er war außerhalb des Waldes. Die Weite war übersät mit Gräsern, der Wald lag etwas erhöht mit einem leichten Hang. Er beobachtete eine Maus, die sich ihren Weg durch das Gras schnüffelte. Ansonsten war es still, als wären sie weit und breit die einzigen Lebewesen. Das erkannte er jedoch erst, als er gerade zum Sprung ansetzen wollte und zeitgleich ein Vogelschwarm aus den seitlichen Baumkronen aufschreckte. Der Fuchs runzelte die Stirn, die Maus für den Augenblick vergessen. Er sog die Gerüche ein und irgendetwas fühlte sich falsch an.

Es dauerte nicht lange, bis er wusste was es war. Die Kronen bäumten sich auf und verdichteten sich, ehe Stürmisch das riesige Tier erkannte, das in ihnen saß. Und auf ihn einstürzte.

Er stieß einen Hilfeschrei aus, als er den scharfen Klauen des Adlers nur knapp entwich. Seine Flügelschläge zerzausten sein Fell, als er ihm folgte, und sie glichen dem Atem eines Raubtieres in Stürmischs Genick.

Er sah, wie sich der Boden verdunkelte, als der Greif über ihm schwebte und spürte die Wärme seines großen Körpers. Er würde ihn kriegen.

Doch plötzlich krachte etwas gegen seine Flanke, schleuderte ihn zur Seite und peitschte die Luft aus seinen Lungen. Stürmisch schlug mit dem Kopf auf dem Boden auf und versuchte benommen zu erkennen, was die Schreie hinter ihm bedeuteten.

Wind hörte Stürmisch brüllen. Er hörte das Krachen der Baumkronen und schließlich den Schrei eines wütenden Adlers. Reflexartig rannte er zum Rand des Waldes und stoppte bei dem Gefälle, stolperte beinahe beim Halten. Er sah den Adler über die weite Fläche segeln, der Stürmisch dicht auf den Fersen war. Der ihn erwischen würde. Er musste etwas tun. Er *sollte* etwas tun.

Oder sollte er?

Irgendetwas legte in diesem Moment einen Schalter in ihm um. Mit einem Mal spürte er gar nichts mehr, als er die Jagd beobachtete. Er sah dem Spektakel nicht mal mehr mit mildem Interesse zu, sondern völlig unbeteiligt, als wäre es nicht echt. Nach und nach tauchten Emotionen auf. Er fühlte sich für einen Augenblick mächtig. Er konnte eingreifen, wenn er wollte. Oder er konnte es lassen. Dunklere Gedanken und Emotionen flossen bei Stürmischs Anblick hinzu.

Genugtuung. Gehässigkeit.

Genuss.

Es dauerte viel zu lange, bis er erkannte, dass er von der Seite angeschrien wurde. »Was machst du denn da?!«, kreischte es neben ihm, doch ein bräunlicher Pelz flitzte schon in die freie Fläche, bis Wind überhaupt erkannte, dass es sich um Cunning handelte. Er hatte das Gefühl, seine Reaktionszeit war dreifach so lang wie sonst, als würde er aus dem Koma erwachen. Er wollte nachrennen, fragte sich, was Cunning vorhatte. Da hatte dieser Stürmisch und den Adler schon erreicht, krachte mit voller Wucht an den Silberfuchs und in die Klauen des Adlers. Jemand schrie aus voller Kraft und Wind vermutete, dass es er selbst gewesen sein könnte. Er wollte rennen, doch er sackte zusammen, als wäre er gelähmt. Der Adler hörte nicht auf, auf seinen Bruder einzuschlagen. Sein Schnabel färbte sich rot und Cunning wehrte sich immer weniger. Schneller als sich Wind hätte aus seiner Starre befreien oder Stürmisch zu sich kommen könnten, hob der Greif ab und ließ Cunning regungslos zurück.

Stürmisch schüttelte seinen schmerzenden Schädel und fing endlich an, die Dinge nicht mehr verschwommen zu sehen. War er kurz weggetreten gewesen?

Schwerfällig strich er über den Boden, als er sich umdrehte. Der Adler war weg, doch was er sah, stach ihm tief ins Herz. »Nein«, hauchte er verzweifelt als ihm ein gewaltiger Schrecken durch den ganzen Körper fuhr und er robbte energisch auf seinen Artgenossen zu. »Cunning, CunningCunningCunning«, brabbelte er zittrig und zerrte an dessen verwundetem Körper. Der Rotfuchs regte sich nicht. »*Cunning*!«, schrie er aus. »*Nein*, tu mir das nicht an. *Hilfe*!« Tränen überschwemmten seine Augen, als er sich nach allen Seiten umsah und eine orangefarbene Gestalt am Horizont sah. War das einer von ihnen? War das Wind?

»HILFE, bitte!«, schrie er aus und rüttelte wieder verzweifelt an Cunnings leblosen Körper, als ihn selbst ein ohnmächtiges Taubheitsgefühl übermannte. Verzweiflung ließ sein Herz wie verrückt gegen seine taube Brust trommeln und verdrängte seine Luft zum Atmen. »Warum hast du das getan?«, wimmerte er bei beim Anblick seines Freundes. Alles schien wie ein böser Alptraum und grässliche Schuldgefühle übermannten ihn. Der Adler hatte *ihn* attackiert, nicht Cunning! Und doch war es sein Freund, der hier vor ihm lag. Er presste seinen Kopf auf den blutüberströmten Körper, salzige Tränen mischten sich mit dem Fell, das noch roter als sonst war, als er seine Lider schluchzend schloss und vergeblich nach dessen Herzschlag suchte.

Atempause

Wind fand sich im Wald wieder, keine Ahnung in welchem oder wo genau, als er wieder zu sich kam. Ein Teil von ihm hatte eigentlich zu Cunning und Stürmisch rennen wollen, doch jeder Schritt dorthin schoss ihm wie eine Kugel in die Brust, sodass er umkehrte und in die entgegengesetzte Richtung floh. Oder irgendeine Richtung.

Er rannte, bis er zitternd zu Boden sackte, sein schwerer Atem donnerte auf ihn herab, als wäre es nicht seiner. Eine massive Last drückte auf ihn ein und er japste nach Luft, als drohte er zu ersticken. *Beruhige dich. Beruhige dich.*

Sein gesamter Körper schauerte aufgrund eines Drucks, den er in seinem ganzen Leben noch nie verspürt hatte. Er schloss die Augen, jeder Muskel bebte, als ein Gefühl in ihm hochschnellte, als könnte er jeden Augenblick in tausend Stücke zerspringen.

Schlotternd ließ er seinen Atem in einem langen Zug durch den Mund entweichen und zählte dabei rückwärts.

Vier. Der Druck kanalisierte sich. *Drei.* Er fuhr aus ihm heraus, als gehöre er nicht ihm. *Zwei.* Eine unheilsame Ruhe breitete sich in seinem Körper aus. *Eins.* Er warf jedes andere Gefühl über Bord.

Null.

Wind schlug seine Lider auf. Seine grünen Augen wirkten in dem Moment leer und er fühlte sich auch so. Er hieß es in diesem Augenblick willkommen.

»Na sieh einer an«, durchbrach Crass' murmelnde Stimme die entstandene Stille. Sie standen noch immer an dem Fleckchen Wald, wo Sage begonnen hatte, seine Erkenntnisse über Azur, die Pelzfarm und deren Verbindung zu den Schatten zu erzählen. Silver war währenddessen tatsächlich auf die Hinterfüße gefallen. »Ihr hängt ja wohl mehr mit den Schatten zusammen als vermutet.«

»Wir haben nichts mit ihnen gemein«, wisperte Silver bestimmt. »Und wir wissen nicht mal sicher, was es genau bedeutet, ihn da gesehen zu haben. Azur.«

»Sag ich auch immer wieder«, bestätigte Whitestar. »Ich kenne meinen Großvater. Er ist keine bösartige Person.«

»Ich will dir ja nicht zu nahetreten«, widersprach Crass, »aber du kennst deine kindlich verklärte Version von ihm. Nicht viel darüber hinaus.«

Whitestar verzog trotzig das Gesicht, doch der Marder war derjenige, der als nächstes das Wort ergriff. »Ich muss hier Crass zustimmen. Als Kind hat man nicht wirklich immer den Durchblick.«

Man hörte die Schneefüchsin seufzen, aber nicht widersprechen. Silver war etwas abwesend, doch sie erinnerte sich an Sages Worte zu Beginn. »Wir sollten weiter zur Höhle«, meinte sie nur. »Wie gesagt, es ist nicht wichtig für unsere unmittelbaren Probleme.« Sie stand auf und schritt voran, ohne die anderen zu beachten.

Sie kamen zum Bau und Silver lief geradewegs hinein. Sie sah Bluefire darin sitzen, Docile lag an der Wand und starrte ins Innere der Höhle. Der Blaufuchs seufzte tief und sie nahm sein erschöpftes und auch leicht überfordertes Gesicht wahr. Sie wappnete sich innerlich für die Probleme, die ihn beschäftigten, doch erwartete nicht die nächsten Worte aus seinem Mund. »Brisk war abgehauen.«

Silver stockte und blinzelte sprachlos. Nun konnte sie seinen Gesichtsausdruck noch besser deuten. »Wann? Wie? Wo ist sie jetzt?«

»Sie ist hier, in der Höhle«, beruhigte er sie. »Sie kam glücklicherweise zurück, kurz nachdem ich mit Docile hierherkam. Ich wüsste nicht, was ich sonst getan hätte.«

Die Füchsin atmete ihren ganzen Frust aus. »Warum tut sie das? *Schon wieder?* Wir hatten das Thema doch schon!«

»Sie hat gesagt, sie wollte zu den Neuen. Dass sie doch auch ihre Familie seien.«

»Dann soll sie das sagen!«, keifte Silver plötzlich, doch atmete mit geschlossenen Augen tief durch, um sich zu beruhigen. »Wir haben keine Zeit dafür jetzt«, schüttelte sie den Kopf und wandte sich an den Feldhasen. »Docile?«

»Er redet nicht«, sagte Bluefire leise.

Sie schnaufte. »Du fängst besser an zu reden, Docile«, bat sie schließlich. »Das wäre für alle Beteiligten das Beste.« Der Hase reagierte nicht und starrte weiterhin stoisch ins Leere. Silver seufzte. »Bitte Docile ... wo immer du drin steckst ...«

Silver hörte Schritte, bevor eine Stimme ertönte. »Ist er das?«, fragte

Kühl, hinter ihm Crass.

Die Silberfüchsin wirbelte herum. »Was soll das, ihr könnt hier nicht alle einfallen«, hielt sie sie zurück.

Kühl wirkte irritiert. »Ich falle nicht ein. Ich dachte, wir hätten das bereits geregelt.«

»Ich bin seiner Meinung.« Crass nickte auf den Rotfuchs. »Jetzt wo wir ihn haben, sollten wir uns mit ihm unterhalten.«

Silver traute ihren Ohren nicht. »Okay, raus mit euch allen. Sofort.«

Sie schritt auf die beiden zu, gewillt sie hinauszudrängen und Kühl wich tatsächlich zurück, Crass dagegen rührte sich um keinen Millimeter. Und blitzte mit dunklen Augen auf sie herab. »Du denkst wohl, du hast hier das Sagen, kleines *Mädchen*«, zischte er und sie wusste nicht, ob die anderen die Worte überhaupt deutlich verstehen konnten. Sie konnte auch nicht deuten, ob er grinste oder sie bösartig niederstarrte.

Ihr Mund war trockener, als sie zugeben wollte. »Das ist immer noch *meine* Höhle«, flüsterte sie ebenso bissig zurück und brach den Blickkontakt nicht.

»Und du bist immer noch in *meinem* Wald, das scheinst du gerne zu vergessen.«

Sie sammelte all ihre Bravour. »Und was glaubst du hier zu erreichen, hm?«, forderte sie ihn heraus, sich ihrer selbst wieder sicherer. »Glaubst du, Docile wird sich *dir* öffnen?«

Crass funkelte sie an, doch Bluefire unterbrach den Wortwechsel. »Wir diskutieren das nicht hier drin, wir reden draußen weiter, kommt schon.«

Kühl kam dem ohne Widerrede nach. Crass' gelbe Augen sprangen zum Blaufuchs, bevor sie wieder auf Silver landeten. Doch letztendlich gehorchte er und verließ den Bau. Bluefire und Silver folgten schließlich und die Füchsin atmete Anspannung aus, von der sie nicht wusste, dass sie sie gehalten hatte.

Draußen angekommen, schritt der Marder verhalten auf sie zu. »Ist er es?«

»Jemand hat uns rausgeschmissen, bevor wir der Sache auf den Grund gehen konnten«, kommentierte Crass.

Silver zwang sich, ihn zu ignorieren. »Sein ganzes Verhalten, alles deutet darauf hin«, seufzte sie widerwillig und wurde noch leiser. »Vom Gefühl her ... ja, er ist es.«

Der Marder presste die Lippen aufeinander, doch Bronze war diejenige, die etwas sagte. »Wir müssen ihn wegen dem Gift fragen«, erinnerte sie leise.

Silver nickte, doch bevor jemand noch etwas sagen konnte, preschte Own aus dem Gebüsch (Dry dicht hinter ihr), geradewegs auf die Höhle zu und ignorierte alle anderen Anwesenden. Bluefire stand vorm Eingang und versperrte diesen. »Own ...«, warnte er sachte, doch der Blick der Häsin durchbohrte ihn mit einer kalten Entschlossenheit. »Geh mir aus dem Weg, Bluefire«, befahl sie mit einer eisigen Ruhe, die man so von ihr nicht kannte. Der Rüde hätte nicht widersprechen können, selbst wenn er gewollt hätte. Aber er musste auch an das Wohl der Gruppe denken. »Bitte Own, wenn er etwas über das Gift weiß, *irgend*etwas ...«

Er ließ den Satz ausklingen, doch bis auf ein Blinzeln regte sich kein Muskel in ihrem Gesicht. Er seufzte leise und ging aus dem Weg. Own war im nächsten Moment in der Höhle verschwunden.

Silver merkte bei dieser Szene überhaupt nicht, wie jemand neben sie geschritten war. Leicht schreckte sie auf, als sie Kühls Gefährtin erkannte, die sich bislang im Hintergrund gehalten hatte. Sie schaute die Silberfüchsin mit einer beruhigenden Sicherheit an, die ihren Puls direkt zu senken vermochte. »Glaubst du, es wäre möglich, dass ich mit rein kann? Ich bleibe in der Nähe des Ausgangs, sie werden mich nicht bemerken.«

Silver blinzelte, als sie von Hearts Ruhe gefesselt war. Sie erinnerte sich an das, was Stürmisch ihr erzählt hatte. »Du willst wissen, ob er schuldig ist«, schlussfolgerte sie.

Die Rotfüchsin lächelte ihr Gegenüber an. »Ja.« Silver schluckte, doch begann zu nicken. Sie nahm ihr leises »Danke« wahr, als sie langsam auf die Höhle zu lief.

Hinter Heart offenbarte sich Stürmischs Gefährtin, die das Ganze beobachtet hatte. Auch sie kam schließlich näher. »Stürmisch hat dir von ihren Fähigkeiten erzählt?«

Silver stockte. War das eine Fangfrage? Hätte Stürmisch das nicht verraten sollen? Im nächsten Moment verfluchte sie schon ihren Argwohn. Das ganze Zusammentreffen war dermaßen von Spannungen durchzogen, dass sie schon nicht mehr wusste, wie es war, etwas einfach zu akzeptieren. Die Schatten verbreiteten bereits Gift – des Zweifels und der Hintergedanken. So atmete die Silberfüchsin durch. »Ja, hat er«, lächelte sie dann. »Wenn das alles rum ist, muss ich euch wohl noch von *unseren* Begegnungen mit Übersinnlichem erzählen.«

Zarts Lächeln war warm und gutmütig mit einem Funken Neugierde, der nicht erlosch. »Hoffentlich schneller als gedacht.«

Own fühlte sich wie in einer Kapsel. Von außen wirkte sie starr und kalt, innen wütete ein Gefühlschaos fern von den Augen aller anderen. Sie lief durch den Gang in den Raum der Höhle, wo Docile ihr den Rücken zugewandt stand, sich jedoch herumdrehte, als er sie hörte. Als er sie entdeckte, stöhnte er mit sinkendem Kopf und zerknirschten Augen. »Du solltest wieder gehen, Own, ehrlich.«

Sie schüttelte den Kopf bei seinem Anblick. Selbst ihr wurde in dem Moment absolut klar, dass er nicht unschuldig war. Dass er etwas wusste. »Nicht bevor du mir nicht sagst, was hier los ist.«

Er schaute sie nicht an. »Du solltest wissen, dass ich das nicht kann.«

»Verdammt, Docile!«, stieß sie plötzlich lauter aus, als man es von ihr kannte. Ihre Angst und Verzweiflung konnte sie immer weniger verstecken. Auch er schien überrascht davon, schaute er nun doch tatsächlich hoch. Own kam näher an ihn heran, ruhiger. »Sag mir, warum du für sie arbeitest«, flüsterte sie.

Sein Blick senkte sich. »Weil ich keine Wahl habe.«

»Man hat immer eine Wahl!«, schimpfte sie noch mit gedämpfter Stimme. »Hier und jetzt, Docile, hast *du* die Wahl, das Richtige zu tun!«

»Es ist zu spät!«, schrie er plötzlich, aufgelöst und dennoch so sicher. »Ich hatte vielleicht die Wahl, aber das war vor langer, langer Zeit. Ich war reingerutscht, ohne es zu merken und als ich von einem eigenen Artgenossen hintergangen wurde, kam ich nicht mehr raus. Du weißt es Own«, seine Stimme zerbrach an dem flehenden Unterton. Er flehte sie an, zu verstehen. »Du weißt, dass sie mich gefoltert haben …«

Sie legte eine Pfote auf seiner Schulter ab in einem verzweifelten Versuch, zu ihm durchzudringen. »Du musst nicht mehr für sie arbeiten, Docile«, zischte sie mit Nachdruck. »Du bist hier und *sie* sind es nicht. Du bist in Sicherheit.«

Seine Augen waren voller Trauer und alter Wunden, die nie geheilt waren. »Niemand ist in Sicherheit.«

Es war sehr lange her gewesen, seit sie das Bedürfnis verspürt hatte, einfach loszuschreien. »Du hast einen Pakt mit dem Teufel geschlossen … warum?«, hauchte sie geschlagen, verzweifelt bemüht, es zu verstehen. »Um welchen Preis?«

Etwas wandelte sich in seinem Wesen, auch wenn es immer noch die vorherige leere Endgültigkeit beherbergte. Doch eine vertraute Wärme gesellte sich hinzu, auch wenn sie Own in dieser Mischung nicht beruhigte. Ein zaghaftes Lächeln formte sich auf seinen Lippen. »Dein Leben«, gestand er schließlich und wirkte so, als ob ihn diese Erinnerung beruhigte und in seinem Vorgehen bestärkte.

Sie blinzelte mit weiten Augen. »Was? Wie meinst du das?«

»Dein Leben gegen meins«, führte er aus, sich seiner selbst plötzlich sehr sicher, doch mit einer darunter liegenden Trauer. »Murk bringt dich um, wenn ich ihm nicht helfe.«

Der Schock fuhr in jedes ihrer zitternden Glieder. »Docile, nein!«, wimmerte sie, unfähig die richtigen Worte zu finden. »Ich verbiete es dir!«

Sie drückte sich näher an ihn, als er den Kopf schüttelte. »Ich hab gesagt, dass ich mich um dich kümmere«, erklärte er wie selbstverständlich.

»Nicht so!«, flehte sie verzweifelt, ihr Brustkorb bebte. Ihre Emotionen gingen gerade mit ihr durch, aber sie konnte jetzt nicht ihren Kopf verlieren. »Hilf mir auf andere Weise«, bat sie zielstrebig. »Sag mir, wie sie uns vergiften wollen.«

Seine Lider klappten zu, als er durchatmete. »Ich hab was aufgeschnappt. Dass es hier in der Nähe eine menschliche Pelzfarm gibt. Und dass es da Rattengift als Köder gibt. Aber das dauert Murk wohl zu lange, bis es wirkt, also gibt es da noch was in Fässern, die sie außerhalb des Gebäudes lagern. Das sind Chemikalien, die die Menschen für den Prozess auf der Pelzfarm brauchen.«

»Und die sind giftig? Aber wie will er das unter die Leute bringen?«

Er sah sie immer noch nicht an. »Ich glaube, sie wollen das in euren Teich schütten.«

Sie wartete, bis sich seine Augen wieder öffneten. Ihre Stirn lehnte sich an seine. »Danke«, wisperte sie. »Ich komme wieder. Bitte glaub mir, du hast immer noch die Wahl.«

Er widersprach nicht, doch sein Gesichtsausdruck hatte jene Resignation, die Own auf keinen Fall dort sehen wollte. Sie musste jedoch später darauf zurückkommen, zuerst lief sie wieder nach draußen.

Sie bemerkte kaum die Rotfüchsin, die direkt am Eingang des Baus stand, stattdessen konzentrierte sie sich auf ihre Leute, die sie kannte. »Er hat gesagt, das Gift ist auf einer Pelzfarm«, fackelte sie nicht lange.

»Wisst ihr was darüber?«

»Bingo«, machte der Marder. »Unsere Neuankömmlinge sind auf ihrer Reise hierher darüber gestolpert.«

»Hat er etwas Genaueres gesagt?«, wollte Kühl wissen.

Own beäugte ihn argwöhnisch, bevor sie antwortete. »Die Fässer und Kisten außerhalb des Gebäudes«, sagte sie knapp. »Rattengift als Köder. Das dauert Murk aber zu lange, deswegen will er die Chemikalien in den Fässer in unsere Gewässer schütten.«

»Perfekt, gehen wir gleich los?«, kommentierte Crass.

Kühl ließ seinen Blick vorsichtig über die Gruppe gleiten. »Was passiert mit ihm?«, fragte er zurückhaltend in Bezug auf Docile.

»Das ist erstmal nicht dein Problem«, war es Bluefire, der antwortete und Silver war in dem Moment sehr dankbar dafür.

Leicht hörte man den Narbigen seufzen. »Ich will euch nicht vorschreiben, was mit ihm zu tun ist«, versicherte er sogleich. »Aber er *ist* ein Schatten.«

»Er ist kein Schatten«, zischte ihn Own scharf an und überraschte damit wieder alle, die sie kannten. »Er tut das nicht aus Überzeugung, er tut das, um *mich* zu schützen!«

»Das ist wahr«, lenkte auf einmal Heart die Aufmerksamkeit auf sich und sie sah vor allem ihren Gefährten an. »Er ist nicht unser Problem.« Nicht für alle offenbarte sich damit die tiefergelegene Versicherung, dass Docile ihnen nicht feindlich gesinnt war. Und dass er daher zunächst keine Priorität haben sollte.

Kühl begann zu nicken. »Okay«, ließ er es dabei beruhen. »Dann sollten wir jetzt wirklich zu dem Bunker.«

»Warum dauert Murk das mit dem Gift zu lange?«, versuchte der Marder zu verstehen.

»Es ergibt Sinn«, antwortete Vinous. »Das Gift müsste über einen längeren Zeitraum in Beutetieren verteilt werden, damit es auch für die Fleischfresser gefährlich wird. Das mit den Chemikalien dürfte deutlich effizienter sein.«

»Trotzdem haben wir dann Rattengift, was da rum steht«, gab Bluefire zu bedenken.

Vinous dachte kurz nach. »Mein Vorschlag wäre, zuerst Rattengift umschmeißen und die Chemikalien darüber. Die Köder dürften nicht mehr schmecken und die Chemikalien landen nicht im Teich.«

»Stürmisch!«, rief Zart plötzlich schockiert aus und erst jetzt bemerkten die anderen den aus dem Wald kommenden Silberfuchs. Auch sie erschreckten, als sie seinen blutverschmierten Pelz erkannten. Nach Zart liefen auch Sage und Whitestar auf ihn zu. »Was ist passiert?«, wollte letztere wissen.

Stürmischs Lippen zitterten, als sie sich öffneten, verheerender Kummer steckte in seiner Mimik, seine Augen waren rot unterlaufen. »Cunning«, brachte er hervor und sein Gesicht verzog sich schmerzerfüllt. Er schien emotional am Ende. »Cunning ist tot«, sagte er so leise, dass er sich selbst kaum hörte.

»Nein!«, schnellte Heart hervor im gleichen Moment, indem Kühl »Was?!« ausrief.

Reiner Schock saß Zart in den Knochen. »Wa- warum sagst du das?«, stammelte sie hilflos.

»Ein Adler hat mich gejagt«, wimmerte der Silberfuchs und verlor auf halbem Weg seine Stimme, bevor er schlotternd einatmete. »Von der Beschreibung her Murk. Cunning wollte mich retten.«

»WO?«, schrie Zart.

Stürmisch schloss die Lider. »Da wo unser Lagerplatz einen leichten Abgrund hat. Auf dem freien Feld.« Die Rotfuchsfamilie preschte gleichzeitig los, ohne ein Wort zu verlieren und Sage und Whitestar schlossen sich an.

Silver konnte gar nicht fassen, was hier gerade passiert war, jeder einzelne von ihrer Gruppe war im Schock und regungslos. Stürmisch lief nicht mit. Er bewegte sich gar nicht, unfähig irgendetwas zu tun. Er konnte nicht wieder dahin zurück.

Er nahm Silver vor sich wahr, die ihn voller Kummer musterte. Langsam öffnete sie ihren Mund. »Es tut mir so leid«, flüsterte sie aufrichtig, doch die Worte kamen nur verschwommen bei ihm an.

Zart spürte ihre Tränen schon die Wangen herunterrinnen noch bevor sie ihn sah. Sie wusste, dass ihre Verleugnung bald zerbrechen würde. Als sie seinen Körper erblickte, verschwamm ihre ganze Sicht. Sie stürzte zu ihm und lehnte sich auf ihn, als sie verzweifelt in sein Fell schluchzte. Sie spürte jemanden neben sich und hörte Stimmen. Oder Geräusche. Schreie.

Sie wusste, dass ihre Eltern dort waren, doch der Schock übermannte alle ihre Sinne. Etwas wurde aus ihr herausgerissen. In jedem Moment, in dem sie den Verlust stärker realisierte, etwas mehr. Das Loch füllte sich mit Schmerz. Ein hohler, unfassbarer Schmerz.

Ihre Schnauze war in das inzwischen kalte Fell gepresst. Das war nicht mehr Cunning. Das war seine leere Hülle. Diese Erkenntnis ließ ihren Körper beben und heiße Tränen fielen auf das kalte, getrocknete Rot. Inmitten ihres Tumults schlängelte sich ein Gedanke hoch an die Oberfläche ihres Bewusstseins.

Wind.

Wo war er?

Sie stand auf und richtete ihre brennenden Augen auf den Wald. Und rannte los.

Kühl könnte nicht sagen, was die nächsten Minuten passierte, selbst wenn er müsste. Er fühlte sich machtlos auf eine Weise, die er nicht kannte. Machtloser als zu dem Zeitpunkt, als die Schatten sein Zuhause überrannten. Machtloser als zu dem Zeitpunkt, als es von den Menschen zerstört wurde.

Heart presste sich plötzlich an ihn, hilfesuchend. Als könne er das geringste tun.

Auf der feuchten Erde lag sein Sohn. Regungslos.

Leblos.

Er wusste, dass ein Teil von ihm das noch nicht realisierte.

Er lehnte seinen Kopf an seine Gefährtin und hoffte, dass er ihr damit irgendwie Kraft spenden konnte, die er selbst nicht hatte. Er musterte den bräunlich-orangefarbenen Pelz seines Sohnes, unterbrochen von roten Wunden. Er sah denselben Pelz, ein kleines Knäuel an Hearts Bauch, neben zwei anderen. Er sah ihn auf dem Gras tapsen, einem Blatt hinterherjagend. Er sah den Stolz und die Überraschung in seinem Gesicht beim Fang seiner ersten Maus. Er sah die Ruhe und den Gerechtigkeitssinn in seiner nachdenklichen Miene. Den Gerechtigkeitssinn, den Kühl oft bei sich selbst vermisste und an Cunning so bewunderte. Er wusste nicht, ob er ihm das je gesagt hatte. Er sah die selbstverständliche Wärme in seinen grünen Augen, die nun von hellen Lidern verdeckt waren.

Fort. Für immer. Einfach so.

Kühl spürte, wie sich etwas in ihm zusammenzog, als sein Geist die Situation einholte. Er merkte, wie sein Magen verkrampfte, als sich dort ein Sturm zusammenbraute. Das Gefühl fuhr in seine Mimik, verdunkelte sie mit einem kalten, brennenden Schmerz, als wäre die Sonne und der Mond verschluckt. Er fühlte sich kalt und heiß mit einem einzigen Gedanken.

Murk.

Zart fand ihn schließlich. Wind. Bei ihrem Versuch zu sprechen, brach ihre mühsam zusammengeflickte Fassung gnadenlos in tausend Stücke. »Wo warst du?«, wimmerte sie teils wütend, teils verzweifelt, teils hilfesuchend als sie auf ihn zu lief. Tränen verwischten ihre Sicht und sie wusste nicht, ob sie die nächsten Worte schrie oder winselte. »Cunning ist tot.« Im nächsten Moment warf sie sich um seine Schulter und schluchzte in sein Fell. »Er ist *tot* ...«, hauchte sie fassungslos zwischen verstörtem Japsen.

Ihr war nicht bewusst gewesen, dass Wind sich nicht geregt hatte. Dass sein Gesicht eine steinerne Mauer hätte sein können. Eine Mauer, um sich vor ihren Worten zu schützen. Sie hielt sie eine Weile fern. Doch als Zart weinend an ihm lag, bohrten ihre Tränen sich langsam durch. Er wagte es immer noch nicht, zu reagieren. Als hätte er Angst, was dann passieren würde. So hielt er den Pfeilen stand, die sich qualvoll durch sein Wesen und seine Seele brannten und verbot sich, vor Schmerz zu schreien. Denn wenn er reagierte, würde es real werden.

Stürmisch verharrte schon seit geraumer Zeit in derselben Position. Er hatte die Zähne fest zusammengebissen, eine gekrümmte Haltung und sein Geist suchend hinter seinen leeren Augen. Nach langen Überlegungen und Selbstzweifeln war er sich dennoch nun fast sicher. Er hatte Wind dort gesehen. Ein Teil von ihm versuchte zu rationalisieren, dass er zu dem Zeitpunkt gedanklich und gefühlsmäßig völlig durcheinander gewesen war, er konnte sich nicht an klare Bilder erinnern. Und trotzdem – Wind *war* dort gewesen.

Aber warum war er dann nicht gekommen? Warum versteckte er sich? Würde er es leugnen, da gewesen zu sein, wenn man ihn drauf ansprach? Ein Teil von Stürmisch ahnte Böses und vermutete, dass es genau so laufen würde. Die Frage war nur – was genau hätte Wind dann zu verbergen?

Irgendwann während seiner Versuche, sich zu beruhigen, musste Brisk aus der Höhle geholt worden sein. Sie stand nämlich mit Silver und Bluefire abseits und diskutierte. Stürmisch hätte das womöglich gar nicht erst wahrgenommen, hätte sich nicht ein Wort zu ihm hindurch gerungen. *Wind.*

Silver wusste nicht, was sie machen sollte. Cunning war *ermordet* worden. Sie hatte ihn kaum gekannt, aber er hatte sich in der kurzen Zeit schon ihren Respekt verdient und war jemand gewesen, mit dem man tatsächlich reden konnte. Doch die Reaktionen der anderen waren es, die jegliche Tatkraft der Füchsin für den Moment aussetzten.

Sie hatten ihren Sohn verloren. Ihren Bruder. Ihren besten Freund.

Silvers Lider pressten sich zusammen, als könne sie die Grausamkeit und Brutalität der Welt dadurch fernhalten.

»Silver?« Bluefires Stimme holte sie zurück. Er war am Eingang der Höhle, an seiner Seite Brisk. Richtig. Ein Leben wurde beendet, doch das aller anderen lief ungebremst weiter. Das war vielleicht die größte Brutalität.

Die Füchsin seufzte. »Kommt, wir gehen ein Stück zur Seite«, murmelte sie und gab die Richtung vor. Etwas abseits setzte sie sich auf ihre Läufe und begutachtete eine auffällig schweigsame Brisk, hinter ihr Bluefire. »Möchtest du mir erklären, warum du einfach abgehauen bist? Schon wieder. Ohne was zu sagen. *Schon wieder.*«

Die Kleine zog die Ohren an. »Ich dachte, ihr lasst mich vielleicht nicht zu ihnen, weil sie außerhalb sind«, meinte sie kleinlaut.

»Du hättest sie schon noch getroffen«, stieß die Füchsin fassungslos aus.

»Ja, wenn *ihr* mich lasst«, konterte Brisk, doch bereute es im nächsten Moment schon.

Silver konnte einen Augenblick lang nur blinzeln. »Brisk, ich weiß du fühlst dich manchmal wie eine Erwachsene, aber du bist es nicht. Und selbst wenn – auch *wir* beraten uns, was wir tun oder wo wir hingehen. Du *darfst* zu den anderen, aber nicht ohne was zu sagen! Ich dachte, ich könnte dir vertrauen.«

Brisk schaute beschämt zu Boden, die Enttäuschung im Gesicht ihrer Mutter war in dem Moment zu viel.

»Du hast sie nicht mal getroffen, oder?«, fragte Bluefire. »Sie waren ja schon hier.«

»Ich hab Wind getroffen«, murmelte sie zum Boden.

»Wind?«, fragte Silver. »Das ist …«, sie schluckte kurz bei den folgenden Worten, ihre Stimme wurde karger, »Kühl und Hearts Sohn, richtig?« Ihr einziger Sohn nun.

Brisk zuckte nur die Schultern. »Kann sein.«

»Brisk«, sagte Silver auffordernd und legte sich zu ihr auf die Erde, um sie dazu zu bringen, aufzusehen. »Ich will nicht, dass du schmollst und ich will nicht, dass du dich unfair behandelt fühlst. Aber du solltest jetzt mal darüber nachdenken, *warum* du fortgelaufen bist. Ich weiß, dass du denkst, wir beziehen dich nicht genug ein. Aber wenn du das nächste Mal so eine Idee hast – überleg dir, ob du uns nicht doch auf das ansprechen kannst, was dich stört – oder ob du diese Sachen nicht einfach aus Jux machst, weil dir gerade danach ist.«

Die kleine Füchsin schaute störrisch zurück, doch kaute nachdenklich auf der Unterlippe. Eine Antwort bekam Silver nicht mehr, denn Own stürmte aus der Höhle. »Docile ist weg!«

Das genügte, dass alle Anwesenden aufschreckten.

»Wie kann er weg sein?«, rief Dry aus.

Own seufzte, als könne sie alles nicht fassen. Sie war nicht die einzige. »Er hat sich einen Gang gegraben.«

Sie wurde von allen Seiten fassungslos angestarrt. »Tja«, meinte der Marder selbstkritisch. »Damit hätten wir rechnen müssen.« Ein paar gerunzelte Stirne ließen ihn noch hinzufügen: »Er kann fantastisch bauen.«

»Was ist, wenn er von dem Plan mitbekommen hat?«, warf Vinous verzweifelt ein. »Warum hat überhaupt niemand auf ihn aufgepasst?«

»Hey, halblang«, unterband Bluefire die Vorwürfe. »Hier ist gerade jemand *ermordet* worden. Wir stehen alle etwas neben uns. Nichtsdestotrotz – wir müssen was unternehmen.«

Silver seufzte. »Wir müssen auf die Rotfüchse und meine Eltern warten. Und selbst wenn sie kommen, bin ich mir nicht sicher, ob sie in der Lage sind ...«

»Sie müssen«, warf Crass sogleich ein. »Das hält das Ganze sonst nur auf.«

Sie sah ihn fassungslos an. »Du bist so herzlos«, fasste sie ihr Entsetzen in Worte.

»Es tut mir leid um Cunning!«, rief er plötzlich aus und schockte sie damit zugegebenermaßen. »Und seine Familie. Aber glaubst du nicht, je länger wir warten, desto eher bringt Murk noch mehr Leute um?«

Silver atmete durch. Er hatte natürlich recht. Sie konnten nicht ewig warten. Auch wenn nicht für Cunning, für alle anderen lief das Leben ohne Rücksicht einfach weiter. Sie schüttelte mit geschlossenen Augen den Kopf. »Na schön. Vinous, könntest du sie einsammeln? Schildere ihnen die Situation.«

Dieser nickte und sprang davon. Silver drehte sich um und lief davon. Sie brauchte einen Moment für sich und war froh zu sehen, dass Bluefire

Brisk wieder in die Höhle führte und an dieser Front alles zu regeln schien. Sie rechnete am allerwenigsten damit, gerade von Stürmisch abgefangen zu werden. »Kann ich kurz mit dir reden?«, fragte er.

»Stürmisch«, stockte Silver und Emotionen schwollen hinter ihren Lidern an. »Es tut mir leid, aber …«

»Es geht nicht um Cunning«, schüttelte er den Kopf, doch Silver kam nicht umhin zu bemerken, wie seine Stimme bei Cunnings Namen hauchdünn wurde. Doch sie festigte sich sofort wieder. »Es ist richtig, das ganze anzutreiben. Es geht um Wind.«

Silvers Stirn legte sich in Falten. »Okay?«

»Hab ich das richtig gehört, dass sich Brisk mit ihm getroffen hat?«

»Ähm«, machte sie verwirrt. »Sie … hat ihn wohl getroffen, ja.«

»Sie soll's lassen«, schnappte er entschlossen, bitterer Ernst in seinem Gesicht. »Soweit es geht – sie soll sich von ihm fernhalten.«

Immer noch verwirrt schüttelte sie den Kopf. »Warum?«

Etwas schwappte in Stürmisch über, seine Haltung flog aus dem Fenster. »Weil er ein kaltes, manipulatives Arschloch ist.«

Perplex suchte sie nach Worten. »W… was?«, stammelte sie. »Aber er ist doch bei euch?«

Stürmisch wusste nicht, ob er damit hätte so rausplatzen sollen. Aber zu seiner Verteidigung, er wusste zurzeit nicht, wo ihm der Kopf stand. So schnaubte er. »Es ist kompliziert.«

Silvers Brauen schossen in die Höhe. »Na, offensichtlich.«

Der Rüde schüttelte den Kopf, als könne er ihn dadurch frei machen. »Wir reden ein andermal darüber. Es gibt erstmal wichtigere Dinge.«

Ein anderes Mal. Bei so vielem würden sie ein anderes Mal darüber reden. Diese Sachen häuften sich. Stürmisch wollte sich abwenden, doch Silver hielt ihn zurück. »Warte!« Sie suchte nach der Wahrheit in seinen Augen. »Ist er gefährlich?«

Ja! Alles in Stürmisch schrie danach, diese Frage mit *Ja* zu beantworten. Er *war* gefährlich. Er wusste nicht, wie er die Zuversicht zustande brachte. »Du musst dir über ihn keine Sorgen machen. Es ist nicht so, als würde er einen von uns hier anfallen, das wollte ich damit nicht sagen.«

Silver wusste, dass ihr Bruder etwas zurückhielt. Aber sie wusste auch, dass er ihr nicht ins Gesicht log. So etwas würde Stürmisch nicht machen. So nickte sie nur einmal. »Okay.«

Kühl zögerte nicht, als Vinous ihn und seine Gefährtin bat mitzukommen. In der Tat hatte er nur auf die Erlaubnis gewartet loszulegen. Obwohl er trauern sollte. Er war sofort bereit. Bei Heart war er sich nicht so sicher, aber seine Wahrnehmung war momentan auch beschränkt. Darauf Murk zu finden.

Ein Teil von ihm wusste, dass er Heart und seinen Kindern zur Seite stehen sollte. Dass sie sich gegenseitig Trost spenden sollten. Aber er konnte nicht. Nicht bevor sie Murk gefunden und aufgehalten hatten.

Als er auf die Lichtung zu den anderen trat, fackelte er nicht lange. »Wie ist der Plan?«

Silver stockte aufgrund seines Auftretens. Irgendetwas an ihm wirkte verändert, aber so ganz anders, als es die Füchsin in dem Moment erwartet hätte. Aber offensichtlich wollte er die Sache beenden, energischer als zuvor. »Ein Teil von uns geht zum Bunker«, antwortete sie schließlich. »Ein anderer versucht, die Adler ausfindig zu machen. Einige von uns werden versuchen, ihren Standpunkt zu kommunizieren.«

Kühls dunkler Blick ruhte auf Silver und war doch ganz woanders. »Zu dem Bunker wird er auf jeden Fall kommen, oder?«

Sie musste nicht fragen, wen er meinte. »Ja.«

Der Rüde nickte entschlossen. »Dann gehe ich in jedem Fall dorthin.« Damit wandte er sich bereits um.

Vinous hatte Zart und Wind nicht finden können, aber die restlichen waren in einem Kreis versammelt. Sie hatten bereits abgeklärt, wer welchen Part übernehmen würde. So warf Silver einen prüfenden Blick über alle Anwesenden. »Alles klar?«, fragte sie und bekam ein einstimmiges Nicken zur Antwort. »Okay«, sagte sie entschlossen. »Dann los.«

Schlachtfeld

Vinous flitzte wie verrückt durch die Baumkronen, bis er endlich Own erreichte, die schon am vereinbarten Treffpunkte wartete. »Sie sind unterwegs!«, keuchte er. »Die Adler fliegen zum Bunker!«

Own wartete nicht. Sie hatte sich bereits vom Boden abgestoßen, um die Nachricht weiter an Dry zu leiten, der wiederum die Gruppe am Bunker warnen würde. Vinous würde wieder zurückgehen, um sich mit Crass oder Silver zu treffen, die an unterschiedlichen Orten als Späher fungierten.

Die Häsin schwebte in einer seltsamen Mischung aus Anwesenheit und Abwesenheit. Sie spürte ihre Aufregung und ihre Gedanken waren wild durcheinander. Das war der Grund, warum sie nicht klar denken konnte. Immerhin folgte sie geradlinig ihrem Weg – das heißt, bis zu dem Zeitpunkt, an dem ihr Dociles Geruch in die Nase stieg.

Sie hielt abrupt an. Er war in der Nähe. Sie musste nur ...

Nein, warte!

Sie schüttelte ihren Kopf. Eins nach dem anderen. Sie hatte eine Aufgabe. Eine wichtige, noch dazu. So sprintete sie zielstrebig weiter, bis sie Dry erreichte. »Du musst dich beeilen«, sagte sie sofort. »Die Adler sind unterwegs.«

Auch Dry, ebenso geschockt, sprang sofort los, um die Gruppe zu informieren.

Own musste zurück zu ihrem Treffpunkt mit Vinous, falls er etwas Neues von Crass oder Silver gehört hatte. Doch sie wurde deutlich langsamer, als sie Dociles Fährte wieder aufnahm. Er war nicht weit. Und sie *musste* nach ihm suchen.

Auf der Lichtung fanden sich die beiden Marder, Sage, Whitestar, Stürmisch, Kühl und Heart. Letztere spürte eine hohle Leere, als sie den Bunker erreichten, die nicht nur von diesem Ort, sondern vor allem von ihr selbst ausging. Sobald ihre Augen die Umrisse des Gebäudes erfassten, hielt sie an, ohne es zu merken. Ihr Brustkorb begann zu beben und sie sog verzweifelt Luft ein, die aber nicht in ihren Lungen anzukommen schien. Ihre Atmung drohte, sich in ein verzweifeltes Japsen umzuwandeln. Cunning war bei ihnen gewesen das letzte Mal, als sie hier gewesen waren. Und jetzt schien nicht mal mehr Sauerstoff in der Umgebung zu sein.

»Heart«, drang eine besorgte Stimme zu ihr durch. Sie hatte ihr Umfeld nur noch wie durch einen Nebel wahrgenommen. »Heart!« rief Whitestar energisch. Sie stand direkt vor ihr.

»Ich weiß nicht, ob ich bleiben kann«, platzte es aus der Rotfüchsin heraus und jetzt merkte sie ihr eigenes Herz, wie es gegen ihre Rippen trommelte. »Ich weiß, dass das wichtig ist, aber ich weiß *wirklich* nicht ...«

Sie wurde unterbrochen, weil sich Whitestars Kopf um ihre Schulter legte. Es dauerte einen Moment, bevor sie das Wort ergriff. »Ich würde dir so gerne sagen, dass alles gut wird«, beteuerte sie mit fragiler Stimme. »Aber niemand weiß besser als ich, dass das nicht stimmt. Aber Heart ... wir müssen versuchen, sie aufzuhalten, damit sie nicht weiter morden. Für Cunning.«

Wasser füllte Hearts Augen, auch deswegen, weil ihr klar wurde, dass Whitestar wirklich verstand. Dass sie ebenfalls ein Kind verloren hatte. Doch dieses Ziel brachte sie tatsächlich dazu, sich zusammenzureißen. Und zu kämpfen. *Für Cunning.*

Sie atmete einmal durch und zog den Kopf zurück. »Danke«, flüsterte sie aufrichtig. Dann setzte sie ihren Weg fort. Als sich Whitestar umdrehte, blieb sie allerdings an Kühl hängen. Dieser hatte auch sie fixiert, doch er machte keine Anstalten etwas zu sagen oder zu Heart zu gehen. Seine Augen waren dunkel und leer zugleich mit einer Ruhe, die Unheil ausstrahlte. Nach einer Weile wandte er seinen Blick von der Polarfüchsin ab und lenkte ihn Richtung Wald.

Unterdessen nickte Sage auf die Fässer, die Bluefire gerade beschnüffelte. »Keine Ahnung wie giftig das Zeug ist«, meinte der Silberfuchs. »Wir sollten nicht in Berührung damit kommen.«

Bluefires Brauen hoben sich kurz. »Hatte ich nicht vor.« Er positionierte sich zwischen Mauer und Kiste und wägte ab, ob man es von hier aus gut umwerfen konnte. Sage stellte sich neben ihn, gemeinsam gaben sie der Kisten einen Ruck und das Rattengift verteilte sich auf dem Boden neben den Fässern. Danach stellten sie sich hinter die Fässer. Bluefire begutachte Sage von der Seite. Der Silberfuchs war entschlossen, er strahlte stets eine ruhige Rationalität aus und doch sah man deutlich, dass diese seit Cunnings Tod dünner war, dass es für ihn anstrengender war, bei der Sache zu bleiben. »Es tut mir aufrichtig leid«, hörte sich Bluefire plötzlich sagen. »Es hätte niemals so weit kommen dürfen.«

Sage blinzelte, doch seufzte dann tief. »Es gibt sehr vieles, das niemals hätte passieren dürfen.« Sein Kopf sank. »Und dass man praktisch Verwandtschaft bei den Schatten hat, macht die Sache nicht besser.«

Bluefire wusste, er redete von Whitestars Großvater, aber ... »Meine Eltern sind Schatten.«

Sage richtete große Augen auf seinen Schwiegersohn. »Was?«

Der Blaufuchs nickte. »Ich bin da aufgewachsen. Nicht allzu lange, bevor ich abgehauen bin. Ich habe nicht viele Erinnerungen daran, aber genug, um zu wissen, dass dort wo die Schatten wandeln, Leichen zurückbleiben. Und jedes Mal, wenn das passiert, habe ich das Gefühl, mit Schuld daran zu sein.«

Sage ließ die Informationen auf sich wirken, musste sie erst einmal verarbeiten. Sein Blick fiel zu Boden. »Du bist nicht für die Handlung anderer verantwortlich, das weißt du hoffentlich. Nur für deine eigenen. Aber dass du so empfindest, sagt viel über dich aus.« Sein Lächeln war warm, wenn auch zaghaft. »Ich wünschte nur, wir hätten uns alle unter anderen Umständen kennengelernt.«

Bluefire blinzelte sanft. »Ich auch. Leider kriegt man nicht immer das, was man sich wünscht.«

Wohl wahr. Sage atmete nochmals tief durch. »Lass uns trotzdem dafür kämpfen«, forderte er ihn auf und stellte sich auf die Hinterbeine, um sich an das Fass zu lehnen. Bluefire tat es ihm gleich, bereit um das flüssige Gift aus dem Sammelbecken zu leeren.

Donnernd fielen die Fässer um, eines nach dem anderen, ihre Deckel flogen ab und ihr Inhalt platschte auf den Grund und über die Köder und sickerte in das Gras. Wellen an Tod und Verderben überschütteten den Boden, auf dem sie aufkamen und nässten ihn mit triefendem Ruin. Hoffentlich hatten sie keine andere Quelle an Gift. Aber sie redeten von den Schatten. Sie bestanden aus Gift.

Bluefires Ohr zuckte, kurz darauf kam Dry aus dem Wald geprescht. »Die Adler sind unterwegs, sie werden bald hier sein!«, alarmierte er sie. »Ich gehe wieder zurück, wir wissen noch nicht, ob sich ihnen andere Tiere anschließen.«

Damit war der Hase schon wieder verschwunden. Zeit war ein Knackpunkt. Er raste durch das Unterholz und hoffte, dass Own neue Informationen von Vinous hatte, aber als er am Treffpunkt ankam, fand er diesen leer vor. Also musste er warten. Aufgrund der Situation konnte er aber nicht lange stillsitzen. Obwohl er seine Kräfte einteilen sollte, konnte er nicht einfach hierbleiben und Pfötchen drehen. Er verharrte noch zwanghaft einen Augenblick auf der Stelle, ehe er wie auf einer Sprungfeder auf hüpfte und die vereinbarte Route entlang sprintete.

Er rannte ein gutes Stück, ehe er zu einem abrupten Stopp kam. Owns Fährte bog hier ab. Ganz und gar nicht in die Richtung, in der Vinous war. »Verdammt, Own!«, zischte er mit genervter Panik, und legte einen Zahn zu, um – wie es eigentlich Owns Aufgabe war – zu dem Eichhörnchen zu gelangen.

Own war nicht auf ihrem Posten, sondern inzwischen ziemlich abseits. Dociles Geruch wurde hier intensiver. Er war in der Nähe. Own wurde langsamer, bis sie schließlich innehielt. Nasses Laub war unter ihren Pfotenballen, sie stand inmitten runtergefallener Äste. Ihre Ohren drehten sich, ihre Nase zuckte suchend. Etwas bewegte sich zu ihrer Seite und ihre hellblauen Augen fielen sofort auf hohes Gras. Sie erkannte sein bräunliches Fell.

Sie war augenblicklich bei ihm, beugte sich zu ihm, wie er auf dem matschigen Boden lag. Doch sein Blick war trüb, sein Körper kraftlos. »Docile ...«, stieß sie zittrig aus, »was ist mit dir?«

Erst jetzt schien er sie zu erkennen. Sein Gesicht leuchtete bei ihrem Anblick auf, sein schwaches Lächeln wollte eigentlich größer sein. »Own«, hauchte er voller Wärme. »Ich bin so froh ... dass es dir gut geht.«

»Docile?«, wimmerte sie plötzlich. Sie suchte seinen Körper nach Verletzungen ab, doch sein vernarbter Körper hatte keine frischen Wunden.

»Solange du lebst ...«, fuhr er mühsam fort, »hat sich alles gelohnt.«

»Ich verstehe nicht ...«, schluckte sie. »Ich lebe, ja, aber du auch. Komm schon, steh auf.« Sie stupste ihn, versuchte ihn aufzurichten, doch er sackte nur wieder auf die feuchte Erde. »Du musst nichts mehr für sie tun.«

Er lächelte angestrengt. »Das stimmt«, seufzte er, aber bewegte sich nicht. »Ich muss gewiss nichts mehr tun.«

Ein Kloß in Owns Hals schnürte ihr die Luftröhre zu. »Was ist mit dir, sag schon«, flehte sie mit zerbrechlicher Stimme.

Sein Lächeln war so schwach und dennoch so zufrieden. »Ich denke, ich habe irgendwann Gift gegessen.« Owns Augen wuchsen in Horror, doch Docile schien darüber hinaus zu sein. »Meine Aufgabe ist erledigt. Ich wollte dich beschützen und das hab ich gemacht. Sag Own ...«, er schaute sie plötzlich fragend an, »habe ich es richtig gemacht?«

Owns Sicht begann zu verschwimmen. Sie brauchte mehrere Anläufe, um sicherzugehen, dass sie beim Sprechen nicht zusammenbrach. Sie schniefte ihre Tränen herunter. »Ja, Docile ...« flüsterte sie schließlich, sie konnte keinen Deut lauter reden. »Du hast mich beschützt«, versicherte sie ihm und sein folgendes Lächeln zerstörte sie innerlich. Aber sie hatte es schon einmal versäumt, sich von ihm zu verabschieden. Das würde ihr nicht wieder passieren. »Du kannst beruhigt sein« fuhr ihre unbeständige Stimme fort. »Ich liebe dich, Docile. Das werde ich immer tun.«

Sein Lächeln war so voller Dankbarkeit, bevor sich seine Augen schlossen und nach seinem Ausatmen kein Einatmen folgte. Owns Starre hielt einige Sekunden an, doch sie konnte sie nicht wie seit Jahren aufrechterhalten. Alle ihre Bewältigungsmechanismen fielen in sich zusammen. Ihr Kopf sank und ihre Lider pressten sich nach einem Moment schmerzhaft aufeinander. Ein unglaublicher Druck in ihrem tiefen Inneren platzte plötzlich und drückte einen Schwall an Tränen aus ihren Augen und ein heftiges Schluchzen aus ihrem Brustkorb. Sie hatte vergessen, wie es sich anfühlte, wenn Tränen die Wangen nässten.

Silver war auf dem Weg zu Vinous. Sie hatte Ausschau nach anderen Schatten gehalten, doch in ihrem Gebiet war ihr nichts aufgefallen. Bluefire und die anderen mussten inzwischen bei dem Bunker sein und das Gift vernichten. Das war nicht der Teil, der ihr Sorgen bereitete. Es war das Nachspiel, das folgen würde. Murk würde mehr als wütend sein. Und so wie er sich bisher gezeigt hatte, könnte das böse für sie enden.

Silver hatte nicht die Absicht, heute zu sterben. Aber ihr war auch bewusst, dass den heutigen Tag wahrscheinlich nicht alle überleben würden. Und auch sie keine Garantie hatte.

Es war nicht mehr weit zu dem Treffpunkt mit dem Eichhörnchen, da sah sie eine bräunliche Gestalt auf sie zulaufen. Ihre Ohren zuckten bei Crass' Anblick. Was zum Teufel hatte er hier verloren?

»Du bist nicht im ausgemachten Gebiet, was willst du hier?«, mahnte sie ihn sofort.

»Ich gehe zum Bunker. Die Adler sind unterwegs«, meinte er knapp.

Silvers Augen wuchsen. »Jetzt schon?«

»Wie ich sagte.«

»War Scarlet dabei?«

»Was meinst du, warum ich auf dem Weg dorthin bin.«

Er hatte nicht vor anzuhalten, doch Silver sprang ihm vor die Pfoten. »Stopp, warte«, befahl sie. »Jemand muss weiter Ausschau halten, ob noch mehr auf dem Weg sind.«

»Klingt doch nach einer Aufgabe für dich«, erwiderte er schnippisch.

Sofort verdunkelten sich ihre Augen vor Wut. »Und wenn du da bist, kämpfst du für uns oder gegen uns?«

Er stöhnte daraufhin nur laut. »Ich hab genug von deiner Nörgelei«, zischte er, feuerte aber dabei Silvers Wut nur noch mehr an. *Nörgelei?!* Was dachte er eigentlich, wer er war? Als würde sie übertreiben. Als handle es sich nur um eine Bagatelle. Als ginge es hier nicht tatsächlich um Leben und Tod. »Ich bin – so merkwürdig der Fakt an sich auch scheint – auf eurer Seite«, fuhr er verständnislos fort.

»Du hast mit ihm kooperiert!«, rief sie lauter als geplant. »Dafür gibt es *keine* Entschuldigung, Crass. Du gehörst zu den Leuten, die sich durchwinden und alles tun, um selbst nicht zwischen die Fronten zu geraten! Kollateralschäden sind dir völlig egal. Hinterhältig wie die Schatten selbst ... und Unschuldige wie Pale zahlen am Ende den Preis dafür.«

»Ich hatte *nichts* mit Pale zu tun«, hatte er ihre Anschuldigen satt. »Ich war nicht mal in der *Nähe*. Ganz im Gegensatz zu dir, nebenbei bemerkt«, fügte er mit lockerer Zunge hinzu. Ihr Hieb traf ihn unerwartet – auch wenn er im Nachhinein Silvers Pfote auf sich hatte zuschnellen sehen.

Okay, das hatte er wohl verdient. Pales Blindheit war ein wunder Punkt und er hatte sie soeben verantwortlich dafür gemacht. Er musste beinahe lachen, als er seine Sinne wieder beisammen hatte. »Verdammt, Füchsilein ... woher dieser harte rechte Haken?«

Doch sie war nicht amüsiert. Sie war zutiefst verletzt. Crass hatte das Ausmaß dessen zuvor nicht erkannt, als blinder Zorn sie überwältigte. Er hätte es wissen sollen, aber er hatte trotzdem nicht erwartet, ein weiteres Mal eine verpasst zu kriegen. Diesmal schmeckte er Blut, kurz bevor er eine weitere Attacke abwehrte. Er blockte ihre Pfote ab und versetzte ihr wiederum einen kräftigen Hieb, sodass sie zu Boden prallte. Im nächsten Moment, bevor sie sich aufrichten konnte, war er auf ihr und presste ihre Vorderbeine auf die Erde. Über ihr schwebend konnte er sich ein gewisses Amüsement nicht verkneifen. »Gib dir keine Mühe, Kleines«, säuselte er und schob seinen Kopf näher an ihr aufgebrachtes Gesicht. »Ich bin 'ne Nummer größer als du.«

Doch wieder hatte er sie unterschätzt. Ihre noch freien Hinterpfoten stemmten sich gegen seinen Bauch – und gerade die Größe erlaubte es ihr, zu seiner Seite weg und damit aus seinem Griff herauszuschlüpfen. Sie war schneller auf allen Vieren, wie er sich herumgedreht hatte und wenn er ihren rechten Haken heftig fand – ihr linker war noch stärker. Mit einer Mischung aus Ungläubigkeit, Bewunderung und innerlichem Stöhnen wurde ihm klar, dass sie gerade erst mit der Prügelei anfing.

Als Dry die Lichtung verlassen hatte, konnte Whitestar die Gelegenheit nicht verstreichen lassen, sich Kühl zu schnappen. Sie hatte abgewogen, ob sie etwas sagen sollte, doch konnte sich schließlich nicht zurückhalten (wen wunderte es?). Er reagierte jedoch nur marginal auf ihre Anwesenheit. Sie musterte ihn skeptisch. »Kann ich mit dir reden?«

Er blinzelte kurz, sein Mund zuckte. »Findest du, *jetzt* ist der passende Zeitpunkt?«

»Wenn eh gleich alles vorbei ist, kann ich genauso gut noch was loswerden.« Sie zuckte die Schultern. Seine Lider zogen sich ein wenig zusammen, wohl wissend, dass sie so oder so reden würde. »Hast du vor, Heart komplett zu ignorieren?«, fuhr sie fort und ignorierte sein leises Seufzen. »Du bist nicht der Einzige, der einen Sohn verloren hat.«

»Das *weiß* ich«, konterte er scharf. »Aber ich kann ihr gerade nichts geben. Ich kann nicht mal *mir* etwas geben.«

»Außer Rache?« fragte die Füchsin treffsicher.

»Ich hab das Recht«, raunte er ungeniert.

Whitestar atmete einmal durch. Sie wusste, dass sie in der Kürze der Zeit nicht mit ihm diskutieren konnte, hatten sie doch bereits ähnliche Auseinandersetzungen zuvor gehabt. »Und danach?«, forderte sie ihn daher heraus.

»Du gehst davon aus, dass wir überleben?«, kommentierte er schnippisch.

Sie ignorierte die Aussage. »Ich habe mir nach Munters Tod von niemanden helfen lassen wollen. Sah mich allein. *Ich* hatte nicht verstanden, dass ich nicht alleine sein muss. Dass es meine Entscheidung gewesen war. Mach nicht denselben Fehler.« Sie sah ihn flehend an. »Du musst niemanden auffangen«, betonte sie. »Ihr sollt euch nur nicht gegenseitig ausschließen.«

Er schüttelte den Kopf, verkniffen versuchte er ihr zu glauben, aber jetzt gerade – konnte er das nicht. Sein Blick fiel über ihre Schulter in die Ferne. Daraufhin hörte es auch Whitestar. Die Verletzlichkeit in seinem Gesicht schwand, sie verschloss sich wieder hinter Dunkelheit. »Sie kommen.«

Als Dry endlich den roten Nager erreichte, hüpfte dieser schon aufgebracht auf die unteren Äste. »Crass und Silver tauchen nicht mehr am vereinbarten Treffpunkt auf. Anscheinend nehmen sich alle einfach mal eine Auszeit«, schimpfte er sarkastisch. »Verständlich, die haben bestimmt besseres zu tun. Es sind *noch mehr Tiere unterwegs*!« Er schrie den letzten Part, bevor er wieder zumindest etwas leiser wurde. »Und wo zum Teufel ist Own? Hast du sie getroffen?«

Oh verdammt, das hörte sich nicht gut an. »Ich hab keine Ahnung«, rief Dry empor. »Ihre Fährte ist von der Route abgebogen.«

Vinous hatte die Schnauze gestrichen voll. Er flitzte ohne ein weiteres Wort los in die Richtung, aus der Dry gekommen war. Dass der Hase ihm hinterherrief, ignorierte er. Dry nahm an, dass er zum Bunker wollte, um die anderen zu warnen. Der Feldhase stand ebenfalls unter Strom. Was zur Hölle dachten sich alle? Konnte es sein, dass etwas Schlimmes passiert war? Dry rannte ebenfalls zurück – allerdings um Owns Fährte zu folgen. Er wusste nur nicht, ob er verärgert sein oder Angst haben sollte.

Silver hatte unter keinen Umständen geplant, eine Prügelei anzufangen. Wenn sie jemand gefragt hätte, wie ihr Plan in den nächsten Stunden aussah, hätte sie geantwortet, dass sie so diplomatisch wie möglich bleiben wollte.

Tja, so viel zu guten Vorsätzen.

Aber der eine Schlag, der aus angestauter Wut entstanden war, fühlte sich befreiend an. Auf eine Weise, die sie mehr zu brauchen schien, als es ihr bewusst gewesen war. So dass sie nicht mehr aufhören konnte. Sicher, Crass war das Gesicht ihres Verdrusses. Und er triggerte ihren lodernden Zorn. Aber nicht alles war eigentlich gegen ihn gerichtet.

In diesem Moment aber – war ihr das ziemlich egal.

Jedes Mal, wenn sie auf ihn einschlug, fühlte sie den Druck leichter werden. Er bot ein Ventil, was sie dazu verleitete, immer weiterzumachen. Im Gegenzug dazu hieß sie den Schmerz jedes Mal willkommen, wenn er sie erwischte – denn er hatte recht. Sie war Pales Mutter. Sie hätte es verhindern müssen.

Sie fühlte ihre Kraft nachlassen, ihre Muskeln brannten, und irgendwann inmitten ihrer schummrigen Wahrnehmung schöpfte sie den Verdacht, dass er sie längst hätte überwältigen müssen. Hielt er sich etwa zurück? Auf einmal sah sie ihn wieder richtig an, nahm ihn wahr. Sie musste ihn ein paar Mal ganz schön erwischt haben. Daraufhin realisierte sie, dass das andersrum genauso der Fall war. Ihre Wunden stachen. Aber der kurze Moment der Klarheit wurde unterbrochen von dem Fakt, dass er sich zwar wehrte, aber immer weniger darüber hinaus machte. Das passte ihr gar nicht. Sie verdiente es, dass sie ihre Wut einmal rauslassen durfte, nach Monaten des Zurückhaltens. Und sie verdiente es, dafür bestraft zu werden, dass sie Pale nicht beschützt hatte.

»Du schlägst wie ein Mädchen!«, rief sie in einem verzweifelten Versuch, ihn aufzustacheln und schubste ihn dabei mit beiden Vorderpfoten seitlich in die Schulter.

Sie bemerkte noch seine genervte Wut, ehe er als Antwort darauf zurückschlug. Sie sah kurz Sternchen, bevor sie sich auf der Erde wiederfand. Eine leise Stimme machte ihr klar, dass es nun reichte und eigentlich schon zehn Pfotenhiebe zuvor gereicht hatte und dennoch spürte sie erst jetzt eine Müdigkeit, die ihr signalisierte, dass das nun Strafe genug war. Sie lag schwer schnaufend auf dem Boden und starrte ihn mit runtergezogenen Brauen an. Über ihrer rechten lief eine Blutspur von einem Kratzer an ihrem Gesicht herunter.

Er hatte sich inzwischen auf die Hinterbeine gesetzt, auch er schnaufte schwerer, sein teils blutiges Fell war zerzaust, sein verärgerter Blick auf sie gerichtet. »Na, hast du dich jetzt abreagiert?«

Sie konnte nicht antworten, selbst wenn sie gewollt hätte. Schwere Flügelschläge erfüllten die Luft und es dauerte nicht lange, bis einige Adler über ihre Köpfe hinweg schwebten. Sie flogen Richtung Bunker.

Silver rutschte das Herz plötzlich sehr tief. »Scheiße«, entwich es ihr leise, bevor sie aufsprang und so schnell wie möglich hinterher flitzte. Crass folgte ihr.

Der Marder schritt an Bluefires Seite, als sich die Flügelschläge näherten.

»Nur damit das klar ist, *wir* fangen nicht an zu kämpfen, richtig?«

Der Blaufuchs senkte die Lider. »Hast du Bammel vor dem Kampf oder davor, dass ich was Dummes tue?«

Der Marder blinzelte. »Jetzt wo du es erwähnst, beides.«

Bluefire grinste schwach, aber er wollte es trotzdem klarstellen. »Ich wollte nie einen Kampf. Einen den wir nicht gewinnen können noch dazu. Aber ...« Sein Blick fiel auf Kühl, sodass der Marder diesem folgte. »Ich bin mir nicht sicher, ob ich derjenige bin, um den du dir Sorgen machen solltest.«

Der Marder verzog den Mund. Auch wenn Pale unwiderruflichen Schaden genommen hatte – er lebte. Er fragte sich, wer das von sich behaupten konnte, wenn das alles vorbei war. Er wandte sich nach Bronze um, sah ihre angespannte Haltung, ihre versucht eiserne Mimik. Seine Hand streckte sich nach ihrer Schulter aus. »Ist alles okay? Soweit ... es irgendwie okay sein kann.«

Sie atmete tief durch als sie ihn erfasste. »Ich verstehe den Plan. Ich verstehe, warum wir nicht einfach abhauen, nachdem wir die Kisten und Fässer umgeworfen haben. Ich verstehe, dass wir uns widersetzen müssen. Dass wir Stellung beziehen müssen, dass wir sie konfrontieren müssen. Abgesehen davon, dass Nachgeben nichts gebracht hat, ist es einfach das Richtige.« Ihr Monolog pausierte, Nervosität stand offen in ihrem Gesicht. »Ich hab trotzdem Angst«, gestand sie flüsternd. Das Lächeln des Marders war verständnisvoll.

Bluefire trat nach vorne in dem Moment, als die Adler in ihr Sichtfeld kamen. Ihre majestätischen Körper sammelten sich auf den Bäumen, auf denen sie sich niederließen. Murk landete auf dem Baum vor ihnen. An seiner Seite saß Scarlet. Während Murk die Umgebung erfasste und man förmlich sah, wie er sich zusammenzureißen versuchte, nachdem er die umgekippten Kisten und Fässer erkannte, ruhte Scarlets Blick vor allem auf ihrem Gefährten.

»Es wird keine Vergiftungen geben«, ließ Bluefire verlauten. »Wir dachten, wir könnten es stattdessen mit Worten probieren.«

Murks wütender Blick mit mahlendem Schnabel richtete sich auf den Blaufuchs. Dann begann er humorlos zu grinsen. »Du nichtiger Wurm«, rasselte er. »Warum gehst du davon aus, dass mich irgendwas von dem interessiert, was ihr plappert?«

»Weil wir gerade deine Geheimwaffe vernichtet haben. Unterschätze uns nicht«, riet ihm Bluefire. Komplett ohne Machtdemonstration würden sie wenig beeindruckt sein. Diplomatie war ein schmaler Grat. Und Stürmisch fragte sich gerade im Hintergrund, ob das wirklich der richtige Weg war. Murks Anblick ließ ihn Kühls offensichtliche Gefühle besser nachvollziehen. Ein Teil von ihm war froh, dass Zart noch irgendwo im Wald verschwunden war und sie sich nicht hier auf dem Präsentierteller befand. Auch wenn er eigentlich bei ihr sein wollte.

»Wie kommt es, dass du der Einzige von euch bist, der das tut?«, fuhr Bluefire derweil fort und zwang sich, nicht ab und zu suchend zur Seite zu schauen. Silver sollte eigentlich inzwischen hier sein.

Nach einer kurzen Pause brach Murk in gehässiges Gelächter aus. »Du denkst, hier hat irgendwer Angst vor euch?«

»Niemand hat von Angst gesprochen«, hielt der Fuchs sofort dagegen.

Es brodelte in dem Adler, doch es rang sich ein dunkles Grinsen durch. »Nichts anderes zählt.«

Bluefire schluckte entschlossen und wandte seinen Blick von ihm ab. »Seht ihr anderen das auch so?«, fragte er schließlich auffordernd in die Runde. Murks Begleiter hatten offensichtlich nicht damit gerechnet, angesprochen zu werden. »Hat er euch überhaupt gefragt?«

»GENUG!«, donnerte es auf einmal über sie hinweg und der Hohn in Murk verschwand, seine Federn standen zu Berge.

»Lasst ihr euch den Mund verbieten, wenn sogar Scarlet anderer Meinung ist?«, mahnte Bluefire, doch kam kaum zum Ende, bevor Murk mit einem lauten Schrei auf ihn herabstürzte. Nur durch Glück konnte er ausweichen, doch sein Angriffsschrei stachelte die anderen auf. Mehrere Adler fielen auf die Lichtung herab und innerhalb von Sekunden brach Chaos aus.

Bluefire war Murks Attacke entkommen, das machte aber keinen Unterschied. Sie würden eine solch unkoordinierte Schlacht nicht lange durchhalten. Er sprang mitten in einen Kampf von Whitestar und Stürmisch gegen einen Adler und prallte mit voller Wucht gegen ihn, sodass dieser zunächst auf den Boden schlitterte und dann überrumpelt davon flog. »Wir müssen zusammenbleiben«, mahnte er. »Dort ist Heart, also los!«

Gerade rannten noch weitere Feinde in die Lichtung. Ein Wolf preschte auf Heart zu. Bluefire, Stürmisch und Whitestar waren schneller da, als er angreifen konnte und die gebündelten Pfotenhiebe ließen ihn das Weite suchen. »Es kämpfen nicht alle«, keuchte Whitestar und Bluefire sah Adler noch in den Bäumen sitzen – darunter Scarlet.

»Aber es kämpfen genug«, hielt er dagegen. »Auf zu Kühl.«

Bronze floh vor einem Fuchs. Sie flitzte durch dichtes Unterholz am Rand der Lichtung und kam an einem anderen Ende wieder raus. Sie hatte die anderen komplett aus den Augen verloren. Als sie einen Blick zur Lichtung werfen wollte, kam der Fuchs erneut auf sie zugeschnellt. Sie wich aus und rannte an der Mauer des Bunkers entlang. Plötzlich zog es ruckartig an ihrem Schwanz und sie krachte auf den Boden, überschlug sich fast, und spürte einen heftigen Schmerz in ihrer Flanke, ein Stechen durchdrang ihren Körper. Und sie schrie. Krallen verfingen sich in ihrem Pelz, ein Kiefer hatte ihre Seite fest im Griff und sie fühlte sich gelähmt, jeder Versuch sich zu wehren scheiterte an irgendwas, das sie nicht festmachen konnte.

Bis sie den Marder erblickte, der fauchend auf sie zu rannte und auf ihren Peiniger einschlug. Der Biss löste sich und Bronze sah die blutigen Krallen ihres Artgenossen. Doch er hüpfte aus ihrem Sichtfeld und sie hörte nur noch Knurren und Fauchen. Sie versuchte sich aufzuraffen, eine Hand landete auf ihrer Flanke und spürte warmes Nass. Schnaufend schleppte sie sich an die Mauer, um sich an sie zu lehnen, aber jede Bewegung durchzog ihren Körper mit Stechen. Ihr Kopf dotzte an die Wand, sie schlotterte und konnte nichts tun, außer dem Kampf zwischen dem Marder und dem Fuchs bange zu beobachten. Mit der Hand auf ihrer Wunde konnte sie nicht fassen, wie schnell sie außer Gefecht gesetzt war.

Ein Hieb in sein Gesicht – sofern sie es überhaupt noch erkennen konnte – ließ den Fuchs eine Kehrtwendung machen und davonrennen. Der Marder tauchte vor ihr auf. In seinen Augen war Sorge, seine Hand hob sich, doch er wusste gar nicht, was er tun konnte. »Wir müssen dich hier rausholen«, schnaufte er, seine Gedanken rasten.

Sie schnaubte, der erbärmliche Versuch eines humorlosen Lachens. »Denkst du?«

Sein bekümmerter Blick war nicht gerade beruhigend. »Komm schon«, wollte er ihr unter die Arme greifen. »Wir versuch...«

Ein lauter Aufprall mit einer riesigen Gestalt versperrte ihnen den Weg. Der Adler hatte seine Flügel ausgebreitet und ein greller Schrei kreischte aus seinem offenen Schnabel. Geschockt sprang der Marder vorwärts, wollte sich verteidigen, doch ein gewaltiger Flügelschlag stieß ihn gegen die Mauer. Er versuchte sich aufzurappeln, die Augen aufgerissen. Sie waren eingekeilt! Er warf sich vor Bronze, auch wenn dieser Schutz eine Farce war. Der Kopf des Adlers schnellte vor. Doch anstatt auf sie einzuhacken, wurde das Haupt des Greifs zu Boden gepresst, eine Füchsin war mit voller Wucht auf diesem gelandet, alle vier Pfoten hielten ihn unten.

»Silver!«, stieß der Marder aus und bemerkte ihr blutverschmiertes Gesicht.

»Rennt«, befahl sie.

Der Marder fackelte nicht lange und schnappt sich Bronze, um sie zu stützen. Sie zischte vor Schmerz, doch er brachte sie fort von hier. Im Unterholz ließ er sie zu Boden gleiten. Seine Hände legten sich auf ihre und versuchten die Blutung zu stoppen. »Du leckst ein bisschen«, kommentierte er trocken, um seine Sorgen zu überspielen.

»Wo ist Vinous, wenn man ihn mal braucht«, versuchte sie zu scherzen.

»Wir kriegen das hin.« Er hoffte, er klang überzeugend. »Ich bin gleich wieder da.«

Bronze versuchte sich so wenig wie möglich zu bewegen. Ihre Lider fielen zu, während der Schmerz ihren Körper übermannte.

Crass erreichte die Lichtung. Schon von weitem hatten Fauchen und Schreie die Luft erfüllt und er roch Blut. Kämpfe tummelten sich auf dem Platz, unübersichtlich und brutal. Verbissene Fuchskörper, kreischende Adler, blitzende Krallen und heftige Pfotenhiebe. Die Gespräche waren offensichtlich gescheitert. Ein Blick in die Baumkronen zeigte ihm jedoch, dass bei Weitem nicht alle mitkämpften.

Er preschte zu dem Baum hervor, auf dem Scarlet saß. »Warum lässt du das zu?« rief er. »Ich meine, bringt das hier jetzt *irgendwem* was? Außer Murk, der den Dicken markiert?«

Bei einem Knurren von der Seite stellten sich seine Nackenhaare auf. Dort stand ein mächtiger Wolf, durchaus nochmal eine Nummer größer als er. Crass' Augen huschten zur Seite. »Scarlet?«, mahnte er gedehnt.

Doch da sprang der Wolf schon auf ihn zu. Durch schnelles Ducken und Wegrollen entkam er einem Schlag und er sah sich entgeistert nach Scarlet um. Diese schaute kurz zurück, doch anstatt einzugreifen, drehte sie sich weg und wandte ihm den Rücken zu. »Ernsthaft?!«, schrie er ihr noch zu, doch musste dann wiederum dem Wolf ausweichen.

Dry hatte endlich Erfolg und sah ihren hellen Pelz zwischen hohen

Gräsern. »Own!«, rief er aus, doch dass sie sich nicht bewegte, versetzte ihm einen Stich ins Herz. Er näherte sich binnen Sekunden und sah, dass sie ihre Augen geöffnet hatte, ihre Nase an Dociles Pelz gelehnt, welchen er vorher nicht gesehen hatte. Etwas an diesem Bild ließ Dry innehalten, sein eigenes Schnaufen blieb ihm im Hals stecken. »Own ...«, sagte er leise. »Was macht ihr hier, die anderen kämpfen vermutlich gerade um ihr Leben ...«

Doch sie reagierte kaum. Ihre Augen zogen sich nur kurz zusammen. »Own?«, haderte er. »Ist er ...?« Er konnte die Frage nicht aussprechen. Gerade in diesem Moment – konnte er damit nicht umgehen. Wenn er wirklich tot wäre, würde er Own beistehen wollen. Er würde bei ihr bleiben wollen. Aber mit einem Blick auf das große Ganze konnte er sich das gerade nicht leisten. Er musste den anderen helfen, denn auch wenn er kein Raubtier war, jeder einzelne würde einen Unterschied machen. »Die anderen ... sie brauchen ... die Adler sind dort«, schnaufte er. »Own, ich ...«

»Geh.« Ihre Stimme war leise, aber beständig.

»Own«, hauchte er, wusste aber gar nicht, was er eigentlich sagen wollte.

»Du sollst gehen«, wiederholte sie bestimmt.

Gab es hier eine richtige Entscheidung? So oder so, er hatte seine getroffen. Er drehte sich um und rannte zum Bunker. Er hatte das Gefühl, als würde die Hälfte seiner Seele dabei auf der Strecke bleiben.

Zwei Adler schlugen auf Kühl ein. Sage kam hinzu, wurde jedoch mit einem heftigen Schlag auf die Erde katapultiert. Whitestar sprang gegen den Angreifer, bevor dieser auf Sage einhacken konnte. Weitere Feinde stürmten heran. Zwei Wölfe und ein Dachs stießen zu den Adlern und mischten sich mit Pfoten und Zähnen in das Geschehen ein. Bluefire warf soeben einen Wolf zu Boden, als er sich gerade noch rechtzeitig aus dem Schnabel eines Adlers wand. Stürmisch half ihm, dem Adler eine zu verpassen, sodass sich dieser zurückzog.

Kühl fühlte sich kälter und kälter mit jedem Schlag und Biss, den er tat. Seine Zähne erwischten den Nacken des Dachses und mit roher Gewalt schleuderte er ihn über das Gras. Der Gestreifte hatte Probleme aufzustehen. Der Rotfuchs fühlte sich so geladen, er sprang geradewegs auf ihn zu, doch der Anblick Murks ließ ihn anhalten. Der Raubvogel schien irgendetwas gesehen zu haben, hinter dem Bunker, und landete dort auf der Erde. Kühl sah rot.

Er registrierte Bluefires Warnung halbherzig, doch es war ihm egal. Es war jetzt oder nie und er würde diese Chance nicht verstreichen lassen. Er flitzte so schnell und dennoch so leise es ihm möglich war auf den Greifen zu, sein Tunnelblick komplett. Murk blickte sich erst um, als er ihn bereits erreicht hatte und es war zu spät, um seinem Sprung auszuweichen.

Kühl landete mit seinem ganzen Gewicht auf dem Adler und biss und kratzte alles, was er erwischte. Seine Zähne in dessen Schwingen, die Krallen ins Fleisch. Murk kreischte wutentbrannt. Die Muskeln unter seinem Federkleid streckten sich mit einer Wucht, die Kühl nicht gewohnt war. Sie schleuderten den Fuchs in die Höhe und drohten ihn abzuschütteln. Doch Kühls Maul vergrub sich noch tiefer in dessen Körper. Er brachte den Adler zum Straucheln und wenn er jetzt nur seinen verdammten Hals erwischen würde! Doch ein Flügel schlug aus, drückte ihn von dem Körper des Greifvogels weg, so krallte er sich in den Knochen des Flügels. Mal sehen, wie er ohne diesen fliegen wollte. Kühl schlitzte mit den Zähnen die dünne Haut entlang, biss in das Gelenk, bis Murk seinen Kopf beinahe komplett herumdrehte, um ihm seinen Schnabel in den Hals zu rammen.

Kühl zuckte und mit all seiner Kraft schlug er Murks Schädel weg. Irgendwo zwischen seinem Hals und seiner linken Schulter klaffte eine Wunde, die sein Vorderbein völlig außer Gefecht setzte, doch er versuchte seinen Gegner dennoch wieder einzufangen. Er würde den Mörder seines Sohnes nicht davonkommen lassen. Selbst wenn er dabei draufging.

Scheinbar hatte Murk nun tatsächlich Probleme abzuheben und Kühl landete ein weiteres Mal auf ihm. Er holte zum Schlag aus, um Murk ein für alle Mal ein Ende zu setzen. Doch seine Pfote reagierte nicht, stattdessen spürte er nur Schmerz. So gehandicapt erwischte er lediglich die Brust des Vogels, in die er hineinbiss, doch Murks Füße waren frei und schlugen in seine Seite. Kühl spürte Schmerzen an seinem gesamten Körper und seine Kraft schwand, er reagierte langsamer als er es von sich gewohnt war. Doch er wollte nicht aufgeben, schlug und schnappte so viel wie er konnte. Leider stand ihm Murk in nichts nach. Denn mit jedem Mal, mit dem er ihn erwischte, gab er es ihm vermutlich doppelt zurück. Kühl war nur zu entschlossen, um es zu bemerken.

Murks Schnabel schlug auf sein Gesicht, doch erwischte nur sein Ohr, da er den Kopf wegdrehte. Kühl wandte seinen Kopf wieder zurück und biss quer über dessen Gesicht. Murk schrie und Kühl fühlte einen kurzen Triumph, bevor der Vogel um sich schlug und ihn letztlich doch wegschleuderte. Erst jetzt bekam Kühl Verstärkung. Heart und Bluefire rannten an seine Seite, um ihn zu unterstützen. Doch Murk reagierte sofort, hastig hob er vom Boden ab, auch wenn er sichtlich Probleme damit hatte.

»Kühl!«, hörte er jemanden rufen. Es dauerte einen Moment, bis er Silver erkannte. Er wusste nicht, seit wann sie hier war. »Bist du in Ordnung?«

Nein, er war alles andere als in Ordnung. Er fühlte sich noch nie so leer in seinem ganzen Leben. All seine Schmerzen – bedeuteten ihm nichts. Er spürte nicht einmal, wie tief die Wunden waren. »Der Dreckskerl lebt noch«, zitterte seine Stimme.

Etwas Hartes und doch Verständnisvolles fuhr in ihre Mimik. »Ich weiß.« Nachdem sie die Marder gerettet hatte, konnte sie den Adler wenigstens so weit zurückschlagen, dass sie hinter dem Bunker hervorrennen konnte. Sie hatte Kühl kämpfen sehen. Und jeden anderen.

Das war so ganz und gar nicht, wie das hätte laufen sollen. Ein Blick über das Schlachtfeld zeigte ihr, dass kein Ende in Sicht war. Heart und Bluefire kämpften bereits mit dem nächsten Adler, er riss Wunden in ihre Körper. Die restlichen prallten auf andere Tiere, die sich zu vermehren schienen. Sie hatten gar keine Chance, das mit purer Gewalt zu lösen. Und all ihre Versuche, aus dieser Maschinerie auszubrechen, würden völlig umsonst gewesen sein.

Würde es so enden? Mit einem sinnlosen Blutbad?

Tödliche Stille

Silver war unglaublich wütend auf sich selbst. Was zum Teufel hatte sie sich gedacht, als sie sich zuvor dermaßen von ihren Emotionen hat mitreißen lassen, dass sie ihre Zeit mit einer lächerlichen Prügelei verschwendet hatte? Ihr war schon klar, dass da eine ganze Menge Gefühle herausgebrochen waren, die sich schon lange aufgestaut hatten und das früher oder später ohnehin passiert wäre.

Aber hatte es wirklich *jetzt* in *dieser Form* passieren müssen?!

Egal, sie musste sich konzentrieren! Verzweifelt suchte sie die Fläche ab. Sie fand das rötliche Federkleid nicht, das sie suchte. Sie wollte Stürmisch zur Hilfe eilen, doch erhaschte sie schließlich. Scarlet hockte unbeteiligt am anderen Ende der Lichtung in den Bäumen.

Stürmisch entkam dem feindlichen Fuchs, so rannte Silver sofort los. Und wie durch ein Wunder wurde sie nicht abgefangen. Allerdings sah sie Crass mit einem Wolf kämpfen, der ihn zu Boden presste. Sie erlaubte sich den Abstecher. Mit voller Wucht prallte sie ihre Schulter gegen den Wolf, der aus dem Gleichgewicht gegen den nächsten Baum knallte. Sie ließ ihren Blick kaum auf dem irritierten Fuchswolf ruhen, als er ihre Hilfe realisiert hatte. Dann war sie schon wieder auf dem Weg.

»Scarlet!«, rief sie empor und hörte ihr Stöhnen. »Ich *weiß*, dass du das nicht wolltest.«

Sie schüttelte aber nur den Kopf. »Es ist alles viel komplizierter und größer als du denkst.«

»Nicht hier«, schoss Silver zurück. »Nicht jetzt.« Sie weigerte sich zu glauben, dass alles umsonst gewesen war. »Jetzt gerade ist es ein Problem, das *du* lösen kannst.« Ihr Blick fiel auf die anderen Adler, die den Wortwechsel mitverfolgen und dabei auf Scarlet schielten. »Sieh dich doch um«, flehte Silver. »Alle hier warten darauf, was *du* sagst!«

Diese Füchsin hatte recht. Scarlet haderte schon die ganze Zeit damit. Aus anderen Gründen, als diese Gruppe dachte, doch trotzdem. Die Sache war nur – wenn sie diese Entscheidung nun traf, war es vorbei. Konsequenzen würden gezogen werden und für sie persönlich würden sich Dinge ändern. Drastisch. Und sie interessierte sich nicht wirklich für die Gruppe, ob jemand starb würde sie nicht beeinflussen, aber wenn es eine Gelegenheit gab, ein Zeichen zu setzen – auch für alle anderen – dann jetzt. Und sie kam mehr und mehr zu der Überzeugung, dass es nötig war.

Murk hatte sich auf einen Baum geflüchtet, um seine Wunden zu lecken. Dieser Fuchs hatte ihm ganz schön zugesetzt. Er hatte ihn leider auch eiskalt erwischt. Murks Flügel schmerzte und sein Auge war blutüberströmt, weswegen er Mühe hatte, sich einen Überblick zu verschaffen. Doch was er dann sah, zerrte an seinem Geduldsfaden.

Schon wieder plapperte einer von denen auf Scarlet ein. Und warum ihn das so störte, hing mit der zweiten Tatsache zusammen. Scarlet hörte zu.

Wie konnte sie nur! Seine Federn plusterten sich noch mehr auf. Wie konnte sie ihn so hintergehen! Nach allem, was er für sie getan hatte! Die ganze Zeit schon versuchte sie ihn auszubremsen. Es war nicht so, dass er das nie gemerkt hatte. Und doch verlagerte sich seine ganze Wut dabei wieder auf die Gruppe. Sie hörten niemals auf, auf sie einzureden. Jeder Denkzettel, den er ihnen verpasst hatte, war scheinbar nicht genug.

Ein Schrei lenkte ihn ab. Einer seiner Adler wurde gerade von dreien dieser Füchse eingeengt. So setzte er sich wieder in Bewegung und schoss auf einen der Füchse zu. Es war der blaue. Seine Krallen stießen in seine Flanke, doch Murk bemerkte, dass er kein gutes Gleichgewicht hatte. Er wusste nicht, ob es klug war, an den Kämpfen jetzt noch teilzunehmen.

Aber seine Gedanken wanderten schon weiter, Lösungen tummelten sich in seinem Kopf, von denen eine sofort machbar war, ohne dass sie ihn überwältigen konnten in seinem Zustand. Er wusste, wo ihre Höhle war. Und er kannte ihren Geruch. Und er konnte verhindern, dass diese Gruppe auf Dauer bestehen würde.

Er lächelte den Blaufuchs kalt an. »Soll ich das zu Ende bringen, was ich bei deinem Sohn angefangen habe?«

Bluefire rann es eiskalt den Rücken runter. Er sprang auf, doch Murk war schon in der Luft, bevor er ihn erreichen konnte. »Nein!«, schrie er voller Horror hinterher.

»Bluefire?«

Der Blaufuchs entdeckte Vinous in den Bäumen. »Murk ist hinter den Kindern her, sag es Silver!«, brüllte er. Mit diesen Worten war er schon im Wald verschwunden. Mit dem vollen Wissen, dass er zu langsam sein würde.

Vinous sprang sofort zu Silver und ignorierte alle dort sitzenden Adler. Keiner von ihnen war momentan in den Kampf verwickelt. »Silver!«, rief er ihr zu. »Murk sucht Brisk und Pale.«

Diese Worte kamen aus dem Nichts und trafen hart. Verzweifelt erfasste sie noch einmal Scarlet. Teils aus Schock, als könne sie ihr helfen. Teils weil sich eine leise Stimme in ihr fragte, ob sie nicht alle sterben würden, könne sie Scarlet nicht überzeugen. Ihr flehender Blick war jedoch alles, was Silver jetzt noch tun konnte. Und es musste genügen. Denn sie konnte nicht bleiben. Sie rannte los, Vinous an ihrer Seite.

Als sie in den Wald eindrangen, rief das Eichhörnchen hinunter, »Ich renne vor.« Doch Silver nahm es nicht wirklich wahr. Ihr Herz sprang jeden Moment aus ihrer Brust. Das konnte nicht wahr sein. Das durfte nicht passieren.

Vinous flitzte unterdessen durch das Geäst des Waldes, keine Ahnung, was er eigentlich ausrichten sollte. Aber vielleicht konnte er vor Murk an der Höhle ankommen, vielleicht könnte er die Kleinen warnen. Er ignorierte, wie abwegig dieser Gedanke war. Er konnte schneller als die Bodentiere sein, aber nicht schneller als ein Adler, der in der Luft unterwegs war.

Wenn man vom Teufel sprach. Er erkannte Murks Gestalt in den Baumkronen sitzen – direkt bei der Höhle von Silver und Bluefire. Er musste hinrennen, oder? Auch wenn er augenscheinlich nichts anrichten konnte, es fühlte sich einfach falsch an, *nichts* zu tun. Vielleicht könnte er sie trotzdem irgendwie warnen. Sie waren noch in der Höhle. Er könnte an ihm vorbei. Irgendwie.

Auf einmal krümmte sich der Vogel und Vinous rutschte das Herz hinunter. Er hatte sie nicht etwa schon? Konnte es sein, dass er sie bereits mit in den Baumwipfel genommen hatte?

Doch der Greif lehnte sich noch weiter vor und brach in sich zusammen. Mit einem gewaltigen Knall krachte er durch die Äste der Bäume hinunter auf die Erde.

Vinous hielt die Luft an. Und auch sonst bewegte er sich nicht. Ebenso wenig wie Murk.

»Bluefire!«, schrie Silver ihm zu, sie hatte ihn beinahe eingeholt.

»Ich sehe ihn nicht«, hechelte er mit zittriger Stimme. »Wir sind gleich da.«

Gemeinsam rannten sie die letzten Meter durch den Wald, ehe sie zu ihrer Höhle kommen würden. Sie preschten vorwärts, doch Vinous fiel ihnen geradezu vor die Füße. »Schschsch«, machte er mit leicht erhobenen Händen und signalisierte ihnen, dass sie langsam machen sollten.

»Nein, Vinous ...«, wimmerte Silver. »Sag es nicht ...«

»Den Kindern geht's gut«, versicherte er ihr sofort, doch etwas an seinem Auftreten war zurückhaltend. »Sie sind noch nicht einmal alleine, Zart und Wind sind bei ihnen.«

»Was ist es dann? Wo ist Murk?«, hakte Bluefire nach.

Seine Brauen hoben sich. »Das solltet ihr euch besser ansehen.«

Und das taten sie. Sein gewaltiger Körper lag vor ihrer Höhle – regungslos. Silver konnte sein Gesicht nicht erkennen. »Was ist mit ihm?«, fragte sie verwirrt. »Ist er ... ist er etwa tot?« Alles in ihr lechzte danach, in die Höhle zu gehen, aber zuerst musste sie die Lage prüfen.

Der Nager hüpfte als erstes nahe dran.

»Vinous, warte«, zischte Bluefire. »Was ist, wenn er noch lebt?«

»Dann liefert er eine überzeugende Show ab«, entgegnete er lediglich trocken. Im nächsten Moment landete er auf dem Körper des Greifs. Silver *zuckte* dabei geradezu. Ihr emotionales Gewand war gerade nur hauchdünn. Aber wenn Vinous von allen Leuten dabei so wenig Bedenken hatte – war er vielleicht wirklich keine Gefahr mehr. »Er atmet nicht«, stellte der Nager fest.

»Was zum Teufel ist passiert ...«, versuchte die Füchsin zu verstehen.

»Kühl?«, schlug Bluefire vor.

»Der Kampf?«, fragte Silver ungläubig. »Das glaube ich nicht. Murk war verletzt, aber nicht tödlich.«

»Mama? Papa?«

Die beiden Füchse wirbelte herum und liefen auf ihre Jungen zu, um sie an sich zu drücken. Silvers Atmung flatterte. »Gott sei Dank geht's euch gut«, winselte sie und sah hinter ihnen Zart zum Vorschein treten.

»Wo sind die anderen?« fragte diese voller Sorge.

»Noch beim Bunker«, antwortete Bluefire. »Wir sollten eigentlich dahin zurück.«

»Aber wenn Murk tot ist«, wandte Silver ein, »könnte das *alles* bedeuten. Es könnte vorbei sein.«

Bluefire wandte sich wieder um, um zu Vinous zu treten. Dieser fasste sich an die Schläfe. »Seine Wunden sind nicht tödlich«, sagte er verwirrt. »Glaube ich jedenfalls nicht. Aber er atmet nicht.«

»Du bist sicher, dass er tot ist?«, wollte der Blaufuchs wissen.

»Jaja, er …«, machte das Eichhörnchen auf ihn zeigend, als ob es offensichtlich wäre, und schlug danach einmal zur Demonstration gegen seinen Schädel. »Der ist hinüber. Ich verstehe nur nicht wie.«

»Vielleicht wurden seine eigenen Pläne gegen ihn verwendet und er wurde vergiftet«, schlug Silver vor.

»Möglich«, sagte Vinous gedankenverloren und streifte suchend durch die Federn an seinen Beinen.

»Wir müssen trotzdem aufpassen, was wir fressen in nächster Zeit«, überlege Bluefire.

»Hm«, machte Vinous plötzlich.

Silvers Ohren spitzten sich. »Was?«

»Er wurde vergiftet, okay«, antwortete er und winkte sie hinüber. Die beiden Füchse traten hinter ihn, während er die Federn an seinem Bein zurückschob und zwei kleine Punkte offenbarte.

Es dauerte einen Moment, bis Silver verstand. Ihre Augen wurden groß. »Slide?«

Vinous drehte seinen Kopf zu ihnen um. »Slide«, bestätige er sicher.

Dry hatte viel Zeit verbraucht, bis er Own gefunden und sich dann entschlossen hatte umzukehren. Wie viel Zeit, wurde ihm aber erst bewusst, als er sich an die Lichtung heran und dabei an ein paar anderen Tieren vorbeischlich. Er hörte keine Kampfgeräusche. Keine Schreie. Gar nichts.

Er achtete noch darauf, dass er nicht gesehen wurde, aber fragte sich bald darauf, wer ihn überhaupt sehen sollte. Ein Blick zu den Baumkronen zeigte ihm, dass keine Adler in der Nähe waren. Schließlich schlüpfte er aus dem Unterholz hinaus, um auf die Lichtung sehen zu können. Er sah niemanden, doch hörte er leises Gemurmel in der Ferne. So entschloss er sich, einen Blick hinter den Bunker zu werfen. Dazu hoppelte er recht flink an diesem entlang und war überrascht, als ein paar Füchse um die Ecke bogen. Zuerst erschrocken, stellte er fest, dass es sich um die Rotfüchse von Silvers Familie handelte.

»Schau mal an, wer zu spät zur Party kommt«, hörte er den Marder reden. Zum Glück ein vertrautes Gesicht. Doch neben ihm kauerte Bronze auf dem Boden, ihre gesamte Flanke mit irgendetwas einbalsamiert.

»Wo ist der Rest?«, fragte Dry. »Vinous. Silver. Bluefire. Und wo wir schon dabei sind – wo zum Teufel sind die ganzen Adler?«

»Fort«, antwortete Kühl schlicht. Sein Körper war mit Wunden und Blut übersät.

»Was ist passiert?«, versuchte Dry zu verstehen.

»Scarlet«, sagte der Marder mit gekreuzten Armen. »Sie hat alle zurückgepfiffen. Wir müssen zu Silvers Höhle. Sage und Heart haben mitbekommen, dass Murk Pale und Brisk bedroht hat und die Silberfüchse sind gleich losgerannt.«

Dry nickte nachdenklich. »Ganz ohne Kampf hat es wohl aber nicht funktioniert.«

Der Marder seufzte. »Nicht ganz. Hey, hast du was von Own mitgekriegt?«

Der Feldhase wusste für einen Moment nicht, wie er anfangen sollte. Er sollte womöglich gleich wieder zurück, aber er musste es auch jemandem mitteilen. Und außerdem sollte er sichergehen, dass das mit Murk auch alles geklärt war. »Ja«, hauchte er schließlich die bittere Antwort. »Hab ich.«

Whitestar war so unglaublich erleichtert, als sie Silver und die Kinder wohlauf vorfanden. Stürmisch fiel seiner Schwester als erstes um den Hals, bis er hinter ihr Zart entdeckte. Er rannte schließlich auf sie zu und sie pressten sich hilfesuchend aneinander. »Es tut mir so leid, dass ich nicht da war«, flüsterte sie mitgenommen.

Stürmisch schnaubte. »Ich bin froh, *dass* du nicht da warst.«

Plötzlich zog sie ihren Kopf zurück. »Wo sind Mutter und Vater?«, fragte sie voller Sorge.

»Ihnen geht's gut.« Er stockte, als er an Kühl dachte. »Na ja, sie leben zumindest.« Stürmisch fühlte sie noch immer, die unheimliche Schwere durch Cunnings Tod. Aber er war auch erleichtert, dass es nicht noch mehr Tote gegeben hat. Dieses Gefühl wurde jedoch wieder gedämpft, als er Wind im Höhleneingang erkannte.

Silver hörte Bluefire den Rest auf den neusten Stand bringen, doch suchte mit den Augen den Wald ab, als sie Geräusche vernahm. Sie hat sich sagen lassen, dass es immerhin dem Marder gut ging und Bronze lebte. Trotzdem streckte ein Lächeln ihre Lippen, als sie sie endlich sah. Und Dry noch dazu.

»Brisk und Pale okay?«, fragte der Marder direkt.

»Alle lebendig«, nickte Silver, doch sah sich dann gezielt um. »Vinous? Ich denke, deine Kenntnisse sind gefragt.«

Der Nager sprang auf Bronze zu. »Ah. Großer Wiesenknopf«, begutachtete er Bronzes Seite. »Da hat ja jemand richtig aufgepasst.«

»Musste alle meine Gehirnzellen zusammennehmen, aber dann hat's geklappt«, kommentierte der Marder.

»Ist er tot?«, knurrte Kühl dunkel.

»Ja, ist er«, antwortete Silver. »Slide hat ihn gebissen.«

»Was, echt jetzt?«, fragte der Marder überrascht und Silver nickte.

»Du hast es gut gemacht, Marder«, fügte Vinous noch hinzu als er Bronze untersuchte. »Und vor allem rechtzeitig. Bei so einer Wunde weiß ich nicht, was passiert wäre, wenn sie nicht rechtzeitig behandelt worden wäre.« Der Marder streckte lächelnd die Hand nach seiner Artgenossin aus und sie drückte sie leicht, ein schwaches, aber dankbares Lächeln auf ihren Lippen. »Soll ich einen Blick auf dich werfen?«, fragte das Eichhörnchen schließlich Kühl, wenn auch leiser Argwohn darunterlag. Auf eine Weise, wie er ihn bei ihrer Gruppe nicht mehr hatte, stellte Silver fest.

Doch der Rotfuchs reagierte nicht, seine Augen waren auf Murk fixiert. Und ehe er sich versah, humpelte er dorthin und setzte sich vor den Leichnam auf die Hinterfüße, auch weil er nicht länger stehen konnte. Er ließ das Bild auf sich wirken und spürte das erste Mal etwas anderes als hohle Trauer. Es war als löse sich etwas in seinem Herzen und zerbrach dort. Er spürte plötzlich, dass sich jemand an seine Seite lehnte, bis er erkannte, dass es Zart war. Ihr Kopf lehnte sich unter seinen und er sah ihre leisen Tränen. Als Kühl die Liebkosung erwiderte, wurde ihm bewusst, dass er das das erste Mal seit Cunnings Tod konnte. Und dass er endlich etwas anderes als Rachedurst spürte.

Heart kam an seine andere Seite und sofort presste er seinen Kopf an ihren und spürte auch ihre nassen Wangen. Er konnte nun loslassen. Seinen eigenen Tränen freien Lauf lassen. Und seine Familie wieder reinlassen.

»Ich werde zu Own gehen«, verkündete Dry, als vor Ort alles geklärt schien. Und als klar war, dass vermutlich keine bösen Überraschungen auf sie lauern würden, wenn er jetzt zu Own käme.

Silver spitzte sofort die Ohren. »Wo ist sie?«

Dry seufzte, doch der Marder war derjenige, der antwortete. »Dry hat sie im Wald gesehen. Er glaubt, dass Docile tot ist.« Silvers Mund öffnete sich vor Schock, brauchte sie doch einen Moment, um das zu verarbeiten. Um zu verarbeiten, was das für Own bedeutete.

»Ich werd mitkommen, Dry«, hörte sie den Marder sagen und Silver schaute sich hilfesuchend um. Sie hatte noch nicht einmal richtig mit ihren Kindern gesprochen. Und trotzdem konnte sie sich jetzt nicht einfach gemütlich zu ihnen setzen. Ihre Verzweiflung traf auf Bluefire. Dieser deutete ein versicherndes Blinzeln an. »Geh«, meinte er ruhig. Sie nickte ihm zu und folgte dann umgehend Dry und dem Marder. Bluefire schaute ihnen noch hinterher, bevor er seinen Blick über alle schweifen ließ.

»Papa?«

Er schaute sich nach seinen fragenden Kindern um.

»Geht es Bronze gut?«, fragte Pale besorgt.

Bluefire lächelte sie an. »Keine Angst, Vinous kriegt sie wieder hin. Warum geht ihr nicht zu ihr und redet mit ihr?«

Und genau das taten sie. Bluefire wusste nicht, was er getan hätte, wäre ihnen etwas passiert. Er konnte Kühls Gefühle durchaus nachvollziehen. Zum Glück konnte er nun beginnen, damit umzugehen, jetzt nachdem Murk tot war. Mit Slide hatten sie dann vermutlich auch noch ein paar Worte zu wechseln. Der Fuchs hatte sich schon gewundert, wo die Schlange abgeblieben war. Er hätte eigentlich vermutet, dass er interessiert wäre an ihrem Vorhaben. Und scheinbar war er das auch gewesen. Murk zu beseitigen hatte einigen von ihnen wahrscheinlich das Leben gerettet. Aber plante er nun, einfach verschwunden zu bleiben? Verschwunden war auch Crass. Er lebte, Bluefire hatte ihn noch gesehen. Aber scheinbar hatte er sich entschieden, sie alle nun einfach in seinem Wald ihre Wunden lecken zu lassen. Und als er an Own und die Rotfuchsfamilie dachte, wurde ihm nochmal bewusst, dass einige Wunden tiefer saßen als andere.

Bluefire fühlte sich ausgelaugt auf einem Level, das er bisher noch nicht kannte. Es war ein verdammt langer Winter gewesen.

Als sie bei Own ankamen, saß sie genauso da, wie Dry sie verlassen hatte. Mit Docile zwischen ihren Pfoten. Wenn er noch Zweifel gehabt haben sollte, waren diese nun fort. Docile *war* tot.

»Own?«, fragte er vorsichtig und schritt näher an sie heran. Er hörte sie seufzen, doch sie sah sie nicht an.

Silver ging langsam um sie herum, um ihr Gesicht besser sehen zu können. Doch das brach ihr das Herz. Owns Augen waren rot unterlaufen und auch jetzt standen immer noch Tränen darin. »Own«, wimmerte sie, als sie das sah, ihr Mitgefühl schoss eigene Tränen gegen ihre Augäpfel und ließen diese schimmern. Niemals hatte sie die Häsin so gesehen. »Es tut mir so leid.«

»Er war kein Schatten«, brachte Own heraus. »Er hat nicht für *sie* gearbeitet.« Sie schüttelte den Kopf und es verirrten sich weitere Tränen ihre Wange herunter. »Er hat gearbeitet, um *mich* am Leben zu halten.«

Silvers bekümmerter Blick senkte sich zu Boden. »Ich weiß«, wisperte sie nur.

»Er hat uns das mit dem Bunker gesagt«, fuhr die Häsin fort. »Er hat versucht, uns zu helfen und ist dafür gestorben.«

Dry wusste nicht, wie er ihr beistehen sollte. Ein Teil von ihm wollte sie einfach an sich drücken. Aber er wusste, dass sie das gerade nicht zulassen würde. Er fragte sich, ob sie überhaupt irgendetwas zulassen würde. Niemand hatte sie jemals so emotional gesehen.

Own fühlte. Und wie sie fühlte. Sie fühlte einen unfassbaren Schmerz, der sie innerlich zerriss. So sehr, dass sie irgendwie aufgebrochen war und alles raus rann. Alles was sie zuvor nicht zeigen konnte und wollte, floss einfach nach außen und ließ sie voller Schmerzen zurück. Weinen sollte helfen, sagte man. Sollte den Druck lösen. Aber sie fühlte sich einfach nur elend. Elend, hoffnungslos, und verloren. Und sie *wünschte* sich, die Worte der anderen würden ihr irgendwie helfen, würden sie aufbauen.

Aber das taten sie nicht.

Tränen

Stürmisch hatte sich an den Rand gelegt. Er war für den Augenblick ebenso wie die Rotfüchse in einen Moment der stillen Trauer verfallen. Einen Moment voller Wehmut. Cunning könnte jetzt bei ihnen sein. Er hätte sich mit ihnen freuen können. Mit ihnen erleichtert sein. Er würde sich nun zu ihm legen, ihm sagen, dass sie es alle geschafft hätten und dass er daran gar nicht erst gezweifelt hätte.

Das Leben konnte so grausam sein. Hätte diese Schlange Murk nicht einfach ein paar Tage vorher beißen können?

Stürmisch war aber nicht der Einzige, der abseits war. Wind hielt sich ebenfalls zurück. Er hatte sich irgendwann neben die Höhle gesetzt, scheinbar in Gedanken. Das fiel ihm auf, weil Brisk, die zusammen mit Pale eine ganze Weile bei Bronze gewesen war, nun zu ihm hin tapste. Sie sprach ihn offen an, mit einer kindlichen Selbstverständlichkeit. Und Wind reagierte auf sie. Er rang sich nach einer Weile sogar ein müdes Lächeln ab, schickte sie danach aber wieder zu ihrem Bruder.

Warum zum Teufel suchte Brisk ihn immer wieder auf? Und warum hielt sich Wind mehr zurück als jemals zuvor? Er hatte zuvor wieder eine einigermaßen gute Basis mit Zart und Cunning gefunden. Eine, bei der sie offen redeten und er nicht mehr so unnahbar wirkte. Stürmisch hätte vermutet, dass er zumindest bei Zart Trost suchen würde. Aber irgendetwas Verschlossenes steckte in seiner gesamten Gestik. Und Stürmisch hatte eine Vermutung, weshalb.

Er schaute sich kurz nach allen Seiten um, aber alle schienen beschäftigt. So stand der Silberfuchs auf und näherte sich Wind. Dieser hatte das wohl nicht erwartet und hob fragend eine Braue.

Stürmisch wusste im ersten Moment nicht, wie er seine Gedanken geordnet mitteilen sollte, so viele Unsicherheiten lagen darin. Doch die Worte kamen mit mehr Überzeugung, als er erwartet hätte, so simpel wie auch klar. »Du warst da.« Dem Rüden wurde bewusst, dass er sich, bis er es ausgesprochen hatte, selbst nicht ganz geglaubt hatte. Denn das öffnete Türen zu unheilvollen Befürchtungen. »Als Cunning gestorben ist«, führte Stürmisch weiter aus, als Wind die Stirn gerunzelt hatte. »Du bist da gewesen.«

Er wusste nicht, wie er Winds Gesichtsausdruck zu deuten hatte. Aber der Fakt, dass er nicht mit Worten antwortete, stachelte etwas in Stürmisch auf. »Warum hast du das niemandem gesagt?«, hakte er daher nach.

Wind verhielt sich abwartend, aber auch verständnislos. »Was würde das für einen Unterschied machen?«

Stürmischs Zähne kauten aufeinander. »Wenn du da gewesen wärst, um zu helfen ...«, fing er an, die Worte langsam und bedacht, sodass ihm die Tatsachen selbst bewusst wurden. »Wenn du zufällig da gewesen wärst ... hättest du das nicht verheimlicht.« Er konnte die Bitterkeit nicht stoppen, die ihn mit Klarheit überschwemmte. »Nur, wenn du dageblieben wärst – um zuzusehen ... ergibt das plötzlich Sinn.«

Winds Art änderte sich radikal, sein Gesicht verdunkelte sich, seine Augen funkelten bedrohlich. »Glaubst du im Ernst, dass ich meinen eigenen Bruder tot sehen wollte?«, fauchte er.

»Nein, schon klar, dass es eigentlich mich treffen sollte«, schoss Stürmisch selbstsicher zurück, doch Winds Ausdruck wurde daraufhin noch dunkler und gefährlich auf eine Weise, die er trotz allem an ihm noch nicht gesehen hatte.

»Du bist unglaublich, Stürmisch«, knurrte er unheilvoll. »Dreh dich um und verschwinde. Sofort.«

Einen kurzen Moment fragte sich der Silberfuchs, ob er zu weit gegangen war. Ob er unfair war. Aber wenn er ehrlich zu sich war, glaubte er eigentlich nicht, dass er sich diesbezüglich irrte. Wind *war* gefährlich. Auch wenn ihm alle anderen das nicht glauben wollten. So atmete er angespannt aus, doch wollte es dabei belassen. Bis auf eine Sache, die er noch loswerden musste. »Na schön, ich gehe. Aber du hältst dich dafür gefälligst von Brisk fern.«

Fassungslosigkeit trat unter der Dunkelheit hervor und mündete in einem ebensolchen Schnauben. Doch er schien sich zu sammeln. Er antwortete wieder nicht mit Worten. Aber etwas anderes tanzte unter der Oberfläche. Und Stürmisch fragte sich, ob es sich dabei um düsteres Amüsement handelte.

Heart war kurz in den Wäldern gewesen, um zu jagen. Gerade Kühl würde sich die nächsten Tage kaum selbst versorgen können. Sie war wie in einer Blase gewesen, aber als sie jetzt zurückkam, nahm sie tatsächlich alle wahr. Sie ließ die Maus zwischen ihre Pfoten gleiten. So viel Erschöpfung prasselte auf sie ein, als sie in die Runde blickte. Trauer, aber auch Erleichterung. Sie ließ all diese Emotionen einen Moment durch sich fließen und spürte sie einfach nur. Aus irgendeinem Grund fühlte es sich nach einer Katharsis an. Und es tat zugegebenermaßen gut, die Gefühle der anderen zu spüren, wenn ihre eigenen so verletzend waren.

Ihr Blick blieb an dem kleinen Blaufuchs hängen. Er hatte etwas Magnetisches in diesem Moment. Er unterhielt sich und spielte mit seiner Schwester, aber es war als hätten seine Emotionen Verbindungen an Orte und Dinge, von denen er keine Ahnung haben konnte. Und nicht alle davon waren angenehm.

»Gibt's ein Problem, Heart?« Sie entdeckte Bluefire, seinen Kopf zur Seite geneigt. »Ist irgendwas mit den Kindern?«

Die Füchsin blinzelte einen Moment. Sie war es nicht gewohnt, dass Leute sie auf ihre Fähigkeiten ansprachen. Aber ihr war durchaus bewusst, dass das inzwischen die Runde gemacht hatte. Im Endeffekt war es eine Erleichterung. So konnte sie ganz offen sagen, wenn ihr etwas auffiel. »Pale kann sehen, oder?«, fragte sie ruhig. »Dinge an anderen Orten, anderen ... Zeiten.«

Bluefires Ohr zuckte. »Hat dir Silver oder Stürmisch davon erz...«

»Dass sogar ich das spüren kann, macht es mehr als eindeutig«, ließ sie ihn gar nicht erst ausreden. »Pale entwickelt einen sechsten Sinn.«

Scheinbar hatte es niemand auch nur annähernd so deutlich ausgesprochen, denn Bluefire schien zunächst verdutzt und dann in Gedanken. »Vielleicht ist das ganz logisch, immerhin hat er einen verloren«, antwortete er schließlich.

Heart fand Pale und beobachtete ihn. Er wirkte fit. Sogar zufrieden. »Ihr habt nichts an ihm bemerkt, dass es ihm schlechter ging, wenn er so eine Vision hatte, oder?«, fragte sie gedankenverloren.

Sie sah aus den Augenwinkeln wie der Fuchs den Kopf neigte. »Nein. Wieso?«

Sie schnappte aus ihren Gedanken mit einem zögerlichen Seufzen. »Als ich angefangen habe, meine Fähigkeiten zu entwickeln, hatte ich Probleme«, sagte sie vorsichtig. »Das soll euch jetzt keine Angst machen, bei ihm ist das wahrscheinlich völlig anders, aber ... mir ging es weniger gut.«

Bluefire runzelte forschend und auch mitfühlend die Stirn. »Was war passiert?«

Doch sie schüttelte nur den Kopf. »Nicht weiter wichtig. Es ist vorbei und mir geht es gut. Aber wenn Pale irgendwelche Fragen hat, welcher Natur auch immer – wenn ich kann, bin ich gerne für ihn da.«

Ein Lächeln entstand in seinem Gesicht. »Danke, das werde ich ihm sagen.«

Silver fühlte sich taub. Obgleich ihre Familie komplett überlebt hatte, konnte das nicht jeder von sich behaupten. Und sie wollte den Leuten, die trauerten, beistehen, aber Own so zu sehen, musste sie erst einmal einen Augenblick für sich selbst verdauen. Sie war zurück zu ihrer Höhle gelaufen, da dort ihre Kinder sein würden und sie sich endlich mit ihnen zusammensetzen wollte. Sie wollte ansonsten für den Moment mit niemandem sonst reden. Sie hätte jedoch wissen sollen, dass Fragen folgen würden.

Als Bluefire sie entdeckte, wandte er sich von Heart ab und lief auf sie zu. »Wie geht es Own?«

»Docile ist tot«, antwortete sie bitter und fand, dass das beinahe Erklärung genug war. Doch ein Schnauben brach aus, ihr Kopf schüttelte sich fassungslos, als sie doch noch das Bedürfnis verspürte, etwas hinzuzufügen. »Own hat seit langer Zeit wieder Gefühle zugelassen. So dass sie es nach außen getragen hat. Sie hat in letzter Zeit fast gelächelt.« Silvers Verdruss verdeutlichte sich, ihr bitteres Grinsen war ohne jeglichen Humor. »Ich hätte gedacht, dass ich sie lächeln sehe, bevor ich sie weinen sehe.« Bluefires Blick wanderte zu Boden. Die Füchsin wusste nicht, ob er etwas sagen wollte, doch ihre nächsten Worte konnte sie nicht stoppen. »Emotionen können ganz schön nach hinten losgehen. Da kann ich es ja fast verstehen, warum du keine zeigen willst.«

Das ließ ihn wieder aufblicken, verwundert und geschockt. Ihr Gesicht war immer noch voller Bitterkeit, es mischte sich Vorwurf hinzu und sie hatte eine Distanz, die nicht überraschend und doch verletzend war. »Silver ...«, setzte er an, doch wurde jäh unterbrochen.

»Lass mich«, befahl sie unwirsch und ließ ihr Gegenüber einfach stehen.

Vinous war nachdem er Bronze versorgt hatte aufgebrochen. Scheinbar hatten sie ihren Sieg, wenn man es überhaupt so nennen möchte, einer Person zu verdanken. Und diese wollte er nun endlich aufspüren. Plattes Gras, das unter einen Stein führte – das war ein guter Hinweis. Aber bis man den richtigen Stein gefunden hatte, das konnte dauern.

Der Nager suchte zunächst die Plätze ab, an denen er Slide schon einmal gesehen hatte, doch sie schienen unberührt. Beinahe. Er sprang auf einen dünnen Ast, der sich sehr weit nach unten beugte und dort federte und inspizierte dabei ein Versteck.

»Weiß es Scarlet schon?«

Vinous sprang wie von der Tarantel gestochen auf den nächsthöheren Ast, als er die tiefe Stimme hörte. Nach dem Schock hatte er sie jedoch erkannt und suchte ihn lediglich im Unterholz. »Ich für meinen Teil hatte genug Aufregung die letzten Stunden, Crass«, schimpfte er und war doch gleichzeitig erleichtert.

»Wollte dich tatsächlich nicht aufscheuchen.« Sein Kopf neigte sich zur Seite, seine Augen funkelten, sein Körper war voller Schrammen. »Zu meiner Frage?«

Vinous blinzelte, bevor er sich erinnerte. »Scarlet. Richtig. Was soll sie wissen?«

»Ich hab deine Diagnose von Murk vorhin mitbekommen.«

»Oh. Gewieft«, kommentierte das Eichhörnchen schlicht. »Keinen Schimmer von Scarlet.«

Crass atmete einmal durch, doch drehte sich dann wortlos herum, um wieder im Unterholz zu verschwinden. Der Nager hatte sich inzwischen von dem kleinen Schreck erholt und setzte seine Suche fort. Es war nervtötend, auch weil er es gewohnt war, Leute schneller zu finden, aber es war ebenso notwendig. Bis er endlich Erfolg hatte.

»Wie bereits erwähnt«, fing Vinous an. »Es ist durchaus eine Herausforderung, dich zu finden.«

Es entstand eine lange Pause, doch der Nager würde sich nicht beirren lassen. Schließlich regte sich etwas und Slide ringelte sich unter dem Stein hervor. »Und doch schaffst du es immer wieder«, antwortete er schließlich. »Vielleicht gibt es ja doch Hoffnung für dich.«

Vinous kreuzte die Arme. »Wie hast du es angestellt?«

Slides Zunge flitzte für einen Augenblick raus, als er das rote Tier beobachtete. »Er war ziemlich übel zugerichtet, als ich ihn erwischt habe. War geschwächt.«

Vinous schnaufte. »Kühl wird sich freuen, dass er dazu beigetragen hat ...«

»Wer?«, blinzelte die Schlange.

»Ein Fuchs, dessen Sohn Murk ermordet hat.«

»Oh.«

»Slide«, seufzte das Eichhörnchen. »Ich werde nicht lügen, wir alle sind ziemlich erleichtert, dass du das getan hast. Murk hätte einfach weiter gemordet, er hatte nicht das geringste Einsehen.«

Die Schlange neigte den Kopf zur Seite. »Aber?«

»Du hasst die Schatten. Verständlicherweise. Ich hoffe, das färbt nicht auf uns ab, obwohl wir auch verschiedene Tierarten sind.«

Da war ein zurückhaltendes Grinsen. »Glaube mir, ich kann die Grenze ziehen.«

»Geht das auch so weit, dass du uns nicht anfällst, uns nicht frisst?«, hakte Vinous nach. Dass Slide zufällig ihren Peiniger getötet hatte, war noch keine Garantie dafür, dass er sich ihnen gegenüber friedlich verhielt. Sie hatten für eine Weile dasselbe Ziel gehabt, aber Slide hatte immer seine eigenen Beweggründe.

Ein nachdenkliches Augenrollen war die Folge. »Ich werde euch nichts tun«, murmelte er so leise, dass ihn Vinous kaum hörte.

»Kannst du das nochmal mit mehr Überzeugung sagen?«

»Vinous«, betonte er mit Nachdruck, ihn wieder voll im Blick. Der Nager erinnerte sich nicht daran, ob er seinen Namen schon jemals ohne Hohn oder Ironie ausgesprochen hatte. »Ihr seid gegen die Schatten. Ich werde mich nicht gegen jemanden stellen, der gegen die Schatten ist. Wir können einander vermutlich tatsächlich helfen.«

Der Nager atmete einmal durch, durchaus erleichtert. »Gut zu hören. Dann nehme ich an, dass wir uns nicht das letzte Mal gesehen haben.«

Slide funkelte ihn an und nickte kurz. »Vermutlich nicht.«

Crass hatte die Lichtung verlassen, nachdem Scarlet alle anderen zurückgepfiffen hatte. Davor hatte er noch einige Schläge des Wolfes einkassiert und es war nicht so, als hätte ihm der Kampf mit Silver zuvor nichts ausgemacht. Nichtsdestotrotz sollte er wohl dankbar sein, dass ihm nichts Schlimmeres widerfahren war. Beendet war die Sache allerdings erst, als Murk kein Faktor mehr war.

Er war tatsächlich tot.

Crass konnte es noch nicht realisieren, dass die Streitigkeiten damit beendet sein könnten. Es war kein Geheimnis, dass Scarlet nicht Murks Meinung war, aber sie würde ihn sich sicherlich nicht tot wünschen. Also erlaubte es sich der Fuchswolf noch keinen Jubel darüber, dass es vorbei war.

Es dauerte, bis er endlich an das Adler-Gebiet herankam. Dass er hier und da eine Gestalt sah, die ihn zwar feindlich anfunkelte, aber sonst nichts unternahm, bestärkte ihn darin, seinen Weg fortzuführen. Der Stand der Dinge musste geklärt werden, bevor ein weiterer Krieg ausbrach.

Er sah sie schon von Weitem. Sie war umgeben von anderen Adlern auf den Bäumen und allerhand anderen Tiere auf dem Boden. Dass sie ihn erspähte und nicht den Befehl zum Angriff gab, nahm ihm eine Last von den Schultern.

Ihr Blick hatte die gewohnte Kälte, doch sie war abgeschlagen darunter. »Was willst du noch?«

Er zögerte. Sollte er direkt fragen? »Weißt du, was gerade eben in meinem Wald passiert ist?«

Sie sah bitter aus, ihr Ausdruck hatte etwas Dunkles. Doch ebenso gab es scheinbar etwas, das sie zurückhielt. »Ich weiß, was in deinem miserablen Wald vorgeht, bevor du es weißt«, schoss sie zurück. »Meine Adler können fliegen, du Held.«

Okay, damit war das wohl raus. Aber ihre Reaktion war nicht so, als wollte sie ihn dafür büßen lassen. Aber was zum Teufel bedeutete das alles? »Wer *seid* ihr Leute?«, fragte er einfach frei heraus, versucht zu verstehen. »Wer entscheidet bei euch? Macht ihr alles nach Lust und Laune?«

Ein Seufzen folgte, eines das zeigte, dass sie die Nase voll hatte, begleitet von einem Augenrollen. »Geh zurück in deinen Wald, Fuchswolf«, sagte sie. »Wir werden dir nicht folgen. Tatsächlich werden wir uns vermutlich nicht wiedersehen.«

Crass ließ diese Aussage auf sich wirken und beäugte sie. »Murk war dein Gefährte«, betonte er langsam und forschend. Er wollte sie gewiss nicht aufstacheln. Aber er wollte sichergehen, dass ihre Aussage der Wahrheit entsprach. »Sinnst du nicht auf Rache?«

Sie starrte ihn nichtssagend an, bis sie mit einer leichten Kopfbewegung ihre wohlbekannte Kälte und damit Gleichgültigkeit in ihr Gesicht zurückholte. Ihr Abstand von all dem war geradezu gruselig. Fühlte sie überhaupt etwas? Murk war durchgeknallt gewesen. Aber ihm wurde gerade bewusst, dass sie Züge von einer anderen Art Monster hatte. »Genieße die Freiheiten in deinem Wald«, sagte sie kühl und warf dann einen Blick auf die anderen, um zu signalisieren, dass sie nun losfliegen würden. Als die Greifen abhoben und sich weiter von der Erde entfernten, verschwanden auch nach und nach alle anderen Tiere. Crass beobachtete sie, bis er keinen mehr von ihnen sah. Er glaubte ihr, dass sie keine Rache bezüglich Murk suchen würden. Er wusste nur nicht, ob das wirklich ein gutes Zeichen war.

»Glaubst du ihnen?«

Crass fuhr herum, hatte er doch nicht bemerkt, dass jemand im Gebüsch gelauert hatte. Er erkannte Kühl. Er sah verschrammt und mitgenommen aus. Es musste ihn viel Kraft gekostet haben, hierher zu kommen, aber wäre Crass an seiner Stelle, würde er vermutlich genauso handeln.

»Ich glaube ihnen zumindest, dass wir sie erstmal nicht wieder sehen werden«, antwortete der Wolf schließlich. Er blinzelte dem Rotfuchs langsam zu. »Sie sind fort.«

Kühl wusste, dass es zusichernd klingen sollte. Und ein Teil von ihm war natürlich froh, dass sie verschwanden. Der andere Teil von ihm schmerzte nur noch mehr. Bitter schüttelte er den Kopf. »Leider nur einen Tag zu spät.«

Crass' Lippen verzogen sich. Er konnte darauf nicht wirklich etwas erwidern. Denn er hatte recht. Der Schaden war angerichtet. Und Kühl tat Recht daran, es ihnen niemals zu verzeihen.

Und auch wenn Own es ihnen vermutlich auch nicht verzeihen konnte, war ihre Trauer und Wut doch nicht wie bei Kühl nach außen gerichtet. Dry hatte beschlossen, Own einen Moment für sich zu lassen, nachdem sie sich endlich von Docile gelöst hatten, um in ihre Höhle zu gehen. Der Blick der Häsin war ins Nichts gewandert und nach einer ganzen Weile war sie schlicht aufgestanden, um in ihre Höhle zu gehen. Sie hatte ihre gewohnte Ausdruckslosigkeit und doch war ihr Gesicht aufgequollen und voller Schmerz aufgrund der Tränen, die auch jetzt immer wieder an ihren Wangen entlangliefen. Sie war erschöpft von ihrer eigenen Trauer.

Dry versuchte sich zu beschäftigen, suchte nach Essen, obwohl er nicht den geringsten Hunger hatte. Die Wahrheit war, er lechzte danach, zu ihr zu gehen genauso wie er es fürchtete. Er wollte ihr beistehen. Er hatte nur nicht die geringste Ahnung wie. Weil er bereits jetzt spürte, dass sie ihn nicht lassen würde.

Also ja, er scheute ihre nächste Begegnung, aber wollte dennoch alles tun, was in seiner Macht stand. Als er durch den Eingang trat, hatte sie sich praktisch nicht bewegt. Sie hatte ihm den Rücken gekehrt, kauerte immer noch am Boden, Kopf Richtung Wand. Er seufzte bei ihrem Anblick. Es stach, sie so zu sehen. »Own?«, fragte er zaghaft.

Keine Antwort. Keine Regung.

All seine Ängste schlugen wieder vermehrt aus. Sie saß gerade dort drüben und schien doch unendlich weit fort. Unerreichbar.

»Own ...«, seufzte er wiederum und wagte es, ein paar Schritte näherzutreten. »Es tut mir so leid«, flüsterte er leise. »Er hat das nicht verdient«, fügte er noch hinzu. »Ich wünschte, ich könnte etwas tun, um es ungeschehen zu machen. Und noch mehr wünschte ich, ich könnte dir den Schmerz nehmen.«

Sein Herz klopfte gegen seine Brust, als sie ihm wiederum nicht antwortete. Und plötzlich fühlte er ebenfalls Schmerz. Er *wollte* ihr helfen. Doch wenn er so bei ihr stand, fühlte er sich in erster Linie selbst hilflos. Seine Stimme war alles andere als beständig. »Bitte sag mir, was ich für dich tun kann ...«

Ihre Antwort war so leise, dass er sie kaum hörte. »Geh«, flüsterte sie und es fühlte sich so an, als hätte sie ihm ins Gesicht geschlagen.

Ein Kloß formte sich in seinem Hals und er versuchte ihn verzweifelt runterzuschlucken. Er hatte gewusst, dass sie ihn ausschließen würde, aber es tat trotzdem weh. »Lass mich dir irgendwie helfen, ich ...«

»*Bitte*«, flehte sie ihn an. Sie wirkte so dermaßen erschöpft, selbst zum Reden. »Mach *einmal*, um was ich dich bitte ...«

Alle Worte blieben ihm im Hals stecken. So oft hatte er sie provoziert, etwas aus ihr herausgekitzelt. Sie hatten sich gegenseitig an die Grenzen ihrer Komfortzonen gebracht, sich herausgefordert. Vielleicht war es nun an der Zeit, ihr die Ruhe zu geben, die sie wollte.

Kühl war irgendwann wieder in die Nähe der anderen zurückgekehrt. Er fühlte sich unfassbar erschöpft. Ausgelaugt. Er konnte erst jetzt akzeptieren, dass Leerlauf folgen würde. Und er wusste noch nicht, wie er damit umgehen würde.

Er saß abseits mit Blick auf eine Lichtung. Er hörte die Stimmen der anderen hinter sich. Und es dauerte nicht lange bis Heart an seine Seite trat. Als sie sich an ihn lehnte, war sein Blick zwar immer noch ins Leere geheftet, aber er erwiderte die Geste, seine Wange lehnte sich an ihren Kopf.

Zart beobachtete die beiden von der Höhle aus. Sie war froh, dass sie sich gegenseitig stützten. Und trotzdem wollte sie dabei auch helfen. Und selbst Hilfe bekommen.

Das wurde ihr bewusst, als sie Wind entdeckte. Er hielt sich bei alledem stark zurück. Sie verstand, dass er trauerte und nicht jeder tat dies auf dieselbe Weise. Aber vielleicht würde er ihre Unterstützung ja doch akzeptieren können. So lief sie zu ihm hinüber, behutsam, zurückhaltend. Sie musste zugeben, sie konnte sich kaum noch erinnern, was während ihres Zusammenbruches bei ihm geschehen war, die Trauer und Fassungslosigkeit zu groß, als dass sie zu begreifen gewesen wäre. Aber als sie wieder ihre zu allen Seiten verteilten Stücke aufgesammelt hatten und einigermaßen gefasst zu Silvers Bau gegangen waren, hatte es Zart vernünftiger gefunden, auf Pale und Brisk aufzupassen, als verzweifelt durch den Wald zu rennen. Und auch weil sie ab diesem Zeitpunkt abgelenkt waren, wurde der Füchsin bewusst, dass sie Winds Reaktion beinahe gar nicht mitbekommen hatte.

Ihre Brauen zogen sich vorsichtig hoch, als sie vor ihm stand. Er schaute ebenso abwartend zurück. Da war plötzlich Unsicherheit unter seiner Miene, als würde seine distanzierte Trauer plötzlich brüchig. Zart schluckte erneut Tränen herunter. Ihre Frage beinhaltete etwas Flehendes, ihre Stimme brach. »Kommst du mit mir zu Mutter und Vater?«

Sie wusste nicht genau, was es war, aber sie hatte wieder das Gefühl, dass etwas in ihm zusammenbrach. Er sagte nichts, als er aufstand und mit ihr gemeinsam zu ihnen hinüberlief. Wind reihte sich neben seiner Mutter ein, Zart neben ihm. Ihre Blicke waren alle in die Ferne und ins Nichts gerichtet. All die Emotionen der Füchsin steckten ihr im Hals, feuchte Augen flogen über die Umgebung. Sie zog Kraft aus der Präsenz der anderen – aber es tat dennoch unbeschreiblich weh.

Plötzlich spürte sie, wie jemand neben sie trat. Und entdeckte Silver. Die Silberfüchsin zeigte sich mitfühlend und unterstützend. Zart versuchte das zu erwidern, doch der Versuch drückte nur noch mehr Tränen in ihre Augen. Die Dankbarkeit war hoffentlich trotzdem unter dem Durcheinander in ihrem Gesicht zu sehen. Als sie dann noch sah, wie der Marder neben Silver trat und sich neben ihm Bronze einreihte und sich nun langsam ein kleiner Halbkreis bildete, konnte sie ein Schniefen nicht unterdrücken. Als Stürmisch sich direkt daneben stellte und sich ihre Augen trafen, rollten unvermittelt aufgestaute Tränen an ihren Wangen hinunter. Auf Kühls Seite traten Sage und Whitestar und selbst Crass schien mit etwas mehr Abstand dort hinzuzukommen, um Anteilnahme zu vermitteln. Sie glaubte, dass ihre Eltern diese Entwicklung inzwischen auch mitbekommen haben. Zart atmete schlotternd durch, als schließlich noch Bluefire und die Kinder neben Stürmisch hinzukamen und aus den Augenwinkeln nahm sie Vinous in den Ästen wahr.

»Cunning wusste immer, was zu tun war«, hörte sie plötzlich Stürmisch sagen, sein Blick nachdenklich ins Leere und sie versuchte gar nicht mehr, ihre stillen Tränen zu stoppen. »Selbst wenn er die eigentliche Lösung nicht parat hatte, wusste er, wie er mit dieser Situation umgehen musste.« Seine Stirn runzelte sich, immer noch nachdenklich. »Was faszinierend für mich war, weil ich ... meistens so *gar* nicht wusste, wie ich mit Situationen umgehen sollte.« Er schluckte mitgenommen, die Lippen aufeinandergepresst, um Emotionen zurückzuhalten. »Er war immer für mich da«, zitterte seine Stimme. »Ich konnte mich immer an ihn wenden. Und wenn alles andere gerade zusammenbrach, wusste ich ... dass er immer da sein würde.« Seine Stimme wurde hauchdünn, seine blauen Augen glitzerten im Angesicht dessen, dass dies nun nicht mehr der Fall war. »Er war der beste Freund, den ich je hatte«, fügte er wie selbstverständlich hinzu, doch er wirkte, als würde sein Herz ein weiteres Mal brechen. Zusammen mit seiner Stimme. »Und ich werde ihn unheimlich vermissen«, presste er noch hervor, bevor sein Kopf schließlich sank und er ebenfalls keine Tränen mehr zurückhalten konnte.

Trotz ihrer verschwommenen Sicht erkannte Zart, dass es den anderen ebenso ging, allen voran ihren Eltern, Sage und Whitestar. Sie konnte dem nichts hinzufügen. Selbst wenn sie physisch dazu in der Lage wäre, hatte es Stürmisch so simpel wie endgültig auf den Punkt gebracht. »Ich vermisse dich, Cunning«, flüsterte sie leise zu sich selbst. Und fühlte sich zumindest etwas aufgefangen in dem Kreis, die seiner gedachten.

Es dauerte eine Weile, bis sich die Runde wieder auflöste. Nach und nach. Und tatsächlich hatte es etwas sehr Unterstützendes gehabt für alle Betroffenen. Gegenseitig Trost spenden. Gemeinsam trauern. Es war ein erster Schritt. Und hatte im Endeffekt gut getan, egal wie sehr es geschmerzt hatte.

Anders bei Wind.

Ab der Hälfte von Stürmischs Rede hatte sein Herz schon schmerzhaft gegen seine Brust getrommelt und jeder weitere Moment dort hatte sich quälend gezogen ohne Hoffnung auf Besserung. Als sich die Versammlung endlich auflöste, zog er sich auch zurück und musste sich zurückhalten, nicht in den Wald zu *rennen*. Das tat er erst, als ihn niemand mehr sehen konnte.

Er hatte das Gefühl, als müsse er sich übergeben.

In einem Moment hatte er das Gefühl, sich im Griff zu haben, im nächsten lief alles unkontrolliert aus dem Ruder. Er fühlte sich, als hätte ihm jemand in die Magengrube getreten und einen Moment später merkte er, dass er geradezu hyperventilierte. Er *hasste* Stürmisch. Es war alles seine Schuld mit seinen Beschuldigungen und Unterstellungen.

Er hätte nichts ändern können, versuchte er sich selbst zu erinnern. Er hatte nichts falsch gemacht. Er hätte Cunning nicht retten können. Er hätte überhaupt nichts gegen Murk ausrichten können.

Er hatte keine Schuld an Cunnings Tod. Das lag außerhalb seiner Macht.

Silver wusste, dass sie für die Trauernden da sein wollte. Auch weil deren Trauer nicht spurlos an ihr vorbei ging, da ihr die Leute sehr nahestanden. Namentlich Own und Stürmisch. Und sie war sich auch sicher, dass sie das konnte. Trotzdem änderte das nichts daran, dass sie sich selbst zeitweise wie ein Wrack fühlte.

Und dennoch fühlte sie eine Entschlossenheit in sich. Schon eine ganze Weile nun. Und sie kam mehr und mehr zum Vorschein.

Als allererstes hatte sie in dem Durcheinander jedoch vergessen, etwas zu essen. Bevor sie umkippte, war ihr erster Weg also in den Wald zum Jagen. Sie hatte sich still zurückgezogen und war schon ein Stück weg von den anderen, doch scheinbar nicht still genug.

»Silver«, rief Bluefire nach ihr und ein Blick über die Schulter verriet ihr, dass er sie sofort eingeholt hatte.

Ihre Magengegend zog sich auf eine Weise zusammen, wie es bei seinem Anblick nicht sein sollte. »Können wir das verschieben?«, fragte sie erschöpft. »Ich wollte gerade …«

»Nein«, kam es ruhig und dennoch bestimmt, als er vor ihr ankam. »Ich glaube, das können wir nicht.«

Oh. Also wollte er endlich reden. Seltsamerweise ließ sie dieser Fakt merkwürdig unangetastet.

»Wir stecken gerade ziemlich fest, wir beide«, fuhr er fort, immer noch versucht, nüchtern zu klingen. »Aber so kann es nicht weiter gehen.«

Sie schaute ihn versteinert an, ihr Mund geöffnet, die Stirn gerunzelt. Als hätte sie ihm das nicht schon seit Ewigkeiten versucht zu sagen. »Du hast recht«, antwortete sie ebenso nüchtern und endgültig. »Das kann es nicht.«

Sein Gesicht zuckte, als liefe das in eine andere Richtung, als er geplant hatte. Er schluckte. »Es tut mir leid ... dass ich dir kein guter Gefährte war. Ich war sehr oft gar nicht richtig da, wenn du mich gebraucht hättest.«

Ihr Seufzen unterbrach ihn. »Das ist überhaupt nicht das Problem«, schüttelte sie den Kopf. »Oder zumindest auf ganz andere Weise ein Problem. Weil ...«, sie lachte kurz ungläubig, »du ironischerweise häufig da *warst*, als ich dich gebraucht habe. Du wusstest zumindest immer, wenn es mir nicht gut ging. Und hast versucht, zu helfen.« Sie schüttelte langsam den Kopf. »Aber du hast nie mit mir geredet.«

Er atmete tief aus. »Silver, du verstehst nicht ...«

»Ja, das habe ich schon öfter von dir gehört.«

»Es gibt Dinge, über die ich schwer reden kann. Und wenn ich dich jetzt um noch etwas Geduld bitte ...«

»Ich habe jetzt schon viele Monate Geduld bewiesen«, antwortete Silver sogleich und wurde augenblicklich emotionaler. »Ich habe es wieder und wieder auf verschiedene Arten versucht. Habe versucht, dir Raum zu lassen, habe versucht mit dir zu reden und du hast mich immer nur weggestoßen. Das tut *weh*, Bluefire, das tut sehr weh! Auch dass es nicht daran liegt, dass du die Dinge nicht erkennst. Du wusstest, wann es mir schlecht geht, du wusstest *auch*, dass ich irgendwann dicht gemacht habe, solange du nicht auf mich zukommst, du wusstest, dass du diesen Schritt, den du jetzt hier versuchst, schon früher hättest machen können, auch wenn wir noch nicht direkt eine Lösung gefunden hätten, und du hast es trotzdem nicht gemacht. Du hast dich bewusst *dagegen* entschieden.« Sie schnaufte, ihr Kopf schüttelte sich wiederum. »Also was immer es ist, das du nicht mit mir teilen kannst, es tut mir von Herzen leid ... aber es ist vorbei.« Sie seufzte erschöpft, schon halb dabei, sich umzudrehen. »Ich kann nicht mehr, es tut mir leid.«

»*Silver*«, hauchte er nun mit Nachdruck und plötzlich begann ihr ganzer Körper zu zittern, als ihr bewusst wurde, was sie gerade tat.

»Bluefire ...«, bat sie plötzlich verzweifelt, wirklich versucht zu verstehen. »Liebst du mich überhaupt?«

Sein ausweglloser Ausdruck, das Wasser in seinen Augen, der Schock und die Verzweiflung in seinen Zügen – das alles brach sie beinahe entzwei. »Silver, du ...«, versuchte er das in Worte zu fassen, was er nicht in Worte fassen konnte. »Du bist mein Leben.«

Sie schluckte den Kloß an Gefühlen runter, ihr Lächeln war voller Trauer und Bitterkeit. Ihr Blick wanderte über die Baumspitzen, ehe sie ihn wieder ansehen konnte, um mit dünner Stimme zu antworten. »Mag sein, aber sein Leben muss man nicht lieben.«

Als sie sich nun umdrehte, hielt er sie nicht zurück. Ein Teil von ihr war erleichtert. Der andere starb gerade.

Sie lief durch den Wald, ohne zu zu merken, wie lange sie unterwegs war oder zu sehen, wohin die Reise ging. Alles war unwirklich, als ihr Puls gegen ihre Schläfe hämmerte. Irgendwann begriff sie, dass sie auf der Stelle mit jemandem reden musste, um zu realisieren, was hier gerade passiert war. Um sicherzugehen, *dass* es passiert war ...

Ihr Weg führte sie zum Marder, der zum Glück allein war. Er blickte auf, als es einfach aus ihr herausplatzte. »Ich glaub, ich hab grad mit Bluefire Schluss gemacht.«

Seine Augen wuchsen, seine Kinnlade öffnete sich zusehends.

Jap, okay, das genügte scheinbar, dass die Realität dessen auf sie einbrach. »Ich kann nicht atmen, Marder«, japste sie plötzlich und tatsächlich schien sie auf einmal nicht mehr aufrecht stehen zu können, unsicher wo oben und unten war.

Ihr Wanken befreite den Marder aus seiner Starre. »Okay, langsam, leg dich hin«, griff er sofort nach ihren Schultern, um sie auf den Boden zu holen.

Wortwörtlich und im übertragenen Sinne. Silver plumpste ungraziös auf die Erde und versuchte ihren Kopf daran zu hindern, einfach davon zu schwimmen. Als sie die hauchdünnen Fäden ihrer Kontrolle zumindest wieder augenscheinlich im Griff hatte, konnte sie die Stille nicht aushalten. Sie war so surreal wie ihr inneres Gefühlsleben gerade. »Sag was, irgendwas ...«, flehte sie kopfschüttelnd. *Irgendwas, dass es real macht, dass es rückgängig macht, dass sie aufwachte, egal was.*

Doch der Marder schien ausnahmsweise ratlos. Die Hand an ihrer Schulter war da, um sie zu stützen, doch er schaltete nicht schnell genug, um ihr das zu geben, was sie brauchte. Sie schien völlig durch den Wind. »Hattest du das geplant? Ich weiß, ihr hattet Probleme ...«

»Nein«, hauchte sie und sie spürte den Schmerz, den sie durch dieses Gespräch eigentlich gesucht hatte. Den, der es real machte. »Mir wurde plötzlich klar, dass das auf diese Weise nicht mehr funktioniert.« Verzweifelt schaute sie ins Leere, suchend. »Es war so eindeutig in dem

Moment, aber jetzt ...«

Der Marder seufzte, seine Hand noch immer an ihrer Schulter, welche er nun sanft drückte. »Nicht, dass ich mich da einmischen will ...«

»Du mischt dich immer überall ein«, warf Silver ein.

»*Manchmal*«, korrigierte er zwinkernd. Und seufzte wieder, ehe er fortfuhr. »Ich glaube, dass ihr beide noch eine Menge mit euch selbst zu tun habt.«

Silvers Blick wanderte wieder zögerlich nach innen. »Ich versuche aber, daran zu arbeiten«, murmelte sie leise.

»Habe nichts anderes behauptet«, versicherte er ihr. »Vielleicht hätte es deswegen tatsächlich nicht funktioniert, weil Bluefire noch nicht soweit ist – falls er es jemals sein wird. Aber auch bei dir habe ich das Gefühl, dass du die letzten Monate sehr nach deiner Mitte gesucht hast.«

Befürchtend schielte sie auf. »Denkst du, ich war zu sehr mit mir beschäftigt?«

»Silver ... ich werde mir nicht anmaßen, das zu bewerten. Aber ... seit ich dich kenne, bist du zwischen Extremen hin- und hergerissen. Du hast diese nüchtern-trockene Seite und diese unheimlich verträumte. Ähnlich ist es mit deinen Gefühlen. Ich hatte immer den Eindruck, du trägst sie nicht gern nach außen, machst das lieber mit dir aus – in deiner eigenen Welt. Aber auf der anderen Seite hab ich manchmal das Gefühl, das zerfrisst dich innerlich, weil du eigentlich gerne drüber reden würdest, aber nicht weißt wie. Stattdessen behältst du alles in dir drin.«

Silvers Blick war wieder ins Leere gewandert, grübelnd über seine Worte. Nicht nur wegen Bluefire, sondern auch um sich selbst besser zu verstehen. Als sie antwortete, wirkte sie völlig abwesend. »Ich habe nie geweint.«

Damit verdutzte sie den Marder. »Was?«

»Als Munter gestorben ist«, führte sie aus, immer noch starr. »Ich habe nie geweint deswegen.« Ihre Stimme wurde karg. »Nicht einmal.«

»... oh«, blinzelte der Marder perplex, versucht ihre ganze Art lesen. Er schluckte still. »Das trifft in etwa meinen Punkt«, räumte er ein. Er begutachtete sie forschend und mitfühlend. »Hast du geweint, als das mit Pale passiert ist?«

Die Füchsin schüttelte den Kopf, die Lippen verkrampft nach innen gepresst.

»Und das mit Bluefire zieht sich jetzt auch schon 'ne Weile hin«, fuhr der Marder fort.

Die Züge in Silvers Gesicht wurden härter, als würden die Teile jeden Moment in sich zusammenfallen. Die Starre drohte zu zerbrechen, als sich ihre Augen zusammenzogen und sich eine stille Träne herausdrückte. »Trauer zu ignorieren lässt sie nicht verschwinden«, versuchte der Marder, sie zu unterstützen, und sie spürte wie die Wirkung der Worte auf sie einpreschten, ihre Fassung am seidenen Faden, der kurz vorm Reißen war. »Rauszulassen dagegen *kann* helfen.«

Silver schluchzte laut, jegliche Bravour lange fort, ihre Atmung bebte, Tränen schossen plötzlich heraus und sie spürte, wie der Marder sie an sich drückte, seine Pfoten in ihrem Fell. Silver hatte immer noch das leise Bedürfnis, sich zusammenzureißen, die Zähne zusammengepresst, doch das Schluchzen hörte nicht auf, die Realität brach aus ihr heraus wie ein Fluss durch einen brüchigen Staudamm. Sie weinte all die Tränen, die sie schon längst hätte rauslassen sollen. Sie weinte für Munter, für Pale, für alle, die sie in den letzten Monaten verloren hatten und sie weinte für ihre Beziehung, die gerade in diesem Moment zerbrochen war.

Sie weinte so heftig, sie wusste nicht, wann sie wieder aufhören würde.

Ohne Worte

Er hörte seinen eigenen Atem. Spürte ihn. Er war schwer. Irgendetwas war suspekt. Es roch nach Ärger. Er war es inzwischen gewöhnt, dass er auf diese Art von Gefühlen hörte. Er konnte nicht mehr sehen, also musste er lernen, auf seine anderen Sinne zu achten.

Bis auf die Tatsache, dass sich plötzlich Farben offenbarten. Matte Konturen formten sich zusehends.

Oh.

Irgendwo wusste Pale, dass er wieder träumte. Unterbewusst. Und trotzdem fühlte es sich sehr real und wirkungsvoll an. Obwohl er sehen konnte, war es doch der Geruch, der die meisten Informationen mit sich trug. Irgendetwas störte ihn daran. Zuerst fühlte es sich schön an, wieder sehen zu können. Und er wollte es genießen. Er wollte es wirklich, *wirklich* genießen. Aber irgendwas tippte in seinem Hinterkopf und wollte ihn darauf aufmerksam machen, dass es hier nicht darum ging.

Seine Füße wateten durch warme Flüssigkeit, es war ein lauwarmer Abend in einem grünen Wald. Alles war so als könne man sich wohl-fühlen, also warum prickelte sein Fell dermaßen?

Ein Geräusch, das ihm unter die Haut fuhr, ertönte von weitem. Oder von Nahem, er konnte es nicht orten. Es war ein Stöhnen, ein Wimmern, ein Jammern. Es war langsam und träge. Pale wollte sehen, woher es kam. Von *wem* es kam. Doch irgendwas war seltsam. Der Wald war dunkel geworden. Rötlich.

Und dieser verdammte Geruch. Er wusste doch, was es war, warum kam er nicht drauf?

»*Warum*?«, kam es plötzlich von der gleichen Stimme. Leidend. Wimmernd. »Warum?«

Der Wald wurde roter, dunkler. Pale versuchte sich verzweifelt um-zuschauen.

»Warum habt ihr uns getötet?«, zischte es plötzlich boshaft direkt an seinem Ohr. Er wirbelte herum und sah eine Gestalt, von Schatten verschluckt.

»Ihr hättet uns helfen können!«, kreischte jemand anderes und krallte sich in sein Fell. Mit hämmerndem Herzen wich er zurück, doch stolperte er und klatschte in die Pfütze, in der er die ganze Zeit gelaufen war. Und endlich erkannte er diesen Geruch, als er sein blutverschmiertes Fell sah. Die ganze Lichtung war ein Meer aus Rot.

Eines, aus dem sich plötzlich zahlreiche Gestalten erhoben, überzogen mit ihrem eigenen Blut.

Warum habt ihr das getan? Warum habt ihr nicht geholfen? Warum?

Alle redeten auf ihn ein, kamen näher, griffen nach ihm, bevor er aufstehen und verschwinden konnte. Er strampelte verzweifelt, doch kam nicht weg, sie hielten ihn fest, zerrten an ihm, schimpfen, flehten ihn an, schrien, weinten und plötzlich griff jemand seinen Kopf und presste ihn runter, direkt in das Blutbad und Pale schrie so laut wie er noch nie geschrien hatte.

Er riss die Augen auf und sah nichts und das erste Mal war er *so* dankbar darüber.

Die Stimme seiner Großmutter bestätigte ihm ein weiteres Mal, dass er wieder wach war. »Pale! Oh Gott, Schatz, es ist alles gut, es war ein Alptraum.« Er spürte ihren warmen Körper, wie sie ihn an sich drückte und er nahm es völlig erleichtert an. Nur mit einem hatte seine Großmutter unrecht.

Das war kein Traum gewesen.

Heart schlug die Augen auf und sie wurde von der Dunkelheit einer Höhle begrüßt. Sie merkte einen Augenblick später, dass sich Kühl neben ihr wand und leicht seufzte. Scheinbar war er wach. Sie selbst war überrascht, dass sie Schlaf gefunden hatte, hatte sie doch nicht damit gerechnet. Sie waren nach Cunnings Gedenkfeier wieder in das Gebiet gegangen, wo sie sich vor der Schlacht aufgehalten hatten. Sie waren müde und ausgelaugt gewesen und wollten für einen Moment Ruhe, einfach weil sie nicht mehr konnten. *Wie* erschöpft sie eigentlich gewesen war, hatte sie dennoch nicht registriert.

Auch sie seufzte und suchte nach ihrem Gefährten. Sein Kopf war auf seinen Pfoten, er schaute nachdenklich geradeaus. »Kannst nicht schlafen, was?«, fragte sie sachte.

»Nein«, murmelte er, doch wandte sich dann zu ihr hinüber. »Aber ich bin froh, dass du es konntest.«

Sanft blinzelte sie ihm zu. »Willst du drüber reden?«

Er runzelte die Stirn. »Über was?«

Sie deutete nur ein Schulterzucken an. »Über deine Gedanken.«

Er atmete tief durch und schien wieder nachdenklich. »Ich ... ich weiß nicht«, lachte er bitter. »Es hat keinen Sinn, über den Sinn von allem, was passiert ist, nachzudenken. Und trotzdem frage ich mich immer wieder ... warum.«

Ihre Lider senkten sich. »Warum es Cunning treffen musste«, sagte sie leise.

»Damit hat es angefangen. Aber inzwischen frage ich mich, was das Ganze überhaupt bezwecken sollte. Was das für Leute sind.«

Heart schluckte benommen, verstand sie doch seine Sinnsuche nur allzu gut. Warum es Cunning erwischt hatte, konnte niemand beantworten. Auf die Frage, warum die Schatten das taten, was sie taten, gab es sehr wohl eine Antwort. Auch wenn sie diese nicht kannten. »Murk hatte eine schwarze Seele«, sagte sie schließlich und der Fuchs horchte auf. »Sein Hass und seine Machtgier haben ihn gefangen in einem Tunnel, in dem er nur noch eine Richtung kannte. Er war jenseits jeglicher Vernunft.«

Kühls Augen überflogen ihr Gesicht. »Was ist mit den anderen Adlern?«

Kaum merklich verzogen sich ihre Lippen. »Ich kann es im Einzelnen nicht sagen. Aber eine Sache fand ich auffällig«, formulierte sie vorsichtig. »Adler sind ... solch mächtige Wesen. Sie sind große, gekonnte Jäger, können sich in der Luft fortbewegen, haben wenig natürliche Feinde ...« Sie strauchelte, als sie versuchte, ihre Emfpindungen in Worte zu fassen. »Und trotzdem fühlen sie sich klein, als wären sie nur ein Rädchen in einem riesigen Getriebe.«

Kühl atmete angespannt durch, er nickte kaum erkennbar. »Die Schatten.«

Sie seufzte still. »Wahrscheinlich.«

Der Rotfuchses war schon wieder halb abwesend, doch er spürte etwas sehr Bestimmtes. Er hatte nicht vor, schnurstracks irgendwohin aufzubrechen, er wusste ja auch gar nicht, wohin. Dennoch überfiel ihn ein übermächtiges Verlangen, dieses Getriebe von Grund auf zu zerschmettern.

Auch Silver schlug die Augen auf. Sie war nach dem Treffen mit dem Marder zu nichts mehr im Stande gewesen und war mit ihm in seine Höhle zurückgegangen. Seine Versicherungen, dass er ihren Eltern Bescheid sagen würde, um auf die Jungen zu achten, führte dazu, dass sie nichts an ihrer Trägheit änderte. Sie fühlte sich, als hätte sie seit Monaten unter Strom gestanden und versucht, Haltung zu wahren und alles irgendwie zusammenzuhalten. Sie wollte und konnte das nicht mehr. Sie brauchte eine Pause.

Und scheinbar hatte sie auch dringend Schlaf gebraucht. Einem Teil von ihr ging es besser, er fühlte sich ausgeruhter. Dem anderen Teil von ihr wurde klar, dass sie das alles nicht nur geträumt hatte. Nicht, dass sie derartige Alpträume nie gehabt hätte. Aber diesmal war es real.

Sie seufzte und richtete ihren Kopf auf, der Marder griff, als er das sah, nach einer Maus, lief zu der Füchsin hinüber und legte den Kadaver bei ihr ab. Dann widmete er sich wieder seinem Frühstück. Sie war ihm dankbar und genehmigte sich das Mahl. Sie hatte kein Hungergefühl, aber ihr Magen knurrte.

Als sie schweigend gegessen hatten, wusste Silver nicht recht, wie sie anfangen sollte. Was sie als nächstes tun sollte. »Ich sollte zu Pale und Brisk.« Der Marder nickte, ehe sie fortfuhr. »Danke, dass du für mich da warst«, meinte sie aufrichtig. »Ich weiß nicht, was ich ohne dich gestern gemacht hätte.«

Er schien jedoch zunächst noch skeptisch. »Wie geht es dir?«

Silver atmete tief durch. »So lala. Ich fühle mich ... merkwürdig. Ich weiß nicht, was als nächstes kommt. Ich hab das Gefühl, jede Front, die mich immer weiter hat handeln lassen, ist nun geklärt und jetzt hänge ich in der Luft.«

Ein schwaches Lächeln bildete sich auf seinem Gesicht. »Eins nach dem anderen. Es werden sich Dinge auftun.«

Sie schnaufte. »Ja, das tun sie immer.« Etwas benommen schluckte sie. »Ich werde, nachdem ich bei den Kindern war, noch zu Own gehen.«

Wieder nickte der Marder. »Hatte ich auch vor.«

»Dann sehen wir uns da.« Sie stellte sich auf ihre Läufe. »Danke nochmal, dass ich hier schlafen konnte. Ehrlich.«

»Red keinen Unsinn, Silver«, winkte er ab. »Du kannst immer zu mir, wenn dir die Decke auf den Kopf fällt.«

Ihr Lächeln streckte sich über ihr Gesicht, auch wenn es abgeschlagen war. Sie setzte sich in Bewegung, um die Höhle zu verlassen, doch zögerte schließlich noch einmal. Zaghaft wandte sie sich nochmals zum Marder. »Ich hatte in den letzten Monaten immer wieder das Gefühl, gleich auseinanderzufallen. Und immer wenn ich es geschafft habe, Tränen zurückzuhalten, hatte ich das Gefühl erfolgreich dagegen gekämpft zu haben. Offensichtlich schon seit Munter«, schnaufte sie ungläubig. Dann blinzelte sie sanft, ihre vorherigen Emotionen kamen nun viel klarer zum Vorschein. »Danke, dass ich bei dir schwach sein konnte. Ich wusste nicht, dass ich das gebraucht habe.«

Das Lächeln des Marders war nun ebenfalls deutlicher. Er lief schlicht auf sie zu, warf seine Arme um ihren Hals und spürte, wie sich ihr Kopf an seine Schulter drückte. Das war eines der wenigen Dinge der letzten Zeit, die ihr tatsächlich Kraft gaben.

Zart entdeckte ihren Gefährten auf einem Hügel. Er schaute in die Ferne. Als sie sich zu ihm setzte, lehnte sie ihren Kopf an seinen und teilte seinen Blick über die Baumkronen. »Ein neuer Tag ist angebrochen«, sagte sie leise.

Er summte zustimmend. »Fast als wäre nichts passiert.«

Die Füchsin schaute hoch zu ihm, musternd. Seine Züge waren hart, sein Blick suchend. Sie kannte dieses Gesicht. »Über was grübelst du?«

Oh Mann. Er grübelte über so einiges. Über manches konnte er sprechen. Über anderes – nicht wirklich. Eines dieser Dinge war wie so oft Wind. Er wollte diese Diskussion gerade nicht anfangen. Zumal er nicht wusste, wohin sie führen sollte. Ja, er hatte ihn gesehen und ja, er glaubte, dass Wind ihn ins Messer hatte laufen lassen wollen – und dass dadurch Cunning gestorben war. Aber er hatte keinerlei Beweise und aufgrund seiner Vorgeschichte mit Wind würden ihn die anderen für voreingenommen halten. Und wie gesagt, wusste er auch nicht, was es bringen sollte. Es war noch nicht einmal ganz sicher, dass sie hierbleiben würden und was Wind tun würde. Das alles ließ ihn darüber vorerst schweigen.

Also beschränkte er sich auf die anderen Dinge, die ihm durch den Kopf schwirrten. Und davon gab es wahrlich auch genug. »Über einiges«, sagte er schließlich. »Abgesehen davon, dass ich es noch nicht glauben kann, dass er wirklich fort ist«, erläuterte er hauchdünn, »frage ich mich auch, wie wir das Zusammenleben hier händeln werden. Ob das hier funktioniert. Ob es mit Crass Stress gibt. Ob Kühl das Zusammenleben von Silver mit den anderen Tieren akzeptieren kann oder es ihn zu sehr erinnert ...«

Sanft stupste sie ihn in sein Wangenfell, was ihn dazu brachte, sie anzusehen. Sie lächelte warm. »Wir sind außerhalb von Crass' Wald, also sollte es da keine allzu großen Probleme geben«, fing sie an. »Und was meinen Vater anbelangt … Silvers Gruppe hat gegen die Schatten gekämpft genauso wie wir. Sie haben Verluste durch sie erlitten wie wir.« Sie neigte den Kopf zur Seite. »Er wird das auch so sehen. Mach dir da keine Sorgen.«

Er überdachte seine nächsten Worte, sprach sie aber dennoch aus. »Ein Kind zu verlieren … kann dazu führen, dass man nicht rational denkt.«

Sie seufzte leicht und verstand. »Ja«, sagte sie schlicht, aus eigenen Erfahrungen konnte sie dem nicht widersprechen. »Das kann es. Solange man sich von denen abschottet, die einen lieben. Aber er sucht Trost bei meiner Mutter, ich habe es gesehen. Und solange sie ihre Pfoten im Spiel hat, wird er nichts Verrücktes machen.«

Stürmisch konnte nicht anders als leicht grinsen. »Du redest so, als würde er ohne sie durchdrehen.«

Zart grinste daraufhin etwas schief. »Wie ich sagte … tun wir das nicht alle, wenn wir in schwierigen Situationen niemanden haben?«

Sein Lächeln wurde verständnisvoll und unterstützend. »Vermutlich.«

Damit lehnte sie wieder ihren Kopf an seine Schulter und er drückte seinen Kopf auf ihren, während sie noch eine Weile den Sonnenaufgang beobachteten.

Whitestar saß neben Sage und beobachtete, wie Brisk und Pale herumtollten. Der kleine Rüde schien völlig in Ordnung gerade. Auch wenn ihn dieser Traum nicht mehr hat schlafen lassen, schien es Brisk nun gelungen zu sein, ihn abzulenken.

»Hatte Silver nicht gesagt, dass Pale auch uns hat kommen sehen … in einem Traum?«, fragte Sage die weiße Füchsin, bedacht, die Kleinen dabei nicht zu stören.

Whitestar schnaufte kurz. »Und was soll dann dieser Traum bedeuten? Dass die Toten wieder aufstehen und ihn heimsuchen?«

Sage zuckte die Schultern. »Vielleicht etwas Bildhaftes.«

»Vielleicht war es auch einfach nur ein böser Traum. Der Kleine hat schon so viel mitgemacht in seinem jungen Leben, irgendwann muss er das ja mal verarbeiten.«

Der Blick des Fuchses ruhte auf seinen spielenden Enkeln. »Möglich. Zum Glück musste er wenigstens nicht sehen, wie verwundet ausnahmslos alle und vor allem auch seine eigenen Eltern waren.«

»Hm«, machte Whitestar. »Es ist nicht so, als könne er das nicht riechen. Aber apropos Silver ...« Ihre Stirn runzelte sich. »Sie kam recht spät zum Kampf, wenn ich das richtig mitgekriegt habe. Aber hat sie überhaupt gekämpft? Sie sah nämlich auch ziemlich verkratzt aus.«

Sage klappte ein Ohr zur Seite. »Stimmt. Darüber habe ich gar nicht nachgedacht. Aber ich hab gesehen, dass sie fast gleichzeitig mit Crass gekommen ist.«

Ihre Brauen schossen nach oben. »Echt?« Sage nickte nur. »Also ... haben sie gegen jemanden gekämpft oder miteinander?«

»Wahrscheinlich wohl gegen«, überlegte Sage. »Und wenn mit, dann haben sie es wohl geklärt.«

»Wann kommen Mama und Papa?«, drang plötzlich Brisks Stimme zu ihnen hindurch.

Whitestar lächelte. »Dein Papa hat versprochen, was zu fressen zu holen und deine Mama ... kommt sicher auch bald.« Um die Wahrheit zu sagen, die Schneefüchsin vermutete, dass etwas zwischen den beiden vorgefallen war. Bluefire wirkte fertig auf eine Weise, die sich von ihrer aller Erschöpfung unterschied und Silver war nicht einmal gekommen. Und der Marder wirkte auch nicht so, als ob es ihr sonderlich gut ginge. »So lange müsst ihr mit uns Vorlieb nehmen«, zwinkerte sie ihnen zu.

Die kleine Fähe kippte den Kopf zur Seite. »Du bist die Mama von meiner Mama«, stellte sie nochmals fest.

Whitestar nickte. »Ja.«

»Darf ich dich Oma nennen?«

»Nein«, schüttelte sie den Kopf wie selbstverständlich. »Wie wär's mit Whitestar?«

Sage prustete ein überraschtes Lachen aus. »Warum nicht Oma?«, fragte er aufrichtig verblüfft.

»Oma klingt so alt«, rümpfte sie die Nase. »Das ist nicht wie bei den Menschen. Ich werde wahrscheinlich noch *ihre* Enkel kennenlernen. Meine Güte, *wir* könnten locker nochmal Kinder kriegen, da will ich jetzt noch nicht Oma heißen.« Schnell blickte sie auf, als sie ihre eigenen Worte realisierte. »Wir wollen *keine* Kinder mehr kriegen«, fügte sie schnell hinzu, um jegliche Missverständnisse zu vermeiden.

Sage schmunzelte, als die Jubelrufe der Kleinen ertönten und sie auf ihre Mutter zu rannten, die gerade aufgetaucht war.

Silver begrüßte sie freudig und schmuste ihnen voller Zufriedenheit. »Ich hab euch vermisst, ihr Süßen«, säuselte sie. »Geht's euch gut?«

»Jap«, machte Brisk im selben Moment, in dem Pale »Joa«, murmelte.

Augenblicklich war Silver besorgt. »Was ist, Pale?«

»Er hatte einen Alptraum«, erklärte Brisk.

Silvers Ohren zuckten. »Was für einen Traum?«

Pale sprang allerdings auf. »Er ist vorbei, es ist wieder alles gut.« Noch bevor er den Satz beendet hatte, war er davongesprungen und hüpfte über die Wiese. Brisk tat es ihm gleich und rief noch, »Frag Oma, die weiß Bescheid«, hinterher.

Silver erhaschte Whitestars Augenrollen, bevor sie sich ihnen näherte. »Was ist passiert?«, wollte sie sogleich wissen.

Diese seufzte. »Was weißt du über ... Pales *Visionen*?«, fragte sie nach. »Gibt es da Muster?«

Die junge Mutter schüttelte den Kopf. »Wir wissen kaum was drüber. Wieso, was hat er geträumt?«, hakte sie mit größer werdender Sorge nach.

Whitestars Mund verzog sich. »War nicht schön. Er war in einer Lache aus Blut und daraus tauchten Gestalten auf, die ihn und ... *uns* verantwortlich für deren Tod machten.«

Silvers Mund klappte auf, sie traute ihren Ohren nicht. »Oh mein *Gott*«, entwich es ihr schockiert. »Okay, alles klar ... ich muss dann mit ihm reden.« Und sie hatte sich Gedanken gemacht, dass sie nicht wusste, was als nächstes kommen würde. Als ob es nicht genug geben würde. Auf der anderen Seite – hatte sie sich auch deswegen Gedanken gemacht, weil sie dann nicht mehr im Laufrad wäre und sich mit sich selbst auseinandersetzen müsste. Sie wusste nicht, ob es gut war, dass es vermutlich nicht so kommen würde. »Danke, dass ihr auf sie aufgepasst habt«, fügte sie noch hinzu, bevor sie sich auf den Weg machen wollte.

»Silver, warte«, meinte jedoch Whitestar, kam nahe auf sie zu und redete leiser weiter. »Irgendwas ist doch passiert. Bluefire kam mir auch komisch vor. Geht es dir denn gut?«

Silver konnte ihren emotionalen Tumult nicht verstecken, so kam er hinter ihren Augen zum Vorschein. Whitestars Herz stach kurz bei ihrem Anblick. Silver wirkte so, als hätte sie sich unter Kontrolle, alle Zügel in der Hand, sie wirkte nicht so, als würde sie gleich zusammenbrechen. Dass man ihr ihren Schmerz durch all das hindurch ansah, machte diesen Fakt umso bedeutsamer. »Nein, geht's mir nicht«, war ihre ehrliche Antwort und damit drehte sie sich um. Whitestar beobachtete sie noch eine Weile regungslos.

Der Marder schlüpfte durch den Höhleneingang. Es war angenehm warm, doch es roch nach Kräutern. Er simulierte einen Hustenanfall und wedelte mit der Hand vor seiner Nase rum. »Alles klar, Vinous war hier.«

Bronze blickte von ihrem Blätterbett auf und grinste. »Wie bist du drauf gekommen?«

»Hab einen sechsten Sinn«, meinte er nur und hüpfte vor sie, um sich dort hinzusetzen. »Wie geht's dir?«

»Vinous sagt, ich werde es überleben«, atmete sie einmal durch und lächelte ihn dann zaghaft an. »Dank dir.«

Er winkte das ab. »Du bist zäh, du hättest das bestimmt auch so geschafft.«

Sie lächelte mit einem angedeuteten Augenrollen. »Wie dem auch sei ... du hast mir echt geholfen bei dem Kampf. Ich bin froh, dass du da warst.« Er lächelte lediglich zurück und blinzelte kurz. Ihr Blick senkte sich, etwas ernsthafter. »Wie geht es Own?«

Er zuckte die Schultern. »Ich werde gleich zu ihr gehen. Für sie da sein. Ich würde nicht davon ausgehen, dass es ihr so bald besser geht. Aber wir werden sehen.«

Bronze nickte. »Es ist gut, dass du hingehst.«

»Silver hat sich von Bluefire getrennt«, sagte er plötzlich unvermittelt.

Sein Gegenüber reagierte schockiert. »Bitte was?« Ihr Kopf hatte sich vorgestreckt.

»Gestern. Sie war die Nacht über bei mir.«

Bronzes Hand wanderte gedankenverloren an ihren Kopf, als sie die Info verarbeitete. »Oh Mann ...«

»Keine Ahnung, ob es endgültig ist, aber es wirkt mal so ...«

Sie musste das erst einmal sacken lassen. Sie sind die Adler losgeworden und trotzdem hat die Zeit schlimme Spuren hinterlassen. Tiefe Spuren. Teils endgültige Spuren. Es fühlte sich so an, als käme immer noch etwas Neues hinzu.

Nach einer Weile fokussierte sie sich wieder auf ihr Gegenüber, sie lächelte mitgenommen. »Erzähl mir irgendwas Schönes. Wenn es sowas gibt.«

Der Marder grinste kurz auf, aber es war müde. Schließlich richtete er sich auf und griff nach ihrer Hand, um sie sanft zu drücken. »*Dir* geht es gut und du wirst wieder ganz gesund. Wenn das keine gute Nachricht ist, weiß ich auch nicht.«

Noch einmal drückte er ihre Hand, als sie die Geste erwidert hatte. Dann stand er auf und verließ die Höhle, um nach Own zu schauen.

Silver hatte noch eine ganze Weile mit ihren Jungen gespielt. Dabei hatte sie versucht, mehr über Pales Traum herauszufinden, aber es war offensichtlich, dass er nur ungern darüber reden wollte. Sie hatten keine Ahnung, wie das mit seinen Visionen funktionierte, er konnte ja genauso gut noch träumen. Auch wenn sie ihrem Sohn keine Alpträume wünschte, hoffte sie doch, dass es einfach nur ein solcher war. Aber irgendwas daran stieß ihr sauer auf. Sie hatte die vage Befürchtung, dass wenn es eine Vision war, sie sie erst hinterher erklären könnten. So wie es auch so oft bei ihren eigenen Träumen der Fall war.

Der Unterschied war – Munter schickte ihr niemals Horrorvisionen. Sie wünschte, sie könnte Pale diese Bilder abnehmen.

Ihr Weg führte sie zu Own. Ihre Pfoten streiften über das Gras entlang und brachten sie zunächst auf einen kleinen Hügel vor Owns Bau, auf den sie sich setzte. Sie ließ die ruhige Umgebung einen Moment auf sich wirken. Es war alles so friedlich, still. Die Ruhe *nach* dem Sturm. Irgendwie wehmütig.

Bis sich jemand plötzlich neben sie setzte. Aus den Augenwinkeln erkannte sie sein hellbraunes Fell. Seinen mit Wunden übersäten Pelz.

Ups. Daran hatte sie wohl auch keine kleine Mitschuld.

Trotzdem. Sie selbst sah nicht besser aus. Aber sie wusste auch, dass er sie noch viel schlimmer hätte zurichten können. Er hatte sich aus welchen Gründen auch immer zurückgehalten, hatte viele Schläge von ihr einkassiert, die er nicht hätte einkassieren müssen. Und jetzt gerade verspürte sie sogar etwas Dankbarkeit dafür. Ihr Kampf mit ihm war unnötig gewesen und dazu noch zum denkbar schlechtesten Zeitpunkt.

Und trotzdem hatte sie es in dem Moment gebraucht.

Zögerlich linste sie zu ihm hinüber, die Brauen vorsichtig angehoben. Crass' nach vorne gerichteter Blick wandte sich ebenfalls zu ihr und er hob fragend eine Braue. Sein Ausdruck hatte etwas Lockeres, etwas Versöhnliches. Und sie war gerade sehr froh darüber. Ihr Ärger gegenüber ihm war berechtigt gewesen, aber dennoch hätte sie ihn nicht anfallen müssen und sie war dankbar, dass er ihr das anscheinend nicht nachtrug. Einen Teil ihres Ärgers hatte er nämlich durchaus verdient.

Sie spiegelte seinen Gesichtsausdruck, hatte ein verstecktes Grinsen, das sein wortloses Friedensangebot annehmen sollte.

Tatsächlich entstand ein echtes Grinsen auf seinem Gesicht, wenn auch noch so klein. Er zwinkerte ihr zu und stand dann auf, um den Hügel runterzulaufen.

Sie selbst musste nun auch weiter.

Bluefire hatte den restlichen Tag bei den Jungen verbracht und ignorierte dabei Whitestars fragenden Blick. Direkt nach der Situation fragen tat sie zum Glück nicht.

Bluefire hatte nach dem Gespräch mit Silver das Gefühl gehabt, als würde ihm gleich alles hochkommen. So surreal es auch schien, so echt waren die Konsequenzen. Er konnte ihr während des gesamten Gespräches nicht widersprechen, weil sie absolut recht hatte mit allem, was sie sagte. Er konnte nicht dagegen argumentieren, er konnte nicht einmal seine Sicht der Dinge schildern, weil nichts davon ihren Aussagen widersprochen hätte.

Er wusste, dass er sie verletzt hatte. Immer wieder. Und als sie schließlich den Schlussstrich zog, wusste ein Teil von ihm, dass sie die richtige Entscheidung für sich getroffen hatte.

Und trotzdem fühlte sich dieser Moment an, als hätte die Erde ihren Schlund geöffnet und er wäre in tiefe Dunkelheit gefallen. Und er wollte nichts weiter, als alles wiedergutmachen, ihr all die Dinge sagen, die sie verdiente, ihr all die Gesten zeigen, die sie brauchte. Weil er es *fühlte*. Er spürte all diese Dinge und wollte sie auch. Sie bedeutete ihm mehr, als sie auch nur ahnte, weil er es ihr nie gesagt oder gezeigt hatte. Und er wollte in dem Moment seine Vergangenheit vergessen und alles in seine Zukunft mit Silver stecken, ihr zeigen, wie es wirklich in ihm aussah.

Und dennoch blieb er wieder mal auf halbem Weg stecken und landete in seinen alten Strukturen, die sich wie eine zweite Haut über sein Wesen gestülpt hatten und die er nicht abschütteln konnte, egal wie sehr er sich bemühte. Und dieser Fakt bestärkte ihn noch mehr darin, dass er sie gehen lassen musste.

Sie hatte das nicht verdient. Sie hatte es verdient, ihre Konsequenzen ziehen zu dürfen.

Und trotzdem war er nach dem Gespräch zum nächsten Baum getaumelt, hatte sich an ihn gelehnt und sich auf der Stelle übergeben.

Alle Gefühle waren ihm hochgekommen und er fühlte sich nur noch wie die Hülle seiner selbst danach. Hohl und leer.

Irgendwann musste er sich jedoch zusammenreißen und weitermachen. Er bemühte sich, sich nicht allzu viel anmerken zu lassen. Er musste sich selbst erst im Klaren darüber werden, wie es nun weiter ging. Aber der Gedanke an seine vermeintliche Zukunft schmerzte mit jedem Mal so sehr, dass er zunächst alles von sich wegschob. Bevor er es mit anderen teilte, musste er erst selbst im Kopf klarkommen. Und es fühlte sich nicht so an, als ob das irgendwann demnächst der Fall wäre.

Er war eigentlich auf der Jagd, als ihm wiederum flau im Magen wurde in dem Moment, als er darüber nachdachte. Es tat so weh, als wäre es gar nicht sein Leben.

»Alles okay bei dir?«

Er drehte sich um und entdeckte Dry. Er hatte fragend den Kopf geneigt. Bluefire schnaufte, unsicher wie er antworten sollte, aber froh um die Ablenkung. »Könnte besser sein. Und bei dir?«

Seine Ohren legten sich an, er zeigte Trauer, als er kurz in die Ferne blickte. »Genauso«, antwortete er schließlich. »Own will nicht mit mir reden. Mich nicht mal sehen.«

Der Rüde seufzte mitfühlend. »Ihr Bruder ist gerade gestorben. Sie braucht vermutlich nur etwas Zeit.«

Dry schnaufte. »Vielleicht. Aber irgendwie ...« Er schüttelte sacht den Kopf. »Fühlt es sich ... anders an. Endgültiger.«

»Das kommt dir bestimmt nur so vor«, versuchte er das Langohr zu beruhigen.

Dieser zuckte die Schultern. »Möglich.«

»Silver hat sich von mir getrennt«, platzte es plötzlich aus ihm heraus. Er fragte sich im nächsten Moment, wo sein Filter hin verschwunden war. Aber er hatte es zuvor nicht ausgesprochen. Und irgendwie hatte er das gerade tun müssen. Auch wenn das seinem hohlen Schmerz nicht gerade gut tat.

Dry blinzelte verwundert und brauchte einen Moment, ehe er antwortete. »Was war der Grund?«

Bluefires schwaches Lachen war bitter und er rollte die Augen über sich selbst. »So einiges. Ich habe ihr weder Gefühle gezeigt noch gesagt – das fasst es ganz gut zusammen.« Er war ja so ein *Arschloch*.

Dry grübelte, seine Nase zuckte. »Ist es wirklich so schwer, einfach Ich liebe dich zu sagen?«, hakte er unverblümt nach.

»Es ist ja nicht nur das«, seufzte der Rüde. »Und abgesehen davon bin ich mir nicht sicher, ob *du* derjenige bist, der dazu was sagen sollte.«

»Das ist 'ne vollkommen andere Situation«, erwiderte der Nager sogleich. »Own und ich finden das beide kitschig und unnötig. Der

Unterschied ist, dass es Own genauso wenig hören will wie ich.« Bluefire nickte nur, schaute ihn aber nicht richtig an, das bittere Grinsen immer noch an seinem Platz, wenn auch schwach. »Du liebst sie doch ... oder?« Drys Stimme klang forschend, aber auch wissend. Bluefire war immer noch abgewandt, er schaute in die Ferne, in seine ungewisse Zukunft. Die Antwort auf diese Frage war durch seine Taten unwichtig geworden. »Was macht das für einen Unterschied?«

Der Tag neigte sich schon wieder dem Ende zu. Es fühlte sich seltsam an, wie wenig heute passiert war. Das bedeutete auch, dass Silver erst jetzt bemerkte, wie die Erschöpfung einsetzte. Wenn man so lange unter Strom gestanden hatte, brauchte man eine Weile, um wirklich abschalten zu können.

Den ganzen Tag waren sie und der Marder bei Own in der Höhle gewesen und waren es immer noch. Wenn jemand Hunger oder Durst hatte, verließ er sie für eine Weile, nur um anschließend wiederzukommen.

Niemand hatte während dieser Zeit auch nur ein Wort verloren. Es war schlicht nicht nötig gewesen. Own akzeptierte ihre Anwesenheit. Vielleicht zog sie sogar Kraft daraus. Jeder war mit seinen Gedanken allein und trotzdem spendete das gemeinschaftliche Zusammensein Trost. Es war nicht nötig, dass jemand etwas sagte. Niemand konnte etwas sagen, was der andere nicht schon wusste.

Dass sie füreinander da waren. Dass jeder das Wort ergreifen konnte, wenn er das wollte. Dass sie sich aufeinander verlassen konnten.

Es war bereits dunkel, als Silver einen kleinen Ausflug zum See machte. Es war erstaunlich warm geworden. Sie hatte gar nicht mitgekriegt, wann der Frühling begonnen hatte. Ihre Konflikte mit den Adlern kamen ihr nun beinahe surreal vor, wie ein böser Traum.

Sie wanderte auf die Lichtung zum See und spazierte zum Wasser hinüber. Ihr Kopf war angenehm leer im Augenblick, doch als sie auf die spiegelnde Oberfläche schaute, wurde sie stutzig.

Sie atmete einmal durch, auch wenn ihr Herz schwer wurde. Zögerlich schaute sie zum Himmel empor, doch wie sie schon wusste, war der Mond von Wolken verschluckt. Sie fühlte sich ohnehin schon verletzt. Aber sie war zu erschöpft, um sich darüber aufzuregen. Im Gegenteil bestätigte das ihren momentanen Gemütszustand und sie wusste auch schon längst, dass sich daran so bald nichts ändern würde.

»Sag mir was, das ich nicht weiß«, murmelte sie nur der hellen Scheibe zu und trank dann aus dem schwarzen Nass.